Curtain Call

커튼콜

*Curtain Call*_커튼콜

지은이 / 강수철
발행인 / 김재엽
펴낸곳 / 한누리미디어
디자인 / 지선숙
표지디자인 / 김경은

121-840, 서울시 마포구 잔다리로 35, 202호(서교동, 서운빌딩)
전화 / (02)379-4514, 379-4519
Fax / (02)379-4516
E-mail/hannury2003@hanmail.net
http://hannury/kt114.net

신고번호 / 제300-2006-61호
등록일 / 1993. 11. 4

초판발행일 / 2015년 3월 9일

값 15,800원

ISBN 978-89-7969-496-3 03810

강수철 장편소설

Curtain Call

커튼 콜

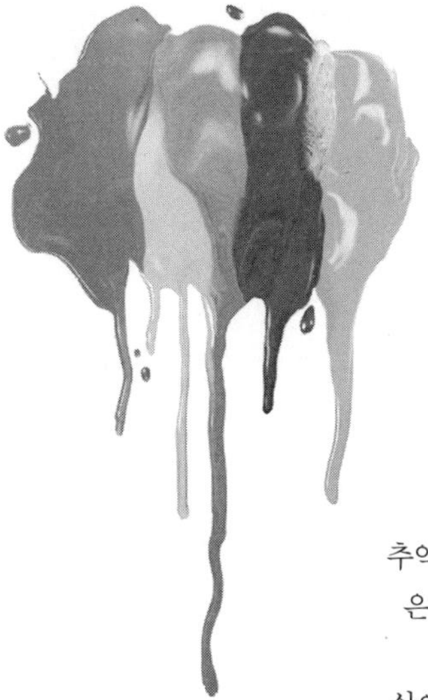

추억 속에 살아있는
은혜로운 분들과

삶의 마디마디에서
슬픔과 기쁨을 같이한

그리운 분들께
이 책을 바칩니다.

한누리미디어

국립중앙도서관 출판시도서목록(CIP)

커튼 콜 = Curtain Call : 강수철 장편소설 / 지은이 : 강수철. -- 서울 : 한누리미디어, 2015
p. ; cm

ISBN 978-89-7969-496-3 03810 : ₩15800

한국 현대 소설[韓國現代小說]

813.7-KDC6
895.735-DDC23 CIP2015002723

'커튼 콜(curtain call)' 을 시작하면서

아름다운 자수의 뒷면을 보았다. 그곳에는 수많은 끊어짐과 이어짐의 매듭이 앞면의 정교함을 만들어 놓았다.

되찾고 싶은 의식들이 표류하고 있었다. 조각조각 맞추어 보았다. 간직하고 싶었던 것들이 아니었다.

오늘도, 후회와 그리움을 안고서 내일로 간다.

'커튼 콜!'

이 이야기는 나의 이야기일 수도, 타인의 이야기일 수도 있다. 한 가지 분명한 건 우리 모두의 이야기는 아니다.

또 한 번의 가을에

강 수 철

일러두기

1) 이야기의 1부는 사실(fact)에 충실했고
2부는 사실에 가깝고
3, 5부는 사실(fact)과 허구(fiction)가 어우러진 팩션(faction)임
4부는 역사적인 기록에 저자의 주관이 첨부되었음.

2) 역사와 시대의 실존인물 외, 책 속의 등장인물은 모두가 가명임을 밝혀둠.
시간, 계절, 년도는 이야기의 전개상 오차가 있을 수도 있음.
지명, 호칭, 학술적인 용어 등은 그 시대에 통용되던 것으로 하고 ( ) 안이나 ＊표로 도움말을 추가하였음.
비속어, 사투리, 원색적인 용어 등은 시대의 흐름대로 표기하였음.
인물이나 역사의 평가는 저자의 주관이므로 세속의 평가와는 다를 수도 있음.

※ '천재의 기억보다는 천치의 기록에 믿음을 둔다' 고 했다. 그러나 역사의 기록도 온전하지 못하다. 기록과 사실에는 많은 편차가 있다. '역사는 강한 자의 기록이고, 약한 자의 변명' 이라고 했다. 그래서 '역사는 외롭다' 고 한다.

차례 Contents

프롤로그

운명은 뒤돌아 볼 수 있는 것이지
앞서 볼 수 있는 것이 아니다.

⋮

이루지 못할 '사랑' 이 있었다.
이루지 못한 '사랑' 이 있었다.

'이루지 못한 사랑' 과 '이루지 못할 사랑.'

바람이 불고 있었다. 어디에선가 분명 바람은 불고 있었다.
바람이 불어왔다.
'이루지 못할 사랑……', 유해수.
'이루지 못한 사랑……', 은소여.

두 여인이 바람결에 흔들려 왔다.

바람이 불고 있었다. 어디에선가 분명 바람은 불고 있었다. 청명한 가을 하늘에 구름 몇 가닥 투명한 허공을 빗질해 놓았다.

바람이 불어왔다.

숲에 결을 씻고 다듬어서 스침이 맑았다.

'나를 위한 오늘입니다. 끝내고 시작해야 할 시간입니다.'

숲은 침묵으로 시간을 잠재우고 있었다. 허공을 보았다. 공허한 허공은 무심했다.

'태양이 눈부셔서 슬펐습니다. 달이 해맑아서 그리웠습니다. 새벽별 하나에 외로웠습니다. 기다림으로 살아온 나는 어디에 있는 무엇일까요?'

바람이 한 줄기 스쳐갔다.

'바람의 소리를 들어보시게―.'

'나는 어디에 있는 무엇입니까?'

'바람의 소리를 들어보시게, 바람의 소리를…….'

물음은 기다리고 있었고, 가르침은 없었다. 스치는 바람에 나뭇잎이 흔들리고 있었다.

관악산 중턱.

안양에서 관악산 국기봉으로 오르는 능선길 비탈진 아래, 가시덤불과 잡목으로 등산객들의 시선이 가려진 외진 곳에, 있을 것 같지 않은 작은 빈터가 있었다. 햇살은 담북했고 주위는 은밀했다.

시야가 트인 남쪽으로 안양 신시가지로 자리 잡은 평촌 시내가 한눈에 들어왔다. 빈터 아래로는 살 깊은 토사가 흘러 내렸고, 비탈의 내림 따라 한 사람이 들어가 반듯이 눕기에 적당한 인공의 구덩이가 만들어져 있었다. 구덩이 위로 파낸 흙을 쌓아놓고, 구덩이로 쏟아져 내릴 흙더미를 잡석으로 가로막아 놓았다.

한 주검이 소멸될 안식처, 한 생명의 장지였다.

60대 후반의 한 남자가 빈터 자락에 앉아 흙구덩이를 내려다보고 있었다. 그가 만들어 놓은 무덤이었다.

강기종!

살아온 세월보다 남은 세월이 분명 짧겠지만 그렇다고 조바심을 낼 정도의 모습은 아니었다. 자신의 무덤을 보고 있던 기종이 허공을 보았다. 바람은 맑고 하늘은 투명했다. 떠나기에 쾌청한 푸르른 날이었다.

기종은 가져온 50*l* 아이스박스를 당겨놓았다.

내용물은 시멘트 블록만한 얼음 두 덩어리, 평생 친구 삼아온 빨간 딱지 참이슬 5병, 안주용 닭튀김 한 마리, 종이컵 두 개.

얼음 덩어리는 구덩이 위에 쌓아놓은 흙내림을 가로막고 있는 버팀돌을 대신할 것이다. 시간의 흐름에 얼음 덩어리는 녹기 시작하면서 부피를 줄인다.

어느 순간, 흙더미의 무게를 견디지 못하고 아래 구덩이 속으로 흙과 함께 쏟아져 내린다. 중심을 잃은 좌우의 잡석도 쏟아져 내려 흙무덤을 채운다.

낙엽을 채운 사람 크기 비닐부대를 구덩이에 눕히고 모의실험을 해 보았다. 상체는 완전히 매장되었고, 허리 아래로는 밀려 내려온 흙이 덮이지 않았다.

리허설을 끝냈다. 슈팅에 들어가면 ―얼음 덩어리가 부피를 줄여 버팀목의 역할을 끝낼 시간 전에 흙무덤에 들어간다. 아래쪽으로 발을 뻗고 앉아 좌우에 준비해 둔 흙으로 하체를 두텁게 덮는다. ―백사장에서 모래찜질을 할 때 자신의 몸을 하체부터 모래로 덮고 드러눕는 방법이다.

그런 다음, 몸을 눕힌다. 그것으로 끝난다. 육체는 흙에서 흙으로 돌아가고, 영혼은 영원의 여행을 떠난다.

9월 중순, 숲의 기온은 섭씨 25~26도. 이 정도의 날씨와 지열이라면 얼음덩어리는 흙속에 녹아들면서 2시간 정도 버틸 것이다. 버팀이 무너지면 무덤 속으로 흙더미가 쏟아져 내려 순장을 끝낸다.

술과 안주는, 기다리는 시간 동안 지상에서의 마지막 만찬이 될 것이다.

호주머니에서 약봉지를 꺼내 확인했다. 잠이 오지 않는다는 핑계로 동네 병원에서 몇 차례에 걸쳐 처방받아 모아둔 다량의 수면제다. ―편도 여행권(one way ticket)이다. 다섯 병의 소주 중 네 병을 비우면 평소에 마시던 주량으로 취기가 오를 때다. 나머지 한 병과 치킨 한 토막은 비상용으로 남긴다. 시간이 가까워 오면 무덤 속으로 들어가 앉아 하체에 흙을 덮는다. 그러고는 수면제를 한 입에 털어 넣고 남은 소주 한 병으로 병나발 불어 입가심하고 치킨 조각으로 안주한다. 그러고는 그대로 몸을 눕힌다. 푸른 하늘을 보면서 잠들 듯 떠날 것이다.

'…… 안녕……. 망각의 지상이여……'

그것으로 끝이다.

기종은 자리를 털고 일어났다. 덤불에 감춰두었던 삽을 들고 왔다.

무덤 위 쌓아놓은 흙내림을 막고 있는 가운데 버팀돌 두 개를 빼어내고 얼음 덩어리로 바꿔 놓았다. 빈터에 여분으로 남겨놓았던 흙을 쌓아놓은 흙더미 위에 덧쌓아 올렸다.

아이스박스에서 술과 안주와 종이컵을 꺼내 최후의 만찬을 차렸다. 아이스박스와 삽은 숲속 멀리로 치워 버렸다.

모든 준비는 끝났다. 끝의 시작만 남았다.

'강기종! 두려워 마라!'

태어나기 전에는 아무것도 없었다. 아비의 정자와 어미의 난자로 만들어지기 전에는 아무것도 없었다.

'강기종! 그 동안 고생 많았다. 미안해—. 강기종…….'

기종은 술병의 뚜껑을 열었다. 첫잔을 종이컵 가득 부었다. 투명하고 청명한 허공에 건배했다. 입 안 가득 술을 담았다. 평생 마셔온 술이 이렇게도 간절했을까. 닭튀김 한 조각을 입 안 가득 씹었다. 이렇게도 소주에 궁합 맞는 안주가 또 있을까.

기종의 눈시울이 뜨거워졌다. 눈물이 흘렀다. 다시 빈 잔에 술을 채웠다. 두 번째 잔이었다. 남은 술이 아까울 만큼 달고 달았다. 흐려진 눈을 손등으로 문질렀다.

세상은 흔들림이 없었다. 바람은 잠들어 있었다. 숲은 정적으로 가득했다. 술잔을 잡은 채 시선 없는 시선을 허공에 담았다. 영혼은 지상의 육체를 지켜보고 있었다.

'…… 어디에 있었을까……. 있었을까? 없었을까?…….'

살아오면서, 삶은 헐거웠고 정듦에 소홀했다. 외로움에 소심했고, 그리움에 무거웠다.

삶의 세월은 후회와 그리움의 야적장을 만들어가는 여정이라고 했지만, 후회스러웠다. 후회뿐인 삶이었다.

'사랑 한 번 해 보고 싶었는데……. 후회 없는, 달콤한, 맛깔진, 아름다운 사랑 한 번 해 보고 싶었는데…….'

'사랑'은 촛농이었다. 따갑게 녹아들어 응고되어 떨어져 나갔다.

'사랑'은 초의 눈물이었다. 데우고 태우고 밝혀서 소멸되는…….

'사랑?' 사랑이라는 단어가 친숙하고 생소했다.

'사랑? 사랑이 무엇일까? 무엇이었을까?'

'사랑? 사랑은 없었다. 있었다면, 있었다면…….'

이루지 못할 '사랑'이 있었다.

이루지 못한 '사랑'이 있었다.

'이루지 못한 사랑'과 '이루지 못할 사랑.'

바람이 불고 있었다. 어디에선가 분명 바람은 불고 있었다.

바람이 불어왔다.

'이루지 못할 사랑……', 유해수.

'이루지 못한 사랑……', 은소여.

은소여…….

유해수…….

두 여인이 바람결에 흔들려 왔다.

1

이루지 못할 사랑

다다구미

⋮

아까웠다. 정말 아까웠다.
놀랍고 정말 아까웠다.
이 골목에 있을 여자가 아니었다.
그런 여자가 지옥도를 연출하면서 다다구미 골목에서
악마의 춤을 추고 있었다.

운명은 만들어지는 것이 아닌, 만들어진 것이라고 했다.
해수와의 만남, 비켜갈 수 없는 운명이었을까.
혼란의 세월, 방황했던 젊음이 선택이 아닌 삶의 과정이었다면
해수와의 만남도 생(生)의 한 부분일 수밖에 없었다.

— 만남과 헤어짐이 없는, 타인으로 한 번 만나고 싶어서…….
해수와 기종이 같이 부서져 내렸다.

1966년 가을.

"기종아!"

방문 밖 통로에서 두런거리는 인기척과 함께 고시준비생 주호가 기종의 방문을 노크했다.

촛불 밝힌 책상 앞에서 육법전서에 매달려 있던 기종이 방문을 열었다.

"왜?"

"이 사진 너 아니냐?"

주호가 반명함판 사진 한 장을 기종 앞에 내밀었다. 짧은 머리에 군복 입은 기종의 상반신 사진이었다.

"누가 찾아왔다. 이 사진 갖고!"

" ?!– 아니?……."

기종이 방문 밖으로 나왔다. 9월의 가을달이 경내 가득했다.

통로 댓돌 아래 안소니스님이 머뭇거리고 있었다. 영화 〈노트르담의 꼽추〉에 나오는 '안소니 퀸' 의 모습을 닮았다고 붙인 별명이었다.

기종이 사진을 다시 한 번 확인했다.

'예비군인수첩' 전역증서용으로 부평 부대 앞 사진관에서 찍은 사진이었다. 사진 아래에 '5100-××××' 이라는 군번이 선명히 낙인 되어 있었다.

"이 사진?!"

기종이 안소니스님을 보았다.

안소니스님이 마당 입구 쪽으로 시선을 주었다. 기종의 시선이 따랐다. 달빛을 마주하고 한복 입은 한 여인이 서 있었다.

"손님께서 학상 선생님을 찾아오셔서……."

절의 스님들은 고등고시(사법고시) 준비생들을 학생 선생님이라고 존칭했다. 여인이 기종을 향해 돌아섰다.

'?!……, 해수?…….'

해수였다.

'해수가 여길 어떻게?!…….'

순간의 의문들이 물음의 말꼬리를 토막 내고 있었다.

한복 입은 해수! 한복 입은 모습은 처음이었지만 분명 '해수' 였다.

'해수……, 해수!'

기종은 놀람을 삼키며 마루에서 내려섰다.

"해수 아니야?!"

달빛 받은 해수의 얼굴이 표정을 바꾸고 있었다. 그 속에서 분명 '해수' 특유의 눈웃음이 수줍었다.

'아니?!'

기종이 해수에게로 다가갔다. 상상할 수도 없는 너무도 현실 밖의 상봉에 할 말을 잃고 있었다.

"화엄사에 들렀다가 혹시나 하고……."

해수가 용기를 내어 기종을 마주보았다.

"못 만나면 구례로 다시 돌아가려고 차를……."

해수가 경내 입구의 공터로 눈길을 돌렸다. 시발택시 한 대가 대기하고 있었다.

'부평에서 지리산 남쪽의 멀고도 먼 쌍계사 절까지…….'

해수를 마주한 기종의 표정이 정리되지 않은 채 아래쪽 공터로 향했다.

해수가 핸드백에서 돈을 꺼내 운전기사에게 요금을 지불했다. 뒤따라온 안소니스님이 해수가 차속에서 꺼낸 여행 가방을 받아들었다. 준비 없었던 절차가 자연스레 진행되었다.

야간통금(12시) 안에 돌아가려면 택시의 갈 길이 바빴다. 급하게 일주문을 빠져 나가는 택시의 브레이크 등이 반딧불이 불빛처럼 깜박이다가 사라졌다. 현실이 수습되지 않는 기종이 해수와 안소니스님 앞에서 예상치 못한 진행을 궁리했다.

일주문과 대웅전 앞마당을 밝히던 외등이 꺼진 걸로 보아 10시를 넘긴 시간이었다. —절 아랫마을 운수리 방앗간에서 물레방아로 발전한 전력은 밤 10시에 소등된다.

촉수 낮아 제빛 값 못하는 외등보다 달빛이 밝은 밤. 축대 위 몸을 높인 쌍계사 대웅전(보물 458호)이 달빛 속에 자세를 높이고 있고, 대웅전 마당 좌측 언덕에 학생들의 공부방들이 촘촘히 자리 잡은 곳. 지금 그곳에는 한밤중에 나타난 묘령의 여인과 기종에게 의문의 시선들이 집중되어 있었다.

"스님, 방 하나 준비해 주시겠어요?"

절 마당 우측으로 공양주가 거주하는 방과 여신도들이 묵어갈 몇 칸의 방이 있었다.

새하얀 달빛이 살 속까지 투명하게 밝히는 밤이었다. 기종이 달을 보는 듯 마는 듯 서 있었다. 방에 짐을 부리고 간편한 옷으로 갈아입은 해수의 모습이 다가왔다. 두 사람은 침묵으로 천천히 발길을 옮겼다.

대웅전 앞마당 비탈진 아래로 향하는 돌계단 위로 마루 깔린 넓은 정자. 아래에서 보면 전망 좋은 이층 전각이다. 절 행사나 신도들에게 법어를 전할 때 사용되기도 하는 곳이다. 절 입구를 향한 우측 마루 위에 목어와 대북과 범종이 무겁게 매달려 있었다. 기종이 목어 옆 난간에 걸터앉았다. 뒤따라온 해수가 멈추어 섰다. 두 사람의 시선은 서로에게 한참 벗어나 있었다. 정적 속의 침묵은 시간을 멈추어 놓았다.

통나무로 물고기 조각을 해 놓은 목어, 소 두 마리의 통가죽으로 만들어졌다는 대북, 절의 큰 장독만한 범종, 기종은 낯설게 시선을 옮겨가며 새겨보고 있었다. 스님들은 행사 때마다 목어와 대북과 범종을 두드리고 울려서 강과 바다, 대지와 허공에 젖어들게 한다. 물속에 사는 생물과 땅에 깃든 동식물과 하늘 속의 날짐승들, 세상을 스치고 거쳐 간 모든 생(生)의 안녕과 명복을 두드리고 울려서 빌어준다

기종은 해수를 보았다.

'목어와 북과 범종의 울림이 해수에게도 전해졌으면……. 잃어버린 해수의 안녕을 찾아줄 수 있었으면……'

그럴 수만 있다면, 정말 그럴 수만 있다면 밤을 새워 두드리고 울려서 깨어지고 찢어지도록 난타하고 싶었다.

지금, 기종의 앞에는 달빛의 정갈함을 여과 없이 받아들인 한 여인이 서 있다. 세속의 여인 같지 않게 준수했다.

'해수……. 지금의 이 여인이 해수일까?'

해수가 아니었다. 아니, 분명 해수였다. 기종의 분별력이 오락가락 헷갈리고 있었다. 해수와 지금의 여인, 아무리 억지로 짜 맞추어 보아도 그림이 되지 않았다.

'해수……. 지남의 만남은 꿈이었고, 지금의 만남만이 현실이었으면……'.

기종은 기도하듯 눈을 감았다. 그런 채 시간은 멈추어 있었다.

"사진은 어떻게?……."

기종의 목소리가 침묵 끝에서 겨우 밀어내듯 메말랐다.

"사진관 앞을 지나다가……."

해수의 꺼져가는 소리였다. 제대사진을 찍은 부대 앞 사진관에서 견본으로 진열장에 내놓은 사진 중에서 발견한 모양이었다.

"여긴 어떻게?……."

"……."

해수가 대답 대신 기종을 보았다. 기종이 해수와 시선을 마주했다.

"조 하사를 만났어요."

해수가 다시 시선을 외면했다. 평소에도 말수가 적은 해수였다. 서론과 결론은 생략한 채 본론만, 그것도 되도록 줄여서 간략했다. 조 하사! 기종의 군대 후임이었다. 제대 후, 고시준비를 하고 있다고 안부편지를 했었다.

해수가 기종의 옆 난간으로 옮겨 앉았다. 두 사람의 시선이 초점 없이 달밤의 산사에 던져놓은 채 또 한 번의 침묵을 만들고 있었다.

"그렇게 떠날 수가……."

원망이 섞이지 않은 해수의 말꼬리가 허공에서 부서져 내렸다.

"만남과 헤어짐이 없는……, 타인으로 한 번 만나고 싶어서……."

해수의 독백이 허공에서 맴돌았다. 기종이 눈을 감았다. 허공에 맴도는 해수의 여음 속에 같이 맴돌고 있었다.

운명은 만들어지는 것이 아닌, 만들어진 것이라고 했다. 해수와의 만남, 비켜갈 수 없는 운명이었을까. 혼란의 세월, 방황했던 젊음이 선택이 아닌 삶의 과정이었다면 해수와의 만남도 생(生)의 한 부분일 수밖에 없었다.

— 만남과 헤어짐이 없는, 타인으로 한 번 만나고 싶어서…….

해수와 기종이 같이 부서져 내렸다. 기종이 부서져 내리는 조각들을 주워 담으면서 지남의 시간을 당기고 있었다.

1 '오딘'(바이킹족의 유일한 신)에서 쫄따구(졸병)로

1964년 2월, 경인가도 부평 벌판에 혹한의 눈보라가 날리고 있었다.

강기종이 아닌, 육군 신병 강기종 이병이 해 저문 부평역에 내렸다. 세찬 눈보라가 낯섦에 주눅 든 졸병의 온몸을 때렸다. 기종은 군복 깃을 올리며 음울한 하늘을 보았다.

1963년 10월, 기종은 징병영장 없이 자원입대했다. 고향 마산의 인접지인 창원 39예비사단 신병훈련소였다. 그곳에서 중대향도로 선임되어 5주의 신병교육을 받았다. 후반기 교육으로 부산 '군수기지 사령부' 수송운전교육대에서 차량운전병(주특기 610)이 되었다.

경기도 부평 소재 '육본직할 병기대대'가 강기종 이병의 첫 특명지였다. 기종은 최전방 DMZ 근무를 지원했으나 병력지원 요청이 없었다. 병력차출 지역 중 최북단인 부평의 병기대대에 배속되었다. 원했던 최전방은 아니었다. 그런대로 현실에서 격리되어 자신을 정리해 볼 수 있을 것 같았다. 부대는 부평역에서 도보로 5분 거리에 있다고 했다. 눈보라가 거침없이 기세를 더해갔다. 기종은 어깨에 메고 있던 더플백(군용전출백)을 힘주어 다시 어깨에 걸쳤다. 일몰의 눈보라 속에 몸을 담았다. 주위를 정리하고 자신을 되돌아볼 격리의 울타리 속으로 향했다.

강기종! 일제 강점기에 태어나 해방을 맞았다. 집안의 근본은 평양, 의사였던 조부는 독립운동 중 만주에서 실종, 일제의 감시 속에 있던 평양의 본가에서 조모의 인솔로 가족은 마산으로 피신, 부모는 마산에서 결혼 ―이상은 기종이 성장하면서 알게 된 사실이었다.

기종이 초등학교에 갓 입학한 어린 나이에 6.25사변이 터졌다. 1950년 6월 25일 전쟁부터 1953년 7월 27일 휴전, 끝없이 이어지는 혼란의 정국……. 어린 기종은 초등학교를 마산, 광주(전라도), 홍성(충청도), 다시 마산으로 네 번이나 옮겨 다녔다. 6년의 초등학교를 띄엄띄엄 건너뛰어 학교를 다닌 햇수는 4년도 되지 못했다. 3년의 중학교는 2년 남짓 다녔다.

고등학교는 일 년을 쉰 뒤 입학해서 동기생들보다 일 년 후배가 되었다. 격동의 역사 속에서 안주하지 못한, 안주할 수 없는 아버지의 유랑 때문이었다. 정착하지 못한 생활은 학업보다는 어울림의 놀이를 즐겼다. 기종의 성장은 나이를 앞질렀고 생각은 또래들보다 어른스러웠다.

기종은 신생 대한민국의 격동기 속에서 성장기를 거쳤다. 일제 강점기에서 해방된 신생 대한민국은 처참한 동족살육의 6.25사변으로 국토는 초토화되었다. 망가지고 조각난 나라는 지구상에서 제일 가난하고 힘없는 약소국이었다. 그 속에서 극과 극으로 치닫는 이념의 대립으로 갈래갈래 찢어져 치유할 길이 없었다. 38선 이북은 공산국가로, 38선 이남은 민주국가를 열망하는 대한민국으로, 유아기의 대한민국은 자립할 수 없는 혼란 속에 빠져 있었다. 그 속에서 김일성의 적화야욕은 다시 무르익어갔다.

'한국에서 민주주의를 기대한다는 것은 쓰레기통에서 장미꽃 피기를 바라는 것만큼이나 어리석은 짓이다!' ―1952년, 걷잡을 수 없는 대한민국의 정치적 혼란을 꼬집는 영국의 한 신문기자가 한 말이었다.

그러나 8년 후 쓰레기통에서 장미꽃은 피지 않았어도 대한민국의 민주화로 향한 횃불은 밝혀졌다.

1960년 3월 15일! 대한민국의 대통령 · 부통령을 뽑는 선거 날이었다. 재선을 장담하는 이승만 대통령과 파트너인 이기붕 부통령 후보의 자유당과 민주당의 대결이었다. 독재정권을 타도하기 위한 민주당은 '못 살겠다 갈아보자!' 로, 현 정권의 자유당은 '갈아봐야 별 수 없다!' 로 맞섰다.

사상 유례 없는 현 독재정권의 부정선거가 치러졌다. 눈뜨고 죽어버린 공명선거였다. 하늘을 가린 부정선거였다. 국민은 분노했다. 그 폭발의 도화선은 '가고파' 의 조용한 항구도시 마산이었다. 마산은 이 땅에 뿌려진 장엄한 민주화의 씨앗이었다. 불의를 모르는 마산의 학생들이 거리로 뛰쳐나왔다. 아들 · 딸을 지키려는 부모가 뒤따랐다. 자식과 손자 · 손녀를 버려둘 수 없는 할머니와 할아버지가 일어섰다. 제자들의 신변을 염려한 스승들이, 분노한 시민들이 다 함께 봇물 터지듯 어둠의 마산거리로 달려 나왔다. 이념이나 사상, 정치적인 선동이 없는 순수한 학생들과 시민들의 궐기였다. 그 곳에 기종도 섞여 있었다.

공권력으로 시민을 협박하고 억압한 부정선거의 하수인이 된 경찰. 학생들과 시민들은 남성동파출소로 북마산파출소로 내달렸다. 기종은 친구와 함께 북마산파출소 앞에 있었다. '자유당 물러가라', '부정선거 무효다' 라고 시민들과 함께 구호를 외쳤다. 분노한 일부는 파출소를 향해 돌팔매질을 했다. 정문의 유리창과 창문이 박살나고 있었다. 파출소 안은 비어 있었고 정문은 잠겨 있었다. 순경들은 뒷문으로 이어진 임시보호소와 숙소 쪽에서 대치하고 있는 것 같았다.

파출소 안에서 불꽃이 일었다. 사람의 그림자가 움직이고 있었다. 기종의 친구가 무리 속에서 뛰쳐나갔다. 어릴 때부터 단짝이었던 친구는 의협심이 강했고 큰 키에 호남이었다. 기종이 뒤를 따랐다. 친구가 파출소 창문 옆 벽에 몸을 붙였다. 파출소 내부에서 불길이 번지고 있었다. 그 속에서 사람들의 모습이 보였다. 순경은 아니었다. 친구가 창문을 열어젖혔다. 불길 속의 사람들을 구해야 했다. 몸을 날려 창문을 건너뛰었다.

기종도 행동을 같이했다. 불길 속에서 두 사람이 뛰쳐나왔다. 탕—탕, 뒷문 쪽에서 몇 발의 카빈 총성이 울렸다. 기종은 황급히 넘었던 창문을 다시 되넘어 몸을 피했다. 군중들이 흩어지고 있었다. 연이어 울리는 총성에 기종은 정신없이 어둠 속으로 도망쳤다.

북마산파출소는 불탄 검은 잔해만 남았다. 다음날 새벽부터 마산의 경계는 삼엄해졌다. '공산당의 사주를 받은 폭도들의 방화로 파출소가 전소되었고, 진압경찰관 십여 명이 부상당했고, 데모에 참가한 폭도 20여 명의 사상자가 발생했다' 는 정부측 발표였다. 시민들은 지난 밤의 악몽 속에서 잠시 주춤했다.

기종의 친구가 사망자 속에 있었다. 창문으로 도망쳐 나오던 친구는 총을 맞고 파출소 안으로 떨어졌다. 죽은 친구의 주머니에는 붉은 삐라 뭉치가 들어있었다. 사살된 친구는 방화범과 사상범이 되어 있었다.

기종도 어느 누구도 친구의 억울한 죽음을 항변할 수 없었다. 잘못되면 방화범과 사상범으로 몰릴 판이었다. 기종이 숨죽인 며칠 동안 학생들과 시민들은 데모대를 만들어 가두행진을 했으나 증원된 경찰병력에 저지당했다. 물감을 섞은 소방차의 고압물탄과 최루탄을 당하지 못했다. 물감 세례를 받은 학생과 시민의 옷이 증거가 되어 경찰에 검거되었다. 마산의거의 불씨는 전국으로 번져나갔다. 부산, 대구, 광주를 거쳐 서울로 타올랐다.

4월 11일, 3.15에 이은 또 한 번의 시련의 날이었다. 마산 앞바다에서 최루탄이 머리에 박힌 시체 한 구가 한 낚시꾼에 의해서 발견되었다. 한쪽 눈을 관통한 최루탄두가 대각선으로 뒷머리 밖으로 삐져나와 있었다. 3.15 의거

때 최루탄을 맞고 마산 앞바다에 버려졌던 참혹한 시신—전라도에서 마산 상업고등학교에 갓 입학한 17세 소년 김주열 학생이었다. 마산 학생들과 시민들은 또 한 번 일어섰다. 김주열의 주검을 도립병원 별실 바닥에 안치했다. 공권력이 투입되어 증거인멸과 조작을 할까 봐 도립병원 병실의 김주열 시신을 가까이에서 지켰다. 그것도 못 미더워 도립병원을 학생과 시민들이 에워쌌다.

시간이 지날수록 흥분한 학생과 시민들은 시청광장, 경찰서 길 건너 마산역 광장, 파출소 등으로 숫자를 불리고 있었다. 김주열이 기종을 다시 불러내었다. 죽은 친구가 기종과 함께 있었다. 기종은 마산역 광장의 군중들 속에 있었다. 길 건너 경찰서로 향한 원망의 함성과 구호를 외쳐대고 있었다. 어둠이 내렸다. 성난 시민들이 넓은 광장을 메우고 넘쳐났다. 학생과 시민들은 광장에 퍼질러 앉아 장기전으로 들어갔다. 일제 강점기에 지어진 경찰서 적벽돌담은 낮았으나 담장 밑으로 배수로가 나 있어서 월담하기가 쉽지 않았다. 벽돌담은 시가전에 대비한 전망구가 나 있었다. 담장 안에는 군중들을 향한 총구가 숨어 있을 것이었다.

소등된 경찰서 건물은 침묵 속에 전운이 감돌았다. 평소 불 밝았던 광장의 가로등도 꺼져 있었다. 달빛은 구름에 가려 음산했다. 한 떼의 무리가 구호를 외치며 광장에서 길을 건너 경찰서로 돌진해 갔다.

"탕— 탕— 탕!"

총성이 울리기 시작했다. 시민들은 동요하지 않았다. 몇 번의 공포탄 사격이 있었다. 기종의 옆에 같이 앉아있던 학생이 스르르—몽돌이 깔린 땅바닥에 이마를 박았다. 기종이 학생을 보았다. 이마를 땅에 댄 채 그대로 조용히 옆으로 쓰러졌다. 기종이 얼떨결에 쓰러진 학생의 겨드랑이에 손을 넣어서 부축하려고 했다. 꼼짝 않는 학생의 몸에서 코고는 소리가 나는 것 같았다. 겨드랑이 속에 있던 기종의 손바닥에 따뜻하고 끈적한 감촉이 왔다. 급히 빼어본 손바닥에서 콜탈 같은 액체가 흘러내렸다. 피였다.

"사람이 총에 맞았다!!"

기종의 비명 같은 절규였다. 심장에서 겨드랑이로 총알이 관통된 젊은이는 비명 한 마디 없이 죽어 있었다. 주위의 사람들이 젊은이를 들쳐 업고 뛰었다. 여기저기서 비명소리가 났다. 경찰서 안에서 조준된 실탄사격으로 부상자가 속출했다. 성난 젊음들이 함성을 지르며 들소떼처럼 경찰서를 덮쳐갔다. 가로수 가지를 꺾어 든 기종도 무리 앞에 있었다. 굳게 철문 위를 기어오르고 배수로를 건너뛰어 담장을 넘었다. 산발적으로 들리던 총성은 멈추어 있었다.

"산따루(경찰관의 속칭)들이 뒷담으로 도망친다!"

누군가의 고함소리가 들렸다. 기종이 경찰서 건물을 돌아 뒷담 쪽으로 달렸다. 경찰제복 상의를 벗어던진 경찰관 한 명이 담장에 매달려 있었다. 기종이 손에 든 몽둥이로 담장을 넘으려는 경찰관의 등짝을 힘껏 후려쳤다. 조금 전 기종의 옆에 있었던 젊은이를 쏜 놈들이었다. 경찰관이 담벼락에서 떨어져 내렸다. 도망가려고 벌떡 일어났다.

김주열을 죽인 놈들이었다. 친구를 죽이고 사상범의 누명을 씌운 놈들이었다. 기종의 몽둥이가 사정없이 경찰관의 머리통을 갈겼다. 쓰러진 경찰관의 깨진 머리에서 피가 번져 나왔다.

'죽었구나!'

번쩍—섬광 같은 전율이 기종의 뇌리를 스치면서 모든 행동과 사고가 멈췄다. 정신을 차려 보니 상남동에 있는 집 동네 앞까지 와 있었다. 경찰서와 집까지 십리(4km)가 넘는 먼 길이었다. 막연하고 급한 마음은 일단 어둠 속에 몸을 숨겼다.

'사람을 죽였다. 그것도 경찰관을…….'

집으로 갈 수 없었다. 기종을 체포하기 위해 경찰들이 잠복해 있을 것 같았다. 발길을 돌렸다. 구마산역이 보였다. 열차가 멈추어 있었다. 역사 옆문을 통해 객차와 화물차가 달린 열차의 화물칸에 몸을 실었다. 삼랑진을 거쳐 서울로 향하는 야간열차였다. 열차가 밤새도록 달렸다. 집과 멀어질수록 집안 식구들의 얼굴이 가까이에서 아른거렸다.

다음날 아침나절, 서울역 광장에 기종이 서 있었다. 동 · 서 · 남 · 북 어디에도 기종이 갈 데라곤 없었다. 조간신문을 파는 가판대로 갔다. 출근하는 시민들이 신문을 사서 보고 있었다. 최루탄이 박힌 김주열의 시신 사진 아래 '3.15에 이은 또 한 번 분노한 마산시민' 이라는 전날 밤의 기사가 신문 전면을 대서특필하고 있었다. 수십 명의 시민사상자와 몇 명의 경찰관이 부상을 당했다고 했다. 유심히 살펴봐도 죽은 경찰관은 없었다. 죽은 경찰관이 없다면……, 기종은 숨을 크게 쉬어보았다. 자신이 숨 쉬고 있다는 사실을 지난 밤 이래 처음 느꼈다.

서울의 거리도 어수선했다. 한 떼의 학생들이 '자유당 물러가라', '3.15 부정선거 다시 하라' 구호를 외쳐대며 용산 쪽에서 시가행진을 해 왔다. 시민들이 합세하고 있었다. 기종도 그 뒤를 따랐다. 그곳 아니면 기종이 몸담을 곳이라곤 없었다. 막강한 경찰력은 학생들과 시민들을 해산시켰다. 깡패집단이 된 '반공청년단' 은 정권의 하수인이 되어 곳곳에서 시위하는 학생들을 무자비하게 몽둥이와 쇠파이프 등으로 두들겼다. 기종은 그 와중에서 학생들과 함께 학교 강당과 교실에서 시민들이 지어온 밥으로 숙식을 해결했다. 학생들의 시위는 거세졌고 정권은 물러설 줄 몰랐다.

4월 18일, 시위를 끝내고 돌아가던 고려대 학생들이 반공청년단의 조직적인 폭력으로 사상자가 발생했다. 그 다음날, 피의 화요일이 된 4월 19일이 밝아왔다. 분노한 민중의 불길은 서울 전역에서 타올랐다. 서울의 대학생들과 고등학생들이 교문을 뛰쳐나와 시민들과 합세했다. 폭발한 화산의 용암으로 분출된 불길은 경찰의 저지선을 뚫고 서울시청 광장으로, 국회의사당으로, 세종로 거리에서 중앙청을 지나면서 이승만 대통령이 있는 경무대(현 청와대)로 방향을 잡았다. 구호도 '3.15부정선거 다시 하라' 에서 '독재정권 물러나라', '이승만 정권 물러가라' 로 바뀌어 있었다.

효자동 전차종점 일대와 중앙청에서 밀어닥친 시위대가 경무대로 꺾어지는 언덕길에서 멈췄다. 긴급 출동한 무장된 헌병 백여 명과 경찰병력이 총동원되어 있었다. 경무대를 지키는 마지막 저지선이었다. 수없이 터지는 최루탄과 콩 볶듯 하는 공포탄의 초연 속에서 학생들은 눈물을 쏟으며 목이 터져라 구호를 외쳐댔다.

정오를 넘긴 시간이었다. 학생 몇 명이 버려졌던 소방차에 올랐다. 경찰 저지선을 향해 소방차가 돌진했다. 그 뒤로 천여 명의 학생들이 뒤따랐다.

"탕~ 탕~ 탕~ 탕!"

공포가 아닌 경찰의 실탄사격이 시작되었다. 학생들이 길바닥에 뒹굴었다. 피를 쏟으며 숨져갔다. 도망치던 학생들이 담장이나 가로수 등의 은신처를 찾아 몸을 숨겼다. 기종도 총탄을 피해 가로수 몸통에 몸을 붙이고 있었다. 무차별로 쏟아지는 총탄이 담장과 아스팔트 바닥에 튀었고 가로수 몸통에 박혔다. 가로수가 총알을 막아주지 않았다면 기종의 몸통에 박힐 총알이었다. 일부의 학생들이 부상당해 신음하는 동료들을 들쳐 업고 뛰었다. 그 뒤로 총탄이 쏟아졌다. 정권의 나팔수였던 서울신문사가 불타올랐다. 깡패들의 본거지였던 반공청년회관이 화염에 휩싸였다.

총탄을 피해 시위대가 물러가고 총성이 잠시 멈추었다. 가운을 입은 의대생들이 피보다 진한 눈물을 쏟으며 나뒹군 시신과 부상자를 구급차로 실어

날랐다. 다시 전열을 정비한 학생들이 스크럼을 짜고 동료들의 피로 물든 경무대 언덕길을 올랐다. 경무대 무기고 담장 쪽에서 또 한 차례의 무차별 총격을 받은 젊은이들이 민주의 제단에 피를 뿌렸다.

이날 경무대 앞에서 총을 맞고 숨진 희생자는 30명이었고 부상자는 200여 명이었다. 대다수가 학생들이었다. 피지 못한 꽃봉오리들이었다. 경찰들의 실탄사격으로 빚어진 살육전이었다. 출동한 헌병들은 공포탄만 쏘았다. 군상부에서 발포명령이 없었다. 경찰관과는 지휘계통이 달랐다. —뒤에 알려진 사실이었다.

인의 장막에 가려져 눈과 귀가 멀어있던 이승만 대통령이 4월 19일 경무대 밖에서의 총성과 국민의 함성을 직접 듣게 되었다. 이 대통령의 측근들은 3.15의거부터 이어온 시위를, '데모대의 배후에는 공산당이 있고, 공산분자들의 폭동이고, 그들을 빨갱이 폭도들' 이라고 보고했다. 이 대통령은 4.19 이전까지 측근들의 말을 믿어왔다. 4월 19일 경무대 담 밖에서 들려온 총성과 분노한 국민의 함성은 노쇠한 대통령의 몽환의 잠을 깨웠다. '민중봉기의 원인을 정확히 살피라' 는 '매가나기' 미국 대사의 강경한 요청을 심각하게 받아들이고 있었다.

조국의 광복운동에 전생을 바치고, 대한민국 건국의 초대 대통령이 된 이승만 박사! 조작된 정국의 흐름에서 진실의 현실을 알았을 때는 허망하게도 많은 시간을 건너뛰었다. 안타깝고 통분하게도 너무 늦었고, 또 늦었다. 역사의 수레바퀴를 돌려놓기에는 너무도 많은 사상자가 발생했다. 이 대통령은 측근들에게 지시했다. 어떤 일이 있더라도 더 이상 아까운 젊은 목숨들을 다치게 해서는 안 된다고.

계엄령이 발포되고 계엄군이 시내 요소요소를 지켰다. 계엄사령관은 계엄군에게 엄명을 내렸다.

—민간인으로부터 음식물 등을 제공받는 어떠한 민폐도 끼치지 말 것. 절대로 민간인의 집에 들어가지 말 것. 명령이 있기 전까지는 여하한 일이 있더라도 절대 총을 쏘지 말 것.

피의 화요일(4.19)이 악몽 속에 가고 4월 20일의 날이 밝았다.

'제너럴 타이거(호랑이 장군)' 라고 불리던 송요찬 중장이 계엄사령관에서 생사박탈권을 쥔 비상계엄사령관으로 격상되면서 기자회견으로 비상계엄사령관의 입장을 밝혔다.

—평화적인 데모는 폭동이 아니다.

—어젯밤과 지금까지 경찰에 연행된 모든 학생들을 즉시 귀가 조치토록 지시했다.

—데모 학생들에 대한 어떠한 보복행위도 계엄사령부는 용납하지 않겠다.

—4월 18일 고대생 데모대에 가혹행위를 한 폭력배 일당을 모조리 검거하여 엄벌에 처하겠다.

—어제 오후(4.19) 계엄군은 데모대 해산에 폭력이나 총기를 사용한 적이 전혀 없다.

학생들과 시민들은 반신반의했다. 경찰과 군인들은 자유당과 이승만 대통령의 사병(私兵)이라고 생각했었다. 그런데 계엄군은 국민들의 적이 아닌 보호자였다. 송 사령관 자신의 시국관과 그를 따르는 애국장교들의 정의감과 김정렬 국방부장관의 냉철한 판단이 어우러진 군부의 결단이었다.

'국민을 지키고 보호하는 길이 국민의 사랑을 받는 군의 길' 이란 걸 실천하고 있었다. 시청광장을 지키는 계엄군과 시위를 주도하던 학생들은 서로의 반목이 없었다. 시민은 계엄군을 믿었고, 계엄군은 질서를 지켜달라고 권고했다. 계엄군과 학생들은 진압군의 탱크 위에서 친구처럼 담소했다.

4월 20일. 정리되지 않은 불안 속의 하루가 지나갔다. 4월 24일까지 간헐적인 시위와 군중집회는 계속되었으나 충돌은 없었다.

4월 25일 오후, 대학 교수들의 시국선언에 이어 가두시위에 들어갔다. 경찰들의 제지 대신 적의 없는 계엄군들이 교수들의 시위를 호위하고 있었다. 해가 저물고 수만의 학생들과 시민들이 이승만 대통령의 하야를 외치며 시위에 들어갔다. 야간의 데모에도 큰 충돌 없이 불면의 밤을 넘겼다.

4월 26일, 피의 화요일인 4.19에서 일주일이 지난 화요일이었다. 격동과 혼란의 정점을 찍는 날이었다. 정국은 한치 앞을 가늠 못한 채 침묵하고 있었다. 그러나 시간은 철옹성을 자랑하던 자유당의 편이 아니었다. 절대 권력자인 이승만 대통령의 긴 여정 중 가장 긴 하루였다. 학생과 시민들은 다시 경무대로 향하는 길을 메웠다. 계엄군은 최루탄과 공포탄을 쏘면서 천천히 뒤로 물러났다. 송요찬 장군의 주선으로 학생 대표들이 경무대에서 이 대통령을 만나고 있었다.

인간 이승만! 젊은 시절 독립운동으로 한성감옥에서 6년의 옥고를 치루면서 《독립정신》이라는 명저를 집필한 독립운동가. 하버드대 학사, 조지워싱턴대 석사, 프린스턴대 박사학위를 5년 만에 마친 시대의 석학. 해방 후 자유민주주의 초석을 놓은 대한민국 초대 대통령 이승만 박사. 일제 강점기, 미국 시민권을 얻으라는 윌슨 미 대통령의 권유에 '나는 대한민국 임시정부의 대통령' 이라며 당당히 거부하여 민족의 긍지를 지켰던 거인. 6.25사변 중 생포된 인민군 포로 중에서 반공포로를 미국의 양해 없이 과감히 석방한 반공주의자. 미국이 이 대통령을 설득하기 위해 미국으로 초청했을 때, "나는 못 간다. 국무장관 델레스를 보내라!" 고 버티면서 미국으로부터 휴전조건으로 한미방위조약과 물심양면의 흡족한 원조를 받아냈다. 미국

보다 한 발 앞서 간 외교의 달인이었다. —한미방위조약은 먼 훗날까지 북한의 적화야욕에서 자유대한민국을 지켜내고 발전시킨 울타리였다.

역사 속에 오래오래 존경받고 기억되어야 할 건국대통령 이승만 박사! 그런 그가 초라한 노구로 침묵 속에 자신의 처신을 결정해야 했다.

학생 대표들은 이 대통령의 하야를 종용했다. '매가나기' 미국 대사, 계엄군의 동정, 그리고 분노한 국민들의 궐기……, 사면초가였다.

더 이상 국민의 함성을 외면할 수 없었다. 더 이상 젊은 학생들이 희생되어서는 안 되었다. 대통령의 용단이 내려졌다. 4.19에서 4.26까지, 아니 3.15에서 4.19, 4.26까지 민주의 피를 뿌린 긴 시간이었다. 한편으로 권력의 속성상 독재자의 낙인이 찍힌 절대권자로서는 세상에서 찾아보기 힘든 짧은 시간의 과감한 결정이었다.

'인간 이승만! 과연 그는 독재자로만 낙인찍힐 인물이었을까?……. 독립운동가로서의 그의 고난과 건국대통령으로서의 그의 공적은?…….'

시청광장을 메운 시민들을 향해 계엄군의 지프차 한 대가 달려왔다. 계엄군 15사단 조재미 준장이 타고 있었다. 조 준장이 지프차 위에서 확성기를 들었다. 확성기에서 녹음된 이 대통령의 육성이 흘러나왔다.

"국민이 원한다면……."

이 대통령의 하야 성명이었다.

"만세! 대한민국 만세!!"

시청광장과 세종로 거리가 감격의 만세소리로 흔들렸다. 만세소리가 천지를 진동시켰다.

4월 26일, 위대한 승리의 날이었다. 기종은 시청광장에서 감격의 만세를 부르고 있었다. 자유당이 아닌 새로운 과도정부가 들어선다고 했다. 기종은 긴장이 풀어지면서 정신이 아득해졌다. 집안 식구들의 얼굴이 아스라이 먼 곳에서 다가왔다. 북마산파출소에서 유명을 달리한 친구의 모습이 보였다. 친구는 방화범과 사상범의 누명을 벗게 되었다. 그렇다고 친구가 살아 돌아올 수는 없었다. 기종은 자기 자신을 향해 만세를 부르고 있었다. 폭도의 일원으로 도망자가 되어버린 그 동안의 몸부림에서 벗어나게 되었다. 기종은 벌써 고향 마산의 가족들 품으로 달려가고 있었다.

세월이 흐른 먼—먼 훗날까지 기종은 3.15의거를 생각하면 울컥하고 분노했다. 국민의 시선을 의식한 얄팍한 정치꾼들은 당연히 '국립현충원' 을 빠지지 않고 참배하고 헌화했다. 1980년 5월 18일의 광주의거에 희생된 묘역에도 틈날 때마다 참배하고 표심을 다졌다. 간혹, 아주 간혹 인심 쓰듯 4.19묘역을 찾는 정치인도 있었다. 그러나 민주화의 시발점인 3.15마산의거는 세월의 망각 속에 잊혀져 한낱 지역의 기념일로 희소되었다.

'길가는 나그네여! 여기 길 잃은 민주주의를 찾으려다 3월 15일 밤 무참히 떨어진 21세의 꽃봉오리가 누워 있음을 전해다오.' —마산의거 당시 사살된 한 학생의 비문에 새겨진 탄식이다.

'한국의 말없는 세대는 오랜 잠을 깨고 소생하였다. 약 15년 전 조국의 독립을 위해 일본 경찰과 싸운 이래 처음으로 한국의 학생들은 소리 높여 불의에 맞서서 민주화의 제단에 목숨을 바치려고 일어섰다…….'

미국 '워싱턴 포스트' 지가 〈침묵에 잠겼던 한국의 젊은 세대 잠을 깨다!〉란 제목으로 실린 사설의 서두다.

그래서 '역사는 외롭다' 고 했던가.

숙식을 같이한 대학생 형들이 기종의 돌아갈 차비를 추렴해 주었다. 밤차를 타고 새벽에 구마산역에 내렸다. 대문 앞에서 집안의 동정을 살폈다. 무덤처럼 고요했다. 가만히 대문을 밀었다. 잠기지 않은 문틈 사이로 집안이 보이기 시작했다. 소리 없이 집 마당으로 들어섰다. 부엌에서 옹기그릇을 들고 수돗가로 나오던 어머니와 시선이 마주쳤다. 순간 멈칫하던 어머니의 손에서 그릇이 떨어져 박살났다. 죽은 줄 알았던 아들이 유령처럼 살아 돌아와 마당 한가운데 서 있는 것이다.

4월 11일 밤부터 실종된 기종을 온 집안 식구들이 찾아 헤맸다. 실종신고를 했다. 몇 명의 실종자 중 4월 11일 시위에 참가한 확실한 실종자는 기종이었다. 친구 몇 명이 그날 밤 시청앞 광장에서 보았다고 증언했다. 어머니와 집안의 친인척들이 부상자가 있는 병실로, 시신이 안치된 영안실도 뒤졌다. 김주열처럼 바다에 버려졌을까 봐 잠수부를 동원해서 마산 앞바다도 뒤졌다. 몰래 매장되었을까 봐 친구들은 인근 야산까지 헤맸다. 지친 가족들은 실종된 기종의 사진 전단지를 거리 곳곳에 붙였다. 날이 더해 갈수록 기종의 죽음은 확실해져 갔다. 기종의 시신이라도 찾았으면 하는 것이 가족들의 마지막 바람이었다.

그런 기종이 유령처럼 마당 한가운데 서 있는 것이었다.

"기종아!!"

어머니가 비명 치며 달려와 와락 기종을 껴안았다. 놀란 집안 식구들이 달려 나왔다. 죽었던 아들이, 오빠가, 형이 멍청히 서 있었다. 초라한 몰골은 말하지 않아도 그 동안의 행적을 설명해 주고도 남았다.

잠을 자는 듯 깨어 있는 듯한 몽롱한 며칠이 흘렀다.

월요일 아침 학교를 갔다. 낯익은 거리였다. 낯선 생소한 거리 같기도 했다. 무단결석의 반성문을 썼다. 체벌로 한 달간 변소청소가 내려졌다.

친구들은 환호했다. 3.15, 4.11, 4.19, 4.26의 역사적인 현장에 있었던 기종의 전력이 무공훈장보다 더욱 빛났다.

과도정부가 들어섰다. 세상은 생각과는 달리 들떠 있었다. 독재정권을 무너뜨린 민주화의 봉기는 방향을 잃고 표류했다. 곳곳에서 목소리를 높였다.

학생들은 학업에 몰두하지 않았고 직장인은 직분에 소홀했다. 준비가 안 된 민주화는 방종의 자유를 만들어 갔다. 대화는 사라지고 시위에서 시작되어 시위로 끝나는 나날이 계속되었다.

학생들은 시대의 유행처럼 클럽(동아리)을 만들어 패거리로 세를 과시했다. 민주화의 주역이라는 자부심으로 마산의 학생들은 타지역보다 거칠음에 앞섰다. 이스탄불, 불꽃, 잔디, 마라푼다…… 등의 불온클럽을 만들어 걸핏하면 패싸움을 벌였다. 여학생들도 UDT, 카추샤 등의 클럽을 만들어 남학생 못잖게 교정을 어지럽혔다.

그 시절 〈The Viking〉이란 영화가 흥행몰이를 하고 있었다. 8~10세기 북유럽 게르만족인 해적들의 활약상과 사랑을 그린 영화로 커크 더글라스, 토니 커티스, 자넷트 리, 어네스트 보그나인 등 세기의 명배우들이 열연한 대작이었다.

바이킹클럽이 만들어졌다. 기종이 속한 클럽이었다. 그들은 하나같이 고만고만했다. 집안의 배경이 좋았다. 도매값으로 쳐서 문제아들이었다. 기종을 '오딘' 이라고 불렀다. 북구신화의 주신으로 바이킹족의 유일한 신(神)이 '오딘(Odin)' 이었다. 바이킹클럽의 '오딘' 이 된 기종은 책과는 멀어졌고 어울림에 충실해졌다. 학생들은 학업보다는 무리로 떠돌았다. 세상은 혼란 속에 다시 갈래갈래 찢어지고 있었다.

1961년 5월 16일, 표류하던 정국에 쐐기가 박혔다. 대한민국의 존망을 걱정한 애국군인들의 쿠데타였다. 막연했지만 예견된 거사였다. 혼란한 정국이 불러들인 초대였다. 박정희 육군 소장이 주도한 혁명군은 탈출구를 찾지 못한 윤보선 대통령과 장면 총리의 내각제를 접수했다. 혼란은 계엄령으로 침전되었다. 질곡(桎梏)의 세월 속에 나라의 기틀을 잡아가는 군사정권의 시작이었다. 방황하던 대한민국은 군사정권의 통제 속에서 가난을 벗어나는 비상구를 찾기 시작했다.

일제 강점기 시절, '조선 놈과 북어는 두들겨 패야 된다' 고 왜놈들이 한 말이다. 왜 그들은 그런 망언을 했을까(?).

3학년 여름방학이 끝나고 2학기가 시작되었다. 먼 세월 끝에 있었던 대학 입시가 눈앞에 바로 다가왔다. 기종의 머릿속은 비어 있었다. 정신을 차려 보니 세월은 흘러가 있었고 남은 시간은 촉박했다. 어찌 되었든 대학은 가야 했다. 골이 빈 놈에서 골을 채워야 할 놈이 되었다. 급했다. 남은 시간을 담금질해야 했다.

2학기 중반 서둘러 서울로 갔다. 종로 뒷길에 자리 잡은 'EMI학원' 에 등록했다. 유명세를 탄 학원이라 입시생들로 붐볐다. 욕심 같았으면 최고의 명문인 S대학을 목표로 삼겠으나 짧은 기간 동안 천재도 넘기 힘든 도전이었다. 차선으로 K대학을 향해 학원교재를 넘겨갔다. 입시 날이 다가올수록 그 목표마저 과욕임을 녹슬었던 머리는 감지하고 있었다. 다시 하향조정하기에는 자존심이 허락하지 않았다.

'낙방하면 재수(?)…….'

지금까지 기종의 학력에는 건너뜀은 있어도 낙방으로 머무름은 없었다. 자책에 의한 굴욕적인 재수생은 될 수 없었다. 시험에 떨어지면 학력은 고졸로 끝낼 배수의 진을 쳤다. 낙방하면 고향 마산에는 내려가지 않을 결심이었다. 입시시험을 치렀다. 합격의 자신이 없는 무모한 도전 같았다.

'끝냄이냐, 또 한 번의 도전이냐?'

갈등 속에 발표 날이 왔다.

'재수를 안 하면 뭘 하겠다는 거냐?'

결정적인 해답을 찾지 못한 채 합격자 공고판 앞에 섰다. 드문드문 건너뛴 합격자 번호 속에 기종의 수험번호와 이름이 대문짝만하게 크고 눈부시게 동공 속에 박혀들었다. 바닥이 보이지 않는 외줄 위에 서 있었다. 평지는 아득히 외줄 끝에 있었다. 한 번에 훌쩍 외줄 끝 평지에 안착했다. 기종은 '휴~' 긴 안도의 숨을 쉬었다. 세상이 갑자기 밝아왔고 하늘은 눈부시게 높았다. 다시는 한눈팔지 않고 대학생활에 전념하겠다고 다짐했다.

그런데 대학생이 된 기종을 시대가 그냥 놔두지 않았다. 캠퍼스는 술렁이고 있었다. 학생회와 각종 써클들이 시위 전력이 화려한 기종을 불러내었다. 아니, 현실과 동떨어져 학업에 전력할 기종이 아니었기에 스스로 학생운동에 적극 참여했다.

1963년 2월 18일, 국가재건최고회의 의장인 박정희 장군은 혁명공약 6항대로 '우리의 과업이 성취되면 참신하고도 양심적인 정치인들에게 정권을 이양하고 본연의 임무(국토방위)에 복귀하겠다' 는 약속대로 대통령선거에 불참하겠다는 선언을 했다. 정치인들은 환영했고 민심은 그에게 박수를 보냈다. 거듭 2월 27일에도 민정에 참여하지 않겠다고 다짐했다. 그런 그가 3월 16일 군정연장을 선언했다.

분노한 재야정치인들은 들끓었고 대학생들은 다시 가두시위로 들어갔다. 이에, 대통령 권한대행 박정희 의장은 군정연장을 철회했다. 그 후에도 재야 정치인들의 집회는 계속되었고 학내에서의 학생운동은 힘을 더해갔다. 일학년의 기종은 학년 대표로 학생운동의 중심에 있었다.

어느 날 군부정치 참여자들이 모여 '민주공화당' 을 창당했다. 8월 30일, 박정희 의장이 육군 대장으로 예편함과 동시에 공화당에 입당했다. 공화당은 다음날(8월 31일) 전당대회를 열어 당 총재와 대통령 후보로 박 의장을 선출했다. 5.16혁명을 주도한 박정희 장군은 스스로 '혁명공약 6항' 을 어기고 대통령에 입후보했다. 대통령 선거는 10월 15일로 공고되었다. 재야 정치인들은 극렬히 저항했다. 정치인들은 학생들을 선동했다. 학생들은 다시

거리로 뛰쳐나갔다.

학생운동에 참여한 기종은 언제부터인가 회의감을 품게 되었다.

'이게 아닌데……, 이런 게 아니었는데…….'

갈등하고 고민에 빠져들었다. 지금까지 기종이 참여한 시위나 학생운동은 부정과 불의에 저항한 순수한 열정이었다. 그런데 어느 날인가 때 묻은 정치인들의 선동이 섞여들었다. 그 다음으로 이념적인 불온한 빛깔이 스며들었다. 《마르크스주의론》, 《레닌의 지상주의》, 《볼세비키당 투쟁사》 등등의 이념 서적들이 몰래 읽혀졌다.

순수해야 할 학생들이 정치인들의 전위대가 되어갔다. 일부의 학생들은 자신들도 모르게 붉게 물들어 갔다. 붉은 씨앗들이 뿌려지고 있었다. '빨갱이(공산당)들은 정충까지 붉다' 고 빨갱이 가족들까지 멀리해 온 기종이었다. 6.25사변과 부친의 행적, 이승만 정권 하의 반공 반일 교육 등……, 기종의 몸속에는 빨갱이들의 사상보다 몇 배 더한 그들을 거부하는 강력한 유전자를 가지고 있었다.

'세상이 뒤집어져도 빨갱이는 안 된다. 열 번을 죽어도 빨갱이는 용서할 수 없다.'

그런 기종의 주위에 불순세력이 맴돌았다.

'이게 아닌데, 이건 아니야…….'

학생모임이나 집회에 나가지 않았다. 한 발 물러나 자신을 냉각시켜 보았다.

6.25사변 중이었다. 적화통일 야욕으로 무장된 김일성의 인민군들이 남한을 삽시간에 휩쓸면서 동족살육의 만행 끝에 낙동강까지 밀고 내려왔다. 대한민국은 낙동강 아래 동남쪽 한쪽 귀퉁이만 남았다. 유엔군으로 참전한 미군과 전열을 재정비한 국군이 낙동강 전선에 마지막 배수의 진을 쳤다.

낙동강 전선이 무너지면 김일성의 야심대로 자유 대한은 지구상에서 없어지고 조선인민공화국인 공산국가로 한반도는 적화통일 되는 위기의 순간이었다. 맥아더사령부(더글라스 맥아더 장군이 사령관으로 있는 '미극동지구사령부' 의 호칭)에 소속된 기종의 아버지가 다급히 마산 본가로 왔다.

기종의 집 대청 아래에는 방공호가 만들어져 있었다. 같이 온 부하들이 방공호에 폭파장치를 했다. 아버지가 집안 식구들 앞에서 할머니에게 무겁게 당부했다.

"오마니! 빨갱이 세상이 되면 우리 집안이 제일 먼저 당할 겁니다. 그때가 되면 식구들 데리고 방공호로 내려가세요. 그리고 이걸 누르세요."

전선줄에 연결된 폭파스위치를 시험해 보였다.

어린 기종은 계백 장군의 그림역사책이 생각났다. —백제의 계백 장군, 나·당 연합군과의 마지막 결전을 앞두고 가족들을 자신의 손으로 죽이고 황산벌로 떠나는— 아버지는 가족 곁에서 바람처럼 떠났다. 중요한 작전으로 한시도 지체할 수 없다고 했다. 전선은 가까이 다가오고 있는 것 같았다.

마산을 품고 있는 무학산 너머에서 포성소리가 들렸다. 이제 부산을 거점으로 인근 마산만 겨우 버티고 있다고 했다. 전선은 마지막 공방으로 낙동강은 핏물과 죽음의 강이 되었다. 마산 서쪽 진동고개까지 인민군이 와 있다고 했다. 사람들은 피할 곳 없는 피난 짐을 쌌다. 부산과 마산 앞바다에서 일본으로 도망갈 배를 구하고 있다고 했다. 할머니가 어두운 얼굴로 방공호로 내려가서 폭파장치를 점검하는 발길이 잦아졌다.

기적이 찾아왔다. 하늘이 대한민국을 버리지 않았다. 낙동강에서 마지막 밀어붙이던 인민군의 전선이 허물어지기 시작했다. 맥아더 장군의 인천상륙작전으로 인민군들이 후퇴하고 있었다. 성공률 제로(0)에 가깝다고 미 본토에서도 우려했던 인천상륙작전이었다. 세계 2차 대전을 승리로 이끈 '노르만의 상륙작전'에 아이젠하워 장군이 있었다면, 6.25전쟁에서 위기의 대한민국을 구한 인천상륙작전에는 더글라스 맥아더 장군이 있었다. 구국의 은인이었다. 세계 전사상 길이 남을 작전이었다. 서울이 수복되고 대한민국이 살아났다. 그때 공산국가로 통일되었다면 지금의 기종과 가족들은 제일 먼저 처형될 반동들이었다.

기종은 냉정해졌다. 보이지는 않았지만 불온의 기류가 학생들의 틈새에서 학생들을 세뇌시키고 있었다. 무슨 일이 있어도 동참할 수 없는 무리들이었다. 벗어나야 했다. 올가미에 걸리기 전에, 감당할 수 있는 지금의 시점에서 벗어나야 했다. 언제부터인가 정보과 형사들이 기종의 움직임을 주시하고 있었다. 학교에 가지 않았다. 여러 날 강의에 빠졌다. 생각 끝에 결론을 내렸다. 휴학을 하고 그들과 결별하기로 했다. 며칠의 방황 끝에 하숙집으로 갔다. 아버지의 내연녀인 '여우'를 통한 '바람'의 만나자는 전갈이 와 있었다. 기종은 아버지를 '바람'이라고 칭했다.

성장기에서 현재까지 기종의 곁에는 아버지라는 존재는 없었다. 간혹 바람처럼 나타났다가 바람처럼 사라지는 바람 같은 존재가 아버지였다. 기종이 아는 또 다른 아버지라는 존재는 여자들과의 숱한 염문을 피워온 바람기 넘치는 '바람'이었다. 여자들의 시선을 멈추게 하는 외모와 매너를 갖춘 '바람'이었다. 남자인 기종이 봐도 훤칠한 키와 용모가 빼어난 남자 중의 남자인 것만은 사실이었다. '바람'의 주위에는 항상 여자들로 바람 잘 날이 없었다. 누구도 범접할 수 없는 '바람'만의 아우라(aura)가 있었다. 몇 사람의 영화감독이 '바람'에게 영화출연 제의를 했다. 한량기 많은 '바람'이 그 제의만은 이상하게도 받아들이지 않았다. 사대부 집안의 손으로서 배우를 광대라고 불렀던 시대의 자존심이었을까.

'바람'은 맥아더 사령부의 요직에서 대학교수로, 군사정권이 들어서면서부터는 사업가로 뱀허물 벗듯 변신을 거듭하고 있었다. 한반도의 동해 원산에서 서해 인천으로 이어지는 경인지구대의 중앙에 한탄강이 흐르고 있다. '바람' 은 연천 · 전곡지역의 한탄강 주위 분지에 목장을 건설하고 있었다. 제주도 목장에 버금가는 큰 규모의 사업이었다. 군사정권의 후원으로 지역 발전을 위한 '재건촉진회' 회장 자리까지 맡고 있었다.

그런 '바람' 의 옆에서 바람기를 잠재우며 사업을 보좌하고 잠자리까지 책임지는 확실한 내조자를 기종은 '여우' 라고 칭했다. 사업과 일을 벌일 줄만 알고 마무리가 약한 '바람' 옆에서 야무지게 뒤처리를 해 나가는 '여우' 였다.

'여우!'

나이 차이가 많은 퇴물 변호사의 후처였다. 집안 살림은 가정부에게 맡겼고, '여우' 는 기능 잃은 남편의 통제밖에 있었다. 가냘픈 듯한 외모와는 달리 수완과 설득력이 대단한 사교적인 여자였다. 나긋나긋한 팔등신의 큰 키에 좁은 어깨 위의 목은 길었고 머리는 고양이처럼 작았다. 투명한 피부에 하체가 길었고 나올 곳과 들어갈 곳이 확실한 몸매였다. 언제나 정갈하게 쪽진 머리였고 우아한 한복을 입고 있었다.

기종이 보기에도 어머니보다는 '바람' 에게 더 잘 어울리는 내조자이자 사업의 파트너임을 부정할 수 없었다. 그러나 어머니의 자리만은 인정할 수 없었다. 그런 '여우' 가 어머니의 자격으로 등록금과 하숙비와 용돈을 전해주었다. 헤게모니를 '여우' 에게 양보한 '바람' 의 돈이었다.

'바람' 이 만나자는 시간에 맞춰 조선호텔로 갔다. '바람' 이 서울사무실 겸 숙소로 쓰고 있는 곳이었다. 그 당시 조선호텔에 묵고 있는 그 자체만으로도 대단한 위상이었다. 일제 강점기인 1914년, 조선 최초로 소공동에 지어진 한옥구조의 호텔로서 1970년 20층의 현대식 건물로 재건축될 때까지 숱한 역사를 간직한 곳이었다.

호텔 커피숍에 '바람' 이 기다리고 있었다. 그 옆으로 그림자처럼 '여우' 가 붙어있었다. 기종이 엉거주춤 인사를 했다. 인사를 받는 '바람' 의 표정이 냉랭했다.

"하숙집에 잘 들어가지 않는다면서?"

바람이 불쑥 던진 말에 기종은 '여우' 를 보았다. 하숙집에서 염탐한 것을 '여우' 가 고자질한 것이었다.

"하란 공부는 안 하고 몰려다니면서 무슨 짓거리들이야?!"

"……."

기종은 침묵했다.

"학교는 왜 빠져!"

'바람' 의 안테나가 학교까지 뻗친 모양이었다.

"걱정하지 않으셔도 제 일은 제가 알아서 할 나이입니다."

기대와는 멀어지는 아들에 '바람' 은 실망하고 있었다. 부재한 부정에 기종은 반항하고 있었다. '여우' 의 앞에서 질책당하는 것에 더 큰 모욕감이 일었다.

"공부할 나이에 학업에 전념해도 시간이 모자랄 판인데, 툭— 하면 거리로 뛰쳐나가 데모로 지새워! 너네들이 무얼 안다고!!"

"배운 것만큼은 알고 있습니다."

"정치는 정치인에게 맡기고 학생들은 공부만 하면 돼!"

"'암탉이 울면 집안이 망한다' 고 어느 정치인이 박순천 여사님(이승만 정권에 맞섰던 여정치인 · 국회의원)에게 한 말입니다. '오죽하면 암탉이 울었겠냐' 고 박순천 여사께서 한 말입니다. 오죽했으면 학생들이 거리로 뛰쳐나갔겠습니까?"

기종이 '바람' 앞에 당당하게 맞섰다. 분위기가 심각해졌다.

"오랜만에 만난 부자지간에 이게 뭐예요? 회장님은 마음 푸시고, 기종아—, 아버님 말씀 깊이 새겨 들어라."

'여우' 의 끼임에 기종이 울컥했다.

"제 일은 제가 알아서 하겠습니다. 아버님은 집안일이나 신경 좀 써 주십시오. 마산에는 아버님의 부인이 있고 자식이 있습니다."

기종은 자신도 모르게 참아왔던 울분이 터져 나왔다. 여우를 향한 분풀이이기도 했다. 기종의 당돌함에 바람이 멈칫했다.

"…… 애비를 훈계하는 거냐?!"

"부탁드리는 겁니다. 집이 어렵습니다."

'여우' 의 커팅으로 그때그때 생활비가 보내지지 않았다.

"그래서! 누가 굶어죽기라도 했냐?!"

"살아 있습니다."

침묵이 흘렀다. 세대 차이에서 오는 갈등이 아니었다. 증발된 세월 속에 아버지와 아들의 앙금진 날선 만남이었다.

'여우만 없었다면 그렇게 끝낼 만남이 아니었는데…….'

후회 속에 기종은 하숙집으로 돌아왔다.

짐을 정리한 다음날, 학교로 가 바로 휴학계를 냈다. 친구나 선배의 만남도 없이 교문을 나왔다. 미련 없이 마산으로 내려가는 열차를 탔다.

징집영장을 추월해서 자원입대했다. 도피가 아니었다. 도약을 위한 숙련의 은신처였다.

서쪽 하늘에 영역이 줄어든 노을의 잔영이 어둠으로 사라졌다. 부대 경계선 따라 견고하고 촘촘한 철망의 높이가 완고했다. 철망 따라 경비등이 이어졌다.

'내가 지금 왜 여기에 있을까?…….'

카빈총을 멘 기종이 수송부 연병장 외곽 경비근무를 하고 있었다. 자초한 군복무였지만 생소한 자신에게 묻고 있었다.

병기대대는 차량 및 병기 보급품 기지창으로 육군본부의 지휘를 받는 독립대대였다. 5개 중대와 종합수송부로 이루어진 편제로, 종합수송부는 5개 중대의 지원 차량과 예비 차량을 관리했다. 대대본부에는 본부중대와 기지창의 차량 부품과 병기 보급품을 관리하는 2개 중대와 종합수송부가 주둔하고 있었다. 2개 중대는 부평과 인접한 백마장 벌판에 산재해서 폐차야적장과 교체되는 신형 군용차량의 야적을 통제 관리했다.

6.25사변 후, 지원받은 노후된 군차량이 교체되는 시기였나. 전군에서 단계적으로 교체되는 폐차를 병기대대에서 애스컴 사령부(미보급기지창)로 견인해 날랐다. 애스컴 사령부에서는 폐차들을 기관부와 적재부를 절단해 고철로 만들었다. 고철은 일본 제련소로 보내지고 일본에서 생산된 신형 차량으로 되돌아왔다. 대한민국에는 제련소나 변변한 제조공장 하나 없는 시절이었다. 그로부터 6년 후인 1970년 4월 1일, 포항종합세칠(포스코)의 착공식이 있었다.

애스컴 사령부는 대대본부 길 건너편에 넓게 자리 잡고 있었다. 대대본부 서쪽 끝 개울 건너에 신촌마을이라고 불리는 미군 위락장과 홍등가가 있었다. 그곳에는 양공주라고도, 양색시라고도 하는 통상적 속칭인 양갈보들이 상주하고 있었다.

외출하는 미군 중에는 한 아름 가득한 누런 봉투를 안고 있었다. 설탕, 과자, 햄, 통조림, 과일, 화장품, 음료 등등……, 단골 양색시의 선물용이었다. 대한민국에서 구하기 힘든 고급 생필품들이 P · X에서 밀반출되거나 양색시들로부터 흘러나와 시중에 거래되고 있었다.

대대본부 길 건너 애스컴 사령부 동쪽 끝에는 '다다구미' 라는 마을이 자리 잡고 있었다. 신촌이 미군의 위락장이라면, 다다구미는 한국 사람들이 출입하는 홍등가였다. 창녀촌과 술과 간단한 안주를 파는 구멍가게가 있었다. 한국 사람을 상대하는 창녀들을 '똥갈보' 라고 했고 준말로 '똥치' 라고 불렀다. 일반인보다 군장병들이 주고객이었다. 병기대대와 부평 인근에 군부대가 많았다.

기종은 수송부에 배치되던 날 호된 신병 신고식을 치렀다. 군복을 입은 순간부터 통념적인 사회의 신분은 박탈된다. 계급에 따른 복종의 의무만 있었다. 낮 일과시간에는 차량 밑을 기면서 먼지 하나 없이 닦고, 조이고, 기름칠했다. 야간에는 2시간의 차량경비 근무, 주 · 야간 없이 소집되는 비상점호 등 정신없이 몰아치는 고된 일과의 연속이었다. 이병(이등병)인 작대기 하나에서 가로줄 하나가 늘어난 일병(일등병)이 되었지만, 후임이 없는 여전한 말단 쫄따구였다.

군대 졸병생활은 모두가 힘들다고 하지만, 수송부 졸병생활은 최악의 난코스였다. 고참병들의 횡포가 심했다. 야간에도 차량운행으로 유동병들이 많았다. 귀대한 고참병들의 군기 잡는 소음(체벌이나 몽둥이질)으로 다른 중대의 취침을 방해했다. 그래서 수송부 내무반은 부대 안에서 외진 곳으로 따로 격리되어 있었다. 대대 안에서도 '달구지' 들이라고 차별화했다.

근무교대 시간이 가까워왔다. 수송부는 부대 정문에서 대대본부로 향한 중앙 통행로 좌측에 자리 잡고 있었다. 철망 울타리를 경계선으로 바깥세상과의 소통이 가능했다. 그래서 철조망이 아닌 촘촘한 철망 울타리를 높게 둘러서 병기품(유류, 차량부품 등)의 부정유출을 막았다. 그로인한 외곽 경계 경비도 철저했다. 정비고 옆 연병장 주차장에서부터 정렬한 차량들이 군기 바짝 든 보병의 행렬처럼 질서정연하게 주정차되어 있었다.

근무교대 인계인수를 위한 차량점검에 들어갔다.

M32A1 구난용 탱크 2대, A후램특수차(차량구난 및 해체, 견인용) 2대, 병기품 상하차 및 적재용 포커리프트(지게차), 야전이동 지휘용 탑차, $\frac{3}{4}$ton 스리쿼터, 지휘관용 $\frac{1}{2}$ton 지프, 폭발을 대비한 방지벽 토담 속의 현장 연료 불출 창고 다음 수송부의 주종인 병력 및 보급품 수송용 $2\frac{1}{2}$ton 디젤 트럭이 귀대한 순서대로 주정차되어 있었다.

차량점검을 끝내고 수송부 정문 경비병과 차량출입 및 현재의 재고 대수를 서로 확인, 대조 점검했다. 정문 옆 수송부 사무실의 불이 밝았다. 서무계, 병기계, 연료계, 배차계 등의 행정병과 수송관이 근무하는 곳이다. 수송부의 특과병은 배차계였다. 차량배차와 배차거리에 따른 연료 불출증을 발급한다.

24시간 차량배차로 배차계는 선임 아래 4명의 후임 보직병으로 주 · 야간 교대근무를 한다. 직책상 주야간 점호와 사역과 야간근무(불침번과 차량경비 등)에서 제외된다. 군복무에서 점호 · 사역 · 야간근무가 없으면 그 이상 바랄 게 없었다. 파워도 막강하다. '차량운행증' 발급은 선임 배차계에 전결권이 있었다. 배차계의 배차지시에는 계급의 위아래가 없이 명령에 따라야 한다.

기종은 근무교대 점검을 끝내고 사무실 앞을 지나 정비고를 순찰하고 동초 원위치로 향했다. 사무실 난로 앞에서 배차계가 야식을 즐기고 있었다. 봄의 문턱에서 꽃샘추위는 야간 경비병의 옷깃을 파고들었다.

길 건너 애스컴 사령부 산책로 조명등 아래로 운동복 입은 미군들이 조깅을 하고 있었다. 한낮처럼 불 밝힌 테니스장에는 여군과 짝을 이룬 미군들이 운동을 하고……, 길 하나 사이를 둔 천국의 모습이었다. 길 건너편이 아니더라도 눈앞 수송부 사무실의 따뜻함이 부러웠다.

'내가 왜 여기 있지?…….'

줄빳다(계급순으로 물림하는 몽둥이 기합)가 튀기는 내무반에 있지 않고 야간 보초 서는 지금의 처지에 만족해야 했다. 철망 울타리 밖의 철로길 따라 열차가 지나갔다. 차창 안 불빛이 밝았다.

'저 차를 타면 고향 마산으로 갈 수 있겠지. 어머니와 동생들과 친구들이 있는…….'

오늘 '바람' 이 찾아왔다.

점심시간, 취사장 배식구 앞에서 줄을 서 있을 때였다.

"수송부 강기종 일병! 강기종 일병! 대대본부 앞으로!"

식당의 스피커에서 기종을 찾고 있었다. 놀란 기종이 줄에서 빠져 나와 대대본부로 달렸다. 본부 현관 입구에서 대대장 당번병이 기다리고 있었다. 당번병의 안내로 이층의 대대장실로 얼어붙은 채 들어갔다. 부동자세로 관등성명 신고를 끝내고 정신을 차려보니 대대장 앞에 '바람' 이 앉아 있었다. 바람의 옆자리에는 오늘도 '여우' 가 있었다. 미리 알림이 있었는지, 바람을 접견하는 대대장의 동작이 조심스러웠다.

'바람!'

기종에게는 어릴 때부터 부정을 느끼지 못한 사람이었다. 같이한 살가운 기억이 없는 아버지였다. 실체가 모호(模糊)한 바람 같은 사람이었다. 더러는 장군이라고 했고, 극동지구 미 CIA요원(?)이라고도 했다. 교수님이라고 했고, 사장님, 회장님이라고도 호칭했다.

1948년 '여수 · 순천 반란사건' 때는 광주 조선대학교에 있었다. 6.25전쟁이 끝나갈 무렵, 바람과 함께 맥아더 장군을 한 번 만나본 적이 있었다.

맥아더 장군은 '바람' 을 '캡틴 강' 이라고 불렀다. 맥아더 장군은 어린 기종을 번쩍 들어 "Oh my son!" 하며 품에 안았다. 누린내와 담뱃진 냄새로 외면했던 양코배기가 역사적인 인물 '맥아더 장군' 인 줄 그때는 몰랐었다.

맥아더 장군이 본국으로 소환되기 직전, 바람이 원하면 한국군 요직으로 복귀시켜 주겠다는 제의가 -전쟁과 군인을 싫어하는- 어머니(기종의 할머니)의 반대로 무산되었다.

함석헌 옹(1901~1989, 사상가 · 인권운동가)이 바람의 멘토였다. 함석헌 옹! 혼란기 때 미국 기독교의 초청으로 뉴욕을 방문했다. 흰 수염에 흰 두루마기와 한복을 입고 흰 고무신을 신었다. 브로드웨이 마천루 길을 당당하게 활보하면서 한민족의 위상을 높인 위대한 사상가였다.

먼 훗날(2009년), 한 국회의원이 한복을 입고 민의의 전당인 국회의사당에서 철주로 기물을 파손하고, 분과위원회 책상 위에서 공중부양의 널뛰기를 하고, 파업현장을 떠돌면서 깨끗하고 온화한 한복을 선동과 광분의 도포자락으로 얼룩지게 했다. 그런 모습을 함석헌 선생이 보았다면 어떻게 생각했을까…….

기종의 기억 속에 잠재한 바람의 실체는 복잡했다.

장준하 선생(1918~1975, 『사상계』 창간자, 언론인, 박정희 정권에 맞섰던 정치인으로 등산 중 의문의 실족사)과 해공 신익희 선생(1894~1956, 정치가, 독립운동가, 대통령에 입후보하여 호남유세 가던 중 열차 안에서 뇌일혈로 사망)은 '바람' 을 동지라 불렀다. 특히 일본 와세다대학 선배인 신익희 선생은 마산 유세장인 무학초등학교 연단에 후배인 '바람' 의 손을 잡고 같이 올랐다.

유석 조병옥 박사(1894~1960, 민주당 대통령 후보로 입후보했으나 신병으로 미국 육군병원에서 별세)와 김좌진 장군의 아들인 김두한 선생(1918

~1972, 야인의 거목, 국회의원)과의 교류가 깊었다.

바람과 오랫동안 친분을 이어온 인물이 있었다. 바람과 비교될 만한 파란만장한 일생을 거친 백두산 호랑이라고 불린 김종원(1922~1963, 군인, 치안국장)이었다. 백두산 호랑이는 바람을 형님이라고 깍듯이 모셨다. 1948년 여순반란사건을 진압했고, 빨갱이라면 지옥까지라도 쫓아가 처형할 군인이었다. 1950년 6.25사변 중에는 헌병부사령관 겸 경남지구 병사부 사령관으로 서슬을 높였다. 1951년 9월, 빨갱이로 내몬 '거창양민학살사건' 이 있었다. 동사건의 진상조사차 내려가던 국회의원이 탄 차를 공비로 위장한 부하들을 시켜 총격으로 되돌아가게 했다. 군법회의에 회부되기 전까지 기종의 집에 피신해 있었다. 징역 3년형을 받았으나 이승만 대통령의 특별사면으로 석방되어 도경찰국장과 치안국장을 거치면서 절대의 권력을 휘둘렀다. 그런 천하의 백두산 호랑이가 '바람' 의 앞에서는 온순한 양이 되었다. 기종의 의식으로는 불가사의한 두 사람의 관계였다. 1960년 4.19의거 후 군사재판으로 수감되었다가 병보석(당뇨병)으로 풀려났다. 1963년 12월 사망 때까지 명동성모병원에 입원해 있었다.

기종이 입대하기 전 '바람' 과 함께 병문안 간 적이 있었다.

"형님 내가 죄를 많이 지어 눈까지 멀었나 봅니다."

당뇨병 합병증으로 눈이 먼 이빨 빠진 백두산 호랑이가 '바람' 의 손을 잡고 참회의 눈물을 흘렸다.

'바람!'

정말 한 마디로 정리하기 힘든 난해한 사람이었다. 자신의 존재가치를 가정을 벗어난 격동의 세상에서 찾고 있었다. 기종은 두고두고 생각해 보아도 이해할 수 없는 아버지의 실체였다. 기종에게 아버지란 존재는 영원한 '바람' 이었다.

바람이 대대장실에서 기종을 기다리고 있었다. 대대장이 특별외출을 허락했다. 부평역 앞 서울옥이란 식당에서 바람과 여우 앞에 기종이 면목 없이 앉아 있었다.

"그렇게도 공부하기가 싫었냐?!"

"……."

바람이 침묵을 깼다. 기종은 시선을 맞추지 않은 채 머리를 숙이고 있었다.

"공부가 하고 싶어도 등록금이 없어서 못하는 학생들이 많다."

"부모와 한 집에서 정붙이고 사는 학생들이 더 많습니다."

메마른 대화는 섞임 없이 맴돌았다. 바람의 인내가 필요한 시간이 흘렀다. 여우가 끼어들었다.

"기종아! 시간이 가면 사업에 바쁘신 회장님을 이해하게 될 거다. 그게 다 너와 집안을 위한 일이기도 해."

"회장님과 아주머니의 사업입니다. 우리 집안과는 관계없는 일입니다."

'여우만 없었다면, 따뜻한 만남은 아니어도 이렇게 냉랭하지는 않았을 텐데…….'

기종은 아버지가 원망스러웠다.

'바람' 이 술병을 들어 자신의 술잔을 채우려 했다. 여우가 잽싸게 거들었다.

"기종아 너도 한잔해라."

여우가 기종의 잔에도 술을 채웠다.

'바람' 이 천천히 술잔을 비우며 감정을 억제하고 있었다. 기종은 어머니가 아닌 여우와 같이 한 자리에 더 머물기가 싫었다.

"군복무가 끝나면 정리된 마음으로 저의 길을 가겠습니다."

기종이 술잔을 그대로 둔 채 일어났다.

"이만 부대로 돌아가겠습니다. 찾아주셔서 감사합니다."

기종이 돌아섰다. '바람' 의 표정이 잠깐 흔들렸다.

"기종아, 잠깐!"

여우가 불러 세웠다. 핸드백에서 급히 준비된 돈을 꺼냈다.

"먹는 것이 부실할 텐데 몸 살펴야지."

기종의 노골적인 반감에도 감정을 죽이고 '바람' 을 의식한 여우의 재치가 빛났다.

"먹여주고 재워주고 부족한 것이 없는 군 생활입니다. 신경 써 주셔서 감사합니다."

기종이 그대로 돌아서 식당 문을 나섰다. 바람과 여우가 같이 한 자리에는 기종의 자리는 없었다.

'기대가 크면 실망도 크다' 고 했던가. 아버지는 세월이 갈수록 아들에 대한 기대가 멀어지고 있었다. 공부보다는 운동권 시위로, 학업을 중단하고 군 입대로, 실망의 담만 높여갔다.

아들은, 가정을 소홀히 하고 어머니가 아닌 다른 여자들과 놀아나는 아버지에 대한 원망만 키워갔다. 아버지는 세상을 떠나는 그날까지, 아들은 살아 있는 그날까지, 아버지와 아들은 교차점 없는 평행선을 이어갔다.

기종은 '절대로 바람의 길을 가지 않겠다' 고 다짐하고 또 다짐했다. '절대로' 란 '절대로' 없는 것인데, '절대로' 란 말은 '절대로' 써서는 안 되는 말인데……. '절대로 바람의 길을 가지 않겠다' 는 기종의 다짐대로 약속이 지켜질는지…….

"강기종 일병! 강기종 일병 사무실로!"

수송부 사무실에서 배차지시를 내리는 확성기가 연병장을 흔들었다. 트럭의 본넷을 닦고 있던 기종이 멈칫 사무실로 시선을 옮겼다. 제대를 앞둔 고참병의 조수로 노상운전을 하는 첫날이었다. 어제는 대대본부에서, 오늘은 수송부 사무실에서 기종을 호출하고 있었다. 행동의 속도에 따라 기합의 등급이 달라진다. 달리면서 군모를 바로 쓰고 복장을 점검했다. 사무실에 들어서면서 경례와 함께 부대 구호를 외쳤다.

"강기종 일병인가?"

수송관 공 중위가 기종을 보고 있었다.

"네—. 일병 강기종!"

기종이 수송관을 향해 다시 한 번 경례를 했다. 기종의 개인기록카드(신상명세서)가 수송관의 책상 위에 놓여 있었다. 수송관이 기종의 신상명세서를 다시 한 번 검토하는 듯했다.

"운전병과 행정병 어떤 보직을 원하는가?"

수송관이 기종에게 물었다.

"……."

기종이 선택할 사항이 아니었다. 그렇지만 당연한 행정병이었다.

"행정업무를 할 수 있겠나?"

"……."

기종은 수송관의 의중을 알 수 없었다. 수송관이 다시 한 번 신상명세서를 살펴보고 있었다.

"훈련소에서 중대 향도로 지냈는가?"

"네—! 일병 강기종."

"오늘부터 배차계 보직을 명한다."

"?!……."

갑자기 떨어진 보직명령에 얼떨떨했다.

'어제 배정된 운전 조수직은?…… 배차계?! …… 웬 마른하늘에서 날벼락처럼 떨어진 복권 당첨?!'

배차계 선임인 배차실장이 제대특명이 나 있었다. 수송부 사무실은 행정 핵심인 배차계 선임이 실장직을 맡고 있었다.

"배차계 행정업무를 선임들로부터 열심히 숙지하도록!"

수송관이 다시 한 번 명령을 내렸다.

"네-. 일병 강기종!"

배차실장과 배차계 선임에게 신고했다. 배차실장은 며칠 남지 않은 제대일까지 열외였다. 연료계, 병기계, 서무계 등 행정 고참병들에게 돌아가면서 신고했다. 연병장에서 그렇게 부러울 수가 없었던 수송부 사무실의 높은 벽을 넘어 입성했다. 불침번과 야간 보초와 점호에서 제외되었다.

사무실 밖과 안, 근무환경이 달랐다. 배차계와 운전병, 똑같은 사병의 신분이었지만 엄청나게 달랐다. 명령을 내리고 명령을 따르는 신분이었다. 그래서 군대는 계급이라고 했고, 계급 다음에 직책이라고 했다.

일반 졸병이 아닌 배차계 조수가 된 기종은 주어진 임무에 충실했다. 기상과 함께 사무실 청소와 당직 선임의 식사를 날랐다. 일과 시간 중에는 배차업무를 배워 나갔다.

수송부의 배차계, 일반 사병으로서는 막강한 재량권이 있었다. 운전병의 능력에 따라 배차지시를 내린다. 사병은 외출증이 있어야 부대 정문을 나갈 수 있다. 차량도 차량운행증이 있어야 부대정문을 통과할 수 있다. 운행증에는 차량의 운행목적과 행선지, 운행증 발급시간에서 귀대하는 시간까지 엄하게 기재된다. 행선지의 운행거리에 따라 계산된 연료불출증이 발급된다. 운행증에는 선임배차계의 관등성명과 날인이 있어야 했다. 수송관에 앞선 전결권이었다.

일과가 시작되기 전부터 수송부는 바쁘게 돌아간다. 예정된 배차지시가 내려지면 운전병들은 연료를 주입하고 사무실 앞에서 하차한다. 거울 앞에서 복장점검을 한 후 운전병 선서판 앞에서 한 손을 들고 차량안전운행 선서를 한다. '(385-4) 차량사고 방지 · (385-10) 차량 방어운전'의 안전운행 수칙이다. 이 과정을 사무실 창문을 통해 수송관이나 배차계가 주시한다. 복장이 불량하거나 운전병선서가 소홀하면 곧바로 체벌이 내려진다. 가볍게는 원위치에서 복장점검과 운전병선서 반복이지만, 통상적으로 엎드려 뻗쳐 후 한두 대의 몽둥이 찜질이다.

차량운전 중 사고로 사상자가 날 수 있었기에 정신무장으로 치러지는 군기잡이였다. 인명사고나 차량 및 대물파손 사고가 잦으면 지휘관 문책이 뒤따랐기에 수송부는 타부대보다 체벌의 강도가 높았다. 그래서 달구지(운전병) 엉덩이는 남의 것이라고 했다. 수송관이 출근 전이면 운전병을 통제하는 책임도 선임배차계의 직무였다. 운전병들은 항상 긴장해야 했지만 일단 부대정문을 벗어나면 귀대시간까지 통제를 벗어난 자유인이었다. 몽둥이 기합으로 엉덩이에 피멍 가실 날이 없었지만 운행 중에는 사회 속의 일원인 특과병이었다. 어느 정도 사무실 분위기를 익힌 기종에게 일과시간 후의 직무가 배당되었다. 부평시가지나 부대 앞 노변에 정차해 있는 차량들을 귀대시키는 순찰 임무였다.

운전병들은 고장이나 차량지체 등의 이유를 만들어 될 수만 있으면 부대 귀대시간을 지연시킨다. 작업구간인 부평시가지나 부대 앞 다다구미 길가에 차를 주차해 놓고 식당이나 주점에서 통제 없는 아쉬운 시간을 즐긴다.

기종은 저녁 위병교대 차량인 스리쿼터를 타고 백마장에 있는 2개 중대를 한 바퀴 돌아 폐차 견인장인 애스컴 사령부를 거쳐 부대 앞까지 왔다.

다다구미 앞 길가에 지휘관용 지프차와 트럭이 정차해 있었다. 기종이 내리고 차는 부대로 귀대시켰다. 중국식당, 주점, 당구장 등을 검색해 나갔다. 운전병들이 보이지 않았다. 세탁소 옆 골목을 꺾어들었다. 창녀촌과 주점이 섞여 있는 다다구미 골목이었다. 골목 안에서 여자의 악쓰는 소리와 남자의 고함소리가 요란했다. 골목 안 여자들이 구경하고 있었다.

"니미럴—. 쌍새끼야! 씹하러 왔지, 젖빨러 왔냐!!"

"돈 받았잖아—. 씨팔년아!"

여자가 가래침을 튀기면서 입에 게거품을 물고 발악했다. 못살게 구는 남자를 방문 밖으로 밀어낸 모양이었다. 술기가 진한 남자는 창피함을 모른 채 여자와 어설프게 맞서고 있었다.

아까웠다. 정말 아까웠다. 놀랍고 정말 아까웠다. 이 골목에 있을 여자가 아니었다. 기종이 평소 바라왔던 이상형의 여자였다. 그런 여자가 지옥도를 연출하면서 다다구미 골목에서 악마의 춤을 추고 있었다.

"내 돈 내놔—. 이년아!"

"못줘 이놈아! 그만큼 주물러 터뜨렸으면 넘쳤다."

"이 똥치년이!"

남자가 달려들어 여자의 머리통을 쳤다. 휘청하던 여자가 대문 앞 쓰레기통에서 빈 술병을 찾아들었다.

"씹새끼—, 제삿날이다!"

분에 못이긴 여자가 술병을 남자의 머리통에 날렸다. 술병이 남자의 머리통을 깨놓을 찰나의 순간에, 기종이 여자의 술병 든 손목을 잡았다. 동시에 남자의 구둣발이 여자의 복부로 향했다. 기종이 발로써 남자의 발길질을 막으면서 남자를 밀어붙였다. 손목에 힘을 주자 여자가 술병을 떨어뜨렸다.

남자가 일어나 기종에게 부딪쳐 왔다. 기종이 주먹을 들었다가 손바닥으로 쳤다. 주먹으로는 깨어질 것 같았다. 남자가 담벼락에 얼굴을 박고는 쓰러졌다.

"웬－, 지랄들이야!!"

천둥치는 듯한 소리가 들렸다. 남자도 피해갈 거목의 중년 여자가 황소 같은 콧김을 뿜어내고 있었다. 여자의 포주 개코였다.

"이놈이야?!"

개코가 대뜸 기종에게 다가오면서 여자를 보았다. 씩씩대던 여자가 고개를 흔들어 보이며 벽쪽에 있는 남자에게 시선을 주었다. 개코가 달려가 꽁지내린 남자의 목덜미를 움켜잡았다.

"볼일 보고 조용히 갈 것이지, 힘이 뻗쳐－. 이놈아!"

개코가 목을 부러뜨릴 듯 흔들어댔다. 남자에게는 일진이 나빠도 확실하게 나쁜 날이었다.

기종이 그곳을 빠져 나갔다. 해수와의 첫 만남이었다.

'모든 길은 로마로 통한다' 고 했듯이 '모든 것은 배차계로 통한다' 고 해야 될 것 같았다. 수송부의 업무다. 배차계를 중심축으로 연료계 · 병기계 · 서무계가 정밀한 톱니바퀴처럼 맞물려 돌아가야 하는 시스템이었다.

배차계와 연료계－. 운행거리와 작업여건에 따라 연료가 소모된다. 이정표에 따른 연료소모는 주행거리로, 서행으로 진행되는 영내 운반 작업이나 차량 견인작업 등은 연료소모가 많아 주행거리가 아닌 작업시간으로 연료를 소모시킨다. 그에 따른 잡유(엔진 · 브레이크 · 밋숀 · 구리스오일 등)들은 운행거리와 정해진 기간에 따라 교환된다. 운행되지 않는 예비차량도 주기적으로 정차된 채 시동을 걸어 워밍업 시킨다. 모든 유류의 소모는 배차계의 운행증과 배차일지, 차량관리 대장 등의 서류에 의해서 증명된다.

배차계와 병기계—. 차량 운행거리와 정해진 일정기간에 의해 차량 부품이 소모되고 교환된다. 이 또한 배차계의 서류에 의해 증명으로 남는다.

배차계와 서무계—. 운행 중인 운전병과 작업병의 유동병력을 대대본부 취사담당에게 보고하여 급식을 조절해야 한다. 그 유동병력의 기록도 배차일지에 맞추어진다.

기종이 배차계 업무가 밝아질수록 각 부서가 따로 놀고 있는 걸 알 수 있었다. 연료계의 연료재고가 차량운행으로 정상 소모된 연료양보다 큰 차이가 나 있었다. 병기계의 차량 부품이 운행거리와 일정기간 등에 교환이나 소모된 것보다 많은 증발이 있었다. 서무계의 유동병력도 일상적인 통계로 적당히 정리되고 있었다.

지금의 상태로 검열을 받게 된다면 수송관과 행정병, 위로 지휘관까지 문책과 변상은 물론 군법회의감이었다. 유출된 유류와 증발된 부품은 배차계의 서류에 의해 짜깁기를 해서라도 정상 소모된 서류를 만들어 놓아야 했는데, 각 부서가 짜임새 없이 따로 놀아 블랙홀을 만들어 놓았다. 배차실장과 선임들의 미흡함으로 발생된 허점들이었다. 염불보다 잿밥에만 신경 쓴다고, 차량운행에만 신경을 쓰고 있었다. 운전병들의 차량배차에 따라 외출비가 만들어지고 있었기 때문이었다.

차량운행에 따라 지급되는 연료가 어느 정도 모아지면 운전병들은 은밀한 곳에 있는 단골 유류가게에서 팔아 현금화시킨다. 운전병들의 능력에 따라 외출비를 만들고 있었다. 폐차차량 견인 작업시 폐차에서 쓸 만한 부품은 작업지원병에 의해 분해되어 뒤따르는 이동 부속상들에게 던져진다. 어차피 애스컴 사령부에 들어가면 경차량은 두 토막, 트럭은 세 토막 나서 고철로 일본에 보내질 것들이었다.

그 당시 부평에서 유출된 유류와 부품이 서울시내의 차량운행에 상당한 도움이 된다고들 했다. 차량배차에 따라 수입원이 달랐다. 그 수입의 일부가 배차계 몫이었다. 상납의 액수가 기준치 이하이면 병력운반이나 기타 작업으로 배차되어 영양가 없는 운행만 해야 했다.

배차계들은 유류와 부품 등의 큰 수입원은 놓친 채 운전병들에게 푼돈밖에 안 되는 외출비에 매달리고 있었다. 기종의 업무능력에 따라 배차계 선임이 되면 연료계와 병기계는 배차계의 조직 안에 편입될 사항이었다.

정리되지 않은 하루일과였다.

'웬일일까…….'

기종의 머리 속에 어제 저녁 다다구미 골목의 사건이 맴돌고 있었다. 시궁창에서 발악하던 여자의 모습이 지워지지 않았다. 현실 같지 않았지만 분명히 지난 저녁에 있었던 일이었다.

호기심이 아닌 궁금증이 일었다. 어제 저녁의 여자 모습에서 오늘의 모습이 궁금했다. 저녁순찰을 돌고 다다구미 앞에서 내렸다. 어제 저녁 소동이 있었던 여자의 집 앞을 지날 때였다. 어제와는 달리 조용했다. 휘파리(호객행위) 나온 창녀들의 모습이 간간이 보일 뿐이었다.

"야-, 군바리!"

여자의 목소리가 누군가를 부르고 있었다. 기종이 주위를 둘러보아도 목소리의 주인공은 보이지 않았다.

"야-, 쫄따구 귀 먹었어!"

여자의 집 옆에 있는 구멍가게에서 나는 소리였다. 한쪽으로 준비된 탁자에 여자가 앉아있었다. 오징어를 안주로 혼자서 술을 마시면서 손가락을 까닥여 기종을 불러들이고 있었다. 기종이 가게 안으로 들어갔다. 여자가 건너편 의자를 발로 밀어내었다. 기종이 여자와 마주앉았다. 여자가 기종을 살폈다.

"처음 보는 군바리다."

여자가 아주 편하게 대화를 깔아버렸다. 기종이 여자를 마주보았다.

"왜? 떫으냐?!"

여자가 되씹어왔다. 기종이 시선을 고정시킨 채 대꾸하지 않았다.

"나—, 해수. 생각 있으면 찾아와. 쫄따구는?"

기종이 대답 대신 자신의 명찰을 두드렸다.

"놀고 있네!"

해수가 피식 웃었다.

"앉아 있다."

기종이 찬찬히 해수를 뜯어보았다. 가만히 있어도 눈가에서 잔잔한 웃음기가 살랑이는 모습이었다. 어제 저녁에서 오늘, 사람이 이렇게 달라 보일 수가……. 다시 보아도 이 골목의 여자라고는 믿어지지 않는, 이 골목에 있기는 아까웠다. 살집이 탄력기 있는 용모와 몸매였다.

"너 부대에서도 그러냐?"

"?……."

"기합 빠졌다. 쫄따구가!"

기종이 자신의 명찰과 계급장을 두드리면서 또박또박—.

"강 · 기 · 종 · 일 · 병."

"웃겨! 씹이나 보지나, 일병이나 쫄따구나!"

기종이 해수의 막나감에 '피식—' 웃고 말았다. 그런 기종을 해수가 장난치듯 보고 있었다.

"왜? 쏭쏭 오케이(OK)! 한 번 무료봉사할게."

기종이 한심한 듯 해수를 보았다. 해수도 지지 않고 재미난 듯 기종을 보고 있었다.

"너—. 뭐 될래?"

한참 만에 기종이 물었다.

"똥치!"

"닮도록?"

"마르고."

해수가 거침없이 마르고 닮도록 똥치가 되겠다고 되씹어주었다. 기종이 다시 피식 웃고 말았다. 해수의 당돌함에 졌다.

"자—."

해수가 기종 앞에 빈 잔을 내밀고 안주를 주문했다.

"아줌마—. 군바리 안주하게, 꽁치통조림 하나 따서 고춧가루 팍—팍!"

해수가 기종의 잔에 술을 채웠다. 기종이 훌쩍 마시고 일어났다. 호주머니에서 술과 안주 값을 내놓고 돌아섰다.

"왜?"

해수가 물었다.

"근무 중이다."

"돈 가져가! 똥치 술 얻어먹기 싫다 이거지?"

기종이 돌아서 돈을 도로 집어넣고 가게를 나섰다.

"야—, 군바리!"

기종이 못들은 듯 걸음을 옮겼다.

"야—, 쫄따구!"

해수가 성이 나 불렀다. 기종이 뒤돌아보지 않았다.

"강 · 기 · 종 일병님!"

해수가 또박또박 불렀다. 기종이 걸음을 멈추고 뒤돌아보았다. 해수가 기종을 차분히 보고 있었다.

"고마웠어!"

해수가 어제 저녁의 일에 감사하고 있었다.

기종이 손을 들어 답하고 돌아섰다.

해수! 그녀는 자신의 비참한 현실을 절단하고 지움으로써 생략하려고 했다. 해수와의 두 번째 만남이었다.

2 유정분에서 해수로

— 너-, 뭐 될래?

— 똥치!

— 닳도록?

— 마르고.

기종이 물었고 해수가 답했다. 기종이 떠난 자리에서 해수가 술잔을 노려보고 있었다. 술이 끓어올랐다. 과거가 코뿔소처럼 덮쳐 왔다.

정분이 고등학교 3학년 여름방학 때였다. 온양온천이 가까운 고향 뒷산 산소 터에서 정분과 동네 오빠가 만났다. 어릴 적부터 한 동네에서 살아온 손위 오빠 같은 남자였다. 별은 눈 위에서 쏟아져 내렸고 잔디는 포근했다. 서로 정을 나누어 왔던 두 사람은 젊음을 주체하지 못하고 일을 저질렀다.

정분의 생리가 두 달째 건너뛰었다. 겉으로 표나진 않았지만 정분은 몸의 변화를 감지했다. 혹시, 혹시 했던 불안이 현실로 무너져 내렸다. 동네 오빠에게 의논했다. 경험 없고 착했던 정분과 동네 오빠였다. 믿었던 동네 오빠는 정분을 피했다.

농사꾼으로 살아온 정분의 아버지가 세상을 떠난 후, 결혼한 큰오빠가 가장노릇을 하고 있었다. 정분과 나이 터울이 많은 큰오빠는 집안에 대한 책임감이 강했다. 정분에게는 아버지보다 엄했고 무서운 오빠였다. 잡아놓을 수 없는 하루하루가 지옥 속에 지나갔다. 더 이상 몸의 이상을 감추기에는 시간이 멈추어 주지 않았다. 몸 밖으로 드러날 생명의 팽창을 해결할 방법이 없었다. 오빠가 알게 되면 죽음이었다. 생명을 보전하려면 가출밖에 없었다.

중학교를 졸업하고 부평에서 여공생활을 하고 있는 친구가 생각났다. 명절 때마다 선물을 준비해 가지고 고향을 찾는 친한 친구였다. 친구는 정분에게 자랑처럼 이야기한 적이 있었다. 부평에서 제일 큰 성냥 만드는 공장에서 일하고 있다고, 여공들이 원하면 야간학교도 보내준다고 했다.

이것저것 가릴 틈이 없었다. 간단히 짐을 싸서 열차를 탔다. 영등포역에서 인천행 열차를 갈아타고 부평역에서 내렸다. 처음으로 집 떠난 초행길이라 물어물어 왔다. 낯선 부평역 광장에 어둠이 깔리고 있었다. 갈 길 정해진 사람과는 달리 정분은 방향을 잡지 못하고 서성였다. 역 앞 식당들이 눈에 들어왔다. 부평에서 물어보면 다 아는 성냥공장이라고 했었다.

'식당에서 물어보고 공장에 전화하면 친구를 만날 수 있겠지…….'

정분은 식당으로 갔다. 주인아주머니에게 물었다.

'웬 소리?!'

부평에는 성냥공장이 없다고 했다. 성냥공장은 인천에 있다고 했다. 캄캄하고 막막해졌다. 그럴 리가 없었다. 그런 정분의 촌스런 모습을 한쪽에서 술을 마시고 있던 한 남자가 보고 있었다.

'그럴 리가…….'

정분은 옆에 있던 다른 식당으로 가 다시 한 번 확인해 보았다. 같은 소리였다. 분명한 것은 부평에는 성냥공장이 없고 인천에 큰 성냥공장이 있다고 했다. 어둠의 거리에서 정분이 난감히 서 있었다. 식당에서 술을 마시고 있던 남자가 다가왔다.

"성냥공장을 찾는다고 했어?"

"네-."

남자의 물음에 정분이 밝아졌다.

"성냥공장은 인천에 있어. 내가 그쪽으로 가는 길인데……."

남자가 보퉁이를 소중하게 안고 있는 정분을 살폈다.

"여기서 멀어요?"

정분이 조심스럽게 물었다.

"아니, 기차 타면 바로야. 지금 저녁 먹고 있는 중이니 여기서 잠깐 기다려."

"감사합니다."

정분이 고마워 인사했다.

"저녁식사 전이면 같이 밥 먹고 가든지."

남자가 지나가는 인사처럼 말했다. 정분이 망설였다. 그러고 보니 어제 저녁부터 굶었다.

"따라와."

남자의 말에 정분이 조심스레 뒤따랐다. 정분이 남자 앞에 엉거주춤 앉았다. 남자가 국밥을 안주해서 술을 마시던 중이었다. 남자가 정분에게 국밥 한 그릇을 시켜주었다. 정분이 일어나 화장실로 향했다. 보퉁이에 있는 돈을 꺼내 식사 값을 지불하기 위해서였다. 남자는 술을 마셨고 정분은 편치 않은 식사를 했다. 남자가 혼자만 술을 마시는 것이 미안했던지 자신의 가

방 속에서 음료수 하나를 꺼내 빈 컵에 따라주었다. 정분이 인사하고 한 모금했다. 남자가 인천으로 가자고 일어났다. 그런데 남자를 뒤따르던 정분의 발길이 풀리면서 혼미해져 갔다. 남자가 옆에서 부축하는 것 같았다. 모든 것이 나락으로 허물어져 내렸다. 머리가 조각조각 부서져 있는 것 같았다. 깊고 깊은 어둠 속에서 허우적이고 있었다. 눈꺼풀이 열리지 않았다. 몸뚱이는 뒤틀린 통증으로 꼼짝할 수가 없었다.

정분은 알몸으로 누추한 방에 던져져 있었다. 부평역 뒷골목에 있는 여인숙 방이었다. 아랫배 하체 속이 찢어진 듯 쑤셔댔다. 겨우 몸을 뒤척여 방안을 살폈다. 옷보퉁이가 풀어져 있었다. 몇 푼 되지 않는 돈이 없어졌다. 창밖으로 햇살이 보였다. 밤에서 낮으로, 하룻밤이 지난 것 같았다. 어제 밤 남자 생각이 났다.

정분이 정신을 놓은 채 부평역 광장로터리 잔디에 앉아 있었다. 그런 모습을 '개코'가 보고 있었다. 정분의 허벅지에서 피가 배어나왔다. 하혈을 하고 있었다. 지난밤의 시달림으로 유산이 된 것이었다. 개코가 정분을 병원으로 데리고 갔다. 낙태 수술을 받고 얼마동안 다다구미 개코의 집에서 보살핌을 받았다. 그렇게 다다구미 골목에서 정분은 해수가 되었다.

어느 날 개코와 함께 시장 보러 가던 해수가 시장 안에 있는 술집에서 사내들에게 술잔을 돌리고 있는 친구를 보았다. 친구는 해수가 된 정분을 보지 못했다. —굶기를 밥 먹듯이 하던 가난한 시절이었다. 집나간 여자들의 대부분은 식모살이나 술집 작부, 마지막장으로 거리의 여자(창녀)들이 되었다. 1964년 구로공단이 생기기 전, 일자리 찾기가 힘들었던 시절이었다.

개코! 돈 냄새를 잘 맡는다고 '개코'라 불렀다. 개코는 해수를 포함한 네 명의 반반한 여자들을 데리고 있었다. 다다구미 골목에서는 찾는 손님이 제일 많았다. 여자들이 벌어들이는 수입금의 분배는 악착스럽게 정확했다. 반면, 여자들 몫의 돈은 철저하게 관리하면서 예금이나 곗돈으로 불려나갔다. 어느 정도 자립할 수 있는 돈이 모아지면 사정없이 다다구미 골목에서 내쫓아 재생의 길을 만들어주는 여장부였다. 다다구미 골목의 여자들은 억세고 거친 개코를 무서워했지만 욕하지는 않았다. 창녀촌의 흑기사 같은 여자였다.

"야—, 이년아! 손님 받아!"

개코가 해수에게 소리쳤다.

해수가 유정분을 장사 지낸 과거에서 현실로 돌아왔다.

개코가 가게 앞에서 뿔이나 있었다. 해수가 독배의 술잔을 들어 입속에 쏟고 일어났다.

"손님 받을 시간에 초저녁부터 술판 치냐?!"

개코가 끓고 있었다.

"니기미—."

해수가 개코 옆을 피해 가면서 중얼댔다.

"양치하고 센죠(뒷물)하고 들어가! 자빠질 년아!"

개코가 해수의 뒤통수에다 화를 쏟았다. 해수가 원피스 자락을 들어 올려 엉덩이를 흔들어 보이고는 대문 안으로 사라졌다.

3

'차려진 밥상은 모두의 것이고, 준비되지 않은 밥상이 나의 것이다.'

기종은 배차계 선임들이 대충 넘기고 소홀히 취급한 업무부터 꼼꼼히 챙겨 나갔다.

배차실장이 제대하고, 그 다음 선임 실장이 3개월만에 위궤양으로 후송되었다가 의병 제대하였다. 두 명의 선임 중 실장이 된 고참 병장은 두뇌회전이 무디었다. 다음 선임인 하 상병이 배차업무를 주관했다. 기종보다 11개월 입대가 빠른 하 상병이 업무를 기본부터 전수해 주었다. 배차계의 결원으로 기종의 후임이 들어왔다. 전라도 서해안 작은 섬 출신으로 기종보다 4개월 늦게 입대한 조 일병이었다.

기종은 자질구레한 심부름에서 벗어나 배차업무의 실무 중 일부를 맡게 되었다. 일과가 끝난 후 업무가 하나 더 추가되었다. 운행이 끝난 차량의 연료재고 파악이었다. 일일 결재사항이 아닌 참고사항이었다. 하 상병의 지시였다. 시간이 가고 그것이 하 상병이 기종에게 물림하는 배려임을 알게 되었다.

차량의 운행거리와 목적에 따라 지급된 연료는 다 소모되지 않고 조금씩 모아진다. 재고량이 많아지면 원칙적으로 연료가 소모될 때까지 연료불출이 중단되어야 한다. 그러나 연료재고 점검만 할 뿐 연료는 정상적으로 지급된다. 어느 날 연료탱크가 바닥나 있으면 불법유출로 돈과 바꾸어진 것이다. 그 돈의 일부가 연료재고를 점검하고 있는 기종의 외출비 몫으로 돌아왔다. 배차업무를 주관하고 있는 하 상병이 외출비를 만들어 실장과 나누었다. 운전병과의 푼돈거래는 후임의 몫으로 물려준 것이었다. 소액이지만 외출비치고는 쏠쏠한 수입이었다. 일부는 후임인 조 일병에게도 간간이 전달되었다.

움츠렸던 겨울을 멀리 보냈다. 그냥 있기엔 왠지 들뜨는 5월, 철망으로 넝쿨장미가 빨강의 아우성을 터뜨리며 기어오르고 있었다. 국방(국토방위)색

제복의 군바리에게도 생일은 있었다. 기종의 생일날이었다. 일과가 끝난 수송부 사무실에서 행정병들이 단출한 생일파티를 해 주었다.

기종의 야간 당직 날이었다. 제대 말년인 실장은 업무에 겉돌아 숫자만 채우고 신참인 조 일병은 보조로 만족해야 했다. 하 상병이 대신 당직을 맡겠다고 했다. 외출해서 생일을 자축하라면서 외출비까지 준비해 주었다.

하일수 상병, 부산 출신에 농과대학 3학년 재학 중 입대한 농학도였다. 내무반 잠자리도 나란히 붙어 기종의 의지가 되어주는 형님 같은 선임이었다.

부대 밖을 나왔지만 딱히 갈 곳이 없었다. 부대를 벗어나면 한 가지 확실한 건 숨쉬기가 편해졌다. 그래서 인간은 자유롭게 살기를 원하는 걸까. 밤하늘을 보았다. 어머니 모습이 얼핏 스쳐갔다.

'미역국을 못 먹인 자식걱정을 하시겠지…….'

친구들이, 운동권 투사들이, 바람과 여우가 잠깐씩 흘러갔다. 어슬렁거리다가 다다구미 앞 단골 중국집으로 갔다. 배갈과 군만두를 시켰다. 전화기가 보였다.

'고향집에 전화를 걸어볼까…….'

전화기를 들고 교환원을 불러내어 마산집 전화를 신청하고 기다린다. 교환원은 전화국 기지를 거쳐 마산전화국에 연결하고, 마산전화국은 집으로 전화연결을 하고, 다시 역순으로 전화신청을 한 곳으로 신호를 보낸다. 통화를 끝내고 다시 기다리면 교환원이 통화요금을 알려준다.

절차가 복잡하고 기다리는 시간이 길었다. 그만두기로 했다. 대신 개코의 집으로 전화를 해서 해수를 찾았다. 그동안 몇 번의 건조한 만남이 있었다. 남자라는 동물들에게 몸을 맡기는 시간만큼 증오를 키워 왔던 해수가 기종에게는 열릴 듯 말 듯한 속내를 보이고 있었다.

"웬 전화, 어디야?"

수화기에서 해수가 물었다.

"중국집에 있어, 나올래?"

"지금 손님 있어. 한 시간 후에 내 방으로 와."

"시내로 가서 한잔 하자."

"쪽팔릴 일 있어!"

"다른 곳에서 한 번 만나주면 안 돼?"

해수가 잠시 생각하는 듯했다.

"인천여인숙으로 갈게."

해수가 간단히 전화를 끊었다. 다다구미에 인접한 여인숙이었다. 골목의 여자들은 그 골목 안이 보호막이 되었다. 벗어나면 불안한 이방인이었다. 해수의 양보로 다다구미에서 가까운 장소로 정해졌다.

중국집을 나서면서 탕수육을 시간 맞춰 인천여인숙으로 보내달라고 주문했다. 군복을 수선하고 세탁해 주는 세탁소에서 부업으로 양키물건(양주, 담배, 커피 등의 생필품)을 숨겨놓고 팔고 있었다. 단속을 피해 친분이 있는 사람들과 거래했다. 죠니워커와 샴페인, 켄트(담배) 두 갑을 구입해서 인천여인숙으로 가 방을 잡았다.

배달된 탕수육이 식은 지 오래 되었고, 세 가치째 담배를 피워 물고 있을 때 해수가 나타났다. 포개놓은 이불에 기대어 무료해 있던 기종이 자리 잡아 앉았다. 술병을 담아온 봉지를 찢어 깔개해서 상을 차렸다. 해수가 상차림을 살피면서 마주앉았다.

"웬 샴펜?"

"그런 날이야."

"쏭—쏭 하는 날?"

해수가 짓궂게 흔들었다.

"……."

기종이 침묵으로 해수를 보았다.

"숏타임? 롱타임?"

'짧게 끝낼 거냐? 하룻밤을 지낼 거냐?' 고 해수가 물었다.

기종이 호주머니에서 하룻밤 값을 꺼내놓았다.

"그러게 내 방으로 오라고 했잖아."

" ?……."

기종이 해수의 말을 이해하지 못했다.

"집에서는 하룻밤에 세 방 정도는 가께모찌(겹치기) 해. 출장비와 한 방 값은 무료봉사하고 따불이야."

기종이 쓴맛을 다시며 돈을 더 내놓았다. 해수가 돈을 집어 상의주머니에 찔러 넣었다.

"다다구미가 아닌 곳에서 만나고 싶었어."

"……."

흔들림이 없던 해수의 표정에 갈등이 스쳤다.

"고마워— 부탁 들어줘서! 앞으로 좋은 만남을 만들어 보자."

기종이 달래듯 해수의 어깨를 다독였다. 해수가 발딱 일어났다.

"똥치한테도 작업 걸 일 있냐?"

기종이 해수를 올려다보았다.

"하고 먹을래? 먹고 할래?"

해수가 기종을 내려다보고 물었다. 기종이 정상적인 대화를 포기하고 해수의 반응에 맞추었다.

"둘 다."

" ?……."

"하면서 먹고, 먹으면서 하고."

기종이 해수에게 찡긋했다. 해수가 '피식—' 마음을 풀고 앉았다. 기종이 샴페인을 흔들어 터뜨렸다. 거품째 두 개의 잔에 채웠다.

"자—."

기종이 해수 앞에 잔을 내밀었다.

"무슨 날이야?"

"귀빠진 날"

"그렇게도 만날 사람이 없어?"

"사람 나름이지."

기종이 잔을 들어 건배를 독촉했다. 해수가 잔잔해지며 샴페인을 부딪쳤다. 그렇게 술병이 바닥나도록 마시고 마셨다. 대화는 생략된 체 마음과 마음이 가까워지고 있었다.

기상 시간에 맞춰 습관처럼 눈을 떴다. 요 위에 혼자 누워 있었다. 숙취로 머리가 흔들렸다. 방안은 깨끗이 정리되어 있었다. 먹다 남은 탕수육 접시와 쓰레기는 방문 밖에 나가 있었다. 휴지통에 버려졌던 콘돔이 싸인 휴지 뭉치도 깨끗이 비어 있었다. 해수가 정갈하게 치워놓고 날이 밝기 전에 다다구미로 돌아갔다. 머리맡에 따블로 받은 돈도 남겨놓고.

해수가 여명의 하늘을 보았다. 기종이 잠깨지 않게 조용히 흔적을 지우고 나온 길이었다. 비행기 불빛 하나가 별빛처럼 흘러가고 있었다. 아직도 어둠이 가시지 않은 다다구미 골목에 몸을 담았다. 세상이 잠을 자는 시간에 막장의 몸부림을 치는 곳, 어느새 삶의 터전이 된 곳이었다. 벗어나야 할 곳이었지만 벗어날 곳이 없었다. 받아줄 곳도 갈 곳도 없는 삶을 포기한 생(生)이 되었다. 골목 밖의 세상은 타인들의 세상이었다. 세상이 잠을 깨는 시간에 이곳은 잠을 자고 있었다. 해수는 다다구미 골목의 고요 속으로 최면(催眠)의 발길을 옮겼다.

쓰레기통을 헤집던 검은 고양이 한 마리가 어둠 속으로 사라졌다. 해수가 집안으로 들어섰다. 개코가 기다린 듯 방문을 열었다. 해수가 못 본 척 자신의 방문 앞으로 갔다.

"야—."

개코가 불렀다. 해수가 돌아보았다. 개코가 손을 내밀었다. 출장 나간 화대를 요구하고 있었다.

"없어. 무료봉사했어."

"귀신을 속여라. 이 밑 빠질 년아!"

"내 돈에서 까!"

해수가 방문을 쾅— 닫았다.

4

"강 상병! 야—."

하 실장이 수송부 사무실 창문을 열고 식용유에 튀긴 건빵과 누룽지 한 봉지를 던져주었다. 취사병들의 특식을 얻어온 것이었다.

"황토운반 갔다 올게."

하 실장이 누룽지를 입에 문 채 가볍게 트럭 적재함 위에 올랐다.

국방부 시계는 거꾸로 매달아 놓아도 돌아간다고 했다. 기종이 일병에서 상병으로, 하 상병은 병장으로 진급되어 배차실장이 되었다.

부식 자급을 위한 상부의 지침이 내려졌다. 부대 안 사용하지 않는 공터에 밭을 일구었다. 봄부터 가을까지 채소를 심어 장병들의 급식에 보태야 했다. 철망 따라 호박 구덩이를 파서 호박을 수확했다. 일과가 끝나면 사역병을 차출해 인근 야산에서 부식토와 기름진 황토를 운반했다. 척박한 땅을 비옥한 농토로 바꾸어 놓는 작업이었다. 한낮의 태양이 왕성한 여름을 익히면서 가을을 향하는 투명한 하늘을 높여가는 8월 중순이었다. 일과가 끝나고 김장배추밭을 일굴 황토운반을 하는 날이었다.

수송부 입구에 줄지어 서 있던 황토운반 트럭을 타고 하 실장은 떠났다.

— 황토운반 갔다 올게!

그가 마지막 던지고 간 말이었다. 하 실장이 주고 간 건빵과 누룽지를 먹고 있을 때였다. 전화벨이 울렸다. 황토운반 나간 트럭 한 대가 언덕에서 굴러 떨어졌다는 사고 소식이었다. 비상이 걸렸다. 의무과장과 위생병을 태운 앰뷸런스와 차량구난용 특수차가 사고현장으로 출동했다.

트럭 한 대가 언덕 아래로 한 바퀴 굴러 옆으로 누워 있었다. 하 실장이 타고 있던 차였다. 차가 기울 때 사역병들은 뛰어내렸다. 두 명이 찰과상과 경상을 당했다. 하 실장이 보이지 않았다. 구난차로 사고 차량을 바로 세웠다. 뒷바퀴 사이에 하 실장이 의식을 잃은 채 끼어 있었다. 기종과 위생병이 하 실장을 들것에 옮겨 앰뷸런스에 실었다. 하 실장의 작업복 호주머니에는 먹다 남은 건빵과 누룽지가 남아 있었다.

가까운 부평병원으로 갔다. 큰 병원으로 옮기라고 했다. 서울에 있는 '수도육군병원' 으로 의식 잃은 하 실장을 싣고 앰뷸런스는 사이렌을 울리며 사라졌다. 경상병과 기종이 대대로 돌아왔다. 수송관과 행정병들이 긴장 속에 대기해 있었다.

당직 주번사령과 대대장, 부대대장이 구난해 온 사고 차량을 점검하고는 대대본부 상황실로 돌아갔다. 부평헌병파견대(15P)에서 사고 조사차 왔다 갔다. 자정이 가까워 올 무렵 의무과장과 위생병을 태운 앰뷸런스가 귀대했다. 하 실장은 수도육군병원에 도착하기 전에 숨을 거두었다. 하 실장의 시신을 병원 영안실에 안치하고 돌아왔다는 비보였다.

— 황토운반 갔다 올게.

하 실장이 이 세상에서 마지막 남기고 간 말이었다. 수송관과 기종이 심야대책회의에 들어갔다. 하 실장의 공백을 메우기 위한 회의였다. 하 실장의 꼼꼼한 업무인계로 주업무는 기종이 처리하고 있었다. 하 실장은 운행목적에 따른 차량만 선별해 주는 정도였다. 병기계와 연료계를 장악해 나가는 기종의 빈틈없는 업무능력은 수송관도 인정하고 있었다. 한 가지 약점은 기종의 군복무 경력이었다. 신참을 겨우 면한 갓 진급한 상병이었다. 기종보다 고참 운전병들이 많았다. 군대는 직책이라고 했지만 아직 반 바퀴도 돌지 못한 군복무였다. 배차계의 직분으로 고참병들을 통제해 나가기에는 한계가 있었다.

기종의 후임으로 조 일병과 조 일병의 후임으로 천 일병이 있었다. 조 일병은 배차계 업무가 어느 정도 수준급이었다. 명석한 천 일병도 업무해독이 빨랐다. 배차업무는 차질이 없을 것 같았다. 사병들 중에서 제일 다루기 힘든 집단인 운전병들, 그들을 엄한 체벌로 다스릴 군기잡이가 필요했다.

수송관과 의논 끝에 현장의 차량반장으로 있는 정 중사를 배차반장으로 직책을 바꾸기로 했다. 가방끈이 짧은 정 중사는 열등감의 반사작용으로 고등교육을 받은 행정병들을 항상 들볶았다. 배차반장으로 운전병들의 군기잡이의 직책을 주는 한편 행정병들의 바람막이가 되어주는 이중의 효과가 있었다. 기종을 대신할 악역으로 정 중사가 선임되었다.

하 실장이 떠난 긴 밤이 지나가고 어수선한 하루가 갔다. 힘든 하루였다.

조 일병에게 야간업무를 맡기고 늦은 시간 내무반으로 갔다. 평소 같으면 몽둥이가 튀고 소란스러워야 할 내무반이 전우의 죽음으로 침울했다. 소등된 침상 위에는 운전병들이 잠들어 있었다. 하 병장의 침상으로 갔다. 빈 침상 끝자락에 하 병장의 관물함이 돌아오지 않을 주인을 기다리고 있었다. 동정복, 작업복, 내의, 양말 등이 각이 진 채 차곡차곡 정리되어 있었다. '병장 하일수' 관등성명의 명찰이 선명하게 살아 있었다. 후임인 기종이 관물함 정돈을 해놓은 것이었다.

'있어서 없는 것하고, 없어서 없는 것' 하고의 차이…….

선임인 하 실장의 부재, 너무도 공허하고 허황했다. 같이 근무했을 때는 몰랐던 하 병장의 자리가 너무도 허(虛)하고 넓고 넓었다. 발길을 돌려 사무실로 갔다. 조 일병과 천 일병이 사무실을 지키고 있었다. 선임을 잃은 후임들이었다. 어미닭이 더 품어주어야 할 새끼 병아리들을 남겨두고 떠났다. 선임이 된 기종이 두 후임을 다독여주었다.

하일수 병장을 보내는 날이었다. 일과의 연장 작업으로 순직 처리되었다. 영혼이 떠나버린 육신은 한 줌의 재가 되어 '동작동 국군묘지(국립현충원)' 에 안장되었다. 대대장과 수송관, 그리고 후임인 기종이 참석했다.

하 병장의 부모와 누나 한 분, 친인척의 오열 속에 하일수 병장을 보냈다. 일계급 추서된 '하사 하일수', 병장이면 뭐하고 하사면 뭐하냐! 남은 자들간의 호칭이고 비석에 새겨진 음각일 뿐, 투명한 허공이 되어버린 그에게 무슨 의미가 있을까…….

사물로 남겨진 농학교본 몇 권과 군 생활 중 찍은 사진 몇 장을 유족에게 전해 주었다.

마주앉은 접대부가 술잔을 채워주는 대로 마셔댔다. 부평역 앞에 있는 서울옥, 바람과 여우가 부대에 면회 온 날 처음 들렀던 집이었다. 낮에는 식사 위주의 식당으로, 저녁이면 주점으로 여자들이 시중을 들었다. 누룩으로 빚은 밀주가 맛깔 나는 집이었다. 외할머니가 빚어주었던 술맛을 맛볼 수 있어 기종의 단골집이 되었다. 단속을 피해 안방 장롱 옆 비밀창고에서 술을 만들어 단골들에게만 팔았다.

하일수와 기종이 배차계 후임 때부터 같이 술잔을 나누던 곳이었다. 하 실장을 보내고 오늘은 기종 혼자서 술을 쏟아 부었다.

하 실장이 떠난 날부터 입안에 모래바람이 휘돌아 식욕을 잃어 속이 허했다. 막걸리를 거르기 전 도수 높은 전주인 특주를 두 주전자 비웠다. 빈 속에서 퍼진 술기가 번져 올랐다. 홀 옆에 붙은 방에서는 접대부와 주객들이 어울려 젓가락장단으로 흥을 돋우는 노랫소리가 시끌벅적했다.

부산이 고향인 주인 부부는 기종에게 고향 까마귀의 정을 베풀었다. 여주인은 호기 넘치는 여걸이었다. 남편은 여자처럼 순해서 부인에게 눌려 지냈다. 덩치 큰 남자 같은 부인과 왜소한 여자 같은 남편, 여치 등에 올라탄 숫메뚜기가 연상되는……. 기종은 여치부부라고 불렀다.

접대부가 기종 옆으로 옮겨 앉았다. 평소부터 기종에게 맴도는 싫지 않은 여자였다. 적당한 거래가 이루어지면 서울옥 빈방이나 근처 여관에서 잠자리를 같이 할 수도 있었다. 여자가 기종에게 은근히 기대왔다. 술기와는 달리 감정은 가라앉아 있었다. 기종이 여자의 몫까지 여유 있게 계산하고 일어났다. 발길 무겁게 부대로 향했다.

다다구미 앞까지 왔다. 해수가 생각났다. 골목 앞 대로변에서 망설였다. 늦은 시간인데도 중국집이 열려 있었다. 중국집으로 들어가 배갈을 시켜 물컵에 부어마셨다. 배갈 한 독구리를 부으면 물 컵에 딱 한 잔이 되었다. 몇 잔의 배갈과 서울옥의 특주가 뒤섞여 폭탄주가 되었다. 잊고 싶었다. 실감나지 않는 이별을 잊어버릴 만큼 어딘가 기대고 싶었다.

자신도 모르게 해수의 방문 앞에 서 있었다. 방안에서 거친 남자의 숨소리와 색을 돋우는 해수의 신음소리가 흘러나왔다. 손님과 작업 중이었다. 발길을 돌리는데 애란이 서 있었다. 개코 식구 중 맏언니뻘 되는 여자였다.

"해수 찾아 왔어요?"

애란의 물음에 못들은 척 나가는데 기종의 옷자락을 애란이 끌어당겼다.

"나하고 술 한 잔 하면서 잠깐 기다려요."

기종과 애란이 옆 가게에 자리를 잡았다. 밤새 술을 마셔도 취기 없는 기종의 주량이었다. 오늘은 술기와 함께 끓어오르는 무언가가 있었다. 남자의 거친 숨소리와 해수의 신음소리……. 자작으로 술을 부어 삼켰다.

"해수는 좋겠다. 강 상병 같은 기둥도 다 있고."

애란이 기종의 빈 잔에 술을 부어주면서 능청을 떨었다.

"나―, 어때요? 해수보다 더 잘 해 줄 수 있는데."

기종이 대꾸하기 싫어서 빈 잔을 애란에게 밀어주었다.

해수의 집에서 나온 군인이 골목 밖으로 향했다. 조금 전 해수의 손님이었다. 뒤따라 해수가 나왔다. 기종의 피가 끓어올랐다.

"해수야―, 여기."

애란이 해수를 불렀다. 해수가 가게로 들어와 기종과 애란을 번갈아 보다가 기종 옆에 앉았다.

"웬일?"

해수가 기종을 보았다. 기종이 의식적으로 해수를 외면하고 애란을 향해 일어났다.

"좋아요. 자리 옮깁시다."

애란의 손을 붙들고 밖으로 끌었다.

"해수야—."

애란이 해수를 뒤돌아보았다.

"필요 없어요!"

기종이 단호하게 끊어버리고 애란을 끌고 골목 밖으로 향했다.

기종과 애란의 뒷모습을 노리는 해수의 눈길이 사나워졌다. 한 여자로서 한 남자의 외도에 분노하고 있었다. 애란을 거칠게 끌고 온 기종이 인천여인숙 앞에 섰다. 해수와 같이 지냈던 곳이었다. 취중의 오기로 애란을 끌고 온 기종이었지만 망설여졌다. 심호흡을 하고 애란을 보았다.

"애란 씨—, 오늘은 여기까지……. 술 한 잔 더 할까요……. 미안해요."

애란이 고개를 끄덕였다. 기종은 마지막 선에서 망가질 자신의 모습을 겨우 보존했다. 애란은 아쉬웠지만 해수와의 한 집안 식구로서의 면을 지켰다. 기종과 애란은 여인숙 옆 술집에서 술잔으로 시간을 채웠다. 헤어질 때, 시간만큼의 다다구미 거래액을 마다하는 애란에게 지불했다.

서울옥, 중국집, 해수집 옆 가게와 여인숙 옆 주점, 빈 속에 돌아가면서 폭음을 했다. 술에 장사 없다고 했지만 자타가 공인하는 기종의 주량이었다. 그러나 오늘밤은 하 실장을 보낸 공허에 흔들렸고, 해수에 대한 뜻 모를 분노에 흔들렸다. 다다구미 해수를 다다구미 밖의 여자로 착각하고 있었을까…….

부대로 향하는 기종의 발길이 헛갈렸다. 취기에 합세한 분노가 이성을 밀어내고 있었다. 몸을 팔고 있는 해수의 신음소리가 기종의 뚜껑을 열어놓고 있었다.

눈물이 나왔다. 그냥 흘러내렸다. 방구석에 쭈그리고 앉아 머리를 묻고 울었다.

'너는 해수야! 다다구미 해수! 돈 받고 몸을 파는 창녀야!…… 정분은 죽었어…….'

해수가 기종과 애란의 어울림을 보고 한 여자가 되어 가슴 찢어지게 아파하고 있었다.

기종이 자신에게 분노하고 있었다.

'미친놈! ……. 돈만 주면 누구나 가질 수 있는 창녀야—, 창녀! 한심한 놈! 강기종, 어쩌다가 이렇게까지 망가져 버렸느냐……!'

인간 기종을 소각시키고 싶었다. 육체를 떠나보내고 영혼을 정화시키고 싶었다.

'나는 해수야! 다다구미 똥치 해수!'

해수가 손등으로 눈물을 닦고 냉정해지려고 머리를 털었다. 방구석에서 의연히 일어났다.

'나는 해수, 다다구미 해수, 나는 해수, 다다구미 해수…….'

없었던 세상에서 떠도는 정분의 영혼을 죽이고 나다구미 해수로 되돌리는 주문을 외우고 있었다.

골목을 벗어나려는 기종의 앞길에서 두 명의 여자가 재잘거리며 오고 있었다. 그 중 한 명이 발랄해 보여 쓸 만했다. 기종이 여자 앞을 막았다.

"비켜!"

발랄해 보이는 여자가 당차게 나왔다.

"어느 집에 있어?"

분별력이 흐려진 기종이었다. 늦은 밤, 다다구미 옆 골목을 지나가는 여자를 골목 안 여자로 누구나 생각할 수 있었다.

여자가 술 취한 기종을 피해 가려고 했다.

"어느 집에 있냐고?!"

기종이 다다구미 여자로 취급하고 다시 물었다.

"우리 집에 있다. 왜 ─, 미친놈아!"

여자의 반말과 욕설에 진정되어 가던 기종의 분노가 다시 폭발했다.

"그래 미쳤다. 이년아!"

여자를 와락 끌어당겨 입 맞추고는 걸음을 옮겼다. 얼떨결에 입술을 빼앗긴 여자가 분에 못 이겨 악을 썼다.

"미친놈아! 군바리 새끼 ─, 너 죽었다!"

"억울하면 찾아와. 수송부 강기종!"

기종이 돌아보지도 않고 유유히 골목을 빠져 나갔다.

5

기분이 더러웠다. 지난밤의 앙금을 털어버리지 못한 채 새벽 배차 업무를 보고 있었다. 숙취로 흔들리는 머릿속에서 다다구미의 악취가 섞여 맴돌았다. 또 하나의 강기종이 있었을까……. 지난밤을 부정하는 강기종과 다다구미를 헤맸던 강기종의 사이에서 갈등하고 있을 때였다.

사무실 밖에서 위병조장이 기종을 불러냈다. 대대 정문과 백마장 2개 중대의 정문 경비를 책임지는 전 병장이었다.

"강 상병! 밖에서 사고 친 일 있냐?"

사무실 밖으로 나오는 기종에게 전 병장이 걱정스럽게 물었다.

"무슨 사고?"

"지금 면회실에 항공모함이 와서 널 찾아!"

"항공모함?"

"인득공사 서 사장, 몰라?!"

"뭐하는 사람인데, 왜?"

"부평에서 알아주는 이거야!"

전 병장은 주먹을 들어 보이며 말했다.

"분위기가 안 좋아!"

전 병장이 항공모함에 대해 설명해 주며 불안해 했다.

항공모함, 인득공사 서인득 사장. 부평은 물론 인천까지 알려진 소문난 주먹으로 조직을 거느린 사업가였다. 애스컴 사령부(ASCOM · 군수지원 사령부)를 상대로 납품 및 하청사업을 독점하면서 부대에서 나오는 폐기물을 수거해 재활용하는 고물상도 겸하고 있었다.

당시 애스컴 사령부(1970년대 초 군사시설이 용산, 경북 왜관, 부산, 동두천, 의정부 등으로 옮기기 전이었다)는 대한민국 전역에 산재해 있는 미군을 지원하는 군수지원기지였다. 그에 따라 애스컴에서 파급되는 경제효과도 대단했다. 항공모함이 조직을 거느리고 군부대 입찰 사업을 관장하고 있었다.

기종이 면회실로 들어섰다.

"강기종이냐?"

기종이 목소리의 주인공을 보았다. 한눈에 보아도 거구의 사나이로 별명이 항공모함인 것을 알 수 있었다. 옆으로 두 명의 깍두기를 달고 있었다.

"내가 왜 찾아왔는지 알겠냐?"

항공모함이 조용히 다시 물었다.

"…… 그걸 제가……."

기종이 주춤거렸다.

"이-, 군바리 새끼 기합이 빠졌어!"

항공모함 옆의 뱃살 불린 깍두기가 한 발 나섰다.

"누구 보고 한 말입니까?"

기종이 차분히 뱃살에게 물었다.

"쫄따구 새끼야! 여기 너 말고 또 누가 있냐?!"

뱃살이 발끈했다.

통성명도 없이 처음부터 깔아뭉개고 있었다. 사정없이 자존심을 짓밟고 있었다. 그들에게는 기종이 하잘것없는 육군 졸병이었다. 기종에게는 그들이 뒷골목 똘마니나 양아치들일 뿐이었다. 자존심을 누구보다도 아껴왔던 기종이었다. 철나서 처음으로 당해 보는 모멸감이었다.

"누구 보고 한 말이냐?"

그들처럼 존대어를 빼고 뱃살에게 다시 물었다.

"어쭈-, 이 새끼 간땡이 부어 터졌네!"

뱃살이 항공모함과 팔뚝 굵은 동료를 보고 어이없어 했다.

"싸래기 밥만 먹고 컸냐?!"

기종이 겁 없이 염장을 질렀다.

"이 또라이 새끼, 맛이 완전히 가뿌렀네!"

뱃살이 흥분했다. 항공모함이 보스답게 침묵으로 기종을 지켜보고 있었다.

"어이 달구지! 너 오늘 쫄따구 생활 끝내고 싶냐!"

이번에는 참다 못한 팔뚝 굵은 놈이 주먹을 앞세우고 나섰다.

"민간인이 부대 안에서 이렇게 행패 부려도 되냐?"

기종이 팔뚝을 마주 보았다.

"개기고 있네—. 이 새끼가!"

팔뚝이 칠 듯이 주먹을 들었다.

"잠깐!"

항공모함이 제지했다.

"군인이 부대 밖에서 지나가는 여자를 가지고 놀아도 되느냐?"

항공모함이 기종에게 되물어왔다.

" ?……."

기종이 잠시 생각에 잠겼다.

— 군인이 부대 밖에서 지나가는 여자를 가지고 놀아도 되느냐?

꺼림칙했던 의문이 풀리고 있었다. 어젯밤, 다다구미 옆 골목에서 발랄한 여자 아니 발칙한 년이 '미친놈' 이라고 욕을 했다. 입맞춤으로 골려준 일이 있었다. 사건의 가닥이 잡혔다. 기종이 태도를 바꿔 항공모함을 보았다.

"오늘 중으로 날 찾아와라!"

항공모함이 거역할 수 없는 한 마디를 남기고 면회실을 나갔다.

"인 · 득 · 공 · 사! 알았지 쫄따구야. 군대생활 곱게 끝내려면 알아서 기어라."

뱃살이 힘주어 인상 쓰고는 팔뚝과 함께 항공모함의 뒤를 따랐다.

그들이 인생 끝났다는 듯이 겁주고 갔지만 기종의 배짱 속에는 심각하게 들어오지 않았다.

자신의 행동으로 빚어진 파문의 책임을 미처 생각하지 못하고 지내왔다. 3.15데모, 고교 3년 동안의 클럽활동, 대학의 학생운동, 자원 입대한 군복무……. 항상 자신의 의사와는 동떨어진 원하지 않는 길을 만들어 가고 있었다. 불의에 맞선 시위에서 친구를 잃었다. 대학의 학생운동에서 이념의 덫에 걸릴 뻔했다. 주변을 정리하고 면벽의 정진을 다짐했던 도피의 군복무가 시작부터 흔들리고 있었다. 작고 큰 잦은 사건을 만들어 왔다. 가까이 해서는 안 될 사람이란 문신을 새겨놓은 해수란 창녀가 문득문득 여자로 다가왔다. 믿을 수 없는 환상을 인정하고 싶지 않았다. 한 순간의 흔들림으로 항공모함을 불러들인 자책으로 시달리고 있었다.

자신을 훼손시키는 또 하나의 강기종을 잠재울 내공을 쌓아야 했다. 부대 밖의 세상을 멀리하기로 했다. 다다구미의 해수를 털어내기로 했다.

자숙의 시간 속에 평정을 되찾아갔다. 병영생활도 확실한 영역을 만들어 놓았다. 조 일병과 천 일병이 업무를 빨리 익혀서 마무리를 잘 해 주었다. 행정병을 타깃으로 삼던 정 중사도 배차반장이 된 후, 행정병들의 선임으로 운전병들의 군기를 잡는 기종의 대역을 잘 해 주고 있었다.

수송관의 생일날이었다. 각 부처의 선임들이 수송관의 사택에서 생일 파티로 저녁식사를 했다. 귀대하는 길에 기종이 중국집에 들렀다. 야간 당직 근무를 하고 있는 조 일병과 천 일병의 야식으로 군만두를 주문했다. 여유의 시간 동안 술을 시켜 한잔 하고 있는 중이었다.

"얼굴 잊겠다."

해수가 기종 옆에 서 있었다. 해수를 거부하고 애란과 동행한 것에 미안함을 가지고 있었던 기종이었다. 해수가 기종 앞에 앉았다.

"처음부터 다다구미 여자로 만났잖아."

해수가 자신의 신분을 못 박았다.

"나― 그런 인간이야."

기종이 자신을 비하시켰다.

"알아. 그런 인간이 아니란 걸. 애란 언니한테 들었어."

기종이 해수를 보았다. 해수의 얼굴에 진지한 그늘이 져 있었다.

"띨띨하지—, 나란 놈."

기종이 해수를 보고 피식 웃었다.

"고마워요."

해수가 차분히 존댓말을 썼다. 처음 보는 해수의 다른 모습이었다. 해수가 혼잣말하듯 이어갔다.

"산 자의 아픔을 맛보게 해 주어서……."

"미안해. 아프게 했다면."

기종이 해수에게 사과했다. 해수의 중얼거림이 이어졌다.

"막장에서도 아픔이 있다는 걸……."

해수가 초점 없이 기종을 담고 있었다. 기종이 씁쓸히 술잔을 비웠다.

"살아 있는 사람들의 이야기겠지요."

해수가 풀어진 시선을 모았다.

"나— 술 한 잔 줄래요."

골목 안의 해수가 아닌 한 여자로서의 자조를 띄우고 있었다.

기종이 빈 잔에 술을 채워 해수에게 건넸다. 술잔을 입으로 가져가던 해수가 동작을 멈추고 기종 뒤쪽의 입구로 시선을 옮겼다.

"어이—, 군바리!"

기종이 뒤돌아보았다. 항공모함의 식구 뱃살과 팔뚝이 노려보고 있었다.

"뛰어야 벼룩이지."

뱃살이 비웃었다. 기종이 일어나 그들과 마주섰다.

해수와 중국집 홀 안이 긴장되었다.

"자리를 옮길까?"

뱃살이 이죽거렸다.

"마시던 술 끝내고."

기종이 동요하지 않았다.

"그래?! …… 밖에서 기다릴게."

뱃살이 여유롭게 팔뚝과 함께 돌아서 나갔다.

"저 사람들이 왜?"

해수가 걱정하며 기종에게 물었다. 기종이 선 채로 남은 술을 비웠다.

"저 치들 따라가면 안 돼요. 조심해요."

불안해 하는 해수를 기종이 새삼스럽게 보았다.

"그래ㅡ, 그래야지. 지금처럼 말씨가 여자다워야지."

해수가 어이없어 하며 여유부리는 기종을 보았다.

"지금 여유 부릴 때가 아니예요. 주방에 쪽문이 있으니 부대로 도망가요."

"걱정 마."

군화 끈을 다시 조여 매고 복장을 간편하게 다듬은 기종이 입구 쪽으로 향했다.

"나가지 마요. 부대로 돌아가요."

해수가 기종의 옷자락을 잡았다.

"고마워ㅡ, 걱정해 줘서. 별일 없을 거야."

해수의 어깨를 토닥여주며 기종은 가볍게 중국집을 나섰다.

뱃살과 팔뚝이 기다리고 있었다. 대화는 생략된 채 뱃살이 앞서 걸었다. 기종의 뒤로 팔뚝이 따라 붙었다. 걸어가면서 기종이 몸 상태를 점검했다. 적당히 마신 술기로 몸이 알맞게 데워져 가벼웠다. 안감 없는 군모를 접어서 뒷주머니에 찔러 넣었다.

다다구미 옆 골목을 지나서 애스컴부대 담장에 붙은 넓은 공터로 안내되었다. 차량이 드나들 수 있는 두 쪽의 철문이 닫혔다. 철문 밖 골목의 어둠 속에 해수의 모습이 보였다. 길 쪽으로 조립식 사무실이 자리 잡았고, 공터 한 쪽으로 부대에서 실어온 폐자재와 재활용품들이 쌓여 있었다.

사무실 앞 간이 테이블 의자에 항공모함이 앉아 있었다. 그의 식구들이 기종의 주위로 둘러쌌다. 뱃살과 팔뚝을 합쳐 일곱 명이었다.

"얘 맞냐?"

항공모함이 옆에 있던 여자에게 물었다. 며칠 전 만났던 발칙한 여자였다.

"저 새끼야—, 오빠!"

항공모함의 여동생 서인애였다.

"여기 온 이유를 알겠냐?"

항공모함이 기종에게 무겁게 물었다. 변명할 말이 기종에게 없었다. 걸려들어도 야무지게 딱 걸려들었다는 생각뿐이었다. 일곱 명의 주먹과 한 명의 쫄따구! 콜로세움에 홀로 세워진 죽음을 피할 수 없는 검투사가 된 기분이었다. 주위를 둘러보았다. 사면초가였다. 독안에 든 쥐였다.

뱃살과 팔뚝이 단단히 버릇을 고쳐놓을 듯 각목과 쇠파이프를 들고 앞장서 다가왔다. 좌우로 다섯 명의 주먹들이 에워쌌다.

무릎 꿇고 빌었다면 싸대기 몇 대로 끝낼 일을, 겁 없는 군바리가 엉기고 있었다. 하룻강아지가 멋모르고 천방지축으로 놀고 있었다. 항공모함은 부평 바닥 지존의 자존심을 지키기 위해서라도 뜨거운 맛을 보여주어야 했다.

기종이 온몸을 긴장시키고 힘을 모았다. 들것에 실려 나가든 제 발로 걸어 나가든 피할 수 없는 한판이었다. 기종이 항공모함을 보았다.

"쫄따구 하나에 인득공사 일곱 명, 좀 심한 것 같네요."

"어떡했으면 좋겠냐?"

의자에 앉아 관망하던 항공모함이 물었다.

"세 명 정도면 달게 맞아주겠습니다."

항공모함이 웃었다. 기종의 버릇고침에 멋을 내고 싶었다.

"곰, 망치, 용가리! 나머지—."

항공모함이 뒤로 물러서라는 사인을 보냈다. 곰과 망치라고 불린 뱃살과 팔뚝이 앞장서 나오고 용가리라 불린 놈은 뒤에서 대기하고 있었다. 뱃살과 팔뚝이 각목과 쇠파이프를 들고 공격 자세를 취했다.

"손에 든 것 치워라!"

항공모함의 여유로운 배려였다.

각목과 쇠파이프를 던져 버린 뱃살과 팔뚝이 기종 앞에 다가왔다. 몸만 키웠지 기본기가 없는 자세였다. 용가리는 몇 발짝 떨어져 관망하는 자세로 서 있었다.

기종은 도복에 검은 띠를 두른 체계적인 무예보다는 실전에 가까운 격투기 같은 공수도와 택견의 기본기를 다듬은 몸이었다. 시간은 기종의 편이 아니었다. 단판에 상대를 제압해야 했다. 앞선 뱃살의 주먹이 날아들었다. 힘이 실렸으나 무딘 주먹이었다. 뱃살의 힘을 역이용했다. 뻗어오는 뱃살의 오른팔을 왼팔로 당기면서 몸을 살짝 낮추었다. 가볍게 상대의 몸뚱이가 어깨에 실렸다. 낮추었던 몸을 들어 올리면서 뱃살을 등 뒤로 집어던졌다. 크게 한판승이었다. 그와 동시에 달려드는 팔뚝의 쇄골 안쪽 급소에 군홧발을 날렸다. 탁— 군홧발 끝에 와 닿은 충격이 짜릿했다. 뒤에 크게 한 바퀴 돌아 떨어진 뱃살은 낙법을 배우지 않았다면 등짝의 충격으로 2,3분, 급소를 당하고 쓰러진 팔뚝은 3,4분 동안은 힘을 쓸 수가 없을 것이다.

이제 남은 자는 용가리 한 명. 시간의 흐름은 또 하나의 적이다. 짧은 시간에 용가리를 해치워야 한다. 시간을 끌면 끌수록 기종에게 돌아오는 것은 집단의 응징밖에 없을 것이다.

용가리가 기종 앞에 다가왔다.

기종은 맞장을 뜰 때는 상대의 얼굴을 보지 않고 하체를 본다. 하체의 움직임으로 상대의 민감한 동작까지 읽을 수 있었다.

버티고 선 용가리의 하체가 완강했다. 허점이 보이지 않는 자세가 앞선 두 명의 상대와는 수준이 달랐다. 긴박한 시간의 흐름 속에 상대의 움직임을 읽을 수 없었다. 선수를 쳐오면 좋을 텐데 상대는 찰나의 한 주먹을 노리고 있었다. 시간이 멈춘 듯한 정적이 흘렀다. 기종의 앞과 뒤에서 쓰러져 있던 뱃살과 팔뚝이 부스럭거리면서 일어나고 있었다.

촉박했다. 한두 주먹 맞더라도 끝장을 내야 할 순간이었다. 기종이 반 발짝 물러났다. 공격의 신호였다. 기종의 동작을 읽어야 할 상대의 움직임이 없었다. 반대로, 하체의 경계심이 풀리고 있었다.

"혹시…… 오딘 형님?……."

용가리가 중얼거리는 소리였다.

'오딘?!' 오랜만에 들어보는 소리였다. 기종이 용가리의 얼굴을 보았다. 어딘가 낯익은 모습이었다.

'?!…… 떡메?…….'

떡메의 모습이었다.

"떡메……."

"오딘 형님!"

"떡메!"

떡메였다. 기종과 떡메가 서로 와락 끌어안았다. 살벌한 분위기가 묘한 반전을 만들고 있었다. 떡메, 기종의 후배 최용길이었다. 맷집이 좋았다. 떡메로 치면 칠수록 쫀득해지는 찰떡같았다. 주먹이 떡메처럼 우직했다. 떡메의 한 주먹에 걸리면 어떤 상대도 끝장이 났다.

기종이 고3때 마산상고 주먹패들과 바이킹의 주먹들이 패싸움을 벌였다. 바이킹 후배인 떡메도 끼어 있었다. 중상자가 생겼다. 학교에서 주동자들에게 무기정학이라는 중징계가 내려졌다. 한 달여 만에 징계가 풀리고 학교에 등교했다. 떡메의 모습이 보이지 않았다. 기종이 할머니와 함께 살고 있는 떡메의 집을 찾아갔다. 떡메가 살고 있던 단칸방에는 다른 사람이 살고 있었다. 얼마 전 할머니가 세상을 떠나고, 장례식을 끝낸 떡메는 그 길로 어디론가 떠났다고 했다.

기종이 아끼던 후배였다. 기종을 친형처럼 따르던 떡메였다. 떡메를 생각할 때마다 후배를 잘못된 길로 인도한 큰 죄책감을 안고 있었다. 그런 떡메를 뜻밖의 자리에서 만나게 되었다.

기종이 항공모함 앞으로 다가갔다.

"용서해 주십시오. 다다구미 여자로 알았습니다."

정중하게 잘못을 빌었다.

"사장님 제가 모시던 바이킹의 오딘 형님입니다."

떡메가 용서를 바랐다. 항공모함의 식구들이 경계를 풀지 않고 기종을 둘러쌌다.

"그만―."

항공모함이 손짓으로 식구들을 물러서게 했다.

"오빠―, 뭐야!! 이 새끼 그냥 둘 거야?!"

인애가 발끈 다가와 기종의 뺨을 야무지게 갈겼다. 기종이 잘못의 대가로 꼼짝 않고 맞아주었다. 인애가 분이 풀리지 않아 다시 손바닥을 쳐들었다.

"됐다! 그만 했으면."

항공모함이 인애를 제지했다. 인애가 씩씩대며 오빠를 노려보았다.

"내가 그랬지, 그 길로 다니지 말라고! 좀 돌더라도 큰 길로 다니라고 했잖아!"

항공모함이 인애를 나무랬다. 인애가 오빠의 행동이 마땅찮아 기종을 다시 노려보았다.

"오딘이라고, 바이킹의?! 항공모함보다 멋있는 별명이다."

항공모함이 분위기를 푸는 농담을 했다.

"용가리보다 떡메가 더 좋다. 떡메야! 냉장고에서 술 가져와라."

항공모함이 떡메에게 술심부름을 시켰다. 떡메가 급히 양주 한 병과 술잔을 가져왔다.

"하 실장의 후임이라면서?"

항공모함이 기종의 직책까지 알고 있었다.

"아십니까?"

기종이 항공모함을 보았다.

"병기대대 배차실장을 모를 리 있나, 가끔 만났지."

"?……."

기종이 알지 못한 사실이 있었다.

애스컴에서 부정 유출되는 물품은 폐차 견인하는 수송부의 트럭에 숨겨져 게이트를 통과했다. 항공모함과 배차실장과의 은밀한 거래였다. 기종이 뒤에 알게 된 사실이었다.

"만나서 반갑네! 자— 한잔 받게."

항공모함이 술잔을 내밀었다.

"먼저 제가 올리겠습니다."

기종이 사양했다.

"앞으로 우리 식구들하고 잘 지내고, 인애 너무 미워하지 말게. 자—."

항공모함이 술잔을 거듭 내밀었다.

"감사히 받겠습니다."

기종이 예의 바르게 술잔을 받았다.

항공모함! 대책 없이 등발만 키운 줄 알았는데 식구들을 거느릴 만한 포용력이 있었다.

어두운 세상의 소문은 밝은 세상의 빛보다 빨랐다. 몇 십 년 후, 인터넷 사이트에서 쏟아내는 네티즌들의 괴담보다도 빠르게 퍼져 나갔다. 군바리, 쫄따구, 달구지, 배차계, 강 상병……. 인간 강기종의 호칭이었다. 장마철 냇물처럼 불어나는 듯한 소문과 함께 기종의 호칭도 숫자를 늘리고 있었다.

— 군바리 하나에 항공모함패들이 무릎을 꿇었대! 한 방이면 끝나는 왕주먹이래.

— 달구지 쫄따구래! 아니야, 달구지 대장 배차계래.

— 바이킹클럽 오야래. 바이킹클럽? 못 말리는 학생 깡패클럽이래! '오딘' 이라고, 깡패조직에서도 알아주는 주먹이래!

— 마산 3.15 데모 주동자래. 4.19 때도 앞장섰대!

— 법대생이래! 모르는 소리 의대생이래! 대학에서 학생운동하다 지명수배중이래!

— 아버지가 재벌이래! 재벌 아들이 왜 군대에 있대? 대학총장이래! 총장 아들이 깡패라고?!

— 다다구미 창녀 기둥서방이래! 그년 금테 둘렀나?!

— 술통이래! 소주 한 박스는 안주 없이 해치운대.

— 국가대표 권투선두였대! 유도, 당수, 합기도 등 합치면 몇 십 단은 된대…….

— …….

뒷골목 똘마니들의 입에서, 다다구미 골목에서, 니나노(술집) 거리에서 소문은 꼬리를 물고 이어졌다. 진의가 없는 소문은 뼈를 만들고 살을 붙여서 입에서 입으로 새끼를 쳐서 키워나갔다.

미군 군수기지창과 육군병기창 등 밀집된 군부대 경제로 흥청이던 부평 바닥이었다. 내로라할 생산 공장이 없는 가난한 나라에서 군부대와 밀착된 검은 경제가 호황을 이루었다. 검은 돈이 고이는 곳에는 독버섯이 피기 마련, 홍등가와 술집이 번창했다.

그곳에 기생하는 주먹패들이 세력을 만들었다. 조직들은 각자의 나와바리(지역 · 세력권)에서 서로의 마찰을 피해 분업된 사업(유류, 차량부품, 군수물자, PX에서 흘러나온 생필품 등……)으로 부평의 지하경제를 활성화시켜 나갔다. 그 무리들의 으뜸이 단연 인득공사였다. 인득공사 식구들과의 한 판으로 기종은 텃세부리는 뒷골목의 똘마니들까지 평정해 버렸다.

기종 자신이 원하지 않았던 바람을 또 한 사람의 기종이 회오리치게 했다. 자신도 모르는 사이에 다다구미 창녀의 기둥서방이 되어 있었고, 니나노(술집여자)들의 흠모의 대상이 되었고, '오딘' 이라는 주먹으로 똘마니들의 '형님' 이 되었다.

뒷골목에서, 다다구미에서, 니나노 바닥에서, 쫄따구가 아닌 '오딘' 의 전설을 만들어 가고 있었다. 항공모함의 식구들이 병풍이 되어주었고, 떡메의 소문난 주먹이 오딘의 심복으로 날개를 달아주었다.

'이게 아닌데, 이게 아니었는데…….'

기종 자신도 모르게 어이없는 소문들이 부풀어져 현실로 만들어졌다. 다가오면 피해 가야 할 소용돌이 속에 빠져 있었다.

벗어나야 했다. 의도와는 달리 미로에 빠져든 자신의 길을 찾아야 했다.

'어디로, 어떻게 벗어나야 하나?…… 군복무중인 사병의 신분으로…….'

제대까지 아직도 갈 길이 멀었다.

'벗어나야 한다! 어떻게?…….'

그것이 문제가 되었다. 해답을 찾을 길 없는 문제가 되었다. 문제는 선명한데 해답은 깜깜했다.

문득 정신을 차려보니 생각지도 못한 어둠의 거리에서 방황하고 있었다. 애써 빠져 나온 혼란의 장이 아닌 또 다른 파국의 바닥에서 헤매고 있었다.

방황의 진행은 타락밖에 없다. 타락의 끝은 파국밖에 없다. 내리막이 없는 몰락이었다. 철저하게 몸을 사리고 감추었다. 파국을 향한 모든 진행의 과정에 급제동을 걸었다. 부대 밖 외출을 삼간 채, 인간 강기종을 죽인 채, 벗어날 길을 찾으면서 시간을 죽여 나갔다.

방황의 여름을 아무도 없었던 여름으로 마무리하면서 가을은 어느새 초록을 말리고 있었다.

전통(전언통신문) 하나가 떨어졌다.

-평화유지군 '비둘기부대' 창설병 모집-.

긴급 전통이었다. 보안이 유지되어 온 기밀이었지만 군내부에서는 '쉬-쉬' 하면서도 월남참전 지원병 모집이란 걸 알고 있었다.

젊은이들의 목숨을 파는 용병이라고 반대하는 야당 정치인들과 국민여론을 의식한 군사정권에서 은밀히 검토하고 진행해 온 파병 계획이었다.

기종에게는 문제만 던져놓았던 해답이 될 수 있었다. 벗어날 수 있는 절호의 기회였다. 비둘기부대 창설병 모집에 지원했다. 누구도 모르는 혼자만의 결정이었다. 수송관이 알면 허락해 줄 리가 없었다. 겨우 안정된 행정업무의 핵심인 배차계 선임인 기종을 보내줄 리 없었다.

기종이 빠진 다음의 공백을 메울 수 있도록 조 일병과 천 일병의 업무 능력을 확인하고 미흡한 부분은 꼼꼼히 전수해 주었다. 기종은 운전병들의 능력에 따른 작업차량을 지정 배차해 주는 정도로 배차업무에 물러나 있었다. 특명이 날 때까지 신변을 정리해야 한다.

해수를 만났다. 주위의 눈을 피해 부평 외곽의 백마장주점에서 마주앉았다.

"어쩌면 떠나게 될지도 몰라."

"어디로……요?"

기종의 전함에 해수가 당황했다.

"먼 곳으로."

"……제대까지 아직도?……."

담담한 기종의 의중을 해수가 살폈다.

"일 년하고도 육 개월쯤 남았어."

"그런데 어디로 가요?"

"결정된 건 아니야."

"뭐예요, 그럼?"

해수가 불안해졌다. 기종의 시선이 해수를 담고 있었다.

"떠나야 될 것 같아."

"괜히 겁주지 말아요."

"왜?…… 내가 떠나는 게 겁나?"

기종의 시선과 해수의 시선이 교차되고 있었다. 기종이 진지하게 해수를 보다가 시선을 깔면서 간절히 전했다.

"해수야, 내가 떠나기 전에 너의 모습이 다다구미에서 지워졌으면 좋겠다. 너를 위해서, 나를 위해서……."

해수가 기종의 말 뜻을 알고 고개 숙여 침묵했다.

"내가 부평을 떠나고, 너도 새 출발하고……."

"나 때문이에요?…… 내가 걸림돌이 됐어요?"

해수가 기종을 정면으로 보았다.

"그게 문제야."

"내가 문제가 됐어요?"

"너와 나……, 우리 모두……, 처음부터 해답이 없는 문제였지만……."

기종의 고민을 해수는 읽고 있었다.

"해수는 어떻게 생각해?"

기종의 물음에 해수가 한참의 갈등 끝에 본심을 드러냈다.

"만나지 말아야 할 사람……, 한 남자로 다가온 사람……, 현실이 될 수 없는 상상의 환상……, 처참한 상처만 남길 아픔……, 처음부터 문제가 됐어요."

해수의 눈가에 이슬이 비쳤다. 기종이 묵묵히 외면하고 있었다. 기종이 자작한 술잔을 긴 호흡으로 마시고는 결심한 듯 해수를 보았다.

"내가 떠나기 전에 해답을 찾았으면 좋겠다."

기종의 간절한 바람 속에 해수가 고개 숙이고 있었다. 방안에서 손님 맞을 준비로 화장을 하고 있던 여자들이 속삭이고 있었다.

"저— 군바리가 '오딘' 이야."

"앞의 여자는?"

"금테 두른 ……치."

해수가 독기를 품고 여자들을 노려보았다.

"일어나자 해수야."

기종이 급히 폭발 직전의 해수에게 제동을 걸면서 일어났다. 해수가 성질을 삭이면서 문밖으로 나갔다. 기종이 계산을 하고 뒤따랐다. 고개 숙인 채 앞서 가는 해수와 나란히 보폭을 맞추었다.

"이게 문제야……. 너와 나……, 주위의 시선들……. 해수야! 우리 벗어나자. 아무도 모르는 다음의 세상으로."

해수가 묵묵히 걸으면서 기종의 팔짱을 끼었다. 가을바람이 가라앉은 마음을 흔들어놓고 있었다.

"……오딘……."

해수가 중얼거렸다. 기종이 해수의 다음 말을 기다렸다.

"육체가 아닌 영혼은 타인이 소유할 수 없는 자신만의 영역입니다. 나의 영혼 속에 오딘을 담아 놓았습니다……. 오딘과는 상관없는 나만의 세상 속에……."

기종이 침묵으로 해수를 보았다.

"같이 있어 줄래요. 오늘?"

해수가 표정을 바꾸어 밝게 기종에게 청했다. 기종이 밤하늘을 보았다. 기종과 해수는 서로의 아픔을 다스리고 있었다.

기종은 잠자리를 같이한 해수가 떠난 자리에서 눈을 떴다. 오늘도 해수의 흔적은 어디에도 없었다. 뒷정리가 항상 깨끗한 여자였다.

6

벗어나려는 기대는 욕심만큼이나 어리석었을까. 변방에 돌아앉아 마음

고생하는 만큼 기다리는 시간은 길었다. 기다림의 시간은 비상구를 찾지 못한 채 맴돌았다. 특명(비둘기부대 차출)은 주소를 잃었을까. 또 한 번의 정리되지 못한 침잠의 칩거 속에 한 해가 마감되고 있었다. 자아는 희석되면서 실망의 저항을 불렀다. 단절된 체념은 편한 변명거리를 만들어, 부조리는 논리를 비웃고 있었다.

'피할 수 없으면 즐겨라' 고 했다.

당겨놓았던 긴장은 속박이었다.

'피할 수 없으면 즐겨야지…….'

편해졌다. 보이는 것의 부정적인 모습을 무장해제 시켰다.

길 건너 애스컴의 중앙 게이트 좌우에 세워진 크리스마스트리의 네온사인이 반짝였다. 캐럴송이 수송부까지 들려왔다. 12월 24일 성탄전야였다.

지구상의 최강국인 미국의 주둔군이 있는 부평 애스컴은 반짝이는 네온과 캐럴송의 화합으로 축복받은 성탄전야를 만들어가고, 한 길 건너 한국군 병기대대는 괜히 마음만 들뜨는 성탄전야였다.

수송부 사무실 앞에서 케네디지프차의 경적소리가 났다. '해리슨' 맬서진이 기종을 불러내고 있었다. 아침 출근시 해리슨이 성탄전야 파티에 기종을 초청했다.

'해리슨 맬서진.'

애스컴 소속으로 병기대대에 출퇴근하는 미 군사 고문이었다. 대령으로 예편해서 맬서진(상사계급장 안에 별이 하나 추가되었음)으로 다시 군에 복귀한 노병이었다. 부대에서는 할아버지 상사라고 애칭했다. 병기대대 대대장(육군 중령)이 중위시절 미국에서 군사교육을 받을 때 중령의 교관으로 만나, 지금은 옛 제자가 대대장으로 있는 한국군 부대에 출퇴근 파견근무하고 있었다. 해리슨은 퇴근할 때 가끔씩 기종을 불러내어 애스컴 영내

식당에서 특식을 맛보게 했다. 기종을 본국에 있는 막내아들처럼 생각하면서 아껴주었다.

성탄전야 연회장은 풍성하고 여유로웠다. 미군들과 군속들, 부대와 연관된 지역인들과 미군들의 현지처 역할을 하고 있는 양색시들로 붐볐다. 초대된 사람들은 뷔페식으로 차려진 음식과 음료를 즐기고 있었다.

해리슨이 기종의 음식까지 준비해 오고, 기종은 양주 칵테일을 만들어 같이 앉았다.

"메리 크리스마스!"

해리슨의 건배로 술잔을 부딪쳐 마셨다.

"메리 크리스마스!"

해리슨이 다시 한 번 술잔을 들었다. 기종을 보고 하는 것이 아니었다. 기종이 해리슨의 시선을 찾았다. 깜짝 놀라 벌떡 일어났다. 눈앞에 별 하나가 장승처럼 다가와 있었다. 장군 옆에 짧은 머리에 다부진 체격의 중령이 보좌하고 있었다. 기종이 자신도 모르게 경직되어 경례를 올려 부쳤다. 애스컴 사령관과 게리 헌병대장이었다.

"메리 크리스마스."

사령관이 편하게 앉아있는 해리슨과 인사했다. 게리 중령이 부동자세로 서 있는 기종을 편히 앉게 했다. 사령관과 헌병대장이 격의 없이 돌아가면서 인사를 나누고 있었다.

공과 사, 근무시간과 자유 시간을 엄격하게 구분할 줄 아는 미국인들의 자율정신이었다. 한국군에서는 상상조차 할 수 없는 파격이었다.

애스컴 사령부 헌병대장 게리 중령! 그는 강직한 직업군인의 전형적인 모습이었다. 백색의 짧은 머리에 각진 얼굴, 터미네이트형의 단단한 외모는 그 당시 전쟁영화에 자주 출연한 미국 배우 '잽 · 챤드라' 를 닮았었다.

먼 훗날까지 기종은 '게리' 헌병대장을 '챤드라' 대장이라고 불렀다.

연회장 먼 자리에서 기종을 향해 손을 흔드는 사람이 있었다. 인득공사 서 사장(항공모함)이었다. 옆자리에 동생 인애도 함께했다. 기종이 다가가 서 사장에게 인사했다. 서 사장이 반갑게 악수하며 기종을 맞았다. 그간 기종과 서 사장은 선임들로부터 이어온 업무(물품 부정유출 차량의 고정 배차)로 몇 번의 만남이 있었다.

기종과 인애가 시선을 맞추지 못한 채 인사했다. 지난번의 일로 서로가 어색했다.

"앉게!"

서 사장이 기종에게 합석을 권했다. 인애의 옆자리가 비어 있었다. 기종이 인애의 옆자리를 건너뛰어 자리를 잡았다.

"왜 떨어져 앉냐?"

서 사장이 인애 옆의 빈자리를 가리켰다.

"한 쪽은 성해야지요."

기종이 인애에게 맞지 않은 한쪽 뺨을 부볐다. 인애가 멋쩍게 웃었다.

"입맞춤 한 번에 뺨 한 대라면 밑지는 장사 아닌데, 옮겨 앉아라."

서 사장이 기종을 보고 놀렸다.

"됐어요―. 오빠! 도둑맞기 싫어요."

이번에는 기종이 멋쩍게 웃었다.

"오딘! 그리고 인애야! 부평 사람들이 다 알도록 소문나게 만난 사이다. 서로 오빠 동생 되어 사이좋게 지내라."

"감사합니다. 인애 씨가 용서해 준다면."

기종이 인애를 보았다.

"옆 자리가 비었네요."

인애가 가운데 빈자리를 보았다. 기종이 인애의 옆자리로 옮겼다.

"오딘! 오늘부터 인애 오빠 됐어요. 오빠 구실 잘 해요."

인애의 결정에 기종이 쑥스럽게 웃었다.

"그럼 나는 오늘부터 큰 오빠가 되었네."

서 사장이 두 사람을 번갈아 보며 웃었다.

"작은 오빠!"

인애가 굳히듯 호칭하며 기종에게 다가앉았다.

"고마워— 인애야. 마음 풀어줘서, 메리 크리스마스!"

기종과 인애, 서 사장이 마주보며 웃었다.

당겨놓았던 줄을 풀어 버렸는데, 논리는 부조리의 유혹에 타협해 버렸는데 특명이 났다!

—평화유지군 비둘기부대 창설병. 상병 강기종.

1964년 12월 27일 17시까지 오음리 교육단 입소—.

성탄절 다음날(12월 26일) 전통으로 하달된 특명이었다. 내일 아침(12월 27일) 바로 특명지로 출발해야 했다. 씁쓸했다. 간절한 기다림의 시간을 정리해 버렸는데……. 당혹스럽기까지 했다. 또 한 번 씁쓸했다.

스스로 선택한 길, 되돌릴 수 없는 특명이었다. 가야 했다. 세상일, 올 것은 오고 갈 것은 가는 것인데……. 생각하는 차이로 변화와 흐름을 탓했다. 한 발짝 빨리 오고 한 발짝 늦게 오는 건, 기다림의 착각이었다. 때 맞춰 주지 않는다고 실망하는 인간의 욕구였다.

수송관에게 전출신고를 했다. 직속상관에게 의논 한 마디 없이 파월 비둘기부대에 지원한 기종의 행동에 분노했다. 배차계 선임의 직무를 간단하게 던져버린 무책임함은 분명 수송관에 대한 항명이었다. 그렇지만 수송관인들 어쩌겠는가, 육군본부의 특명을!

최선이 빠진 차선책을 찾는 수밖에. 기종이 수송관을 안심시켰다. 배차계의 행정업무는 기종의 전수로 조 일병과 천 일병이 충분히 감당할 수 있었다. 그리고 후임병들의 받침도 단단했다. 한 가지, 조 일병의 낮은 계급이 운전병들의 통솔에 문제가 되었다. 새해(1965년) 초면 상병 진급이 가능한 조 일병에게 마이가리(가불 · 선진급) 상병 계급장을 달아줄 것을 건의했다.

27일 새벽, 부대원들의 전송 속에 오음리가 있는 춘천행 열차를 타기 위해 부평역으로 향했다. 해수를 한 번 보고 가고 싶은 마음을 꾹— 꾹 눌러버렸다. 인간의 정이란, 더럽고 더럽고 더럽고, 또 더럽고 더럽고 더러웠다.

'내가 부평을 떠나고, 너도 새 출발하고…….'

기종이 떠남을 예고하면서 해수에게 한 부탁이었다.

'내가 떠나듯이 너도 툭— 툭 털어버리고 다다구미를 떠나다오. 새로운 너의 세상으로…….'

기종은 믿지 않고 본 적 없는 하느님에게 가슴 저리게 빌었다.

해수!

첫 만남에서부터 매일 이별하며 만나왔던 여자……. 여자로 만나지 못했던 사람, 언제나 타인일 수밖에 없었던 여자. 없었던 세상에서 없었던 만남이었다.

'해수……. 안녕…….'

떡메(용길)와 인애가 부평역 대합실에 먼저 와 기다리고 있었다. 떠남에 앞서 2개월 정도 유격훈련 받고 온다고 용길에게 귀띔했는데 인애까지 따라나와 있었다.

"오빠—, 오빠가 지원했다면서?"

인애가 앞뒤 생략하고 따지고 들었다.

"……."

기종은 딱히 할 말이 없었다.

"지금처럼 지내다 제대하면 덧나?"

"잠깐이야."

"내가 바본 줄 알아?!"

"교육 끝나면 돌아올 거야."

"왜— 그래, 오빠?! 복을 발로 차고 있어!"

"복이 독이 될 때도 있다, 인애야."

"이렇게 떠나려고 오빠 한댔어?"

인애가 기종을 이해할 수 없다는 듯 걱정에 빠져 있었다.

"아주 떠나는 것 아니다, 인애야."

기종이 인애를 안심시키듯 어깨를 토닥여 주는데, 인애가 기종의 팔뚝을 모질게 꼬집어 비틀었다.

"아—얏!"

기종이 비명을 질렀다.

"그 멍이 가시기 전에 돌아오지 않으면—."

인애가 돌아섰다.

"오빠 떠나는 뒷모습 보기 싫어 먼저 간다."

화가 난 인애가 뒤돌아봄 없이 대합실을 빠져 나갔다.

기종이 말없이 서 있는 용길을 보았다.

"용길아, 갔다 올게."

"형님, 월남파병 지원한 것 아니지요?"

"왜—, 월남 가면 죽기라도 하냐?"

"……."

용길이 불안하게 기종을 보았다.

"걱정 마—, 잠깐 바람 쏘이고 올 테니."

"형님—, 이거."

용길이 봉투 하나를 건넨다.

"뭐냐?"

"서 사장님이……."

"훈련받는 데 쓸 데가 있겠냐. 네가 보관중인 통장에 예금해 놔라."

기종이 용길의 이름으로 통장 하나를 만들어 놓으라고 부탁했었다.

애스컴부대 작업차량 중에 눈치 빠르고 입 무거운 운전병을 고정배차해 주는 대가로 서 사장이 용길을 통해 일정액을 전달해 주는 것을 예금해 놓는 통장이었다.

기종과 용길의 시선이 말없이 오고 갔다.

"……용길아, 부탁 하나 하자. 다다구미 개코집……."

기종이 망설였다.

"해수 말이지요."

용길이 기종의 말끝을 이어 주었다.

"처음부터 다다구미 여자로 태어나진 않았겠지. 어쩌다 보니……, 어려운 일 있으면 좀 도와줘라."

"알겠습니다—, 형님."

"용길아—, 살다 보면 좋은 이야기도 나올 수 있고 나쁜 이야기도 나올 수 있다. 사는 동안 너와 나는 변함없는 이야기만 만들어 가자."

"형님……."

용길은 말끝을 잇지 못하고 기종을 보았다.

"됐다. 갔다 올게."

기종이 손을 내밀었다. 용길이 기종의 손을 맞잡았다.

"오딘……."

용길이 말끝을 잇지 못한다.

"가라ㅡ, 인애처럼. 내 마음 편하게."

"떡메가 기다리고 있을게요, 형님."

용길이 돌아섰다.

"그리고 또 한 가지……."

기종이 돌아보는 용길에게 잠시 뜸을 들이다가 한 마디 했다.

"어두운 곳에 너무 깊이 들어가지 말아라."

"명심하겠습니다. 형님!"

용길은 약속하듯 기종에게 머리 숙였다. 기종이 손으로 용길의 발길을 재촉했다. 용길의 모습이 대합실을 빠져 나갔다. 기종이 힘주어 더플 백을 고쳐 메었다. 출구를 향해 걸음을 옮겼다.

'아디우스, 사요나라, 굿바이, 안녕 부평. 비둘기부대 상병 강기종! 오음리 앞으로ㅡ 갓!!'

7

비둘기부대 창설병들이 오음리 교육단에 집결했다. 2개월의 군사교육(월남의 역사 · 지형 · 기후 · 문화 · 풍습 · 대민봉사 등)과 실전에 대비한 유격훈련을 끝냈다. 파병목적은 자유월남의 건설지원과 구호 군사작전을 수행하는 평화유지군이었지만, 상대(베트콩 · 월맹군)가 걸어오는 싸움에 대응하지 못하면 죽음 밖에 없는 전쟁터였다. '땀을 많이 흘리면 피를 적게 흘린다' 는 목숨을 담보한 힘든 훈련이었다.

— 오딘! 부평부대로 다시 돌아오세요. 내가 다다구미를 떠날 테니…….

해수가 훈련 중에 한 번 면회 와서 한 말이었다.

— 해수와 상관없는 나의 길을 가는 것이야.

해수를 달래 보냈다. 돌아서 가는 해수의 두 어깨가 울먹이고 있었다.

훈련이 끝나갈 무렵 상병에서 병장으로 진급이 되었다. 기종만 특진이 된 게 아니었다. 진급이 가능한 비둘기부대 전 장병에게 주어진 특진이었다.

파월병들의 봉급과 해외복무 · 위험 · 전쟁수당 등이 미군의 수준으로 달러($)로 지불한다는 미국과의 협약이 있었다. 계급 따라 인상되는 봉급액을 높이기 위함이었다. 달러로 지불된 봉급을 군사정부에서 한국군의 수준으로 지불하고 차액은 국가 재건사업에 사용해야 했다.

공장을 짓고 싶어도 돈이 없었다. 국민을 먹여 살리고 싶어도 기댈 언덕이 없었다. 세계 속의 최빈국인 약소국 대한민국, 세계 어느 나라도 혼란 속에 갈 길을 잃은 대한민국에서 희망을 찾지 못했다. 신생국 대한민국을 살리는 길은 신탁통치밖에 없다는 강대국들의 배려(?)가 나왔던 불쌍하고 가련한 나라였다.

신이 버린 나라였을까. 조선왕조 5백 년 동안 백성들은 양반 놈들의 도리깨 타작으로 알곡 다 빼기고, 일제 강점기에 들어서는 왜놈들이 탈곡기로 다 털어갔다. 모든 것을 수탈당한 백성들은 쭉정이만 남은 지푸라기들이었다. 그 기진한 강산에 적화통일을 노린 김일성 괴뢰집단이 6.25남침 전쟁을 벌려 국토는 양분되었다. 목숨을 연명하는 국민은 살아 있어도 산 목숨이 아니었다.

빛이 사라진 어둠의 시절, 정녕 신이 버린 나라였을까. 신은 외면하지 않았다. 구국의 메시아를 보냈다.

1964년, 한국의 국가안보는 불안했다. 서민들은 하루 세 끼의 끼니조차 힘들었다. 국민 1인당 GNP는 87달러(북한 132달러) 수출 총액은 1억 달러에 불과했다. 군사정권은 파병을 결정했다. 야당의 정치인들은 젊은 피를 파는 용병이라고 격렬하게 반대했다. 용병이면 어떻고 파병이면 어떠냐! 참전병들은 구식 M1 소총을 M16 소총으로 무기를 현대화했고, 실전경험을 쌓았다(1965년 3월 비둘기부대, 65년 10월 청룡부대에 이어 맹호부대, 66년 9월 백마부대 파병).

신형무기로 교체된 파월군들은 적화통일의 야욕을 버리지 못한 김일성 괴뢰정권과의 대치상황에서 대한민국을 지키는 큰 버팀목이 되었다. 달러로 지급되는 파월병들의 봉급은 국가 재건의 자양분이 되었다.

은행잎을 모아서 약재로, 생머리를 잘라서 가발을 만들어 수출했다. 1965년부터 1977년까지 간호부(간호사)와 광부들을 서독으로 보냈다. 그들의 봉급을 담보로 차관을 얻어냈다. 그들의 한과 땀과 눈물로 얼룩진 희생은 국토의 단비가 되었다. 나뭇잎 하나, 머리카락 한 올, 인력 수출 등의 외화벌이로 폐허의 국토에 재건의 기반을 다져갔다.

공장을 짓고 경부고속도로를 건설해서 수출을 도왔다.

—경부고속도로(1968년 2월 1일 착공~1970년 7월 7일 완공).

'도로혁명 없이 산업혁명 없다!' 고, 박정희 대통령이 강행한 단군 이래 최대의 역사.

1967년 한국의 경제지표는 1인당 국민총생산(GNP) 142달러, 수출 3억 2

천 달러로 북한의 절반 수준일 정도로 경제기반이 열악했다. 고속도로 계획이 발표되자 정국은 소용돌이쳤고, 대통령의 측근들조차 우려했다(1967년 제6대 대통령 선거 유세장인 장충단공원에서 4월 29일 발표).

'좁은 국토에 무슨 넓은 길이냐?' '국내 보유 자동차수가 4만여 대에 불과한데 무슨 고속도로냐, 부자들을 위한 도로가 될 것이다.' '전국의 도로 상태가 말이 아닌데 외국에서 차관 얻고 국가재원 총동원해서 경부고속도로를 만든다는 것은 도깨비장난 같은 구상이다.' '먹고 살 것도 없는데 고속도로가 웬 말이냐, 국민이 굶주리는 마당에 벼농사 기술개발이 더 시급하다' 등등……. 대통령 후보였던 김대중과 유세지원을 했던 김영삼과 상당수의 지식인들과 언론들이 격렬히 반대했다.

그들의 결사반대에도 불구하고 박 대통령은 2년 5개월만인 1970년 7월 7일, 서울 양재동에서 부산 금정구 구서동까지 428km의 고속도로를 완공했다. 고속도로 개통 후 서울에서 부산까지 15시간대에서 5시간대로 단축되었다. 그 고속도로를 통해 자동차산업발전, 제철수요증대, 국토균형발전 등……, 헤아릴 수 없는 시너지 효과를 창출했다.

2010년대 국민소득 2만 불과 세계무역 규모 8915억불(세계 9위)의 시대를 열게 한 국토의 대동맥이었다.

'인권을 짓밟은 군사독재' '민주주의를 퇴보시킨 박정희 정권' —경박한 식자들의 편견이었다. 개구리 올챙이시절 모르는, 배부른 놈들이 게트림하는 망발이었다.

'검은 고양이면 어떻고 흰 고양이면 어떠냐! 쥐만 잘 잡으면 된다.' —대국에서 나락으로 떨어진 중국을, 한국을 뒤쫓아 경제대국으로 키워 올린 '등소평' 이 한 말이다.

1973년 말부터 중동지역(사우디아라비아, 요르단, 바레인, 쿠웨이트 등)

의 건설 사업에 대한민국의 역군들이 진출했다. 열사의 나라에서 낮과 밤이 없는 외화벌이로 국가 경제의 초석을 만들었다.

지도자의 결단과 국민의 피와 땀과 열정과 희생으로, 원조 없이는 지탱할 수 없었던 대한민국이 일어섰다. 세계의 경외 속에 대한민국은 기적을 일구어냈다. 세계 속에 부국이 된 코리아의 기적을!!!

한 세대(30년)여 만에 굶주림과 헐벗음을 털어버리고 세계 속에 우뚝 선 코리아의 기적을, 젊은 후손들이 기억이나 하고 있을까?

넘치는 풍요를 누리면서도 만족하지 못하는 아들과 딸과 손자와 손녀들이, 할아버지와 할머니가, 아버지와 어머니들이 흘린 피와 땀과 눈물을 상상이나 할 수 있을까…….

월남파병 교육과 유격훈련을 끝낸 저녁, 특식으로 준비된 회식이 있었다. 오랜만에 쇠고기 몇 토막이 들어간 고깃국과 덴뿌라(어묵)를 안주해서 강원도 옥수수로 빚은 토속주가 식기 가득 몇 순배 돌았다.

'사형수에게 특식이 나온 다음에는…….'

불길한 생각이 얼핏 스쳐갔다. 내일 아침은 군장을 꾸리고 낮에는 휴식, 저녁에는 춘천에서 군용열차로 밤새 이동해서 부산항에 도착, 환송식이 끝나면 평화유지군 비둘기부대 월남파병 1진이 미군 함정으로 월남을 향하는 역사적인 날이 된다. 회식이 끝나고 기종은 침상에 누웠다.

오음리 출발 → 부산부두 환송식 → 월남 사이공행…….

모든 과정은 타의에 의한 시간 속에 진행될 뿐이다. 시위를 떠난 화살에 신경 쓰지 말라고 했다. 눈앞에 닥치게 될 또 다른 세상 속에서 나의 행로는……. 머릿속에 엉켜서 뭉쳐진 상념들이 밤을 뒤척이게 했다.

'……해수, 고향의 가족과 친구들, 운동권 선후배들, 3.15 · 4.11 · 4.19 때

눈앞에서 뒹굴던 젊음들, 운명을 달리한 친구…….'

스침 속에서도 편치 않은 '바람'의 시선, '여우'의 모습……. 불면의 시간 속에 꿈을 꾸고 있었다. 토막토막 끊어진 것 같은 흐름 속에 간간이 이어져 가는 악몽이 불쑥불쑥 새벽녘 매듭 끝까지 매달려 왔다.

기상시간도 되기 전에 혼미를 털고 일어났다. 곤히 잠들어 있는 전우들이 깨지 않게 조용히 내무반을 빠져 나왔다. 3월이 시작되는 강원도 산골의 기온은 아직도 겨울 끝에 있었다. 산골짜기의 찬바람이 지난밤의 뒤척임을 식혀 주었다. 부대 경비등 불빛 속에 간간이 눈발이 흩날리기 시작했다. 내려앉은 하늘을 보았다. 동녘이 눈을 뜨기 시작했다.

조식도 특식으로 나왔다. 군장점검을 다시 한 번 끝냈다. 저녁에 군용열차로 부산항으로 간다. 고국을, 대한민국을 떠날 카운트다운이 시작되었다. 다시 돌아오는 날에는 도약의 새 출발을 하겠다.

'어쩌면……, 귀국병들의 줄어든 숫자 속에 포함될 수도…….'

지난밤 어수선한 잠자리의 악몽들이 떠올랐다. 머리를 털어 지워 버렸다.

교육단 부대장의 전령이 왔다. 강기종 병장을 찾았다. 기종이 부대장실로 달려갔다.

"병장 강기종! 금일(1965년 3월 1일)부로 부평 60병기대대로 원대복귀!"

부대장의 원대복귀 명령이었다.

'원대복귀?! …….'

비둘기부대에서 60병기대대로, 원위치로 돌아가라는 것이었다.

육특(육군복무 특명)이라는 것 외의 어떤 보충설명도 없었다. 황당했다. 멍청해졌다. 생각의 이음들이 토막토막 끊어졌다. 학생이 이유 없이 제적당한 기분이었다. 갑 · 을 · 병 · 정의 신체등급 중 최하위 등급판정을 받고 징집에서 제외된 심정이었다. 유격훈련 중 부상이나 부적격자로 분류되어 보충대로 퇴교된 사병은 몇 명 있었어도, 모든 교육과 훈련과정을 끝내고 파병 직전의 사병에게 원대복귀 명령이 떨어졌다. 비둘기부대 월남 참전 직전에 낙오병이 되었다.

황당했다. 혼란스러웠다. 생각의 가닥이 잡히지 않았다.

'명령에 살고 명령에 죽는 게 군대' 라고 했다. '좆대가리로 밤송이를 까라면 까야 하는 게 군대' 라고 했다.

항변할 곳도, 항의할 곳도, 거부할 권리도, 육군 병장 강기종에게는 없었다. 의무만 있고 권리는 거세당한 육군 병장 강기종이었다. 명령에 오고 가는 자의는 상실된 육군 병장 강기종이었다.

'기회는 기다리는 사람의 것이 아닌, 노력하는 사람의 것' 이라고 했다.

궁리 끝에 묘수를 찾아 벗어나려 했는데 벗어나지 못했다. '뒤로 돌아갓' 부평으로였다.

뛰고 구르고 솟구쳐 올라보아도, 부처님 손바닥 안의 손오공인 것을. 겨우 춘천 오음리를 한 바퀴 돌아 다시 부평으로 돌아왔다. 달라진 게 없는 부평이었다. 달라진 게 있다면 유격훈련으로 눈밭에서 뒹굴어 새까맣게 그을려 탄탄해진 기종의 몸과 상병에서 병장으로 진급된 계급장이었다. 병(兵)들 중에 장(長)이 된 것뿐이었다.

기종이 부평의 밤하늘을 보았다. 별들을 지워 버린 어둠에서 눈(眼)을 깜박이게 하는 눈(雪)이 내리고 있었다. 오음리에서 부평까지 전송해 온 3월의 눈이. 눈 내리는 어둠의 하늘에 공허한 웃음을 보탰다. 비둘기부대 전우들은 월남을 향하고 있을 시간에 기종은 낙오병이 되어 부평으로 돌아와 있었다. 존재감이 상실된 채 이유 모를 웃음이 번져 나왔다.

'왜?…… 원대복귀?…… 왜?! 비둘기부대에서 다시 60병기대대로?!'

— 그 멍이 가시기 전에 돌아오지 않으면…….

팔뚝을 모질게 꼬집어 놓고 돌아서 가던 인애가 생각났다. 팔뚝의 멍은 오래 전에 가셨는데, 뒤늦게 돌아왔다.

— 오딘! 부평부대로 다시 돌아와요. 내가 다다구미를 떠날 테니…….

면회 와서 울먹이며 돌아서 가던 해수의 뒷모습이 아팠다.

다시 돌아왔다, 부평으로. 다시 돌아왔다, 다다구미가 있는 부평으로. 힘 빠진 어깨에 더플 백을 늘어뜨린 기종이 허공에 실없는 웃음을 흘리다가 부대를 향해 발길을 옮겼다. 목적지가 없는 사람처럼 터벅터벅 걷고 있었다. 쌓임이 없이 눈(眼) 끝에 매달려 울어 버리는 삼월의 눈(雪)이 내리고 있었다.

8

대대위병소 정문 앞에 섰다. 낯익은 위병들이 바람처럼 떠났다가 바람처럼 나타난 기종을 알아보고 반갑게 맞았다. 고향에 돌아온 기분이었다. 불 밝혀진 수송부 사무실 문을 열었다. 행정병들 모두가 기다리고 있었다. 진급된 조 상병과 천 일병과 병기계, 연료계, 서무계들……. 정들었던 모습들이었다. 배차계 신병으로 최 이병이 충원되어 있었다. 기종이 돌아가면서 재회의 인사를 나누었다. 그 중에서도 조 상병이 반가움으로 가장 들떠 있었다.

"어쩐 일입니까? 이렇게 모두들?"

사무실 최고참인 병기계 심 병장에게 기종이 물었다. 조 상병이 대신 답했다.

"어제 수송관님께서 실장님의 원대복귀 특명을 알렸습니다. 지금 곧 내려오실 겁니다."

'?!……. 기종 자신이 오늘 아침 통보 받은 원대복귀 특명을 하루 전에 먼저 알고 있었다…….'

기종은 잠시 생각에 빠졌다.

"?……. 어디 계신데?"

"오늘 주번사령 당직 근무라 대대 본부에 계십니다."

부대대장(소령), 각 중대장과 행정 · 작전 · 의무과장(대위), 수송관(중위) 등이 돌아가면서 야간 당직사령(대대 지휘관)을 맡고 있었다.

최근의 소식과 안부를 주고받던 중, 병기대대에 불벼락이 떨어져 있다는 걸 알게 되었다. 'C · M · I' 검열*이 6월 1일부터 한 달간 실시된다는 통보였다. 군 최고의 검열로 군부대라면 피해가고픈 엄중한 검열이었다.

육본직할인 병기대대의 상급부대는 육군본부다. 육군본부의 각 분야 전문가들로 구성된 검열단들이 한 달간을 파헤친다. 최악의 어려운 검열이 될 것 같았다. 지적사항은 보완하면 되겠지만, 문제점이 많거나 재고파악에 결손이 있을 때는 책임자 변상조치와 징계는 물론 지휘관 문책과 징계로 불명예 예편까지 각오해야 했다.

주번사령의 세 줄 붉은 완장을 찬 수송관이 들어섰다. 기종의 귀대 신고를 받는 수송관의 표정에 게임에 이긴 자의 의미가 담겨 있었다.

'네가 가면 어딜 간다고, 정신 차리고 검열준비를 완벽하게 해 놓으라고…….'

주번사관(주번사령을 보좌하는 상사나 보좌관급인 준위 · 소위)에게 야간점호를 지시한 수송관이 바로 행정병 선임들과 검열대책회의에 들어갔

*C · M · I(전투장비 지휘검열) : 상급부대에서 국가의 세금으로 마련한 귀중한 국가재산인 전투장비의 재고 및 이상 유무를 확인 평가하는 검열.

다. 서무계는 해당사항이 가벼웠다. 실물(유류와 병기부품)을 취급하는 연료계와 병기계와 연관된 배차계의 검열준비가 문제였다.

보급품의 수령과 불출과 정상적인 소모로 서류상의 재고와 현장재고, 운행차량과 예비차량의 보존 상태 등……. 연료계, 병기계의 장부상의 재고와 일치된 현장재고 등의 모든 것은 배차계의 차량운행과 작업으로 상호 연관되어 소모되고 기록된다. 차량운행증은 3년 보관, 차량배차일지 5년 보관의 규정이 있었다.

운행증으로 소모되고 가동시간 일정기간에 교체되는 차량부품들은 3년 보관의 차량운행증으로 판별된다. 기종이 배차계 업무를 맡은 일 년 남짓의 기간 동안은 정해진 매뉴얼대로 서류상으로는 그런대로 맞추어져 있었다. 큰 문제는 그 이전의 서류들이었다. 병기, 연료, 배차계들의 서류들이 짜임없이 따로 놀고 있었다. 연료는 과소모되어 있었고, 차량부품 불출은 차량별로 정리되어 있지 않았다. 연료와 병기품의 결손이 많았다. 장부상의 결함도 있었지만 대부분 부정유출된 것들이었다. 잘잘못을 따져본들 지나간 부정들이었다. 전문가가 아니더라도 바로 드러날 과소모된 유류와 병기품들, 전문가들인 검열단이 그냥 놓아둘 리 없었다. 현재에서 운행증 보관기한인 3년을 거슬러 올라가면서 누락이나 결손 없이 수령 → 불출(소모) → 재고를 무리 없이 정해진 지침대로 맞추어 놓아야 했다. 전출이나 제대한 전임자들에게 책임을 돌릴 수도 없었다.

군대나 사회나 모든 업무는 전임자와 후임자의 인수인계가 행해진다. 인수인계가 끝나는 시점에서 전임자는 책임에서 벗어나게 되고 후임자는 책임을 안게 된다. 수송관이나 병기계, 연료계, 창고병들의 선임들이 살아남는 길은 하나밖에 없었다. 결손이 없는, 누락이 없는 서류상의 재고와 소모가 검열시 현물의 재고와 일치시켜 놓는 지독히 평범하고 정상적인 일이다.

그 평범하고 정상적인 순리를 잊고 한참 벗어나 있었다. 지금 당장 불똥이 떨어진 수송부에서도.

수송관이 기종을 힘주어 보면서 명령 아닌 부탁을 했다.

"강 실장! 앞으로 남은 3개월이다. 믿어도 되겠지?!"

"……."

기종이 수송관을 보고 있었지만 생각은 딴 곳에서 헤매고 있었다.

'원대복귀 명령은?…… C · M · I 검열 때문에?…… 누가?…….'

수송관이 병기계, 연료계 선임에게 명령했다.

"병기계와 연료계는 배차실장의 업무를 도와 완벽한 검열준비를 해 놓도록! 모든 행정상의 서류는 배차계의 운행증과 일치해야 한다."

병기계(심 병장), 연료계(박 병장) 선임들의 표정이 어두웠다. 지난 선임들과 지금의 그들이 관계된 대물린 과오에서 빠져 나올 길이 없었다. 물론 그들의 꼭짓점에는 수송관이 있었다. 선임들 각자의 힘으로는 해결할 방법이 없었다. 명쾌한 자신감이 서지 않았다.

"강 실장이 모든 업무를 관장하도록! 배차실장의 행정업무 능력을 믿는다. 대대와 수송부의 명예가 걸려 있다. 알겠나?!"

수송관이 기종의 자신 있는 확신을 확인하고 싶었다. 기종이 심 병장(병기계)과 박 병장(연료계)을 보다가 수송관을 힘주어 보았다.

"남은 기간 동안 차질 없이 진행해 놓겠습니다. 심 병장님과 박 병장님과 합심해서."

기종이 두 고참에게 자신 있게 도움을 청했다. 수송관이 안도하면서 일어났다. 대대본부 주번사령실로 향하려고 하다가 기종을 돌아보았다.

"훈련받느라고 고생 많았지? 휴식도 없이 검열준비에 매달리게 해서 미안하다. 강 실장—."

기종이 처음부터 맴돌고 있던 의문을 던졌다.

"검열용으로 원대복귀시킨 겁니까? 수송관님이……."

수송관이 기종을 보고 묘한 웃음을 띠웠다.

"부친께서는 월남파병에 지원한 사실을 모르고 계셨더군. 부친과 어머님이 부대에 면회 오셨드랬어."

'바람과 어머님이 면회를 왔다고?……. 바람과 여우겠지.'

수송관이 대대본부로 갔다.

'수송관이 원대복귀 특명을?…….'

중위의 계급으로 가능성이 없었다. 그럼 검열준비를 위해 대대장에게 건의해서?……. 가능성이 희박했다. 그렇다면?……. 바람이 면회 와서 파병 지원을 알게 되었다. '바람' 의 능력이라면?……. 가능할 것 같았다. 위험한 적지의 월남파병을 '바람' 이 막았다. 씁쓸해졌다.

'부처의 손바닥이 아닌 바람의 손바닥에서 놀고 있었단 말인가?…….'

사무실을 나와 연병장 한가운데 섰다. 어두운 밤하늘을 보았다. 오음리에서부터 따라온 눈발이 가뭇가뭇 내리고 있었다. 잘못 찾아와 혼자서 흔적을 지워 버릴 3월의 눈이…….

3월 2일의 날이 밝았다. 6월 1일 C · M · I 검열까지 90일 남았다. 일과가 시작되었다. 야간당직을 끝낸 수송관이 자리를 지키고 있었다. 각오가 새로 워져야 했다. 어물어물할 시간이 없었다. 정신무장이 필요했다. 시간은 쓰기 나름이다. 90일의 시간은 짧을 수도 있었고, 계획대로 사용할 수도 있었다. 수송관에게 검열에 대비한 건의사항이 많았다.

검열이 끝날 때까지 수송부 전 사병의 외출외박 금지. 영외 거주자(하사관과 장교)들의 1시간 늦은 퇴근. 보좌관(준위)을 정점으로 하사관(부사관 :

장기복무 하사, 중사, 상사)을 팀장으로 한 책임차량 할당 등의 정신무장과 검열에 대비한 조직을 재편성하는 것들이었다.

수송관이 쾌히 받아들였다.

기종이 수송부 연병장을 보았다. 오음리 훈련으로 날이 선 기종의 시선 속에는 지금의 흐름이 못마땅했다. 모든 움직임이 느려 터졌고 흐릿했다. 군기가 빠져 있었다. 전의가 상실되어 있었다. 지고는 숨 쉴 수 없는 기종이었다. 자존심 하나로 버텨온 기종이었다. 이대로는 안 된다!

'퍼포먼스' 의 절정은 '세리모니' 다. 행위의 오르가슴은 환희로 끝내야 한다. 한 순간을 전환기로 영광의 결과를 만들어내야 한다. 전방위적인 새로운 각오가 필요했다. 작은 시작에서 큰 흐름으로!

수송관과 행정병 고참인 심 병장(병기계)과 박 병장(연료계)에게 양해를 구했다. 기종이 사무실 행정병들에게 명령했다.

"배차계 최 이병 전화당번! 그 외 전원 사무실 앞에 집합!"

차량을 호출하는 마이크 스위치를 켰다.

"수송부 운전병과 정비병, 현장근무병들은 각자의 점호위치로! 다시 한 번 알린다. 운전병 정비병 창고 근무병 점호위지로!"

수송부 연병장에 확성기 소리가 울려 퍼졌다.

운전병들은 급히 자신들의 차량 앞에, 정비병들은 정비고 앞에, 유류 · 부속 창고병들은 근무지 앞에, 나머지 현장 근무병들은 수송부 입구에 달려와 정렬했다. 점호준비가 끝났다. 기종의 명령이 마이크를 통해 이어졌다.

"오늘이 3월 2일 C · M · I 검열까지 90일 남았다. 지금 이 순간부터 C · M · I 검열을 향한 전투준비에 들어간다. 최우수부대의 영광은 수송부에!"

기종이 마이크를 끄고 사무실 앞 행정병 대열 옆에 섰다.

"행군은 구보! 구호는 C · M · I! 선창은 병장 강기종, 복창은 행정병! 제자리 구보, 시작—. 하나! 둘! 하나— 둘!"

숨고르기하는 제자리 구보가 시작되었다. 기종이 선창했다.

"C · M · I! 복창."

"C · M · I."

"죽 먹었냐!! C · M · I!"

기종의 고함소리에 복창소리가 높아졌다.

"C · M · I!!"

"구보시작! C · M · I!"

기종의 선도로 구보가 시작되었다. 구호가 선창되고 복창되면서 연병장을 돌기 시작했다. 기종이 대기해 있는 근무병들을 손짓으로 대열에 합류시켰다. 차량 앞의 운전병들도, 창고병들도 대열에 합류시켰다. 구호를 힘차게 외치며 연병장을 한 바퀴 돌아 사무실 앞까지 왔다. 복장을 갖춘 수송관이 기다리고 있었다.

기종이 대열 속에 합류하고 수송관이 선도가 되었다. 수송관의 구호선창으로 복창소리가 더욱 우렁차졌다. 열외에서 구경하고 있던 하사관들과 보좌관이 수송관의 선도로 합류되었다.

'달구지들이 못 먹을 걸 먹었나!!'

지나가던 대대 본부병들이 구경하고 있었다. 그렇게 구호소리 드높여 군기가 살아나고 전의에 불타올라야 했다.

파급효과가 컸다. 구호소리가 대대 본부까지 울려 퍼졌는가. 대대장 지시가 떨어졌다, 타중대도 일과 시작 전 수송부처럼 정신 무장하라고.

퍼포먼스가 일회성 해프닝으로 끝나서는 안 된다. 마지막 영광의 세리모니까지 이어갈 것이다.

'게으름에 배신은 있어도 노력에 배신은 없다. 땀은 흘린 만큼 보답한다.'

C · M · I 검열이 끝나는 그 순간까지 최선을 다할 뿐이다.

행정과 창고재고 확인업무는 제대 말년인 심 병장(병기계)과 박 병장(연료계)을 도우미로 기종이 주도했다. 심 병장은 6월 중순(검열기간 중)에 만기 제대되어 귀향할 예정이었다.

"제대 말년도 없이 떠나는 날까지 좆빵이치고 가게 되었다."

심 병장은 투덜거렸지만 어쩌겠는가! 선임들부터 물림된 안일함과 부정으로 만들어진 결손의 공백들을……. 제대 6,7개월 정도 남은 박 병장도 마찬가지였다. 차량운행과 맞춤 없이 편할 대로 만들어진 서류들의 결함과 부정 유출된 유류들의 손실을……. 곳곳에 드러나는 불발탄의 지뢰밭을 벗어나는 길은 정밀한 짜깁기로 결손 없고 과소모 없는 증빙서류를 갖추어 놓는 것밖에 없었다. 군 예규의 원칙대로 입력시켜 매뉴얼대로 서류상에 출력시켜 놓는 완전범죄 작업이었다.

'범죄는 예방에 앞서 간다' 고 했지만 '범죄를 범죄로 예방' 해야 했다.

현재의 시점에서 운행증 보관기간인 3년을 거슬러 올라가 '수령' 과 '소모' 와 '재고' 를 맞추어 현재까지 되돌아와야 한다. 유실된 차량부품과 유류를 정상 소모시키기 위해 가라(가짜) 차량운행증을 만들어 틈틈이 끼워 넣는 힘든 범죄 작업이었다. 연결되는 작업으로 해당 차량의 계기판을 조작해 운행거리를 늘려 놓아야 한다.

행정업무와 현장의 작업은 2개월 안에 끝내고 마지막 남은 1개월은 최종 점검에 들어간다. 계획표는 짜여졌다. 검열 전날까지 전력 질주하는 일만 남았다.

일과 시작과 함께 구호소리 높인 수송부가 정신없이 돌아갔다. 사무실과 현장은 늦은 밤에도 불이 밝혀졌다. 행정병들은 기종의 계획표에 맞춰 밤을 새우다시피 서류들을 짜맞추어 정리해 나갔다. 현장은 보좌관의 지휘 아래 부사관을 반장으로 4개 팀이 풀가동되었다. 차량들의 가동상태와 정비 상태를 점검하면서 경쟁하듯 땀을 흘렸다.

그렇게 열정과 땀을 쏟은 2개월이 지나가고, 남은 한 달의 최종점검 막바지 작업에 들어갔다. 대대본부와 타중대도 창설 이후 처음 당해 보는 검열 준비의 힘든 담금질을 하고 있었다.

검열 2주일을 남겨 놓았을 때 어두운 소식이 전해져 왔다. 앞서 검열을 받은 경기일동 소재 병기대대의 검열 결과였다. 많은 결손 품목이 드러났고 지적사항이 많았다. 지휘관인 대대장이 보직 해임되었고, 관계된 중대장과 수송관이 징계 받게 되었다는 불길한 소식이었다.

남의 부대 일이 아니었다. 곧 바로 당할지도 모르는 자대의 일이 될 수도 있는 사건이었다. 바짝 긴장의 끈을 조여 서류와 재고 확인 작업에 들어갔다. 현장의 지적사항은 시정하고 보완하면 가벼운 문책으로 끝나겠지만, 서류상으로 드러나는 손실이나 부정유출은 벗어날 수 없는 무거운 중징계가 따른다. 손실물 배상과 함께 군법회의로 넘어간다.

기종의 확인점검으로는 소홀함과 빈틈이 없었다. 차량의 운행과 작업시간에 맞춘 병기품과 유류의 불출과 소모는 허용될 수 있는 근사치를 유지하고 있었다. 사소한 지적사항은 될 수는 있어도 크게 문제될 만한 문책사유는 되지 않았다. 증빙은 결함 없는 서류와 재고일 뿐, 과거로 되돌아가 볼 수는 없는 일이었다.

그러나 상대는 정예로 뽑힌 검열단이다. 다시 한 번 정밀한 확인 작업에 들어갔다. 계기판의 운행거리와 유류소모 및 부품불출 등 서류상의 재고와 현장재고가 완벽하게 일치되어 있었다. 흠이라면 너무도 완벽하게 맞추어진 것이 흠이 될 수도 있었다. 지적 없는 검열은 있을 수 없다! 사소한 지적 사항은 몰라도 훼손이나 유실된 품목은 없었다.

기종의 최종점검으로는 만족한 검열준비였다. 차량들의 가동상태와 정비상태도 최상의 검열준비로 끌어올려 놓았다. 주위부대－헌병대(15P), 범죄수사대(CID), 방첩대(CIC)－에 지원 파견된 차량과 운전병들까지 전원 귀대시켜 검열준비를 끝내 놓았다.

그렇게 낮과 밤이 없는 시간 속에 결전의 날이 다가왔다. 날이 밝으면 6월 1일. 한 달간의 검열이 시작되는 날이다.

수송부와 5개 중대의 모든 병력이 검열준비 마지막 밤의 불을 밝혔다. 내일 아침 손님(검열단)을 맞을 마무리 작업(정리정돈, 청소)에 들어갔다.

태풍전야의 전운이 감도는 수송부 연병장에 기종이 서 있었다. 불을 밝힌 차량들의 소음과 매연은 격전의 전쟁터였다. 불빛 속에 던져진 기종은 눈부심으로 눈을 감았다. 현실의 소용돌이에서 홀로 침잠되어 갔다. 탈진된 몸은 가라앉았다. 바람 빠진 풍선처럼 허물어져 내렸다. 육체와 정신은 이탈되어 홀가분히 비어져 갔다. 전쟁이 시작되기도 전에 전투를 끝낸 병사처럼 허허로웠다. 차량들의 헤드라이트 불빛이 서로 부딪쳐 부서져 내렸다. 매연이 안개처럼 피어 날리고 있었다.

무장 해제된 기종이 광풍이 휩쓸고 간 전장의 포연 속에 홀로 서 있었다. 자신의 전쟁을 끝냈다. 오음리 교육대에서 귀대한 날부터 3개월, 병장 강기종은 갖고 태어난 유전자의 지능과 개발시킨 두뇌를 최대화시켜 'C · M · I 검열' 준비에 쏟았다. 있었던 일은 없었던 일로, 없었던 일은 있었던 일로 바꿔놓았다. 3개월의 전쟁이었다.

밤하늘을 보았다. 3월 16일 월남(사이공)에 도착한 비둘기부대 전우들은 평화유지군으로서의 임무를 수행하고 있는데……. 그곳에 있어야 할 자신은……. 빈 하늘이 가까이에 있었다. 만남을 미루어 놓았던 모습들이 어둠의 허공에서 다가왔다. 해수가 몇 번인가 소식을 전해 왔었다. 인애가 면회 온 적이 있었다. 결전의 전날 밤, 해수와 인애를 떠올리고 있었다.

만남이 더해질수록 아픔을 키운 해수. 그늘이 없어 숨을 곳이 없는 인애. 서로 섞일 수 없는 두 여자의 모습이 기종의 나른한 의식 속에서 허상으로 엇갈리고 있었다. 머리를 털어 지워 버렸다.

월남 파병직전 낙오되어 자대로 복귀한 날부터 3개월을 달려온 현재. 언제부터인가 순간에서 영원으로 이어온 고도에 홀로 남겨져 있는 듯했다. 전쟁준비는 끝났다. 후회를 남기지 않을 낮과 밤을 바쳤다. 최선을 다했기에 허탈했다.

'사수가, 과녁을 노리는 사선에 선 사수가 검열단이라면?…… 당당하게 맞설 준비는 되었는가?…… 모든 열정을 쏟은 결과는?…….'

확대경으로 비친 듯한 물체 하나가 기종의 동공을 가득히 덮쳤다. 육군본부에서 출발한 군용버스였다. 6월 1일 8시 30분을 지나고 있는 시각이었다. 위병소 좌우로 정렬한 위병들의 거수경례를 받으며 검열단이 탄 버스가 부대 중앙 통로를 지나 대대본부로 거침없이 향했다. 기종의 시선 속에는 저승사자(검열단)들이 탄 버스가 천천히 아주 천천히 슬로 모션으로 흐르고 있었다. '내일을 향해 쏴라' 의 영화 속 장면이 떠올랐다. 두 주인공(폴 뉴먼, 로버트 레드포드)의 총격에 산비탈 아래로 뒹굴어 내리는 느리고 느린 산적들의 죽음들, 저승사자들의 검열에 쓰러지는 자신의 모습과 오버랩 되었다(검열은 1960년도 중반이며 영화는 1970년도 초반에 개봉되었음. 저자의 집필 중 합성된 표현임).

대대본부 앞에 대대장과 참모들이 도열해 있었다. 버스가 멈추었다. 검열단장인 장군(준장)이 모습을 나타냈다. 가까이에서 우러러 보기에도 엄숙해지는 별이 번쩍이고 있었다. 뒤따라 영관급과 위관급, 기술 준위와 부사관들이 차례로 내렸다. 장군을 단장으로 한 36명의 병기전문가로 구성된 최강의 검열단이었다. 대대본부 게양대에 장군기가 게양되면서 대대본부 전체를 짓누르고 있었다.

긴장된 분위기가 엄한 검열이 될 것을 실감시키고 있었다. 검열단장을 선두로 검열단이 대대장과 참모들을 사열하듯 상견례했다. 검열단이 2층 대대장실 옆 참모 작전회의실로 안내되었다. 4주간 검열관들이 사용할 검열단 본부였다.

대대장의 병기대대 현황 브리핑이 끝나고, 5개 중대와 수송부에 영관급을 반장으로 한 검열관이 배정되었다. 각 중대는 6명, 수송부는 5명의 검열관이 자신들의 담당 검열위치로 향했다. 수송관이 수송부 현장으로 검열관들을 안내해 왔다. 소령을 반장으로 대위와 중위는 행정업무를, 기술 준위와 중사는 현장상태를 검열한다는 검열반장의 간단한 소개가 있었다. 그냥 스쳐가도 군기가 잡힐 엄숙한 표정들이었다.

수송관이 마이크를 통해 명령했다.

"수송부 전장병! 검열 위치로!!"

행정병들은 자신들의 근무 위치에서 기립했다. 현장병들은 책임진 차량과 근무처 앞에 부동자세를 잡았다. 검열반장이 마이크로 자신의 직위와 대위 · 중위 · 준위 · 중사 순으로 검열관의 관등성명을 소개했다.

검열반장 정동구 소령! 보통 체격이었으나 어깨가 다부지고 광채를 숨긴 돌출된 큰 눈이 마주치는 시선을 주눅 들게 했다. 기종은 범상치 않은 정 소령을 보면서 '딱부리'를 연상하고 있었다. 딱부리의 빈틈없는 모습에서 힘든 검열이 될 것을 예감하고 있었다. 딱부리의 손가락에 낀 육사(육군사관

학교)생의 자존심인 붉은 알 박힌 졸업반지가 돋보였다. 수송관의 안내를 받으며 검열관들이 사전점검으로 수송부 전역을 샅샅이 훑어나갔다. 사무실 옆 한쪽에 야전지휘관용 shop차 한 대를 검열관용으로 준비시켰다. 딱부리의 지시였다. 3년간 보관된 서류(배차 · 병기 · 연료 · 서무)들이 검열관실로 옮겨졌다.

4주간의 검열지침이 내려졌다.

–검열기간 : 월~금요일(4주간)

–검열시간 : 오전 9시~12시, 13시~18시(8시간)

매주 금요일 오후는 검열단장의 주도로 일주일간의 검열결과 평가

4주째 금요일 오전 : 검열단의 최종 검열결과 심의

오후 : 검열단장의 검열 총평

그렇게 4주간의 검열이 시작되었다. 첫날은 검열관들의 담당부대 현장답사로 끝났다.

다음날, 검열관들이 탄 버스가 시간 맞추어 부대로 진입했다. 대대본부 앞에 검열단을 내려놓은 후 외곽 2개 중대의 검열관을 싣고는 되돌아나갔다. 저녁 검열이 끝나는 시간에 버스는 다시 돌아와 본부의 검열단을 태우고 떠난다. 피할 수 없는 검열, 큰 탈 없이 4주간의 시간이 한꺼번에 지나가 주었으면……. 검열을 받는 모두의 생각이었다.

9시 정각, 딱부리를 선두로 검열관들이 수송부로 왔다. 수송관과 보좌관, 부사관들이 검열관을 맞았다.

"각자의 근무 위치로–."

짧은 딱부리의 명령이었다.

shop차 검열관실에서 행정병을 불러 병기 · 연료 · 배차 · 서무서류를

년 · 월 · 일별로 분류시켰다. 현장 담당 검열관은 정비고 · 부속창고 · 유류창고 등의 수송부 부속건물을 점검하면서 중요부문을 차례로 봉인해 나갔다. 민첩하고 치밀한 점검이 시작되었다. 검열관실에서는 유류 · 병기 · 차량 부품 등의 현장 재고와 서류상의 재고가 대조되면서 전문가들답게 핵심을 파고들었다.

현재에서 과거로 역순으로 거슬러 올라갔다. 바다 밑바닥을 훑어나가는 저인망 어선처럼 빈틈없이 촘촘한 그물질이 시작되었다. 면도날같이 예리한 날을 세워 서류 속을 파고들었다. 현장은 지적사항과 보완사항이 이어져 정신없이 돌아갔다. 검열관실에서는 수송관과 담당 행정 선임들을 불러 서류상의 허점에 대한 송곳 같은 추궁과 해명을 요구했다.

기종의 예상대로 모든 서류의 출발점은 배차계의 운행증을 기본으로 수령 → 불출 및 소모 → 재고의 처리과정을 점검했다. 평면도가 아닌 배차 · 유류 · 병기의 입체 도면 속의 허실을 찾았다. 내일을 알 수 없는 긴박한 시간의 흐름 속에 검열 2주를 넘겼다.

검열 때문에 국방부 시계를 멈추게 할 수는 없었다. 검열 중반에 심 병장(병기계)이 만기 제대로 떠나는 날이었다.

"강 병장—, 고마워! 있는 그대로 검열을 받았다면 고향행이 아닌 영창행이 될 뻔했어."

심 병장이 검열와중에 떠나게 됨을 미안해 하면서 기종에게 감사했다. 검열 때문에 제대회식도 제대로 못하고 심 병장이 떠났다. 몇 개월 후면 연료계 박 병장도 제대한다. 그 다음으로 기종도 떠난다. 기종은 해수를 생각했다. 해수 자신이 다다구미를 벗어나지 못하면 기종 자신이 해수를 정리해 주고 떠나고 싶었다. 다다구미에서 벗어난 해수를 생각하며 마음 가볍게 부평을 떠나고 싶었다.

3주째의 검열이 진행되었다. 현장은 새 판을 짤 듯한 들쑤심이 계속되었다. 행정검열은 긴장의 연속인 확인 작업이 계속되었다. 언제 터질지 모르는 시한폭탄의 리모컨을 딱부리 정 소령이 쥐고 있었다. 현장검열은 지적사항이 떨어질 때마다 밤을 새워 보완했다. 개선된 요점은 사진 첨부하여 서면상으로 검열관에게 제출했다.

행정검열은 폭발점을 지연시키고 있는지, 찾지 못하고 있는지, 피해갈 수 없는 완벽한 증빙을 다듬고 있는지……, 감을 잡을 수 없는 불안만 더해갔다.

3주째 검열이 끝나갈 때까지 지적사항은 계속되었다. 결함과 부정을 파헤쳐 개선된 군부대를 만들기 위한 검열이었다. 칭찬하고 포상을 하기 위한 검열이 아니었다. 지금까지의 검열과정은 경위서와 해명서의 제출로 면책이 될 수 있는 것들이었다. 문책이나 징계로 이어지는 자인서나 확인서 제출은 없었다. 차량정비와 가동 상태의 개선점, 폭발이나 화재에 대비한 유류고의 방호벽 보강, 차량 정비공구와 부속창고 병기품의 체계화된 분류 및 진열 등등이었다.

행정검열에서 차량부품과 유류의 과소모된 점이 지적되었다. 경위서와 해명서를 제출했다. 일본 도요타에서 생산된 신형디젤 트럭의 일부 부품결함이 있었다. 기온이 떨어지면 디젤차의 시동이 잘 걸리지 않았다. 비상시에 대비해 2.5ton 트럭 몇 대를 시동을 끄지 않고 대기해 놓았다. 시동이 걸리지 않는 차량들을 체인으로 끌어서 강제로 시동을 걸었다. 부품과 유류가 과소모되는 요인이었다. 타부대를 검열해 온 검열관들도 알고 있는 사항이었다. 허용될 수 있는 오차범위내의 소모들이었다.

살얼음판의 3주를 넘기고 마지막 4주째의 첫 검열이 시작되는 월요일이었다. 일과가 끝나갈 시간, 현장검열을 점검하던 딱부리가 사무실로 들어

왔다. 뒤따라온 수송관에게 질문을 던졌다.

"수송관! 이번 검열 준비를 주도한 행정병은 누구인가?"

"기본 행정업무는 배차계 선임인 강기종 병장이 관장했습니다."

"병장 강기종?! 누구인가?"

딱부리가 기립해 있는 행정병들을 둘러보았다.

"네-, 병장 강기종!"

기종이 딱부리를 향해 경례를 했다.

"귀관인가?"

"네-, 병장 강기종!"

기종이 다시 한 번 복창했다. 딱부리가 기종을 표정 없이 지켜보았다. 긴장 속에 행정병들이 부동자세를 유지했다. 검열에 대비한 행정업무의 책임이 수송관에서 기종에게로 옮겨지는 듯했다. 폭발의 뇌관이 수송관에서 배차실장인 병장 강기종으로 옮겨지고 있었다. 딱부리가 말없이 기종에게 눈도장을 찍고는 돌아서 나갔다. 막바지 고비를 넘기고 있는 현장과는 달리 행정검열은 물밑 같은 침잠으로 숨을 죽이고 있었다.

수요일 늦은 오후였다. 딱부리가 수송관과 강기종 병장을 검열관실로 호출했다. 경직된 수송관과 기종이 검열반장 정 소령 앞에 섰다. 정 소령의 책상 위에는 검열중인 서류들이 쌓여있었다. 딱부리의 시선이 수송관과 기종을 벗어나 초점을 내면에 담고 있었다. 두 사람을 의식밖에 두고 있었다.

숨 쉼을 잊은 진공의 시간이 흘러갔다. 수송관과 기종에게는 고문의 긴 시간이었다.

"강 병장! 모순(矛盾)이란 말의 어휘를 아는가?"

조용했지만 울림이 있는 딱부리의 물음이었다.

"?!……."

기종이 물음의 핵심을 미처 정리하지 못하고 있었다.

"아는가?"

딱부리가 흔들림 없이 다시 물었다.

"창과 방패……, 두 사람이 각각 자신이 소유한 창과 방패가 최고의 병기라고 자랑하는……, 말과 행동이나 사물의 이치가 맞지 않을 때 쓰는 고사성어로 알고 있습니다."

"……."

딱부리의 침묵이 다시 계속되면서 시선을 기종에게서 거두어갔다. 소령 정동구와 병장 강기종만이 존재하는 무언의 공간이었다.

딱부리가 육사 졸업 반지를 보고 있었다. 명문대학에 버금가는 육군사관학교 정동구 생도, 생도 대대장으로 동기생 중에서 수석으로 졸업했다. 불의에 타협하지 않고 정도를 걸어온 신념의 군인이었다.

한 달의 검열기간. 날선 딱부리의 심증은 완고했고 물증은 허약했다. 맞물려 잘 짜여진 서류와 현장의 물증을 부정한다면 검열 전부를 부정해야 했다. 그런데, 현재의 서류와 일치되는 현장의 실재를 인정하지 않을 수 없었다. 인정할 수 없는 과거와 인정할 수밖에 없는 모순된 현실에서 딱부리는 고뇌하고 있었다. —타임머신을 타고 과거로 되돌아갈 수도 없는 일.

기종은 긴장된 불안 속에서도 갈등하는 딱부리의 의중을 읽고 있었다. 대화를 죽인 침묵 속에 검열반장 정 소령과 병장 강기종의 마지막 일전이 계속되고 있었다.

딱부리가 다시 기종을 보았다. 치밀하게 검열을 준비한 병장 강기종의 두뇌가 얄밉고도 괘씸했다. 검열 전체를 뒤집을 수 없도록 판을 짜놓은 기종에게 자존심이 상하기도 했다. 한 편으론 칭찬해 주고 싶기도 했다.

"창과 방패의 싸움에서 누가 이길 것 같은가?"

딱부리가 기종에게 장고 끝에 패를 걸었다.

"……병기를 가진 사람의 능력에 달렸다고 봅니다."

망설임 끝에 기종이 답했다. 딱부리의 숙고가 침묵으로 대변하고 있었다. 딱부리가 시계를 보았다. 오후 검열을 끝내고 버스로 돌아갈 시간이었다.

"수송관! 강 병장! 근무 위치로."

딱부리가 검열가방을 들고 일어났다.

4주의 검열이 끝나가는 목요일 오후 4시. 내일(금요일) 검열결과의 총평과 그에 따른 후폭풍만 남았다. 정 소령을 제외한 검열관들은 서류정리를 위해 검열단 본부로 철수했다. 혼자 남은 검열반장 정 소령이 수송관과 병장 강기종을 다시 불렀다. 딱부리가 두 사람에게 시선을 주지 않은 채 옆으로 돌아앉아 있었다. 내면에 침체된 무거운 침묵이 숨소리를 죽였다. 딱부리가 자세를 잡고 기종을 주시했다. 수송관은 오늘도 무시되고 있었다.

"강 병장-, 배차계 업무를 맡은 기간은?"

"오음리 교육대 훈련을 제외한 일 년 정도 됩니다."

"선임으로 업무를 처리한 기간은?"

"……7, 8개월 정도……."

"서류의 보관 기간은?"

"운행증 만 3년, 배차일지 만 5년입니다."

딱부리가 눈에 광채를 띄면서 기종을 보기 시작했다.

"36개월의 운행증을 근거로 불출되고 소모되는 유류와 차량부품의 흐름이 일정하다고 생각하지 않는가?"

"……."

딱부리의 정확한 지적에 기종이 변명할 방법이 없었다.

"3년간, 배차에 의한 차량부품과 연료의 소모가 일정하다면……."

딱부리의 시선이 집요해졌다.

"검열준비는 한 사람의 의도된 작업으로 진행되었겠지. 검열 전 현재에서 3년의 과거를 거슬러 가면서……."

대답과 해명이 필요 없는 딱부리의 추적이 계속되었다.

"유실된 병기품과 유류가 정상적인 소모로 처리되려면……, 운행되지 않은 운행증이 만들어지고, 차량계기판이 조작되고……."

잠깐 뜸을 들인 딱부리가 기종을 노렸다.

"인정하는가—. 강 병장?"

"……."

기종은 변명할 길을 잃었다. 딱부리는 모든 사실을 꿰뚫고 있었다. 물증과 증빙서류를 확보하지 못했을 뿐, 완벽한 범죄의 재구성이었다.

"검열을 받기 위한 날조된 준비 작업을 인정하는가?"

딱부리가 다그쳤다.

"……."

기종의 입이 열리지 않았다.

정 소령은 헐벗은 사회의 흐름을 알고 있었다. 유류와 차량부품 등이 시중에 불법 유통될 수밖에 없는 구조적인 현실을—. 상급 지휘관들이 판공비를 예하부대에 의존할 수밖에 없는 궁색한 현실을—.

전수되는 범죄는 피라미드처럼 위에서부터 아래로 내려오면서 개발되고 발전되면서 자리를 넓힌다. 상급자들로부터 강요된 범죄는 부서장과 담당자들이 더해 놓은 손실의 여백을 정상적으로 꿰어 맞추어 놓는 방법밖에 없었다. 주범과 공범과 종범들의 범죄를 하수인들이 편법으로 맞추어 놓아야 하는 부조리한 현실을 검열관 정 소령은 알고 있었다.

"모든 진실을 밝히고 용서를 구할 건가. 징계에 회부되어 문책을 받을 건가?!"

딱부리가 기종에게 백기를 들라고 했다.

"……."

어떤 선택도 할 수 없는 호구 속의 기종이었다.

딱부리에게는 기다림의 침묵이, 기종에게는 선택할 수 없는 체념의 침묵이 흘렀다. 마지막 결정을 내려야 하는 C · M · I 검열관 정동구 소령은 분노하고 있었다. 모든 사실을 부정하고 판을 뒤집어 놓는다면, 부정할 수 없는 실재의 현실은? ……. 심증과 현실의 모순 속에서 분노하고 있었다.

딱부리가 처음으로 수송관에게 시선을 주었다.

"수송관 중위 공석기!"

수송관이 부동자세를 취했다.

"병장 강기종!"

딱부리가 수송관에서 시선을 돌려 기종을 엄하게 보았다. 기종이 자세를 다시 잡았다.

"수송관과 강 병장! 징계 받을 준비는 되었는가?!"

"?!……."

수송관과 기종의 입이 굳어 있었다.

"수송관!!"

"네-, 중위 공석기!"

딱부리의 엄한 호명에 수송관이 답했다.

"수송부 전원 검열 위치로!"

딱부리가 명령을 내리고 의자에서 일어났다. 수송관이 급히 사무실로 가 마이크를 울렸다.

"수송부 전원, 수송부 전원 검열 위치로!!"

딱부리가 구석에 준비해 둔 공병용 곡괭이 자루를 집어 들었다. 빳다(체벌로 엉덩이를 때리는 도구) 중 가장 강한 체벌몽둥이였다.

수송부 장병들이 황급히 차량과 근무처 앞에 정렬했다. 딱부리가 수송부 연병장 중앙으로 향했다. 수송관과 기종이 뒤따랐다. 걸음을 멈춘 딱부리가 검열준비 자세를 취한 장병들을 둘러보았다. 동작을 고정시킨 딱부리가 수송관을 노렸다.

"수송관! 병들 앞에서 장교를 체벌할 수 없어 강 병장이 대신한다. 강 병장—, 엎드려뻗쳐!!"

딱부리가 기종에게 명령했다. 기종이 딱부리 앞에 엎드렸다.

"1965년 5월 31일 현재, 전반기부터 조작된 범죄의 3년을 분기별로 소급해 간다. 수송관은 복창한다!"

딱부리가 들고 있던 곡괭이 자루에 힘을 실었다.

"1965년 전반기 범죄!!"

"1965년 전반기 범죄!!"

수송관이 복창했다. 딱부리의 몽둥이가 기종의 엉덩이에 사정없이 작열했다.

"1964년 후반기 범죄!!"

"1964년 후반기 범죄!!"

딱부리의 선창에 수송관의 복창이 이어졌다. 딱부리의 몽둥이가 기종을 내려찍었다. 엉덩이의 충격에 기종의 얼굴에 핏줄이 돋았다.

"1964년 전반기!!"

"1964년 전반기!!

"1963년 후반기!!"

"1963년 후반기!!"

"1963년 전반기!!"

"1963년 전반기!!"

피가 튀도록 강한 딱부리의 체벌이 이어졌다. 기종이 사력을 다해 버티고 있었다. 기종 못잖게 고통스러운 수송관의 복창이 목에 걸려 갈라졌다.

"1962년 후반기 범죄!!"

"1962년 후반기 범죄!!"

3년간 전 · 후반기 6번째의 마지막 몽둥이였다. 견디지 못한 기종의 몸통이 땅바닥에 붙었다. 힘을 다 쏟은 딱부리의 숨결이 높았다. 수송관의 얼굴에 수모의 땀방울이 돋았다. 검열 위치에 서 있는 수송부 전장병이 숨을 죽인 채 굳어 있었다.

"전장병 근무 위치로! 강 병장은 검열관실로!"

딱부리가 수송관과 기종에게 명령하고 돌아섰다. 겨우 일어나 딱부리 뒤를 따르는 기종이 질룩이고 있었다. 아픔이 달아난 고통 속에 허벅지 근육이 당겨졌다. 검열관실 차량 게단을 힘겹게 올라갔다. 의자에 앉아 외면하고 있는 딱부리 앞에 부동자세로 섰다. 벽에 시선을 둔 딱부리의 침묵이 진공의 벽을 만들었다.

"……명문대학 법대 63학번. ……법무관이나 ROTC를 지원해서 장교로 군복무를 할 수도 있었다……."

기종의 신상이었다. 벽에다 대고 중얼거리는 듯한 딱부리의 가라앉은 목소리가 잠깐의 공간을 만들었다.

"……징집영장에 앞서 자원입대를 한 이유는?……."

딱부리가 기종에게 조용히 묻고 있었다.

"……이념과 정쟁에 오염되는 운동권에서 벗어나고 싶었습니다."

신념이 담긴 기종의 차분한 전달이었다.

또 다시 침묵이 흘러 공간을 질식시키고 있었다. 기종의 신상을 파악했기에 검열관 정 소령은 애착을 느끼고 있었다. 영민한 두뇌의 행정병, 검열을 받기 위해 최선을 다한 하수인에 불과했다. 딱부리가 돌아앉아 고개 숙인 기종을 보았다. 딱딱한 표정이 풀려 있었다.

"강 병장……, 근무 위치로."

노여움이 가신 딱부리의 목소리였다. 기종이 정중히 경례하고 돌아서 입구로 향했다.

"강 병장!"

딱부리가 기종을 불러 세웠다.

"네-, 병장 강기종!"

기종이 돌아서 부동자세를 취했다. 딱부리가 자리에서 일어났다. 두 사람의 시선이 침묵으로 교차되었다.

"좋은 머리, 사회에 나가면 바르게 쓰도록!"

낮았지만 울림 있는 정 소령의 충고였다.

"네-, 병장 강기종! 명심하겠습니다."

기종이 다시 한 번 힘찬 경례를 올렸다. 정 소령이 마주 경례로 답했다.

정 소령이 4주간 사용한 검열관실을 나왔다. 수송관이 대기하고 있었다. 검열관 정 소령과 수송관이 마주섰다.

"수송관! 수송부의 검열은 끝나도 수송관인 중위 공석기의 검열은 끝나지 않았다. 알겠는가?!"

정 소령이 수송관을 노려보았다.

"……."

수송관이 머뭇거렸다.

"알겠는가?"

낮았지만 거역할 수 없는 힘이 실려 있었다.

"네ㅡ, 알겠습니다! 중위 공석기!!"

"수송관, 수송부 검열 끝!"

검열관 정 소령의 목소리가 비장하게 끝났다.

"수송부 검열 끝!"

수송관이 복창하면서 경례했다.

정 소령이 수송관의 경례에 답하지도 않고 돌아섰다.

대대본부 검열단실로 향하는 정 소령의 뒷모습이 당당하고 완강했다. 육사 정규생 검열반장 정동구 소령 앞의 수송관 중위 공석기의 모습이 한없이 초라하고 작았다.

검열은 끝났다. 최종결과 발표의 불안한 하루를 남겨 놓았다.

검열준비와 검열로 지친 병기대대가 어둠의 가림막 속에서 잠들어 있었다. 수송부 사무실의 불이 오랜만에 소등되어 있었다. 부대 경비등의 불빛이 스며든 빈 사무실 유리창 앞에 기종이 홀로 서 있었다.

'내일 오후에는 먹구름의 하늘에서 폭우가 쏟아질지, 천둥과 벼락이 때릴지……, 아니면 구름이 소멸된 맑은 하늘이 보일지…….'

불안한 생각들로 엇갈리는 밤이었다.

화살은 시위를 떠났다. 몸에서 떠난 화살의 방향을 바꿀 수는 없는 법. 기종은 지난 사항을 복기하면서 내일의 결과를 예상해 보고 있었다.

지적은 많았어도 문책에 따른 자인서나 확인서를 쓰지는 않았다. 지휘관인 수송관을 면책하면서 행정병에게 책임을 돌릴 수는 없는 일이었다.

'그렇다면 오늘의 체벌은?……, 훈방(훈계방면)의 처리 과정이었을까?'

부풀은 상처와 진한 통증이 엉덩이에 자리를 잡았다. 바로 앉을 수도 없는, 바로 누울 수도 없는 고통이었다.

'며칠 시간이 지나면 가실 오늘의 체벌로 끝내주었으면……'

간절한 바람이었다.

— 좋은 머리, 사회에 나가면 바르게 쓰도록!

정 소령의 뜨끔한 충고가 맴돌고 있었다. 여러 가지 정황으로 미루어 터널 끝의 빛살이 보이는 것 같기도 했다.

'영민함을 팔아서 순수함을 사라' 고 했지만, 인간의 욕구는 정의와 불의의 경계선을 허물면서 목적의 쟁취에 양심을 담보해 버렸다. 정리되지 않은 의식 속에 기종의 하룻밤은 길고도 짧았다.

심판의 날이 밝았다. 검열단이 탄 버스가 대대본부 앞에 첫날처럼 멈췄다. 지휘관과 참모들의 영접을 받으며 단장을 앞세운 검열관들이 묵묵히 검열단실을 향했다.

오전은 출입이 통제된 속에서 검열관들의 회의가 진행되었다. 대대는 오후에 내려질 검열결과 판정을 기다리면서 숨죽이고 있었다. 물밑 같은 침잠 속에 오전이 지나갔다.

오후 일과가 시작되면서 대대장과 참모들이 재판을 받는 피고인들처럼 검열단 앞에 마주앉았다. 5개 중대와 수송부의 검열반장들이 차례로 해당 부대의 지적사항에 따른 질책과 보완 및 개선점을 열거해 나갔다. 마지막으로 검열단장의 총평과 판정만 남았다. 대대장과 참모들의 얼굴에 피돌기가 멈춘 듯 경직되었다.

'개선된 지적사항의 사후 보고?……, 문책으로 이어지는 징계?……'

대대장과 중대장과 수송관, 모두가 지적사항 보완으로 끝났으면 하고 숨을 삼키고 있었다.

단장의 총평과 결정이 떨어졌다. 징계와 문책 없이 지적사항의 보완 및 개선을 사후 보고하는 것으로 결정났다. 면책으로 끝나는 후한 판정이었다. 상 · 중 · 하로 분류해서 중급을 상회하는 기대 이상의 검열 결과였다. 단위부대 중에서는 수송부가 우수부대로 선정되었다.

대대장과 참모들의 얼굴에 화색이 돌았다. 의례적으로 단장이 대대장과 수송관에게 그동안의 노고를 치하했다. 수송관이 표정관리를 하기에 힘들 만큼 풀어졌다. 감사의 표시로 검열관 정 소령을 보았다. 정 소령은 수송관에게 한 번의 시선도 주지 않은 채 냉담했다.

마지막 검열결과까지 끝났다. 우려했던 과오 없이 그것도 기대 이상의 판정으로, 대대장과 참모들의 전송을 받으며 검열단의 버스가 대대 중앙통로를 거쳐 위병소로 향했다.

수송부 입구에서 도열해 있던 수송부 장병들이 검열단의 버스를 향해 경례의 예를 올렸다. 버스 앞자리 창문가에 정 소령의 모습이 보였다. 기종이 정 소령을 향해 경례했다. 정 소령이 짧게 고개를 끄덕여 답례하는 것 같기도 했다. 아니 무심코 그냥 지나쳐 흘리는 것 같기도 했다.

대대본부 연병장에 전 대대병력이 집결되었다. 대대장이 검열결과를 발표하고 개선점을 지시했다. 무사히 검열을 끝낸 노고로 한 달간의 취침점호(야간점호 없이 바로 잠자리에 듬)와 대대회식으로 소 한 마리가 포상되었다. 수송부는 별도로 돼지 한 마리가 추가되었다. 내일 저녁 회식에 소기름 뜨는 콩나물국 속의 고기 몇 점 안주해서 막걸리잔치가 벌어진다. 수송부는 삶은 돼지고기 안주가 추가될 것이고. 내일 대대회식에 앞서 검열에 만족한 수송관이 수송부 회식을 준비시켰다. 내무반에서 수송관의 자비로 준비된 술과 음식이 푸짐하게 차려졌다. 넉넉한 술과 안주가 돌아갔다.

기종에게는 2주간의 포상휴가와 휴가비가 든 돈 봉투까지 건네졌다. 휴가는 제대가 얼마 남지 않은 연료계 박 병장에게 양보했다. 휴가비는 후임인 조 상병에게 행정병들의 회식비로 쓰라고 돈 봉투째로 전달했다.

수송관의 지출은 값나가는 부품 몇 개와 몇 드럼의 유류로 땜빵이 되고도 남을 여유 있는 돈으로 충당될 것이다.

범죄는 항상 예방에 앞서간다. '범죄' 와 '예방' 이 자리바꿈한다면 범죄는 물론 범죄란 단어조차 없어질 것인데……. 군대나 사회나 인간이 살아가는 삶과 생활 속에서 저질러지는 행위(부정 · 부패 · 범죄)들은 진화가 계속되면서 일상적으로 이어져 온 역사였고, 이어져 갈 역사였다. 높은 놈은 높은 대로, 낮은 놈은 낮은 대로 몸값의 평균치를 유지하면서…….

회식이 무르익어 갈 즈음 기종은 내무반을 빠져나왔다. 통증이 머무르고 있는 체벌 받은 엉덩이의 진통이 더해지는 것 같았다.

— 좋은 머리, 사회에 나가면 바르게 쓰도록.

정 소령의 마지막 충고가 떠나지 않았다.

부대 앞 중국집에 홀로 앉아 자축이 아닌 자책을 하고 있었다. 무사히 검열을 끝낸 안도감보다는 검열관 정동구 소령에 대한 죄책감이었다. 구속력이 없는 호된 질책이나 문책이라도 받았으면 이렇게 마음이 무겁지는 않았을 것이다.

'주범도 공범도 아닌, 하수인이 되어야 했는데…….'

자신도 모르게 어느새 모든 것을 선도한 주범이 되어 있었다.

정 소령은 모든 걸 알고 있었다. 완전범죄는 없었다. 주범이 될 수 없는 하수인의 범죄를 면책해 주었다. 기종에게 박힌 뇌관을 뽑아주고 떠났다. 씻을 수 없는 죄책감……. 씁쓸하고 찝찔했다. 큰 잔으로 몇 잔의 독한 배갈을 넘겼는데도 취기가 오지 않았다.

"오딘!"

기종이 돌아보니 해수가 서 있었다. 옆에 한 집 식구 애란도 있었다.

"……어떻게 여기……."

자책의 늪에서 벗어나는 시간만큼 기종이 머뭇댔다.

"누구 만날 약속이라도?……."

해수가 빈자리를 보았다.

"아니, 어쩐 일이야?……."

"애란 언니와 저녁 먹으러, 앉아도 돼요?"

"응—, 앉아."

기종의 시선이 건너편 빈자리를 내주었다. 해수와 애란이 기종의 앞자리에 앉았다.

"검열은?"

"…… 끝났어……."

해수의 물음에 기종의 희미한 대답이었다.

"잘 끝났어요?"

"…… 그런대로……."

기종의 말꼬리가 감겨들었다. 군만두로 안주하던 기종이 제대로 된 안주 '란자완쓰' 를 시켰다.

"란자완쓰?……."

해수에게는 생소한 요리 이름이었다.

"식사 겸 안주로 입에 맞을 거야."

'란자완쓰' …….

중학교 졸업식 날이었다. 아버지, 어머니, 동생들과 함께 중국집에 들러 우동과 짜장면에 곁들여 시킨 요리였다. 그때 기종에게도 지금의 해수처럼 처음 들어보는 음식 이름이었다. '란자완쓰' ……, 잊어버렸던 음식 이름이었다. 어디에 숨어 있다가 기종의 입에서 되살아 나왔을까. 옛날 '바람' 이 식구들을 위해 시킨 음식이었다.

기종이 진로 한 병을 따로 시켰다. 애란과 해수의 술잔에 술을 부어 주었다. 주문한 안주가 나오기 전에 먹으라고 앞에 있던 군만두를 밀어주었다.

"오빠."

기종이 돌아보았다. 이번에는 인애가 서 있었다.

"아니, 웬일이야?!"

"병원 실습근무 끝내고 퇴근하는 길이야. 저녁 먹고 가려고."

인애는 인천간호학교 졸업반이었다.

"오늘 저녁 굶은 사람은 이 집에 다 모이나 보지?"

기종이 중얼거렸고, 인애가 해수와 애란을 살폈다. 어색한 분위기가 흘렀다.

"잘 왔어! 서로 인사해. 이쪽은 해수, 애란 씨! 이쪽은 서인애!"

기종이 앉아 있는 두 사람과 서 있는 인애를 서로 소개했다. 해수가 인애를 향해 고개를 숙여 보였다. 인애가 새침해지며 의식적으로 해수의 인사를 외면했다. 애란이 해수의 옆구리를 살짝 건드려 자리를 뜨자는 신호를 보냈다.

"그만 가 볼래요."

해수가 어색한 자리를 피해 애란과 함께 일어났다.

"시켜 놓은 음식은 먹고 가야지."

기종이 자리를 뜨려는 해수를 만류했다. 해수가 기종에게 고개를 까닥해 보이고는 외면한 채 서 있는 인애를 피해 중국집을 급히 벗어났다. 기종이 못마땅해 인애를 보았다.

"오빠—, 저 사람들 골목 안 여자들이지?"

"…… 그렇다고 그렇게 막 대하냐?!"

기종을 노려보는 인애의 시선에 기종의 풀이 꺾였다.

"뭐야—, 오빠! 창피하지도 않아?"

"……."

기종이 인애의 시선을 피했다.

"쪽팔리게 같이 술판까지 벌리고!"

인애가 식탁에 놓인 해수와 애란의 술잔을 노려보았다.

"판도 벌이기 전에 네가 깨 버렸다."

"저 여자들하고 노닥거리려면 앞으로 나보고 아는 체도 하지 말아!"

인애의 기세가 쉽게 가라앉을 것 같지 않았다.

"혼자서 술 한 잔 하다가 우연히 만난 거야. 너처럼."

"창피해—. 내 오빠 맞아?"

"됐다. 그만하고 앉아."

기종이 인애를 진정시키려 했다.

"아저씨, 여기 자리 좀 치워 줘요."

인애가 주인에게 해수와 애란의 술잔을 치워달라고 했다. 주인이 급히 식탁을 치우려는데, 기종이 마시지 않은 두 잔의 술을 자신의 빈 잔에 쏟는다.

"치워—. 불결해! 새것으로 갖다 줘요."

인애가 기종의 술잔과 술병까지 빼앗아 치워 버린다. 기종이 멋쩍게 주인을 보고 웃었다.

"됐다. 앉아."

기종의 양보에도 성질을 풀지 못한 인애가 해수와 애란이 앉았던 의자를 치우고 옆자리의 의자로 바꾸어 앉았다. 기종이 피식 웃고 만다.

새 술이 나오고 주문했던 '란쟈완쓰' 가 나왔다.

"안 됐다—, 오빠. 같이 먹을걸."

"대신 네가 먹잖아. 이제 그만하자—, 인애야."

"나도 한 잔 줘."

"술 못하잖아."

"성질나서 한 잔 할래."

기종이 인애에게 술을 부어주었다. 인애가 성질을 풀었다.

"검열은?"

"끝났어."

"어떻게?"

"……그런대로……."

해수의 물음에 답했던 것처럼 기종의 시원찮은 두 번째 흘림이었다.

"다행이네. 용길(떡메) 씨가 오딘 된통 걸렸다고 걱정하던데."

술 한 모금 맛보던 인애가 진저리를 치며 급히 물로 입을 씻어 삼킨다. 기종이 큰 잔에 술을 부어 표정 없이 술을 넘긴다.

"술 먹을 때 찡그리는 사람은 많이 봤는데, 오빠처럼 편하게 술 넘기는 사람은 처음 본다."

"그—래? 거울 앞에 놓고 술 먹어 보지 않아서 몰랐어."

기종이 서 사장의 몫으로 탕수육과 군만두를 포장해서 중국집을 나왔다.

"오빠—, 잘 먹었어. 부대 들어가야지."

"집까지 바래다줄게."

"됐어—, 오빠."

"나 같은 놈 만나서 봉변당하면 어쩌려고."

"지놈은 죽음이지!"

"죽인다고 물려지냐?!"

기종이 웃는다.

"운 좋은 줄 알아. 살아남아서 '오빠' 소리까지 듣고."

인애가 웃으며 기종의 팔짱을 낀다. 두 사람이 보안등 밝혀진 샛길로 꺾어들었다.

"오빠-, 나 오빠 여동생 안 할래."

"아님, 남동생 할래?"

"동생하기 싫어."

"그럼 누나 할래?"

"싫어-, 오빠 여자 친구 할래."

"그래서?"

"서로 사귀다가."

"사귀다가?"

"좋아지고 정들면."

"정들면?"

"결혼해서 애 낳고……."

"누구 맘대로?"

"내 맘대로!"

인애가 기종을 맑게 본다.

"엿장수 맘대로?!"

"그러니까 그 여자들 만나지 말란 말이야!"

인애가 짜증스럽다.

"잘 알잖아, 이름을 가질 사이가 아니라는 걸……."

"그런데 왜 만나?"

"그렇다고 못 볼 것이라도 본 것처럼 무참하게 인사도 안 받냐?!"

"해수란 여자, 오빠와 소문난 다다구미 여자지?"

"……."

기종이 침묵으로 인정했다.

"오빠, 혹시 그 여자 사랑하는 것 아니야?"

"사랑?……."

기종이 인애를 본다.

"솔직하게 털어놔! 자주 만나다 보면 벽이 허물어지고, 이해할 수 없는 것들이 이해가 되고, 머무르다 보면 동정이 가고, 동정이 깊어져 사랑이 되는……, 그러다가 정신이 들면서 갈등하는……, 그런 사랑."

"그럴까?……."

기종이 자신을 점검해 본다.

"사랑은 흐르는 물에서도 뿌리를 내린다고 했어."

인애가 기종의 속을 헤집고 있었다.

"그건 정상적인 만남에서 이루어지는 것이겠지."

"귀와 눈이 멀어지는 게 사랑이라고 했어. 그래서 사랑을 하게 되면 용서할 수 없는 모든 것들이 용서가 된다고."

"그런 철학적인 승화된 사랑 한 번 해 봤으면 좋겠다. 나의 사랑은 완고해. 생활 속에 고정 관념된 사랑, 몸과 영혼이 숭고한 사랑……, 타협이 없는 사랑……, 한 길밖에 모르는 미련한 사랑……, 그게 언젠가 나의 사랑이 될 거야."

기종은 인애와 대화하면서 해수를 떠올리고 있었다. 인애의 냉담함에 자리를 피해 버린 해수. 해수의 열등감을 같이하면서 아팠다.

골목 안(다다구미) 여자들은 외부의 시선을 꺼려한다. 밝은 세상에 나섬을 주저한다. 대부분의 여자들은 햇빛 인색한 골목만을 자신들의 생활터전으로 삶의 하루하루를 죽여가고 있다. 기종은 그 속에서 벗어나지 못하는 해수가 안타깝고 미웁고 원망스러웠다.

'그렇게 살고 싶어서 살겠냐마는, 해수야, 그렇게 살아야겠냐? 벗어나라, 해수야. 없었던 세상에서 벗어나라 해수야…….'

9

'꽃 같지 않은 꽃이라고 바람이 휘둘러대니, 춤출 수밖에.'

억새꽃의 넋두리였다.

'호박꽃도 꽃이냐고 타박들이니, 열매라도 튼실히 매달아 놓아야지.'

호박꽃의 푸념이었다.

백마장수로 뚝방길, 억새가 은색 물결을 날린다. 건너편 농막 지붕은 호박넝쿨로 뒤덮였다. 억새꽃은 가을 끝에서 무당춤을 추고, 영글은 호박은 넝쿨을 메말리면서 앉은 자리를 넓혔다. 갈래진 생각들, 흐려진 생각들을 정리할 때 기종이 찾는 혼자만의 장소였다.

오늘 그들이 면회 왔다. 벗어났는데 그들은 다가와 있었다. 운동권 핵심 선배와 동기생 친구, 처음 보는 동행이 있었다. 삼십대 후반의 흔들림 없는 신념으로 무장된 인물 같았다. 선배가 동행을 인사시켰다. 추 선생이라고, 많은 가르침을 받고 있는 멘토 같은 분이라고 했다.

부평역 앞 서울옥으로 가서 동동주로 건배했다.

"조 · 미 · 위!"

그들의 건배구호였다.

'조 · 미 · 위!'

뜻을 알 수 없는 그들의 건배였다.

"조국의 미래를 위해!……."

선배가 뜻을 풀어주었다.

— 조국의 미래를 위해…….

기종은 곰곰이 생각해 보았다.

'그들이 원하는 조국의 미래는 어떤 것일까?…….'

운동권 선배들과 친구들, 기종이 같이 몸담고 있을 때는 회색빛을 띄우는가 싶더니 어느새 색깔이 선명한 붉은색으로 변해 있었다. 추 선생이라는 이념의 전수자 등 조직적인 계보까지 갖추어진 집단으로 변모해 있었다. 그들이 원하는 '조국의 미래를 위해' 신념을 불태우고 있는 것 같았다. 이념의 결속 속에 확고하고 투철한 존재감으로 그들은 생동하고 있었다.

'목적이 수단을 정당화 한다.'

그들의 이념이었다. 목적을 위해서 수단을 정당화시키는 그들! 그들은 유토피아의 신기루에 최면 걸린 이념의 꼭두각시들이었다.

"강 동지! 우리 함께 조국의 미래를 위해 투쟁합시다. 다시 만날 때까지 학습 많이 하세요."

추 선생이 헤어질 때 힘찬 악수를 하면서 책 한 권을 선물했다.

《마르크스, 레닌, 스탈린 선집》

운동권*들이 돌아가면서 탐독했던 불온서적들을 심층적으로 체계화시킨 이념 서적이었다.

*4.19 학생의거 속에 섞여든 인혁당(인민혁명당)과 1968년 적발된 통혁당(통일혁명당) 등은 북한의 지령과 자금으로 결성된 공산혁명조직원들이었다. 운동권에 스며들어 의식화 수업으로 대학생들을 세뇌시켜 적화통일의 선봉에 세우려 했다.

기종이 품속에서 책과 가스라이터를 꺼내놓았다. 망설임 없이 표지를 찢어 불을 붙였다. 불길이 '마르크스, 레닌, 스탈린' 을 소멸시키고 있었다. 책장을 차례로 찢어 불길을 이었다. '볼세비키혁명당' 이 타고 있었다. '모택동' 이 재로 변했다. '레닌' 동상이 녹아내렸다. 소련 군복을 입은 김일성이, 인민복을 입은 김일성이, 금빛 찬란한 김일성 동상이 재로 퇴색되어 흩어졌다. '인민은 물! 당원은 물고기!' 라고 비유했던 '마르크스' 론이 불길에 사라지고 있었다.

'인민은 물! 당원은 물고기!' 물이 있어야 고기가 살 수 있듯, 인민이 있어야 당과 당원이 존재한다는 마르크스 이념 철학이었다. 사회주의의 기본 이념인 '인민은 물! 당원은 물고기!' 라는 원칙이 과연 지켜져 왔을까? '당원은 물! 인민은 물고기!' 라고 변해 버린 것은 아닐까…….

역사는 증명했다. 사회주의의 몰락을. 헐벗고 굶주려 죽어간 수많은 인민들의 비석으로 그들만의 성을 쌓은 조선인민공화국만 남겨놓고.

굶주린 인민들의 죽음을 자양분삼아 김씨왕조*의 역사는 김일성에서 김정일로, 김정일에서 김정은으로 삼대의 세습왕조를 다듬고 있는 2011년-기종이 일간지 '오피니언' 에 기고한 글이다.

*김씨왕조 : 현실이 실종된 이념의 논리로, 모든 고난과 희생은 미래의 유토피아(지상낙원)로 향한 희망의 행군이라고 인민을 기만해 죽음의 행군으로 몰아온 김씨왕조. 과연 그들이 몇 십 년을 선동한 지상낙원은 존재하는가……. 인민은 한 끼 밥에 목숨을 걸어왔다. 역사는 증명할 것이다. 조선인민공화국 김씨왕조의 얼마 남지 않은 종말을-.
저자가 '커튼 콜' 을 집필하던 중(2011년 12월 17일) 독재자 김정일이 급성심근경색으로 급사했다. 김일성, 김정일에 이어 김정일의 철부지 셋째 아들인 김정은으로 3대째 세습왕조가 이어졌다. 하루아침에 벼락치기로 대장이 된 29살의 김정은. 할애비와 애비의 업(業)을 안은 어린 김정은의 앞날은…….

대한민국 참 국민들에게

현실이 아닙니다. 어디까지나 가상의 현실입니다.

김정일 국방위원장이 한반도를 적화통일시켰습니다.

제일 먼저−

남조선 '국회의원', '정치꾼', '북조선을 찬양한 이념의 꼭두각시들', '진보를 이면의 교두보로 삼은 종북세력과 얄팍한 식자들', '제자를 이념화시켜 눈멀게 한 전교조', '파업을 선동한 노총지도자' 등…….

김정일 국방위원장이 그들 모두를 불렀습니다.

한반도 적화통일의 일등 공신들에게 큰 훈장을 매달아주고 잔치를 베풀어 주었습니다.

다음날−

그들의 모습은 한반도 어디에서도 찾아볼 수 없었습니다. 그들은, 어렵게 이룩한 적화통일의 한반도를 또 한 번 뒤집어 놓은 인간들이었습니다.

교화소에도 보낼 가치가 없는 인간들이었습니다.

⋮

※ 위의 남은 여백은 대한민국의 참국민들께서 생각할 수 있는 소중한 공간으로 남겨 놓겠습니다.

바람이 휘둘러 왔다. 억새밭이 회오리 물결쳤다.

'인민은 물! 당원은 물고기!'

인민도 당원도 당도 재로 변했다. 두꺼운 책 한 권이 잿가루 되어 기종의 발밑에 짓밟혔다.

바람이 불고 있었다. 스침은 없어도 어디에선가 분명 바람은 불고 있었다. 허공 한 자락에 바람결 따라 구름이 흐르고 있었다. 구름 한 조각이 허공에서 허공이 되어 갔다. 바람은 허공이었고 구름은 허공 속의 삶이었다.

기종은 자리를 털고 일어났다.

피할 수 없는 바람이라면, 추어야 할 춤이라면, 그들을 향한, 그들을 위한 춤은 아닐 것이다. 이념의 굿판을 뒤엎는 무당춤을 출 것이다.

인간을 신격화시켜 강요된 종교가 되어 버린 주체사상. 김씨 일족과 추종자들은 동족살육과 인민 말살의 가공할 범죄의 면죄부를 만들었다.

역사에 용서는 존재하지 않는다.

10

톨레랑스는 가라!

적화통일을 노리는 무리들에게 타협은 없다. 이념의 꼭두각시가 될 바에는 오염된 현실의 삶을 즐길 것이다.

다다구미 앞까지 왔다. 다다구미! 해수가 있는 곳이다. 육체는 가까이 있었고, 마음은 성문 밖에서 갈등하고 있었다.

'해수?……. 해수, 다다구미……. 해수, 다다구미 여자…….'

기종이 연민을 느끼기도 전에 다다구미가 해수란 여자의 존재 가치를 해방시켜 놓았다.

해수는 다다구미, 다다구미는 해수. 다다구미와 해수, 해수와 다다구미는 함께 있었다. '해수 = 다다구미, 다다구미 = 해수.' 정해진 공식이었다. 건너뛸 방정식은 없을까(?). 다다구미가 없는 해수, 해수가 없는 다다구미는 기종에게 존재하지 않았다.

'그런데……. 왜? ……. 해수란 다다구미 여자에게 기종의 잔재가 맴돌고 있을까? …….'

다다구미의 해수를 담고 있는 기종과 해수의 실체를 지워버리려는 기종이 갈등하고 있었다.

멍울이 되어 곪아갈 만남. 고름은 살이 될 수 없다. 아픔과 상처만 키울 뿐이다. 잘라 버리든지 찢어서 제거해야 한다. 기종이 기종에게 완강했고, 기종이 기종의 틈새에서 변명했다. 연민을 생략한 수컷의 배설이라고.

'수컷과 암컷의 만남과 사랑에는 정도가 없다고 했는데……. 그럴까? …….'

기종과 해수, 쫄따구와 창녀의 만남……. 삼류 멜로물이 되겠지. 머리를 흔들며 지워 버렸다. 기종의 갈등과 햄릿의 번민이 교차하고 있었다.

기종은 중국집에서 술을 시키고, 해수에게 전화를 걸었다. 개코가 전화를 받았다.

"없어-, 그년!!"

개코가 평소보다 한 톤 높게 빽- 고함치며 전화를 끊었다. 해수에게 무슨 일이 생긴 것 같았다. 골목 안으로 들어갔다. 마루에 퍼질러 앉은 개코가 퉁퉁 부어 애꿎은 담배만 빨아대고 있었다.

"그년 초저녁부터 가게에서 술 처먹다가 단속반에 걸렸어!"

"그래서요? ……."

"임시보호소에서 교육원*으로 넘어가겠지."

"교육원?……."

기종이 개코에게 물었다. 개코가 기종을 못마땅하게 노려보았다.

"뒈질 년! 주제도 모르고 무슨 사랑놀음?!"

개코가 담배꽁초를 기종 앞에 패대기치고는 새 담배에 불을 붙였다. 해수보다는 기종에게 화풀이를 하고 있는 듯했다. 해결점을 찾지 못한 기종이 돌아섰다.

"이곳 년들치고는 드물게 단단했는데, 오딘 만나고부터 흔들려……."

기종의 뒤에서 개코의 화풀이가 이어졌다.

"누구도 그년을 도와줄 수 없어! 해수를 도와주려면 오딘이 해수를 놓아 줘! 더 모진 것도 견뎌낸 년인데……."

개코의 원망을 뒤로 흘리고 기종이 급히 다다구미를 벗어났다. 세탁소 앞길에 창고 중대장을 퇴근시키고 귀대하던 지프차가 세탁물을 찾기 위해 정차해 있었다. 기종이 지프차를 돌려서 임시보호소를 물어물어 찾아갔다. 일단 그곳 사정을 알아보고 해수를 꺼낼 궁리를 하기로 했다.

부평에서 인천으로 향하는 국도변에서 산속 수도원으로 향하는 비포장도로를 꺾어들었다. 오르막 위에 공터가 나타났다. 철조망 울타리 안에 콘셋 조립식 건물 두 동이 들어서 있었다. 기종이 보호소 아랫길에서 내렸다. 경비등이 밝혀진 철망 정문 안과 밖에서 여자들이 서성이고 있었다. 잡혀온 여자들과 그들과 관계된 사람들이었다. 술집 주인이나 포주들이 철조망을

*교육원 : 군사정권이 들어서면서, 걸인이나 보건증이 없는 술집 접대부와 홍등가의 창녀 등을 단속했다. 그들은 임시보호소에 모아져 재활교육원으로 넘겨졌다. 남자들은 국토개발대 또는 재건대(넝마주이) 등으로, 여자들은 단시간 교육을 거쳐 봉재, 이용, 미용 등의 보조직으로 보내졌다. 대다수의 사람들은 재활터에서 도망쳤고, 다시 단속에 걸려든 사람들이 그 빈자리를 메우는 순환이 한동안 계속되었다.

사이에 두고 보호소에 수용된 여자들과 두런거리고 있었다.

술 취한 한 여자가 철망 밖의 여자에게 소리쳤다.

“엄마─, 소주하고 담배 가져왔어?!”

술집 주인인 듯한 여자가 준비해 온 봉지를 철망 안에서 해롱거리는 여자에게 밀어 넣어주었다.

“삑! ─.” 호루라기 소리와 함께 고함소리가 들렸다.

“막사 안으로 들어가지 못해!!”

완장을 찬 근무자가 나타났다.

“색 쓰지 마, 씹새야!”

술과 담배 봉지를 품에 안은 여자가 게거품을 물고 독을 풀었다.

“이 쌍년이─.”

완장이 여자에게 다가가 방범용 몽둥이로 사정없이 어깨를 찔렀다. 여자가 나뒹굴었다. 찢어진 봉지에서 술과 담배가 쏟아졌다. 몸을 제대로 가누지 못하는 여자가 발악하면서 일어나 완장의 멱살을 잡았다. 완장의 둔탁한 주먹이 주저 없이 여자의 면상을 내질렀다. 맥없이 쓰러진 여자의 코와 입에서 피가 터져 나왔다.

철조망 안과 밖에서 이 광경을 보고 있던 여자들이 들고 있어났다. 막가는 바닥에서 갈고 닦은 악담과 욕설을 쏟아냈다. 완장이 막사를 향해 호루라기를 불었다. 막사 안에서 몽둥이를 든 경비 두 명이 달려 나왔다.

“이년 손발 묶어서 보호실에 처넣어!”

완장이 경비에게 지시했다. 두 명의 경비가 여자의 양팔을 들어올렸다. 여자가 발악했지만 역부족이었다. 힘에 부친 여자가 한쪽 팔을 감아쥔 경비의 얼굴에 침을 뱉았다. 경비가 여자를 바닥에 던져놓고 무덤에 댕고질하듯 짓밟아댔다.

여자가 자지러졌다. 그제야 경비가 늘어진 여자의 양팔을 들어 올려 막사 안으로 끌고 들어갔다. 경비들의 기세에 철망 안과 밖의 여자들이 기가 꺾였다.

"막사 안으로 들어가지 못해!!"

완장이 철조망 근처에 있던 여자들에게 몽둥이를 쳐들고 다가갔다. 여자들이 비실비실 막사로 향했다. 그들은 사람도 동물도 아니었다. 세상바닥에 버려졌다가 수거해 온 쓰레기들이었다.

어둠 속에 서 있던 기종이 출입구 쪽으로 다가갔다. 철조망 밖에서 기세를 돋우던 여자들은 뒤로 물러나 있었다. 기종이 철조망 안의 여자들 속에서 해수를 찾았다. 해수의 모습은 보이지 않았다.

막연한 기종의 의식에 한 시선을 느낄 수 있었다. 시선의 방향으로 기종이 시선을 맞추었다. 해수였다. 막사 가까운 철조망 한쪽에 해수가 서 있었다. 언제부터인지 해수의 시선이 기종을 품고 있었다.

'……해수……'

'……오딘……'

철조망을 사이에 두고 해수와 기종의 고정된 시선이 오고갔다.

'……'

'……'

두 사람은 서로를 마주한 채 서로를 비켜가고 있었다.

"넌 뭐야! 들어가지 못해!!"

완장이 해수에게 다가갔다. 해수가 돌아서 막사 안으로 들어갔다. 해수의 뒷모습을 지켜보던 기종이 돌아섰다. 차에 올라 궁리 끝에 15P 헌병파견대로 향했다. 헌병대 선임하사인 이 중사가 야간 당직을 서고 있었다.

단신에 깡마른 이 중사는 부평 바닥에서 소홀히 취급할 수 없는 예민한 안테나를 가지고 있었다. 지역 군부대의 부정 유출물을 내사해서 지휘관들과 공생의 타협점을 찾는 달인이었다. 병기대대와도 팽팽한 연결고리를 걸어놓고 있었다. 적당한 선에서 당기고 풀면서 헌병 중사의 직위를 영악하게 활용했다. 수송부와의 관계는 끈끈했다. 순찰 지프차와 운전병, 비상시 차량과 유류를 지원받고 있었다. 배차실장인 기종과의 관계도 적당하게 부드러웠다.

"충성!"

기종이 이 중사에게 경례했다.

"강 병장—, 웬일이야?!"

이 중사가 기종을 맞았다.

기종이 이 중사 옆에 앉으면서 망설였다.

"무슨 일로?……."

이 중사가 찾아온 용건을 물었다.

"……선임하사님이 해결해 주실 일이……."

"누가 사고 쳤냐?"

"……여자 하나를 꺼내 주셔야겠습니다."

기종의 말꼬리가 감겨들었다.

"?……."

이 중사가 기종의 다음 말을 기다렸다.

"……다다구미 여자……. 단속에 걸려 임시보호소에 있습니다."

"?…… 다다구미 여자, 임시보호소, 무슨 소리야—. 강 병장?"

"임시보호소에 있는 다다구미 여자 한 명을 꺼내 주셔야겠습니다."

"……누군데?"

"돕고 싶은 여잡니다."

"소문난 오딘의 다다구미 여자. 그 여자인가?"

"……잘못된 만남, 만남의 대가……. 그 정돕니다."

이 중사가 이해가 가는 듯 기종을 보고 픽― 웃었다.

"부평 바닥에서 오딘인 강 병장이 해결 못할 일이 있냐?!"

"부탁드립니다."

"……민간인들의 문제야. 군부대 일이라면 몰라도."

이 중사가 곤란한 듯 물러서고 있었다.

"탈영병과의 관계로 조사할 일이 있다고 연행해 오면 누가 막겠습니까?"

"……."

이 중사가 생각을 굴리면서 기종을 찬찬히 보고 있었다.

"탈영병 체포는 헌병대 소관입니다. 부탁드립니다―. 선임하사님!"

기종이 이 중사에게 다가앉았다.

"……처방전까지 가져왔다. 역시 오딘답다."

이 중사가 여유 있게 기종을 보고 웃었다.

"한 달간 순찰 지프차 연료 책임지겠습니다!"

기종이 자리에서 일어나 "충성!" 하고 거수경례를 올리며 거절 못할 제안을 했다.

"…… 여자 이름은?"

"유해수! 감사합니다―. 선임하사님!"

이 중사가 피식 웃었고, 기종이 머리 숙여 감사했다. 이 중사가 자리에서 일어나며 당직병에게 명령했다.

"김 상병! 단독무장으로 순찰차에 동행한다."

이 중사가 권총탄띠를 두르고 헌병 헬멧을 썼다.

헌병순찰차가 임시보호소 앞에 멈췄다. 이 중사와 카빈으로 무장한 헌병이 차에서 내려 보호소 정문으로 향했다.

기종과 운전병이 순찰차에서 지켜보고 있었다. 정문 앞의 이 중사가 경비를 서고 있는 근무자에게 몇 마디 했다. 잠겨 있던 정문이 열리고 경비가 이 중사와 헌병을 막사로 안내했다. 기종이 호주머니를 뒤져 담배를 찾았다. 중국집 식탁 위에 두고 나왔다.

"박 상병! 담배 있냐?"

"네—. 실장님!"

운전병이 호주머니에서 급히 담배와 라이터를 기종에게 건넸다. 운전병 박 상병은 헌병복장을 하고 있었지만 수송부에서 파견 나와 있는 운전병이었다. 지프차와 함께 특과병으로 파견 나와 있지만, 여차하면 교체되어 원대 복귀된다. 배차실장인 기종이 하기에 달렸다. 파견 근무하는 운전병과 지원병은 기종의 심복들이었다. 여러 곳에 더듬이를 깔아놓고 예상치 못한 사고에 대비하고 있었다.

담배연기를 허공에 날리면서 보호소 막사를 지켜보는 잠깐의 시간이 흘렀다. 막사문이 열리면서 경비가 앞서 나왔다. 그 뒤로 완장과 이 중사의 모습이 보였다. 해수와 헌병이 뒤따랐다. 완장과 이 중사가 인사를 나누고 이 중사 일행이 정문 밖으로 나왔다. 탈영병과 연관이 있는 해수가 조사를 받기 위해 헌병대로 연행되고 있는 것이다.

임시보호소에 수용된 걸인과 창녀와 작부 등……. 숫자로써 인계인수되고, 숫자로써 서류에 남겨지고, 숫자로써 넘겨지는 소외된 인간들이었다. 해수도 그들 중에 하나 더해진 숫자에 불과했다. 서류상의 숫자에서 하나를 빼면 끝나는 버려진 잉여인간이었다.

운전병과 기종이 이 중사 일행을 맞기 위해 차에서 내렸다. 고개를 숙이고 뒤따르던 해수가 걸음을 멈추었다. 순찰차 앞에 서 있던 기종과 시선이 마주치면서 혼란스러웠다. 뒷자리에 기종과 헌병이 해수를 사이에 두고 앉았다. 이 중사가 차에 오르고 순찰차가 출발했다.

일행이 탄 순찰차가 외곽에서 부평시가지로 들어섰다.

"선임하사님! 여기에서 내리겠습니다."

기종이 이 중사에게 부탁했다. 순찰차가 멈췄다. 이 중사가 앞좌석에서 내려 뒷사람을 내리게 해 주었다. 기종과 해수가 내렸다. 해수가 앞서 걸음을 옮겼다. 이 중사가 차에 올랐다.

"충성!"

기종이 이 중사에게 감사의 경례를 올렸다. 이 중사가 해수의 뒷모습을 보면서 한 마디 던지고는 떠났다.

"뒤처리 잘 해라. 강 병장! 다다구미에 있기에는 아까운 여자 같다."

침묵을 삼켜서 발길을 늘려갔다. 갈 곳을 정하지 못한 채 어둠이 안내한 백마장 뚝방. 기종과 해수가 어둠이 되어 억새밭 길에 앉아있었다. 기종이 낮에 찾아와 이념의 잔재를 깨끗이 청소해서 소각시킨 곳이다. 침묵은 시간을 멈추어놓았다.

바람이 불어왔다. 기종이 흔들리고 있었다. 해수가 바람이었다. 바람이 불어왔다. 해수가 흔들리고 있었다. 기종이 바람이었다.

서로가 서로에게 바람이었다. 서로가 서로에게 흔들렸다. 할 말이 맴돌아 서로에게 할 말을 죽이고 있었다.

"……해수야—."

기종이 한숨을 쏟았다.

"그만—."

해수가 나지막이 기종의 말을 잘랐다. 말하지 않아도 알고 있다는 간절한 입막음이었다.

"……."

"……."

침묵을 먹은 시간이 흘렀다. 어둠이 침묵을 잠재우고 있었다. 기종의 입가에서 깜빡이던 담뱃불이 수명을 다한 반딧불이처럼 꺼져갔다. 기종이 봉지에서 소주병을 꺼냈다. 부평시내에서 담배와 함께 사온 것이었다. 잔이 없어 병째로 술 한 모금을 마시고 오징어 다리 하나를 찢어 씹었다.

꼼짝 않던 해수가 술병을 가져가 한 모금 했다. 기종이 오징어 다리 하나를 찢어 앞을 본 채 해수에게 건넸다.

두 사람의 시선은 처음부터 어둠에 고정되어 있었다. 기종이 술병을 받아 한 모금하고 옆에 놓아둔 오징어를 더듬어 찾았다. 봉지 위의 오징어가 잡히지 않았다. 해수가 오징어 한 조각을 들고 있었다. 기종을 외면한 채. 그렇게 소주병이 오고 가면서 술병이 비었다. 한 병 남은 소주병을 꺼냈다. 기종이 몇 모금 쏟아 넣었다. 다음은 해수가 한 모금……. 소주병이 비워갈 즈음, 한 모금하던 해수가 술사래가 걸려 기침을 토해냈다. 기종이 해수의 등을 두드려주었다. 진정된 해수가 처음으로 기종을 마주보았다. 마주친 두 사람의 시선이 서로의 대화를 허공에 소멸시키고 있었다.

'……벗어나라—, 해수야…….'

'……벗어날 곳이 없어요…….'

'……해수야…….'

'……갈 곳이 없는…… 다다구미 여자…….'

'……해수야…….'

'……잊어진 여자……. 오딘도 곧 잊게 될 거에요…….'

'……해수야…….'

기종이 해수에게 간절했다. 해수가 기종에게 간절했다. 기종을 담은 해수의 눈동자가 흐려졌다. 눈이 젖어들었다. 해수가 눈물을 보이지 않으려고 기종의 가슴에 얼굴을 묻었다. 기종이 가녀린 해수의 어깨를 감쌌다. 숨을 죽인 해수의 어깨가 가늘게 떨리고 있었다. 떨림의 진폭이 차츰 높아졌다.

해수의 흐느낌이, 뜨거운 눈물이 기종의 군복을 적시고 가슴 속까지 파고들었다. 숨겨왔던 서러움이 눈물을 불러내었다. 아픔이 아픔을, 눈물이 눈물을 쏟아내게 했다. 죽여 버렸던 세월의 방파제가 무너져 내렸다. 해수의 터져 버린 오열이 기종의 품안에서 격렬해졌다. 기종이 해수를 품은 채 밤하늘에 눈물을 말렸다.

'삶의 세월은 그리움과 후회의 야적장을 만들어가는 여정' 이라고 했지만……, 만나지 않았어야 했다. 책임질 수 없는 만남이 어쭙잖은 연민이 서로에게 아픔과 상처만 덧나게 했다.

'……해수를 놓아주는 것이 해수를 도와주는 것이야…….'

개코의 막장 철학이 옳았다. 그런데 어쩌란 말이냐?! 과정을 거치는 동안 통속적인 사랑이 자리 잡게 되는걸! 그래서 사랑은 아픔이라고 했다.

기종이 기종에게 아팠고, 기종이 기종에게 후회했다. 해수가 해수에게 아팠고, 해수가 해수에게 후회했다. 기종과 해수, 두 사람의 아픔과 후회가 부딪치고 엇갈려서 빗나가고 있었다.

11

가을은 도둑으로 와서 마음만 훔치고 떠나갔다. 박 병장(연료계)도 제대특명을 받고 겨울의 문턱에서 고향 광주로 귀향했다.

해리슨 특임상사도 한국근무를 끝내고 본국(미국)으로 돌아가게 되었다.

병기대대 미군사 고문인 해리슨 특임상사의 송별회를 하는 날이었다. 신촌 유흥가 장교클럽에서 열리는 송별파티에 대대장 이하 참모들과 게리 헌병대장이 참석했다.

대대장과 게리 대장은 위관시절, 중령 해리슨 교관에게 군사교육을 같이 받은 동기생이었다. 기종도 장교들의 파티인 불편한 자리에 합석하게 되었다. 기종을 막내아들처럼 편애해 온 해리슨의 초대였다. 구석자리에 벌서듯 앉아 있는 기종을 주빈 해리슨이 자신의 옆자리로 옮겨 앉게 했다.

한쪽 옆자리는 장교클럽의 여주인이 해리슨의 파트너로 시중을 들고 있었다. 해리슨의 걸프렌드였다. 해리슨은 여주인을 '달링' 이라고 불렀고, 여주인은 해리슨을 '대디' 라고 호칭했다. 해리슨의 편안함과 넉넉함으로 두 사람의 어울림은 자연스러웠다.

홀 안은 신촌의 직업여성들과 양색시들이 미군들의 파트너가 되어 여흥을 즐기고 있었다. 장교들의 현지처(동거녀)들이거나 단골 양색시들이었다. 참석자 중간 중간에 클럽 여자들이 끼어 앉았다.

고급 양주인 '죠니워커 블랙' 이 개봉되었다. 언더럭 첫잔은 대대장과 게리 대장이 반잔씩 한 잔의 술을 채워 송별주로 게리슨에게 바쳐졌다. 클럽 여자들이 장교들의 술잔에 술을 채웠다. 기종의 잔은 해리슨이 직접 채워 주었다.

술잔을 든 해리슨이 일어났다.

"땡큐! 오늘의 이 자리는 이별의 'good bye' 가 아닌 다시 만나기 위한 'so long(안녕)' 입니다. see you again and-(술잔을 들어 건배하며) be happy!"

일동이 해리슨의 건배에 답했다. 연회가 시작되었다. 즐기고 담소하는 파티가 무르익어갔다. 해리슨과 게리는 칵테일된 첫 술잔을 음미하듯 입술만 축이면서 분위기를 즐겼다. 대대장과 참모들은 벌써 몇 잔째의 양주를 스트레이트로 죽이고 있었다. 술 먹기 시합을 하고 있는 것 같았다. 기종도 편치 않은 자리를 조심스럽게 술로 달래고 있었다.

미국과 한국은 모임이나 음주문화가 달랐다. 기종이 본 대다수의 미국인들은 양주나 맥주 한잔으로 분위기를 즐기면서 담소하는 스타일이었다. 한국인들은 미국인들과 대조적이었다. 급했다. 무조건 급했다. 즐기기보다는 우선 음식과 술로 속을 채웠다. 술자리는 더 심했다. 처음에는 사람이 술을 먹고 다음에는 술이 사람을 먹어댔다. 미국인들은 가정이나 주점에서 대부분 한 번의 모임으로 끝을 낸다. 한국인들은 반대로 1차로 끝내는 일이 드물었다.

1차에서 2차로, 2차에서 3차로, 곤드레만드레 되어 밤을 새운 새벽에 조간신문의 찌라시(전단지)처럼 집 현관에 배달된다. 질곡의 역사는 불안과 가난의 연속이었다. 외침에 시달리고 헐벗고 굶주려 왔다. 가난의 허기는 먹을거리에 매달렸다. 안주(安住)하지 못하는 불안을 술로 달랬다. 그런 역사의 고난 속에 조급하고 조바심 많은 국민이 되었다. 먹기에 급했고 술에 매달렸다.

악단의 분위기 있는 연주가 클럽의 여흥을 돋웠다. 미군들과 여자들이 플로어에서 밀착된 흐름을 즐기고 있었다.

기종은 미군을 상대하는 직업여성들과 양색시들을 보면서 다다구미 여자들을 비교해 보고 있었다. 신촌과 다다구미는 삶의 질과 인간의 때깔이 달랐다. 미국인을 상대하는 신촌의 양갈보들은 부국의 쉿가루 덕에 화장발과 옷차림이 세련되었다.

가난한 엽전을 상대하는 다다구미의 똥갈보들은 찌들어 시들었다. 그 속에 해수가……, 기종이 생각의 흐름을 털어냈다.

해리슨과 파트너가 플로어의 흐름 속에 섞여 있었다. '대디' 는 '달링' 을 품에 안고, 달링은 대디의 품속에 파묻혀서 떨어질 줄 몰랐다. 며칠 후, 서로를 떠나보내게 될 추억의 마지막 장을 만들고 있었다.

게리 대장의 옆자리로 옮겨 앉은 클럽 여자가 비어 있는 술잔에 술을 채우려 했다.

"노— 땡큐!"

게리 대장이 사무적으로 사양했다. 여자가 대대장 자리로 옮겨가 술을 권했다. 대대장이 남은 술을 비우고 빈 잔을 여자 앞에 내밀었다. 채워진 술을 한 모금 한 대대장이 게리 대장과 대화를 이어갔다.

"캡틴의 걸프렌드는?"

대대장이 물었다. 게리가 웃음으로 답했다.

"여자 친구는 어떤 여자냐?"

대대장이 다시 물었다.

"낫씽!"

게리가 '없다' 고 간단하게 답했다.

"설마—."

대대장이 게리의 말을 부정했다. 게리가 술자리 시중을 드는 여자들과 춤을 추고 있는 양색시들을 둘러보면서 대답을 미루고 있었다.

"한국 여자들은 싫냐?"

대대장이 짓궂게 물었다.

"노—."

게리가 아니라고 답했다.

"그런데 왜 파트너가 없냐?"

대대장이 물었다.

"직업여성들은 싫다!"

개리가 답했다.

"그럼 어떤 여자를 원하냐?"

대대장이 물었다.

"아다라시(새것, 숫처녀를 뜻하는 일본어)면 한 번 생각해 보겠다."

게리가 능쳤다. 대대장과 참모들이 웃었다.

"shit!!"

웃음소리를 깨뜨린 일갈이었다.

'shit.' 우라질, 염병할, 똥이다, 잘났다 등의 뜻을 가진 비속어다.

일동이 고함소리의 주인공을 보았다. 술자리를 박차고 일어난 기종이었다. 열 받아 뚜껑 열린 기종이 게리를 쏘아보고 있었다. 한국인과 한국 여성을 모독한 게리의 발언이었다. 자신도 모르게 격분된 기종의 자충수였다. 게리가 침몰되었다. 대대장과 참모들이 빙점으로 응고되었다. 춤을 추던 해리슨이 영문을 몰라 동작을 멈추고 일행을 보았다. 기종이 돌아서 클럽을 빠져 나갔다. 모든 흐름이 순간에 '스톱모션' 되었다.

세상이 흔들렸다. 눈앞에 부딪쳐 왔다가 가물가물 멀어졌다. 모든 것이 돌아앉아 있었다. 의식 밖으로 떠나있었다. 클럽을 뛰쳐나온 기종의 객기는 아득한 나락으로 부서져 내렸다. 현실은 자신의 것이 아니었다.

서울옥에서 두 주전자 째의 도수 높은 동동주를 비웠다. 취기가 냉각되어 도수를 올리지 못했다. 텅 빈 의식 속에 오직 하나만이 가물거렸다. 산산이 조각날 육군 병장 강기종의 모습……. 대책이 없었다. 꿈이라면 빨리 깨어나고 싶었다.

기종의 내면에 잔재하고 있는 메두사의 두 얼굴. 번뇌와 번민으로 갈등하는 '햄릿' 의 침묵, 의분의 광기로 방황하는 '돈키호테' 의 저돌성, 두 얼굴의 메두사가 기종을 키워왔다. '햄릿' 의 침묵을 잠재우고 '돈키호테' 의 저돌성이 폭발했다. 풍차를 향한 돈키호테의 광기가 아니었다. 공룡을 향한 알몸의 광분이었다. '미쳐서 살다가 정신 들어 죽었다!' 돈키호테의 묘비명이다. —이렇게 살다가는 돈키호테의 묘비명을 빌려와야 할 것 같았다.

타의의 모의 속에 진행의 결과만 남아 있었다. 자력으로는 빠져 나올 수 없는 집단의 블랙홀 속으로 빨려 들어가야 했다.

'깨지고, 조각나야 할—, 어떻게? 얼마만큼?…….'

시계를 보았다. 11시를 넘어서 자정이 가까웠다. 갈 곳이 없었다. 가야 할 곳이 없었다.

'어디로?…… 탈영?…… 탈영 후 어디로?…….'

피할 곳이 없는 태풍 속에 뛰어들었다.

깊이를 알 수 없는 암흑의 나락이었다. 탈영?…… 자멸의 길이었다. 갈 곳이라곤…… 천둥과 벼락을 동반한 거대한 쓰나미가 덮칠…… 부대밖에 없었다. 번개가 허공을 찢어놓고, 천둥이 대지를 침몰시키고, 벼락이 정수리를 때리고, 수평선을 삼킨 쓰나미가 덮칠 곳— 그곳으로 간다. 살 길은 죽음을 각오한 그 길밖에 없었다.

부대 앞까지 왔다. 부대 정문에 헌병순찰대의 경광등이 번쩍이고 있었다. 위병소는 비상이 걸려 있었다. 헌병대 이 중사와 부대장(부대대장)과 수송관이 위병소 앞에 서 있었다. 자정(12시)을 지나면 병장 강기종은 탈영병으로 처리되어 수배령이 내리기 직전이었다. 기종이 위병소 앞으로 다가갔다. 부대장에게 "충성!" 움츠린 경례를 올렸다. 부대장이 경례를 무시한 채 노려보았다. 수송관이 성큼 다가와 기종의 뺨을 세차게 갈겼다. 부대장 앞에서 지금 할 수 있는 건 체벌밖에 없었다.

"엎드려뻗쳐!!"

수송관이 기종에게 명령하고 위병에게 지시했다.

"빳다 가져와!!"

기종이 수송관 앞에 체벌자세로 엎드렸다. 처분대로 던져진 몸이었다.

"그만—."

부대장이 수송관의 체벌을 중지시키고 헌병대 이 중사에게 지시했다.

"이 중사! 수송부 병장 강기종을 내일 자대 징계위원회가 열릴 때까지 헌병대에 유치시키길!"

그리고 위병에게 말했다.

"선임위병은 헌병대까지 동행한다!!"

부대장이 지시를 끝내고 HQ2호 지프차를 타고 떠났다.

헌병대로 연행되어 온 기종이 이 중사 앞에 서 있었다. 이 중사가 씁쓸하게 기종을 보았다.

"……어렵게 된 것 같다. 강 병장……. 앉아."

이 중사가 기종에게 앞의 의자를 권했다. 기종이 맥 놓고 이 중사 앞에 앉았다.

"……내가 도울 일이 없는 것 같다."

이 중사가 기종에게 담배를 권하고 자신도 담배를 피워 물었다. 기종이 이 중사를 보았다.

"…… 술 한 잔 부탁드리겠습니다."

"많이 한 것 같은데……."

"수면제가 필요할 것 같습니다."

잠깐 망설이던 이 중사가 자리에서 일어났다. 책상 서랍에 보관된 양주병을 꺼냈다. 해수 건으로 기종이 선물한 것이었다.

"원주인에게 돌아가는군."

이 중사가 물컵을 가져와 한잔 가득 술을 채워 기종에게 건넸다. 기종이 단숨에 술을 쏟아 삼켰다. 이 중사가 자리에서 일어났다.

"강 병장! 내가 할 수 있는 건 여기까지다."

이 중사가 당직 헌병을 보고 명령했다.

"당직병! 현행범 유치 실시!"

이 중사의 명령에 당직 헌병이 기종 앞에 다가왔다.

"탈모!"

당직병의 명령에 기종이 군모를 벗어 건넸다. 군법회의로 넘어갈 유치병이 되는 과정이었다. 당직병이 기종의 깡통계급장을 떼어내고 호주머니에 있던 소지품을 꺼내 군모 안에 담았다.

"군번, 혁대, 군화끈 탈착!"

자해할 수 있는 모든 것을 제거시키는 순서였다. 군번과 군번줄을 목에서 걷어내고, 혁대를 풀고, 군화끈을 풀어냈다. 무장해제가 끝났다. 당직병이 묵묵히 담배를 피우고 있는 이 중사를 보았다.

"유치!"

이 중사가 기종을 외면한 채 수감절차를 끝냈다.

기종의 소지품은 영치되고, 몸은 유치장에 수감되었다. 유치병이 없는 독방이었다. 위병이 유치장을 향해 입초섰다. 유치인이 자해하거나 자살을 방지하는 경비였다. 당직 헌병이 유치장을 등진 채 입초 위치에 자리 잡았다. 외부인의 접근을 경계하는 입초였다. 중범의 대우였다.

유치장 안에 막연히 서 있던 기종이 비실비실 웃었다.

'…… 어쩌다 이렇게까지 귀하신 몸이 되었을까. …… 잠자리 지켜주고, 외부인 접근 막아주고……, 호강 한 번 옳게 한다—. 강기종! …….'

"shit! 이란 뜻의 의미는?"

"우라질, 엿이나 먹어라, 라는 뜻의 비속어입니다."

대대장이 물었고 기종이 답했다. 대대장의 주관으로 참모들이 병장 강기종의 징계 군법회의가 열리고 있었다. 징계위원 앞에 기종이 부동자세로 서 있었고 옆으로 위병이 경비하고 있었다.

"담아서는 안 될 비속어를 쓴 이유는?"

대대장이 물었다.

"대한민국 국민의 한 사람으로 의분을 느꼈습니다."

기종이 풀기 없이 답했다.

"귀관의 현재 신분은?"

"육군 병장 강기종입니다."

"폭언을 한 상대는?"

"미 육군 게리 중령입니다."

대대장이 잠깐 숨고르기를 했다. 결정을 굳히는 시간이었다. 대대장의 선고가 시작되었다.

"한국군 사병의 신분으로 주둔군 미 육군 중령에게 'shit' 란 폭언으로 영관의 명예를 훼손했으며, 뜻 깊은 장교들의 연회장을 어지럽혔다. 미 육군 장교와 한국군 장교에 대한 일개 사병의 있어서는 안 될 결례였다. 상관에 대한 엄중한 항명이었다."

대대장이 선고를 멈추고 기종을 주시했다.

"모든 사실을 인정하는가—. 병장 강기종?"

"……."

기종이 고개를 숙였다.

"인정하는가?"

대대장의 준엄한 확인이었다.

"네—. 병장 강기종."

기종의 말꼬리가 흐려졌다.

대대장이 최후의 결심을 내렸다.

"이 사건의 중대성으로 보아 자대 징계 사안이 아니므로, 위수부대인 육관구 사령부(영등포 문래동 소재) 군법정으로 이첩한다."

수송관이 지그시 눈을 감았다. 기종의 머릿속에 찰나의 생각들이 관통해 스쳐갔다. —육관구 사령부에서 징계로 실형이 떨어진다. 남한산성 군형무소(교도소)에 수감된다.

제대 기간 안에 형기가 끝나면 일등병으로 강등되어 군복무를 끝내고 불명예 제대된다. 형기가 남았다면 남은 형기는 일반 교도소로 넘어가 남은 형기를 채우고 출감된다. 죄질로 보아 후자가 될 것 같았다.

'그렇게 된다면?…….'

불명예제대와 전과자란 낙인이 '주홍글씨'가 되어 평생을 같이한다. 고등고시는 물론, 모든 국가고시와 공기업 및 일반 기업체 공채 응시자격이 박탈된다. 인생 옳게 한 번 시작도 못해 보고 삑싸리 나고 말았다. 기종이 눈을 감았다.

대대장이 징계위원들을 둘러보았다.

"제관들의 의견은?"

징계위원인 참모들이 숙연했다. 이견이 있을 수 없었다. 다른 방법이 없었다. 관구 사령부 법정으로 이첩하는 한 길밖에는—.

대대장이 일어났다.

"이상!"

대대장의 마지막 선고가 끝났다.

참모들이 무겁게 뒤따라 일어났다. 이때 대대장 당번병이 노크를 하고 급히 들어섰다. 대대장이 동작을 멈추고 당번병을 보았다.

"게리 대장님과 해리슨 고문님이 오셨습니다."

당번병의 보고로 무거운 분위기가 더 한층 긴장되어 굳어졌다.

"모셔라!"

긴장된 대대장이 지시했다.

'확인사살?'

기종이 어금니를 질끈 깨물었다.

문이 열리고 당번병의 안내로 게리 대장이 들어섰다. 대대장과 게리 대장이 서로 경례를 주고받았다. 게리 대장이 대대장 앞으로 다가갔다.

"Commander! I came to Sgt.(Sergent의 약자) KANG. Please! (대대장님! 강 병장을 만나보려고 왔습니다.)"

대대장이 한쪽에 위병과 함께 서 있는 기종을 보았다. 게리 대장이 대대장의 시선 따라 기종을 보았다. 기종이 게리 대장에게 경례를 올리고 자세를 바로 잡았다. 게리 대장이 기종에게로 향했다. 기종이 정면을 향한 채 부동자세를 취했다.

'……그래 갈 데까지 가 보자, 설마 죽기밖에 더 하겠냐…….'

체념된 기종이 눈을 내려 깔았다.

'러시안 룰렛' (육연발 권총의 탄실에 총알 두 발을 넣고 관자놀이에 대고 격발시키는 일면 '죽음의 게임')이 다가오고 있었다. 탄실에 총알 6발을 다 채운 생존율 제로(0)인 '러시안 룰렛' 이 기종 앞에서 걸음을 멈추었다. 눈을 감고 있는 기종의 지척에서 게리 대장의 숨결이 느껴졌다.

“I apology to both Sgt. Kang and Korean people.(강 병장과 한국 국민에게 사과드립니다.)”

게리 대장이 정중히 기종과 한국 국민에게 사죄하고 있었다. 기종이 움찔했다.

‘어쭈구리! 웬— 개풀 뜯어먹는 소리?!…….’

기종이 조심스럽게 눈을 떠서 게리 대장을 올려다보았다. 게리 대장이 잔잔히 기종을 내려다보고 있었다.

“Sgt. Kang, please do accept my sincere apology(강 병장 나의 사과를 받아주게나).”

게리 대장이 진심어린 마음을 기종에게 전하고 있었다.

“Yes sir!”

기종이 게리 대장에게 경례를 올린 후, 정중하게 머리 숙여 자신의 잘못도 용서를 빌었다.

“I am sorry. 캡틴! 죄송합니다. 저의 무례를 용서해 주십시오.”

게리 대장이 온화한 미소로 답하며 기종에게 손을 내밀었다. 기종이 황송하게 게리 대장의 손을 두 손 모아 잡았다. 긴장했던 대대장과 참모들의 얼굴에 화색이 돌았다.

생(生)과 사(死)가 뒤엉킨 지옥의 문턱에서 살아난 기종이 생(生)의 긴 심호흡을 했다.

수송관이 게리 대장 앞으로 성큼 다가왔다.

“땡큐—, 캡틴!”

수송관이 예를 다해 게리 대장에게 감사의 경례를 올렸다. 가장 믿었던 심복을 속수무책으로 영창 보낼 뻔했던 수송관이 기종 못잖게 살아나 있었다. 게리 대장이 미소로 답했다. 출입구에서 해리슨의 눈이 편한 웃음으로 기종과 게리 대장을 지켜보고 있었다.

'인간은 만남 속에서 성장한다' 고 한다.

기종의 생애에서, 몇 안 되는 성숙된 인간을 만났다.

게리와 해리슨! 기종의 추억 속에 살아 있는 은혜로움이었다. C · M · I 검열관 딱부리 정 소령과 함께.

12

남도의 섬에서 이른 봄소식을 전해 왔다. 눈발에 하얀 가발을 쓴 동백이 풀무질 먹은 조개탄보다도 더 붉은 꽃망울을 터뜨려 겨울잠을 깨웠다. 잔설을 헤치고 나온 복수초도 노란 꽃잎을 열었다. 계절의 끝에서 겨울은 망설이고 있어도 봄은 마음에서부터 움을 틔우고 있었다. 투박한 겨울옷을 벗어 몸피를 줄인 사람들의 발길이 가벼웠다. 봄은 어느새 도심에 와 있었다.

기종과 해수가 남산 길에서 내려와 퇴계로 대한극장 쪽으로 향했다. 입춘을 지난 2월 중순, 토요일 외출 길에 해수와 동행했다. 토요일 하룻밤을 주위의 시선 없이 같이 지냈다. 일요일 하루를 같이하고 해수를 남겨두고 부대로 돌아가야 했다.

해수와의 힘든 실갱이와 설득 끝에 실행된 결정이었다. 5월 중순이면 32개월의 군복무를 끝내고 병장 강기종은 민간인으로 돌아간다. 그 전에 해수를 다다구미에서 벗어나게 해 주고 싶었다. 수소문 끝에 기숙사가 있는 미용 · 양재학원을 찾았다.

신세계 백화점 사거리 대연각 맞은편 회현동 쪽이었다. 서울에서 가장 규모가 크고 강사진이 좋은 학원이라고 했다. 3개월 코스로 미용학원에 등록했다. 학원비(강의료, 교재비, 실습비, 기숙사비 포함)는 12만원을 선납해야 했다. 적지 않은 금액이었다(2012년 기준 : 기숙사 없이 3개월 학원비 300만~400만 원 정도). 기종의 여윳돈과 부속가게, 기름가게 등에서 마련한 돈이었다. 해수가 자립할 수 있는 최소한의 도움이 되고 싶었다. 기종의 제대 날짜와 해수의 졸업일이 엇비슷하게 맞았다.

대한극장에서 70m/m 대형 영화 '남태평양'을 앙코르 로드쇼하고 있었다. 대한민국에서 70m/m 대형 영화를 온전하게 감상할 수 있는 시설(영사기, 대형 화면, 입체 음향)은 대한극장뿐이었다.

몇 년 전 '남태평양'을 개봉할 때 한 번 본 영화였다. 최초의 70m/m 대형 영화를 보면서 충격적인 흥분으로 한동안 영화 속에 빠져 헤어나질 못했었다. 잊지 못할 명화를 해수에게 한 번 보여주고 싶었다.

영화가 시작되었다. —2차 대전 중 지상낙원인 매혹의 섬 '발리 하이'에 미 해군이 주둔하고 있었다. 해군과 원주민들과 어우러진 멜로 · 로맨스 · 전쟁이 섞인 뮤지컬 영화였다. 당시의 명우(밋지 게이너, 존 카, 로자노 브래지 등)들이 출연해서 'bali hai', 'happy talk' 등의 오래오래 기억될 명곡을 남겼다.

70m/m 총천연색 영화는 다시 보아도 화면 속에 빠져들어 현실의 감각이 마비되어 갔다. —당시의 대한민국은 35m/m의 좁은 화면에 흑백 영화가 제작되는 시대였다.

원주민 여자(브로디 매리)로 출연한 '화니타 홀'이 매혹의 섬 'bali hai'로 초대하고 있었다.

'발리 하이'는 당신을 불러요. 밤이나 낮이나.
당신은 마음 속에서 '발리 하이'의 소리를 듣겠지요.
어서 오십시오 -, 발리 하이로.
'발리 하이'는 바닷바람으로 속삭여요.
여기예요. 당신이 머물 곳. 신이 선물한 당신의 섬입니다.

노래의 흐름 속에 해수의 몸이 기종에게 기대어 왔다. 해수가 기종의 손을 잡았다. 기종에게 해수의 따뜻한 체온이 스며들었다. '화니타 홀' 이 발리 하이섬으로 모두의 영혼을 불러들이고 있었다.

당신의 영원한 소망과 꿈이, 푸르른 언덕에 꽃 피고
달빛 속의 바다는 고요 속에 잠이 듭니다.
나를 불러 주세요 - 하늘과 바다가 만나는 곳에서
나는 당신을 기다리고 있을 겁니다.

해수가 가늘게 떨고 있었다. 숨죽인 흐느낌이었다.

나를 불러주세요. 하늘과 바다가 만나는 곳에서
나는 당신을 기다리고 있을 겁니다.
불러 주세요. 당신이 불러 주실 때까지 기다리고 있을 겁니다.

'…….'

해수가 화면을 보지 않고 기종의 어깨에 기대어 눈을 감고 있었다.

'…… 이 순간이 영원으로 이어졌으면……, 이렇게 잠들어 깨어나지 말았으면…….'

해수는 흐느낌 없이 눈물을 흘리고 있었다. 기종이 손수건을 꺼내 해수에게 건넸다. 해수가 손수건으로 번져 내린 눈물을 찍었다.

해수는 알고 있었다. 3개월 후 기종의 제대와 함께, 원하지 않아도 헤어져야 할 이별의 아픔을. 가까이 갈 수도 매달릴 수도 없는 현실의 어긋남을. 만남의 순간을 감사해야 하는 소중한 시간이었다.

'……오딘, 같이한 시간 잊지 않을 거예요……. 영원히…….'

극장을 나왔다. 2월의 짧은 해는 도심 빌딩너머로 기울고 있었다. 길 건너 이층 레스토랑 창가 쪽에 자리를 잡았다.

기종이 돈가스를 주문하고 소주와 해수의 몫으로 레드와인을 곁들였다. 해수가 양식이 생소한 것 같았다. 기종이 앞에 차려진 돈가스를 나이프와 포크로 먹기 좋게 잘라서 소스를 뿌렸다. 해수의 앞에 놓인 돈가스와 바꾸어주었다. 소주잔을 채우고 해수에게도 와인을 반쯤 채워 주었다. 극장에서 흐느낌에 젖어 있던 해수가 계속 침묵을 지키고 있었다.

기종이 분위기를 바꾸려고 해수 앞에 술잔을 들어 해수의 잔에 가볍게 건배했다. 기종이 단숨에 술잔을 비우고 다시 술잔을 채웠다. 술잔을 다시 한 번 해수에게 건배했다. 해수가 술 한 모금을 마시고는 술잔을 내려놓았다. 시선이 창밖 길 건너에 머무르고 있었다. 대한극장 옆 건물은 예식장이었다.

'행복예식장' 이라고 규모가 컸다. 저녁시간인데도 일요일이라 늦게 예식을 끝낸 축하객들이 몰려나오고 있었다. 그 속에는 폐백을 끝낸 신랑 신부의 모습도 보였다. 해수의 시선이 그곳에 던져져 있었다.

'행복예식장' 예식장 이름처럼 행복한 신랑 신부의 모습이었다.

해수의 표정이 부러움으로 잠깐 흔들리다가 기종을 보았다. 기종이 마주 보았다.

"……오딘, 고마워요……. 같이 있어 주어서……."

해수가 나직이 속삭이고는 와인 잔을 들었다.

어둠의 거리는 야경으로 불을 밝혔다. 대한극장에서 서울역 방향으로 기종과 해수가 걸었다. 코리아 하우스를 지나고 충무로 입구를 지났다. 가까이에 있는 신세계사기리 학원 기숙사로 향하고 있었다. 학원이 가까워질수록 해수의 발길이 무거워졌다. 기종이 잠깐씩 멈추어 해수와 발걸음을 같이 했다.

학원건물 옆 골목으로 꺾어들어 기숙사 입구까지 왔다. 앞선 기종이 멈추어 해수를 돌아보았다. 되감기는 발길을 옮겨온 해수가 기종 앞에 섰다. 헤어져야 할 장소까지 왔다. 헤어져야 할 시간이었다. 해수가 신발 앞바닥을 보고 있었다.

"늦었다-, 들어가."

기종이 해수의 어깨를 감싸주며 기숙사를 보았다. 해수가 바닥을 본 채 망설이고 있었다. 혼자서 떨어져 지낼 미지의 시간 앞에서 불안했다.

"해수야-, 아니, 정분아! 3개월이다. 잘 해 보자-. 정분 파이팅!"

기종이 해수에게 힘을 실어주었다.

정분, 유정분. 해수의 본명이었다. 학원에 등록하면서 해수는 없었던 사람이 되었다. 없었던 해수는 유정분으로 돌아왔다.

기종과 해수는 며칠을 다짐했다. 해수는 없었던 사람이라고.

기종이 시계를 보았다. 서울역으로 가서 인천행 열차를 타고 부대로 돌아가야 할 시간이었다.

"정분아."

기종이 정분의 두 어깨를 안았다. 정분이 기종을 보았다.

"정분아 고마워. 입학 축하해."

"……오딘……."

정분이 다음 말을 입안에 담고 망설이고 있었다.

"말해."

기종이 정분을 보고 밝게 웃었다.

"오딘……, 제대하고 떠날 때 학원에 오면 안 돼요?……."

기종이 잔잔히 정분을 보았다.

"……오딘은 제대하고, 나는 졸업하고…… 떠나는 날 같이……."

정분의 말꼬리가 기어들어가고 있었다.

"그럴까? ―."

기종이 승낙했다. 정분이 밝아졌다.

"정말?"

정분이 어깨를 펴고 기숙사를 보았다.

"들어가―. 시간 나는 대로 들를게."

"기다릴게요. 가세요."

정분의 눈시울이 젖어들었다.

"먼저 들어가. 들어가는 것 보고 갈게."

기종이 정분을 돌려세웠다. 몇 걸음을 옮기던 정분이 다시 돌아섰다.

"……기다릴게요."

기종이 알았다는 듯 손을 흔들어주었다. 정분이 돌아서 건물 안으로 사라졌다. 정분의 뒷모습이 아팠다. 서울역으로 향하는 기종의 발길이 정분보다 더 무거웠다.

잃어버리고 온 것 같았다. 발길 옆이 허전했다. 토요일 외출하면 만나볼 수 있는 사람인데……. 버리고 온 것 같았다.

부평역에서 내렸다. 부대로 향하는 발길이 밟혔다. 호주머니가 호젓해진 것 같아 군복바지에 두 손을 찔러 넣어 보았다.

인간의 심사가 묘했다. 잃고 나면 되찾고 싶은, 보내고 나서 후회하는……. 마음 가볍고 홀가분해야 했는데, 허전했다. 다다구미 앞을 지나쳤다. 해수가 없는 다다구미였다.

해수가 떠난 부평이었다. 신병으로 부평에 와서 해수와의 첫 만남에서부터 그리고 지나간 24개월의 세월……. 인간의 정이, 한 남자와 한 여자의 만남이, 복잡하고 더럽고 추하고 안타깝고 미련했다.

13

후임 조 상병이 병장으로 진급되면서 하사관 후보 교육대에 입교했다. 해수를 미용학원에 입학시킨 다음 주였다.

몇 개월 전 조 상병이 선임 실장인 기종에게 자신의 신상을 의논했다.

조태호의 고향은 전라북도 변산반도 위 서해상에 있는 작은 섬 '비안도'였다. 태호가 어릴 때 어선을 탔던 아버지는 풍랑에 실종되어 기억에도 흐릿했다. 바다와 갯벌이 생활 터전인 어머니는 미역을 따고 굴과 조개를 캐어 생계를 꾸려 나갔다. 하나뿐인 여동생은 초등학교를 졸업하고는 어머니와 함께 바다로 나갔다. 그 어려움 속에서 군산에서 중학교와 고등학교를 겨우 마치고 군산부두에서 막노동을 하면서 생계를 돕다가 군에 입대했다.

조태호는 제대를 하고 고향 비안도로 가도 생계를 책임질 일자리가 없었다. 여러 궁리 끝에 기종이 제안했다. 장기복무(직업군인)를 신청하라고 했다. 군사정권이 들어서면서 직업군인(하사관 및 장교)들의 처우가 많이 개선되어 생계가 보장되었다. 따지고 보면 직업군인이나 사회의 직장인이 다를 바가 없었다. 회사원은 근무복을 입었고 군인은 군복을 입을 뿐이었다.

하사관이 되고 영외거주자가 되면 어머니와 여동생을 고향에서 불러 같이 살 수 있었다. 봉급과 가족 수당으로 최소한의 생계는 유지할 수 있었다. 구로공단 본부에 기종의 선배가 근무하고 있었다. 선배에게 부탁해서 태호의 여동생을 취업시키고 공단에서 운영하는 학교에서 야간에 못다 한 학업을 계속할 수도 있었다.

때마침 하사관 후보생 모집이 있었다. 조 상병은 바로 지원서를 냈다. 해수를 학원으로 보내고, 진급된 조 상병은 하사관 교육대에 입교했다. 제대 말년을 편하게 보내야 할 기종은 그럴 사정이 못 되었다. 조 병장 아래 후임인 천 상병과 최 일병은 배차업무가 영글지 못했다. 기종이 배차업무를 보면서 두 후임을 교육시켜야 했다. 한 달의 바쁜 시간이 흘러갔다.

겨울을 지키던 가로수 마른 잎 몇 잎마저 움틀 새싹에 자리를 비워주고 떨어졌다. 겨울의 끝자락이 봄 앞에서 뒹굴었다.

산수유, 개나리, 진달래, 목련, 벚꽃이 차례로 봄의 폭죽을 터뜨렸다.

'해수가 많이 기다리겠지……. 이번 토요일에는 만나러 가봐야 할 텐데……'

을지훈련 중이었다. 비상이 걸려 근무 중에도 단독 무장을 하고 있었다. 외출, 외박, 휴가가 중지되었다. 비상이 풀려야 해수를 만나러 갈 수 있었다. 눈에서 멀어지면 마음에서도 멀어진다고 했던가. 흐르는 시간과 함께 걱정과 마음 속 무거움이 차츰 희석되어 갔다.

'잘 하고 있겠지……'

궁금하긴 해도 마음 편한 쪽으로 생각하는 여유가 생겼다.

산 너머 섬진강변 남촌에 매화, 벚꽃이 진한 향기를 피워 올려 봄의 축제를 열었다. 학원생활 6주째였다. 오전 1시간 이론과 3시간 실습, 오후 1시간 이론과 3시간 실습이었다. 학원생들은 고데 · 아이롱 · 파마(펌)의 실습용으로 서로의 머리를 망가뜨리면서 기술을 익혀 나갔다.

저녁식사가 끝나고 기숙생들은 인근에 있는 남산, 명동, 충무로 등으로 놀러나갔다. 네 명이 함께 생활하는 정분의 방 기숙생들도 극장 구경을 간다고 몰려나갔다.

정분이 방구석에 홀로 앉아 있었다. 두 발 모은 채 턱을 고이고 생각에 잠겨 있었다. 트랜지스터 몸체에 고무줄로 배터리를 묶은 라디오에서 오락프로가 청취자 없이 진행되고 있었다.

'…… 오딘에게 무슨 일이 생겼을까? …… 부대에 무슨 일이……. 학원에 입학시킨 걸로 끝난 걸까? ……. 그럴 리가—.'

정분이 머리를 흔들어 불안을 지웠다.

'……이번 토요일에 오지 않으면 부평에 가 볼까……. 아니지, 올 거야. 기다려야지…….'

같은 방을 쓰는 기숙생 영숙이 몇 번이나 물어왔다. '교육 끝나면 놀러나갈 줄도 모르냐?', '토요일부터 일요일까지 기다리는 사람은 누구냐?', '고향은? 집에는 왜 가지 않냐?', '가족이 없냐?' 등등의 궁금함과 정분에 대한 관심이 많았다.

정분은 영숙의 관심이나 주위의 시선이 싫었다. 모두에게서 떠나고 싶었다. 혼자만의 세계 속에 있고 싶었다. 외롭고 그리웠다. 한 사람만 가슴 속에 품고 있었다. 오직 한 사람— 오딘!

한 번 빗나간 인생은 평범한 관심을 두려워했다. 상식의 시선에서 벗어나려 했다. 시선에서 멀어지려 했고 다가옴에 벽을 쌓았다. 학원생들과 어울리지 않았다. 혼자만의 공간에서 숨어 있었다.

더 이상 망가질 것이 없는 막장의 다다구미에서는 쫄 것도 눈치 볼 것도 없었다. 4년의 길들여진 다다구미가 편했다. 다다구미로 돌아가고 싶었다. 정분은 옛날에 죽었다. 해수가 되어 다다구미로 돌아가고 싶었다.

정분은 모두의 시선에서 벗어나려 했다. 타인의 시선에서 자신의 과거가 노출되는 것 같았다. 정분이 아닌 해수를 보고 있는 것 같았다. 기종은 현재의 해수만 지우고 정분으로 돌아가게 해 주려고 했다. 상식적인 편견으로 해수의 단편적인 사소함을 몰랐다.

14

훈련이 끝나고 비상이 풀렸다. 토요일 오후 외출 때까지 기다릴 수가 없었다. 두 달 가까이 해수를 찾지 못한 기종의 마음은 급했다. 외출을 신청했다. 부평 인근은 외출증이 따로 필요 없었지만 위수지역을 벗어나는 서울은 외출증이 필요했다. 외출 허락을 받았다. 서울에서 출퇴근하는 영외거주자(부사관, 장교, 군속 등)들의 퇴근 트럭에 탑승했다. 삼각지 육군본부 주차장이 종점이었다.

다음날 아침 출근 트럭으로 귀대하기로 했다. 삼각지에서 시발택시를 타고 회현동 해수가 있는 학원 앞에서 내렸다. 기숙사 입구까지 갔다. 학원수업을 끝낸 기숙생들이 몇 명씩 짝을 지어 나오고 있었다. 그들 중에 해수의 모습은 없었다. 기종의 앞을 지나치는 학원생에게 도움을 청했다.

"해수라는 학원생을 만나러……."

아차! 싶었다. 해수가 아닌 유정분이었다. 기종의 잠재에는 유정분이 아닌 해수가 존재했다.

"해수? 니네들 해수라고 아냐?"

한 학원생의 물음에 동료들이 고개를 저었다.

"유정분이라고, 미용반의 기숙생입니다."

"유정분?……."

한 학원생이 기종을 살피다가 물어왔다. 해수와 한방을 쓰는 영숙이었다.

"정분과 어떻게 되세요? 저와 같은 방을 쓰고 있는데……."

"아— 그러세요? 부평에서 왔다고 좀 전해 주시겠습니까?"

기종이 영숙에게 부탁했다. 영숙이 기종을 찬찬히 살폈다.

"……혹시 정분이 기다리던 분……. 토요일 오후가 되면 기숙사 앞길에서 누군가를 기다렸어요. 일요일 저녁까지."

"지금 기숙사에 있으면 연락 좀 해 주시겠습니까."

"지금 정분인 없어요."

"그럼 어디에?……."

"우리도 궁금해 하고 있어요. 연락할 곳도 없고."

"?!……."

기종이 불안해졌다.

"지—지난 주 토요일 오후 외출나간 이후 지금까지……, 그러니까 열흘이 지났네요."

"어디에 간다고 했지요?"

기종이 다급해졌다.

"같이 생활했지만 누구와도 대화한 적이 없어요. 그날도 알림 없이 혼자서 나갔어요."

기종은 난감해졌다. 불길한 생각이 들기도 했다. 잘 있겠지, 하고 해수에게 너무 소홀했음을 자책했다.

'…… 해수가 학원을 나갔다. 보름이 지난 지금까지 돌아오지 않았다. 어디로 갔을까?…… 혹시?…….'

기종이 발길을 돌려 서울역으로 향했다. 혹시나 하는 심증이 한 곳으로 모아지고 있었다. 지체 없이 부평으로 돌아왔다. 정리되지 않은 발길로 부대앞 다다구미 앞길까지 왔다.

'혹시?…… 혹시…….'

믿음은 무너져 내려 가라앉고 있었다. 세탁소 옆 다다구미 골목 앞에서 크게 심호흡을 했다.

'해수야 제발, 제발 이곳에서 너와의 만남이 없기를…….'

골목을 들어서 해수가 있었던 개코집을 향했다. 골목 안 개코집 대문이 보였다. 골목길 좌우로 히파리(손님호객) 나온 창녀들이 기종의 모습을 보고 서로 수군거리는 것 같았다. 그들은 기종과 해수의 소문난 관계를 넘보는 호기심을 가지고 있었다. 얼핏 한 여자의 모습이 개코집 대문 안으로 숨어드는 듯했다.

기종의 온몸에 서늘한 소름이 스쳐 갔다. 해수의 그림자 같았다. 대문을 밀고 들어갔다. 대문 안 담벼락에 한 여자가 숨어 있었다. 해수였다. 벽으로 반쯤 돌아서 기종을 외면하고 있었다. 해수를 향한 시선 속에 많은 생각들이 부서져 쏟아졌다. 우려했던 불안과 불면의 갈등이 흩어져 사라져 갔다. 정리되지 않을 것 같은 감정의 소용돌이가 차분히 가라앉았다. 거짓말같이 아무것도 없이 깨끗이 비워지고 있었다. 해수는 꼼짝 않고 옆으로 돌아선 채 땅바닥에 기어들고 있었다. 기종이 해수 앞으로 한 발 다가갔다.

"……고맙다— 해수야. 마음 가볍게 해 주어서."

낮게 갈라진 목소리였다. 돌아서는 발길이 미련을 털어 가벼웠다. 다다구미 골목을 빠져 나왔다. 모든 애착과 집착과 연민은 조금 전 해수를 만나기 전의 것들이었다. 마음 편하고 가벼워졌다. 앙금은 남김없이 비워졌다.

자의반 타의반으로 유정분으로 돌아간 해수. 타의는 자의를 굴복시킬 수 없었다. 강요된 타의는 한시적인 이변일 뿐이었다. 한시적인 정분은 해수로 다시 돌아와 있었다.

'고맙나— 해수야! 미련 없이 마침표를 찍게 해 주어서—.'

인간의 속성이란 이렇게 간단할 수도 있었다.

— 해수를 놓아주는 것이 해수를 도와주는 것이다.

개코가 한 말이었다. 밤하늘을 보았다. 부평의 밤하늘이 새롭게 보였다. 삽념 없이 술 한 잔 하고 싶었다.

'서울옥으로 가야지…….'

15

바람을 피해 자원한 군복무 32개월—. 순탄하지 못했다. 바람 속에서 바람을 잠재우지 못했다. 바람에 맞서고 바람을 일으키고 바람처럼 떠나야 할 시간이 왔다.

일주일 후 5월 14일—. 제대 특명을 받아 만기 제대하는 날이었다. 다행스러운 건 후임 조 병장이 하사관 교육을 끝내고 장기 복무 하사가 되어 원대 복귀했다. 마음 편히 행정 업무를 인계인수하고 떠날 수 있게 되었다.

기종의 주선으로 조 하사의 여동생은 구로공단 알루미늄 식기 수출 공장에 취업되었다. 기숙사 생활을 하면서 야간에는 공단학교에서 못다 한 학업을 계속 할 수 있었다. 조 하사가 영외거주자가 되면 비안도에 있는 어머니만 모셔오면 되었다. 군복무 중 인연을 맺게 된 주위 분들에게 인사할 곳하고 정리할 것 꼼꼼히 정리했다. 신변정리를 끝냈다.

5월 14일, 부평에서 고향 마산으로 내려가 39예비사단에서 전역신고를 하면 다시 민간인으로 돌아간다. 바람 속의 세월이 될지, 바람 없는 순탄한 앞날이 될지는 몰라도 새로운 시작은 분명했다.

한 가지 아쉽고 발길 켕기게 하는 건 해수와의 끝맺음이었다. 무거움은 가셨지만 같이 만나고 지나온 관계는 지울 수 없었다. 비웠다고 해도 의식 한 곳에 침잠된 해수가 지하수로 고여 있었다.

'해수도 그랬을까?…….'

해수는 해질녘이면 부대 길 건너편 어둠 속에서 수송부를 지켜보고 있었다. 기종의 외면한 의식 속에서 해수가 지켜보고 있다는 걸 느낄 수 있었다. 예전처럼 연민의 정은 털어냈다 해도 같이한 시간까지 잘라낼 수는 없었다. 그렇다고 어쩌겠는가. 책임질 수도, 관계를 유지할 수도 없는, 끝내야 하고 이미 끝난 일인걸.

내일이면 부평을 떠난다. 어제 내무반에서 제대회식도 했다. 수송관과 행정병 선임들과 따로 회식도 가졌다.

위병소에서 면회인이 왔다는 연락이 왔다. 전날에 해수가 면회를 신청했었다. 기종이 사절해 기다리다가 돌아갔다. 기종이 조 하사를 대신 면회실로 보냈다. 조 하사가 다녀와 쪽지 하나를 전했다.

"실장님! 해수 씨가 이걸—."

기종이 쪽지를 펴 보았다.

— 오딘, 한 번만 만나주세요. 한 번만.

끝난 일이다. 한 번 더 만나본들 달라질 것도 나아질 것도 없었다. 기종이 쪽지를 구겨 휴지통에 버렸다. 인간의 변화는 순간에 이루어진다. 잔인성은 순간의 결단에서 이루어지는 것일까?…….

수송관에게 전역신고를 했다. 떠나야 할 시간이었다. 박수칠 때 떠나라고 했다. 더 머뭇거리는 건 서로의 낭비였다. 조 하사가 떠남을 전송했다. 군복무중 꿈속 저미게 제대 특명의 날을 손꼽아 기다려 왔는데, 부대 정문을 나설 때에는 발길이 멈춰졌다. 뒤돌아본 세월의 추억이 새록새록 정겹게 살아났다. 오랫동안 간직될 날들이었다. 건너뛰고 싶은 건 해수와의 만남이었다. 서 사장에게 작별인사를 하려고 인득공사 앞까지 왔다. 기종이 동행한 조 하사를 보았다.

"조 하사 고맙다. 걱정 없이 떠나게 해 주어서."

"실장님의 그늘에서 지금까지 별 탈 없이 지내왔습니다. 앞으로도 지켜봐 주십시오."

조 하사가 군모를 벗고 머리 숙여 예의를 갖췄다.

"조 하사! 이거—."

기종이 준비한 명판을 꺼냈다. '하사 조태호' 라고 새겨진 고무 명판이었다. 오늘이 지나면 차량운행증 배차계란에 '하사 조태호' 라고 기재될 것이다.

"감사합니다. 실장님!"

조 하사가 감사히 받았다. 기종이 다시 호주머니에서 두툼한 봉투 하나를 꺼냈다. 여러 곳에서 전별금으로 준 돈과 기종이 따로 마련한 것을 합친 돈이었다. 조 하사에게 건넸다.

"뭡니까, 실장님?"

"영외거주자가 되면 어머님 모셔와야지. 부엌 달린 월세방 한 칸이라도 있어야 모실 것 아닌가?"

"아닙니다. 실장님! 제가 어떻게든 해결해 보겠습니다."

조 하사가 완강히 사양했다.

"어떻게 해결하려고?"

"……."

조 하사가 답이 궁했다.

"말해 봐."

"준비되는 대로 모셔와야지요."

"어느 세월에－. 어머님이 기다려 주신대?!"

"방법이 있겠지요."

"방법?…… 병기창고 털려고? 빵간 가면 평생 어머님 못 모신다."

조 하사가 씁쓸히 웃었다.

"받아! 나는 집 있고, 돈줄 있어 걱정 없다."

조 하사가 기종이 건네는 돈 봉투를 받지 않고 망설였다.

"훗날－ 내가 궁해지면 갚아라. 받아!"

"실장님……."

조 하사가 마지못해 봉투를 조심스럽게 받았다.

기종이 분위기를 바꾸었다.

"조 하사, 알고 있지? 내가 조 하사보다 두 살 아래라는 걸, 군대에서는 선임이었지만 사회에 나가면 달라져야겠지."

조태호는 영장을 받고 징집되었다. 자원병인 기종보다는 두 살 위였다.

"실장님! 조태호에게는 실장님이 영원한 선임입니다. 사회인이 되어도 조태호의 영원한 형님이십니다. 충성!"

조 하사가 기종에게 경례로 충성을 맹세했다.

"성깔 더러운 선임 모신다고 고생 많았다. 가봐－. 자리 잡히는 대로 연락할게."

기종이 손을 내밀어 조 하사와 작별을 고했다.

"실장님의 은혜 어떻게 갚아야 할지—, 영원히 잊지 않겠습니다."

조 하사의 눈시울이 붉어졌다.

> ※ 조태호 하사는 40대의 한참 나이에 간암으로 요절했다. 마지막 임종의 순간까지 기종을 깍듯이 '형님' 이라고 불렀다. 조태호의 신념이었다.

서 사장과 기종이 마주앉았다. 서 사장이 큰 잔 두 개와 새 양주병을 꺼내왔다.

"제대 축하한다. 오딘!"

"형님의 보살핌에 감사드립니다."

술잔 가득 양주를 채워 건배했다. 서 사장이 원샷으로 술잔을 비웠다. 기종이 같이 술잔을 비웠다.

"형님 혈압 높으신데 술 조심해 드셔야지요."

기종은 걱정되었다. 서 사장은 고혈압 약을 복용하고 있었다. 살집이 우람했다. 항상 얼굴에 붉은 화색이 돌았다. 혈압 때문이었다.

"이것저것 가리면 무얼 먹냐. 입에서 받을 때 먹어야지. 먹고 죽은 놈은 때깔도 좋다고 했다. 살아서 땡길 때 먹어 둬야지."

서 사장이 호탕하게 다시 빈 잔을 채웠다. 큰 체격만큼 품이 컸고 낙천적이었다. 서 사장이 술잔을 반쯤 비우고 기종을 보았다. 잠깐 뜸을 들이고 있었다.

"……오딘! 인애를 어떻게 생각하냐?"

"좋은 여동생으로 생각하고 있습니다."

"그것뿐이야?"

" ?……."

기종이 말뜻을 이해하지 못해 서 사장을 보았다.

"인애는 그렇지 않은 것 같아."

"그럼?……."

"내 생각이야. 철부지 같지만 속은 야무진 아이다."

"알고 있습니다."

"오딘을 오빠 이상으로 생각하고 있는 것 같아."

기종이 달리 할 말이 없었다. 서 사장이 잠깐 대화를 멈추고 남은 술을 마저 비웠다.

"앞으로의 계획은?"

"내년 신학기에 복학해서 학업 계속하면서 고시 준비해야지요."

"다른 계획은?"

"고등고시 준비도 벅찹니다."

"결혼은 언제쯤?"

"아직 생각해 본 적이 없습니다."

"여자 친구는 있을 것 아니야."

"아직까지는— 있다고 해도, 고시 준비를 하려면 멀어지겠지요. 몇 년이 걸릴지도 모르는 일정에 한 여자를 매어놓을 수도 없고요."

서 사장이 다시 대화를 줄이고 있었다.

"인애 만나기로 했다면서?"

"네—."

"인애가 요즘 심란한 것 같아. 오딘 떠나는 것 본다고 오늘 병원도 결근했어."

인애는 간호학교를 졸업하고 인천종합병원에서 간호사로 근무하고 있었다.

"인애 만나거든 잘 타일러서 마음에 상처 남지 않게 해 줘라."

"……알겠습니다."

기종은 서 사장에게 죄송했다.

"인애가 기다리겠다."

서 사장이 일어났다. 기종도 일어났다. 서 사장이 품속에서 전별금 봉투를 꺼내주었다.

"형님―, 아닙니다. 그동안 보살펴주신 것도 과분했습니다."

"받아라! 형이 동생한테 주는 것이다."

"감사합니다. 형님."

기종이 전별금을 받았다. 기종이 머뭇대다가 말했다.

"형님―, 부탁이 있습니다."

"뭔데?"

"용길이 말입니다. 혈혈단신에 외로운 후뱁니다. 형님께서 잘 거두어 주시기를 부탁드립니다."

"알고 있어. 한 가족들 아닌가. 기회가 오면 사립할 수 있게 해 줘야지. 걱정하지 않아도 돼."

"감사합니다. 형님."

기종이 머리 깊이 숙였다.

"연락 자주 해라. 부족하지만 형이라고 생각하면……."

"거취 정해지면 바로 연락드리겠습니다."

서 사장이 기종에게 손을 내밀어 악수를 했다.

"시험 준비 잘 해라. 판사나 검사 되어 만나면 영감이라고 불러야겠네."

"형님! 강기종은 언제까지나 형님의 동생일 뿐입니다."

"고맙다—, 오딘!"

서 사장이 기종을 품에 안았다.

기종은 인애와 약속한 다방으로 갔다. 서 사장과의 만남으로 약속시간을 넘겼다. 인애가 입구 쪽을 보면서 기다리고 있었다.

"많이 기다렸지, 미안해."

기종이 인애 앞에 앉았다.

"왜 늦었어?"

"오빠 만나 인사하고 오느라고."

"난 또 다다구미에서 이별 신고를 하고 오는 줄 알았지."

기종이 씁쓸하게 웃었다.

"오빠, 도망치듯 그렇게 떠나야 해?"

"가서 제대신고를 해야지."

"다음 주 월요일이라면서."

"더 있으면 뭐 하냐, 떠날 사람은 떠나야지."

"부평이 싫어진 건 아니고?"

"부평이 왜?"

"믿음을 배신당한 다다구미에서 한시 급히 떠나고 싶겠지."

"?……."

기종이 인애의 말뜻을 헤아린다.

"실망이 컸겠다! 오빠."

"뭐가?"

"해수가 다다구미에 다시 돌아와서."

"네가 그런 것까지?……."

"다다구미 애들은 다 알아. 기둥서방 잘 두어서 서울 미용학원에 입학했는데, '혹시나' 가 '역시나' 라고."

"나와는 상관없는 다 끝난 일이다."

"언제부터?"

"그만 두자, 그 얘기는."

"왜 — 아파?"

"열고 들어가 보면 아픔은 다 있어. 나와 상관없던 일들이 나의 일이 될 수도 있다. 인애야."

"악담하는 거야?"

"너는 해수 이야기만 나오면 예민해진다."

"당연하지! 다다구미 여자를 만나는데 누가 좋아하겠어."

"처음부터 다다구미 여자로 태어났겠냐?"

"그래서 해수에게 매달리는 거야?"

"말 가려서 해라, 인애야."

"왜 사존심 상해?"

"……."

기종이 대화를 중단하고 인애를 보았다.

"……인애야 혹시 지나치다 해수를 만나더라도 전번처럼 그렇게 막 대하지 말아라."

"오빠!! 끝났다면서!"

인애가 발끈했다.

"알았다. 알았다니까!"

"진작 그럴 것이지."

인애가 성질을 풀었다.

두 사람 사이에 화제를 바꾸기 위한 침묵이 흘렀다.

"오빠, 마산 내려가서 서울은 언제 올 건데?"

"내년 신학기쯤……. 그동안 밀린 공부를 좀 해야 될 것 같아."

"지금이 5월, 내년 신학기면 3, 4월. 너무 길다."

"자리 잡히면 소식 전할게."

"보고 싶으면 오빠 만나러 가도 되지?"

"병원 근무는 어떡하고?"

"하여튼."

"알았어."

기종과 인애 사이에 대화가 다시 끊어졌다.

인애가 진지하게 기종을 보았다.

"오빠! 나, 오빠 기다리면 안 돼?"

"……."

기종의 시선이 흔들렸다.

"오빠가 약속해 준다면 보고 싶어도 기다리고 있을게."

"기다리다 지치면?"

"기다리라고 약속해 줄 수 있어?"

"……."

기종이 망설였다.

— 잘 타일러서 마음에 상처남지 않게 해 줘라.

서 사장의 말을 되새기고 있었다.

"시간을 가지면서 한 번 생각해 보자."

"기다릴게, 오빠."

"……인애야……. 나는 역마살이 끼어서 한 곳에 머물지 못할 팔자래."

"누가 그래?"

"나를 보아온 내가. 나하고 같이 지낼 사람은 마음고생이 심할 거야."

"어떻게 알아?"

"피내림—, 바람의 자식이니까."

"신 내렸어?"

"비켜 갈 수 없을 것 같은 집안 내력이야. 아버지도, 아버지의 아버지도, 가정보다는 세상일에 떠돌았어."

"내가 흔들리지 않게 오빠 꽉 잡아줄게."

"인애야 잘 들어. 상대를 선택할 때는 미래를 생각해야 한다. 한눈팔지 않고 가정을 지킬 남자와 십밖으로 떠돌아 가족들 마음고생 시킬 남자가 있다."

"오빠는 어떤 사람이 될 것 같아?"

"지나고 보면 다 알 수 있는 일이야. 그때는 후회해도 늦었어."

"기다릴 거야! 후회해도 좋아!!"

인애가 자신만의 결론을 내렸다. 기종이 시계를 보았다. 떠나야 할 시간이었다. 용산으로 가서 군용열차를 타고 마산으로 간다. 기종이 일어났다. 거리는 어둠이 내려 있었다. 인애가 기종의 팔짱을 끼었다. 두 사람이 부평역으로 향했다.

"아— 참! 오빠, 용길 씨 만났어?"

"어제 만났어."

"오던 형님 만나러 간다고 나갔는데."

"그래—."

"용길 씨가 형님 떠난다고 무척 서운해 하고 있어."

"떡메, 용길이, 참 충직하고 변함없는 남자다. 여자는 그런 남자를 만나야 해."

"나하고는 상관없는 일이야."

"내가 이야기했지. 상관없는 일이 나의 일이 될 수도 있다고."

"나의 일은 오빠 기다리는 것뿐이야."

부평역 가까이까지 왔다. 길옆에 인적이 드문 가로수 공터가 보였다.

"오빠, 잠깐."

인애가 기종을 공터로 끌었다. 인애가 기종을 마주 세웠다.

"오빠—, 잠깐 눈 감아봐."

"왜?"

"어서……."

기종이 마지못해 눈을 감았다. 인애가 두 손으로 기종의 볼을 잡고 입을 맞추었다. 기종이 눈을 뜨고 인애를 흘겼다.

"야—."

인애가 자신의 볼을 기종에게 내밀었다.

"때려!"

인애가 눈을 감았다. 지난날, 기종의 도둑 입맞춤에 인애가 따귀를 때렸었다. 기종이 손가락으로 인애의 이마를 튕겼다.

"아얏!"

인애가 엄살과 함께 두 팔로 기종의 목을 안고 다시 한 번 입맞춤했다.

부평역 앞 로터리까지 왔다. 굳이 떠나는 걸 보고 가겠다는 인애를 돌려보냈다. 서울옥으로 갔다. 그동안 보살펴 준 주인 부부에게 감사의 인사를 해야 했다. 주인 부부가 기종을 반갑게 맞았다. 동동주 한 주전자를 시켰다. 정든 집, 맛들여온 술이었다. 주인아주머니가 특별이 만들어 낸 대구 뽈데 기쁨으로 술잔 가득가득 비웠다.

떠남의 인사를 하는 기종에게 주인아주머니가 준비한 술과 음식을 건넸다. 술항아리에 용수를 박아 걸러낸 동동주와 열차에서 먹을 밤참과 안주거리였다. 부평역 건물 앞에서 기종이 걸음을 멈추었다.

2년 전 2월, 눈보라 치는 날이었다. 짬밥(부대밥)에 찌들은 초라한 이등병이 첫발을 디딘 부평역이었다. 지난 세월이 느리게, 빠르게 흔들리면서 스쳐갔다. 역 대합실로 들어섰다.

"형님!"

기다리고 있었던 용길이 반갑게 다가왔다.

"웬일이냐, 여기까지?"

어제 저녁 서 사장과 인득공사 식구들과 함께 송별 파티를 열었다.

"형님! 이거—."

용길이 호주머니에서 예금통장과 도장을 꺼내 건넸다.

서 사장이 애스컴 영내작업 차량을 믿을 만한 운전병으로 고정 배차해 달라고 부탁했었다. 그 차량으로 여러 물건들이 숨겨져 나왔다. 그 대가로 다달이 기종에게 전해지던 사례금을 용길에게 맡겨달라고 했었다.

기종이 통장을 열어보았다. 일백오십 만원이 웃도는 거액이 차곡차곡 예금되어 있었다. 당시, 서울효창공원을 오르는 청파동에 상류층 이층 양옥집들이 들어서고 있었다. 그 집들이 삼백만원 내외로 거래되던 시절이었다. 일백오십 만원은 거금이었다. 기종이 용길을 엄숙히 보았다.

"떡메야! 너 왜 나에게 알리지 않았냐? 내가 그렇게도 원망스러웠드냐?"

"……?……. 형님 무슨?"

용길이 어리둥절했다. 기종이 대화를 풀어나갔다.

"우리가 학교에서 무기정학 당하고, 너는 혼자서 할머니 장례 치렀다. 그런 다음 소식도 없이 사라졌었다."

"……."

용길이 변명할 말을 찾고 있었다.

"그럴 필요가 없었겠지. 별 볼일 없는 패거리들에게."

"형님ㅡ, 그건."

기종이 용길의 말을 끊고 대화를 이어나갔다.

"네가 날 선배로 형님으로 생각했다면 큰 죄를 지었다. 그것밖에 안 된 나도 큰 죄를 지었다."

"형님……."

용길은 적절한 말을 꺼내지 못해 안타까웠다.

"네가 나에게 진 죄가 있다면 앞으로 갚아라. 내가 진 죄는 늦었지만 조금이나마 갚겠다."

기종이 엄숙한 표정을 풀었다.

"미안하다 용길아. 이렇게 표시할 수밖에 없어서, 이 돈 너에게 맡기겠다."

기종이 용길에게 통장을 건넸다.

"아ㅡ, 아닙니다. 형님!"

용길이 기종의 전달을 황급히 막았다.

"받아라. 용길아!"

"절대로 안 됩니다. 형님!"

용길이 손사래를 쳤다.

"떡메야! 내가 누구냐?"

"……오딘 형님!"

"용길아 우리 집 알지? 궁색하지 않다는 것. 받아라!"

"……."

용길이 기종을 보고 망설였다.

"우리 철없이 주먹질하고 거들먹거릴 나이는 지난 것 같다. 못다 마친 고등학교 과정 검정고시 보고, 주간이 안 되면 야간대학이라도 등록해라. 그런 다음 자리 잡히면 가정을 꾸려야지."

"명심하겠습니다. 형님"

"밤새울래! 받아라."

기종이 다그쳤다.

"형님……."

용길이 마음을 정하지 못한다.

"받아라. 어서! 기차 시간 다 됐다."

"소중히 간직하겠습니다. 형님."

용길이 마지못해 통장을 받았다.

"너의 소중한 앞날을 위해서 사용해라."

기종이 용길을 보면서 홀가분히 웃었다.

"형님."

용길이 새삼스레 기종을 보았다.

"왜?"

기종이 용길을 보았다.

"형님! 용길이 형님 맞지요?"

"아니면 네가 형님 될래?"

"떡메의 형님, 오딘 맞지요?"

"……."

기종이 용길을 보고 잔잔히 웃었다.

"떡메의 형님 맞지요? 판 · 검사가 되어도."

용길이 재차 확인했다.

"대통령이 된다 해도."

기종이 확인해 주었다.

"형님!"

용길은 기종을 와락 끌어안고 황소울음을 터뜨렸다.

서울행 기차가 들어왔다. 기종이 밤하늘을 한 바퀴 돌아 부대가 있는 곳과 다다구미 쪽으로 시선을 던졌다.

해수……. 해수와의 마지막 미련을 털어버리던 날, 깨끗이 지울 수 있다고 생각했었다. 지난 시간의 더께가 두꺼웠을까. 시간이 지날수록 해수의 환영이 다시 살아나고 있었다. 만남의 시간만큼 헤어짐의 아픔을 남겨놓고 떠나야만 했다.

기종이 열차에 몸을 실었다. 부평이 뒤로 멀어져 갔다. 해수가 있는 다다구미가 밤하늘에 사라져 갔다. '사랑에는 지위가 없고 체면이 없고 품위가 없다' 고 했지만—, 같이할 수 없는 사람이었다. 다다구미 여자로 끝내야 할 사람이었다.

기종은 단절의 최면을 걸고 있었다. 정이란 더럽고 치사하고 남루하고 뻔뻔했다.

16

'나쁜 놈! 나쁜 놈! 나쁜……'

나쁜 놈은 아니었다. 나쁜 놈은 분명 아니었다. 불 꺼진 방구석 어둠 속에 해수가 앉아있었다. 소주병은 뒹굴어 밤과 낮을 잃어버렸다.

'나쁜 놈! 나쁜…….'

나쁜 놈은 아니었다. 나쁜…… 나쁜 년이었다. 소주병을 들어 남은 술을 쏟아 넣었다. 빈병을 던졌다. 뒹구는 빈 소주병처럼 허망했다.

'한 번만 만나달라고 그렇게 애원했는데……. 나쁜 놈! 나쁜 놈이었다. 나쁜 놈, 나쁜 놈이야! 나쁜 놈이지. 두 번 볼 일 없는 똥치라고? 너는 뭔데……. 네 놈은 뭐가 그리도 잘났냐? 그래 나는 똥치다. 똥치하고 놀아난 네 놈은 뭐냐?!'

잊고 싶었다. 삶의 모든 것을 끝내고 싶었다. 시간을 잊은 밤과 낮을 이어 샀다. 포기해 버린 삶, 생각을 비워 버린 창녀의 일상이 편했다.

기종을 보낸 봄앓이를 했다. 혼절한 여름을 보냈다. 다다구미 골목에도 계절은 있었다. 또 한 번의 가을이 스며들었다.

새벽, 이불깃에 선뜻 냉기가 스쳤다. 유난히 뒤척인 긴 밤이었다. 해수가 어둠을 털고 일어났다. 정리하고 싶었다. 씻고 싶었다. 소각시키고 싶었다. 소름 돋은 몸뚱이에서 시궁창 냄새가 진동을 했다. 역겨웠다. 목욕감을 챙겨서 잠든 골목을 빠져 나갔다. 새벽의 거리에 낯선 세상이 있었다. 옷깃을 여미고 걸음을 옮기는데 시선이 있었다. 오딘이 해수를 보고 있었다. 오딘! 오딘이었다. 사진관 진열장 속에서 해수를 보고 있었다. 견본으로 진열된 사진 속에 오딘이 있었다. 제대사진이 견본으로 걸려 있었다.

해수가 오딘 앞에 섰다. 오딘이 해수에게 나직이 전해 왔다.

— 해수야 벗어나라……. 없었던 해수에서 정분으로 돌아가 다오…….

'오딘! 그리웠다. 보고 싶었다. 한 번만이라도…….'

"이년들아! 네년들이 상대하는 수컷들은 사람이 아니다. 돈이라고 돈!"

개코가 집안 식구들 모아놓고 열을 올리고 있었다.

"몸 던져서 번 돈, 기둥서방 만들어 옷 사주고 술 사주고 용돈 주고, 이년들아 평생 갈보짓할래! 맛이 간 갈보 거저 준대도 어느 놈 하나 거들떠보지도 않아. 여자 냄새 조금이라도 남았을 때 악착같이 돈 벌어서 이곳에서 떠나야지."

애란과 두 명의 식구들은 늘상 들어온 개코의 소리라 무감각했다. 개코의 훈계가 계속되었다.

"이년들아! 바닥에 거울 깔고 밑구멍 한 번 봐라. 어디 갈보라고 새겨져 있나. 요조숙녀나 네년들이나 벗어보면 똑같은 밑구멍이다. 어찌 보면 네년들이 더 깨끗해. 네년들은 돈벌이로 벌려주지만, 그년들은 즐기기 위해 가랑이 열거든. 네년들이 상대하는 놈들을 남자로 보면 안 된다. 갈보 데리고 살 놈 없다. 이 악물고 돈 모아 세상 밖으로 나가 좋은 사람 만나서 좋은 세상 살아야지. 아침 늦게 부스스 일어나 눈곱 떨어지면 발등 깰 쌍통을 어느 놈이 좋아하고 어느 세월에 돈 모으겠냐. 이년들아!"

개코가 게거품을 훔쳤다. 담배를 피워 한 모금 빨고는 애란을 보았다.

"애란아! 해수년 아직도 널브러졌냐?"

애란이 고개를 끄덕였다.

"해수 불러라."

애란이 잘 됐다 싶어서 급히 자리를 뜬다.

"네년들도 후딱 나가 세수하고 몸단장해라."

개코가 남아 있는 식구를 내보냈다.

애란이 해수의 방문을 열었다. 머리맡에 빈 술병이 뒹굴고 해수가 이불속에 파묻혀 있었다. 오딘의 사진을 본 후부터 다시 해수의 가을앓이가 며칠째 계속되고 있었다.

"해수야!"

애란이 해수를 깨웠다. 해수가 이불 속에서 꿈틀했다.

"해수야, 일어나!"

애란의 독촉에 해수가 무거운 머리를 들었다.

"개코가 오래."

"왜?"

"씹 강의하다 말고 널 찾아."

해수가 구겨진 몸을 일으켰다. 개코 앞에 해수가 마주앉았다. 개코가 해수를 한심한 듯 보았다.

"너 하나는 믿었는데……."

개코가 속이 상해 해수를 살폈다.

"꼭 만나봐야겠냐?"

"……."

개코의 물음에 해수가 고개를 숙였다.

"만나서 어떻게 할 건데?"

"……그냥……."

"오딘 있는 곳을 아냐?"

"지리산에 있는 절……."

오딘의 사진을 본 날, 해수가 오딘의 후임인 조 하사를 찾아서 오딘의 소식을 물었다. 지리산에 있는 어느 절에서 공부하고 있다는 안부편지가 왔다고 했다.

"만나서 달라질 게 있겠냐?"

해수가 고개를 들었다.

"그냥, 한 번만 만나보고……."

"그만둬라. 서로에게 도움 될 일이 없다."

"한 번만 만나보면 정리가 될 것 같아서."

"그 다음은?"

"만나본 후……."

해수가 말꼬리를 감추었다. 개코가 서랍에서 예금통장과 돈을 꺼내 놓았다. 개코가 보관하고 있던 해수의 통장이었다.

"니 통장에서 부탁한 돈 찾았다."

해수가 통장과 인출한 돈을 받았다. 벌거벗은 알몸에 수많은 수컷들의 지문이 스치고, 쏟아놓은 정액을 받아내었다. 삶을 죽인 세월의 대가였다.

"이곳 생활 4년이다. 그 돈이면 아무도 모르는 먼 곳으로 가서 빵집이나 미장원 하나는 차릴 수 있을 것이다. 사람이 사는 세상에서 사람답게 살아야지."

머리 숙인 해수가 방바닥에 눈물을 떨어뜨렸다.

17

"기종아!"

방문 밖 통로에서 두런거리는 인기척과 함께 고시준비생 주호가 방문을 노크했다. 촛불 밝힌 책상 앞에서 육법전서에 매달려 있던 기종이 방문을 열었다.

"왜?"

"이 사진 너 아니냐?"

주호가 반명함판 사진 한 장을 기종 앞에 내밀었다. 짧은 머리의 군복 입은 기종의 상반신 사진이었다. 부평 부대 앞 사진관에서 제대하기 전에 '전역증서' 용으로 찍은 사진, 하단에 〈5100－××××〉이라는 군번까지 선명히 낙인 되어 있었다.

"누가 찾아왔다. 이 사진 갖고."

"……?! 아니……."

기종이 방문 밖으로 나왔다. 9월의 보름달이 경내 가득했다. 통로 입구 쪽에 한복 입은 한 여인이 달빛 속에 서 있었다. 여인이 기종을 향해 돌아섰다.

" ?!…… 해수?……."

해수였다. 한복 입은 해수는 처음이었지만 분명 해수였다. 상상할 수도 없는 현실 밖의 상봉이었다. 부평을 떠나올 때 해수와의 단절에 최면을 걸고 힘들게 비켜온 사람이었다.

"만남과 헤어짐이 없는, 타인으로 한 번 만나고 싶어서……."

해수의 간절함이 오랜 여운을 남기고 있었다.

— 만남과 헤어짐이 없는, 타인으로 한 번 만나고 싶어서.

해수가 먼 길을 헤매며 쌍계사 절 공부방까지 왔다.

기종과 해수가 달빛 속에 잠든 쌍계사 절에서 만났다. 가슴에 담은 많은 말들을 풀어내지 못한 채 걸음을 옮겨갔다. 절 입구 일주문까지 왔다. 달빛 마중 나온 풀벌레소리가 가을 한밤을 스산하게 했다. 은하수 뿌려진 하늘에 보름달 홀로 밝아 외로웠다. 기종이 발길을 멈추었다. 투명한 달빛이 해수의 얼굴에 스며들어 박꽃처럼 수줍었다.

두 사람의 시선이 시선을 담았다. 버리고 싶은 시간을, 아픔을, 그리움을 밝아서 선명한 그림자 속에 숨기고 있었다. 기종이 해수의 호젓한 어깨를 안고 다시 발길을 옮겼다.

절 아랫길 참나무 숲속에 '청운장'이란 여관이 있었다. 절을 찾는 신도와 여행객들에게 숙식이 제공되었다. 주인은 60대의 후덕한 보살이었다. 별식이 있으면 절에서 공부하는 학생들에게 갖다 주곤 했다. 음식이 정갈하고 손맛이 좋았다. 누룩으로 빚은 술과 철따라 산열매로 담근 술맛이 일품이었다. 신도들이 합숙하는 절 방보다는 해수에게 편할 것 같았다.

마침 빈방이 있었다. 안내받은 방으로 들어가 촛불에 불을 붙였다. 접시 위에 촛농을 떨어뜨려 촛불을 고정시켰다. 구례에서부터 절간을 헤매 돈 해수가 저녁을 넘겼다고 했다. 늦은 시간이었지만 여분의 식사가 있었다. 인근 산속에서 따온 복분자로 담근 술과 식사를 부탁했다.

기종이 절로 올라가 해수의 짐을 가지고 왔다. 식사와 술이 나왔다. 밥과 된장국, 산채나물과 부각(말린 다시마에 쌀풀을 발라 기름에 튀긴 음식)과 고등어자반 등이 나왔다. 묵은 된장국이 구수했다. 음식이 담백하고 맛이 깊었다. 촛불은 밝혀진 만큼 은은했다. 한지 바른 창호지는 달빛에 물들어 화사했다.

해수가 복분자술을 부어 기종 앞에 놓았다. 기종이 술을 담아 해수에게 건넸다. 두 사람이 마주보고 술잔을 들었다. 기종이 음미하듯 천천히 잔을 비웠다. 복분자의 향기가 짜릿하게 몸속으로 흘러내렸다. 부각으로 안주했다. 해수가 술맛을 약간 보고 술잔을 내렸다. 기종에게 시선을 모으고 있었다. 침묵은 이어지고 두 사람 사이의 말없는 전달은 오고갔다. 해수가 술잔을 들어 다시 한 모금 맛을 보고 기종을 보았다.

"오딘……. 우리 오늘의 만남에서부터 떠날 때까지의 이야기만 해요."

오랜 침묵 끝에 해수가 밀어낸 부탁이었다. 해수는 오늘의 만남부터 떠남의 시간까지 짧지만 소중한 추억을 간직하고 싶었다. 기종이 해수의 작은 소망에 조용히 고개를 끄덕여 주었다. 소박한 상을 마주하고 이어지는 침묵은 소중한 시간을 만들어갔다.

창호지문을 지키는 달빛이 아까웠다. 촛불을 끄고 덧문을 열었다. 달빛이 방안으로 누워들었다. 건너편 산 능선이 하늘 선을 이어져 내렸다. 밤은 멈추지 않고 깊어갔다. 아쉬운 상을 치워 방문 마루에 내다놓았다. 밤 한기 스미는 방문을 닫았다. 방문밖에 달빛이 머물러 있었다.

해수가 기종에게 안기어 왔다. 기종이 해수를 품었다. 셀 수 없이 많은 손길이 스쳐간 몸뚱이.

'오늘 만남의 시간부터만 생각하자…….'

기종의 애(愛)와 증(憎)의 갈등이 해수의 몸속에서 신음하고 있었다.

기종은 새벽녘에 공부방으로 돌아와 잠에 빠졌다. 아침공양 시간이 지난 시간에 일어나 해수가 있는 청운장으로 내려갔다. 해수가 아침밥을 미룬 채 기다리고 있었다. 늦은 아침밥이 나왔다. 기종과 해수가 밥상을 마주하고 앉았다. 신혼 여행길에서 첫 밥상을 마주하는 것처럼 어색하고 쑥스러웠다. 주인 보살이 누룽지 불은 숭늉과 해장술 주전자를 가져와 방안에 들이밀며 덕담을 했다.

"학상 선생! 정말 어울리는 한 쌍이다. 이 나이 들도록 이렇게 짝맞는 총각 · 처녀는 처음 보제. 천상배필 같혀."

"감사합니다."

해수가 공손하게 답례했다. 기종이 민망한 웃음을 흘렸다.

"어서 들어요."

보살이 방문을 닫아주었다. 소담하고 담백한 밥상차림이었다. 기종이 주전자의 술로 어색함을 메웠다.

이른 점심 같은 아침을 끝내고 절로 돌아온 기종이 '다람쥐', '지루박', '곶감' 을 불렀다. 기종이 지어준 별명이었다. 다람쥐와 지루박은 대학 재수준비생이었다. 체구가 작고 단단한 다람쥐는 민첩하고 영악했다. 나무를 잘 타 높은 가지의 열매를 날쌔게 따 내렸다. 손재주가 좋아서 절 곳간 열쇠도 잠깐이면 열어 이따금씩 무료한 밤 야식거리를 훔쳐냈다.

지루박은 하동읍에 땅마지기 꽤나 가지고 있는 부농의 외아들이었다. 옥수수대처럼 허전한 큰 키로 음악소리가 나면 시도 때도 없이 몸을 흔들어 오두방정을 떨었다.

절 머슴 삼석이를 곶감이라고 했다. 절 아래 개천 건너 용강리에 본가가 있었다. 형 둘과 누나 둘을 둔 막내였다. 초등학교를 도중에 접고 입 하나라도 줄이기 위해 절에 보내졌다. 절간의 자잘한 일을 돕다가 상머슴이 되었다. 나무를 해 나르고 절 텃밭에 농사를 지었다.

변화가 없는 절간생활을 해 오던 어느 날 밤, 기종과 주호는 다람쥐와 지루박과 삼석을 앞세워 아랫마을로 곶감서리에 나섰었다. 마을에는 감을 따서 껍질을 벗겨 말리는 곶감들이 지천으로 널려 있었다. 두 번째 나선 곶감서리였다. 그날따라 처마에 매달아 놓거나 평상에 널어놓은 곶감이 없었다.

마을을 헤매던 중 닭장이 보였다. 씨암탉과 장닭을 키우고 있었다. 계란은 5일장에 내다팔거나 계란찜으로 가끔씩 반찬거리가 되었다. 닭은 귀한 손님이 오면 잡아서 몸보신을 했다. 봄이 오면 암탉이 계란을 품어서 병아리를 부화시켜 숫자를 늘렸다. 삼석이에게 닭 한 마리를 서리해 오게 했다. 절 계곡 개울가에 숨어서 솥단지에 삶아 먹었다. 불안했지만 잊을 수 없는 맛의 유혹이었다.

그 뒤로 곶감서리가 닭서리로 발전했다. 바늘도둑이 소도둑 되는 과정이었다. 닭을 잘 다루는 삼석이가 빠질 수 없었다. 닭서리의 암호가 곶감이 되었듯이 삼석이의 별명이 곶감이 되었다.

해수가 공부하는 절식구들에게 무언가 대접하고 싶어했다. 저녁 어둠이 내리면 개천에서 천렵을 하기로 했다. 오늘은 곶감서리가 아닌 당당하게 토종닭 백숙과 함께 천렵한 물고기 안주해서 달밤의 축제를 준비했다.

곶감에게 마을로 내려가 닭을 사 오게 하고 개천 멍석바위 옆에 닭 너댓 마리 백숙을 끓일 큰 솥단지를 걸어놓으라고 했다.

다람쥐에게는 물고기 잡을 작살 총을 준비시켰다.

지루박은 솜방망이 횃불용으로 쓰일 경유 두어 됫박과 소주와 음료수와 통마늘을 준비시켰다. 작살총은 자전거 바퀴살을 갈아서 고무줄 끝에 매달아 당겨서 쏘는 석궁 같은 도구였다.

개울의 고기들이 밤이면 물 흐름이 안정된 수심 깊은 웅덩이 같은 곳에 잠자듯 몸을 숨기고 있었다. 솜방망이에 경유를 찍어 횃불로 물속을 밝히고 작살총을 쏘아 고기를 잡는다. 가을 저무는 철에 산란을 하려고 섬진강에서 지천 상류로 올라온 은어가 살이 올라 기름져 있었다.

기종은 양념을 준비해야 했다. 공양보살과 함께 절장독대로 갔다. 된장독에서 겉피를 걷어내고 속에서 노랗게 곰삭은 된장을 그릇에 담았다. 고추장 독에서 검붉게 숙성된 고추장을 떠 된장과 고루 섞어서 막장을 만들었다. 거기에다 붉게 약 오르기 시작하는 풋고추를 송송 썰어 넣고 칼자루 끝으로 다진 마늘을 더한다. 끝으로 들기름을 부어 다시 한 번 고루 섞으면 도시에서는 맛볼 수 없는 명품 막장이 된다. 참고로, 마늘 같은 양기 돋우는 양념류는 절 음식에 쓰지 않아 마을에서 구해 왔다.

은어 회는 막장에 찍어 먹어야 제 맛이 난다. 은어 특유의 수박향을 살리려면 향기 강한 참기름보다 들기름을 섞어야 한 맛을 더한다. 식도락에 일가견이 있는 기종의 작품이었다.

어둠이 내릴 사이도 없이 동녘 하늘에 달이 대지를 밝혔다. 음력 15일 보름달보다는 16일 달이 더 충만하고 밝았다.

해수와 절식구들이 멍석바위로 모였다. 주호와 김 도사가 절에서 장작묶음을 가져왔다. 지리산 약초를 연구한다고 절에 묵고 있는 김 도사가 백숙에 넣을 당귀와 약초를 내놓았다. 자칭 도사행세를 하는 김 도사는 정체가 아리까리했다. 먼저 내려온 곳감이 솥단지에 백숙을 끓이고 있었다. 해수와 주호와 김 도사가 열댓 사람은 둘러앉을 수 있는 멍석바위 위에 천렵준비를 했다. 기종과 다람쥐와 지루박은 물고기 잡을 채비를 하고 개천 하류 쪽으로 내려갔다. 고기를 잡을 때는 하류에서 상류로 거슬러 올라야 물 흐림이 없고 소음이 위로 전달되지 않아 물고기들의 요동이 없었다.

한참을 개천을 따라 내려간 다음 개천 한 곳을 가로질러 상류 쪽을 향해 고기잡이가 시작되었다. 수경을 쓴 다람쥐가 작살총을 들고 물길 속에 들어갔다. 경유통과 횃대를 가진 지루박이 솜방망이를 경유통에 담갔다가 꺼내 횃불을 밝혔다. 잡은 고기를 담을 그물망을 들고 있던 기종은 덜렁대는 지루박이 못 미더웠다.

"지루박! 기름통 이리 줘. 오두방정 떨다가 기름통 엎겠다."

"형님! 잡은 고기나 잘 챙기소."

지루박이 괜한 걱정 말라고 몸을 한 번 흔들어대고는 웅덩이에 들어선 다람쥐 뒤쪽에서 횃불을 비춘다. 물속에 머리를 숙이고 살피던 다람쥐가 작살총을 쏘았다. 살대에 살 오른 은어 한 마리가 관통되어 올라왔다.

기종은 은어를 그물망에 담았다. 다시 또 한 마리, 이번에는 두툼한 꺽더구(볼락과) 한 마리가 올라왔다. 물길을 거슬러 오르면서 고기잡이가 계속되었다. 무지갯빛을 띄운 불거지(수컷 피라미)도 올라왔다. 일급수 청정수에만 서식하는 모양새 좋은 버들치도 간혹 잡혔다. 은어를 주종으로 꺽더구, 불거지, 버들치, 섬진강에서 새물 따라 올라온 붕어 등이 그물망에 무게를 더해 갔다. 한참을 멍석바위가 있는 상류로 거슬러 올랐다.

그물망이 묵직해졌다. 달빛 속에 멍석바위와 백숙 끓이는 장작불이 보였다. 다람쥐가 수심이 깊은 웅덩이에 몸을 담그고 물밑을 살폈다. 얼굴을 담근 채 한 손을 뒤로 올려 조용히 하라는 신호를 보냈다. 횃불을 든 지루박과 기종이 동작을 멈추었다. 신중히 물밑을 살피던 다람쥐가 작살총을 쏘았다. 꿈틀—. 물 위로 작살에 관통된 팔뚝만한 잉어가 솟구쳤다.

"왕근이다."

지루박이 고함과 함께 미끈 바위 위에서 물속에 빠져들었다가 엉겁결에 물속에서 일어났다. 횃불은 꺼지고, 기름통에는 개천 물 한 통이 들어 있었다.

"그래. 그냥 넘어가면 지루박이 아니지."

기종의 핀잔에 물을 채운 기름통을 멋쩍게 보던 지루박이 급히 물 밖으로 나왔다.

"가게에 가서 기름 사 올 테니 조금만 기다리소. 형님!"

지루박이 개천 물 담은 물을 쏟고는 덤벙덤벙 위쪽으로 향했다.

"됐다. 이만하면 먹을거리는 되겠다."

기종이 잡은 고기를 보면서 고기잡이를 끝냈다. 큰 솥단지 안에서 통닭들이 물러 터지게 한참을 끓고 있었다. 백숙 내음이 멍석바위 주위 달빛 속에 섞여 군침을 돌게 했다. 기종과 다람쥐가 잡아온 물고기를 가려서 비늘치고 배를 따서 개울물에 씻어 물기를 닦아냈다.

은어는 횟감으로 살집 두껍게 뭉텅뭉텅 썰었다. 뼈가 거친 꺽더구는 대가리를 잘라내고 단단한 살집만 발라내었다. 불거지, 버들치 등 잔챙이 잡고기는 간장, 고추장 양념을 버무려 들기름 두른 프라이팬에 가지런히 한판 돌렸다.

백숙 끓이는 장작불에서 골라낸 숯불 위에 프라이팬을 올렸다. 익기 시작하는 고기를 한 바퀴 돌려 아작하게 구웠다. 경부고속도로 금강휴게소 인근 식당에서 투망으로 잡아 올린 피라미를 양념해서 프라이팬에 한판 돌려 구워 내놓는 '도리뱅뱅' 의 원조였다.

멍석바위에 상없는 상차림이 준비되었다. 천금(굵은 천일염)을 쏟아 깨끗한 개천 몽돌로 으깨어 소금가루를 만들었다. 푹 고아진 토종닭을 꺼내어 뒤집어놓은 솥뚜껑에 담았다. 불린 찹쌀을 솥단지 국물에 넣어 닭죽을 쑤었다. 시간 맞추어 주지스님과 안소니스님이 절에서 내려왔다. 기종이 초대했었다. 주지스님은 대처승(가족을 거느린 중)이었다. 종단이 정리되지 않은 시절이라 대처승과 비구승(출가한 중)들 간의 세력다툼이 법정까지 이어지고 있었다.

사찰에는 전답과 산림 등의 귀속된 재산이 많았다. 대처승이 자리 잡은 쌍계사도 비구승 종단과의 소송이 진행되고 있는 중이었다. 금복주(소주) 심벌마크를 닮은 50대 후반의 주지스님은 몸집이 비대했고 얼굴은 개기름이 흐르도록 정력이 넘쳐났다. 절 아래 운수리 부락에 살림집이 있었다. 집에는 부인과 출가했다가 잘못되어 돌아와 친정살이를 하는 딸과 고등학교 다니는 아들을 두고 있었다. 인근 부락에서 개나 돼지를 잡으면 빠지지 않고 나타나 고기 맛을 즐기는 주지스님이었다.

"주지스님! 스님들은 고기를 멀리 하라고 했는데?"

기종이 물은 적이 있었다.

"무지(無知)에 법도(法道)는 없는 법! 거치고 경험해서 멀리 할 것은 멀리 해야제. 그것이 달관(達觀)의 길이여!"

주지스님이 태연히 한 말이었다. 기종과 주지스님은 고기안주해서 곡차(술)를 가끔씩 했다. 땡중 같기도 했고, 해탈의 경지를 이룬 스님 같기도 했다. 적당히 타락했고, 적당히 뻔뻔했고, 적당히 타협했고, 적당히 말이 통하기도 했다.

절식구와 해수와 기종이 차린 음식을 가운데 두고 멍석바위에 둘러앉았다. 하루 종일 햇볕에 달구어진 멍석바위에 온기가 남아 있었다. 달은 멍석바위를 밝히고 별들은 한밤의 향연에 동참했다. 됫병의 소주가 곡차로 둔갑되어 술잔 가득가득 부어졌다. 살 오른 닭다리를 찢어 좌상인 주지스님과 주빈인 해수에게 먼저 건넸다. 기종이 술잔을 높이 들어 건배했다.

"옴 마니 반메 훔*!"

일동이 복창했다.

"옴 마니 반메 훔!"

달빛 담은 소주 한잔 마시고 토종닭 찢어 소금 찍어 한입 가득 물었다. 쫄깃하고 구수했다.

'아— 이 맛이야!'

별 내린 소주 한잔 마시고 은어토막 막장 찍어 한 입 가득 씹었다. 수박향이 막장과 어우러져 입 안 가득 맴돌았다.

'아— 이 맛이야!'

가을밤 담은 소주 한잔 마시고 도리뱅뱅 한 입 집어 아작 냈다. 아삭하고 알싸했다.

'아— 이 맛이야!'

육질 단단한 꺽더구 막장 듬뿍 찍어 한맛을 보탰다.

'아— 이 맛이야!'

어느 곳에서도 어떤 연회장에서도 맛볼 수 없는 멍석바위 위에서의 진미

*옴 마니 반메 훔 : 티베트 불교도의 주문. 옴(우주) 마니(지혜) 반메(자비) 훔(마음). '우주의 지혜와 자비가 마음 속에 깃들기를' 이란 인사말이기도 하고 불교의 윤회설로 '다시 태어나면 더 이상 사바세계(속세, 참고 살아야 하는 어지러운 세상)에 태어나지 말자' 란 뜻도 가짐.

였다. 환상적인 먹거리에 지상이 아닌 천상의 신선놀음이었다. 술이 목에 걸림이 없이 먹거리와 함께 술술 넘어갔다.

해수도 백숙과 은어 회와 도리뱅뱅 맛에 홀려서, 술잔을 즐기고 있었다. 다람쥐와 지루박이 한 차례씩 가게로 달려가 됫병 소주를 날라 왔다. 어지간히 곡기를 채운 주지스님이 해수를 찬찬히 뜯어보고는 운을 떼었다.

"학상 선생! 이 처자 길상이여. 학상 선생과 처자 사이에 첫손은 떡두꺼비 아들이제."

'땡! 틀렸습니다. 땡중아!'

기종이 혼자서 씁쓸히 웃었다. 한밤의 향연은 계속되었다. 술잔 가득 채우고, 은어 토막 막장 찍어 음미하고, 닭고기 찢어 삼키고, 도리뱅뱅 그릇을 비웠다. 두고두고 잊지 못할 그 맛이었다.

기종 옆에 붙어 앉은 해수의 얼굴에 홍조가 돌았다. 달빛이 해수의 모습을 화사하게 꽃피워 놓았다. 해수가 기종을 담은 채 미소 짓고 있었다. 순간을 영원으로 간직할 소중한 추억을 만들고 있었다.

산속의 여명은 산새들이 먼저 알아 짝을 이루어 잠든 숲속을 깨웠다.

해수는 어둠이 가시기도 전에 일어나 방을 정리하고 떠날 준비를 끝냈다. 한복으로 단정히 몸을 다듬고 절로 향했다. 대웅전 법당을 조심스레 들어가 단상의 부처를 우러러 보았다. 부처님이 해수를 편안히 지켜보고 있었다.

해수가 부처님께 참배를 올렸다. 한 번, 두 번, 세 번……. 부처님 앞에 무릎을 꿇었다. 두 손 모아 합장하고 눈을 감았다.

'고시에 합격하고 오래오래 건강하고 행복하기를…….'

간절히 사심 없는 부처의 마음으로 오딘의 안녕을 빌었다.

외출복으로 갈아입은 기종이 해수가 있는 청운장으로 내려갔다. 해수의 방이 깔끔히 정리되어 있었다. 부처님에게 떠남의 참배를 드리러 절로 갔다고 주인이 알려줬다.

기종이 해수에게 선물할 토종꿀단지를 해수의 가방 옆에 두고 절로 갔다. 불일폭포를 오르는 산속에 화전을 일구어 살아가는 노부부가 있었다. 둥굴레, 작약 등의 약초와 옥수수, 고구마, 감자 등의 농사를 지었다. 통나무를 잘라 속을 파내어 세우고 지붕을 짚으로 씌워 토종벌을 키웠다. 기종이 가끔씩 불일폭포를 오를 때 사탕봉지와 호롱불 밝힐 석유를 전해 주었다. 보답으로 노부부가 귀한 토종꿀단지를 놓고 갔다. 개봉하지 않은 토종꿀을 해수에게 선물했다.

무릎 꿇고 기도를 올리던 해수가 일어났다. 부처님에게 떠남의 큰절을 올리고 법당을 나왔다. 법당 밖에서 기종이 지키고 있었다. 해수가 기종을 보고 밝게 웃었다.

"부처님에게 뭘 빌었어?"

"……."

기종의 물음에 해수가 미소로 답했다.

"부처님께서 무슨 말씀이 계셨어?"

"……."

기종의 물음에 해수가 살며시 웃을 뿐이었다.

청운장으로 내려왔다. 꿀단지를 해수의 가방 속에 넣고 기종이 짐을 들었다. 2박 3일의 만남이었다. 한복의 해수가 신혼여행 길에 오른 새색시 모습 같았다. 주인 보살의 전송을 받으며 아래부락 버스 차고지로 향했다. 교통편이라곤 아침 7시에 운수리에서 하동읍까지 갔다가 저녁 7시경에 운수리 차고지로 돌아오는 버스 한 편뿐이었다. 화개장터에서 내려 광주행 광주여객을 갈아타고 구례에서 내려 서울행 열차를 타야 했다.

아침밥은 화개장터 국밥집에서 하기로 했다. 출발시간이 가까운 버스에는 하동이나 경상도와 전라도 등의 타지역으로 나가는 인근지역 부락민과 외지인 몇 명이 탑승하고 있었다. 기종을 아는 부락민들이 인사를 하고는 해수에게 시선을 집중했다. 해수는 타인들의 시선에 흔들리지 않고 차분했다. 떠남의 아쉬움과 그늘이 없었다.

화개장터에서 내렸다. 막걸리로 어젯밤 천렵의 과음을 해장하면서 장국밥으로 아침을 때웠다. 기종이 대화를 생략한 해수의 표정을 살폈다. 기종에게 시선을 둔 해수의 표정이 평온하고 밝았다. 내면의 동요도 느낄 수 없이 안정되어 있었다. 마음 쓰이는 건 기종이었다.

— 만남과 헤어짐이 없는 타인으로 한 번 만나고 싶어서…….

— 우리 오늘의 만남에서부터 떠날 때까지의 이야기만 해요.

3일을 같이하면서 지금까지 해수가 한 말의 모두였다. 해수는 만남의 소중한 시간을 차곡차곡 가슴 깊이 쌓아서 갈무리하고 있었다. 구례에서 내려 기차역으로 갔다. 기종이 해수의 가방을 들어주었다. 해수가 자연스레 기종의 팔짱을 끼었다. 구례역 대합실에서도 체온이 전달되도록 기종에게 떨어지지 않았다. 역무원의 개찰이 시작되었다. 서울행 열차표를 가진 해수와 입장권을 가진 기종이 플랫폼 의자에 앉아 열차를 기다렸다. 대화를 버린 해수의 온기가 못 다한 말을 전하고 있었다.

기종이 곧 헤어져야 할 해수의 심중을 살폈다. 마주보는 해수의 표정이 맑았다. 잔잔한 미소로 기종을 놓치지 않았다.

멀리 기적소리와 함께 열차의 모습이 보였다. 보내고 떠나야 할 시간이었다. 기종과 해수가 의자에서 일어났다. 해수의 손이 기종에게서 떨어지지 않았다. 열차가 멈추고 객실에서 몇 사람이 내렸다. 해수와 기종이 출입구 앞에서 마주섰다. 해수의 시선이 흔들림 없이 기종을 품고 있었다. 떠남의 기적소리가 났다. 해수의 손이 기종에게서 풀렸다.

"오딘……."

해수가 나직이 불렀다. 고정시킨 시선 속에 미소를 전했다. 기종의 내면이 잡을 수 없는 떠남으로 흔들리고 있었다. 웃음으로 떠나는 해수의 눈동자가 젖어들었다. 해수가 눈물을 보이지 않을 듯 웃음 진 그대로 돌아섰다. 출입구 계단에 한 발을 올리고 잠깐 멈추는가 싶더니 이내 열차에 올랐다. 웃고 있어도 눈물이 났다.

…… 아름다운 죄, 사랑 때문에
홀로 지샌 긴 밤이여
뜨거운 이름 가슴에 두면
왜 한숨이 나는 걸까
아- 웃고 있어도 눈물이 난다
그대 나의 사랑아……

먼 훗날, 애창곡이 된 노랫말이 해수의 전함이었을까. 열차가 움직였다. 플랫폼을 빠져 나갔다. 멀어져 갔다. 합침이 없는 평행선 철길을 따라 사라져 갔다. 해수가 사라져 갔다.

시야에서 사라져 간 열차가, 해수가 평행선 철길 위를 달리고 있을 것이다. 기종이 해수가 사라진 먼 철길을 보고 있었다. 선택에는 대가가 뒤따른다. 해수를 보낸 선택의 대가는 오랫동안 기종에게 잠재할 연민이었다.

'망각은 살아가는 힘이 될 수도 있다.'

해수의 삶에는 지난 세월의 '망각이 살아가는 힘' 이 될 것이다.

'잊어버려라! 지워버려라! 해수야…….'

2

이루지 못한 사랑

천사의 방귀

⋮

호롱불이 외로웠다.
소여가 무릎을 세우고 두 손으로 턱을 고이고 앉아 있었다.
가녀린 심지불꽃 끝에서 소여가 흔들리고 있었다.
소쩍새가 울고 있었다.
소쩍새의 밤새움에 긴 한숨을 섞었다.

소여가 허탈하게 기종을 돌아보았다.
소여의 아픔에 기종이 시선 둘 곳이 없었다.
힘 빠진 소여가 기종의 품속에 무너져 내렸다.
먼 산에서 소쩍새가 울고 있었다.

같이할 수 없는 아픔이었다.

— 만남과 헤어짐이 없는, 타인으로 한 번 만나고 싶어서…….

— 오늘의 만남에서부터 떠날 때까지의 이야기만 해요.

만남과 헤어짐이 없는 타인을 예고한 해수의 간절한 바람이었다. 2박3일의 해수와 2박3일의 기종, 타인으로 만나서 타인으로 돌아갔다. 침묵으로 진행된 만남의 시간을 남겨놓은 채 서로를 떠나보냈다.

해수가 갈망하는 꿈은 이루어질 수 없는 슬픈 꿈이었다. 해수는 이루어질 수 없는 슬픈 꿈의 종막을 알고 있었다. 잊어야 할 것을 잊지 못하고 보내야 할 것을 보내지 못한 기종의 발길에 해수의 긴 그림자가 따라오고 있었다.

버스 차창 밖으로 이어지는 섬진강 물길 따라 해수가 흘러가고 있었다. 가을 맑은 하늘 아득히 웃으면서 눈물 지운 해수의 뒷모습이 가물거렸다. 잡지 못할 사람이었다. 잊어야 할 사람이었다. 부평을 떠나올 때 인연의 매듭을 잘라 버린 사람이었다. 끝내기 위해서 만남을 버리고 온 것이 재회의 아픔을 연장시켜 놓고 말았다.

구례까지 동행한 버스 옆자리가 돌아오는 길에는 비어 있었다. 해수가 앉았던 자리였는데…….

화개장터에서 내렸다. 5일장이 서지 않는 한낮의 장터는 허허로웠다.

저녁녘이 되어야 절 아래 부락까지 가는 버스가 온다. 잠깐 쉬었다가 십 리 벚나무 길을 걸어가기로 했다. 화개에 볼 일이 있을 때는 한가로이 걸어왔다가 가끔씩 쉬어가던 장터다방으로 갔다. 꾸밈없이 탁자 몇 개가 놓인 쉼터였다. 주방장 · 마담 · 레지(여종업원)를 겸한 중년의 주인 여자가 기종을 반갑게 맞았다.

섬진강이 보이는 작은 창가에 손님이 한 사람 있었다. 장터다방에 어울리지 않는 정갈하고 세련된 한 여인이 앉아 있었다. 축음기에서 가요계를 싹쓸이하고 있는 '정원' 의 '허무한 마음' 이 사각사각 레코드판 갉아먹는 소리와 함께 심란한 가을을 말리고 있었다.

'……다시 또 쓸쓸히 낙엽은 지고 찬 서리 기러기 울며 나는데…….'

도라지 위스키 몇 방울을 떨어뜨린 홍차를 주문했다. 주인이 차 두 잔을 준비해서 기종 앞에 놓았다.

"애인?"

주인 여자가 물었다.

"……?"

기종이 영문을 몰랐다.

"아침에 광주여객을 같이 타고 간 처자."

주인이 해수와 같이 가는 걸 보았던 모양이었다. 기종이 설핏 웃었다.

"참하게 생겼던데. 복도 많은 색시제. 판 · 검사 될 사람을 애인으로 두었으니."

기종이 씁쓸히 웃을 뿐이었다.

"근데 처자는 어떡허고 혼자 왔노."

"구례역까지 바래다주고……."

"절로 돌아가는 길?"

주인의 물음에 기종이 고개를 끄덕였다.

"마침 잘 됐제. 쌍계사를 찾는 초행길 손님이……."

주인이 창가에 앉은 여인을 향했다.

"처자! 이분이 쌍계사에 계셔. 이리 옮겨 앉제."

주인이 옆자리로 옮겨 앉았다. 여인이 다가와 기종에게 목례하고 기종 앞에 다소곳이 앉았다. 연푸른 티셔츠에 어울리는 청바지, 깔끔한 단화가 조화를 이루었다. 창가 의자에 걸쳐 놓은 체크무늬의 바바리가 멋스러웠다. 화장기 없이 청초한 얼굴에 웨이브 진 긴 머리가 어깨 위에 단정히 머물러 있었다.

"절에서 고시 공부하는 분이셔."

주인이 고시 준비하는 대단한 사람과 친분이 있다는 것을 은근히 자랑하고 있었다. 고시 준비생이라면 무리들 중에서 선망이었고 대접을 받던 시절이었다. 준비된 영재들을 뽑는 국가고시(사법 · 행정 · 외무) 중 으뜸인 사법고시 준비생들은 예비된 판·검사로서의 대우를 받았다.

여인이 다시 한 번 기종에게 목례를 했다.

"초행길이세요?"

"네ㅡ."

여인의 목소리가 간결하고 투명했다. 여인에게서 풋풋한 생기가 전달되었다.

"쌍계사는 무슨 일로?"

기종이 물었다.

"십리 벚꽃 길……. 여행길에 한 번 들르고 싶었어요."

여인이 십리 벚꽃 길을 연상하는 듯 해맑았다.

"봄이 아니라서 유감입니다만, 물들기 시작하는 가을 단풍 길도 운치가 있을 겁니다."

"절로 가시는 길이세요?"

"버스 기다리기엔 시간이 너무 일러 쉬엄쉬엄 걸어가려던 참입니다."

"동행해도 되겠습니까?"

여인이 부탁했다.

"동행해 주시겠습니까?"

기종이 되물었다. 여인이 스스럼없이 웃었다. 여인에게서 은어의 수박향내가 풍겼다. 기종과 여인이 다방을 나왔다. 바바리를 입은 여인이 해바라기 무늬가 모자이크 된 용량이 큰 핸드백을 어깨에 걸쳤다. 한 손으로는 여행 가방을 들었다.

기종은 여인의 짐을 나누어 들고 절로 향했다. 화개장터를 벗어나 포장이 안 된 벚나무 길로 접어들었다. 우측 벚나무 길 언덕 아래로 화개천이 물길을 넓혀 섬진강으로 흘러내렸다. 지리산 끝자락으로 이어진 좌측 밭둑에는 억새들이 갓 밀어올린 하얀 꽃대를 가을바람에 말리고 있었다. 기종이 여인의 발걸음에 맞춰 보폭을 줄였다.

해수와 나갔던 버스길을 한 여인과 걸어서 돌아가고 있었다.

"절에서 계신 지 오래 됐어요?"

주변 풍경을 한참동안 익혀가던 여인이 기종을 보며 물었다.

"지난 5월에 군복무를 끝내고 6월에 절로 왔으니, 4개월 정도……."

"얼마쯤 계실 건데요?"

"내년 신학기 복학할 때까지 있을 예정입니다. 참 인사가 늦었습니다. 강기종입니다."

"소여예요."

소여……. 여인의 세련미만큼이나 예쁜 이름이었다. 소여! 소여가 가을 하늘 아래 벚나무 단풍 길에서 해맑게 웃고 있었다. 절로 오르는 화개천 다리까지 왔다. 철근시멘트 기둥으로 받쳐진 교량 끝 한 토막이 통나무 교량으로 이어져 있었다.

"왜 다리를 만들다 말았을까요?"

소여가 궁금해서 물었다.

"폭파해 끊었답니다."

"왜요?"

"6.25사변 때 인민군의 남하를 지연시키기 위해 한강 교량을 폭파했듯이 이 다리도 그렇게 되었다고 해요."

"이 산속 다리까지요?"

소여가 이해되지 않는지 되물었다.

"전쟁 중 지리산에 숨어든 빨치산들이 밤이면 산속에서 마을로 내려와 양민을 학살하고 양식과 가축을 약탈해 갔답니다. 토벌꾼들이 빨치산들의 통행로를 차단하기 위해 폭파해 끊어놓은 걸 전쟁이 끝나고 임시로 연결시켜 놓은 거래요."

의문이 풀린 소여가 고개를 끄덕였다.

"세월이 흐른 지금까지……."

"나라 형편이 여기까지 손쓸 여력이 없었겠지요."

"……상처 없는 처음으로 돌아갔으면……."

소여가 혼잣말처럼 중얼거렸다. 다리를 건너 석문을 지나 해수가 묵고 간 청운장 앞까지 왔다. 청운장 앞마당에서 겨울준비로 장작을 쌓고 있던 주인 보살이 기종을 보고는 소리쳤다.

"학상 선생!"

주인이 기종을 보자는 손짓을 했다.

"잠깐—."

기종이 소여에게 양해를 구하고 마당으로 들어갔다. 방안으로 급히 들어간 주인이 하얀 봉투 하나를 들고 나왔다.

"처자가 떠나면서 학상 선생한테 전해달라고 맡긴 거여."

"감사합니다."

기종이 봉투를 받았다. 해수가 남긴 봉투, 부피감이 있었다.

'마지막 작별 인사를 남겼을까…….'

기종이 봉투를 품속 호주머니에 넣고 돌아섰다. 주지스님의 선방 앞까지 왔다. 소여가 조용한 방이 있으면 며칠 쉬어갔으면 했다. 주지스님께 부탁해 보라고 했다. 선방 앞 댓돌에 주지스님의 신발이 있었다.

"주지스님!"

헛기침으로 인기척을 내고 기종이 스님을 찾았다. 문이 열리고 주지스님의 모습이 보였다.

"학상 선생—. 웬일이요? 들어오시게."

"손님께서 주지스님께 부탁드릴 일이—."

기종이 소여를 보았다.

"……들어오십시오."

주지스님이 산방을 나왔다. 기종이 소여를 인사시키고 돌아섰다. 계단을 올라 서소문*을 들어서 공부방 앞마루에 앉았다. 품속에 있던 해수의 편지를 꺼냈다.

*서소문 : 서울 서소문로에 검찰, 법원 청사가 있었다. 고시생들의 공부방이 있는 불사를 서소문이라고 했다.

봉투 속에 편지 한 장과 신권으로 준비된 현금이 들어있었다. 백지 상단에 글자라곤 딱 두 자.

— **오딘**

편지 내용이었다. 여백의 하단에 추신이 있었다.

— **제대할 때 선물하려고 준비했던 것입니다.**

그것뿐이었다. 편지를 뒤집어 보아도 여백뿐이었다. 그리고 깨끗한 신권 십만 원이 동봉되어 있었다.

기종이 돈과 편지를 보면서 망연해졌다.

작별인사?…… '오딘', 그리고 십 만원……. 해수가 남기고 떠난 모두였다.

'……학원비 반환?…… 마지막 선물?……. 송별금…….'

조각조각 맴돌아 정리되지 않았다.

십만 원! 해수의 돈 일십만 원! 살을 태우고 삶을 죽인 처참한 돈이었다. 기종이 허공을 보았다. 투명한 가을하늘이 원망스러웠다.

'왜－, 왜－. 다다구미란 곳에서 해수를 만나게 해 주셨나이까…….'

간직할 수도 버릴 수도 없는 돈이었다. 쓸 수도 없는 돈이었다. 힘든 숙제를 남겨놓고 떠났다.

'어떻게 처리해야 하나…….'

"행님! 오셨능교."

다람쥐가 서소문을 들어서고 있었다.

"응……."

기종이 다람쥐를 보면서 매듭진 생각을 풀고 있었다. 망각의 재를 올리고 소멸시켜야 했다.

"지루박, 곶감, 주호 형 불러라. 외출 준비해서."

"어디로?"

"구례 나들이다. 당장."

얼떨떨한 다람쥐에게 십만 원 중 오만 원을 세어서 건넸다.

"이 돈 네가 보관 좀 해라."

기종이 남은 돈을 봉투에 넣고 주지스님의 선방으로 내려갔다. 아래에서 안소니스님이 소여를 안내해 계단을 오르고 있었다.

"정강(안소니)스님! 어디 가시는 길입니까?"

"주지스님께서 손님을 국사암으로 모시라고 했습니다."

절에서 십분 정도 산길을 오르면 비구니들이 수도하는 국사암이라는 암자가 있었다. 노비구니 스님 아래 세 명의 어린 비구니가 텃밭을 가꾸어 농사지으며 정진하고 있었다. 타지에서 찾아온 여신도들이 여분의 방을 사용하기도 했다.

"스님! 내려오시면 바로 출타 준비하세요."

"……?"

"구례 화엄사! 주지스님에게 말씀드려 놓겠습니다."

기종이 소여에게 목례하고 아래로 향했다.

주지스님 앞에 기종이 마주 앉았다. 기종이 해수의 돈 봉투를 주지스님의 탁자 위에 놓았다.

"학상 선생－, 웬 봉투요?"

"속세의 한 중생이 시주한 것입니다."

"？……."

"부탁이 있습니다. 스님!"

"？－."

"사바세계에서 편안히 천수를 누리고 극락왕생하게 기도해 주십시오."

기종의 알쏭달쏭한 부탁에 주지스님이 기종과 돈 봉투를 번갈아 보았다.

"높으신 스님의 불전으로 써 주시기를 부탁드립니다."

스님이 탁자의 봉투를 열어 현금을 확인했다.

"과분한 시주금이요……. 그래야겠제. 시주하신 불도의 성함은?"

"해수! 아니, 유 · 정 · 분입니다."

"……유 · 정 · 분……."

스님이 붓을 꺼내 먹물을 찍었다. 돈 봉투에 유정분의 이름을 올렸다.

"생년월일은?"

스님이 물었다. 해수의 생년월일을 모르는 기종은 잠깐 망설였다.

"……스님의 불력으로 통하게 해 주세요."

"그래야겠제."

난데없는 거금의 시주금에 스님의 표정이 후해졌다. 돈 봉투를 향해 합장해서 예를 올렸다.

"내일 새벽 예불부터 백일기도 들어갈 거여. 불도에게 백일동안 몸과 마음을 정갈하게 가지라고 전하시게."

"그래야지요. 또 하나 부탁이……."

"……말혀 보시게."

"구례 화엄사에서 가져올 짐이 좀 있습니다. 정강스님에게 절 안내를 받아야겠고 삼석이에게 짐을 좀 부탁해야겠습니다."

"오늘?"

"지금 바로 갔다 와야겠습니다. 차편이 없으면 절에서 하룻밤 보내고 올지도 모르겠습니다."

"……그래야겠제. 그렇게 하시게―, 학상 선생."

"감사합니다. 스님!"

주지스님이 시주금의 약발에 만족하고 있었다. 기종이 서소문으로 돌아왔다. 안소니스님과 주호와 다람쥐, 지루박과 곶감이 공부방 마루에 모여 있었다.

"웬일로?"

주호가 기종에게 물었다.

"하룻밤 푸닥거리할 일이 있다. 지금 당장 구례행이다."

"주지스님께 말씀드려야 하는데……."

안소니스님이 망설였다. 절식구인 스님과 삼석은 마음대로 나설 수 없었다.

"주지스님에게 화엄사에 다녀온다고 스님과 삼석의 출타 허락을 받아 왔습니다."

기종이 일동을 둘러보면서 외출지시를 했다.

"아무것도 준비할 것 없이 이대로 나서기만 하면 된다."

기종이 앞서 서소문을 나섰다. 주호, 다람쥐, 지루박, 스님과 삼석이 얼떨결에 기종의 뒤를 따랐다. 일주문까지 왔다.

기종이 멈추어 뒤따르는 일행에게 다짐을 주었다.

"지금부터 시작될 속세의 일은 내일 일주문을 들어서는 순간 모두 털어내야 한다."

화개장터까지 걸었다. 학생이나 중이나 노는 것 싫어하는 사람은 없었다. 일상에서 일탈되어 나온 일행들의 행렬은 제각기 자유로웠다. 꼽추스님과 곶감 삼석이, 덜렁이 지루박과 몽돌 같은 다람쥐, 주호와 기종……. 괴이한 일행의 나들이였다.

"절에서 나와 절로 가는 거야? 왜?"

주호가 기종에게 물었다.

"미쳤냐! 절에서 콧구멍에 바람 쐬러 나온 놈이 어디 갈 데가 없어 또 절을 찾냐?!"

"그럼?"

"화끈하게 한 번 미쳐 보는 거다. 굿판 벌려놓을 테니 무당춤이나 춰."

주호가 아리송하게 기종을 보았다. 기종이 비실비실 웃음을 흘리면서 앞장서 나갔다. 분주하고 변화가 많은 하루였다. 새벽에 해수와 함께 나선 길을 한낮에 소여와 함께 돌아왔다. 오후에는 절 식구 다섯 명을 거느리고 다시 구례로 향하고 있었다. 구례 버스터미널에서 내렸다.

해가 기울고 있었다. 정해진 곳 없이 한가로이 구례역 쪽으로 향했다. 무슨 좋은 일이 있을까. 기대하는 일행들이 주위를 기웃거리면서 기종의 뒤를 따랐다. 역 가까이에 홍등가가 있었다. 술도 팔고 몸도 파는 집창촌이었다. 기종의 선도로 골목 속으로 섞여들었다.

그 속에서 깨끗하고 규모가 큰집을 찾았다. 주인을 불러 십여 명이 술판을 벌릴 큰방을 주문했다. 외인부대 같은 괴상한 일행의 모습에 뜨악해 하던 주인이 거실 같은 큰방으로 안내했다. 큰상 두 개를 맞물려 술상을 준비했다. 여섯 명의 일행이 자리를 잡았다.

주인과 기종의 흥정이 시작되었다.

"주인장! 쓸 만한 언니들 여섯 명 불러줄 수 있능교?"

"여섯 명?!"

"모자라면 옆집에서 미쓰 구례로 골라서 빌려오더이다."

"걱정 말더라고. 술과 안주는?"

"무슨 술이 있드라고?"

"담군 술로는 복분자, 더덕, 인삼주와 동동주가 눈깔 빠지게 손님 기다리고 있제."

"보드라고! 이 사람들 절밥 죽이느라고 속이 허하제. 기름지고 맛깔난 남의 살이 필요혀."

"갈비찜, 더덕구이. 원하는 것 말해 보드라고."

"술은 더덕술로 허고 안주는 여기에 있는 것 모두 싸게싸게 대령할 것이어."

곧바로 여자들이 술상을 준비했다. 옆집에서 원정 나온 여자들과 합쳐 여섯 쌍의 남녀가 둘러앉았다. 뒤따라 주모가 들어왔다.

"먹고 배 째라 할까 봐 걱정될 것이제. 오고가는 선금 속에 흘랑 벗는 싸비스(서비스)."

"아무렴."

기종과 주모가 꿀림 없이 맞받았다. 기종이 다람쥐를 보았다.

"사만 오천 원 내놔라."

다람쥐가 보관하고 있던 오만 원 중에서 돈을 세서 기종 앞에 내어놓았다.

"주인장! 롱타임으로 언니들 두당 오천 원씩 삼만 원, 일만 오천 원은 술과 안주 값으로 몽땅 거리제."

주모가 믿기지 않는 듯 기종을 보았다. 한 사람당 천 원 미만이면 충분히 먹고 쉬어 갈 수 있는데……. 계산이 잘못된 것 같았다.

"기종아! 맛이 간 것 같다."

어이없는 기종의 호기에 주호가 제동을 걸었다.

"굿이나 보고 떡이나 먹어라. 내일 아침까지다."

기종이 일행을 둘러보았다.

'백조들이 까마귀의 속을 알 리가 없지…….'

해수의 돈! 반은 해수의 안녕을 위해 주지스님께 시주했다. 돌려줄 수 없는 나머지의 돈은 같은 처지에 있는 여자들에게 이렇게라도 해서 돌려주기로 했다. 빨리 흩뿌려 끝내야 했다. 기종이 주모를 보았다.

"내일 아침 우리 떠날 때까지 딴 손님을 받지 말드라고."

"알았쓰라오."

"마음 변하기 전에 이 돈 치우드라고."

"셈 다시 해 보드라고. 내 손에 들어오면 나갈 일 없응께."

"물릴 일 없응께 맛난 것 부탁혀! 자빠지게 싸비스 끝내주고."

"아무렴. 걱정 매놓드라고."

"한 가지 더, 내일 아침 해장은 재첩국이여."

"암-."

주모가 급히 돈을 품속에 넣고 나갔다. 기종이 주위를 찬찬히 둘러보았다. 주호, 곶감, 다람쥐, 지루박, 안소니스님 옆에 흡족한 여자들이 따닥따닥 붙어있었다. 스님과 재수생, 절 머슴…….

'죄 많이 짓고 있구나…….'

다람쥐와 지루박을 보았다.

"다람쥐, 지루박! 너네들 총각딱지는 떼었나? 여자 옆에 놓고 술상 받는 것 처음이제?"

"행님! 착했으모 재수하겠능교."

지루박이 대꾸했다.

"안 착하면 삼수할래?"

"재수로 끝낼랍니더."

다람쥐가 질색하며 손사래쳤다.

기종이 여자들을 점검했다. 고추 꽃처럼 빈약하고 어린 고만고만한 여자들이었다. 안소니스님 옆의 여자가 품질이 떨어졌다. 기종 옆의 여자가 그중에서 제일 상질이었다.

옆의 여자와 스님의 여자를 번갈아 보았다.

"언니는 스님에게 가고, 스님 옆의 여자는 내 옆으로 오제."

여자들이 자리를 바꾸었다.

"얼추 되었으면 맘 편하게 풀고 즐기자. 내일 새벽까지다."

술잔이 돌아가고 맛깔진 안주들이 계속 들어왔다. 술잔이 더해 갈수록 여자들과 술판이 어우러졌다. 젓가락 장단으로 노랫가락이 이어졌다. 흥을 못 이긴 지루박의 막춤에 안소니스님이 춤판에 어울렸다. 공옥진 여사의 병신 춤보다 실감나는 꼽추춤을 추었다. 자정이 가까웠다. 지루박에 이어서 안소니스님이 떨어졌다. 여자들에게 각자의 방에 옮겨 재우라고 했다.

'작업을 걸어오면 장화(콘돔)를 필히 신겨라' 고 여자들에게 당부했다. 학생들과 중이 성병에 걸린다면 두 번 죄 짓는 거다. 자정을 넘기면서 다람쥐, 주호가 차례로 떨어졌다. 마지막으로 체력 좋은 곶감마저 술에 빠져 졸았다. 여자들의 안내로 잠자리로 갔다.

품질 떨어진 여자와 기종만 남았다. 지치지 않고 기종이 남은 술을 비워 나갔다. 여자가 술상 앞에서 졸기 시작했다.

'어쩌다가 이곳까지 왔을까…….'

"언니! 잠 오면 가서 쉬어."

여자가 퍼뜩 정신을 차려 기종의 빈 잔에 술을 채워 주었다.

기종이 단숨에 술을 삼켰다.

'어둠아 가라……. 여명이 모든 것을 지워 줄 것이다……. 해수야 안녕…….'

창밖이 밝아왔다. 판을 끝내고 털고 일어나야 할 시간이었다. 술상에 엎어져 선잠을 자고 있는 여자를 깨웠다.

"언니! 모두 깨우고 재첩국을 준비시켜요."

여자가 비실거리며 나갔다. 기종이 술잔을 연거푸 비우고 혼자 웃었다. 한심했다. 버릴 수도 쓸 수도 없는 돈을 푼수없이 흩뿌렸다. 점수가 나오지 않을 숙제가 끝나가고 있었다.

자신의 한계점에서 한심해졌다.

'이렇게 끝낼 수밖에 없었을까…….'

절식구들이 불어터진 얼굴로 다시 모였다.

휑해진 얼굴들이 가관이었다. 칼칼한 목구멍을 재첩국으로 적셨다. 기종이 마지막 주전자로 해장하고 술판을 끝냈다.

이른 아침 거리로 나선 일행들의 발길이 헷갈렸다. 가끔씩 지나치던 행인들이 우스꽝스런 행렬을 힐끔거렸다. 부산행 광주여객 버스에 줄지어 타고서 화개장터에서 줄지어 내렸다. 장터 국밥집으로 갔다. 아침을 때우고 절로 돌아가면 속세의 나들이가 끝난다.

주호, 스님, 곶감, 다람쥐, 지루박의 충혈진 모습들이 지난밤의 무용담을 말해 주고 있었다. 돼지 머리고기와 내장이 담뿍 담긴 국밥이 나왔다. 일행들이 객기로 방전된 힘을 재충전하기 위해 게걸스럽게 속을 채웠다. 기종이 큰 잔의 막걸리로 다시 속을 채웠다.

주호가 그런 기종을 살폈다.

"야—, 기종아! 너 쥐약 먹은 것 같다."

"어떻게 알았어? 쥐약 먹은 것."

"몇 바퀴 돌고 돌아 헷갈린다. 제자리 찾을 수 있겠냐?"

태엽이 풀린 기종의 행동을 주호가 이상해 했다.

기종이 주호를 보고 힐끔 웃었다.

"끝나간다. 일주문까지다."

기종이 빈잔 가득 막걸리를 채웠다.

'쥐약?……, 쥐약보다 더한 걸 먹었다. 네놈들과 함께……. 한 여자의 몸을 태운 독약을 먹었다.'

국밥집을 나와 십리 벚나무 길을 따라 절로 향했다. 인적 없는 길에 기종 일행의 행렬이 이어졌다. 기종의 옆에 다람쥐와 지루박이 따랐다. 주호, 안소니스님, 곶감이 먼발치에서 따라왔다.

걸음을 멈춘 기종이 허공을 보았다. 가을하늘은 어제처럼 맑았다. 허공을 향해 헛웃음을 쏟아냈다. 기종이 다람쥐와 지루박의 양 어깨를 어깨동무했다. 씩씩하게 걸음을 옮기면서 목청껏 노래를 질러댔다. 망가진 자신의 내면을 토해내고 있었다.

"인천에 성냥공장~ 성냥 만드는 아가씨~
하루에 한 갑 두 갑~ 성냥이 열두 갑~
치마 밑에 감춰 가지고~
정문을 나설 때~
치마 밑에 불이 붙어서~
엉- 엉- 털이 홀랑 다 탔네~
인천에 성냥공장-
아가씨는 백- 엉-엉~

부평에 성냥공장~ 성냥 만드는 아가씨~
하루에 한 갑 두 갑……."

절 아랫마을 용강리 부락이 보였다. 걸음을 멈춘 기종이 잠깐 자신의 몸가짐을 정리했다. 절로 오르는 화개천 다리 앞까지 왔다.

"다람쥐하고 지루박은 가게에 가서 석유 한 통하고 사탕 큰 봉지로 몇 개 사와라."

기종이 심부름을 시키고 다리를 앞서 건넜다. 일주문 앞에서 걸음을 멈추고 일행들을 기다렸다.

석유와 사탕을 사든 다람쥐와 지루박이 일행을 뒤따라왔다.

"석유와 사탕 한 봉은 내 방에 갖다놓고 나머지 사탕은 스님들과 공양주들 잡숫게 드려라."

석유와 사탕 한 봉은 화전밭 노부부의 몫이었다. 토종꿀의 답례로 해수의 보시인 셈이다.

자세를 잡은 기종이 다람쥐와 지루박에게 충고했다.

"삼수하지 않으려면 일주문을 들어서는 순간부터 새로운 각오로 정진해라. 알겠냐!!"

"알겠습니더-, 행님!"

병 주고 약 주는 소리. 기종은 또 한 번 자신의 위선이 경이로웠다.

"주호도 마찬가지다. 알겠냐!!"

기종은 주호에게도 일갈했다.

학보로 입대해 전방근무로 군 생활을 짧게 끝낸 주호는 고시에 한 번 응시해 2차에서 낙방한 전력이 있었다.

"잘 났어-, 정말. 너 하는 것 보아 재수가 남의 일이 아닌 것 같다."

주호가 기종을 비틀었다.

"나에게 재수란 없다. 한 판으로 끝낸다."

"아무렴, 꿈도 야무지다."

"야무진 꿈은 이루어진다."

"그래야제."

주호가 끝내고 말았다. 기종이 이번에는 안소니스님을 향했다.

"스님! 지금 어디서 오더이까?"

"화엄사에서 유하고 오더이다."

안소니스님이 능을 쳤다.

"그래야제. 옴 마니 반메 훔!"

기종이 합장했다.

"관세음보살!"

스님이 마주 합장하면서 화답했다. 기종이 마지막으로 곶감을 보았다.

"곶감! 들었제?"

"선상님! 내가 바본교."

기종이 일동을 둘러보았다. 세상에 믿을 놈은 처음부터 없었다. 기종이 일주문 문턱에서 다시 걸음을 멈추었다.

"행님요! 돈이 남았는데요."

다람쥐가 차비, 국밥, 석유, 사탕을 사고 남은 돈을 기종에게 돌려주려 했다.

"됐다. 남은 돈은 대웅전 불전함에 시주해라. 끝!!"

점수 나오지 않을 숙제를 끝냈다. 해답이 없는 문제를 푼 것 같았다. 기종이 먼지를 털어내듯 온몸을 털면서 마지막으로 푸닥거리를 했다.

"으시-, 귀신아 물러가라! 으시-, 물러가라 귀신아!"

속세의 번뇌를 털어버리고 일주문을 성큼 넘어섰다.

공부방까지 왔다. 방안에 들어섰다. 공부방이 생소한 것 같기도 했다.

여운이 긴 며칠이었다. 몸속에 남아 있던 마지막 기운이 소진되었다. 이부자리를 깔았다. 잠속에 빠져들었다.

'깨어날 때는 새로운 시작을…….'

1

— 오딘…….

웃으면서 눈물지운 해수가 열차 속으로 사라졌다. 열차가 시야에서 멀어져갔다.

— 해수…….

허공의 시야에서 기종이 돌아섰다.

"오딘!"

돌아선 뒤에서 기종을 부르고 있었다. 다시 돌아섰다. 해수가 서 있던 그 자리에 한 여인이 서 있었다.

'해수?…….'

아니었다. 연푸른 티에 청바지를 입은 여인이었다. 소여였다. 소여가 기종에게로 다가왔다.

'소여……. 소여…….'

서소문의 출입문이 열리는 소리가 났다. 기종의 방 앞에서 발걸음이 멈추었다. 현실의 파편들이 꿈으로 환생되었다가 다시 현실로 이어지고 있었다.

기종이 눈을 떴다. 밖은 햇살로 가득했다. 탁상시계가 12시 가까이 와 있었다. 상체를 일으켜 방안을 둘러보았다. 방문 옆으로 석유통과 사탕봉지가 있었다. 방문 앞에 밥과 국이 담긴 쟁반이 놓여있었다.

어제, 방에 들기 전에 다람쥐에게 부탁했었다. 저녁 · 아침 공양 때 깨우지 말라고. 다람쥐가 아침공양을 갖다놓은 것 같았다. 어제 낮 잠자리에 들어 망각의 항해를 시작했다.

오늘 낮 현실의 공간에 되돌아왔다. 정신과 육체의 엉킨 생각들이 비워져 가벼웠다. 낮과 밤과 낮으로 이어진 망각의 시간 속에 앙금을 털어버리고 온 것 같았다. 쌓임도 없었고 남김도 없었다.

서소문 안마당에 인기척이 스쳤다. 방문을 열어보았다. 마당에서 서성대고 있던 소여와 기종의 시선이 마주쳤다.

"안녕하세요. 어맛!"

소여가 민망해 황급히 돌아섰다.

'아차!'

팬티바람의 기종이 급히 방문을 닫았다.

"잠깐만요."

방문 밖으로 소리치고 허겁지겁 옷을 입었다. 방을 나온 기종이 툇마루로 소여를 안내해 앉았다.

"방문 일정을 알았으면 비키니로 맞았을 텐데, 유감입니다."

"홍보가 소홀했네요. 죄송해요."

기종과 소여가 농담으로 민망함을 삭였다.

"어때요? 국사암……."

기종이 물었다.

"세상에서 떨어져 나온 고도. 시간이 멈춘 것 같아요."

"원하는 대로 잘 됐네요. 며칠 정도 계실 겁니까?"

기종의 물음에 소여의 표정에 어두움이 스치는 듯했다.

"……며칠 지내 본 후에……. 불일폭포 가 보셨어요?"

"운동 삼아 몇 번 가 봤어요."

"한 번 가 보려고 하는데……."

"십리 벚꽃 길과 쌍계사, 다음은 불일폭포가 빠질 수 없지요. 가 보실래요?"

"언제쯤?"

"마침 잘 됐네요. 불일폭포 쪽에 볼 일이 있어요."

석유와 사탕봉지. 화전 노부부에게 해수의 잔존물을 바로 처리하고 싶었다.

"오늘?"

소여가 물었다.

"지금. 동행해 주시겠습니까?"

기종이 서둘렀다.

"동행해도 되겠습니까?"

소여가 되물었다. 기종과 소여가 첫 만남에서의 대화를 반복하며 웃었다. 간편히 산행 복장을 갖춘 기종이 석유와 사탕봉지가 담긴 걸망을 메고 소여와 함께 불일폭포로 향했다.

정적의 국사암 앞까지 왔다. 기종이 소여의 복장을 점검했다. 운동화에 청바지와 반팔 티셔츠 차림이었다.

가을 햇살은 눈부시고 따가웠으나 산속 그늘은 냉기가 서려 여벌의 옷이 필요했다.

"간단한 겉옷 있으면 가지고 나오세요."

"잠깐―."

소여가 국사암으로 들어가 여행모자와 긴팔 겉옷을 가지고 나왔다. 국사암을 지나면서 산길은 좁아지고 오르막이 계속되었다. 돌길과 숲길이 지형따라 간간이 끊긴 듯 이어지고 있었다.

기종이 앞장서고 소여가 뒤따랐다.

"얼마나 걸려요?"

소여가 힘든 듯 물었다.

"한 시간 정도. 급할 일 없는데 쉬엄쉬엄 가요."

바윗골로 개울물이 흘렀다. 기종이 소여의 손을 잡아 끌어주었다. 험한 비탈은 소여를 앞장세워 밀어주었다. 소여가 잠깐씩 쉬어가면서 맺힌 땀을 식혔다. 소여는 기종과 눈이 마주치면 맑게 웃었다. 가을 하늘처럼 티 없이 맑고 밝은 소여였다.

희지도 검지도 않은 피부는 잡티 없이 윤기가 흘러내렸다. 흘러내린 머리를 한 가닥으로 다듬어 뒤로 묶었다. 화장기 없는 얼굴의 윤곽이 단정히 돋보였다. 솜털이 내린 목과 어깨, 적당히 융기된 가슴에서 압축된 허리, 자리를 넓힌 힙에서 곧게 내린 하반신, 군살 없이 균형을 이룬 몸매였다.

숨결마다 수박향을 맴돌게 했다. 산속, 한 여인의 향기가 가득해졌다. 소여가 숲속의 공간에서 여인의 향기를 뿜어내고 있었다. 기종과 소여가 무너져 흘러내린 크고 작은 바윗길을 올랐다. 기종이 소여를 끌어주고 밀어주면서 오름이 완만해진 턱을 넘었다. 개울물 우측 비탈로 옥수수 화전밭이 나왔다.

좌측 산비탈에 의지한 노부부의 살림터까지 왔다. 쪽마루 딸린 방 한 칸과 부엌을 겸한 곳간, 통나무로 가로 엮어 진흙으로 마감질한 오두막이었다. 마루에서 마주앉아 중참을 들고 있던 노부부가 기종을 반갑게 맞았다. 옻칠 벗겨진 소반에 묵은 김치 한 그릇과 박 바가지에 산채나물 비빔밥이 올라있었다. 소반 아래 찐 고구마와 강냉이가 한 바가지 놓여있었다.

"점심 전이제?"

노부인이 기종과 소여에게 자리를 내어주며 부엌으로 가 양재기 두 개와 식사거리를 준비해 나왔다.

"산골에서나 먹어 볼 별식이여. 같이혀."

바가지의 비빔밥을 양재기에 떠 담아 기종과 소여에게 밀었다.

"산골짝에서 나는 약초와 뿌리로 담군 술이여. 보약이제."

먹음직스럽게 버무려진 비빔밥에 기종의 식욕이 일었다. 그러고 보니 하루는 술로, 하루는 잠으로 때웠다. 곡기를 담지 못한 속에서 군침을 밀어내고 있었다.

비빔밥 몇 숟가락을 단숨에 우물거려 삼켰다. 약술을 한 모금 했다. 한약 같은 진한 색깔에 향이 독특한 술이었다. 알싸하게 목구멍을 타 내리면서 속을 데우기 시작했다. 쓴맛 속에 달착지근한 향을 품은 약술이었다.

소여도 가림 없이 양재기의 비빔밥을 비우고 있었다. 내숭 없는 소탈한 모습이었다. 기종이 주발의 약술을 마셔 보겠냐는 눈짓을 보냈다. 소여가 고개를 끄덕였다. 기종이 소여에게 약술을 건넸다. 소여가 주저 없이 한 모금 하고 입맛을 다시면서 찡끗 웃었다. 의외였다. 보통의 여자들이면 한 모금 하고 손사래를 쳤을 텐데.

"술 실력이 보통이 아닌데요."

기종이 소여의 대담함에 놀란 듯했다.

"화실에서 친구들과 가끔씩 해요."

"화실?"

"미대에서 서양화를 전공하고 있어요."

"어쩐지……."

기종이 이해가 가는 듯 고개를 끄덕였다.

"무슨 뜻?"

소여가 물었다.

"색깔의 어울림. 패션 감각이 남다르다 했어요."

"정말요?"

소여가 환하게 웃었다. 걸망의 석유와 사탕봉지를 노부부에게 전하고 불일폭포 길로 접어들었다.

햇살 가려진 숲길을 올랐다. 물줄기가 쏟아져 부서지는 소리가 들리기 시작했다. 선뜻 냉기서린 외길 끝에 높은 암벽이 나타났다. 절벽 허공에서 물기둥이 쏟아져 내렸다. 물줄기가 턱에 걸려 부서지고 튀기면서 아래로 뜀박질 쳐서 바닥에 어두운 용소를 만들어 놓았다.

며칠 전 비가 온 뒤끝이라 수량이 불어난 폭포의 파열음이 숲속의 정적을 뒤흔들었다. 부서진 물방울의 파편들이 안개비 되어 얼굴에 한기를 뿌렸다. 석빙고 같은 서늘함이 몸의 열기를 식혔다.

소여가 폭포의 장렬함에 한참을 빠져들었다. 기종이 용소 가까이 다가가 손을 씻고 두 손바닥 가득 물을 떠서 마셨다. 몸속의 잡기가 씻어 내리는 듯했다. 소여가 용소에서 넘쳐난 물줄기 아래로 내려가 두 손을 물속에 담갔다가 땀 흘린 얼굴을 토닥였다. 화장기 없는 얼굴이 풋풋하고 향기로웠다. 수박향이 기종의 코끝을 스쳤다.

기종이 목에 두른 수건을 소여에게 건넸다. 소여가 수건으로 손과 얼굴을 가볍게 문질렀다. 기종에게 수건을 건네던 소여가 파르르 소름 돋으면서 투명하게 웃었다. 폭포 길을 되돌아 나와 하산 길 바위 턱에 앉았다. 먼 산봉우리에서부터 능선으로 물들여 온 단풍이 골짜기 아래로 타 내리고 있었다. 산속에서 숲속에서, 멀리에서 가까이에서 이름 모를 산새들의 합주가 이어지고 있었다.

'휘이— 휘—이—.' 휘파람새,

'쪽박바! 쪽박바!' 허공을 맴돌며 우짖는 쪽박새,

'씨— 비! 씨— 비!' 욕하는 쌍놈새,

'쩝 — 쩝! 쩝 — 쩝!' 못마땅해서 헛기침하는 양반새,

'띨— 띨! 띨— 띨!' 불평만 하는 건달새,

'찌— 르— 륵! 찌— 르— 르— 륵!' 찌르르기,
'호— 르— 륵! 호— 르— 르— 륵!' 호루라기새,
'지지배! 지지배!' 수다 떠는 지지배새,
'뿌— 익! 뿌— 익!' 재롱떠는 재롱새, 등등…….

가을을 보내는 숲속에서 사랑과 정열을 불태우고 있었다. 이름 모를 새들의 울림 따라 기종이 편하게 지워준 이름이었다. 건너편 먼 산봉우리에서 "뻐— 꾹! 뻐꾹!" 뻐꾸기가 누군가를 불렀다. 앞산에서 "뻐— 꾹! 뻐뻐—꾹!"

답신을 보냈다. 서로는 먼발치에서 산울림을 전하고 있었다. 기종이 확실하게 아는 새 이름 '뻐꾸기(뻐꾹새)' 였다. 새들의 노랫소리 울음소리 속에 생소한 한 가닥 심금을 흔들어 놓는 소리가 울리기 시작했다.

"우— 우— 으— 웅—, 우— 우— 웅— 으— 으— 웅—……."

나지막한 여운이 긴 소리가 길게 짧게 흐느끼듯 간간이 이어지고 있었다. 한숨소리 같기도, 신음소리 같기도, 아기 울음소리 같기도 했다. 지상이 아닌 허공 아득히 허공으로 이어 보내고 있었다.

엄마 찾는 아기의 소리 같기도 해서 아리고 아팠다.

"무슨 소리예요?"

소여가 귀를 세우며 물었다.

"새소리래요."

"슬퍼요. 저렇게 애달플 수가……. 어떻게 생겼어요?"

"소리만 들었어요. 청명한 날, 아주 가끔씩 나타나요."

"새 이름 아세요?"

"몰라요. 보고 싶어도 볼 수가 없는 새예요."

"궁금하지 않으세요?"

"보이지 않는 새, 소리만 들리는 새. '하늘새' 라고 불러요."

"하늘새?"

"파란 하늘 먼 허공에 있을 누군가에게 그리움을 전하는 새……."

"슬프네요. 어떻게 생겼을까……?"

"깊은 숲 속 어딘가에서 그리움만 전하는 볼 수 없는 새, 그 정도예요."

"하늘새……. 지상에 있는 하늘새?……."

소여는 하늘새의 흐느낌에 빠져들었다.

"알면 아는 대로, 모르면 모르는 대로. 편하지 않아요?"

기종은 하늘새에 젖어있는 소여를 보았다.

"그렇게 간단해지면 얼마나 좋겠어요."

"생각이 많으면 삶이 피곤해진다고 했어요. 잊을 건 잊고, 버릴 건 버리고, 보이는 대로 들리는 대로……, 복잡해지지 않고 사는 법을 배워야겠지요."

기종은 떠나보낸 해수를 생각하면서 소여를 보았다.

'소여…….'

맑았다. 청아했다. 풋풋했다. 오래 전에 만나온 사람처럼 정겨웠다. 소여는 하늘새에서 빠져나오지 못했다.

"하늘새! 지상에 있는 슬픈 새. 지구별에 불시착한 어린 외계인이 우주별에 있는 엄마, 아빠에게 구원을 청하는 것 같아요."

소여가 기종을 보았다. 기종이 고개를 끄덕였다.

"무슨 뜻?"

소여가 물었다.

"딱딱한 육법전서만 파고 있는 생각보다 영혼을 정화시키는 예술인의 감각이 남달라요."

"하늘새라고 하는 감상이 앞서는데요."

소여가 그늘 없이 웃었다. 잠시 끊어졌던 하늘새의 긴 여음이 허공을 달리고 있었다. 소여가 하늘새 소리 따라 허공을 보았다. 파란 하늘에 슬픔이 흐르고, 그리움이 물들고 있었다. 기억에도 없는, 얼굴을 익히지 못한 어머니와 아버지…….

'엄마……, 아빠……, 소여는 길을 잃었습니다.'

화전 노부부의 삶터까지 왔다. 노부부가 걸망에 약술 한 병과 찐 고구마, 옥수수와 '삼지구엽초' 말린 약초를 담아 놓았다. 약탕기에 삼지구엽초를 달여 먹으면 원기를 돋운다고 했다. 세상살이에 탐하지 않고 소박하게 살아가는 노부부였다.

해가 기울고 있었다. 산속의 하루가 저물고 있었다. 국사암 못 미처 샛길로 내리면 호수라고 하기에는 초라하고 웅덩이라고 하기에는 미안한 물길을 막아 놓은 방죽이 있었다. 기종이 가끔씩 산책하는 곳이었다. 숲속에 숨어있던 어둠이 자리를 넓히고 있었다. 기종과 소여가 방죽의 잔디에 편하게 자리를 잡았다. 소여가 주위를 둘러보면서 심호흡을 했다. 별이 하나 둘 내리고 잔잔한 수면 위로 물안개가 피었다.

풀숲에서 숲에서 풀벌레소리가 어둠을 불러들이고 있었다.

'아— 이렇게 아늑하고 편안한 곳이…….'

소여가 다시 한 번 심호흡을 해서 주위의 고요를 욕심껏 담았다.

"배고프지 않아요? 저녁을 걸렀는데."

기종이 소여를 보았다.

"전혀. 이대로가 너무 좋아요."

소여가 주위의 분위기에 취해 더 이상의 욕심이 없는 듯했다. 동녘 산 너머에서 보름 갓 지난 둥근 달이 점잖게 얼굴을 내밀어 어둠을 물리고 있었다. 방죽길 따라 달마중 나온 달맞이꽃이 노란 그리움을 피워냈다. 소슬바람이 불어왔다. 달빛이 잔물결에 은가루를 뿌려놓고 있었다. 기종이 걸망에서 약술과 고구마와 옥수수를 꺼내놓았다.

"한잔 하실래요?"

기종이 약술을 들어보였다.

"먼저 하신 다음."

잔이 없어 병째 들어 기종이 한 모금하고 옥수수를 반 토막 내었다. 술병과 옥수수 토막을 소여에게 건넸다. 소여가 조심스레 한 모금하고 옥수수로 안주했다.

"달밤 산속에서 약술과 찐 옥수수 안주……."

기종이 현재의 분위기를 소여에게 넘겼다.

"지금의 자리 만들기도 힘들겠지요. 저……."

소여가 기종을 보며 망설였다. 기종이 달빛 속의 소여를 보았다.

"말씀하세요."

"어떻게 불러야……."

"기종입니다. 소여 씨!"

"그래도 돼요? 기종…… 씨."

소여가 환하게 웃었다. 기종도 같이 웃었다. 건너편 먼 산에서 "소쩍— 소쩍!" 소쩍새가 울고 있었다. 새벽 동틀 때까지 기다림과 그리움으로 외로움을 이어갈 소쩍새…….

"달 밝은 밤에 홀로 피는 달맞이꽃, 어둠이 내린 먼 산에서 밤 새워 우는 소쩍새, 숲속에서 모습 없이 흐느끼는 하늘새……. 슬퍼요."

소여가 중얼거렸다.

"기쁨보다는 슬픔을, 웃음보다는 눈물을 오래 간직하려는 어두움이 모아져 인간을 '슬픈 짐승' 이라고 해요."

기종이 술 한 모금을 삼키고 옥수수를 뜯어 씹었다.

"하늘새, 소쩍새, 달맞이꽃은 되지 않을래요."

소여가 어두움을 지우고 기종을 밝게 보았다.

"그리우니까 사람이다. 외로우니까 사람이다. 어느 시인이 그랬어요."

"만난 적이 없었으니 그리움을 몰랐고, 같이한 적이 없었으니 외로움을 몰랐어요. 얼마 전까지는……."

소여가 여운을 남긴 채 술 한 모금하고 하얗게 웃었다. 바람결 타고 소쩍새 소리가 가깝게 들려왔다.

"기종 씨……."

소여가 나직이 불렀다. 기종이 소여의 다음 말을 기다렸다.

"저세상이 있을까요?"

"죽음 다음에 새로 시작될 저세상……. 죽음을 두려워하는 인간에 대한 위로겠지요. '두려워 마라! 태어나기 전에는 아무것도 없었다' 고 소크라테스가 말했어요."

"이세상에 잠깐 스쳐서 없었던 곳으로 다시 돌아간다……. 허무하네요."

"저세상이 있다면?……."

기종이 소여에게 물었다.

"처음부터 다시 시작해 보고 싶어요."

"?……."

기종이 애잔해지는 소여를 보았다.

"어머니와 아버지도 함께."

소여가 간절해졌다.

"돌아가셨어요?"

"몰라요. 기억에 없는 분들이니까."

"?……."

기종이 조심스레 소여의 표정을 살폈다.

"지구별에 불시착한 어린 외계인이 우주별에 있는 엄마, 아빠에게 구원을 청하는 것 같아요."

하늘새의 흐느낌에 소여가 한 말이다. 맑고 밝은 소여에게도 진한 아픔이 있는 것 같았다. 가까이 갈 수 없는 타인의 아픔이었다.

"신은 존재할까요?"

소여가 빈 물음을 허공에 던졌다.

"점점 어려워지네요."

"신만이 알고 계실 일……. 그것이 알고 싶어요."

"신?……. 신이 존재했을까요? 신이 존재할까요?……. '신은 죽었다' 고 독일 철학자 니체(1844~1900)가 한 말입니다. '만들어진 신' 이라고 리처드 도킨스(1941~. 과학, 철학, 종교를 연구하는 미국 저술가)가 밝혔습니다. 다윈의 '진화론' 이 아닌 '신의 창조론' 이 정설이라면, 신은 영원히 용서받지 못할 범죄를 저질렀습니다. 지구란 우주별에 인간이라는 최악의 병균을 창조했으니까요. 신의 창조론과 다윈의 진화론. 종교인은 창조론을, 과학자는 진화론을 주장하고 있습니다. 과학적인 설득력을 가진 진화론이 다행스럽게도 신을 구원하는 학설이 되었습니다. 종교인들도 반겨야 할 '진화론' 입니다. 신을 신으로 남겨두고 존재시킬 수 있는 길이 신을 살리는 길입니다."

고개를 끄덕이는 소여에게 기종의 논리는 계속되었다.

"그럴 일은 없겠지만, 나에게 신을 논할 기회가 주어진다면 '신은 처음부터 없었다' 라고 할 겁니다. 인간들의 사악한 성품을 정화시키기 위해 종교가 특정인을 신격화시켜 '신의 창조론' 을 역설할 뿐입니다. 종교가 신을 만들고 신이 만물을 창조했습니다. 신이 존재해야만 종교가 있고 종교인의 믿음이 있습니다. 나약한 인간이 신을 의지해야만 할……."

너무 깊이 들어왔음을 감지한 기종이 대화를 끊고 소여를 보고 피식 웃었다.

"그러네요."

소여가 기종을 새삼 보았다.

"이거 내가 너무 교만했군요. 신과 종교의 영역까지."

"아니에요."

소여가 기종과 시선을 맞추고는 두 눈을 깜박깜박했다.

"무슨 뜻?"

기종이 물었다.

"수강료예요."

소여가 또 깜박깜박했다.

"무슨 뜻?"

"잘 새겨들었습니다."

"멘토가 좋았나……, 아니지. 아무리 훌륭한 멘토가 있어도 멘토링이 없으면 아무 의미가 없지요."

"기종 씨―. 자."

소여가 다시 깜박깜박했다.

"무슨 뜻?"

"지당한 말씀."

소여가 기종을 보고 웃었다.

"소여 씨—. 자."

이번에는 기종이 소여를 보고 깜박깜박했다.

"무슨 뜻?"

소여가 물었다.

"제자 잘 두었음."

기종과 소여가 마주보며 웃었다. 술병을 번갈아가며 한 모금씩 했다.

"오늘밤 여러 번 입맞춤했네요."

기종이 비어가는 술병을 보고 웃었다.

"그러네요."

소여가 기종을 찬찬히 보며 말을 이었다.

"오래 기억될 편안한 밤이에요. 기종 씨."

"내가 하고 싶었던 말입니다. 소여 씨."

"여자 친구 많겠어요. 기종 씨."

"어떻게 알았어요? 산골까지 피해 온 걸."

기종이 짓궂게 말을 받았다.

"선수 같아요."

소여가 눈을 가늘게 뜨고 기종을 살펴보았다.

"무슨 실례의 말씀! 감독 된 지 한참 됐어요."

기종과 소여가 꾸밈없이 웃었다. 달빛이 두 사람을 감싸 안았다. 밤하늘은 달과 별로 가득 차 있었다.

"잊지 못할 하루였어요. 고마워요. 기종 씨."

국사암 앞에서 소여와 헤어졌다. 서소문 방으로 돌아와 촛불을 밝히고 책상 앞에 앉았다. 눈앞의 법률전문 서적들이 먼 곳에 있었다. 소여의 체취가 맴돌았다. 가까이 다가와 있는 건 소여였다.

'지구별에 불시착한 어린 외계인이 우주별에 있는 엄마, 아빠에게 구원을 청하고 있어요!'

'만난 적이 없었기에 그리움을 몰랐습니다. 같이한 적이 없었기에 외로움을 몰랐습니다.'

'맑은 소여에게 외로움이?……. 밝은 소여에게 그리움이?…….'

2

호롱불이 외로웠다. 소여가 무릎을 세우고 두 손으로 턱을 고이고 앉아 있었다. 가녀린 심지불꽃 끝에서 소여가 흔들리고 있었다. ……길이 없어져 버렸다. 되돌아갈 수 없는 현실의 끝에서 나아갈 길이 사라졌다. 주위를 둘러보아도, 마음을 열어보아도 같이 할 사람이 없었다. 어느 날 갑자기 우주의 미아가 되어 버렸다. 외로웠다. 막연히 그리웠다.

소쩍새가 울고 있었다. 소쩍새의 밤새움에 긴 한숨을 섞었다.

여름방학이었다. 여수 고향집으로 내려갔다. 어릴 때부터 키워준 유모가 반갑게 맞았다. 언제나처럼 이층 큰집은 비어 있었다. 소여에게 처음부터 어머니란 존재는 없었다. 소여가 태어나고 바로 세상을 떠났다고 했다. 어머니의 자취나 흔적은 집안 어느 한 곳에서도 찾아볼 수 없었다.

아버지 은학도는 항상 소여의 시선 먼 곳에 있었다. 뒷골목에서 뼈가 굵어진 은학도였다. 해방의 혼란기에 심복들을 거느리고 여수 어시장 공판장을 접수했다. 카바레와 요정, 나이트클럽으로 자리를 넓혀갔다.

일본과의 통상무역이 없던 시절부터 여수는 밀수의 온상이었다. 밀수는 여수의 경제를 이끌었다. 은학도는 공인된 밀수왕으로 부를 쌓아가면서 관광호텔까지 소유한 사업가로 변신했다. 그는 건장한 심복들을 거느리고 여수는 물론 인근지역까지 평정한 은학도 회장으로 위세를 높였다.

소여가 성장기를 거치면서 알게 된 아버지 은학도 회장이었다. 어머니의 실체는 처음부터 없었고, 은학도는 멀리에서 아버지란 관계를 유지할 뿐이었다. 처음부터 혼자였기에 외로움을 몰랐다. 그리움을 몰랐다.

고등학교를 졸업하고 서울에 있는 예술전문대학에 입학했다. 일 년 만에 찾은 고향집, 유일하게 소여의 곁에서 보살펴 준 60대의 유모는 많이 노쇠해 있었다. 가끔씩 밤늦게 한 번씩 들르는 아버지는 얼굴 보기가 힘든 사람이었다. 은학도는 따로 집을 내어 여자들을 갈아가며 동거하고 있었다.

오늘도 아버지는 없었다. 유모와 밀린 이야기를 하면서 늦은 저녁을 먹었다. 이층 방으로 올라가 여름방학 동안 쉬어갈 방을 청소하고 정리했다. 규율 속의 기숙사 생활에서 벗어나 편한 잠자리에 들었다.

다음 날, 소여의 귀가소식을 들은 은학도가 자정이 가까운 시간에 집에 들렀다. 지난 겨울방학에는 고적지 연수가 있었기에 일 년만에 아버지와 딸의 만남이었다. 은학도는 진한 술 냄새를 풍기고 있었다. 건장한 체력에 사업가로서의 관록까지 붙어 중후했다.

변하지 않는 건 어느 누구도 받아들이지 않을 살기를 눈꼬리에 담고 있었다. 범하지 못할 위압에 주위는 물론 소여마저 가까이 갈 수 없는 사람이었다. 거실 소파에 마주앉은 은학도가 소여를 뜯어보고 있었다. 소여가 움츠러들었다. 은학도의 충혈된 시선이 딸로서의 소여가 아닌 여자로서의 소여를 보고 있었다.

은학도가 한 여자를 떠올리고 있었다. 명주. 박병기의 동거녀. 명주와 소여가 겹쳐졌다. 커가면서 지에미의 모습을 빼 닮아갔다. 명주가 환생해 온 것 같았다.

일제 강점기에서 해방되었다. 모든 주권을 행사하던 왜놈들이 물러갔다. 속박에서 풀려난 한반도는 혼란의 도가니였다. 왜놈들 앞잡이로 여수 어시장을 주름잡던 갓 30대의 은학도가 떼거리 심복들을 거느리고 어시장과 공판장을 장악했다. 일본인이 관장하던 양조장과 정미소까지 접수해 사업을 확장해 나갔다.

먹물 들은 박병기에게 회계를 맡겼다. 명주란 처녀가 보조업무를 맡았다. 박병기와 명주는 장래를 약속한 내연의 관계였다. 명주의 미모가 빼어났다. 은학도가 명주의 미모를 지나칠 리 없었다. 탐하고 싶은 일과 품고 싶은 여자는 수단, 방법을 가리지 않고 소유하고 마는 은학도의 잔혹함이 있었다.

병기를 출장 보낸 퇴근길에 심복들에게 명주를 여관방으로 납치해 오게 했다. 겁탈 직전까지 몸을 사리던 명주가 이층 창문으로 뛰어내렸다. 명주는 병원에 실려 갔다. 뒤늦게 사실을 알게 된 병기가 은학도를 고발했다. 은학도가 구속되었다. 혼미의 정국에 정의는 실종되었고, 법은 집행되지 않았다.

며칠 뒤 은학도가 풀려났다. 은학도가 병기와 명주를 찾았다. 두 사람은 여수 바닥에서 사라졌다. 다행히 명주는 타박상만 입었을 뿐이었다. 병기는 만일에 대비해서 은학도 사업체의 비밀장부를 가져갔다. 은학도는 심복들에게 '세상을 다 뒤져서라도 년놈들을 찾으라' 고 명령했다. 은학도의 집요한 추적은 계속되었다. 2년여 만에 병기와 명주의 소재가 탐지되었다. 마산에 있는 주류회사에 근무하고 있었다.

은학도는 살상을 같이해 온 심복중의 심복 두 명을 데리고 병기의 단칸방을 덮쳤다. 병기는 퇴근 전이었다. 명주가 갓난아기와 함께 있었다. 은학도 일행이 들이닥치자 명주는 아기를 안은 채 정신이 나가 버렸다.

퇴근한 병기가 쪽문을 열고 들어오는 소리가 났다. 명주가 비명을 쳐서 위급함을 알렸다. 순간 심복의 주먹 일격에 명주의 비명이 끝나고 말았다. 뒤이어 병기의 몸통이 방구석에 뒹굴었다. 탁자 위에 있던 아기의 백일 기념사진이 깨어져 내렸다. 심복 두 사람이 옷장 서랍을 뒤져 나갔다.

서랍 깊숙이 병기가 가지고 온 비밀장부가 나왔다. 방바닥의 아기가 칭얼대기 시작했다.

"애는?"

심복이 학도의 처분을 기다렸다.

"어린애가 무슨 죄가 있냐!"

학도가 돌아섰다. 그것으로 끝났다.

며칠 뒤 마산 인접 진동저수지에서 두 남녀의 시신이 하루의 시차를 두고 떠올랐다. 의문사로 처리되었다.

은학도의 시선에 명주가 앉아있었다. 차츰 현실의 소여로 돌아왔다. 유모가 차려온 양주를 한 모금하면서 소여를 담고 있었다. 소여는 학도의 침묵에 작아져 있었다. 학도가 술잔을 내려놓았다. 미루어왔던 소여의 신상에 대한 서두를 꺼내놓았다.

"학교생활은 어떠냐?"

"……잘 지내고 있어요."

"남자친구는 있냐?"

"아직까지……."

"스무 살……. 나에게 온 지 20년이 됐구나."

"?……."

—나에게 온 지 20년이 됐구나.

말뜻을 몰라 소여가 학도를 보았다. 학도가 생각을 굳힌 듯 대화를 풀었다.

"너도 이제 알아야 될 나이가 되었다."

소여가 긴장했다.

"소여야! 너는 나, 은학도의 친딸이 아니다."

"?!……."

"강보에 싸여 집 앞에 버려진 걸 내 앞으로 입적시켜 지금까지 왔다."

소여가 충격으로 감정을 잃었다.

"이제 안주인으로 이 집을 지켜줘야겠다. 명심하거라."

은학도가 마지막 결론을 내린 듯 남은 술을 비우고 자리에서 일어났다. 현관문을 열고 밖으로 나갔다. 부엌방에서 급히 나온 유모가 뒤를 따랐다. 잠시 후 승용차 떠나는 소리가 났다. 은학도를 배웅한 유모가 들어왔다. 넋이 나가 있는 소여에게로 왔다.

"소여야……."

유모가 소여를 살폈다. 소여가 맥없이 일어나 이층 방으로 향했다.

"어디 아프냐, 소여야?"

유모가 소여의 뒤를 따랐다. 방으로 들어온 소여가 방바닥에 허물어져 내렸다.

"소여야, 왜 그래?"

유모가 정신이 들게 소여를 흔들었다. 소여가 초점이 없는 눈으로 유모를 보았다.

"……할머니……. 친딸이 아니래요."

"회장님이?"

"……알고 계셨어요? 할머니."

소여가 정신을 모으면서 유모를 보았다.

"말해 주세요. 할머니?"

유모가 할 수 없이 고개를 끄덕였다. 그렇게 한참의 침묵이 흘렀다. 유모가 가라앉은 소여를 측은히 안았다.

"……친부모는?…… 왜 버렸을까요?……."

"소여야……."

유모가 위로해 줄 말이 없었다.

"아세요? 말해 주세요. 할머니."

유모가 안고 있던 소여를 풀어놓고 고개를 가로 흔들었다.

"회장님께서 말씀하신 것 밖에는……."

"처음부터 할머니가 나를?"

유모가 고개를 끄덕였다.

"……어떻게 내가?"

소여의 간절함에 유모가 옛날을 되돌렸다.

"……늦은 밤이었다. 회장님이 임씨, 장씨와 함께 집으로 왔다. 한 사람이 어린 너를 안고 있었다. 회장님이 잘 키우라고 너를 맡겼다. 백일을 넘긴 아기였다."

"백일사진?"

소여의 앨범에 백일기념 흑백 사진이 한 장 있었다. 아래에 년, 월, 일이 기록되어 있었다.

"사진은 어떻게?"

"너를 싸온 포대기 속에 함께 있었다."

"다른 사진은?……. 친부모와 함께 찍은 사진 같은 거?……."

"한 장 밖에 없었단다."

소여가 다시 무너져 내렸다.

'임씨와 장씨…….'

아버지에서 양아버지가 되어버린 은학도와 오랜 세월을 함께한 사람들이었다. 장씨는 세월을 거치면서 은 회장의 관광호텔 나이트클럽 사장이 되었다. 임씨는 오래 전 교통사고로 하반신이 마비되어 은 회장 곁을 떠난 걸로 알고 있었다.

"소여야……."

유모가 침묵하는 소여를 보았다.

"할머니……."

소여와 유모가 마주한 채 눈시울을 붉혔다.

"감사해요, 할머니. 키워주셔서."

"소여야……. 지내온 것처럼 살아가면 된다. 한 가지 부탁이……."

"……."

소여가 기다렸다.

"회장님의 말씀을 거스르지 말아라."

소여가 유모의 말을 곱씹었다. 은학도! 성장기를 거치면서 소여는 은 회장의 잔혹함과 비정함을 어느 정도 알게 되었다. 하얀 밤을 밝히면서 소여는 골몰히 생각해 보았다.

— 나에게 온 지 벌써 20년이 되었구나.

— 나, 은학도의 친딸이 아니다.

'왜? 왜 묻어버린 과거를, 친딸이 아니란 걸 밝혔을까?…….'

풀 수 없는 수수께끼였다. 친자식으로 키워진 게 아니었다. 버림받은 업둥이로 키워졌다. 출생의 진실을 알아야 했다.

나이트클럽 장 사장을 호텔 커피숍에서 만났다.

"소여야, 웬일이냐?"

장 사장이 소여를 맞았다. 소여가 망설임 없이 본론을 꺼내놓았다.

"장 사장님! 애기였던 저를 집으로 안고 오셨다면서요?"

"?!……."

장 사장이 멈칫했다.

"회장님의 친딸이 아니란 걸 알고 있습니다."

"어떻게 그걸?"

"회장님이 말씀하셨어요. 은 회장님의 딸이 된 과거를 알고 싶습니다."

"회장님이?……."

장 사장의 생각이 복잡해졌다.

"저의 친부모를 알고 계시죠?"

"회장님이 어떻게 말씀하셨어?"

"대문 앞에 버려져 있었다고 했어요."

장 사장이 생각을 정리하고 소여를 보았다.

"회장님 말씀 그대로야."

"그런데 왜 어머니가 날 낳고 세상을 떠났다고 했을까요?"

"그건……. 입양이 밝혀지면 어린 네가 상처 받을까 봐 그랬어. 우리에게도 엄명을 내리셨어."

"우리라면, 임씨 아저씨?"

장 사장이 고개를 끄덕였다.

"그런데 왜 묻어버린 과거를 밝혔을까요?"

"……."

장 사장의 해명이 궁해졌다.

"임씨 아저씨는 어디에 계세요?"

"사고로 하반신이 마비되고……, 광주로 간 후 소식이 끊겼어. 고물상을 한다고 했는데……."

"부탁드립니다. 저의 출생에 대해 아시는 것이 있으면 말씀해 주세요."

"회장님 말씀대로야. 그것밖에는……."

더 이상 장 사장에게 나올 것이 없었다. 영원히 묻어버린, 아니 영원히 묻어버려야 할 묵계가 있는 것 같았다.

'버려진 유아?……. 은학도의 내연녀가 생산한 사생아?……. 친부모는? ……. 무슨 이유로 은학도의 딸로?……'

가상의 가닥도 잡히지 않았다. 순식간에 미아가 되어버린 느낌이었다. 방향이 없는 밤거리를 걸었다. 길 위에서 길을 잃었다.

'어디에서 왔을까? 어디로 가야 할까?……'

돌아갈 곳이 없어져 버렸다. 정신을 차려보니 집 앞까지 와있었다. 지금까지 몸 담아온 나의 집이 아니었다. 낯설었다. 대문 앞에 은 회장의 승용차가 주차해 있었다. 거실에 불이 밝혀진 것으로 보아 은 회장이 와 있는 것 같았다. 집을 선뜻 들어가지 못하고 망설였다. 승용차 문이 열리면서 기사가 소여에게 다가왔다. 집으로 들어갈 수밖에 없었다.

거실에 은 회장이 소여를 기다리고 있었다.

"늦었구나! 이리 앉아라."

머뭇대던 소여가 조심스럽게 마주 앉았다. 은 회장의 시선이 소여에게 머물러 있었다. 아버지에서 한 남자로 변해 있었다. 감당하기 힘든 시선이었다. 오싹— 소름이 돋았다.

"오늘 낮에 장 사장을 만났다면서."

"……."

소여가 시선을 아래로 깔았다.

"소문내고 다니지 말아라. 이 사실을 아는 사람은 나와 장 사장과 임씨, 그리고 아주머니(유모) 밖에 없다."

"……."

소여가 머리를 들지 못하고 있었다.

"너와 나의 관계 외는 달라진 게 아무것도 없다. 마음 흩트리지 말아라."

"……알겠습니다."

소여가 기어들 듯 말을 줄이고 일어났다. 어제까지의 아버지였던 은 회장에게 목례하고 이층방으로 향했다. 불도 켜지 않았다. 입은 옷 그대로 침대에 누웠다. 홑이불을 머리 위까지 뒤집어썼다. 눈물이 번져 나왔다.

어둠 아득히 소여가 가물거리고 있었다.

물속에서 흔들리고 있었다. 허공에서 흔들리고 있었다. 갓난아기의 흐느낌 소리가 어둠 속에서 파문을 만들어 왔다. 하늘새가 흐느끼고 있었다. 우주 미아가 되어 버린 하늘새가 구원을 청하고 있었다. 허공이 흔들려 물결을 만들었다.

얼굴이 없는 남자가 떠다니고 있었다. 얼굴이 지워진 여자가 떠다니고 있었다. 물속 같기도, 허공 같기도 했다. 흐르고 있었다. 가라앉고 있었다. 흐름 따라 머리카락을 풀어 헤친 여자가 다가왔다. 눈을 감고 있던 여자가 눈을 열었다.

— 아가야…….

소리 없이 부르고 있었다. 하늘새가 허공으로 날아올랐다. 어린 아기가 허공에서 헤엄쳤다. 소여가 허공 아득히 솟구쳐 올랐다. 소여가 어둠 속에서 뒤척였다.

눈을 떴다. 현실의 어둠 속에 인기척이 있었다. 숨을 죽인 채 주위를 모았다. 방문이 열려 있었다. 방문 앞에 어둠을 안고 사람이 서 있었다. 방안 침대 위의 소여를 향해 있었다.

은 회장이었다. 소여의 온몸에 전율이 일었다. 죽은 듯 기척을 죽였다. 방문이 조용히 닫혔다. 방문 밖으로 은 회장이 멀어져갔다. 새벽까지 그대로 꼼짝 않고 숨을 죽이고 있었다. 창문이 밝아왔다.

소여가 몸을 일으켜 세웠다. 밤새운 불안이 다급해졌다. 한 가지 생각밖에 없었다. 벗어나야 했다. 현재의 공간에서 벗어나야 했다. 예금통장과 도장, 소지품을 가방에 담았다. 나들이에 편안한 옷가지를 여행용 가방에 따로 챙겼다.

창문으로 가 대문 밖을 살폈다. 은 회장의 승용차가 없었다. 조용히 방문을 열고 아래층으로 내려갔다. 집안은 지난밤의 어둠을 담고 있었다. 주방 옆 유모방으로 갔다.

"할머니―."

나직이 유모를 불렀다. 잠이 덜 깬 유모가 방문을 열었다.

"웬일이냐? 새벽에―."

가방을 들고 선 소여를 살폈다.

"친구들과 여행을 떠나기로 했어요. 며칠 걸릴 거예요."

"회장님께 말씀드렸어?"

유모가 불안해 했다.

"떠나기 전에 전화할게요."

"언제 올 건데?"

"2~3일, 아니면 며칠 더."

"소여야―."

불안을 가득 담은 유모가 소여를 보았다.

"걱정 마세요. 한 바퀴 돌고 나면 괜찮아질 거예요."

"그래ー. 툭툭 털어버리고 빨리 와야 해."

대문까지 유모가 따라 나왔다.

"갔다 올게요, 할머니."

소여가 애써 밝은 표정으로 인사하고 돌아섰다. 유모가 소여의 뒷모습을 걱정스럽게 지키고 있었다. 유모의 시선을 의식한 소여가 애써 발길을 가볍게 했다.

예정도 없었다. 계획도 없었다. 막연히 엄습하는 불안에서 우선 벗어나고 싶었다. 마지막으로 확인하고픈 일이 있었다. 광주역에서 내렸다.

'휠체어 탄 고물상 주인 임씨' 같은 업종이라면 알 수도 있겠지. 역 가까이에 있는 고물상부터 탐문했다. 멀지 않은 곳에 고물상의 야적장이 있었다. 주인에게 '휠체어 탄 고물상 주인 임씨'의 소재를 물었다. 주인이 장애인 임씨의 고물상을 알고 있었다.

버스를 타면 30분 정도의 거리라며, 상세한 위치를 알려주었다. 임씨의 고물상은 시 외곽에 자리 잡고 있었다. 파지, 깡통, 병들을 분류하고 있는 아주머니에게 주인 임씨를 찾았다.

소여의 행색을 살피던 아주머니가 임 사장의 근황을 알려주었다. 며칠 전, 뇌졸중으로 쓰러져 대학병원 중환자실에 있다고 했다.

그 길로 대학병원으로 갔다. 중환자실 명단에 '임화식'이라는 환자가 있었다. 환자면회는 정오와 저녁 6시 두 차례였다. 정오 면회시간이 지난 오후였다. 6시까지 기다려야 했다.

병원 휴게실에서 지루한 공상의 시간을 보냈다. 6시가 가까워 왔다. 긴장된 소여가 중환자실로 향했다. 출생의 의문을 풀 수 있는 한 가닥 기대와 우려로 설레었다. 살균가운을 입고 중환자실로 들어갔다. 생과 사의 갈림길에서 신음하는 환자들이 각종 의료기기에 의탁해 생명을 연장하고 있었다.

간호사의 안내로 '임화식'의 병상으로 갔다. 바람에 부풀린 듯한 임화식이 침상에 누워있었다. 운동부족으로 몸이 불어 생명이 없는 밀랍인형 같았다. 옛날의 모습이 늙음에서도 조금 남아 있는 것 같았다. 링거 줄에서 실낱같은 생명수가 한 방울씩 떨어지고 있었다. 초점 없는 눈동자는 흔들림이 없었다. 소여가 임씨 가까이로 다가섰다. 조용히 자신을 알렸다.

"임씨 아저씨—. 여수에서 왔어요."

소여의 방문은 임화식의 의식밖에 있었다.

"은학도 회장의 딸 소여입니다."

임화식의 흐린 눈동자에 미세한 스침이 있었다.

"아저씨! 저 아시겠어요?"

임화식의 눈동자가 천천히 소여에게로 모아졌다. 의식을 집중시키고 있었다.

"아저씨—. 소여예요."

임화식의 입술에 경련이 일면서 힘든 호흡을 밀어내었다.

"…… 소…… 소…… 여……."

겨우 밀어낸 부서지는 숨결이었다.

"네, 소여예요."

임화식이 알겠다는 듯 힘들게 눈을 꿈벅였다.

"아저씨—. 제가 은 회장의 친딸이 아닌 것을 알고 있습니다. 혹시 저의 부모님을 알고 계세요?"

임화식이 과거를 더듬는 듯 눈을 감았다. 호흡이 거칠어지고 있었다. 소여가 임화식이 진정되기를 기다렸다. 한참 만에 임화식의 호흡이 진정되는 듯했다. 소여가 가늘게 떨고 있는 임화식의 손을 잡았다.

"아저씨—. 저희 부모님을 알고 계세요?"

소여가 임화식의 귀 가까이에서 매달렸다.

임화식이 눈을 감은 채 힘들게 머리를 끄덕였다.

"아저씨—. 부탁해요. 저의 부모님을 만나고 싶습니다."

소여의 애원에 임화식의 얼굴에 경련이 일었다.

"살아 계세요?"

소여가 애타게 다가갔다. 임화식의 얼굴에 다시 경련이 일면서 숨결을 모았다. 띄엄띄엄 더듬기 시작했다.

"……천…… 벌을…… 받아……야……."

다시 호흡이 거칠어지면서 말끝을 놓쳤다. 소여가 다시 임화식이 진정되기를 기다렸다. 임화식의 감은 눈가에 눈물이 맴돌았다. 마른 얼굴에 번져내렸다.

임화식이 소여의 부모를 알고 있다고 했다. 소여의 간절함이 임화식의 숨결에 매달리고 있었다.

임화식이 다시 흐린 숨결을 밀어내기 시작했다. 소여가 임화식의 입가에 귀를 모았다.

"……소…… 여…… 야……. 용…… 서……."

거친 호흡과 함께 다시 입술이 닫혔다. 의식을 잃은 듯했다.

면회시간이 끝났다. 소여가 임화식의 귀에 대고 간절히 애원했다.

"아저씨—. 내일 다시 올게요."

중환자실에서 나왔다. 내일 낮 면회시간에 출생의 의문이 풀릴지……. 간절히 임화식의 의식이 돌아오기를 기도했다.

광주 밤거리를 헤맸다. 늦은 밤에 대학병원 가까이 여관방을 찾아들었다.

길고 긴 밤을 설쳤다. 샤워를 하면서 마음을 가라앉혔다. 병원 지하에 있는 구내식당에서 메마른 아침을 넘겼다.

이른 시간이었지만 중환자실까지 가봤다. 입구의 철문이 굳게 닫혀 있었다. 1층 휴게실로 내려가 벽시계에 시선을 고정시킨 채 일초 일초를 넘겼다. 오랜 기다림 끝에 임화식 환자 면회신청을 했다. 안내 담당 간호사가 소여를 보았다.

"오늘 새벽에 운명하셨습니다."

"네?!……."

소여가 나락에 떨어져 내렸다.

"새벽 2시 30분. 영안실에 모셨습니다."

병원 산책로 벤치에 소여가 정신을 놓은 채 앉아있었다. 한 가닥의 매달림이 임화식의 죽음과 함께 끝났다. 소여는 영원한 미아로 지구별에 남게 되었다. 임화식은 소여의 친부모를 알고 있다고 했다. 마지막 가는 길에 용서를 비는 고해성사였다.

임화식이 겨우 밀어낸 몇 마디. 소여가 골똘히 되씹어 보았다.

— 천…… 벌을…… 받아……야…….

'천벌을 받아야……. 누가? 임화식.'

자신을 두고 한 말이었다.

— 소…… 여…… 야……. 용…… 서…….

'소여야, 용서…….'

친부모의 생사를 묻는 소여의 애원 끝에 밀어낸 자책의 신음이었다. 끝을 맺지 못하고 의식을 잃었다. 그리고 세상을 떠났다. 소여에게 용서를 비는 마지막 의식이었다. 임화식이 죄를 지었다.

'누구에게? 소여의 부모에게?……. 소여에게?…….'

임화식의 죽음과 함께 매달림이 끝났다. 남은 사람은 그 날 갓난아기를 안고 온 은학도와 장 사장. 그들이 묻어버린 음모가 분명히 있었다. 친부모의 생사에 관계된 일이다.

그런데 의문의 시작에서 끝나버렸다. 나아갈 방법이 없었다. 은학도와 장 사장에게는 조작된 과거가 진실이었다.

영원한 미아가 된 소여. 떠나기 위해 광주역까지 왔다.

'어디로? 여수 집으로?…….'

동물적인 본능이 집을 거부하고 있었다. 무언가 잡히지 않는 불온의 그림자가 다가오고 있었다. 떠나야 했다. 벗어나야 했다. 어디로든지.

걱정하고 있을 유모가 마음에 걸렸다. 집으로 전화를 걸었다. 유모가 받았다.

"할머니, 저예요."

"소여야. 어디니?"

유모의 걱정 섞인 목소리였다.

"광주예요."

"광주는 왜?"

"임씨 아저씨를 만났어요."

"……."

"임씨는 친부모를 알고 있었어요."

"그래……. 잘 됐구나! 임씨는 어때?"

"돌아가셨어요. 오늘 새벽에."

"……."

"아버지……(명칭을 바꿨다) 아니 회장님과 장 사장은 모른다고 했어요."

"……."

잠시 침묵이 흘렀다.

"할머니……."

소여의 감정이 흔들렸다. 기약이 없는 이별이 될 것 같았다.

"소여야—, 집으로 와라. 살다 보면 만나야 할 사람은 언젠가는 만나게 된다. 마음을 다잡아 새로 시작해 보자."

"할머니, 걱정하지 마세요. 마음이 정리되는 대로 할머니를 찾을게요. 그때는 소여가 할머니를 모실게요."

"소여야—."

유모가 다급해졌다. 소여가 유모의 말을 잘랐다.

"할머니—, 다시 연락드릴게요. 저 걱정하지 마세요."

통화를 끝냈다. 소여의 볼에 눈물이 흘러 내렸다.

소쩍새가 밤을 지켰다.

소여가 밤을 태웠다.

법당에서 비구니들의 새벽 예불소리가 들려왔다.

3

지루박이 하동읍 집에 다녀오면서 목침보다도 큰 사각 햄 통조림과 빨래비누 크기만한 버터를 가져왔다. 절밥은 밥 한 공기와 국과 2찬(철 따른 김치 한 가지와 산채나 야채무침)의 식단이었다. 변함없는 채식 위주의 세 끼 공양이 나왔다. 절 공양으로는 젊은 혈기의 공부방 식구들은 허기졌다.

아침 공양 때 버터를 가져가 돌려가면서 한 숟가락씩 밥에 넣어 비벼 먹었다. 공양방에 버터 누린내가 진동했다. 한 쪽에서 공양을 하던 스님들이 버터 냄새에 곱지 않은 시선을 보냈다. 공양을 마치고 공부방으로 가는 기종을 주지스님이 불렀다.

주지스님과 기종이 스님의 선방에서 마주앉았다. 스님이 묵묵히 작설차를 준비했다.

"드시게."

스님이 기종에게 차를 권했다. 차 향기가 은은히 배어나왔다. 몇 모금의 차를 음미하는 시간이 말없이 흘렀다. 스님이 기종에게 시선을 주지 않은 채 아끼던 말을 꺼냈다.

"학상 선생! 육고기 기름 냄새가 나더이다."

"주의시키겠습니다."

절 어른인 주지스님은 공부방 학생들과의 의논이나 알림이 있을 때는 대표격으로 기종과 마주했다. 대화는 항상 변명 없이 간결했다.

"공부방 불자들 한 달 불전(佛錢)을 다음 달부터 오백 원 올려야겠소이다."

날짜를 정하지 않았지만 예고된 일이었다. 한 달 불전이 쌀 두 말 값인 이천 원이었다. 공부방과 세 끼 공양, 추워지면 군불까지 넣어주었다. 오백 원을 올리더라도 원가에도 못 미치는 불전이었다. 공부하는 절식구들에게 부처님의 베풂이었다.

공부방 식구들 모두가 알고 있었다.

"식구들과 의논해서 따르도록 하겠습니다."

스님이 차 한 모금으로 다음 말을 준비했다.

"곳간털이를 잡아야겠소이다."

"!……."

"자물통을 바꿔 봐도 소용이 없제."

"……"

"곳간에 공양거리가 축나고 있더이다."

곳간에는 철 따라 거둬들인 작물과 절행사에 쓰일 먹거리들이 비축되어 있었다. 다람쥐가 가끔씩 곳간에서 연시, 고구마, 옥수수, 밤 등을 야참으로 훔쳐온 게 사달이 난 모양이었다.

"절간에 쥐들이 많더이다."

기종이 말길을 돌렸다.

"쥐들의 소행이면 흔적을 남겼을 터, 흔적이 없는 걸 보니 인(人)쥐들의 소행 같소이다."

잠시의 침묵 끝에 기종이 인정했다.

"인쥐를 잡아 쥐들의 공양만큼만 축내도록 타일러 놓겠습니다."

스님과 기종이 남은 차를 마시고 면담을 끝냈다. 기종이 서소문 계단을 오르는데, 국사암의 비구니들이 내려왔다. 절행사가 있을 때는 비구니들이 절일을 거들었다.

아랫마을 운수리 부락 이장의 첫딸이 시집가는 날이었다. 신랑 신부와 양가 가족들이 절 법당에서 부처님께 참배했다. 장삼에 붉은 가사를 두른 법복의 주지스님이 법회를 주관했다. 이장 집에서 닭 잡고 돼지 잡아 잔치음식이 준비되었다. 절에서는 떡과 절 음식으로 부처님께 공양을 올리고 혼례의식이 치러졌다.

주지스님과 기종이 이장의 잔칫집에 초대되었다. 잔치음식과 국수와 누룩술로 동네 잔치판이 벌어졌다. 이장이 서소문 식구들의 몫으로 삶은 돼지고기 한 칼과 누룩술을 따로 싸서 기종에게 주었다. 저녁공양 후, 출출해진 시각에 절식구들이 모여 야참준비에 들어갔다.

마당 한 쪽 찰흙으로 만들어진 풍로에 삼지구엽초를 다렸다. 알코올버너에 돼지고기를 데웠다. 계란 한 꾸러미도 삶았다. 지루박이 가져온 햄 통조림도 개봉되어 잔치음식과 어우러졌다. 누룩술과 여분으로 개울 건너 용강리 가게에서 사온 됫병 안동소주도 나왔다.

절에서는 금지된 훌륭한 성찬이 공부방 앞 툇마루에 차려졌다. 서소문 식구들이 둘러앉았다. 시식에 앞서 기종이 운을 뗐다.

"모인 김에 몇 가지 전할 게 있다."

기종이 다람쥐를 주목했다.

"다람쥐! 지금부터 곳간 반경 십 미터 내 접근금지다."

"알겠습니더, 행님!"

다람쥐가 꾸벅했다. 기종이 일동을 둘러보았다.

"오늘부터 곶감서리도 끝낸다. 내일 아침공양부터 외부 음식도 반입금지다. 주지스님과 약속했다. 알려진 대로 다음 달부터 한 달 불전도 이천 원에서 이천오백 원으로 올리기로 했다."

서소문 식구들이 다 알고 있는 양해사항이었다.

"그 대신 공양부식을 2찬식에서 3찬식으로 만들어 보겠다. 그러기 위해서 내일 아침공양 전 서소문 식구들은 대웅전 앞에 모여야겠다. 다람쥐와 지루박은 팬티차림이다."

"?……."

다람쥐와 지루박이 기종을 보았다.

"가만히 넘어가면 돌아오는 게 없다. 잠자는 아기에게 젖 주지 않는다. 끝."

때 맞춰 삼석의 안내로 삼지구엽차 시음회에 초대된 소여가 나타났다. 곶감서리가 중단되었기에 삼석이도 본래의 이름을 찾게 되었다. 기종이 일동에게 '국사암에서 며칠 쉬어가실 분' 이라고 소여를 인사시켰다.

"으메, 겁나뿌려! 행님 아는 분들은 다 '미스코리아' 제."

지루박이 호들갑을 떨었다.

"지루박! 그러다가 소문 나뿌리것다."

기종이 쐐기를 박았다. 다람쥐와 지루박과 소여에게는 삼지구엽차 잔이 놓여졌다. 그 밖의 식구들에게는 누룩술이 돌아갔다. 한밤의 파티가 시작되었다. 기종이 앞서 건배하고 일동은 걸쭉한 누룩술을 맛있게 넘겼다. 안주로 돼지고기 한 점을 씹었다. 지루박과 다람쥐가 찻잔을 만지작거리면서 기종을 보고 있었다.

"왜?"

기종이 지루박과 다람쥐를 번갈아 보았다.

"행님요……."

지루박이 꾸물댄다.

"말해 봐."

기종이 지루박의 의중을 알면서 모른 체했다.

"안주가 좋심더."

"그래서ㅡ."

"안주가 좋제?"

지루박이 다람쥐에게 응원을 청했다. 다람쥐가 마주 고개를 끄덕였다.

"그저께 일주문 앞에서 약속했다. 재수로 끝낸다고. 삼수할래?"

"행님ㅡ, 오늘 하루만."

지루박이 기종에게 애교를 떨었다.

"오늘 하루뿐이다."

"감사합니더, 행님!"

지루박과 다람쥐가 삼지구엽차를 약탕기에 도로 쏟아놓고 빈 잔을 내밀었다.

"내가 죄 많이 짓는다."

기종이 피식 웃으며 누룩술을 부어주었다.

"소여 씨도 한 잔—."

소여의 찻잔도 비우고 누룩술로 채워 주었다. 밤의 성찬이 시작되었고, 무르익었다.

몸을 줄인 반달이 은근히 동녘 산 너머에서 모습을 드러내 보였다.

밤이 깊었다. 국사암 가까운 쉼길에 기종과 소여가 앉아있었다. 소여를 국사암까지 바래다주는 길목이었다. 살포시 구름에 가려진 달빛은 밝음과 어두움의 선명함을 섞어놓았다. 산과 숲은 어렴풋이 고요했다.

— 으메, 겁나뿌러! 행님 아는 분들은 다 미스 코리아제.

소여가 지루박이 한 말을 되새기고 있었다.

"선수가 아닌 감독이 맞는 것 같아요."

소여가 기종을 보고 인정했다.

"이제 알았어요?"

기종이 소여를 보고 웃었다.

"또 다른 여자는?"

"……."

기종이 씁쓸히 앞을 보았다.

"친구?……. 애인?"

"친구도 애인도 아닌……, 같이 할 수 없는 사람……. 그게 다예요."

기종이 해수에게 무심해지려고 했다.

"같이 할 수 없는 사람?…… 왜요?……."

"같이 할 수 없음을 변명하기 위해 상대의 아픔을 밝힐 수 없잖아요."

"같이 할 수 없는 만남?……. 만남은 나와 너, 함께 할 수 있는 동행이랬는데……."

"어느 누구나 열고 들어가 보면 다 밝힐 수 없는 아픔이 있다고 했어요. 같이 할 수 없는 아픔과 같이 할 수 있는 아픔……."

기종과 소여가 정적의 숲을 보면서 침묵을 만들고 있었다. 대화를 생략한 침묵이 편할 때가 있었다. 맞은편 어둠의 숲속에서 희미한 움직임이 있었다. 조심스레 유영하면서 인기척을 의식한 듯 힐끔힐끔 안광을 쏘았다.

"뭘까요? 우리를 보는 것 같아요."

소여가 나직이 속삭였다.

"밤나들이 나온 산속 친구들."

"호랑이?!"

겁먹은 소여가 기종의 팔을 끼고 파고들었다.

"살쾡이나 너구리 같은 야행성 산짐승이에요. 산속에서 흔히 봐요."

기종이 소여를 안심시켰다. 움직임은 잠깐씩 멈추어 시선을 줄 때마다 안광이 껌뻑이다가 이내 숲속으로 숨어들었다.

긴장되었던 소여가 기종에게서 몸을 풀면서 불안하게 물었다.

"호랑이는 없어요?"

"호랑이?! 일제시대 왜놈들이 포수들을 동원해서 다 포획해 갔대요."

"나라도 뺏고 산속의 짐승까지도……. 너무했다."

"해방이 되고, 깊은 산속 몇 곳에서 배설물, 발자국 등 호랑이로 추측되는 흔적이 발견되긴 했는데 그것마저도 전쟁통에 사라져 버렸대요."

"어딘가에 숨어서 살고 있겠지요."

"한반도에서는 멸종된 것 같대요."

"안 됐다……."

소여가 안타까워했다. 기종이 담배를 꺼내 지포라이터로 불을 붙였다. 한 모금 길게 빨았다. 담뱃불이 호흡 끝에서 불을 밝혔다.

"산속의 짐승들이 자신들을 보고 있는 줄 알겠어요."

소여가 불빛만큼 밝혀진 기종의 옆얼굴을 찬찬히 보았다.

"피워 볼래요?"

기종이 짓궂게 소여에게 담배를 권해 본다. 소여가 고개를 도리질했다.

"담배는 싫어요. 언제부터 피웠어요?"

"군대에서. 술은 일찍부터 즐겨 맛을 알겠는데, 담배는 깊은 맛을 모르겠어요. 담배 냄새가 싫겠네요."

기종이 피우던 담배를 꺼버리고 소여를 보았다.

"…… '소' 씨는 한 본이예요?"

"?……."

소여가 기종의 말뜻을 몰라 했다.

"소 · 여. '소' 씨 성에 외자 이름 '여'."

기종의 풀이를 듣고 소여가 피식 웃었다.

"소! 성이 아니고 '소여', 이름이에요."

"성인 줄 알았어요."

기종이 웃었다.

"그럼 성은?"

기종과 시선을 마주했던 소여의 표정이 흐려졌다가 잔잔해졌다.

"얼마 전까지 있었어요……. 본성이 아니었어요. 아버지의 '성'을 찾고 있어요."

"?……."

기종은 소여의 대화를 해독할 수 없었다. 소여가 기종과 시선을 마주하면서 잠깐 생각을 정리했다.

"궁금하세요? 소여에 대해서……."

"……."

기종이 시선을 마주한 채 소여에게 시간을 주었다. 소여가 시선을 밤하늘로 옮겼다.

감정 없이 타인의 이야기를 하고 있는 듯 대화를 풀었다.

"……한 생명이 있었습니다. 보고, 듣고, 느끼기 시작했을 때부터 혼자였습니다. 어머니는 아기를 낳고 바로 세상을 떠났다고 했어요. 유모 손에서 키워졌습니다. 아버지는 항상 집밖에 있는 사람이었습니다. 아기에서 소녀로 성장했습니다. 소녀에게는 같이해 온 친구가 있었습니다. 한 친구는 인형이었습니다. 소녀는 인형들과 하루하루를 이야기했습니다. 또 한 친구는 거울 속에 있었습니다. 거울과 마주하면 언제나 친구가 기다리고 있었습니다."

기종이 꺼 버렸던 담배를 다시 피워 물었다. 밤하늘에 길게 내뿜은 담배 연기가 흩어졌다. 소여의 이야기가 굴곡 없이 이어져 갔다.

"혼자인 소녀는 성장기를 거쳤습니다. 소녀의 곁에는 할머니가 된 유모뿐이었습니다. 혼자 자라온 소녀는, 만남이 없었기에 그리움을 몰랐습니다. 같이한 적이 없었기에 외로움을 몰랐습니다. 어느 날 한순간에 소녀는 지구별에 버려진 미아가 되었습니다. 눈앞의 세상이 지워져 버렸습니다. 나아갈 길이 사라져 버렸습니다."

소여가 잠시 숨결을 다듬었다가 대화를 이어갔다. 감정의 흔들림이 있었다.

"숨겨져 왔던 출생의 비밀……. 아버지의 입에서 밝혀졌습니다. 친아버지가 아닌 양아버지라고, 버려진 입양아라고……. 외로웠습니다. 누군가

막연히 그리웠습니다. 되돌아갈 수 없는 길 위에서 두려움에 발길을 멈추었습니다."

소여가 치미는 격정을 가라앉히고 있었다. 기종이 작아진 소여의 어깨를 품어주었다. 그런 채 두 사람의 호흡이 같이하고 있었다. 소여가 진정된 본래의 모습으로 돌아와 기종을 보았다.

기종과 소여의 시선이 교차되었다.

"잠깐만—, 전화가 왔네요."

소여가 기종의 품안에서 빠져 나왔다. 엄지와 약지를 펴서 전화를 받는 시늉을 했다.

"여보세요……. 누구세요?"

소여가 돌아앉아 나지막이 통화를 시작했다.

"누구시라고요? (……) 어머니라고요?! (……) 돌아가신 게 아니란 걸 며칠 전에 알게 되었어요. (…….) 아버지도 같이 계세요? (……) 나는 두 분의 모습을 모른답니다. (……) 왜 나를 버렸습니까? (……) 말씀해 주세요. (……) 친아버지로 알고 있었던 은학도 씨와 장덕수, 임화식 씨를 알고 계세요? (……) 은 회장님과 장 사장은 나의 친부모를 모른다고 했어요. 임화식 씨는 죽기 전날 알고 있다고 했어요. (……) 지금 어디에 계세요? (……) 만날 수 있어요? (……) 두 분 다 살아 계세요? (……) 끊지 마세요. 제발! (……) 어디에 계세요?……."

소여가 힘없이 수화기로 사용한 손을 떨어뜨렸다.

"전화가 끊어졌네요."

소여가 허탈하게 기종을 돌아보았다. 소여의 아픔에 기종이 시선 둘 곳이 없었다. 힘 빠진 소여가 기종의 품속에 무너져 내렸다. 먼 산에서 소쩍새가 울고 있었다.

같이할 수 없는 아픔이었다.

같이할 수 있는 날이 밝았다.

아침공양 전이었다. 전날 밤 약속한 대로 서소문 식구들이 대웅전 앞마당에 모였다. 기종을 포함한 고시준비생 3명, 재수생 2명, 국가고시(공무원시험) 준비생 2명, 의사 및 한의사 자격시험 준비생 2명 등 총 9명의 식구들이었다. 김 도사와 휴양인은 처음부터 열외였다. 기종이 지루박과 다람쥐를 불러냈다.

"팬티차림이다. 실시!"

기종이 군대식으로 지루박과 다람쥐에게 명령했다.

"행님……."

지루박이 기종을 보면서 머뭇대다가 다람쥐를 보았다.

"팬티차림—. 실시!"

기종의 재촉에 지루박과 다람쥐가 엉거주춤 겉옷을 벗었다. 희멀겋게 부실한 지루박의 골체와 몽돌처럼 단단한 다람쥐의 깜상 몸매가 드러났다.

"어이—, 쪽팔려!"

지루박이 투덜대면서 알몸을 문질러댔다. 남은 식구들은 마당 한쪽으로 물러나 있게 하고 기종이 앞장섰다.

"구호는 일체유심조*! 선창 후 다람쥐와 지루박이 후창한다. 제자리 구호 시작! 하나— 둘, 하나— 둘!"

기종이 호흡을 맞춘 후 구보로 대웅전 계단을 올랐다. 지루박과 다람쥐가 뒤를 따랐다. 서소문 식구들이 각본 없는 해프닝을 관전했다.

*일체유심조(一切唯心造) : 우주삼라만상, '세상만사 모든 것이 마음먹기에 달렸다' 는 불교용어.

"일체!"

기종이 선창했다.

"유심조!"

지루박과 다람쥐가 힘 빠진 후창을 했다.

"죽 먹었냐?! 일체!"

기종의 힘찬 선창에 팬티 2인조가 목청을 높였다.

"유심조!"

"일체!"

"유심조!"

"일체!"

"유심조!"

선창과 후창이 이어지면서 대웅전 외곽을 탑돌이하듯 돌기 시작했다.

때 아닌 구호소리에 스님과 공양주들이 나와서 해괴한 광경에 어리둥절했다. 관전하던 서소문 식구들이 구호에 동참했다. 주지스님이 선방에서 급히 나왔다. 구호와 함께 대웅전 돌이구보가 계속되었다. 허겁지겁 다가온 주지스님이 망연했다.

"학상 선생! 이 무슨 불경한 짓거리들이요?"

주지스님이 기종에게 소리쳤다.

"동작 그만!"

기종이 구보와 구호를 멈추고 주지스님께로 다가갔다.

"불심이 모자란 중생들이 부처님 가까이에서 온몸으로 정진중입니다."

기종이 넉살 좋게 스님께 합장했다.

"따라오시게."

화를 참지 못한 주지스님이 돌아서 선방으로 향했다. 기종이 서소문 식구들과 팬티 2인조에게 물러가라고 손짓하고는 스님의 뒤를 따랐다. 주지스님과 기종이 선방에서 침묵으로 대좌했다.

화를 삭이지 못한 스님이 묵상한 채 염주알을 굴리고 있었다. 스님이 진정되기를 기종이 여유 있게 기다렸다. 스님이 안정을 찾은 듯 긴 숨을 내려놓았다. 기종이 조심스럽게 말을 꺼냈다.

"인쥐의 곳간 출입이 없을 겁니다."

"……."

스님이 눈을 감은 채 미동도 않았다.

"공양 때 외부음식 반입도 자제할 겁니다."

"……."

"불전도 말씀대로 행하기로 했습니다."

"……."

스님이 여전히 묵상 중이었다. 기종이 잠시 뜸을 들인 후 본론을 끄집어냈다.

"혈기 왕성한 젊음들입니다."

기종이 대화를 멈추었다.

"말씀해 보시게."

스님이 눈을 감은 채 말문을 열었다.

"현재의 공양도 부처님의 큰 베푸심으로 감사하고 있습니다. 수행을 못한 어린 중생들은 공양 후 돌아서면 허기가 돕니다. 무지하고 염체 없는 청을 올릴까 합니다……."

기종이 다시 대화를 멈췄다.

스님이 묵상을 풀고 기종을 보았다. 기종이 대화를 이었다.

"절의 형편이 허락되면 현재의 2찬식에서 3찬식으로 베풀 수는 없겠는지요?"

기종이 스님을 마주보았다. 스님이 마음을 여는 듯했다.

"……원기 돋울 한참 때이제……. 그래서 속옷(팬티) 바람으로 신성한 불사에서 난장을 부린 겁니까?"

"도량(度量)이 부족해서 불경을 저질렀습니다. 앞으로 참선하겠습니다."

기종의 반성에 스님이 마음을 풀었다.

"재무스님과 의논해서 형편이 닿는 대로 3찬식으로 공양을 준비해 보도록 하겠더이다."

"관세음보살*."

기종이 스님에게 감사의 합장을 했다.

"나무*아미타불*."

스님이 화답했다. 기종이 소기의 목적을 이루고 가벼이 일어나는데 스님이 기종을 불러 세웠다.

"학상 선생! 학상 선생 방 장판과 도배를 새로 해야겠소이다."

"?……. 아직도 깨끗한데."

"큰 손님이 하룻밤 유하고 가게 됐소이다."

"?……."

"수련선방(서소문)에서 손님과 수행원들이 하룻밤 쉬어가겠답니다. 도배하고 준비하려면 한 사흘 정도 비워야 되겠소이다."

"어떤 분이 오시기에?……."

"……."

*관세음보살 : 중생이 괴로울 때 정성으로 그 이름을 외면 곧 구제를 해 주는 보살
*나무 : 부처나 경문의 이름 앞에 붙여 절대적인 믿음을 표시하는 말
*아미타불 : 서방정토에 있다고 하는 부처의 이름. 이 부처를 염(念)하면 죽은 후에 극락세계에 간다고 함

주지스님이 함구했다.

"언제쯤?"

"곧 기별이 오겠제."

"그럼 공부방 식구들은?"

"국사암 선방과 신도분들 선방을 사흘 정도 나누어 쓰면 될 것이제."

"할렐루야!"

기종이 두 손을 들어 기독교의 기쁨 또는 감사를 표시하는 찬미가로 응복했다.

"아― 멘."

주지스님이 기도나 찬미의 뒤에 부가하여 쓰는 기독교의 말미말로 화답했다. 적당히 융통성이 있는 스님이었다. 대처승 땡중 같기도 했고, 큰 스님의 넉넉함을 지닌 것 같기도 했다.

서소문은 언덕배기 한갓진 곳에 자리 잡고 있었다. 사찰의 전경이 내려다 보여 전망이 좋았다. 공부방 중에서도 기종이 사용하는 방이 넓고 조용했다. 기종이 주지스님 선방을 나왔다. 절 아래에서부터 통신부대원들이 비상 전화를 설치해 오고 있는 모습이 보였다. 그러고 보니, 며칠 전에 관할 하동 경찰서장이 사복근무자와 화개지서장과 함께 사찰을 돌아보고 간 적이 있었다.

'어떤 대단한 거물이 방문하기에?…….'

아침공양을 끝내고 서소문으로 오르는 길에 국사암 비구니들과 마주쳤다. 그 뒤로 소여의 모습도 보였다.

"스님! 오늘은 웬일로?"

기종이 노비구니에게 물었다.

"손님 맞을 절음식 준비로―."

노비구니가 합장하고 지나쳤다. 소여가 기종 앞에 멈추었다. 지난밤의 아픔은 어디에도 없었다. 처음 만날 때의 모습처럼 밝고 맑고 싱그러웠다.

"스님들이 절로 내려오면 국사암이 비어요."

소여가 혼자 있기가 호젓해서 비구니들과 같이 내려온 모양이었다.

"잘 됐네요. 국사암까지 가지 않아도 소여 씨를 볼 수 있어서."

"정말요?"

소여가 해맑게 웃었다. 가을 하늘처럼 청명하고 투명했다.

기종이 공부방 책상 앞에 앉아있었다. 정신을 몰입하려 해도 책에서 떠나 있었다. 마음이 정리되지 않았다. 소여의 향기가, 소여의 모습이 가까이에 있었다.

소여……. 미지의 여인이 아니었다. 같이 동행해야 할 여인으로 다가와 있었다.

공부방을 나와 절 마당으로 내려갔다. 주위를 둘러보았다. 어딘가에 있을 소여의 보습은 보이지 않았다. 대웅전 앞마당까지 갔다. 법당 댓돌 위에 운동화가 가지런히 놓여있었다. 법당 안을 살펴보았다. 한 여인이 불상 앞에 무릎 꿇고 기도하고 있었다.

소여였다. 기종이 다가온 것을 모르고 있었다. 기종이 법당을 들어서면서 나직이 인기척을 전했다. 소여가 돌아보고 활짝 미소 지었다.

기종이 소여 옆에 앉아 불상을 우러렀다.

"불도세요?"

기종이 물었다. 소여가 기종을 보고 고개를 저었다.

"부처님께 무얼 빌었어요?"

"기도하면서 자신을 정화하고 안녕을 빌었어요. 본 적이 없는 부모님과 나를 키워준 할머니가 되신 유모, 믿음과 기도에 보상을 바라지 말랬는데…….”

“간절한 기도 끝에는 신이 존재한다고 했어요.”

기종이 소여의 아픔을 위로했다.

“그럴까요?”

소여의 바람에 기종이 고개를 끄덕였다.

“기종 씨는 불도? 성도?”

“무교. 아직까지 두드려서 믿음에 의지해 본 적이 없어요. 미약하고 나약한 인간의 정체를 모르는……. 성숙되지 못한 거지요.”

소여와 기종이 부처님 아래에서 잠시 침묵을 지켰다. 소여가 기종을 보았다.

“철들어가면서 믿음을 가까이하고 싶었어요. 성당에 가서는 천주님에게, 부처님 앞에서는 부처님에게 의지하고 싶었어요.”

소여가 부처님을 우러렀다. 대자대비한 부처님의 자비를 마음 속에 담고 있었다. 한참의 정적 끝에 소여가 참선의 마무리를 하려고 조용히 일어났다. 기종도 같이 일어났다. 소여가 끝맺음의 큰절을 올렸다. 일어나려는 순간이었다.

뽀—옹! “어맛!”

방귀소리와 소여의 짧은 신음이 동시에 울렸다. 미세한 먼지의 움직임도 감지될 것 같은 정적 속의 법당이었다. 엎드린 채 소여의 움직임이 멈추어 있었다. 기종이 엎드린 소여의 옆에 앉아 어깨를 가만히 다독였다.

“일어나세요. 소여 씨.”

기종이 소여의 무안함을 가만히 달래주었다.

“몰라요—, 몰라. 먼저 나가세요.”

소여가 엎드린 채 창피한 얼굴을 보여주지 않으려고 몸을 사렸다.

"천사의 소립니다. 소여 씨."

기종이 소여의 등을 어루만졌다.

"몰라요, 몰라."

소여가 몸을 감추려고 기종의 앞으로 파고들었다. 기종이 소여를 일으켜 세우려 하자, 기종의 품 속에 얼굴을 파묻었다. 기종이 소여를 품에 안은 채 몸과 마음이 하나가 된 뜨거움으로 타올랐다. 기종이 품 속에 안긴 소여의 이마에 입맞춤했다. 뜨거운 기종의 달구어진 입술이 소여의 이마에 머물고— 기종이 소여로, 소여가 기종으로 서로의 영혼을 맞이하는 순간으로 멈추어져 있었다.

기종과 소여의 만남! —순간에서 영원으로 향하는 운명의 시작이었다. 무한하고 영원한 열망의 시작에서— 기종의 마음 속 깊은 곳에 숨어 있었던 한 가닥 아픔이 피어올랐다.

금빛 불상의 부처님이 한 몸이 된 두 사람을 지켜보고 있었다.

'소여의 방귀…… 천사의 소리였다.'

'해수의 방귀도 천사의 소리로 들렸을까?…….'

4

손님의 방문일이 정해졌다. 손님과 수행원들이 이틀 뒤 하룻밤을 묵어간다고 했다. 서소문 식구들이 공부방을 비웠다. 기종과 주호, 다람쥐와 지루박이 임시거처인 국사암 선방으로 간단한 짐을 쌌다. 나머지 식구들은 절간 신도들이 사용하는 여분의 방으로 옮겼다. 기종의 방은 도배, 장판을 다시

하고, 나머지 방들은 수행원들이 쉬어갈 수 있게 청소하고 정리했다.

스님들이 절 구석주석을 분주하게 오가며 손님맞을 준비를 서둘렀다. 공양주들과 지원 나온 비구니들이 절음식 준비로 바삐 움직였다. 손님과 수행원들이 거처할 방에 경비전화가 가설되었다.

서소문 입구는 정복 경찰관이 출입을 통제했다. 절 아래 화개천 다리와 일주문에는 정복과 사복 근무자들이 출입자를 검문, 검색했다. 절 안팎의 삼엄한 경비로 분위기가 무거웠다. 손님이 묵고 떠날 때까지 안정되지 않을 것 같았다.

국사암으로 옮긴 기종 일행이 제각각의 일정을 잡았다. 주호는 겨울준비도 할 겸 부산 집에 다녀오기로 했다. 지루박과 다람쥐도 하동 본가에 갔다 오기로 했다.

기종도 일행과 함께 하동읍에 나들이하기로 했다. 무료한 소여와 동행하기로 했다. 급할 것도 바쁠 것도 없는 절 밖 출행이었다. 손님이 이들에게 2, 3일의 휴가를 준 셈이다.

기종 일행과 소여가 화개천 십리 길을 쉬엄쉬엄 내려가 화개장터에서 부산행 광주여객에 올랐다. 주호는 버스로 바로 부산으로 향하고, 기종 일행은 하동읍에서 내렸다. 다람쥐의 집은 하동에서 제일 큰 잡화상을 하고 있었다. 먼 훗날 슈퍼마켓의 원조격이었다.

지루박의 집은 하동군에서 몇 안 되는 부농이었다. 상업과 농업으로 부를 이룬 두 집안이었다. 집안이 받쳐주지 않으면 대학진학은 물론 재수는 더욱 더 힘든 시절이었다.

성장한 텃밭의 기운을 받은 다람쥐와 지루박이 앞장서서 기종과 소여를 하동의 명소로 안내했다. 섬진강변 송림 입구에 맛집으로 소문난 장어집이 있었다. 민물장어 구이와 갯장어 양념구이집이었다. 주인이 지루박과 다람쥐를 알아보고 반겼다. 지루박이 주인에게 기종을 높이 띄워 소개하고는 집에 다녀온다고 급하게 사라졌다.

주인이 먼 강줄기까지 시원히 내려다보이는 정자로 안내했다. 맑은 하늘과 산천을 담은 강물이 거울처럼 흘러내리고 있었다. 물 흐름 따라 깨끗이 씻긴 자갈밭과 모래벌이 이어져갔다. 민물장어 소금구이와 갯장어 양념구이가 나왔다. 손님대접을 담당한 다람쥐가 부지런히 주방을 오가면서 상차림을 도왔다.

주인이 특별히 더덕 · 오미자 등 약초로 담근 지 십 년이 넘었다는 술을 내놓았다. 지루박이 바삐 돌아왔다. 집에서 준비한 씨암탉 백숙으로, 2차는 송림에서 하기로 했다. 기종이 사이다 한 병을 따로 시켰다. 지루박과 다람쥐에게는 사이다를 돌리고 약술은 자신과 소여의 잔에 채웠다. 잔을 들어 함께 부딪치고는 갈증난 목을 축였다. 갯장어 양념구이를 한 토막 안주했다. 마산 어시장에서 오래 전에 먹어본 고향의 맛이 살아났다.

"행님! 술맛 좋은교?"

지루박이 그런 기종의 모습을 보면서 말을 걸어왔다.

"좋으면?"

기종이 사이다잔을 앞에 놓고 있는 지루박과 다람쥐를 보았다.

"안주 맛 좋지예?"

이번에는 다람쥐가 한 마디 했다.

"좋으면?"

기종이 되물었다.

"물어보지도 못 합니꺼!"

지루박이 심통이 났다.

"그래! 송림이 보이는 강변에서 분위기 끝내주고, 술맛 안주맛 직이(죽여)준다."

기종이 빈 잔에 다시 술을 채웠다.

"소여 씨! 자―."

소여에게 술을 권하며 찐하게 술을 넘겼다. 술잔을 놓고 지루박과 다람쥐를 짓궂게 보았다.

"너거들 와 안 묵노?"

"분위기 좋고, 술맛 안주맛 직이지예?"

지루박이 빤히 되물었다.

"그래―. 많이 묵어라."

기종이 딴청을 떨었다.

"사이다에 장어구이? 궁합이 안 맞네예."

다람쥐가 거들었다.

"그래서? 콜라로 바꿀래?"

"행님! 약속핸 거 오늘 하루 빼모 안 됩니꺼?"

지루박이 술병을 보았다.

"하루는 날마다 계속된다. 금주 약속한 거 벌써 한 번 어겼다."

기종이 엄하게 지루박과 다람쥐를 보았다.

기종의 시선에 두 재수생이 고개를 움츠렸다. 기종이 표정을 풀고는 피식 웃었다.

"……사이다잔 비워라."

기종이 술병을 들었다.

"행님! 감사합니더."

지루박이 사이다를 입에 쏟아넣고는 무릎 꿇어 빈 잔을 기종 앞에 내미는데 "삑!" 가스가 새고 말았다.

지루박이 순간 움찔했다. 소여와 다람쥐가 "끽!—" 웃었다.

기종이 한 마디 했다.

"요즘 자주 듣는 소리다. 빤쓰(팬티) 째지것다."

"넘사시럽어서 같이 못 있것다. 그냥 싸삐라."

다람쥐가 지루박을 타박했다.

"행님 실례! 얼마나 좋으모 가죽피리까지 불것습니꺼."

지루박이 무안을 감추고 능청을 떨었다. 일동이 편하게 웃고 말았다. 지루박이 몸을 흔들어 방정을 떨면서 술잔을 비웠다.

"또 가죽피리 분 사람 있습니꺼?"

지루박의 물음에 기종이 소여를 보았다.

소여가 얼굴을 붉히면서 기종에게 눈을 흘겼다.

"천사! 천사가 방구를 꼈었다."

기종이 말하면서 혼자 웃었다.

"천사가예? 천사도 가죽피리 붑니꺼?"

지루박이 물었다.

"천사는 안 묵고 안 싸나?!"

기종이 짓궂게 소여를 보았다. 소여가 시선을 바꿔 모른 체했다.

"천사 방구소리를 들었다고예? 행님도 뻥칠 줄 아네예."

다람쥐가 끼어들었다.

"소여 씨도 같이 들은 증인이다."

"정말입니꺼?"

지루박이 소여에게 물었다.

"몰라요! 나는 모르는 일이예요."

얼굴이 빨개진 소여가 기종의 허벅지를 몰래 꼬집었다. 분위기, 술맛, 안주맛이 어우러진 맛깔진 자리였다. 지루박과 다람쥐의 순박함, 동행한 소여의 해맑음, 오랫동안 머무르고 싶은 공간이었다. 풍경과 인간의 온기와 음식의 맛이 버무려진 심신을 즐기고는 느지막이 송림으로 장소를 옮겼다.

강변 둔치에 세월을 지켜온 적송이 몸을 키워 아름드리 송림을 이루어놓았다. 산천을 굽이굽이 흘러내린 청정수가 은모래 벌을 쓰다듬고, 바람결이 송림에 머물러 여정을 다듬었다. 송림 가까이 은모래 골로 다가온 강물이 솔향기 담은 바람결에 밀려 섬진강이 되어 남도로 흘러가고 있었다.

지루박이 손님맞이 씨암탉 백숙과 함께 고추장에 박아놓은 더덕과 토굴속에 삭혀 둔 묵은지를 내왔다. 토속의 먹거리에 마음 편한 자리가 송림에서 다시 이루어졌다. 백숙과 묵은지의 감칠맛, 백숙과 알싸한 더덕짠지, 상상할 수 없는 환상의 궁합이었다.

기울어가는 만추의 해거름이 송림 사이로 비집고 들어와 길게 부챗살을 누이고 있었다. 솔가지 사이로 바람결이 부드럽고 여유로웠다. 산수화 속의 신선들이 이렇게까지 한가롭고 여유로웠을까……. 기종은 일상을 벗어난 자연 속에서 세속의 시간을 풀어놓았다.

하루를 밝힌 태양이 서산마루에 주저앉아 숨고르기를 하고 있었다. 선분홍의 노을이 자리를 넓히면서 주홍 단감빛 색깔을 덧칠해 나갔다. 광주행 버스는 섬진강 강변 따라 노을을 향해 달리고, 차창 밖으로 노을에 물든 산천이 흘러갔다. 하늘과 산천의 잔영을 담은 강물도 황금물결로 흘러내렸다.

하동에서 묵었다가 같이 절로 가자는 지루박과 다람쥐의 만류를 뿌리치고 버스시간에 맞춰 정류장으로 갔다. 절 아랫마을 용강리행 버스는 승객들로 빈틈없이 들어차 있었다. 아침에 하동으로 나왔다가 저녁에 차고지로 향하는 하루 한 번뿐인 완행버스로 마을과 부락을 돌아 나들이 나온 인근의 주민들을 태워주고 내려주면서 종점까지 가면 하루운행이 끝나는 버스였다. 송림에서 정화된 육신의 잔재를 연장시키고 싶었다.

마침 광주행 직행버스가 왔다. 화개에서 내려 절까지 걸어가기로 하고 광주행 버스에 올랐다. 광도를 줄이던 태양은 서산 너머로 모습을 감추었다. 노을이 지워지면서 어둠을 불러들이고 있었다. 기종과 소여는 다가왔다가 물러나는 창밖의 풍경에 시선과 마음을 던져놓고 있었다. 소여가 창가에서 허공이 되어 앉아 있었다. 머릿결에서 목으로 흘러내린 솜털이 아련했다. 소여의 침묵을 지켜주던 기종이 나직이 말을 건넸다.

"무슨 생각……."

소여가 기종에게 시선을 맞추며 빈 웃음을 흘렸다.

"……그냥……. 없었던 나를 기종 씨가 불러내었어요."

"그냥 둘걸. 미안해."

기종이 소여를 찬찬히 보았다. 소여가 기종의 어깨에 얼굴을 기대면서 속삭였다.

"처음 가져본 소중한 시간이었어요. 말로 표현하면 가벼워 사라질 것 같아 그대로 담아놓고 싶어요."

기종이 소여의 어깨를 감싸주었다. 그런 채로 소여의 침묵을 다시 지켜주고 있었다.

'……물방울은 만나서 하나가 된다. 강물이 되어 흐르다가 바다가 되어 한 몸으로 영원해진다……. 사람과 사람이 만나서…… 하나가 되어…… 사랑하다가…… 영원해질 수는 없을까…….'

송림을 맴돌던 바람결이 화개천 십리 벚꽃 길까지 따라왔다. 어둠은 자리를 잡아 낮의 존재를 잠재우고 있었다. 달이 등장하지 않은 허공에 별들이 총총히 은박 · 금박의 십자수를 놓기 시작했다. 화개장터에서 내린 기종과 소여가 송림의 여운을 쌍계사 십리길로 이어가고 있었다.

침묵은 편안한 동행이 되었다. 스산한 가을을 전송하는 길섶의 풀벌레소리가 애잔했다. 기종의 팔짱을 낀 소여가 서로의 체온을 섞으며 머리 위 가득 마중 나온 별길을 걸었다.

기종이 소여의 팔짱낀 손을 깍지 끼워 잡았다. 기종은 소여를, 소여는 기종을 느끼면서 하나가 되어갔다. 기종과 소여, 소여와 기종—. 시간을 멈추게 해서 되돌림하고 싶었다.

절로 오르는 다리 앞까지 왔다. 절을 통하지 않고 다리를 지나쳐 국사암으로 향하는 샛길을 택했다. 개울 징검다리를 건넜다. 기종이 소여의 손을 잡아 징검다리 디딤돌을 한 발, 한 발 안전하게 건너뛰게 도왔다. 불일폭포 하산길에 쉬어갔던 물막이 뚝길까지 왔다.

달이 뜨지 않은 별밤이었다. 달맞이꽃이 꽃대에 마지막 한두 개의 꽃을 피우고 달 없는 밤을 지키고 있었다.

기종과 소여가 걸음을 멈추었다. 조금만 오르면 국사암이었다. 아쉬운 남은 시간을 아끼고 싶었다. 두 사람은 팔짱을 낀 채 마주보았다. 소여. 침묵의 지하에 소여의 외로움이 흐르고 있었다. 별빛 담은 소여가 속삭였다.

"……고마워요……."

소여의 눈동자에 별이 스며 있었다. 기종의 시선이 소여를 품었다.

별이 된 소여가 속삭이고 있었다.

"……같이한 시간……, 기종 씨를 만나게 해 준 세상 모든 것에……."

소여는 별이 되었다. 기종은 별을 밝히는 어둠이 되었다. 두 사람은 흔들림 없이 서로를 담았다. 기종과 소여의 시선이 가까워졌다. 소여가 기종 품에 스며들었다. 기종이 포근히 소여를 포옹했다. 기종의 시선과 소여의 시선이 서로를 담아 합쳐졌다. 소여가 눈을 감았다. 별들이 가물가물 사라져갔다. 기종의 입술과 소여의 입술이 맞닿았다. 파르르—, 소여의 입술이 떨리고 있었다.

기종이 힘주어 소여를 감싸안았다. 숨길을 멈춘 듯 소여가 기종의 품속에서 심장의 박동을 높여갔다. 따뜻이 데워진 소여의 입술이 조금씩 열렸다. 소여의 향기가 기종의 의식을 최면시키고 있었다. 소여의 숨길이 기종의 피돌기에 천상의 환희를 불어넣었다.

땅이 솟아올라 열린 하늘을 맞았다. 기종과 소여는 지상에서 영원으로 비상하고 있었다. 영혼은 별빛 가득한 축복의 밤을 유영하고 있었다. 먼 산에서 소쩍새가 밤을 지새우고 있었다.

국사암 선방, 기종 일행이 3일간 거처할 방이었다. 빈방에 의식을 비워 버린 기종이 앉아있었다. 불도 켜지 않은 낯설은 고도에서 존재를 망각하고 있었다. 의식은 소여와 함께 유영하고, 소여와 함께 호흡하면서 적멸(寂滅)의 공간을 창조하고 있었다.

모든 만남은 우연으로 이루어진다. 우연의 만남이 '필연' 이 되고, 우연의 만남이 '악연' 이 되기도 한다.

'소여와의 만남은……, 한 여자와 한 남자의 만남은…….'

기종은 무의식 속에 잠재해 있던 갈망의 한 여자를 마주하고 있었다. 소여, 예고된 사람이었다. 어느새 운명으로 다가와 있었다. 작은 소망이었다. 크나큰 소망이었다. 영혼을 같이 할 수 있는 사람과의 만남……, 소여였다.

'소여……, 소여…….'

내게 진실의 전부를 주지 마세요

나의 갈등에 바다를 주지 마세요

빛을 청할 때 하늘을 주지 마세요

다만 빛 한 조각, 이슬 한 모금, 티끌 하나를,

목욕 마친 새에 매달린 물방울같이

바람에 묻어가는 소금 한 알같이.

– '울라브 H. 하루게'의 〈내게 진실의 전부를 주지 마세요〉 전문

소쩍새로 환생한 망부석이 그리움을 태우고 있었다. 소여가 방구석에서 세운 무릎에 턱을 고이고 망연히 앉아있었다. 한 지붕 아래, 한 방 건너에 한 남자가 있었다.

예고도 없이 한 남자가 다가왔다. 진행의 순서도 없이 자아와 이성은 스스로 순응되었다. 낯선 사람이 아니었다. 처음부터 동행해 왔던 미지의 사람이었다. 그 사람이, 그 남자가 한 지붕 아래에서 같이 숨 쉬고 있었다. 가까이 있다는 존재감만으로도 안도되었다.

태어나 처음으로 같이해 본 동행인이었다. 옆자리를 보았다. 빈자리가 허전했다. 주저함이나 망설임 없이 자신을 의탁하고 싶은 사람이었다. 그 사람이 지금 옆자리에 없었다. 외로웠다. 그리웠다. 만남과 만남이 외로움과 그리움을 만들어 가는 것일까…….

가까이에서 기종의 숨소리가 들리는 것 같았다. 체온을 느낄 수 있었다. 희열의 뜨거움에 가슴이 벅차올랐다. 감사하고 싶었다. 그리움과 외로움에, 그를 만나게 해 준 세상 모든 것들에게…….

"부– 으– ㅇ, 부– 으– ㅇ–."

앞산에서 부엉이가 음산한 기운을 피우기 시작했다. 문풍지 사이로 스며든 바람에 촛불이 흔들렸다. 촛불을 끄고 자리에 누웠다. 희열이 가신 심연의 바닥에서 현실을 밀어 올렸다.

불안했다. 떠날 때가 되었다. 떠나야 했다.

'어디로?…… 집으로?'

아니었다. 본능은 집을 벗어나라고 예고했다. 은 회장이 허물을 벗은 듯 아버지가 아닌 서성이는 한 남자로 돌변해 있었다. 학교는 휴학계를 내놓았다. 자립할 수 있는 직장을 구해야 했다. 소여는 상경해서 선배의 미술학원 쪽을 알아보기로 마음먹고 있었다. 기종과의 만남은……. 자신이 제어할 수 있는 한계를 벗어나 있었다. 소여는 진한 한숨을 어두운 방안 가득 채웠다.

"우— ㅇ, 우— ㅇ—."

부엉이의 음침한 울음이 계속되고 있었다.

— 아가야…… 아가야…….

환청 같은 먼 울림이 의식 밖에서 신음하고 있었다.

— 아가야…… 아가야…….

아득한 울림이 가까이 오고 있었다. 허공이 흔들려 왔다. 물결이 흔들려 왔다. 부유하던 흔들림이 형체를 만들면서 흐느적이며 다가왔다. 산발한 머리가 해초처럼 너풀댔다. 여자의 주검이 손을 흔들어 애타게 '아가'를 부르고 있었다. 여자의 뒤로 남자의 주검이 따라왔다. 얼굴이 가려진 여자가 손을 휘저으며 애끓고 있었다.

— 아가야…… 아가야…….

환청이 애원으로 의식 가득히 스며들었다. 어린 아기의 가녀린 울음소리가 섞여들었다.

— 쿵— 쿵—쿵—.

미세한 울림이 진동을 키우면서 파문을 일으켜 왔다. 멈칫—. 아기를 부르던 여자의 움직임이 경직되었다. 파문이 소용돌이쳤다. 여자가 소리 없는 비명으로 도망가라고 손을 휘저었다.

— 쿵!

허공이 부서져 내렸다. 물결이 부서져 내렸다. 전자파가 폭발하면서 여자와 남자의 형체가 조각조각 흩어져 날렸다. 정적이 흘렀다. 파문이 가라앉아갔다. 여자가 사라진 자리에 검은 도포를 걸친 저승사자가 윤곽을 키우고 있었다. 저승사자가 머리를 들었다. 은학도였다. 성큼성큼 다가왔다. 살기 가득히 온몸을 덮쳐 왔다.

'아- 악-.'

비명을 질렀다. 소리가 목안에서 터져 나가지 않았다. 숨 가쁘게 몸부림쳤다. 몸을 뒤척이며 허우적대던 소여가 막혔던 숨통을 토해내며 눈을 떴다. 악몽을 벗어난 어둠의 방안이었다. 진땀을 쏟으며 잠자리에서 일어나 앉았다. 방안 가득 냉기가 돌았다. 문 밖에 어슴푸레한 사람의 그림자가 있었다.

벽을 스며든 투영된 모습들이 드러났다. 소여를 노리고 있었다. 은학도와 장씨, 임씨가 장승처럼 서 있었다.

'아- 아-.'

소여가 입 밖으로 터지지 않는 비명을 쳤다.

은학도가 차갑게 노리고 있었다.

소여는 베개를 끌어안고 뒤로 물러났다.

은학도가 성큼 다가왔다

'아- 아-.'

벽에 부딪쳐 더 물러날 곳이 없었다.

은학도의 시선에 살기가 돋았다.

'아-.'

말문이 터지지 않는 소여가 처절히 눈을 감았다. 체념의 눈물이 번져 나왔다.

시간이 멈춘, 무덤 속 같은 정적이 흘렀다.

'으- , 으- 음-.'

식은땀에 흥건히 젖은 소여의 신음이 새어나왔다.

'휴- 우-.'

생명의 긴 숨을 들이켰다. 눈물이 볼을 타고 내렸다. 소여가 눈을 떴다. 방 안은 어둠뿐이었다. 환영이었다.

'흑-.'

소여의 흐느낌이 터져 나왔다.

잠결인지 꿈결인지 가늘게 떨고 있는 소여의 소리가 들렸다. 기종이 잠에서 깨어났다. 문밖에 인기척이 있었다. 일어나 방문을 열었다. 소여가 기종의 품속으로 뛰어들었다.

식은땀에 젖은 몸이 싸늘했다. 포르르-, 몸을 떨고 있었다. 태풍을 피해 숨어든 어린 산새같이 기종의 품속에서 숨을 죽이고 있었다.

먼 산에서 소쩍새가 밤을 태웠다. 숲에서 부엉이가 날갯짓을 했다.

5

먼동이 트고 있었다. 하늘과 산능선의 주름들이 윤곽을 다듬고 있었다. 새벽 운무(雲霧)가 산봉우리에서 골짜기를 타고 흘러내렸다.

긴 여정을 만들어 놓은 운명의 밤이 밝아왔다.

기종의 품속에서 소여가 숨을 고르고 있었다. 눈을 감은 채 의식을 정리하고 있었다. 소여가 잔잔히 여명의 눈동자를 키웠다.

기종이 미동 없이 품속의 소여를 지키고 있었다.

기종의 품속에 소여가 있었다. 소여의 육신이 기종이 품속에 깃들어 있었다.

기종에게 소여가 있었다. 소여가 세상의 모두가 되었다.

소여에게 기종이 있었다. 기종이 세상의 모두가 되었다.

우연의 만남이 아니었다. 태어날 때부터 예정된 만남이었다.

충만으로 현실을 건너 뛸 수는 없었다. 아침공양을 끝낸 기종과 소여가 주위의 시선을 벗어난 산길을 오르고 있었다. 걸망에 간단한 먹거리를 담아 목적지 없이 나선 산행이었다. 체온을 나누면서 새롭게 시작된 동행을 확인하고 싶었다. 한 남자와 한 여자가 아닌 한 몸이 되고 싶었다. 세상의 모든 것에 감사하고 있었다.

푸른 하늘에, 눈부신 태양에……, 바람소리, 물소리, 새소리, 나뭇잎의 흔들림, 숲의 속삭임……, 세상 모든 것이 선명하게 다가와 새로웠다. 숲이, 산이, 끝없는 허공이 기종과 소여의 역사 속에 있었다. 토종꿀 치는 화전 노부부의 오두막 가까이 왔다. 꺾어진 산길에서 지게 진 강씨가 내려왔다. 화전밭을 일구어 작약, 당귀, 도라지, 더덕, 둥굴레 등을 재배하는 마른 몸에 골격 좋은 40대 중년이었다.

강씨는 군사정권이 들어서기 전까지 열혈 민주당원이었다. 청년당원 때부터 자유당 독재정권 타도에 앞장서 몇 번의 투옥을 거치면서도 변심 없이 민주당 하동지역구를 지켜왔다. 부모로부터 물려 받은 땅뙈기도 정치 헌금으로 탕진했다. 3.15, 4.19 의거로 자유당 정권이 붕괴되고 민주당이 정권을 잡았다. 강씨가 바라던 시대가 도래한 듯했지만, 준비되지 않은 민주당 정권은 정국의 혼란만 키웠다.

5.16 군사혁명이 일어났다. 박정희 소장을 정점으로 한 육사 8기생들이 주동이 된 군사정권이 대한민국을 접수했다. 허망한 강씨의 정치인생이었다. 모든 정치 야망을 털어 버린 노총각 강씨는 지리산으로 숨어들어 화전민이 되었다.

강씨의 인간됨을 눈여겨 보아온 청운장 주인 보살이 노총각 강씨의 중매를 섰다. 신부는 청운장 주인의 먼 인척인 노처녀였다. 주인 보살도 강씨와 한 본인 진양(진주) 강(姜)씨였다. 강씨와 주인 보살과 기종은 한 본(本)의 혈연으로 남다르게 가까웠다.

약초 마대자루를 지게에 진 강씨가 성큼성큼 반갑게 다가왔다.

"종씨! 웬일이제?"

강씨가 기종과 소여를 번갈아 살폈다.

"절이 어수선해서 빠져 나왔습니다. 하동 본가에 가십니까?"

강씨는 하동에 살림집이 있었다.

"절에 큰 손님이 묵어간다고 어제 서(경찰서) 정보과에서 한 바퀴 돌아갔제. 인근에 본가가 있는 화전민은 한 이틀 하산하래. 제길!"

"우리들도 선방절사를 비워달라고 해서 소여 씨가 묵고 있는 국사암으로 쫓겨났습니다."

기종이 소여를 가리켰다. 소여가 강씨에게 목례로 인사했다. 강씨가 소여의 인사에 답했다.

"세상 등지고 사는 화전민이 총칼 든 놈들헌테 무슨 해코지를 할까."

심사가 뒤틀린 강씨가 퉷―, 침을 땅바닥에 뱉었다.

"그러게 말입니다."

기종은 강씨의 뒤틀린 심정을 알 것 같았다.

"어디까지 가시게?"

강씨가 심사를 털고 기종에게 물었다.

"그냥 가볍게 한 바퀴 돌아보렵니다."

"하산길에 출출하거든 밭에 들르시게. 솥단지에 밥과 간식거리가 있제. 김치하고 반찬도 있고. 요기는 될 거여."

화전밭 한쪽 언덕 아래 통나무로 가로 엮어 틈새를 황토로 바른 강씨의 움막이 있었다. 봄부터 늦가을까지 약초를 키우면서 임시로 거처하는 집이었다. 하동 본가에는 이따금씩 다녀오곤 했다. 어떤 때는 부부가 함께 와 지내기도 했다.

"그럼 며칠 뒤 보세."

강씨가 지게 진 몸 가벼이 산길을 내려갔다.

강씨와 헤어진 기종과 소여가 화전 노부부 집까지 왔다. 오두막이 비어 있었다. 쪽마루에 상차림이 있는 것을 보아 밭에서 가을걷이를 하는 것 같았다.

기종이 걸망에서 짓눌리지 않게 상자에 담아온 홍시(대봉)를 마루 한쪽에 꺼내 놓았다. 절에 있는 감나무의 수확을 거들어준 대가였다.

불일폭포를 지나 삼불재 갈림길에서 삼신봉을 향한 주봉 능선길로 올랐다. 쉬엄쉬엄 3시간 정도의 산행으로 독바위 쉼터까지 왔다.

'힘들지 않게 가려면 사랑과 함께 가라' 는 말이 있다. 힘든 줄 모르게 산길을 오른 동행길이었다. 반듯한 바위 위에 자리를 잡았다. 위로는 천왕봉을 향한 지리산 종주 능선길이 이어져가고, 눈 아래로는 주름진 계곡을 따라 산촌과 평원이 간간이 보였다. 숲은 군락진 오색 단풍으로 산을 현란히 불태우고 있었다. 산봉우리에서 능선으로, 능선에서 골짜기로 절정의 생을 옮겨 내렸다. 단풍의 절정을 넘긴 산봉우리와 뻗어나간 능선은 빛바랜 잎사귀를 말려 낙엽으로 털어내고 있었다.

봄의 연둣빛 연약한 새순이, 여름 무성한 초록으로 두께를 더해 가다가 산천을 물들인 가을 끝에서 낙엽으로 계절을 마감한다. 단풍의 절정에서 소멸되는 생(生)이 아팠다. 기종은 허무의 가을 속에서 소여와의 만남과 지난 밤의 역사를 정리해 보고 있었다.

소여와의 만남! 과정이 생략된 걷잡을 수없는 쓰나미로 덮쳐들었다. 토네이도를 동반한 빅뱅이었다. 침몰이 아닌 환희였다. 비상된 열망의 도약이었다.

'지금 어디에 있고, 어디로 가고 있을까……. 무엇을, 어떻게……'

정리되는 게 없었다. 현실감이 없었다. 지리산 중턱에 소여와 함께 자리하고 있다는 것 외에는. 현실에서 격리된 진공의 캡슐 속에 소여와 함께 있었다.

소여의 시선이 의식되었다. 소여가 기종의 모두를 담고 있었다.

"무슨 생각을 했어요?"

소여가 잔잔히 물어왔다.

"……"

기종이 몽롱한 의식에서 벗어나 소여와 마주보았다.

"선녀와 나무꾼의 이야기……. 선녀의 옷을 훔친 나무꾼의 환희……"

기종이 먼 산을 보면서 현실을 되새김했다.

"소여 씨는 무슨 생각?……"

기종이 먼 시선 끝에서 물었다. 소여가 기종의 시선 끝에 초점을 맞추었다.

"백마 탄 왕자를 만난 신데렐라의 꿈……. 한 여자에서 한 남자의 여자가 된 경이로움……"

바람이 불어왔다. 숲이 흔들렸다. 메마른 잎사귀가 흩날렸다. 산 너머에서 밀려온 구름이 낮게 깔리면서 자리를 넓혔다. 산봉우리와 능선이 운무로 가려졌다. 안개가 해일처럼 밀려 내렸다. 숲을 지우고, 골짜기를 메웠다. 기종과 소여를 지나쳐 시야를 가려놓았다. 산속의 날씨는 변덕을 부리기 시작하면 변화가 빨랐다. 옷깃에 촉촉이 안개비가 매달리고 있었다.

"자리를 옮겨야겠네요."

기종이 일어나면서 소여에게 손을 내밀었다. 안개 낀 하산길 발길 따라 낙엽이 맴돌아 뒹굴었다. 노부부의 오두막이 흘러내리는 안개 속에 있었다. 오두막 쪽마루로 갔다. 소반이 치워진 걸로 보아 노부부가 중찬을 하고 다시 밭으로 나간 것 같았다. 소반이 있던 자리에 술 한 병과 삶은 밤 한 봉지가 있었다. 놓고 간 홍시상자에는 홍시 두 개가 비어져 있었다.

노부부는 개울 건너 화전에 옥수수와 고구마 농사를 짓고 있었다. 밭은 짙은 안개 속에 있었다.

"아저씨!"

기종이 건너편을 향해 노부부를 불렀다.

"학상이여!"

건너편 아저씨의 화답이 왔다.

"비가 올 것 같아요."

"하던 일 마저 끝내야제. 홍시 고마우이—. 할멈이 두 개나 먹어 치웠어."

두 사람의 목소리가 안개 속에서 오고 갔다. 뒤이어 노부인의 소리가 이어졌다.

"맛나게 먹었쓰라. 배가 불러 점심도 걸렀제. 마루에 있는 약술과 밤 삶은 것 가져 가시요이. 산밤이라 맛날 거여."

"잘 먹겠습니다."

기종의 인사에 아저씨가 답했다.

"싸게 가시게. 어둡기 전에."

"그럼 다음에 뵈요."

"그러이."

주고받던 대화가 끝났다. 기종이 술과 밤 봉지를 걸망에 담았다. 자욱한 안개로 하산길의 시야가 흐렸다. 기종이 옆에 앉은 소여를 보았다. 밝았던 소여의 얼굴이 그늘져 있었다.

"소여 씨……."

기종이 소여를 살폈다.

"……내려가야겠지요. 걱정돼요. 밤이……."

소여가 어둡게 중얼거렸다.

"?……."

기종이 흐린 시선을 마주했다.

"무서워요. 혼자 있기가……."

가라앉은 소여가 기종을 보았다.

"조용한 곳을 원했잖아요."

기종이 소여의 심중을 헤아렸다.

"지난 밤 악몽이 되살아나서 겁이 나요."

소여의 불안감과 기종의 걱정이 맞물린 침묵이 흘렀다.

안개 낀 시야처럼 답답했다. 기종에게 스침이 있었다.

"걱정 말아요. 내가 옆에 있어 줄게요."

"정말요?"

소여가 반짝 밝아졌다가 다시 어두워졌다.

"스님들의 시선이 있는데 어떻게 같이……."

"아무도 없는 곳으로 가요."

"?!……."

이번에는 소여가 기종의 의중을 살폈다.

"가요! 사람들의 시선이 없는 곳으로."

"어디로?……."

소여가 의아해 했다.

"깊은 산 둥지 속!"

기종이 자신 있게 머뭇거리는 소여를 잡아 일으켰다. 짙게 깔린 안개로 산길은 실종되었다. 한 걸음 한 걸음 발길을 더듬어 나갔다. 풀잎에 맺힌 안개비가 바지자락을 적셔 올랐다. 눈사태처럼 흘러내린 운무는 한 발 앞을 가늠할 수 없었다.

산속의 기온은 급속히 냉각되어 갔다. 미아가 되지 않게 기종과 소여는 손과 손을 힘주어 잡았다. 발길을 멈춘 기종이 뒤돌아보았다. 노부부의 오두막은 운무가 삼켜 버렸다.

예측치 못한 기상이변으로 무리한 하산이었다. 노부부의 오두막으로 되돌아가 대피하는 것이 상식이었다. 망설이던 기종이 소여를 보았다. 소여의 머리와 외투에 안개가 스며들었다. 기종에 대한 믿음으로 불안함이 없었다.

'간다! 소여와 함께!'

기종이 소여의 손을 다시 힘주어 잡았다. 한 발 한 발 안개 속을 헤쳐 나가면서 장엄해졌다. 시야가 없는 안개 속으로, 현실감이 없는 현실이 정리되면서 명료해졌다.

소여와 같이 있는 지금의 순간이 미래로 향한 생이라는 것을. 긴 여정에 간혹 어긋남이 있을지라도 같이 할 사람이었다.

그는 나였고, 나는 그였다. 두 사람이 모두였고, 하나였다.

드라마 속의 유치하고 촌스러운 사랑놀이의 시작이 아니었다.

디렉트의 앵글 속 단편적인 허상이 아니었다.

소설 속의 '썰(說, 이야기)' 과 '사족(군더더기)' 과 '된장풀기(양념 섞어 늘어트림)' 가 생략되었다.

사랑의 실재에는 망설임과 주저가 없었다. 사랑은 직선이었다. 외길이었다. 활화산으로 폭발된 마그마(용암)였다. 소용돌이 쳐 세상을 삼켜 버릴 블랙홀이었다. 열정은 망설임과 주저를 녹여 버렸다.

목적지를 지척에 두고 헤매고 헤맸다. 완만한 경사지가 시작되면서 길섶 옆으로 밭고랑이 이어졌다. 강씨의 약초밭이었다. 기종이 한숨을 돌리며 주위를 살폈다. 언덕 아래 터를 잡은 강씨의 움막이 안개 속에 숨어 있었다.

"찾았어요. 깊은 산 둥지! 강씨의 움막."

기종이 소여를 안내했다. 방 한 칸에 가림막이 없는 부엌이 딸려 있었다. 쪽문을 열어보았다. 아랫목에 요와 이불이 깔려 있었다. 어젯밤 군불로 방 안은 온기가 있었다. 기종이 방문 앞에서 목에 두르고 있던 수건으로 안개비 젖은 소여의 머리와 얼굴을 닦아주었다. 체온이 떨어진 소여의 입술이 창백했다. 소여가 몸을 떨면서 수건을 받아 기종의 머리와 젖은 옷을 털어주었다.

기종이 앞서 방안으로 들어갔다. 아랫목 방바닥이 따뜻했다. 소여를 아랫목에 앉히고 선반 위에 있던 담요를 내려 몸을 둘러주었다. 단칸방 윗목에 철지난 달력으로 덮은 밥상이 있었다. 밥상 위에 장조림과 간고등어구이가 있었다.

"몸을 녹이고 있어요. 별참을 준비할게요."

기종이 소여를 보고 싱긋 웃었다. 여유를 찾은 소여가 두 눈을 깜빡했다. 부엌 양은솥단지 안에 밥 두 그릇과 찐 옥수수, 고구마가 있었다. 불을 피워 물부터 끓였다. 부뚜막 찬장 속에 있던 꿀을 풀어 소여에게 몸을 데우게 했다. 부엌을 뒤져 열무김치와 젓갈에 삭힌 고들빼기를 꺼내왔다. 노부부집에서 가져온 약술과 산밤을 꺼내놓았다.

주인 없는 집에 숨어든 객이 성찬을 차렸다. 삶은 옥수수, 고구마, 산밤, 장조림과 간고등어구이, 열무 · 고들빼기 김치, 결망에 준비해 온 간식거리까지 밥상을 채우고 방바닥에 넘쳐났다. 산속의 하루는 빨리 저물었다. 안개가 삼킨 숲을 어둠이 지우기 시작했다.

석유등잔에 불을 붙였다. 어둠이 스며든 방안이 등잔불로 아늑해졌다. 체온을 찾은 소여의 볼이 빨개져 있었다. 상차림을 앞에 하고 기종과 마주앉았다. 깊은 산 둥지 속의 두 사람이 서로를 마주보았다.

"어때요. 아무도 찾지 못할 깊은 산 둥지!"

둘만의 공간에 흡족한 기종이 등잔불 밝힌 방안을 둘러보았다. 벽을 도배한 신문지가 누렇게 바래져 있었다. 과거가 되어 버린 오늘의 기록들이 빛바랜 벽지 속에 있었다. 열린 방문으로 어둠 속에서 피어난 안개가 숨어들었다. 등잔불이 흔들렸다. 기종이 방문을 닫아 걸쇠를 걸었다. 방안이 평온해졌다.

"이대로 시간이 멈췄으면……."

소여가 세상을 내려놓은 듯 편안해 했다.

"다 잊고 비워요. 이제부터 한 사람만 담아요."

기종이 소여를 소중히 지켜보았다.

"고마워요. 그럴게요, 영원히."

소여의 시선이 기종에게 깃들었다. 밥 한 그릇을 둘로 나누었다. 두 잔의 약술을 밥상 위에 놓았다. 세상을 벗어난 두 사람만의 공간, 부족한 게 없었다. 더 이상의 것은 지상에서 존재하지 않았다.

기종과 소여는 시선을 고정한 채 서로의 마음을 주고받았다. 달도 별도 사라진 안개 낀 어둠의 지리산 숲속, 등잔불 밝힌 쪽방에 기종과 소여가 초례상 앞의 신랑 · 신부가 되어 마주앉아 있었다. 우주가 방안에 있었다. 별이 빛나고 달이 선명히 방안을 밝히고 있었다. 기종 앞에 소여라는 큰 별이, 큰 달이 빛나고 있었다.

"소여 씨와 함께 할 미래를 위해!"

기종이 축배를 들었다.

"기종 씨와 함께 할 미래를 위해!"

소여가 마주 축배를 들었다. 두 사람이 심중으로 미래를 예약했다. 술 한 모금을 맛본 소여가 술잔을 기울이고 있는 기종을 잔잔히 보고 있었다. 기종이 빈 잔을 내리자, 장조림 한 토막을 기종 앞에 내밀었다.

"고마워요."

기종이 장조림을 앞에 놓기를 기다렸다. 소여가 눈을 깜박깜박했다.

"?……."

기종이 머뭇거리는데 "아— "하고 소여가 입을 벌렸다. 기종이 멋쩍어하면서 "아— "했다. 소여가 안주를 먹여주었다. 두 사람이 마주본 채 맑게 웃었다. 소여가 남은 술잔을 비웠다. 이번에는 기종이 안주를 집어 기다렸다.

"아—."

기종이 소여를 향했다. 소여가 상기된 얼굴로 수줍게 입을 열었다. 기종이 안주를 먹여주었다. 두 사람이 마주본 채 다시 한 번 웃었다. 축복받은 밀월의 시간이 무르익어 갔다. 음식으로 배를 불리고 술로 서로를 담았다. 마음으로, 몸으로, 표정으로 많은 대화가 오고갔다. 소여가 진지하게 기종을 향해 시선을 모았다. 기종이 그런 소여를 지켜보았다. 소여가 아끼고 있던 말문을 열었다.

"……갈 길을 잃어버린 채 목적지 없이 나섰어요. 그리고 기종 씨를 만났어요. 동행했어요. 신께서 인도하신 길, 그렇게 믿어요. 분명 신께서 보내주신 사람, 확신해요."

소여의 표정에 믿음이 차 있었다.

"나의 사랑은 몸과 마음과 영혼을 다 함께 영원히 사랑하는 것! 그것 하나뿐이에요. 처음부터 혼자였기에 외로움과 그리움을 몰랐습니다. 소여의 사랑에 외로움과 그리움을 주지 마세요."

소여가 기종을 간절히 우러러보며 말을 이었다.

"…… 당신은 분명 신께서 보내주신 소여의 메시아, 신앙은 재지 말고 던져라 했어요. 은혜로 충만한 나의 영혼에 굶주림과 갈증을 주지 마세요."

기종을 마주한 소여의 몸과 영혼이, 믿음과 충만으로 가득했다.

기종이 확고한 믿음을 전했다.

"소여 씨의 사랑이 기종의 사랑입니다. 영원히 소여 씨와 함께 할 겁니다."

"고마워요. 소여의 영원한 사랑."

소여가 활짝 웃었다.

"우리 약속해요."

기종이 약속의 표시로 손가락을 내밀었다.

"싫어요."

소여가 약속의 손가락걸기를 거부했다.

"?……."

기종은 의아했다. 소여가 일어나 기종 옆으로 가 앉았다. 시선 속에 기종을 뜨겁게 담았다. 투명한 영혼을 가진 소여의 모습이었다.

"약속해 줘요. 기종 씨 품에서 평생 숨 쉴 수 있게, 인공호흡으로―."

소여가 기종을 향해 눈을 감았다. 기종이 소여를 온몸으로 품었다. 소여의 입술에 입술을 담았다. 포개진 입술이 뜨거웠다. 두 사람의 입술이 열려서 서로를 섞었다. 기종과 소여의 길고긴 입맞춤이 계속되었다. 서로의 생명을 주고받는 긴 인공호흡이었다.

서울 뒷골목
번지 없는 주소인들 어떠랴
조그만 방 한 칸 얻어
—순아, 우리 단둘이 살자

숨바꼭질하던
어린 그때와도 같이
꼬옹 꽁 숨어 산들 어떠랴
—순아, 우리 단둘이 살자

단 한 사람
찾아주는 이 없으면 어떠랴
낮에는 햇빛, 밤에는 달빛이
가난한 우리 창문을 지켜줄 것인데
—순아, 우리 단둘이 살자

깊은 산 둥지 속
산비둘기처럼
나는 너를 믿고
너는 나를 의지하며
—순아, 우리 단둘이 살자

— 장만영의 〈사랑〉(원문에서 줄인 부분이 있음)

함께 지낸 낮과 밤—. 만남의 앙금이 쌓여 일생을 관통할 그리움을 만들었다.

6

손님이 오는 날이다. 아침부터 절이 술렁이기 시작했다. 인근 군부대에서 발전기 실은 트럭이 절 입구에 자리 잡았다. 절을 밝힐 곳곳에 조명작업이 시작되었다. 가설된 비상전화를 점검, 확인하고 보안시설을 해 나갔다.

오후가 되면서 기관장들과 지방 유지들이 모여들었다. 군 · 경이 삼엄한 경계망을 쳤다. 공양주와 비구니, 지역에서 엄선된 손맛 나는 조리사들이 분주히 손님 일행의 저녁공양 준비를 했다.

대웅전에서는 주지와 스님들이 가사장삼으로 차려입고 손님과 법회와 예불 올릴 준비를 했다. 절식구들의 저녁공양은 손님이 오기 전으로 앞당겨졌다. 관계자 외는 야간출입을 삼가 달라는 당부도 전해졌다. 해거름에 발전기가 가동되면서 보안등이 밝혀졌다.

손님은 민정시찰을 나선 '김 부장' 이라고 했다.

김 부장! 5.16 혁명으로 군사정권이 들어선 후, 중앙정보부를 창설하고 초대 정보부장을 지냈다. 박정희 군사정권의 확고한 2인자였고 핵심이었다. 정치자금 조달방법으로 증권, 파친코(빠찡꼬) 등 4대 의혹사건이 터지자, 1963년 2월 25일 '자의 반 타의 반' 이라는 아리송한 육자성어(?)를 남기고 '특별순회대사' 란 직함으로 외유길에 나섰다. 오랜 외유 끝에 귀국해서 다시 정권의 실세로 등장하면서 민정시찰에 나선 길이었다. 경상도를 거쳐 전라도로 향하는 길목에서, 오늘 저녁 쌍계사에서 하루저녁 묵어간다는 것이었다.

기종에게는 어느 누가 절에 오든 상관없는 일이었다. 먼 세상의 소동이었다. 밀물처럼 밀었다가 썰물처럼 물러날 사소한 속세의 일이었다. 어둠이 내리면서 경내는 한낮처럼 불 밝혀졌다. 손님이 도착할 시간이 가까워진 듯했다.

기종은 절을 벗어나 국사암으로 향했다. 암자 앞에서 소여가 서성이고 있었다.

"왜—. 들어가지 않고?"

"……."

기종의 물음에 소여가 희미하게 웃었다. 소여는 악몽의 밤 이후로 기종과 함께하고 있었다. 그것이 두 사람을 맺게 해 준 운명의 끈이었다. 기종이 앞서 방에 들어섰다. 소여가 그림자처럼 뒤따랐다. 주호 · 다람쥐 · 지루박과 함께 임시로 지낼 빈방이 썰렁하게 넓었다.

소여가 벗어둔 신발을 방안 한쪽으로 감추었다. 방안에 보따리 하나가 있었다. 기종이 삼석에게 부탁한 야참거리였다. 용강리 가게에서 준비해 온 먹거리가 푸짐했다.

비구니들이 큰절로 내려간 암자에는 두 사람뿐이었다. 촛불도 밝히지 않은 방에 희미한 어둠이 침묵을 지켰다. 대화는 시선으로 주고받으며 먹거리를 차렸다. 누룩술과 꽁치 · 어묵 통조림과 빵 · 과자, 덤으로 가게에서 돼지고기 섞은 싸리버섯 조림을 별미로 보내주었다.

소여와 함께라면 물 두 잔이라도 세상을 다 담은 흡족한 자리에 밤을 밝힐 야식까지 준비되었다.

기종과 소여가 어둠이 스며든 방안에서 마주보았다. 빛이 없어도 서로의 모습을 새길 수 있었다. 체온이 오가는 숨결로 수많은 교감을 주고받았다.

물잔에 담은 술을 부딪쳐 두 사람만의 세상을 담아 마셨다.

남자가 여자를, 여자가 남자를 만나 두 사람만의 세상을 만들었다. '기종' 이라고 이름 지어진 한 생명체와 '소여' 라고 이름 지어진 한 생명체가 찰나의 교차 속에 무한의 공간을 만들었다. '사랑' 이라고 표현되는 세속의 수식어가 너무도 가벼웠다. 생명과 생명이 한 몸으로 묶여진 운명을 만들었다.

운명! 운명은 타고난다고 했다. 운명은 만들어진다고도 했다. 소여와 기종의 만남은 처음부터 운명지어져 있었다. 기종과 소여의 운명은 시간과 공간 속에 만들어졌다. 운명은 시간과 공간을 만들어 놓았다.

사랑은 수없이 지우는 '지우개' 라고 했다.

기종은 먼 훗날까지 지우지 못한 삶이 있었다.

지우지 못한 소여의 잔영—. 그것이 세상을 살아갈 기종의 삶이었다.

큰절에서 늦은 밤까지 손님을 맞은 비구니들이 두런두런 암자로 돌아오는 인기척을 들었다.

심장의 고동을 함께 하고 있는 기종과 소여의 멈춘 시간에도 지상의 시간은 무심히 흘렀다.

새벽 예불을 끝낸 비구니들이 큰절로 향하는 스침을 들었다. 비구니를 뒤따라 일어나야 했다.

주지스님이 손님 환송에 서소문 식구들도 참석해 달라고 부탁했다.

기종이 새벽녘에 잠든 듯한 소여를 훔쳐보았다. 소여의 눈이 어둠 속에서도 열려 있었다. 기종이 품속의 소여를 풀어놓으며 소리 죽여 일어났다. 소여도 뒤따라 몸을 일으켰다.

"눈 좀 붙이지."

"……."

소여가 미소로 답하고는 민첩하게 나갈 채비를 했다. 국사암에서 절로 내리는 산길은 새벽 어둠이 꼬리를 내리고 있었다. 기종과 소여가 손을 맞잡은 채 산길을 내려 절로 향했다.

서소문 앞까지 왔다. 보안등이 밝았다. 경찰근무자와 사복한 경호원이 기종과 소여의 통행을 막았다. 양해도 없는 강압적인 권위였다. 절식구라 해도, 그들의 제지는 완고했다. 발길이 묶인 기종은 햄릿의 침묵 속에 돈키호테의 저돌성이 끓어올랐다.

서소문 입구가 삼엄해졌다. 경찰관과 경호원을 앞세운 김 부장이 서소문을 나오고 있었다. 경호원과 수행원들이 뒤따랐다. 김 부장 일행이 경내로 내려간 후, 통행을 막던 근무자가 물러났다.

대웅전 앞마당에는 기관장들과 지역 유지들이 도열해 있었다. 기종과 소여는 절식구들이 모여선 한쪽으로 합류했다.

김 부장과 주지스님이 선방에서 작별인사로 다례식을 가지는 듯했다. 선방의 문이 열리며 주지스님과 김 부장의 모습이 나타났다. 갓 40대에 들어선 김 부장은 군 출신답지 않게 잔잔한 인품이 선비 같기도, 여유로운 예술인 같기도 했다. 대웅전에서 예를 올린 김 부장과 주지스님이 대웅전 계단을 내려왔다. 김 부장이 걸음을 멈추고 주지스님과 마주서서 작별인사를 했다.

"뜻 아닌 소란을 피운 것 같습니다."

"찾아주신 쌍계사의 화복입니다."

주지스님이 화답하며 합장했다. 김 부장이 마주 합장했다.

"받아주신 답례로 흔적 하나 남길까 합니다. 말씀해 주세요."

"관세음보살—."

주지스님이 합장으로 예를 올리며 잠깐 망설이다가 입을 열었다.

"전쟁 통에 끊어진 쌍계교가 복원되지 않았습니다. 도에 건의했습니다만 예산부족으로 아직까지……. 나무관세음보살."

주지가 합장한 채 고개를 숙였다. 김 부장이 수행 비서를 보았다. 비서가 수행일지에 메모했다. 주지스님의 안내로 김 부장이 공부방 학생들이 있는 곳까지 왔다. 서소문 식구들 앞에서 걸음을 멈추었다.

김 부장이 덕담을 했다.

"여러분의 꿈이 이루어지기를 기원합니다."

주지스님이 기종 앞으로 와서 소개했다.

"유하신 방의 고시준비생입니다."

"강기종입니다."

기종이 고개 숙여 인사했다. 김 부장이 손을 내밀어 악수를 청했다.

"방을 빌려주어서 잘 쉬고 갑니다. 일정에 차질을 주지는 않았나요?"

"덕택에 깨끗한 방을 쓰게 되었습니다."

기종의 인사에 김 부장이 찬찬히 기종을 보면서 특유의 미소로 마음을 전했다.

"목적 이루시면 한 번 찾아주세요."

다시 한 번 미소를 보내고 김 부장이 환송인 쪽으로 돌아섰다.

"한양 가서 김 서방 찾기네요."

혈기를 삭히지 못한 기종의 당돌함이 새어나오고 말았다. 수행원과 경호원들의 시선이 차갑게 기종을 노렸다. 김 부장이 돌아서며 웃음을 던졌다.

"어떻게 알았어요. 내가 김 서방이란 걸."

기종의 무례함을 유머로 받아넘기는 김 부장의 넉넉함이었다. 김 부장이 환송인들에게 빠짐없이 악수를 하면서 주차장으로 향했다. 절식구들도 떠나는 김 부장을 배웅하려고 뒤따랐다. 후미의 경호원이 뒤따르는 기종을 힐끗 보았다. 잠깐 걸음을 멈추는가 싶더니 팔 뒤꿈치가 짧게 기종의 가슴에 닿았다.

"윽—."

숨을 멈추게 하는 대단한 내공이었다. 경호원과 기종밖에는 아무도 모르는 순간의 응징이었다. 충격에 발길을 멈춘 기종을 뒤에 두고 경호원은 김 부장을 뒤따랐다.

기종과 김 부장의 첫 만남이었다.

7

손님은 떠났다. 절은 물 들었다가 물 나간 집처럼 또 한 번 정리에 어수선했다. 기종은 일상으로 돌아가기 위해 가져온 짐들을 서소문으로 옮겼다. 저녁 버스로 돌아올 예정인 주호 · 다람쥐 · 지루박의 짐도 삼석의 도움을 받아 각자의 방으로 갖다놓았다.

소여도 거들었다. 마지막 짐을 정리해 국사암을 나서는데 소여가 자신의 짐을 챙겨 왔다.

"짐은, 왜?"

"……."

"어떡하려고?"

"……."

소여가 정해지지 않은 일정에 대답이 궁했다.

"떠나려고?"

"의논하려고 했어요. 우선 내려가서 방부터 정리해요."

소여가 대화를 미루고 앞섰다. 기종은 알고 있었다.

소여는 이곳에 있기 위해 온 것이 아니었다. 떠나기 위해서 온 것이었다. 기종을 만나기 전까지는.

손님이 묵어간 방은 신혼부부를 기다리는 신방처럼 깔끔히 꾸며져 있었다. 창고로 옮겨놓았던 책 · 걸상과 짐들을 꺼내 왔다. 정리를 도와주던 소여가 법전 속에서 시집 한 권을 꺼내 들었다.

"법전 속에 웬 시집? 바위산에 진달래 꽃 한 송이가 핀 것 같네요."

"아, 그 시집! 가끔씩 들춰봐요. 있잖아요, 겨울 속의 봄, 긴장 속의 여유……. 규율과 통제뿐인 법전 속에 헤매다 보면 머리에 쥐가 날 때가 있어요. 골을 비울 때 잠깐씩—."

"'하얀 보자기에 고이 접은 그리움' 제목이 시예요."

소여가 중얼거리며 시집을 넘겼다.

"다듬지 않고 거친 듯한 시인의 담백함이 좋아요. 시 좋아하세요?"

기종의 물음에 소여가 잠깐 소녀시절을 회상했다.

"한때는 문학소녀의 꿈을 키웠어요. (눈을 살며시 감으며) 산산이 부서진 이름이여! 허공중에 헤어진 이름이여! 불러도 주인 없는 이름이여! 부르다가 내가 죽을 이름이여! …… (눈을 뜨며) 소월 님의 '초혼' 을 좋아했어요."

"문학소녀에서 서양화가로…… 기대 돼요."

"이 시집에서 애송시 있으세요?"

소여가 시집을 들어 보였다. 기종이 시집을 받아 시 한 편을 낭송해 준다.

사랑하다가 만

먼 어느 날
못 견디게 스며오는 사람 하나 있다
만나서 사랑의 보탬보다는
채우지 못한 미움이 클까 봐
그냥 그리워하고만 말자
웅크리고 잠깬 베갯머리에 밀려오는 그리움 있고
낯선 거리 문득 다가오는 얼굴 있어도
그저 이 세상 같은 하늘 아래 살고 있다고
위로하며 살자
그러다가 언젠가는 세상 떠나 먼 여행길
앞서거니 뒤서거니 같이한다고 생각하며 살자
만난 기쁨보다 이별의 아픔이 더할까 봐
잊은 듯 모르게 떠나기로 하자
살다가 떠나는 것
모두 같이하는데
그리워할 일 있을까
미워할 일 있을까

– 강수철 시집 《하얀 보자기에 고이 접은 그리움》 중에서 〈사랑하다가〉 전문

시낭송을 끝낸 기종이 소여에게 마침 말을 해 주었다.

"제목이 '사랑하다가' 예요."

"아파요……. 사랑과 그리움을 객관화시킨 체념이 아파요."

소여가 기종을 쓸쓸히 보았다.

"역시 문학소녀답게 시 읽기가 한 수 높아요."

기종이 소여의 해설을 인정했다.

소여가 장난스럽게 두 눈을 깜박깜박했다.

"무슨 뜻?"

기종이 물었다.

"당연한 말씀!"

소여가 웃었다.

"겸 · 손!"

기종이 또박또박 소여에게 전달했다. 소여가 다시 두 눈을 깜박깜박했다.

" ?……."

기종이 뜻을 기다렸다.

"겸손은 힘들어~."

소여의 익살에 두 사람은 마주보고 웃었다.

"선물."

기종이 소여에게 시집을 건네주었다.

"정말요?! 고마워요. 소중히 간직할게요."

소여가 시집을 가슴에 품었다. 기종과 소여가 서로를 포옹했다.

창고에서 마지막 책 묶음을 꺼내 왔다. 책상 위에 책을 들어 올리던 기종이 한쪽 가슴을 손으로 압박하며 엎드렸다. 숨이 멈출 듯한 통증이 왔다. 경호원의 뒤꿈치 가격이 있던 자리였다.

"왜 그러세요?!"

소여가 다가왔다. 기종이 근육통이 있는 자리를 문지르며 아픔을 진정시켰다.

"어디 봐요."

소여가 기종의 윗옷을 걷어 올렸다. 명치 가까이 피멍이 들어있었다.

"어머! 멍이 들었어요."

소여가 걱정되어 기종을 살폈다.

"어디에 부딪쳤나 봐."

기종이 가볍게 넘겼다.

"괜찮아요?"

"괜찮아."

기종이 소여를 안심시키고 상의를 내렸다. 경호원의 응징, 돈키호테의 상처……. 쓴웃음이 나왔다.

"잠깐만!"

소여가 자신의 가방에서 멘소래담 통을 꺼내왔다.

"옷 들고 있어요."

멘소래담을 상처 부위에 조심스레 발랐다. 그러고는 손으로 문지르며 주문을 외웠다.

"엄마 손은 약손! 엄마 손은 약손!"

'엄마 손은 약손.'

소여에게 찰나의 회한이 스쳤다.

'엄마? 어머니?…….'

지금까지 한 번도 불러본 적이 없는, 입에 올려 본 적이 없는 호칭이었다. 그 생소한 단어를 자신도 모르게 중얼거리고 있었다.

'엄마! 어머니!……. 생전에 한 번 불러볼 수 있는 이름일까?…….'

소여가 기종의 상처 부위에 가볍게 입맞춤하고 옷을 내려주었다.

"의자에 앉아 있어요. 나머진 내가 정리할게요."

소여가 의자를 끌어와서 기종을 앉혔다. 정리가 끝나가던 참이라 힘든 일은 없었다. 기종이 소여의 뒷마무리하는 모습을 지켜보고 있었다. 감사했다. 소여를 보내준 세상의 은혜에 충만했다.

'감사합니다. 천사를 보내주셔서…….'

공부방 정리가 끝나 물건들이 제자리를 찾았다.

문 앞에 있는 소여의 짐만이 자리 잡을 곳이 없었다.

"내 짐은 잠시 보관. 나가요ー. 의논할 일이 있어요."

소여가 기종을 이끌었다. 일주문을 지나 청운장 앞까지 왔을 때였다. 소여가 발길을 멈추고 기종을 보았다.

"오늘 하루 기종 씨 가까이 있다가 내일 첫 버스로 떠날까 해요."

소여가 청운장 담장 안을 보면서 기종에게 부탁했다.

"방 하나 잡아주실래요. 주인아주머니 옆방이면 더 좋고요."

악몽 이후 혼자 밤을 보내기가 불안한 소여였다. 기종이 청운장으로 들어갔다. 마침 주인방과 붙은 옆방이 비어 있어 예약을 하고 나왔다. 석문을 지나 교량 한 토막이 침목으로 가설된 쌍계교를 건넜다.

— 끊어진 다리는 다시 이어지면 되는데……, 단절된 인간과 인간의 관계는 처음으로 돌아갈 수 없을까요.

절을 찾은 첫날, 소여가 쌍계교를 건너면서 한 말이었다.

화개천 십리 길에 인근 부락민들이 화개장터로 나들이 가고 있었다. 5일장인 화개장이 서는 날이었다. 장터 가는 길을 피해 화개천 길을 거슬러 올랐다. 상류로 오르면서 신작로 길이 좁아져 보행만 가능한 개천길로 이어졌다. 통행인이 없는 산자락 개울가에 기종과 소여가 자리 잡아 앉았다. 먼 산에서 뻐꾸기의 울음소리가 허공의 하늘길을 안내하고 있었다.

의논할 일이 있다던 소여는 할 말을 입에 담고 있었고, 기종은 소여가 할 말을 무심히 기다리고 있었다. 맴돌던 침묵이 차분히 가라앉았다. 소여는 내일 떠난다고 했다. 기종은 소여를 보내야 했다. 석별이 아닌 만남의 약속이 있는 작별이었다. 시내버스 정류장에서 내일을 약속하고 돌아선다 해도 발길이 허전할 두 사람의 합침이었다. 약속은 있었지만 기약이 없는 현실이었다. 가슴이 공허했다. 소여가 먼 산을 본 채 말문을 열었다.

"학교 선배의 미술학원에서 일할 것 같아요."

"학교는 어떡하고?"

기종이 물었다.

"휴학계를 냈어요."

"집에서도 알아요?"

"몰라요. 이제부터 홀로 서고 싶어요."

소여가 다시 침묵했다. 기종이 서둘지 않고 소여의 다음 말을 기다렸다.

감정을 삭인 소여의 말이 이어졌다.

"지금까지 거두어 준 양아버지의 은혜에 감사해야겠지만……. 혼란스러워요……. 출생의 비밀을 알고 있을 세 사람 중, 한 사람은 '용서해 달라' 하면서 '친부모를 알고 있다' 고 마지막 말을 남기고 세상을 떠났어요. 양아버지와 남은 한 사람은 나의 근본을 모른다고 했어요. 영원히 밝히지 못할 음모가 있는 것 같아요……. 환청으로 맴도는 남과 여의 흐느낌, 떠도는 주검, 악몽으로 다가오는 실체의 모습들……. 악몽은 예고편이 될 수 있다는 불길한 생각들이 자리를 잡아가면서 본능은 메시지를 보내와요. 양아버지와의 관계를 정리하라고……. 떠나라고……."

소여가 다시 침묵을 끌어왔다. 기종은 소여의 침묵을 지켜줄 뿐이었다.

"자리 잡히는 대로 바로 연락할게요."

소여가 무거움을 털고 밝게 기종을 보면서 안심시켰다.

"학업은 계속하는 게……. 양아버지의 도움을 받지 않겠다면 그 정도는 내가……."

기종이 조심스럽게 자신의 생각을 전했다.

"주위의 도움 없이 나의 길을 가 보려고 해요. 나 자신이 정리되면 모든 것을 기종 씨와 의논하고 뜻에 따르겠어요."

소여의 의지는 확고했다. 기종은 소여를 지켜주고 도와주고 싶었다.

"내가 항상 같이한다는 걸 잊지 말았으면 좋겠어."

"고마워요. 소여에게는 몸과 마음과 영혼을 다 함께 사랑할 단 한 사람, 기종 씨뿐입니다. 영원히 기종 씨와 함께할 겁니다. 오래 걸리지 않아요. 기종 씨가 찾지 않아도 소여가 찾을 겁니다."

기종은 흔들림 없는 소여의 내면을 복제해 놓고 있었다. 소여가 화제를 바꾸었다.

"신학기가 얼마 남지 않았어요. 그때까지 시험 준비 열심히 하세요."

"지금 심정 같아선 당장 짐 싸서 같이 서울로 가고 싶다."

"영원을 위한 시작이에요. 흔들리지 마세요."

해가 기울고 있었다. 기종이 소여에게 마산 집주소와 전화번호를 가르쳐주었다. 거처가 정해지기 전까지의 비상연락처였다. 소여가 수첩에 소중하게 받아 적었다. 숙소로 향하는 발길이 무거웠다. 무거운 발길 따라 어두움이 따라왔다. 국사암으로 향하는 샛길로 접어들었다. 물길을 막아 논 방죽까지 왔다. 발길을 재촉할 필요가 없었다. 헤어짐의 시간을 늦추고 싶었다. 풀숲에 자리를 잡았다. 영혼을 함께 할 입맞춤을 한 운명의 자리였다. 어둠이 내리면서 물안개가 피어올랐다.

대지는 하늘의 그림자였을까. 하늘과 땅은 음영(陰影)이 다른 선으로 이어졌다. 빛은 세상을 밝혔고, 어둠은 세상을 품었다. 기종과 소여는 어둠의 여운에 서로의 시간을 묶어놓고 있었다. 뻐꾸기는 어디로 깃들었을까. 소쩍새가 밤을 태우고 있었다.

"……걱정이 되어요……."

소여가 침묵 끝에 중얼거렸다.

"뭐가?"

기종이 소여를 돌아보았다.

"세상 속에 버려진 고아를 부모님이 받아들일까요?"

기종의 시선을 소여가 피했다.

"물론, 받아들일 수 없지!"

기종이 엄해졌다.

" !!…… ?!……."

소여가 굳어졌다.

"모셔드려야지—. 천사를 싫어할 사람이 있을까?"

기종이 표정을 풀고 웃었다.

"에이—. 농담할 일이 아니예요."

소여의 얼굴에 그늘이 졌다.

"걱정 마—. 내가 좋아하는 사람이라면 허수아비라도 받아들일 분들이야."

"정말?"

소여의 표정이 밝아졌다.

"정말이래도. 첫눈에 천사를 알아보실 거야."

"……받아주시면……."

소여가 기도하는 마음으로 기종에게 기댔다. 기종이 소여를 포옹했다. 소여가 기종의 품에서 숨결을 삭혔다. 서로를 품은 채 두 사람만의 우주를 만들어갔다. 바람결을 타고 저녁예불을 끝낸 범종소리가 들려왔다. 세속의 시간은 멈춤이 없이 흘렀다. 기종의 품에서 벗어난 소여가 기종을 우러러 보았다.

기종이 시선을 맞추었다. 망설이던 소여가 시선을 피하며 더듬거렸다.

"……저……."

수줍어 말을 잇지 못한다.

"말해 봐."

기종이 소여의 두 어깨를 감쌌다.

"다른 호칭으로 한 번 불러보고 싶어요."

"?……, 어떤……."

"눈 감아 봐요."

소여의 부탁에 기종이 눈을 감았다.

"저…… 여……."

소여가 쿡-, 수줍어 웃었다.

"다시 할게요. 눈 뜨지 마세요."

기종의 품에 안기며 말했다.

"여…… 보……."

소여는 기종의 품속에 얼굴을 감췄다. 기종이 그런 소여를 품에 안았다.

"사랑해!"

그리고 소여의 이마에 입맞춤을 하였다.

"이번에는 내 차례, 눈 감아요."

소여가 눈을 감았다.

"여- 보!"

기종이 소여의 이마에 자신의 이마를 비볐다.

"사랑해요- 영원히."

소여가 마무리로 속삭였다. 두 사람이 서로의 영혼에 맹세했다. 서소문까지 왔다. 기종이 발걸음 소리 죽여 안으로 들어갔다. 다람쥐와 지루박의 방에 불이 있는 걸 보아 돌아온 것 같았고, 주호의 방은 불이 꺼져 있었다. 방 안에 있던 소여의 짐을 가지고 나왔다.

평온을 되찾은 경내는 산속의 정적 속에 잠들어 있었다. 소여는 청운장에서 하룻밤을 보내고, 구례까지 기종이 동행하기로 했다. 소여의 가방은 기종이 들고 소여는 기종의 팔짱을 낀 채 인기척 없이 걸었다. 사천왕 문 옆 주차장 가까이 왔을 때였다.

"소여 아가씨!"

어둠 속에서 두 사람의 사내가 불쑥 나타났다. 놀란 소여가 기종의 팔을 안았다. 은 회장의 기사와 조직원이었다.

"회장님께서 오셨쓰라."

기사가 주차장 쪽을 보았다. 어둠의 주차장에 은 회장의 승용차와 지프차 한 대가 보였다. 기사와 조직원이 다가왔다. 겁에 질린 소여가 기종의 뒤로 몸을 피했다.

"아가씨!"

기사가 재차 소여를 불렀다. 기종이 소여를 돌아보았다. 소여가 가지 않겠다는 듯 고개를 가로저으며 기종에게 구원을 청했다. 기종이 들고 있던 가방을 건네주며 속삭였다.

"내 방에 가 있어요."

기종이 사내들에게 돌아서는 순간이었다.

"턱!"

기종의 뒤통수에 터질 듯한 충격이 왔다. 땅바닥이 기종에게 솟구쳐 올랐다.

"쿵!"

두 번의 충격으로 기종의 의식이 깜깜해졌다.

신문지로 말아 감춰온 쇠막대기가 조직원의 손에 있었다.

"안 돼!!"

소여가 비명 치며 달려와 기종을 안았다. 기사와 조직원이 옆에 섰다.

"이 사람에게 손대지 말아요!"

소여가 다급해졌다.

"아가씨! 가셔야 해요."

기사가 소여에게 사정했다.

"갈 테니ㅡ, 더 이상은 안 돼요!"

소여가 다시 한 번 다짐하고 주차장 은 회장의 차로 향했다. 기사가 뒤따랐다. 순식간의 참변에 정신이 혼미해진 소여였지만 기종을 구해야만 했다. 소여가 승용차 가까이 다가갔다. 승용차의 뒷문 유리창이 내려졌다. 소여가 차 앞에서 걸음을 멈춘 채 고개 숙였다.

차 속에서 은 회장이 싸늘히 소여를 지켜보고 있었다.

"임화식을 만났다면서?"

감정이 섞이지 않은 은 회장의 물음이었다.

"……."

소여의 몸이 졸아들고 있었다.

"무슨 말을 들었느냐?"

은 회장이 나직이 다시 물었다. 소여가 고개를 들어 은 회장을 보았다.

"아무 말도……."

소여가 고개를 저었다. 은 회장이 잠시 소여의 의중을 살피고 있었다. 조직원이 의식을 잃은 기종을 들쳐 메고 왔다. 소여가 가까스로 용기를 내었다.

"저 사람을 놓아주세요."

"같이 가겠느냐?"

은 회장의 목소리는 조용했지만 무거웠다.

입술을 깨물고 있던 소여가 결심을 굳혔다. 우선 기종을 구해야 했다. 걸음을 옮겨 승용차 앞문을 열고 차에 올랐다. 차가 움직이기 시작했다.

소여가 눈을 감았다.

— 아가야……. 아가야…….

여인의 흐느낌이 환청으로 다가왔다. 소여의 감은 두 눈에서 눈물이 배어 나왔다.

8

'텅! …….'

뒤통수에 터질 듯한 충격이 왔다. 땅이 솟구쳐 올랐다.

'쿵! …….'

깜깜해지면서 심연의 나락으로 떨어져 내렸다.

소여의 비명소리가 의식의 사라짐 속에 머물러 있었다.

아득한 어둠의 바닥이었다. 현재가 실종된 과거가 엉켜 있었다. 내가 네가 되고, 네가 내가 되어 마주보고 있었다.

— 누구야?

— 나야!

— 나? 나가 누군데?

— 나? 내가 너라고!

— 너가 나라고?

— 그래, 내가 너야?

— 그럼, 나는?

— 너가 나고, 내가 너야!

네가 내가 되고, 내가 네가 되는 혼란이 되풀이되었다. 혼미한 의식 속을 표류하면서, 방전된 생(生)의 에너지를 충전시키는 시간이 길었다. 느리고 아주 느리게 삶의 조각들을 주워 담았다.

북마산지서가 불타고 있었다. 화염 속에서 죽은 친구가 걸어 나왔다.

서울시청 광장에서 대통령의 하야소식을 듣고 '만세' 를 부르고 있었다.

바람과 여우가 다가왔다. 눈을 감고 외면해 버렸다.

다다구미 골목에서 해수가 손짓했다. 구례역 기차에 오르면서 손을 흔들고 있었다.

소여와 함께 산길을 오르고 있었다. 안개가 눈사태처럼 쏟아져 내렸다. 안개 속에 소여가 사라졌다.

"소여! ……, 소여! ……."

의식이 꿈틀거렸다. 어둠의 허공에서 한 가닥 빛이 현실의 흐름을 이어놓았다.

"기종 씨-. 기종 씨! ……."

소여의 울림이 공명이 되어 다가왔다.

"소여!"

기종의 눈이 힘없이 열렸다. 공부방이었다. 자리 위에 옆으로 누워있었다. 산산조각으로 깨어져 나가는 통증으로 눈을 뜰 수가 없었다. 손가락 하나 움직일 수 없이 온몸은 무기력했다.

문 밖은 햇살이 밝았다. 간신히 손을 움직여 감각이 없는 얼굴을 쓸어보았다. 얼굴 한쪽이 부어올라 눈을 가려놓았다. 뒤통수에서 목 아래까지 손을 댈 수가 없이 화끈거렸다. 채 마르지 않은 피가 끈적거렸다.

의식은 자리를 잡지 못하고 맴돌고 있었다.

실마리를 찾지 못한 엉킨 지난밤의 사건들을 원경(遠景)으로 밀어냈다. 객관이 되어 복기해 보았다.

……소여가 내일 아침 떠난다고 했다. 소여와 같이 청운장으로 향하던 중이었다. 주차장 가까이에서 두 사내가 나타났다. 은 회장이 왔다고 했다. 은 회장이라면 소여가 불안해 한 양아버지다. 소여가 가지 않겠다고 했다. 소여를 안심시키고 돌아서는 찰나, 뒤통수의 충격으로 의식을 잃었다. 머리와 목의 상처는 그들의 짓이었고, 얼굴은 쓰러지면서 땅바닥에 부딪친 상처였다.

그런데……. 내 방 잠자리에 누워있다.

'그들이 내 방까지? ……, 그렇잖으면 무의식중에서도 본능적으로? …….'

둘 다 아닌 것 같았다.

'여기까지 어떻게?……, 소여는?…….'

실감할 수 없는 현실의 이변을 인정할 수 없었다. 눈을 감은 채 생각을 모아봤으나 실상은 흩어져 다가오지 않았다.

"행님!"

방문 밖에서 지루박의 소리가 났다. 문이 열리고 지루박과 쟁반에 음식을 담은 다람쥐가 들어왔다.

"좀 어때예?"

지루박이 걱정스럽게 물었다.

"어떻게 된 일이냐?"

기종이 기어들 듯 되물었다.

"밤늦게 문소리가 나는 거 같아서 나와 봤더니 행님이 방에 쓰러져 있었어예. 그래서 옷을 벳기고 자리에 눕혔습니더. 기억 안 나십니꺼?"

지루박이 기종을 빤히 보았다.

"……."

기종의 기억에는 없는 일이었다.

"자리에 누운 행님이 괜찮다고 가보라고 했는데예."

지루박이 덧붙였다.

"병원에 안 가도 되겠습니꺼?"

다람쥐가 옆으로 누운 기종의 뒤로 돌아와 상처를 살폈다.

"돌부리에 걸려 넘어졌어. 이 꼴로 공양갈 수 없으니 절식구들한테는 몸살이 났다고 해라. 2·3일 지나면 괜찮아질 거야."

"그래도 병원에 가 보시는 게—."

"괜찮아! 당분간 밥 좀 날라라. 그리고 용강리 가게에 가서 '안티푸라민' 하고 날계란 한 줄 사 와라."

당시에는 타박상·근육통 등의 약으로 '안티푸라민' 이나 '멘소래담' 연고를 소염진통제로 사용했다. 날계란은 멍과 붓기를 빼는 데에 민간요법으로 쓰였다.

정리되지 않고 운신이 불편한 한낮을 보냈다. 밤이 되었다. 절식구들의 눈을 피해 불편한 몸을 끌고 청운장으로 갔다. 예약한 방에 소여는 오지 않았다고 했다. 은 회장 일행이 소여를 데리고 간 모양이었다.

'왜 그랬을까?……'

자신에게 한 행동으로 보아 망설임 없이 살상을 할 인간들이었다. 소여가 걱정되어 당장이라도 찾아 나서고 싶었지만, 지금의 몰골로는 움직일 수가 없었다.

마음만 조급했다. 상처 부위에 부지런히 연고로 마사지하고, 부어 멍들은 얼굴에 날계란을 부비고 굴렸다. 부비고 굴리던 날계란을 새것으로 바꾸었다. 사용한 계란을 홧김에 깨어 삼켰다. 쓴웃음이 나왔다. 계란처럼 깨지지 않은 것만 해도 다행이었다.

지루박과 다람쥐가 번갈아가면서 연고를 발라준 덕분인지 하루를 넘기면서 통증이 조금 가시는 듯했다. 저녁에 주호가 왔다. 기종의 모습을 보고 놀란 주호에게도 넘어진 상처라고 했다. 주호가 준비해 온 먹거리를 들고 기종의 방으로 모였다.

일상으로 돌아온 공부방 식구들의 속에서 기종의 심란함이 안정되어 갔다. 날계란과 연고로 지루한 며칠을 보냈다. 멍이 어느 정도 가시고 몸 상태도 나들이할 만큼 되었다.

기종은 새벽 버스를 타기 위해 절을 나섰다.

쌍계교 아래로 임시 통행로가 만들어지고 다리 복원공사가 진행되고 있었다. 모든 과정을 생략해 버린 권력의 위대함이여!

순천을 거쳐 여수터미널에 내렸다. 정오가 가까웠다. 급한 마음에 아침도 거르고 왔기에 터미널 앞 식당으로 갔다. 국밥으로 아침 겸 점심을 때우고 계산대에 있는 주인에게로 갔다. '은 회장' 을 수소문해 보면 소여의 소재지도 알 수 있을 것 같았다.

"혹시, 은 회장이라는 분을 아십니까?"

"은 회장?……, 관광호텔 은학도 회장 말이지라."

주인은 은 회장을 알고 있었다. 여수 바닥에서 재력가로 알려진 은학도 회장의 회사와 거처를 찾는 건 어렵지 않았다.

초행길이라 몇 번을 물어 은 회장의 집 앞까지 왔다. 대문기둥에 은학도의 문패가 큼직이 박혀 있었다. 소여를 만날 수 있는 희망으로 반가웠다. 집 안까지 승용차가 들어갈 수 있는 육중한 철문이 굳게 닫혀 있었다. 일본식 이층 적산가옥*에 정원이 넓었다. 집안을 잠깐 살피던 기종이 초인종을 눌렀다. 잠깐의 시간이 흐른 후 현관문이 열렸다. 나이든 아주머니가 나왔다. 소여가 말한 유모 할머니 같았다.

"뉘신지라?"

할머니가 경계하듯 살폈다.

"소여 씨 댁이지요?"

"……."

할머니가 조심스러웠다.

"소여 씨를 만나러 왔습니다."

"……."

할머니의 시선이 기종의 뒤쪽을 보면서 머뭇거렸다.

"뭐여?!"

기종의 뒤에서 시비조의 소리가 났다. 뒤돌아보았다. 마빡이 튀어나와 가만 있어도 험한 인상의 깍두기가 서 있었다. 소여를 데리러 왔던 은 회장의 조직원이었다. 끓어오르는 울분을 소여를 위해서 간신히 삭혔다.

"소여 씨를 만나 보려고 왔습니다."

다시 한 번 마빡에게 공손히 절했다.

"소여 씨? ……, 아거야 잘 듣제. 아거 같은 좀팽이가 찾아다닐 소여 아씨

*적산가옥(敵産家屋) : 해방 후 일본인들이 남기고 간 집 · 건물

가 아닐씨."

마빡이 기종을 깔아뭉갰다.

울컥한 기종이 가까스로 흥분을 진정시키고 있었다.

— 오래 걸리지 않아요. 기종 씨가 찾지 않아도 소여가 찾을 겁니다.

소여의 속삭임이 기종을 달래고 있었다. 소여의 집 앞에서 말썽을 피우기 싫었다. 불끈 쥔 주먹을 풀었다.

"싸게—, 눈앞에서 없어져 뿌려!"

마빡이 손등으로 사라지라는 수신호를 했다. 기종은 소여에게 자신이 찾아온 것과 무사함을 알리고 싶었다. 이층 창문을 보았다. 커튼이 쳐져 있었다. 소여가 숨어서 내려다보고 있을 것 같았다.

"싸게—, 싸게—."

마빡이 다시 한 번 손등으로 기종을 쫓았다.

"그러제."

기종이 기죽지 않고 느물거리며 이층 창문을 향해 손을 흔들었다.

"싸게 꺼지지 못혀!!"

마빡이 당장이라도 주먹을 날릴 듯이 험악해졌다. 기종이 물러나지 않고 한 마디 던졌다.

"다음에 만날 기회가 있으면 먼저 세탁소에 들렀다가 와라."

"뭣이여?!"

"그 쌍판 다림질 좀 하고 오라고!"

"씨펄 넘! 확 뽂음해 뿔까?!"

마빡이 발끈했다.

"간다, 아거야!"

기종이 싱긋 웃으며 돌아섰다. 마빡이 칠 듯이 다가왔다. 기종이 돌아서 한 마디 더했다.

"뒤통수치는 거 한 번으로 족헌께 몸 보존혀."

기종이 돌아서 거침없이 뚜벅뚜벅 걸어갔다. 마빡이 기종의 빈틈없는 뒷모습에 다가가지 못했다.

"썩을 넘! 퉷!"

가래침을 기종을 향해 뱉었다.

9

절로 돌아가는 길에 화개장터 우체국에 들러 마산 집에 전화를 해 보았다. 소여에게 온 소식은 없었다. 찾아간 것과 자신의 무사함을 알리고 온 것에 만족해야 했다. 마음 속으로 빌었다.

'소여! 기다림의 시간이 길지 않았으면 좋겠다…….'

공부방으로 돌아와 책상 앞에 앉았다. 생각은 넘쳐서 혼란스러웠다. 밤이 깊었다. 자리를 깔고 누웠다.

— 오래 걸리지 않아요. 기종 씨가 찾지 않아도 소여가 찾을 거예요.

소여가 속삭이고 있었다. 불면의 밤이었다. 자리를 털고 일어나 방문을 열었다. 동녘의 하늘에 새벽 문이 열리고 있었다.

창문 밖이 밝아왔다. 방구석에 웅크리고 앉은 채 얼굴을 묻고 있던 소여가 고개를 들었다. 하룻밤을 이어온 생각들이 꼬리를 물었다.

어제 기종 씨가 찾아왔다. 당장 달려가 안기고 싶었지만 참았다. 그들에게 또 한 번의 봉변을 당하게 할 순 없었다. 대문 앞에서 저지당한 채 이층 창문을 향해 손을 흔들었다. 자신의 무사함을 알리고 돌아갔다.

'오래 걸리지 않아요. 영원히 함께할 거예요.'

소여는 또 한 번 기종에게 자신의 마음을 전했다. 밤늦게 은 회장이 집으로 왔다. 관광호텔 별실에 숙소를 두고 가끔 들르던 은 회장이었다. 심복들에게 기종이 찾아왔다는 보고를 받고 들른 모양이었다. 노크도 없이 소여의 방문을 열었다. 소여가 본능적으로 몸을 사렸다.

은 회장이 냉랭히 소여를 살피고 있었다. 술 냄새가 풍겼다. 소여의 아버지에서, 양아버지로, 이제는 한 사람의 수컷이 되어 있었다.

"어떤 사이냐?"

은 회장의 가라앉은 물음에 소여는 고개를 떨구고 있었다.

"낮에 찾아왔었다면서?"

"……."

소여는 물음에 답할 수 없었다.

"……이 집을 나가도, 그 사람을 만나도 말리지 않겠다. 한 가지……."

은 회장이 차갑게 말을 이었다.

"너의 친부모처럼 되지 않았으면 좋겠다. 2대에 걸쳐 당할 수는 없다."

은 회장이 살기를 남겨놓고 돌아서 나갔다. 잠시 후, 은 회장이 떠나는 승용차 소리가 났다. 간신히 지탱하던 소여의 몸뚱이가 스르르 무너져 내렸다.

— 너의 친부모처럼 되지 않았으면 좋겠다. 2대에 걸쳐 당할 수는 없다.

밤새도록 맴도는 살기 속에 소여는 몸을 떨었다.

'벗어나야 한다! 그렇지만 지금은…….'

소여는 성장하면서 은 회장의 실체를 주위의 소문 등으로 조금씩 알게 되었다. 지금 당장 이 집을 나간다 해도 은 회장의 추적을 벗어날 수 있을 것 같진 않았다. 한 가지 더한 걱정이 있었다. 물 · 불 가리지 않는 은 회장의 심복들……. 기종을 가만두지 않을 인간들이었다.

'지금은 때가 아니다……. 벗어날 방법을 찾아야 한다.'

현실에 무기력한 소여는 시간에 의지하는 수밖에 없었다.

'기종 씨……, 기다려요……. 오래 걸리지 않아요…….'

10

기다림의 시간과 함께 불면은 계속되었다. 기종의 일상은 진행을 멈추고 단조로웠다. 점심공양 후 절을 나선다. 화개장터 우체국으로 가 집에 전화를 한다. 소여 소식은 없다. 장터 다방으로 가 처음 소여가 앉아있던 창가 자리에서 차 한 잔을 한다. 마음 속의 소여와 함께.

국밥집으로 가 저녁 겸 국밥 안주해서 술을 채운다. 느지막이 시간을 늘리면서 절로 돌아온다. 공부방 책상 앞에 앉아 망연히 시간을 죽인다. 밤늦도록 불을 켜둔다. 서소문 식구들에게 공부에 전념하고 있다는 표시였다. 기종이 건수를 만들지 않으니 서소문 식구들은 각자의 목표를 향해 정진하고 있는 것 같았다.

기다림의 시간밖에 없는 건조한 나날이 흘렀다. 일과가 된 화개장터 우체국으로 가 소여소식을 확인해 보고 절로 돌아온 어느 날이었다.

주지스님이 기다리고 있다는 안소니스님의 전갈이 왔다. 주지스님의 승방으로 갔다. 스님과 기종이 마주앉았다.

스님의 시선이 잠깐 기종을 스친 후 침묵하고 있었다. 촛불이 침묵을 태우고 있었다.

스님이 정좌해 있던 자세를 풀고 기종을 보았다.

"학상 선생! 곡차 한 잔 하시겠소?"

한쪽으로 밀어두었던 소반을 당겼다. 차 주전자에 준비해 놓은 듯 곡차(약술)를 찻잔에 담았다.

"한잔 하시게."

기종에게 곡차를 권했다. 스님과 기종이 곡차를 음미했다.

"마음이 몸을 상하게 허제."

스님이 혼잣말처럼 운을 떼었다. 기종의 내면에 흔들림이 있었다.

스님의 혼잣말이 이어졌다.

"뜻을 잃으면 육신이 허해지는 법! 가던 길을 멈추면 먼 길을 갈 수 없제, 생각이 갈래지면 이룸이 멀어지고, 생각이 깊어지면 뜻이 보인다. 뜻을 이룰려면 정신을 외골로 모아, 마음의 갈래를 자르고 또 잘라 내가 나를 넘어야 하는 것을……."

스님이 빈 잔에 곡차를 다시 채워 한 모금하고 다음 말을 잇는다.

"뜻을 접고 흔들리며 방황하면 중생도 못 되제. 낮과 밤이 왜 있을까? …… 낮에 일하고 밤에 잠자고, 그것이 중생이제. 부처가 따로 있을까? 낮에 말리고 밤에 다듬어 한 발 한 발 나아가는 게 바로 부처제."

스님이 곡차 잔을 마저 비우고 기종을 보고는 본론으로 들어간다.

"학상 선생! 앉아 있던, 누워 있던, 서 있던, 멈추지 말고 정진해서 지금의 그 자리를 도량의 자리로 만들어야 혀."

스님이 다시 묵언으로 정좌했다. 기종의 흩어진 마음을 돌아볼 침묵의 시간을 주었다. 스님이 승방의 문을 열었다. 촛불이 냉기 먹은 밤바람에 흔들렸다. 스님이 어둠의 밖을 보며 한숨을 섞었다.

"풀잎에 내리는 밤이슬도 새벽에 방울 맺는데……, 생각이 가려지면 이슬도 못 만들제……."

스님이 일어났다. 기종이 뒤따라 일어났다. 승방에서 나온 스님이 천천히 발길을 옮겼다. 발걸음을 줄인 채 어둠의 경내를 한 바퀴 돌아 일주문까지 내려왔다. 발길을 멈춘 스님이 뒤따르는 기종을 돌아보았다.

"지금 내 두 발이 어디에 있을까?……."

답을 찾지 않는 자문의 독백이었다.

"한 발은 절 안에 있고, 한 발은 절 밖에 있제……."

일주문 문턱 밖의 한 발과 일주문 안의 한 발을 내려다보다가 밤하늘로 시선을 옮겼다.

"달라진 게 있을까. 절 밖과 절 안의 육신이……."

기종의 시선도 스님의 시선 따라 밤하늘을 보았다. 별들이 하늘 가득 반짝이고 있었다. 주지스님의 설문 같은 법문이 계속되었다.

"색즉시공(色卽是空), 공즉시색(空卽是色)*. 있는 것은 없는 것이고, 없는 것은 있는 것이다……. 눈 앞에 없으면 마음 속에 있고, 마음 속에 없으면 세상 속에 있는 것을……."

주지스님이 일주문을 한 바퀴 돌아 승방으로 향했다. 홀로 서 있던 기종이 허공에 한숨을 뿌렸다. 번민이 겹친 불면의 밤이었다.

— 풀잎에 내리는 밤이슬도 새벽에 방울 맺는데……, 생각이 가려지면 이슬도 못 만들제…….

— 있는 것은 없는 것이고, 없는 것은 있는 것이다……. 눈 앞에 없으면 마

*색즉시공(色卽是空), 공즉시색(空卽是色) : 〈반야경〉중 반야심경에 있는 법문. 색(色)은 존재하는 만물을 말하며, 모든 만물은 공(空) 속에 있다. 그러나 그 본성의 실체는 존재하지 않는다는 주제와 함께 '색(色)' 은 '공(空)' 속에 있고 '공' 은 '색' 속에 있다. 만물은 인연의 소생으로 만나고 헤어진다. '생(生)' 은 '사(死)' 를 만들고, '사' 는 '생' 을 만든다는 등의 심오한 뜻도 가짐.

음 속에 있고, 마음 속에 없으면 세상 속에 있는 것을…….

주지스님이 흔들리고 있는 기종을 안내하고 있었다. 기종의 번민은 예민한 날을 세워 자아를 조각내고 있었다. 번민의 중심에 소여가 있었다. 스님의 깨우침은 마음 밖에 있었고 소여는 마음 속에 있었다.

뒤척이던 자리에서 일어나 앉았다. 방문을 열어 새벽공기를 마셨다. 환기를 시킨 내면에서 회의가 일었다.

'……오지의 사막에서 누군가를 기다리고 있는 것은 아닐까?…….'

타의에 의해서 사라진 소여에 대한 현실감이 불투명해졌다. 믿음 속에서도 갈등은 있었다. 기다림의 조바심에 흔들리고 있었다.

분명한 건, 일상을 멈춘 채 제자리걸음하고 있을 순 없었다. 흔들리며 갈등하는 건 소여도 원하지 않았다. 만나서 동행할 사람이었다. 평상으로 돌아가야 했다. 주위가 정리되고 거처가 정해지면 바로 연락한다고 했다.

기다리지 않아도 곧 만날 사람이었다. 그런데 왜? 불안했다. 소여를 데리고 간 은 회장과 심복들. 그들의 이해할 수 없는 과격함이었다. 소여를 그늘지게 했던 불안이 기종에게 옮겨지고 있었다. 마음을 가라앉히고 일상으로 돌아가야 하는데……. 마음을 정리하려면 절을 떠나야 될 것 같았다. 소여와 함께한 시간과 공간에서 벗어나 다시 시작하고 싶었다.

화개장터 우체국으로 갔다. 기다리지 않아도 만나게 될 사람인 줄 알면서도 혹시나 하는 조급함이 발길을 재촉했다.

소여의 소식 대신 우편물이 하나 와 있었다. '신랑 · 최용길, 신부 · 서인애' 의 결혼 청첩장이었다. 의외였지만 찾아가 축하해 줄 일이었다. 용길이와 인애가 결혼을 한다. 우직하리만큼 변함없는 용길이와 그늘 없이 발랄한 인애. 정말 조화롭게 짝을 이룬 부부가 될 것 같았다. 진정으로 축복해 주어야 할 두 사람이었다.

장터에서 저녁시간을 술과 함께 보냈다. 절로 돌아가는 길에서 마음을 정리하고 털었다. 용길과 인애의 결혼식에 빠질 수 없었다. 겸사겸사 절을 떠나 상경하기로 마음을 굳혔다. 마음이 한결 가벼워졌다.

소여도 서울로 가서 자리를 잡겠다고 했다. 어쩌면 먼저 상경해 있을지도 몰랐다.

'고시준비?…….'

자신의 결정이 아니었다. 집안의 바람이었다. 기종은 자신의 부족하고 모자람을 알고 있었다.

의사가 되고 싶었다. 환자를 보면 자신이 더 아플 것 같아서 의사의 꿈을 접었다.

법관이 되고 싶었다. 나쁜 놈을 보면 법보다 먼저 응징하고 싶어서 냉정한 법집행을 할 수 없을 것 같았다. 술에 찌들은 3년여의 군생활로 머리가 녹슬어 있어서 고시준비를 한다 해도 자신이 없었다. 법관의 꿈도 접어야 될 것 같았다.

인간의 위선이 싫어 동물하고 가까이 지냈다. 구차하게 타협하기 싫어서 술과 친구가 되었다.

정(靜)과 동(動)이 순서 없이 부딪쳤다. '셰익스피어' 와 '세르반테스' 가 악수하고, 햄릿과 돈키호테가 엉킨 채 탈출구를 찾고 있었다. 자신의 연민에서 벗어나지 못하고 침묵으로 변명했다. 어쩌면 버벅대다 주저앉을 인생 같아서 순간순간 겁이 났다.

일단은 절을 떠나서 새로운 진로를 찾아야 될 것 같았다. 생각이 많다가도 마음이 정해지면 바로 행동으로 옮기는 기종이었다. 절로 돌아와 짐을 쌌다. 책상 서랍 속에서 멘소래담 약통이 나왔다. 소여가 기종의 멍들은 가슴을 치료해 주던 것이었다. 책들은 묶어서 주호에게 맡겨놓기로 했다. 간편한 옷가지를 담은 가방을 어깨에 메었다. 서소문 식구들에게 번잡한 변명을 늘어놓기 싫어 몰래 떠나기로 했다.

주호에게 뒷정리의 메모 한 장을 남겨놓았다. 야반도주였다. 어둠 속에 그림자 없이 서소문을 빠져 나왔다. 일주문을 나와 허무한 발길을 멈추었다. 달이 없는 그믐밤의 하늘을 별들이 지키고 있었다.

'소여! 너는 지금 어디에 있고, 나는 지금 어디에 있을까…….'

절을 벗어나 소여가 없는 밤길을 걸었다. 한 걸음은 외로웠고, 한 걸음은 그리웠다.

11

기종은 부평역에서 내렸다. 군복을 입고 군 생활을 할 때는 부평바닥이 고향집 마당같이 만만했는데 민간인으로 다시 찾은 부평은 옛날 같지 않고 낯설게 느껴졌다.

부평극장 옆에 자리 잡은 예식장으로 갔다. 예식장 앞은 축하객들이 보낸 화환들이 키 높이를 자랑하고 있었다. '인득공사' 서 사장의 위세였다. 접수대 앞에서도 방명록에 서명하고 축의금을 내는 축하객들이 줄을 서 있었다. 서 사장과 신랑 용길이가 입구에서 축하객을 맞고 있었다. '인득공사' 식구들도 정장으로 차려입고 예식 도우미로 분주했다.

기종이 서 사장과 용길 앞으로 다가갔다.

"형님! 축하합니다. 용길아! 축하한다."

기종이 결혼식을 축하하기 위해 예고 없이 나타났다.

"강 실장!"

"행님!"

서 사장과 용길이가 뜨겁게 기종을 껴안았다. 서 사장이 기종의 손을 놓지 않은 채 축하객들의 인사를 미루고 있었다.

"절에서 공부한다는 소식은 들었어. 연락 닿지 않아 못 올 줄 알았지."

"소식 전하지 못해 죄송합니다, 형님. 용길이를 매제로 거두어주셔서 감사합니다."

기종이 서 사장에게 깍듯이 머리 숙여 예를 올렸다.

"인애에게 신랑감으로 용길이 만한 남자가 없다고 추천했다면서."

"감사합니다, 형님!"

기종이 다시 한 번 서 사장에게 절을 올렸다. 이번에는 용길이 기종에게 절을 했다.

"감사합니다, 오딘 형님!"

용길의 입이 귀에 걸려 있었다.

"입 찢어지겠다, 용길아. 표정관리 좀 해라."

세 사람이 마주보며 환하게 웃었다. 축하객들이 기다리고 있었다. 기종이 자리를 피해 신부대기실로 갔다. 신부대기실에 인애가 친구들과 함께 있었다. 웨딩드레스 입은 인애의 모습이 화사하고 밝았다.

"인애야! 축하한다."

"오빠!!"

인애가 자리를 박차고 일어나 드레스가 구겨지도록 기종을 반갑게 안았다. 기종이 인애를 밀어놓고 다시 한 번 위아래를 살폈다.

"와—, 천상에서 선녀가 내려온 것 같다."

"입에 발린 소리 그만 둬! 선녀였다면 딴 사람한테 보냈을까?"

인애가 말과는 달리 밝게 웃었다.

친구들이 자리를 피해 주었다.

"언제 왔어, 오빠?"

"방금."

"절에서?"

"그래."

"언제 갈 건데?"

"아니, 아주 올라왔어."

"시험 준비는?"

"……신학기가 가까워오고 복학준비도 해야겠고……."

기종이 대충 대화를 줄이고는 화제를 바꾸었다.

"서인애와 최용길! 오늘 보니 환상의 커플이다."

"신랑감으로는 오빠보다 낫다면서. 잘못 되면 오빠가 책임져야 해."

"암-, 책임지고 말고. 순도 100%의 신랑감이지. 내가 보증할게."

인애가 자리에 앉으며 기종에게 옆자리를 비워주었다.

"오빠-, 여기 앉아봐."

기종이 인애 옆에 앉았다.

"아직 늦지 않았어. 오빠."

인애가 장난기 담은 미소로 기종을 보았다.

"뭐가?"

" '졸업' 영화 봤어?"

"봤지. 그런데?"

"오빠는 '벤자민' 되고, 나는 '일레인' 되면 안 돼?"

"?……."

기종은 인애의 말뜻을 알 것 같았다. 연인의 결혼식장에 뛰어든 벤자민(더스틴 호프만)이 웨딩드레스 입은 일레인(캐서린 로스)과 같이 도망치는 장면이 '졸업' 영화의 마지막 이야기였다.

"용길이가 듣겠다."

"나ㅡ, 아직 결혼 전이야."

"최고의 신랑감을 만난 줄 알아."

"그럴까?……."

"확실해!"

"오빠! 부탁 하나 들어줄래."

"뭔데?"

인애가 입술을 내밀었다.

"마지막으로 뽀뽀 한 번 해 줘."

"예식장에서 싸대기 맞을 일 있냐?"

"이번만큼은 공짜. 옵션 없음!"

"결혼식장에서 바람 피울래?"

"안 해 주면 웨딩드레스 벗어 버린다ㅡ, 어서!"

"알았어ㅡ, 눈 감아!"

기종이 인애의 볼에 가볍게 입맞춤해 주며 인애의 등을 다독여주었다.

"인애야, 행복해야 돼."

눈을 뜬 인애가 기종의 볼에도 입맞춤해 주며 밝고 맑게 웃었다.

"오빠도."

용길과 인애가 신혼여행을 떠났다.

용길은 기종의 당부대로, 야간대학에서라도 학업을 마치기 위해 검정고시 준비를 하고 있다고 했다.

부대를 찾아가 수송관에게 인사를 드리고, 조 하사도 만났다. 장기복무하사관(부사관)이 된 조 하사는 생활이 그런대로 안정되어 있었다. 고향의 어머니를 부대 인근에 방을 얻어 모시고, 여동생은 구로공단에 취업해 야간에는 학업을 계속한다고 했다.

부평을 떠나기에 앞서 한 곳 더 들를 데가 있었다. 해수의 소식이 궁금했다. 해수가 있던 다다구미 개코 집으로 갔다.

안방 문이 열리며 개코가 나왔다.

"안녕하세요!"

기종이 인사를 했다.

"아니?! 오딘이 웬일로?……."

개코가 기종을 반겼다.

"부평에 온 길에 들렀습니다. 해수는?"

기종이 해수의 방을 보았다.

"못 만났어? 공부하고 있다고 절로 찾아갔는데."

"……왔었어요."

개코가 담배를 꺼내 물었다.

"그년, 오딘 떠난 후 울고불고 미치다가 만나러 간다고 떠났어. 그게 끝이야."

—타인으로 한 번 만나보고 싶어서…….

해수가 마지막 남긴 말이었다. 개코가 다다구미 인생의 넋두리를 풀었다.

"냉정한 년! …… 아니지, 이곳을 떠나는 순간부터 서로가 없었던 일이고, 모르는 인간들이지. 영원히……. 야무진 년이라서 어디 가서라도 제 앞가림하고 살 애야."

개코가 애꿎은 담배만 뻑— 뻑 빨아대다가 기종을 보았다.

"오딘! 혹시라도 해수를 만나게 되는 일이 있으면, 이승에서는 서로가 모르는 타인들이지."

"그래야겠지요."

기종이 인사하고 돌아섰다. 해수가 있던 방문이 열렸다. 해수? 해수가 아니었다. 해수보다 어린 여자가 방문을 열고 나왔다.

"오빠! 한 코 하고 가."

여자가 기종에게 다가왔다.

"미친년! 된장 고추장도 못 가리냐?!"

개코가 거칠게 여자를 나무랬다. 기종이 씁쓸히 다다구미 골목을 빠져 나와 부평역으로 발길을 옮겼다. 해수가 다다구미를 떠났다.

'한 순간의 악몽으로 돌리고 행복하기를……. 주지스님의 백일기도 불력이 이루어지기를…….'

기종은 빌었다. 해수의 안녕을…….

해수! 보내야 될 사람이었다.

소여! 만나야 될 사람이었다.

같이해야 할 사람!

소여였다. 기다림의 시간은 만남으로 보상받는 것이다.

소여! 재회의 그날, 우리 두 사람의 세상을 만들어 보자.

소여……, 소여와의 약속을 지키기 위해 기종은 기다린다.

믿음에 실천이 없다면, 그러한 믿음은 죽은 것이다.

– 야고보 사도.

3

바람의 길

소리 없이 울었고
상처 없이 아팠다

⋮

헝클어진 기종이 공원벤치에 앉아있다.
청량리 포장마차의 실직자가 기종을 보고 비웃고 있었다.
김 부장이 기종을 염려스럽게 보고 있었다.
바람과 여우가 기종을 한심한 듯 보고 있었다.
구례역에서 헤어지던 해수가 손을 흔들고 있었다.
불일폭포 하산길 안개 속에서 소여와 함께 헤매고 있었다.
안개가 소여의 모습을 지워 버렸다.
안개가 사라지면서 소여가 애엄마로 변해 있었다.
쏟아진 분유를 담고 있던 여자가 울먹임을 멈추고 기종을 쏘아 보았다.
— 나쁜 놈!
여자의 눈이 불을 뿜었다.
불길 속에 바람과 여우, 실직자와 김 부장,
해수와 소여가 춤을 추며 맴돌았다.

하늘은 처참하게 땅의 슬픔을 외면했다. 세상은 배신이었고, 삶은 죽음이었다. 무의미한 존재감, 무기력한 상실감, 모호(模糊)한 정체성에서 삶의 진행을 멈추고 있었다.

1

'기종 씨……. 기종 씨……'

암흑 속에서, 지하에서, 망각의 지상에서 소여의 울림이 있었다. 의식이 꺼져가는 기종에게 다가오고 있었다.

눈을 떴다. 암흑 속이었다. 탄광 속 갱도 버팀목에 몸을 기대고 앉아있었다. 발길 아래 김씨에게 촉각을 세웠다. 부상당한 몸의 고통으로 거칠어진 호흡이 가라앉고 있었다. 손을 더듬어 김씨 가슴의 진동을 확인해 보았다. 심장의 맥박이 가늘고 느렸다. 몇 번의 낮과 밤이 지나갔을까…….

'하루, 이틀, 사흘?……'

한 번 충전하면 24시간이 가는 헤드램프는 방전되어 기능을 잃었다. 갱도 입구 쪽으로 귀를 기울여 보았다. 구조대의 작업소리는 들리지 않았다.

'똑—. 똑—.'

터널 천장에서 떨어지는 물방울소리가 규칙적으로 시간을 옮기고 있었다. 벽을 더듬어 지하수 떨어지는 곳으로 갔다. 두 손바닥을 모아 물을 받아 목을 축였다. 다시 물을 모아 입안에 담았다. 두 손으로 벽을 길 안내삼아 김씨 있는 곳으로 돌아왔다. 입속에 담아온 물을 김씨 입으로 옮겼다. 생명수였다. 비상식량도 없었다. 구조대가 올 때까지 몸의 움직임을 줄여 몸 안의 열량을 아껴야 했다. 벽에 몸을 기대고 호흡을 안정시켰다.

'구조대는 온다…….'

기종은 용길과 인애의 결혼식에 참석하고 서울로 왔다. 하숙을 구하기 전에는 마땅히 갈 곳이 없었다. 청량리역에서 목적지 없는 기차를 탔다. 내린 곳이 황지 탄광촌*이었다. 삼척군 황지리는 우리나라 대표적인 탄광지역이었다. 광업소의 석탄 채굴로 탄광촌이 번성하고 있었다.

6.25 전쟁통에 산천이 뒤집혔다. 그나마 남은 산림은 땔감으로 벌목되어 산은 벌거숭이가 되었다. 장마철이 되면 산사태로 가옥과 도로가 파손되었다. 쏟아져 내리는 물길은 논과 밭을 휩쓸어 황무지로 만들었다.

박정희 대통령은 훈령을 내렸다. 산림훼손과 벌목을 금지시켰다. 군·관·민·학생들을 동원하여 산림녹화에 주력했다. 취사나 난방용의 대체연료로 석탄(무연탄, 갈탄, 조개탄 등)을 사용하도록 했다. 군사정권의 다스림은 엄정했다. 식목을 한 산들이 제 모습을 찾아가면서 물길도 안정되어

*황지 탄광촌 : 황지출장소에서 1973년 황지읍으로 승격. 1981년 황지읍, 장성읍이 통합되면서 태백시로 승격.

갔다. '정치란, 사람과 산과 물을 다스리는 것이다' 라는 옛말이 있다.

석탄이 주연료가 되면서 생업을 위한 광부들이 탄광촌으로 모여들었다.

기종은 황지에서 기다림의 고통을 삶의 체험으로 소진시키기로 다짐했다. 광업소로 가서 광부로 취업했다. 광부들의 숙소로 부엌 한 칸에 좌우로 방 두 개가 있는 일자형의 집들이 마을을 이루고 있었다. 기종은 김해가 고향인 오십 가까운 박씨와 한 방을 쓰게 되었다. 부엌 달린 방은 삼십대의 김씨 부부가 두 자녀(초등학교 5학년의 여아와 2학년의 남아)와 생활하고 있었다. 부인은 광업소의 잡일 도우미로 가사를 도왔다. 기종과 박씨, 김씨는 한 조가 되어 막장작업의 고락을 같이했다.

광부생활 한 달을 넘긴 날이었다. 새벽에 아침밥을 먹고 각자의 물통과 도시락 두 개씩을 싸들고 산중턱에 있는 갱도 공터로 갔다. 광부들의 장비 점검을 한 후, 12시간 근무를 끝낸 광부들이 갱도에서 나오면 교대조가 되어 갱도막장으로 간다. 경사진 갱도 5백 미터 정도를 궤도차로 운반되어, 다시 4백 미터 지하의 수직갱도를 하강해서 갱도 끝의 막장에 다다른다.

이곳이 세 사람의 작업장이다. 숙련을 요하는 착암기 작업은 광부생활 8년의 박씨 아저씨가 맡았다. 석탄 맥을 따라 막장 벽에 착암기로 구멍을 뚫어 그 속에 떡(길게 말아논 다이너마이트)을 넣어 폭파 준비하는 작업이다.

기종과 김씨는 교대조가 폭파해 놓은 탄을 궤도차에 싣는 채탄작업을 했다. 막장의 온도는 30도를 오르내렸고, 습도는 8, 90%가 되는 열악한 작업 조건이었다. 쉬는 시간에 점심을 먹고 쉬는 시간에 막장에서 저녁을 먹었다.

시계를 보았다. 12시간의 작업을 끝낼 시간이었다. 구멍을 낸 터널 벽에 떡을 넣고 뇌관을 찔렀다. 뇌관에 연결된 전선줄을 풀어가면서 지하대피소로 갔다. 규칙대로라면 폭약과 뇌관설치 작업은 화약주임이 하게 되어 있었으나 막장 여러 곳을 화약주임 혼자서 확인하기에는 시간이 부족했다.

일상대로 막장에서 작업을 끝낸 광부들이 대피소로 모였다. 화약주임이 경고의 호루라기를 몇 번 분 후 폭파스위치를 눌렀다. 폭발음이 진동했다. 이상 없음을 확인한 화약주임의 지시로 광부들이 철수했다.

기종과 박씨와 김씨는 마지막조로 수직갱도를 올라 경사진 갱도에서 내렸다. 궤도차의 남은 한 자리에 박씨가 탔다. 지하갱도 막장 쪽에서 진동음이 들려왔다. 보갱(保坑)작업(막장의 무너짐을 방지하는 침목작업)이 부실하면 가끔 있는 일이었다. 궤도차를 탄 앞선 일행을 뒤따르려 하는데, 터널의 버팀목에서 파열음이 나면서 조명등이 깜빡이다가 꺼졌다. 동시에 버팀목이 쏟아지면서 터널천장이 무너져 내렸다.

몇 걸음 앞서가던 김씨가 흙더미에 묻혔다. 궤도차에 있던 광부들이 입구 쪽으로 도망가는 아우성소리가 들렸다. 기종이 허겁지겁 흙더미 속의 김씨를 찾아 밖으로 끌어냈다. 김씨가 거친 호흡으로 신음하고 있었다. 김씨를 편한 바닥으로 눕혔다. 한쪽 다리가 돌더미에 깔려 골절되어 있었다.

갱도 속의 흙먼지가 가라앉고 정적이 흘렀다. 정신을 차린 기종이 주위를 살폈다. 빛이 차단된 암흑 속이었다. 입구를 향한 갱도는 무너져 막혀 버렸고, 뒤는 수직갱도였다. 앞으로도 뒤로도 빠져 나갈 길이 없었다. 갱도 입구는 5백 미터 멀리에 있었다.

갱도 밖의 사람소리가 들리지 않는 것으로 보아 무너져 함몰된 터널부분이 예사롭지 않았다. 김씨에게 당장 해야 할 응급조치는 편안히 눕게 하는 일 밖에 없었다. 무너진 흙더미를 헤치고 나갈 수도 없었다. 구조의 소리도 없었다. 암흑 속을 더듬어 벽에 몸을 기댔다.

'박씨 아저씨는 무사히 빠져 나갔을까?……. 김씨를 빨리 병원으로 옮겨

야 하는데…….'

김씨의 숨소리가 낮아지면서 무덤 속 같은 정적이 흘렀다. 구조대를 기다리는 수밖에 없었다.

'기종 씨…….'

소여가 꺼져가는 기종의 의식을 붙들고 있었다. 눈을 떴다. 눈을 감으나 뜨나 암흑이었다.

얼마나 시간이 흘렀을까……. 김씨가 중얼거리고 있었다.

"……돌아가신 부모님을 꿈속에서…… 보았다고 했더니…… 애들 엄마가…… 오늘은 쉬라고…… 했는데……."

말꼬리가 입속에서 꺼져 갔다. 기종이 김씨를 더듬었다. 몸의 온기가 빠져 나가고 있었다. 생(生)을 연장시켜야 했다. 벽을 의지한 채 일어났다. 생명수가 떨어지는 곳으로 갔다. 서 있을 기력이 없어 주저앉아 떨어지는 물방울을 손바닥에 담아 넘겼다. 다시 한 모금을 힘들게 모아 입속에 담았다. 벽을 더듬어 김씨 있는 곳으로 돌아왔다. 김씨 입속에 물을 넘겨주려고 했는데 입이 열리지 않았다. 생명수를 흘리고 있었다. 김씨를 더듬었다. 심장의 고동이 멎어있었다. 김씨는 암흑 속에서 암흑으로 떠나갔다.

기종이 기력이 다한 몸을 벽에 기댔다.

'이렇게 나도 가는구나…….'

고통도 없었다. 번민도 없었다. 가물거리는 의식은 영역을 지우면서 허공의 꼭짓점을 향하고 있었다.

눈부신 빛이 하늘 길을 안내했다. 천사가 날갯짓을 하면서 기종을 영접했다. 소여였다. 기종의 손을 잡고 허공을 날아올랐다. 하늘 문이 열렸다.

신랑 · 신부가 결혼식을 올리고 있었다. 용길과 인애였다. 하객을 향해 돌아섰다. 신랑 · 신부는, 소여와 기종 자신이었다.

황지광산 갱도를 유영했다.

막장에서 기종과 소여가 도시락을 비우고 있었다.

벚꽃 잎 흩날리는 쌍계사 십리 길을 소여와 함께 걷고 있었다.

불일폭포 안개 속으로 소여의 손을 잡고 둥지를 찾아 헤매고 있었다.

'기종 씨!……. 기종 씨!…….'

소여가 기종의 의식 밖에서 매달려 왔다. 생존의 실체를 잊은 육체를 소여가 흔들어 깨웠다.

'여기가 어디일까?……. 나는 누구일까?…….'

암흑 멀리에서 이승의 소음이 들리는 듯했다. 기종의 의식이 자리를 찾았다. 무너진 갱도 밖에서 흙더미를 치우는 사람들의 작업소리가 들려왔다. 구조대가 가까이에 있었다. 기종이 몸을 일으켜 흙무덤 앞으로 갔다. 흙더미 한 곳이 뚫리면서 랜턴 불빛이 기종을 쏘았다.

"강군!"

박씨 아저씨의 다급한 목소리가 들렸다.

'살았구나!…….'

기종이 무너져 내리면서 깊은 심연으로 가라앉았다. 편안했다.

'여기가 천국인가?'

기종의 의식은 육체 속에서 호흡하고 있었다.

'살아 있구나!…….'

병원 침대였다. 눈을 떴다. 안대로 가려져 있었다. 오랜 시간을 암흑 속에 있었기에 빛에 적응하는 시간이 필요했다. 손을 올려 안대를 벗기려 했다.

"강군! 정신이 들었는가?!"

기종의 손을 제지하는 박씨 아저씨였다.

"김씨는?……."

기종이 김씨의 안부를 물었다.

"……."

박씨 아저씨는 침묵했다. 기종이 안대를 벗었다. 박씨 아저씨가 병상을 지키고 있었다.

병실 창문 밖 햇살이 밝았다. 눈동자의 시신경을 하얗게 덮쳐 왔다. 기종이 눈을 찔끔 감고 말았다. 광명을 견디지 못했다. 고글(색깔이 진한 보안경)을 쓰고 눈을 보호해야 했다.

매몰된 지 6일 만에 구조되었고, 병원에서 반나절 만에 깨어났다고 했다. 영양제 링거를 맞고, 하루는 죽으로 빈속을 달래었다. 다음날부터 밥이 나왔다. 기력이 겨우 회복되는 듯했다.

며칠의 요양이 더 필요하다는 병원 측의 만류를 뿌리치고 퇴원해 광업소로 갔다. 마침 간조(노임)지급 날이었다. 노임지불은 한 달에 두 번, 보름결재였다. 하루 근무가 끝나면 딱지(일일노임전표) 한 장을 받았다. 기종에게는 6일간의 매몰과 2일간의 입원을 포함해서 15일간의 노임과 약간의 위로금이 나왔다.

김씨의 분향소로 갔다. 김씨의 영전 앞에서 엎드려 조문했다. 같이 암흑 속에서 지낸 김씨는 다시는 못 올 곳으로 갔고, 기종은 살아남았다. 생(生)과 사(死)의 무정함에 눈물을 삼켰다. 김씨 부인과 두 자녀에게 큰 죄를 지은 것 같았다. 보름치의 노임과 위로금을 부의금으로 냈다.

광업소 앞마당에는 광부들이 농성하고 있었다. 사망자와 부상자의 보상금과 광부들의 처우개선을 위한 투쟁이었다. '노동조합'과 '산재보험'이 없었던 시절이었다. 투쟁의 방법은 단체 행동밖에 없었다. 갱도복구와 채굴 작업은 중단되었다. 광부들의 목소리는 높았으나, 시간의 흐름에 따라 와해되는 게 현실이었다. '무노동 무임금'의 관례였다. 목구멍이 포도청이라 다시 갱도로 들어가야 하는 막장의 인생들이었다.

정상적인 작업에 들어가려면 많은 시간이 지체될 것 같았다. 박씨 아저씨가 저녁에 짐을 쌌다. 무작정 기다릴 수 없는 박씨 아저씨의 형편이었다. 위로 두 딸은 출가했지만 남은 딸과 아래로 두 아들의 학비와 생활비를 보내야 했다.

겨울 '잇가도리(오징어잡이)' 철이었다. 동해안 속초로 가서 오징어잡이 배를 타면 성수기에는 광산보다 벌이가 좋았다. 농사철이 끝난 농민들이 겨울이 오면 생계를 유지할 일거리가 없었다. 보릿고개를 넘기기 위해 농민들도 더러 오징어잡이에 나섰다.

다음날 아침, 박씨 아저씨는 속초로 떠났다. 기종도 이곳을 떠나기로 했다. 막걸리 반말을 시켰다. 막걸리를 데워 광업소 세면장으로 갔다. 탄가루가 얼굴과 몸에 배어 시커멓게 찌들어 있었다. 광부들은 명절날이나 고향나들이 갈 때는 탄가루 먹은 피부를 벗겨내기 위해 막걸리로 문질러 씻어냈다. 막걸리로 목욕을 한다. 기종이 씁쓸히 웃었다. 우선 한 사발 목을 축이고 세면기에 막걸리를 부어 찌든 살가죽을 벗겨냈다. 오후에 짐을 싸서 황지리로 내려왔다. 주막으로 가서 돼지고기 수육과 소주를 시켰다. 호흡기로 들어간 탄가루를 삭히는 데는 돼지비계가 좋다고 했다. 몸이 완전히 회복되지 않아서 취기가 빨리 왔다. 술병을 앞에 두고 넋두리를 했다.

— 인생은 나에게 술 한 잔 사 주지 않았다.

— 미친놈! 인생이 왜 너에게 술을 사주냐?!

삶의 쓴맛이 몸을 한 바퀴 돌아 입 안 가득 고였다.

술잔 속에 소여가 있었다.

그리웠다. 보고 싶었다. 울컥, 슬픔이 치밀어 올랐다.

단숨에 술잔을 비웠다.

나의 소년 시절은 은빛 바다가 엿보이는 그 긴 언덕길을
어머니의 상여(喪輿)와 함께 꼬부라져 돌아갔다.

내 첫사랑도 그 길 위에서
조약돌처럼 집었다가 조약돌처럼 잃어 버렸다.

그래서 나는 푸른 하늘빛에 호져 때 없이 그 길을 넘어
강(江)가로 내려갔다가도
노을에 함북 자줏빛으로 젖어서 돌아오곤 했다.
그 강가에는 봄이, 여름이, 가을이, 겨울이 나의 나이와 함께
여러 번 다녀갔다. 까마귀도 날아가고 두루미도 떠나간 다음에는
누런 모래둔과 그리고 어두운 내 마음이 남아서 몸서리쳤다.
그런 날은 항용 감기를 만나서 돌아와 앓았다.

할아버지도 언제 난지를 모른다는 마을 밖 그 늙은 버드나무 밑에서
나는 지금도 돌아오지 않는 어머니, 돌아오지 않는 계집애,
돌아오지 않는 이야기가 돌아올 것만 같아
멍하니 기다려 본다. 그러면 어느새
어둠이 기어와서 내 뺨의 얼룩을 씻어준다.

– 김기림의 시 〈길〉 전문

2

속초까지 왔다. 대포항 횟집 창문 밖으로 달려 나간 겨울바다가 눈길 끝에서 눈이 시리도록 맑은 하늘과 맞닿아 있었다. 수평선 너머에는 또 다른 세상이 있겠지……. 그 세상에 가 보고 싶었다.

칼질한 산 오징어의 몸통에서 떨어져 갈래로 찢어진 다리마디가 꼬물거리며 생물의 고통을 하직하고 있었다.

'강기종! 나는 지금 어디에서 어디로 가고 있을까?……'

나의 길을 가고 싶었다.

'눈에 멀어져 여유가 생긴 걸까, 자리 잡은 믿음이 정리되었을까……'

하루가 멀다 하고 마산 집에 전화를 해서 소여 소식을 기다렸다. 시간이 지나면서 2, 3일에 한 번, 5, 6일에서 열흘 정도까지 늘어졌다. 당장 만나야 될 사람에서 언젠가는 만나야 될 사람이라고 느긋하게 기다리기로 했다.

술잔을 비웠다. 오징어 안주가 입안에서 쫀득했다. 오징어잡이에 나선 박씨 아저씨 뒤를 따라 속초까지 왔다. 박씨 아저씨와 함께 오징어잡이 배를 탔다. 광부에서 어부가 되었다. 막장의 갇힘보다는 바다 위의 자유가 거침없을 것 같았다.

아니었다. 세상살이에 쉽게 건너뛰는 법은 없었다. 한 발 한 발 나아갈 때마다 대가를 치러야 했다.

바다는 신참의 오징어잡이에게 혹독한 신고식을 치르게 했다. 오징어잡이 입문이 만만치 않았다. 바닷가에서 성장해서 바다는 앞마당과 같았다. 수영을 잘 해서 '물개'라고 했다. 뱃멀미는 남의 일이라고 생각했었다.

저녁에 출항해서 밤을 새우고 새벽녘에 귀항하는 오징어잡이. 기종은 오징어잡이에 앞서 흔들리는 배위에서 저녁 먹은 걸 다 쏟아내었다. 그것도 모자라 노란 위액까지 뱃전이 물들도록 게워놓았다. 더 내어 놓을 것이 없는 헛구역질로 눈앞에 별들이 춤을 추었다. 하늘이 흔들려 내리고 바다가 솟아올라 울렁거렸다. 누구나 겪어야 하는 입문식이었다.

뱃멀미를 극복하려면 멀미의 터널을 통과하는 길 밖에 없었다. 체력에 따라 터널의 길이가 다를 뿐이었다. 배가, 바다가, 하늘이 흐느적거렸다. 육지에 내리면 땅이 기울어 중심을 잡지 못한 채 현기증에 시달렸다. 잠자리에 들면 천장이 주름져 오르내렸다. 며칠을 멀미에 시달리면서 차츰 멀미의 고통에서 벗어나게 되었다. 배의 갑판이 삶의 작업장이 되었다. 육지가 바다가 되었고, 바다가 육지가 되었다.

"이제 잇가도리꾼이 되었어."

박씨 아저씨가 기종의 등을 두드려주면서 오징어잡이의 숙련된 기술을 전수해 주었다. 오징어잡이는 달 밝은 밤보다는 그믐밤에 조황이 좋았다. 달 밝은 밤이면 오징어를 유인하는 집어등의 불빛이 달빛에 흡수된다. 출항해서 물때와 선장의 경험으로 밤바다 위에 자리를 잡아 어장을 차린다.

집어등을 대낮같이 밝힌 배도 있었지만, 영세한 대부분의 오징어잡이 배는 선장실(조타실)과 선수와 선미에 백열등을 밝히고, 배 난간 곳곳에 등유 솜방망이 횃불을 밝혀 물속의 오징어를 수면 가까이로 유인해 올린다.

날이 가면서, 젊고 민첩한 기종이 박씨와의 오징어 수확량 차이를 좁히고 있었다. 어장을 옮기는 배위에서 잡아 올린 오징어를 안주해서 양재기에 쏟은 막소주를 돌려가며 마시는 여유도 생겼다. 밤하늘의 달과 별을 보면서 소여와의 밀담도 주고받았다. 12월 24일, 크리스마스 이브도 배위에서 보냈다. 밤하늘에 소여에게 엽서를 띄웠다.

'메리 크리스마스, 해피 뉴 이어!'

한해가 저물었다. 오징어잡이 배위에서 한해를 보내고 새해를 맞았다. 항구로 돌아가는 배위에서 새해의 해맞이를 한다. 수평선에서 새해를 밝히는 태양을 보면서 최면을 걸었다.

'항구로 돌아가면 소여의 소식이 기다리고 있다!'

새해의 기대와 바람은 다음으로 넘겨졌다.

'소여는 새해를 어디에서 맞고 있을까?…… 여수?…… 서울?…….'

'이것이냐? 저것이냐? ……. 소여를 찾아나서야 하나, 기다려야 하나…….'

서로의 상반됨이 자리를 지키지 못했다.

오늘도 -
상처의 흉터로 보상받은 문신이 아닌
부서져도 토막나지 않을 믿음을 품는다
언제나 -
당신만이 초대될 무한의 영역에, 이별이 삭제된 성벽을 쌓고
망설인 시간으로 '에덴'을 불러들인다
오늘도 그곳에, 그리움의 동산을 만들어 기다림을 묻고
오작교를 찾지 못한 실종의 조바심으로 꿈의 씨앗을 뿌린다.
망각의 지상에서 먼곳에 있는 님에게 -
아직도 매달리는 애원이 추하게 생각되지 않는 건
타인과는 상관없는, 나의 역사(歷史)가 있기 때문이다
언제쯤 이루어질지는 몰라도, 세상과는 무관한
당신과 나의 이야기가 만남의 시작부터 이어지고 있기에
끝나지 않을 축제를 준비해야 되겠지…….

– 강수철의 〈사랑의 독백〉

3

샛바람(동풍)이 불어 며칠 오징어잡이가 시원치 않았다. 바람결이 잦아들면서 조업하기 좋은 날이 되었다. 출어시간을 앞당겨 북쪽 간성 앞바다로 원정조업을 나섰다. 설악산에서 금강산으로 이어지는 백두대간의 능선 위로 황금빛 노을이 물들어 있었다. 어둠에 밀리던 선분홍 핏빛 노을이 스러져가고, 별들이 총총히 살아나고 있었다.

백열등을 켜고, 횃불을 밝혀 어장을 차렸다. 며칠 시원찮았던 조황을 만회하기 위해 부지런히 얼레(수동롤러)를 감았다 풀었다 하면서 오징어를 유인했다. 바람결 없는 바다에서 오징어가 줄지어 올라왔다. 갑판으로 떨어진 산 오징어가 바닷물과 먹물을 찍— 찍— 쏘아댔다. 비가 오지 않아도, 파도가 들이치지 않아도 오징어잡이에는 우의와 장화가 필수품이었다.

자정을 넘기면서 구름이 밀려와 별들을 지워 버렸다. 바람이 살아나면서 파도가 일기 시작했다. 싸락눈이 내리는가 싶더니, 눈보라가 휘몰아쳤다. 거칠어진 파도에 오징어가 물속으로 숨어들어 걸려들지 않았다. 높새바람(북동풍)이 뱃전을 좌우로 흔들어댔다. 횃불이 바람결에 깃발처럼 날렸다.

잔뜩 찌푸린 하늘은 심술보를 터트렸다. 머리 위까지 내려앉은 먹구름을 살피던 선장이 조타실로 가 종을 쳤다. 조업을 중단하고 철수한다는 신호였다. 얼레를 되감고 장비를 챙겼다. 속초로 귀항하기 위해 뱃머리를 남쪽으로 돌리려고 할 때였다.

우의를 벗어던진 두 명의 어부가 선장이 있는 조타실로 뛰어들었다. 그들은 감추어 온 소총과 권총으로 무장하고 있었다. 권총을 든 한 명이 선장의 머리에 총구를 겨누면서 뱃머리를 북쪽으로 돌려 속력을 높이라고 명령했다. 소총을 든 한 명은 조타실에서 나와 갑판의 어부들을 향해 소리쳤다.

"동무들! 지금부터 동무들을 조선인민공화국 지상낙원으로 안내하겠습니다. 위대하신 김일성 수령님께서 미제국주의 앞잡이 박정희 군사독재정권에서 남조선 인민들을 해방시켜 주실 것이며 동무들과 동무들의 가족들은 위대하신 수령님의 보살핌 속에서 자손만대로 영화를 누리게 될 것입니다. 위대하신 김일성 수령님 만세! 조선인민공화국 만세!"

소총 총구를 높이 올려 만세를 외쳤다. 그리고는 눈을 부라려 갑판 위 어부들의 움직임을 감시했다. 배는 북쪽으로 항진을 계속했다. 선장은 명령에 따라 목숨을 보전해야 했고, 얼이 빠진 어부들은 대항할 길이 없었다. 어로저지선 가까이 왔을 때였다.

어둠의 남쪽 바다에서 사이렌이 울리면서 해양 경비정이 나타났다. 정선을 명령하는 확성기 소리가 들렸다. 조타실의 권총수가 그대로 전진하라고 선장의 머리에 총을 찔렀다. 소총수가 급히 갑판을 돌면서 횃불을 뽑아 바닷물에 집어던졌다. 소총을 쏘아 조타실 위와 선수 · 선미의 조명등을 박살냈다. 어둠 속에 선체의 모습을 숨겼다.

사이렌이 울리면서 서치라이트를 비춘 경비정이 추적해 왔다. 어로저지선을 넘었다. 북방군사한계선 너머에서 마중 나온 듯 북측 경비정 두 척이 서치라이트로 길안내를 하고 있었다.

기종은 주위를 둘러보았다. 북쪽은 북한 경비정이 마중 나와 있었고, 남쪽의 경비정은 북진하는 어선을 멈추게 하기에는 이미 늦었다.

기종은 앉은 채로 몸을 움직였다. 판초우의(뒤집어쓰는 군용우의)를 벗었다. 장화도 벗고 양말도 벗었다. 솜으로 누빈 상의를 벗었다. 혁대를 풀어 바지도 벗어 내렸다. 내의의 겨드랑이를 찢어 팔의 움직임을 편하게 했다. 내의의 사타구니도 찢어 내렸다. 헤엄을 치려면 거추장스러운 것이 없어야 했다. 물속으로 뛰어들 준비를 끝냈다. 옆에 있는 박씨 아저씨를 보았다.

"아저씨……."

나직이 불러보았다. 박씨 아저씨가 기종의 의도를 알고 고개를 끄덕여주었다. 북쪽 경비정 불빛이 가까이에 있었다. 남쪽 경비정이 속도를 줄이는 듯했다. 납북되는 순간이었다.

기종이 자세를 낮추고 조용히 일어났다. 갑판을 박차고 서너 걸음 달려 바닷물 속에 뛰어들었다.

"갓나 새끼!"

소총소리가 울렸다.

기종은 어둠의 바다 속을 잠수하여 한참을 헤쳐 나갔다. 물 밖으로 얼굴을 내밀어 뒤돌아보았다. 어선이 멀어지고 있었다.

'살아서 돌아가야 한다. 소여가 있는 대한민국으로 돌아가야 한다. 소여를 만나야 한다.'

바닷물은 얼음보다 차가워 몸의 감각을 마비시켰다.

눈보라치는 암흑의 바다에 파도가 거칠었다. 남쪽 경비정 불빛을 향해 사력을 다해 손을 휘젓고 발버둥쳐 나갔다.

마산고교시절, 가포해수욕장에서 군용야전텐트를 치고 수영부 합숙훈련을 할 때였다. 돝섬을 한 바퀴 돌아오는 원거리 수영훈련이 있었다. 반환점을 돌아 캠핑장이 멀리 보이는 지점에서 종아리에 쥐가 났다. 바다에서 몸에 경직이 오면 죽음으로 이어진다.

기종은 무릎을 접어 발목을 끌어당겼다. 경직을 풀게 하는 한 가지 방법이었다. 물속에서 몸을 뒹굴어 다시 수면 위로 올라왔다. 경직이 계속되었다. 얼떨결에 수면에 떠있는 부유물을 끌어 잡았다. 해수욕장에서 수영 중에 익사한 익사체가 조류에 떠밀려온 것이었다.

—악!

기종이 기겁을 한 채 다시 물속에 잠겼다. 생각나는 것은 하나밖에 없었다. 저렇게 죽을 수는 없었다. 수영선수는 물길을 밀어내는 장력을 높이기 위해 손톱을 길렀다. 물속으로 가라앉던 기종은 손톱을 경직된 종아리에 찔러 그어 내렸다. 피를 뽑아 경직을 풀게 하는 응급조치였다.

피가 뿜어져 나왔다. 수면으로 떠올라 쥐난 발의 움직임을 자제하고, 두 손으로 평형을 유지했다. 서서히 경직된 종아리가 풀리기 시작했다. 두 손과 한쪽 다리로 뭍으로 나아갔다. 한쪽 발이 물밑 모래바닥에 닿았다. 죽지 않고 살아났다.

납북*되면 죽음이다. 소여를 만날 수가 없었다. 한 가지 생각밖에 없었다. 소여를 만나야 했다.

남쪽 경비정 서치라이트가 암흑 속에서 목숨을 던져 다가오는 기종을 발견했다. 경비정이 다가와 구명정을 던졌다. 기종이 구명정을 잡았다.

'살았다! 소여를 만날 수 있다!'

경비정에서 담요로 몸을 감은 채 체온을 되찾았다. 여분의 경찰작업복을 빌려 입었다. 속초해양경찰서에서 신원확인 후 납북경위를 진술했다.

박씨와 같이 있던 하숙집으로 돌아와 가방 속의 여벌옷으로 갈아입었다. 박씨의 옷이 벽에 걸려 있었다. 김씨는 광산 갱도에서 죽었고, 박씨 아저씨

*1950년 6.25 사변 이후, 현재(2013년 4월 16일)까지 정부가 인정한 납북된 어부는 517명이다. 그 중 상당수의 납북 어부들은 정부기록엔 없었으나 탈북한 납북자들의 증언 등으로 추가되었다. 동해·남해·서해에서 납북되었지만 실종으로 처리된 어부들을 합치면 정부가 인정한 납북자 517명을 훨씬 능가할 것이다. 납북되었다가 생환한 어부는 8명뿐이다. 서류상으로 지금까지 억류돼 있는 납북자 517명은 대부분 굶어 죽었거나 생사조차 모른다(조선일보 2013년 3.16. 4.17 기사 참조).

는 이북으로 끌려갔다.

기종은 다시 혼자가 되었다. 황지를 떠나왔듯이 속초를 떠날 때가 되었다. 선주를 만나 배탄 품값을 정리해야 하는데, 전재산인 어선을 잃고 망연해 있는 선주와 마주하기가 그랬다.

짐을 챙겨 대포항으로 갔다. 쫀득하게 입맛을 돋우던 산 오징어 회가 박씨 아저씨 생각으로 맛을 잃었다. 스끼다시(곁들임) 안주해서 소주병을 비웠다. 속초터미널에서 집으로 전화를 해 보았다.

소여의 소식은 없었다. 충무로 영화사에서 메모 남긴 게 한 통 있었다.

절에 있을 때 무료한 시간을 소일삼아 써본 단편을 일간지 신춘문예에 응모했었다. 당선작 없는 가작으로 발표되었다. 군 생활과 다다구미를 소재로 한 이야기였다. 영화화하기 위한 원작판권에 대한 상담요청이었다.

빈 지갑이 되어가는 남은 돈으로 서울행 버스를 탔다.

4

— 우리 같이한 시간의 무게를 혼자서는 감당할 수 없다. 다시 만나서 두 손 잡고 마주 보면서 같이해야 한다.

'나는 나아갈 수 없다' 지금은.

'나는 나아갈 것이다' 소여와 함께.

나는 나아갈 수 없다. 나는 나아갈 것이다!

– '사무엘 베케트' 의 〈고도를 기다리며〉에서

법학도의 틀에 박힌 강박보다는 자유분방할 것 같은 충무로 영화계에 호기심이 일었다. 담장 안에서 담장 밖을 동경하면서 살아가는 게 인간의 생리라고 했던가. 기종은 규율 속의 통제보다는 자유인이 되고 싶었다.

충무로! 영화사들이 운집한 한국 영화산업의 메카였다. 세간에서는 영화계를 '딴따라' 판이라고도 했다.

영화사를 찾은 기종은 단편원작의 판권료를 받았다. 3개월 후 지급되는 오만 원권의 약속어음이었다. 경리직원에게 부탁해서 와리깡(지급일까지의 이자를 공제한 금액)을 했다. 돈이란 쓰기에 달렸지만, 3·4개월은 족히 지낼 수 있었다. 생애 처음으로 자신의 수단으로 가져보는 때 묻지 않은 돈이었다.

또 한 가지 제안이 있었다. 영화화하기 위한 시나리오 작업에 참여할 의사가 있으면, 시나리오 작가의 도우미를 해 줬으면 했다. 시나리오 작가는 S대 국문과를 나와 작품 활동을 하고 있는 40대 후반의 베스트셀러 작가 H씨였다.

대부분의 작가들은 시나리오 집필을 할 때 충무로에 인접한 여관방에서 작업을 한다. 영화 제작자와 감독과 수시로 작품진행 상황을 의논하기에 편했다. 영화사에서 진행비 명목으로 숙식비가 나왔다. 기종은 마다할 이유가 없었다. 하숙을 구하지 않아도 먹고 자는 게 해결되었다. 충무로 본바닥에서 영화 제작을 빨리 익힐 수 있는 지름길이기도 했다.

충무로 생활이 시작되었다. 시나리오 작가의 도우미라고 했지만, 문하생도 아닌 시다(잡일꾼)였다. 작가의 초고 원고를 정리하고 영화사에서 진행비를 타 오고, 식사를 시키고, 작업에 필요한 자료를 준비하고, 커피·담배 등 허드렛일을 책임지는…….

유명작가의 도우미를 하면서 시나리오 작법을 조금씩 익히게 되었다. 영화 제작의 설계도인 시나리오 작법이 기종에게는 낯설지 않은 문학(?)이었다. 기종은 중 · 고교 시절부터 영화광이었다.

고등학교 3학년 학기말에 서울로 올라와 'EMI' 학원수업이 끝나면 학원가가 아닌 극장가를 맴돌았다. 머릿속은 영어단어보다 많은 영화 제목과 배우들의 이름으로 채워져 있었다. 자신도 모르게 잠재된 노하우로 시나리오 작법에 쉽게 다가갈 수 있었다.

대본을 구해서 시나리오 구상에 몰입했다. 중 · 고교시절, 교지에 기종의 시, 수필, 단문의 콩트가 항상 실렸었다. 그 연장이 신춘문예 응모였고, 시나리오 집필까지 넘보게 되었다.

기종은 문학을 동경해 온 소년이 아니었다. 작가 지망생도 아니었다. 어쩌면 문학이라는 장르를 소외시해 온 쪽에 있었다. 책상 앞에 앉아서 원고지의 여백을 메우는 따분하고 폐쇄적일 것 같은 작업, 문학인들의 자폐성에 편견을 가지고 있었다. 세월이 흐르면서 영혼을 갉아먹는 피 말리는 작업이라는 것을 알게 될 때까지…….

소여의 기다림에서 진행을 멈추고 있는 기종이었다. 충무로는 기다림의 시간을 소모시키는 한시적인 의탁이었다. 한 편으로 이왕 시작한 충무로의 생활, 미지의 공간에 한 번 도전하고픈 '객기'가 발동했다. 바닥에서 날아올라 주체를 가지고 싶었다.

당시의 한국영화는 오리지널 시나리오도 있긴 했지만, 유명작품을 원작으로 한 각색과 더러는 일본작품을 리모델링하거나 뒤집어서 짜깁기한 모방작이 많았다.

H작가의 시나리오 집필이 끝났다. 영화사 사장과 감독, 영화 제작비를 지원할 관계자(배급사, 흥행사, 극장주 등)들을 초대해 작품 독해(시나리오 낭송)를 했다. 몇 가지 희망사항이 있었으나 대체로 반응이 좋았다. 여러 의

견들을 참고해서 미진한 부분이나 첨가할 사항을 보완했다.

영화사 사무실에서 제작자와 스텝(감독, 촬영, 조명…… 등)들이 영화대본을 올려놓고 고사를 지냈다. 캐스트(연기자)들이 정해지고 촬영 일정이 잡혔다. 기종은 K감독의 연출부로 들어가 '기록' 을 맡기로 했다. 감독 아래로 조감독(퍼스트, 세컨드, 써드, 기록 등)들이 경륜별로 서열이 정해져 있었다.

'기록' 은 영화의 장면 · 대사 · 컷 등을 세밀히 기록하여 장소 · 의상 · 시간 등 영화 전체의 흐름을 연결하는 기본 작업이었다.

영화촬영이 시작되었다. 기록 작업을 미리 배우기는 했지만, 이론과 실제는 달랐다. 선임자의 도움을 받아 생소한 작업을 익혀 나갔다. K감독의 콘티(대본의 씬 · scene을 컷 · cut으로 세분화한 촬영방법)가 카메라를 통해 실체가 되어 필름에 담겨지고, 그 토막토막의 장면들이 기종의 작업으로 기록이 되었다.

감독의 콘티가 영화로 만들어지고, 촬영한 장면 장면이 기록으로 남겨져, 편집으로 이어진다.

기종은 감독의 콘티와 기록을 대조해 보면서, 내가 감독이라면…… 나름대로의 촬영방법을 구상해 보았다. 흥행의 보증수표라는 K감독의 연출부로 '기록' 을 맡으면서 조감독 수업을 착실히 했다. 기종의 작가적인 감각을 인정한 K감독이 미흡한 대본 수정과 일차적인 콘티작업을 맡기기도 했다.

두 편의 영화에 '기록' 을 담당하다 보니 감독 · 촬영 · 조명 · 편집 등 영화 전반의 제작과정을 평면에서 입체화시킬 수 있었다.

차기 작품을 물색하던 K감독이 앞뒤 표지 없는 책 한 권을 기종에게 읽어보라고 했다. 신분이 다른 남녀의 이루어질 수 없는 사랑을 극복해 나가는 일본소설 번역본이었다.

K감독과 기종은 소설을 심층적으로 분석하면서 의견을 교환했다.

귀족 집안 대학생 외아들과 고아 출신인 가정부 여자와의 사랑 -고기압과 저기압이 부딪치면서 천둥 · 번개 · 돌풍 · 폭우 등의 기상이변을 일으키고 온난 · 한랭의 불연속선을 만들어낸다.

만남과 이별을 반복하면서 두 사람의 순애보는 드물게 해피엔드로 끝난다. K감독은 이야기 속에서 영화적인 모티브를 찾으려 했다. 기종은 앞뒤표지 없는 일본번역소설 속에서 '네플류도프' 공작과 하녀 '카투사'의 사랑의 행로를 그린 '톨스토이'의 '부활'을 오버랩시키고 있었다.

주인집 조카인 공작(대학생)을 흠모하는 하녀 카투사. 네플류도프에게 순정(처녀)을 바치는 카투사……. 신(神)도 방관하는 신분(귀족과 천민)의 벽을 사이에 두고, 카투사를 구원함으로써 속죄하려는 네플류도프와 주어진 운명을 거슬림 없이 받아들이는 카투사……. 그들의 마지막 만남에서 카투사가 네플류도프 공작에게 "안녕히 가세요"가 아닌 "용서하세요"라고 했다.

'왜, 마지막 인사로 용서하세요, 라고 했을까?'

기종이 K감독에게 제안했다. 소설을 뒤집어서 귀족 집안의 남자를 여자로, 고아 출신인 여자를 남자로, 해피엔드가 아닌 여운을 남길 비극적인 이별로 시나리오 작업을 해 보자고 했다.

모방과 창작……. 창작은 모방에서 시작되었다.

여관방을 잡고 바로 시나리오 작업에 들어갔다. 기종이 초고를 쓰고, K감독이 자신의 영화적인 의견을 보탰다. 십여 편의 영화를 홍행몰이해 온 K감독이었지만 이번의 작품에 남다른 의욕과 애착을 쏟았다.

기종에게는 시나리오 작가로서 입문할 수 있는 첫 시험대이기도 했다. 기종은 작품에 매달리면서 영화의 완성도에 집착했다. 그리움과 기다림의 불면을 우회해 비켜가려고 자신을 태웠다. 가까스로 정점을 넘긴 번민은 회의(懷疑)를 불러왔다.

'소여의 진정성은?…….'

기종의 믿음에 자각할 수 없는 미세한 균열이 생기고 있었다.

'생(生)이란 흐름에 따라 흘러가는 강물이었을까?…….'

5

'滿員謝禮(만원사례).'

국도극장*의 개폐식 유리문마다 병풍만한 감사문이 연일 횟수를 늘려갔다. 오전 11시부터 5회 상영의 전회가 매진되면서 때를 만난 암표상들이 극성을 부렸다.

이루어질 수 없는 사랑을 그린 청춘멜로물, K감독 작품이었다. 극장 앞에 길게 줄을 이은 영화 관람객들로 근래에 보기 드문 흥행기록을 세우고 있었다. 시나리오 구상 때부터 K감독이 애착을 가지고 심혈을 기울인 작품이었지만 예상을 뛰어넘는 장외 홈런이 나왔다.

K감독과 공동각본으로 이름을 올린 기종의 위상도 알게 모르게 달라졌다. K감독의 조감독(퍼스트)으로, 신인작가로, 영화사와 흥행사들의 가시

*국도극장(1913년 개관~1999년 10월 30일 폐관) : 일제 강점기 일본인이 '황금연예관' 이란 영화관으로 개관했다. 해방 후, 1946년 '국도극장' 으로 신축 · 개관되었다. 동양적인 궁전풍으로 지어진 르네상스식 건물로 역사적인 가치를 지닌 문화재로 보존하자는 제안이 있었으나 문화재로 지정되면 재산권 행사에 상당한 제한을 받는 점에 부담을 느낀 건물주가 서둘러 철거하고 호텔을 신축하였다.

거리에 들면서 젊은 기대주로 시선이 모아졌다. 조감독으로 실력을 인정받게 되면 입뽕(감독데뷔)도 할 수 있었다. 시나리오 작가의 길도 열려 있었다. 기종은 시차적응도 없이 단시간에 자신의 입지(立地)를 만들어내고 있었다.

※ '커튼 콜' (소설) 속의 충무로 이야기는 작품전개상 필요한 부분만 요약했기에 단편적일 수도 있다. 저자가 5년여 영화계의 중심권에서 영화제작에 참여한 스텝진이기에 도해(圖解)적인 들춤이 부담스러웠다. 험난한 시대에 열정으로 영화산업에 투혼하신—돌아가신 분, 충무로를 떠나신 분, 몇 안 되는 현역에 계신 분— 선·후배님들의 헌신에 오해의 소지가 있을 심층적인 접근은 생략했다. 인간은 공(功)보다는 과(過)를 밝히고, 가십이나 스캔들을 오래 기억하니까.

— 바다를 본 사람은 물(水)에 대해서 이야기하지 않는다.
'……그러려고 했는데…….'

6

변화와 굴곡이 많은 충무로에서 기종은 속성으로 뿌리를 내리고 있었다. 홍행사들이 기종의 다음 작품에 관심을 가지자, 프로듀서(영화사에 임원등록을 하고 독립된 회사를 차려 영화제작을 하는 일명 보따리 장사)들이 기종을 찾았다.

지방홍행사(극장주)들의 입맛을 맞출 작품을 주문했다. 팔도사투리를 섞은 건달 액션물, 눈물을 강요하는 최루성 멜로물, 시대에 반항하는 청춘 애정물, 그 외 홍행에 성공한 작품들의 모방물 등이었다.

작품의 줄거리가 정해지면 계약금과 진행비가 나왔다. 시나리오를 가지고 감독이나 제작자를 찾아다니는 작가들에 비하면 파격적인 대우였다.

시대의 흐름에 한 발 앞선 욕구를 몸으로 부딪쳐온 기종이었다. 역류하는 배타성을 원고지 여백에 쏟아 부었다. 흥행위주의 액션물, 멜로물, 청춘물 등을 차례로 영화화시키고 있었다. 방목된 젊음의 순발력이 돋보이는 작품들이었다. 이제 제작자들로부터 선택받는 행운이 아닌 기종 자신이 조건 좋은 제작자를 선택하는 여유를 가지게 되었다.

봄, 여름, 가을, 겨울이 갔다. 다시 봄이 왔다.

'살아가면서 자신의 뜻대로 진행된 일들이 몇 번이나 있었고, 앞으로도 몇 번이나 있을까?……. 태백에서 광부로, 속초에서 오징어잡이로, 다시 충무로 영화판의 이방인으로…….'

마음잡지 못하고 방황하던 기종의 여정이 충무로에서 지체하고 있었다. 목적도 목표도 없는 발길이었다. 일시적인 방편으로 몸담은 충무로가 새로운 삶의 터전이 되었다. 감독 기대주로, 한참 물 올리는 작가로, 도전할 수 있는 충무로의 '끼' 가 기종의 피돌기에서 넘쳐나고 있었다.

뚝섬 영화촬영소 세트장에서 하루 밤 · 낮의 촬영을 끝내고 영화사로 돌아왔다. 다방에서 손님이 기다린다는 직원의 전갈이 있었다.

기종이 지하다방으로 내려갔다.

'바람' 이 한쪽 자리에서 기다리고 있었다. 오늘도 바람의 옆자리에는 '여우' 가 지키고 있었다. 바람이 다가오는 기종을 마땅찮은 시선으로 보고 있었다. 기종이 꾸벅 고개 숙여 인사하고는 바람 앞에 조심스럽게 앉았다. 바람과 여우가 헝클어진 기종의 아래 위를 훑었다.

구겨진 작업복 차림에 밤새운 얼굴은 까칠했다. 쓴맛을 삼키는 바람의 내면에 무거운 납덩이를 달고 있는 것 같았다. 군복무 중에 한 번 만나본 이후로 첫 만남이었다.

아버지와 아들, 이산가족도 아닌 아들과 아버지가 3년여 만에 얼굴을 마주하게 되었다. 바람은 애비의 관심으로 기종을 찾았지만 기종은 바람을 찾지 않았었다.

"죄송합니다. 찾아뵙지 못해서……."

기종이 바닥을 본 채 말끝을 흐렸다.

"……."

바람이 침묵으로 넘겼다. 바람의 시선을 외면하고 있는 기종은 여우의 시선이 더 따가웠다. 바람과 기종의 사이에 두꺼운 유리벽이 있어 소통이 단절된 것 같았다. 분위기의 심각함에 여우가 함부로 끼어들지 못하고 있었다. 기종이 마음을 먼저 정했다. 터질 것은 터트려 이 자리를 빨리 벗어나고 싶었다.

"저녁촬영 준비로……, 며칠 안에 찾아뵙겠습니다."

기종이 바람에게 양해를 구했다.

바람의 얼굴에 노기가 서렸다. 여우가 바람의 눈치를 살피다가 기종을 보았다.

"기종아! 이곳은 네가 있을 곳이 아닌 것 같다."

여우가 바람의 편에서 대변하고 있었다. 몸을 낮추고 있던 기종이 고개를 들어 여우를 쏘아보았다.

'아버지와 아들의 만남에 당신이 끼어들 자리가 아닙니다. 아시겠어요?!'

시선으로 여우를 나무라면서―.

"내가 있을 곳?……. 내가 있는 곳이 내가 있을 곳입니다."

말 속에 가시를 여우에게 던졌다.

여우가 기종의 당참에 주춤하며 바람을 보았다. 바람이 무겁게 입을 열어

두 사람 사이를 갈라놓았다.

"올해도 복학신청을 안 했드구나."

"……."

기종이 할 말이 없었다. 작년은 마음을 정하지 못해서 넘겼다. 올해는 아직 생각해 본 적이 없었다.

휴학계는 내어놓았다.

'한두 해 늦어진다고 인생이 끝장나는 건 아닐 테고…….'

"세상일에는 다 때가 있는 법! 공부를 끝낼 참이냐?"

"……."

"네가 지금, 네가 있을 곳에 있다고 생각하느냐?"

"……."

기종은 바람의 추궁에 변명할 대안이 없었다. 대화를 풀어나가고 싶어도 오래 전부터 단절된 관계는 융통성을 찾지 못했다. 바람이 기종의 몰골을 한심한 듯 다시 살폈다.

"애비에게 보여줄 것이 이게 다냐?"

"……."

지금의 기종에게는 침묵만이 최선의 방법이었다.

"네 나이가 몇 살이냐?"

"……."

기종이 침묵 끝에 말했다.

"내 앞가림은 할 나이가 되었습니다."

"지금 너의 길을 가고 있다고 생각하느냐?"

"……."

기종의 침묵이 다시 시작되었다.

"애비를 원망하느냐?"

"……."

한참 만에 기종이 바람과 시선을 마주했다.

"……보살핌에 감사하고 있습니다."

"타인에게 하는 인사 같구나."

바람이 씁쓸했다.

"뵐 기회가 없어 자식의 도리에 소홀했습니다. 만나 뵙고 밝히지 못한 점 용서해 주십시오."

기종은 공손한 말로 바람에게 가시를 박고 있었다.

"선입견을 가진 앙금이 있으면 자신 스스로 문을 닫는다는 걸 모르느냐?"

"……."

기종은 침묵하면서 바람의 말을 곱씹었다. 그럴 수도 있었다. 바람이 진지하게 기종을 보았다.

"다가가지 않으면서 가까이에 없다고 원망만 키운다. 원망으로 대화의 문을 닫고는 관계를 유지할 수 있겠느냐?"

"……."

기종은 생각해 보았다. 한 번도 가까이에 아버지는 없었다. 아버지란 존재는 집안에 없었다. 먼 곳에 있는 사람이었다. 가까이 하지도, 가까이 다가가 본 적도 없었다. 어디론가 먼 길 떠나기 전 한두 번 안아주던 어릴 적 기억밖에 없었다. 그때마다 낯설은 남자의 품이 싫어 얼굴을 마주하지 않았다.

"감사하고 있다고? ……. 감사의 보답으로 모두의 기대를 저버리겠다는 거냐?!"

"……."

기종의 침묵은 이어졌다.

"원망? 반항?……, 비겁한 자들의 수단이고 변명이다. 진정한 남자는, 원망을 반항의 도구로 삼지 않는다."

바람과 기종 사이에 다시 침묵이 흘렀다. 기종은 바람의 시선을 외면하고 있었다. 바람은 깊은 시선으로 기종을 분해하고 있었다. 한참 공부에 열중할 나이에 데모대에 앞장선 문제아, 대학에 들어가서는 요주의 인물의 운동권, 수배를 피해서 군 자원입대, 고시준비로 들어간 절에서 탈출, 방황 끝에 딴따라가 된 망종……. 그것이 앞에 있는 자식의 모두였다.

바람이 결심을 굳혔다. 옆에 있는 여우를 보았다.

"먼저 차에 가 있겠소!"

여우가 자리를 피해 주면서 기종에게 당부했다.

"기종아! 회장님 기대를 저버리지 말아라."

여우가 나갔다.

두 사람 사이에 깨어질 것 같지 않은 정적이 흘렀다. 바람이 마지막 선고를 내릴 듯 엄숙해졌다.

"이 길이 너의 길이면 가라! 네가 너의 벽을 넘지 못한다면 두 번 다시 너를 찾을 일은 없을 것이다."

바람이 감정의 흔들림 없이 차분히 대화를 끝내고 일어났다. 완강한 성벽을 쌓아놓고 뒤돌아봄 없이 나갔다. 딴따라 판에서 망나니짓을 하고 있는 버린 자식이었다.

기종이 머리 숙여 두 손으로 얼굴을 감쌌다. 부정(父情)에 메마른 갈망은 원망으로 부정을 거부했다. 심중에 담고 있던 속내를 침묵으로 묻어버렸다.

'아버지! ……, 자식에게는 아버지가 하늘입니다. 아들은 하늘의 품속이 그립습니다…….'

기종은 여우의 배석 없이 마지막 결심선고를 받았다.

아버지와 아들, 아들과 아버지가 같이 있었던 짧은 순간에 만족했다.

> ※ 1984년 7월. 삼복더위가 이어지던 무더운 여름밤, 이빨 빠지고 발톱 빠진 '바람'은 빛바랜 껍질만 이세상에 남겨놓고 떠났다. 저세상까지라도 함께할 것 같았던 여우는 옆에 없었다.

7

아들 나의 정체를 알고 계셨지요?

아버지 …….

아들을 말없이 지켜보고만 있다.

아들 왜— 신고하지 않았어요?

아버지 너라면 했겠냐?

아들 당연히 했겠지요. 나에겐 위대한 김일성 수령님밖에 없으니까요.

아버지 지금도?

아들 …….

망설임으로 마주본 시선을 외면한다.

E 캇!

아들과 아버지역의 연기자가 리허설을 멈추고 K감독을 돌아본다. K감독이 만족한 듯 밝게 외친다.

"좋아요—. 그 감정대로 갑시다."

K 감독 · 강기종 각본(조감독까지 겸했다)의 반공물 영화 촬영현장이다.

아버지는 6.25 전쟁 중 인민군으로 참전했다가 포로가 되었다. 그에겐 이북에 두고 온 아내와 갓 태어난 어린 아들이 있었다. 가족을 찾기 위해 국군으로 자원입대해 북진했다. 고향 평양 인근을 찾았으나 폭격으로 마을과 살던 집은 잿더미만 남아 있었다. 중공군의 참전(1.4후퇴)으로 38선을 사이에 두고 뺏고 뺏기다가 휴전이 되었다.

장성한 아들은 간첩으로 밀파되어 신분을 감추고 아버지에게 접근했다. 아버지는 아들의 정체를 알게 되면서 아들을 자수의 길로 인도하려고 했다. 이념의 제물이 된 아들과, 그를 자유인으로 만들려는 아버지와의 갈등을 소재로 한 작품이었다.

경찰서가 보이는 길 건너에서 아들을 자수시키는 아버지와 아들이 이별하는 장면이었다. 촬영부가 카메라와 피사체의 거리를 재고 노출을 맞추었다. 조명부가 래프(은박지 판자로 만든 간접조명용)로 빛의 각도를 반사시켜 그늘을 지웠다. 구경꾼들이 카메라의 각도를 피해 구경하고 있었다. 조감독인 기종이 현장을 점검하고 K감독에게 OK사인을 보냈다.

"카메라 좋지요. 자-, 갑니다. (연기자에게) 감정 잡고-, 레디 고!"

카메라가 슈팅에 들어갔다. 아버지와 아들이 리허설대로 연기에 몰입했다. 아버지와 아들의 헤어짐만 남았다.

K감독이 장면을 끌어간다.

"좋아요. 아들! 천천히 돌아서서 경찰서로-(아들이 돌아서 경찰서로 무거운 발길을 옮긴다.) 아들! 멈추고 다시 돌아선다."

아들이 발길을 멈추고 다시 아버지로 향해 돌아선다.

기종이 연기자에게 프롬터* 쳐 준다. 아버지와 아들이 되받아 연기로 이

*프롬터 : 대사를 연기자에게 읽어 주는 것. 당시에는 동시녹음이 아니어서 대사와 효과음은 녹음실에서 따로 녹음했다.

어진다.

아들　가슴에 깊이 묻고 있었습니다.

아버지　?…….

아들　별들은 기억하고 있을 겁니다.

아버지　…… 영수야…….

아들의 이름을 불러보는 아버지의 입술이 떨린다.

아들　…… 아…… 아버…… 지……. 별들의 숫자만큼 혼자서 새겼습니다. 아— 버— 지.

아들 울먹인다. 아버지가 다가가 아들을 포옹한다.

아들　다시 만나 뵐 수 있을까요?

아버지　오래 걸리지 않을 것이다. 몸 살펴라.

아들　늙지 마세요……. 아버지…….

K감독　아들 천천히 돌아서 경찰서로. 멀어지는 아들 뒷모습에 내레이션!

아들이 무거운 발길로 경찰서로 향한다. 아버지는 아들의 뒷모습을 지키면서 눈물을 삼킨다.

기종이 내레이션으로 아버지와 아들의 이별에 여운을 남길 시간을 잰다.

내레이션　우리는 가해자가 아니다. 시대의 피해자일 뿐이다…….

내레이션으로 시간을 재던 기종이 따가운 시선을 느꼈다. 촬영을 구경하고 있는 사람들을 보았다. 그 속에 한 시선이 기종을 보고 있었다.

'?! …… 해수!! …… 해수가……?!'

해수였다. 아이를 안고 구경꾼들 틈에서 기종을 보고 있었다. 해수와 시선이 마주쳤다.

'해수…….'

기종의 표정이 기능을 잃었다.

"컷!!"

K감독의 고함소리에 기종이 멈춘 동작을 풀고 K감독을 보았다. 연기자와 스텝들의 시선이 감독에게 모아졌다. K감독이 손가락으로 'O' 자를 만들어 보였다. 촬영진들이 K감독의 다음 지시를 기다렸다.

"오늘은 여기까지. 수고들 하셨어요."

K감독이 오늘 촬영을 끝냈다. 스텝들이 박수치고는 철수준비에 들어갔다. 기종이 해수가 있던 곳으로 시선을 돌렸다.

해수의 모습이 사라졌다. 주위를 둘러보았다. 아이 안은 해수의 모습은 보이지 않았다.

'헛것을 보았나?…….'

분명 해수를 보았다. 머리를 흔들어 지우고 현실을 재확인해 보았다. 해수의 모습은 어디에도 없었다.

K감독이 기종에게 다가왔다.

"강 감독! 어젯밤에 두꺼비(진로소주 상표) 꽤나 잡은 것 같다."

K감독은 예비감독인 기종을 감독으로 호칭해 주었다. 기종이 싱긋 웃음을 흘렸다. 기종은 충무로에서 인기만큼 술통으로도 소문나 있었다.

K감독이 연기자 차에 편승해 떠났다. 기종과 스텝진은 영화사 버스를 타고 뒤따랐다. 버스의 차창자리에 앉은 기종은 아직도 해수의 시선을 느끼고 있었다.

해수! 분명 해수였다. 아이를 안은 해수와 시선을 마주했었다. 잘못 본 것이었을까……. 아니, 생생한 해수의 모습이었다.

차창 밖으로 시가지가 지나갔다. 인도로 사람들이 오고갔다. 흐르는 사람들 속에서 현실을 증명하고 있었다. 해수가 아이의 손을 잡고 걸어가고 있었다.

"잠깐! 차 좀 세워요!"

기종이 소리쳐 버스를 세웠다. 급히 내리면서 손짓으로 차를 보냈다. 아이와 손을 잡고 걸어가는 해수의 뒷모습을 보았다. 아장아장 걸음마를 하는 아이와 보폭을 맞추면서 연신 아이에게 시선을 담고 있었다. 남자아이였다. 기종이 뒤를 따랐다. 해수와 가까워졌다.

"해–."

해수를 부르던 나머지 말을 입속으로 삼켰다.

'해수…….'

기종이 발걸음을 멈추었다.

'해수……. 아니, 정분이…….'

해수는 없었던 사람이었다. 정분은 모르는 사람이었다.

'해수……. 정분이…….'

해수가 시야에서 멀어져가고 있었다. 해수가 걸음을 멈추고 아이를 안아서 품에 품는다. 볼에 입맞춤하면서 발길을 옮긴다. 다다구미를 떠난 해수가 정분이 되어 가정을 가진 모양이었다. 세상 모두인 것처럼 아이를 품속에 안고 있었다.

기종은 먼 시선으로 해수를 보내고 있었다.

'해수……, 고마워…….'

기종은 발길을 묶은 채 시야에서 사라진 해수의 행복을 빌어주었다. 기종이 발길을 돌렸다. 해수의 잔영이 지워지면서 한 사람이 다가오고 있었다.

'소여…….'

소여가 기종의 의식 속에서 살아나고 있었다. 지난 시간을 과거라고 한다. 과거는 소멸과 불멸로 나누어진다.

해수는 소멸로 정리되어 갔다.

소여는 불멸로 존재하고 있었다. 기종의 내부에서, 외부에서 생존을 같이 하고 있었다. 기다림의 인내에 한계점이 있었을까……. 약속은 풍화되어 갔다. 믿음은 상실되어 갔다.

시간의 흐름 속에 자아는 굴절되었다. 기다림은 방황으로, 그리움은 반항으로. 술과 여자들 속에서 약속과 믿음을 희석(稀釋)시켰다. 사랑의 무한함을 뒤엎어 스스로의 탈출구를 찾아 헤맸다.

'사랑?……, 약속?……, 믿음……, 실체가 없는 신기루였을까…….'

8

기다림과 그리움의 분기점이 모호해졌다. 그리움이 기다림이었고 기다림이 그리움이 되어 맴돌다 깜빡거렸다.

기다림과 그리움의 깜빡임에는 원망의 싹이 돋았다. 탈출구를 찾지 못한 방황은 반항으로 변명을 만들었다. 한 여자를 향한 일념을 또 다른 여자들의 육체 속에서 삭히려 했다. 무분별한 행위는 대가를 요구했다.

"임신한 것 같아요."

여자가 기종에게 조심스럽게 한 말이었다.

'임신?! …….'

여자가 임신을 했다고 한다.

의도하지 않은 남녀의 만남이 운명의 샛길을 만들었다. 미숙한 젊음의 불장난이 운명이 될 수 있다는 걸 몰랐다.

호의를 기대로 받아들이는 타성의 세속에서 행복은 나의 것, 불행은 타인의 것이었다. 원치 않았던, 생각지도 않았던 임신의 태동도 타인들의 이야기라야 했다. 그러나 현실은 냉혹했다.

'임신?…….'

소여가 아닌 정 내리지 못한 한 여자의 통보였다. 소여가 아닌 한 여자가 기종을 찾아 임신을 알렸다. 통과할 수 없는 장벽이 쌓여지고 있었다.

예측하지 못한 진행은 실증으로 다가왔다. 여자의 배가 불러왔다. 기다림의 쉼터로 삼았던 충무로가 기종의 인생에 매듭을 만들어놓고 말았다.

신은 애매했다. 인간은 나약했다. 자신이 선택하지 않은 사소함이 운명이 될 수 있다는 걸, 인생의 행로를 바꾸어 놓을 수 있다는 걸 미처 몰랐다. 책임의 투망 속에 갇힌 기종은 무책임한 불장난이 운명이 된다는 걸 뒤늦게 알았다.

여자의 불러오는 배 둘레에 소여는 원경으로 물러나고 있었다. 기종은 책임과 무책임의 엄정한 차이를 몰랐다. 방관자로서의 도피에도 한계점이 있었다.

여자는 이문동에 셋방을 얻어 몸을 풀었다. 딸을 낳았다. 남자는 생산을 하고도 책임져야 할 엄청난 생의 무게를 실감하지 못했다. 시간은 어두웠다. 일상은 불투명했다. 벗어날 수 없는 현실을 벗어나려 했다. 몸부림은 자신도 모르는 또 하나의 자신을 만들었다. 그러나 세상은 야속하고 정직했다. 식구를 책임져야 할 멍에는 기종의 것이었다.

소여……, 소여가 멀어지고 있었다.

소여……, 소여가 멀어져 갔다.

9

생(生)에서 자신의 의도대로 진행되어 완성된 삶이 있었을까? 먼 훗날, 생(生)의 에너지가 다해 갈 때 뒤돌아보면 목적은 꿈이었고, 방황 끝에 멈추게 되는 순간인 것을. 주체적으로 살아온 후회 없는 삶이 있었을까.

기종에게 주어진 선택은 시간의 진행밖에 없었다. 여자와 갓난애가 있는 이문동 셋방과 충무로 여관방. 이따금씩 이문동으로 가는 건 현실에 순응하기 위한 체념이었다. 충무로 생활은 삶의 방편이 아닌 도피하기 위한 타협이었다. 기종은 현실과 비현실의 미몽(迷夢)에서 자아를 분쇄시켰다.

올무(덫)에 걸린 맹수의 몸부림을 술잔에 담아 마셨다. 끓어오르는 포효(咆哮)를 원고지의 여백에 쏟아 부었다. 창작의 공간에는 부정하고픈 현실을 날조할 수 있었다.

소여도, 여자도, 갓난애도 없었다. 술에 젖었다가 깨어나면 원고지를 채웠다. 술에 숨고르기를 하고, 원고지 촘촘히 망각의 지상을 창조했다. 스케줄에 따라 일정에 맞춘 영화촬영에 몸을 던졌다. 몽환의 질주였다. 궤도를 벗어난 방황에도 종자돈이 있어야 했다. 작품료가 남아나질 못했다. 계약된 작품료에 가불을 더해 유흥으로 탕진했다.

작품의 약속일은 미루어지고, 이문동의 돌봄도 소홀해졌다. 아니, 외면해 잊고 싶었다. 방세는 밀렸고, 딸애의 분유 값도 변변히 챙기질 못했다. 탈출구 없는 기종의 방황은 그렇게 이어지고 있었다. 그 와중에서도 기종의 잠재된 이성은 충무로에서의 중심축을 옮기고 있었다.

인정받은 작가에서 인정받고픈 감독이 되고 싶었다. 영화를 종합예술이라고 하지만 아니었다. 공동의 작업 속에 이루어진 감독의 예술이었다. 기종은 작가의 입지를 굳혀 가면서, 영화사 관계자들과 또 다른 목적의 친분을 다듬어 왔었다. 제작자들도 기종의 재능을 주시하고 있었다.

H 사장이 기종을 찾아왔다. T 영화사에서 제작부장을 지내다가 임원등록을 한 독립영화 제작자였다. 충무로에서는 흔하지 않은 엘리트 출신이었다. 첫 작품인 기종의 멜로물이 흥행에 성공하면서 제작자로서의 기반을 닦았다. 두 번째 작품도 당연히 기종의 작품으로 크랭크인(첫 촬영)에 들어갔다. 기종과 H 사장은 서로를 믿을 수 있는 제작자와 작가로 인정하고 있었다. H 사장이 기종을 찾아온 용건을 풀었다. 차기 작품이 정해졌다고 했다. 아니, 작품의 제목만 정해졌단다.

'님은 먼 곳에!' 영화 제목이 다였다. 세상을 뒤흔들어 놓고 있는 ―신중현 작사/ 작곡 · 김추자 노래― 가요 제목이었다.

영화화하기 위한 판권은 치열한 경쟁 끝에 계약되었다. 당시로서는 파격적인 대우로 작곡가가 영화음악까지 담당하기로 했다. '님은 먼 곳에' 란 김추자의 노래만 가지고도 흥행이 예상될 만했다.

기종에게 '님은 먼 곳에' 에 맞춘 오리지널 시나리오를 의뢰했다.

시나리오가 완성되면 바로 촬영에 들어간다. H 사장은 흥행몰이의 자신에 차 있었다. 잠시 뜸을 들인 H 사장이 기종을 보았다. 본론은 지금부터인 것 같았다.

광풍을 몰아치고 있는 가요 제목에 맞춘 최고의 작품을 부탁했다. 흥분을 삭히면서 다음말의 정점을 다듬고 있었다. H 사장이 진지하게 기종의 심중을 타진해 왔다. '님은 먼 곳에' 로 입뽕(감독데뷔)해 보겠느냐고, 자신 있으면 같이 한 번 대박을 터트려 보자고 했다.

"?!…… !!!……."

멀리에 있을 것 같던 감독 데뷔의 기회가 예상치 못한 기종에게 다가온 것이었다. H 사장과 기종의 계약이 이루어졌다.

제작 H, 각본 · 감독 강기종, '님은 먼 곳에' 였다.

다음날, 시사통신과 일간지마다 '님은 먼 곳에' 영화화 결정. 시나리오 작가 강기종의 감독 데뷔작! 벽이 높은 충무로에서 이십대 감독 탄생예고 기사가 문화면을 채웠다. 라디오 · TV와 월간지 잡지 문화부 기자들의 인터뷰 요청이 쇄도했다.

별들의 그늘에서 숨어있던 별 하나가 '님은 먼 곳에' 의 감독 데뷔로 반짝이기 시작했다. 이십대의 인기작가에서 감독 데뷔로, 매스컴과 충무로 영화계에서 주목하는 기대주가 되었다.

자고 일어나 보니 깜짝 스타가 되어 있었다는 말이 실감났다. 기종은 주위의 시선 속에 한껏 부풀어 있었다. 앙각(仰角)으로 우러러 보이던 세상의 피사체들이 부감(俯瞰)으로 내려다 보였다. 현실의 도약으로 기종은 방황의 미로에서 마음을 다잡았다. 집필중이던 작품을 속성으로 마무리했다.

'님은 먼 곳에' 작품구상에 올인하기 위해 계약된 작품과 예정된 촬영일정을 취소하거나 미루어놓았다.

마음의 여유가 생기면 남의 산소도 벌초해 주고 싶다고 했다. 타인으로 밀어놓지 못할 여자와 아이가 있다는 사실이 실감 아닌 책임으로 살아났다. 여자에게 줄 선물로 진주가 달린 금목걸이와 딸애의 옷 한 벌을 사들고 이문동을 찾았다. 밀린 방세를 지불하고 2 · 3개월 지낼 수 있는 생활비를 내놓았다. 작품에 들어가기 전 여관방을 청소하고, 손톱 · 발톱을 깎고, 탁자 위의 원고지를 정리하고……, 새로운 기분으로 자신을 청결히 다듬었다. '님은 먼 곳에' 의 작품 줄거리가 될 만한 알맹이를 찾아내야 했다.

명동 유네스코회관 스카이라운지에서 밴드마스터로 연주활동을 하고 있는 신중현 작곡가를 만났다. 작품구상에 도움이 될 만한 자문을 구했다.

'님은 먼 곳에' 의 실마리가 될 만한 세상 사연을 찾아 헤맸다.

이거다 싶은 소재를 찾지 못한 채 들뜬 마음으로 한 달을 흘려 보냈다. 짜깁기해 본 이야기들은 응집력이 없는 허상들이었다. 구심점이 없는 단편의 조각들로 따로 놀았다. 마음 속에 뭉쳐져서 손끝으로 밀어내놓지를 못했다. '님은 먼 곳에' 이전의 작품들은 자신의 손을 떠나면 영화사나 감독의 재량으로 영화가 만들어졌다. 작품 하나하나에 매달린 고뇌와 몸부림은 있었지만 영혼을 담보한 태질은 없었다.

'님은 먼 곳에' 는 강기종 시나리오, 강기종 감독으로 만들어낼 영화였다. 흥분은 욕망의 키를 높였다. 과욕은 예민한 감상을 쥐나게 했다. 욕구는 무한의 경지를 팽팽히 긴장시켜 경직되었다. 운동선수가 경지에 입문하려면 몸에 힘 빼기 삼년이라고 했다. 예능인이 명작을 탄생시키려면 침잠의 무아로 자신의 껍질에서 벗어나라고 했다.

기종은 과욕으로 부풀은 자아의 이상에 제동이 걸렸다. 몸을 가라앉힌 원점의 바닥에서 다시 시작해야 했다. 조급한 욕심과 자만으로 가득 찬 골(骨)을 비워내야 했다. 면벽을 한다고 될 일이 아니었다. '행운아에게는 좌절의 고비마다 멘토가 등대가 되어 길을 열어준다' 고 했다.

기종에게도 멘토가 있었다. 술이었다. 술잔을 앞에 놓고 혼자만의 길과 답을 찾았다. 술잔을 앞에 한 침묵으로 자신을 재정리했다. 술이 스며든 온기로 스스로의 해결점을 찾았다. 술이 약이었고, 술이 독이었다.

잡히는 게 없었다. 과녁에 꽂히는 게 없었다. 원고지의 여백에 실마리조차 풀어놓지 못했다. 인간의 삶속에서 애(愛)와 증(憎)이 깃든 '님은 먼 곳에' 의 꺼리를 찾지 못했다. 여관방 원고지 앞에 몸을 묶어놓아도 생각은 뿔뿔이 흩어져 황량한 벌판을 헤매고 있었다. 질주하는 말갈기처럼 날이 서 예민하기만 했다. 손끝으로 밀어내는 영혼의 울림이 멈추어져 있었다.

무한할 것 같던 도전에 한계점이 있었을까? 막힘이 없었던 나아감에 발길을 묶는 턱이 있다는 걸 느끼기 시작했다.

'이문동의 동거가 행위의 대가였다면, 원고지 앞에서 나아가지 못함은? ……, 강기종의 한계점이?……, 속이 여물지 않은 채 주관만 뚜렷했던 홀로서기가 여기까지였을까? ……. 지금까지 작가로서의 일탈이, 끓지도 않고 넘쳐 버린 젊음의 만용이었을까?…….'

강기종 윤색 · 각색 · 각본으로 수많은 작품이 영화화되어 각광을 받았다. 4년여 만에 이루어 낸 무한궤도의 겁 없는 질주였다. 성장통이 없는 작가로서의 행진이었다.

'다듬고, 익히고, 뜸들여 숙성시키는 과정을 거쳤더라면 다작이 가능했을까?…….'

충전이 없는 오만은 영혼을 고갈시킨 탕진을 예견하지 못했다. 작가의 영혼이 깃들지 않은, 메시지 없는 타협된 작품으로 한국 영화계를 답보시키는 데 일조했을 뿐이란 말인가……. 자책에 빠져 들었다.

기종은 뒤늦은 성장통을 앓고 있었다. 자리 잡지 못한 설렘을 잠재우지 못 했다. 방전된 찌꺼기를 씻어내고 재충전의 시간을 갖기로 했다. 비우고, 지우고, 털어내고……. '님은 먼 곳에'의 집착도 당분간 접어놓기로 했다.

가방을 싸들고 행선지 없는 여행길에 올랐다. 소여가 있을 것 같은 남쪽은 버리고 동해안을 헤맸다. 눈에 보이는 것들이 눈에 들어오지 않았다. 스치는 것들에 새로움이 없었다.

'나는 어디에 있을까?'

'나는 어디로 가고 있을까?'

'어디에? 어디로? 왜?…….'

나섰으니까 떠났다. 떠났으니까 왔다. 왔으니까 떠난다.

무심한 만큼 주위가 낯설지도 새롭지도 않았다.

가야 할 곳도, 가지 말아야 할 곳도 없었다.

'나그네는 한 곳에 사흘을 머물지 않는다.'

사람에 정들고 땅에 정들면 발길이 무거워진다고 했다.

무심한 시야에 무심한 풍경이 스쳐 오고 스쳐 갔다.

'세상을 살아가면서 세상사가 뜻대로 되지 않는다고 갈등하는 사람은 일어날 수 있어도, 뜻대로 되지 않는다고 좌절하는 사람은 일어날 수 없다' 고 했다.

'나는 어느 쪽에 가까울까?……. 일어날 수 있는 사람일까? 일어날 수 없는 사람일까?…….'

'나는 지금 어디에 있을까?'

'나는 지금 어디로 가고 있을까?'

여정의 흐름 속에서 버리지도 못하고 풀지도 못한 선문답의 화두였다.

10

20여 일만에 충무로로 다시 돌아왔다. 비운 것도 없었고, 채운 것도 없었다. 분위기를 바꿔서 새롭게 시작해 보려고 여관방을 옮겼다.

단출한 옷가지와 소지품을 정리하면서 낯선 방을 눈에 익혔다. 탁자 위에 원고지를 모서리 맞추어 쌓아 놓았다. 볼펜과 연필을 가지런히 줄 세워 놓았다. 손톱과 발톱을 깎고 다듬었다. 재떨이와 휴지통을 비웠다.

작품에 들어가기 전에 습관처럼 되어버린 푸닥거리를 또 한 차례 끝냈다. 옷을 훌—훌 벗어던지고 알몸을 샤워기에 맡겼다. 찌든 몸은 물로 깨끗이 씻을 수 있었지만 시든 마음은 물로 씻을 수 없었다. 천천히 방안을 돌아보면서 심호흡을 했다.

'강기종! 서둘 것 없다. 변한 건 하나도 없어! 지금까지 해 온 대로 나아가는 거야…….'

마음을 차분히 다스렸다. 두 눈을 감고 구도자의 명상에 들어갔다.

'몸은 물로 씻고, 마음은 침묵으로 씻어라!'

'Stop and Think! 멈춰라. 그리고 생각하라!'

두 주먹을 불끈 쥐었다. 자신의 신념에 흔들림 없는 최면을 걸었다.

'그래! 비우고 다시 시작한다. 더 높은 세상을 한 번 날아보는 거야!'

11

'님은 먼 곳에'

' !…… ?…… 왜? …… 어디에 있을까? …… 먼 곳에 있던 님이, 정체성이 없는 님이, 형상으로 쏟아져 그리움의 열정을 터뜨릴 때까지……, 여백을 비우고 기다려주마.'

변화를 바란 기종의 내면이 변하지 않았듯이 충무로도 약속할 만큼 변하지 않는다. 하루 일을 끝낸 사람들이 막간의 소일거리를 찾는다. 야간 촬영 준비를 하는 스텝들이 분주히 오고간다. 바쁜 사람, 한가한 사람, 발길이 무거운 사람, 발길이 가벼운 사람들 틈에 바쁘지도 않고 한가하지도 않은 기종이 섞여들었다.

영화인들의 쉼터와 연락장소로 이용되는 '스타' 다방과 '청맥' 다방을 지나쳤다. 작품 진행과정을 의논하기 위한 H 사장과의 약속이 있었다. 해거름 술시에 만나 습관처럼 밤을 새우는 술친구들을 피해서 '브람스' 다방으로 향했다. 번잡한 스타 · 청맥다방과는 달리, 브람스다방은 중후한 카페식의 로얄 살롱(Royal Salon)이었다. '브람스' 상호만큼이나 품위 있는 중년의 여주인이 손님을 편하게 해 주는 집이기도 했다.

약속시간에 맞추어 '브람스' 앞까지 왔다. 한지초롱의 입간판이 겸손히 손님을 안내하고 있었다. 기종이 출입구 문 앞에 섰을 때, 입구 한쪽에서 서성대던 남자가 기종의 발길을 멈추게 했다.

"잠깐!"

기종이 돌아봤다. 진한 감청색 정장의 차림에서 격식을 갖춘 풍김이 있었다. 다가온 정장은 짧은 순간에 기종의 몸체를 위에서 아래까지 훑어 내렸다. 기종에게는 낯선 사람이었다.

"왜 그러십니까?"

기종이 불편하게 물었다.

"무슨 일로?—."

예의를 갖춘 정장의 눈길이 예민했다.

"뭐요?!"

심사가 꼬인 기종이 발끈했다. 그때, 출입구 문이 열리면서 브람스 여주인이 급히 나왔다. 평소 자주 들르는 기종과 여주인은 친분이 있었다.

"강 감독님, 어서 오세요!"

여주인이 기종을 반갑게 맞으면서 정장과 눈이 마주쳤다.

"실례했습니다. 일 보십시오."

정장이 공손히 사과하고 물러났다.

"저치 뭐요?"

기종이 여주인에게 언짢게 물었다.

"죄송해요. 그럴 일이 있어요."

여주인이 기종의 팔짱을 끼고 홀 안으로 안내했다. 홀 한쪽으로 조명을 받은 피아니스트가 피아노 건반을 다스리고 있었다. 울림의 여운을 줄인 절제된— Tom Jones의 I'll never fall in love again.(다시는 사랑에 빠지지 않을래!)—피아노 연주가 어깃난 기종의 심사를 녹여 내렸다.

홀은 꾸밈이 다른 테이블들이 여유 있게 자리를 잡아 형식을 버린 공간을 연출하고 있었다. 한쪽 한갓진 자리에 중년의 남녀가, 몇 자리 건너에 정장의 두 남자가 홀 분위기에 맞지 않게 손님으로 앉아 있었다. 기종이 들를 때마다 앉았던 구석진 빈자리가 비어 있었다. 피아노 연주곡의 노랫말 '……그리움만 쌓이는 기다림의 세월만 남겼다' 는 이별의 아픔을 절개하듯 홀 중앙을 가로질러 자리를 잡아 앉았다. 때맞춰 H 사장이 들어왔다.

밝은 동안의 H 사장이 오늘 따라 생기까지 넘쳐났다.

"잘 되가—, 강 감독?"

"……."

기종이 긍정의 미소로 답했다.

"굿 뉴스! 장사 끝냈어."

"?……."

기종이 들떠있는 H 사장을 보았다.

"이복 삼형제! 하나 남은 대구 판권 계약도 오늘 중으로 끝내기로 했어. 대구극장 김 사장을 앞질러 경북공사 정 사장이 지금 올라오고 있는 중이야."

"그래요?!"

작가인 기종도 예상 못한 반가운 소식이었다. '이복 삼형제' 도 기종의 작품이었다. '이복 삼형제' 는 H 사장의 첫 작품이 흥행 성공한 후 두 번째 제작되는 영화였다. 기존 영화사에서도 영화제작 중에 판권 계약을 끝내기가 힘든 일이었다. PD(개인영화제작자)가 해냈다면 '이복 삼형제' 의 영화 제작비는 보장받은 셈이었다.

"판권으로 영화제작 끝내고, 서울 · 부산 직배(직영으로 흥행)로 한 번 쇼부(승부) 보고, '이복 삼형제' 다음 '님은 먼 곳에' 로 보따리장사 끝내고 등록된 영화사 만들어 함께 키워 보는 거-. 어때?!"

H 사장이 꿈에 부풀어 기종의 동의를 구했다.

"'님은 먼 곳에' 가 나와 봐야지요."

H 사장과는 달리 기종은 움츠러들었다.

"강기종의 파워(Power)가 어디 가겠어! 걱정 마-. 충무로가 인정하고 흥행사들이 추천하는 0순위 작가에다 기대하는 감독이야!"

기종의 가슴 한 쪽이 기대와 믿음의 강박관념에 짓눌려 왔다. 평소 술을 마시지 못하는 H 사장이 소믈리에(와인 감정사)가 추천하는 와인(1959산. 레오빌 바르통)을 시켜 기종과 건배하고는 대구 판권 계약건으로 서둘러 일어났다.

홀가분히 테이블을 차지한 기종이 격식을 무시한 채 빈 와인잔이 넘치도록 술을 채웠다. 와인을 음미할 줄 몰라 깊은 맛을 알 수 없었지만, 비싼 술이라고 했으니 입이라도 호강하겠다 싶어 맥주 마시듯 한 입에 쏟아 넣었다. 다시 잔을 채웠다. 맛보다는 갈무리된 투명의 숙성된 색깔이 고급스러웠다. 화인더 · 앵글을 만들어 와인잔을 투시해 보았다. 갈래진 생각들이 피어올랐다. 예상치도 못한 '이복 삼형제'의 판권 계약이 조기에 끝났다. 공연 준비 중에 기본 좌석 예매가 끝나고, 예비석의 수익성까지 기대하게 된 셈이었다.

'이복 삼형제'는 처음 시작부터 흥행사들을 염두에 둔 기획 상품이었다. 통속의 잡다성을 모듬한 이야기—부정축재로 낙향한 전직고관, 정도로 살아보려는 장남(사별한 첫째 부인의 아들), 혼외 자식으로 재산을 노리는 반항아 차남, 미모의 젊은 재혼녀와의 사이에 둔 늦둥이 막내 등, 화합이 될 수 없는 이합가족들의 갈등과 음모—는 팔도 흥행사가 아닌 팔십도 흥행사들의 입맛도 맞출 수 있는 삶의 이면이 엮여 있었다.

H 사장은 제작부장을 거치면서 쌓아온 노하우와 인맥이 탄탄했다. 개인 제작자로 출발한 첫 작품이 흥행에 성공했다. 두 번째 작품(이복 삼형제)은 촬영시작과 함께 판권 계약을 끝냈다. 기획중인 세 번째 작품(님은 먼 곳에)의 호응도는 상종가를 웃돌고 있었다. '님은 먼 곳에'가 현재의 진행대로 이어진다면 영화사를 차릴 여력은 충분했다. H 사장과 함께 부풀어야 할 기종이 '님은 먼 곳에'의 중압감으로 홀로 침잠되어 갔다.

H 사장은 충무로에서 자신의 꿈을 이루어가고 있다.

'나는?……, 나의 꿈은?……, 나의 길은?…….'

기종은 길 위에서 길을 묻고 있었다.

'작가?……, 감독?……, 내가 가야 할 길이었을까?…….'

기다림으로 멈춘 길이었다. 제자리걸음하면서 기다리던 길이었다. 바삐 가던 길을 멈추고 영혼이 따라오기를 기다리는 '아메리칸 인디언'이 아니었다.

한 사람과 같이 가려고 기다리던 길이었다. 소여와 함께 가려고 멈춘 길이었다. 나의 길은, 나의 꿈은 충무로가 아니었다. 여자와 아이가 있는 이문동이 아니었다. 소여와 함께 나의 길을 가고 싶었다. 소여와 함께 할 나의 길을 찾고 싶었다.

"강 감독님!"

누군가 기종의 몽유병을 깨웠다. 현실로 돌아온 기종 앞에 브람스 여주인이 서 있었다.

"키스신을 망친 건 아니죠?"

여주인이 웃고 있었다. 기종이 피—식, 여주인의 웃음 속에 자신의 웃음을 섞었다.

여주인이 찬찬히 기종을 보면서—.

"강기종 씨를 만나보고 싶어 하는 분이 계세요."

"누가?……."

기종이 자세를 바로잡고 주위를 살폈다.

"오세요."

여주인이 앞서 안내했다. 기종이 엉거주춤 뒤를 따랐다. 중년의 남녀가 있는 곳으로 갔다. 여주인이 같이 앉아 있은 듯 다과와 칵테일 잔이 있었다. 손님 같지 않게 앉아있던 정장의 한 사람이 일어나 기종의 길을 막았다.

입구에서 마주쳤던 정장의 눈빛처럼 야무졌다. 기종이 주춤걸음을 멈추었다. 정장이 중년에게 시선을 옮겼다. 중년이 고개를 끄덕여 정장을 물러나게 했다. 여주인이 기종과 중년의 만남을 지켜보고 있었다. 중년이 미소를 담은 채 기종을 정면으로 보았다. 기종이 움칠했다.

" ?— !!!—."

중년과 시선을 마주한 기종이 급랭으로 경직되었다.

'김— 김 부장!'

뜻밖의 곳에서 김 부장을 만났다. 부인과 함께 앉아 기종에게 미소를 보내고 있었다. 김 부장이 일어나 기종 앞에 마주섰다.

"서소문에서 만날 사람을 충무로에서 만나게 될 줄은—."

김 부장이 손을 내밀었다. 기종이 엉겁결에 두 손으로 김 부장의 손을 맞잡았다. TV뉴스나 신문지상에서 보았던 사람이 아닌 쌍계사에서 잠깐 스쳤던 김 부장이었다. 그때와 변함없는 미소로 기종을 마주보고 있었다.

"바쁜 시간을 뺏은 것은 아닌지?"

"아— 네— 아닙니다."

표정의 기능을 찾지 못한 기종이 더듬댔다.

"잠깐 자리에 앉으시겠소."

김 부장이 앞자리를 권하면서 먼저 앉았다.

"어떻게 저를……."

기종이 의자 턱에 엉덩이를 걸치면서 김 부장을 어렵게 보았다. 쌍계사에서 잠깐 스친 순간을 기억한다는 것이 믿기지 않았다.

"하룻밤 묵게 해 준 방주인을 어찌 모르겠소. 강기종 씨."

김 부장이 기종의 이름까지 친근하게 불러 주었다. 시선을 둘 곳이 없는 기종이 안절부절했다. 가까이 마주앉기에는 너무도 높은 곳에 있는 사람이었다. 정신이 겉도는 기종을 편하게 해 주려는 듯 김 부장이 옆에 앉은 부인을 인사시키고—부인과 브람스 여주인과는 고교 단짝 친구로 지금까지 친분을 유지해 왔다는 것, 오랜만에 공무를 떠나 사적인 나들이 길에 브람스에 들렀다가 만나게 되었다는 등의 궁금증을 풀어 주면서— 기종과의 재회를 반가워했다.

부인과 브람스 여주인이 두 사람만의 수다를 떨고 싶다고 여주인의 내실로 가면서 김 부장과 기종의 자리를 만들어 주었다. 김 부장과 마주앉은 기종이 어색한 침묵을 만들었다. 김 부장이 먼저 마음을 열어 보였다.

"진로를 바꾼 이유는?"

"……."

"법관이 되어 있을 강기종과 작가 강기종이 동명이인인 줄 알았소."

"……."

"법관과 작가. 직선의 딱딱함에서 곡선의 부드러움을……. 극적인 변신이었어."

김 부장이 흥미롭게 중얼거렸다.

"그렇게 됐습니다."

기종이 씁쓸히 웃었다.

" '님은 먼 곳에' 로 감독 데뷔를 한다는 소식도 들었소."

"그렇게 된 것 같습니다."

기종이 민망해서 두 손바닥으로 얼굴을 문질렀다.

"진로를 바꾼 것에 후회해 본 적은 없었소?"

"처음부터 정해진 길은 없었습니다."

"지금의 선택에 만족하시오?"

'지금의 선택?'

기종은 잠시 생각에 잠겼다.

'……김 부장의 쌍계사 방문…… 서소문에서 국사암으로…… 소여와의…… 김 부장이 쌍계사에 들르지 않았다면…… 소여와의 동행도, 미래도, 충무로의 현재도…… 한 남자와 한 여자의 운명이 된 배경 어느 한 곳에 김 부장이…….'

기종이 스침의 잔영을 지워 버렸다.

"나의 선택이 아니었습니다."

"?……."

"나의 열망은 동행이었고, 사랑이었습니다."

"??……."

김 부장이 난해해졌다.

"죄송합니다. 괜한 소리를 한 것 같습니다."

기종이 멋쩍어 대화의 흐름을 끝내려 했다.

"열망은 동행이었고 사랑이었다? 동행할 사랑의 대상은, 사람? 이념? ……."

김 부장이 흥미를 가지며 기종의 대화를 파고들었다.

"한 사람에게는 모두인 것이, 상대에게는 한 번 지나치는 열병 같은 것…… 그런 사소한 것들입니다."

"그런 사소한 것들의 이야기가 듣고 싶네요."

김 부장이 쉽게 끝내려 하지 않았다.

"이야기꺼리가 되지 못해서, 죄송합니다."

기종이 머리를 숙여 양해를 구했다.

"평소에도 대화를 생략하나요?"

"'말하라! 그러면 내가 너를 알 것이다.' 소크라테스가 한 말입니다. 나의 깊이를 스스로 밝히는 것 같아서."

"'마음의 문을 여는 손잡이는 안쪽에만 달려 있다.' 내가 마음의 문을 열어 가까이 가지 않으면 아무도 나를 알 수 없다고 '레겔'이 한 말이오."

"마음의 문을 열어 구하는 것보다, 혼자만의 공간이 편할 수도 있습니다."

평심으로 돌아온 기종이 김 부장을 바로 보았다.

"격식이 없는 벽이 없는 대화를 한 번 나눠보고 싶었는데-, 내가 너무 성

급했나 봐요."

김 부장이 친근한 미소로 기종을 보았다.

"저의 부족함 때문입니다."

기종이 머리를 숙여 침묵했다. 김 부장이 잠깐의 침묵 속에 기종을 지켜보다가 화제를 바꾸었다.

"부친과의 갈등은 없었소?"

" ?……, 무슨 말씀이신지?"

"법관의 길을 접고 영화판에 뛰어든."

"저의 길입니다."

"그렇게 간단히 정리할 수 있는-."

"혹시……, 저의 아버님을?……."

"오래 전부터……, 강기종 씨보다 먼저."

" ?! ……."

기종이 말문을 닫았다.

'그랬었구나…….'

김 부장은 정보장교로 '바람' 은 미극동사령부 요원으로 6.25 사변 중에 관계를 가질 수도 있었다.

5.16 혁명 후 군사정부의 첫 사업인 '재건축진회' 에 '바람' 이 관여한 적이 있었다.

"내가 존경하는 분이시지. 절에서 스친 이후 뒤늦게 알았소. 그 분의 아드님이란 걸.…… 한 번 만나보고 싶었소."

김 부장이 친근하게 기종을 살피고 있었다. 기종이 자리에서 일어났다.

"못 알아 뵈었습니다. 무례를 용서해 주십시오."

정중히 예를 올렸다.

기종과 김 부장은 두 번째 만남의 해후를 나누면서, 두 사람 사이의 벽을 허물어 갔다.

"앙금이 없는 솔직한 대화를 나누면서 세상의 소리를 듣고 싶소."

김 부장이 민심의 동정을 알고 싶어 했다. 잠깐 망설이던 기종이 김 부장의 동의를 구했다.

"계급장을 떼어 주신다면."

"맞장을 뜨잔 말이지요?"

"격식을 없애 주신다면."

"그렇게 합시다."

김 부장이 스스럼없이 끄덕였다.

"그 전에 먼저 한 가지."

"말해 보세요."

"사람과 사람의 관계에서 빈과 부, 생과 사, 지위의 높고 낮음은 뒤바뀔 수 있어도 나이만큼은 뒤바뀔 수 없습니다."

"그래서"

"말씀 낮추어 주십시오."

"그렇게 해도 되겠소?"

"감사합니다."

"이제 – 맞장 떠도 되겠소?"

"낮추기로 하셨습니다."

"그러지."

김 부장과 기종이 거리감 없이 편하게 웃었다.

"아직도 운동권에 몸담고 있나?"

김 부장이 물었다.

"그건 어떻게?"

"내 전직이 뭔가?"

'그렇지-, 정보부장.'

기종이 피식 웃었다.

"다 지난 일입니다."

"생각이 바뀌었나?"

"전혀, 투쟁의 목적이 달랐습니다."

"목적? 이념에 대한?"

"이념?! 처음부터 이념이란 없었습니다."

"그럼?"

"배운 대로 참된 민주화의 '정의실천' 이었습니다."

"참된 민주화의 '정의실천' 이란?"

"대한민국 헌법 제1조 1항. '대한민국은 민주공화국이다.' 2항 '대한민국의 주권은 국민에게 있고, 모든 권력은 국민으로부터 나온다' 의 실행이었습니다."

"그래서 민주화의 정의가 실천되었나?"

기종이 잠깐 망설이다가 대담해졌다.

"5.16 군사 쿠데타로 물거품이 되었습니다."

기종이 김 부장의 표정을 살폈다.

미소를 잃지 않은 채 생각을 정리하던 김 부장이 신중히 역사를 재현해 나갔다.

"1945년 8월 15일, 일제 강점기에서 해방된 신생 대한민국. 열강의 도움 없이는 홀로 설 수 없는 최빈국의 약소국이었다. 격동기의 혼란과 이념의 대립으로 토막 난 한반도는 1950년 6월 25일, 적화통일을 노리는 김일성 일당의 남침으로 동족살육의 전쟁터가 되었다. 적화통일 직전, 유엔군의 참전으로 전세를 만회한 연합군이 두만강까지 북진했으나 중공군의 인해전술로 후퇴할 수밖에 없었다. 38선을 사이에 두고 일진일퇴를 거듭하던 중, 1953년 7월 27일 휴전협정으로 한반도의 포성은 멈췄다. 산천은 피로 물들었고, 국토는 신이 버린 폐허의 땅이 되었다. 우방의 도움으로 민족의 명맥은 이어졌으나 정치는 실종되었고 삶은 꿈을 잃었다. 살아남은 헐벗고 굶주린 생명은 내일이 없는 오늘만 있을 뿐이었다. 그렇게 갈망하던 안정된 조국의 민주화는 어디로 갔을까? 끝이 날 것 같지 않은 분열과 혼란이 계속되던 1960년 3월 15일, 민주의 제단에 젊음의 피를 바친 마산학생 의거로 시작된 민주화 투쟁이 4.19를 정점으로 정권이 바뀌었다. 수많은 젊음의 목숨을 담보로 한 새 정권은 열망했던 국민의 기대와는 달리 패거리 정치로 나아갈 길을 찾지 못하고 파국의 정국을 만들어갔다. 휴전협정으로 전쟁이 끝난 게 아니었다. 호시탐탐 기회를 노리고 있던 김일성 일당에게는 남쪽의 혼란이 못다 이룬 적화통일의 기회였다. 남조선을 접수할 전쟁준비를 끝내고 기다리고 있던 그들에게 또 한 번의 기회가 온 것이었다. (진지하게 기종을 보면서) 적화 통일된 대한민국을 생각해 본 적이 있는가?"

"……."

기종이 마른침을 삼켰다.

"5.16이 왜 일어났을까? 왜 군사혁명이 일어났을까? 나라를 지켜야 할 군인들이 왜 금기시해 온 정치에 관여하게 되었을까?……."

김 부장이 솟구치는 의분을 또 한 번의 침묵으로 가라앉히고 다음을 정리해 나갔다.

"국론이 분열된 대한민국은 침몰하고 있었다. 김일성의 계획대로 이념의 무리들이 적화통일의 본색을 드러내기 시작했다. 혼란을 막고 적화통일을 예방하는 길이 나라를 지키는 길이었다. 나라의 안위보다는 당동벌이(黨同伐異 : 옳고 그름을 떠나서 뜻이 맞는 사람끼리 한패가 되어 뜻이 다른 상대를 배격함)만 일삼는 정치인들에게 나라를 맡길 수 없었다. 나라를 지켜야 할 군인들이 나라를 지키기 위해 나설 수밖에 없었다. 정치꾼들은 5.16을 '정치에 관심을 가진 일부 군인들의 쿠데타' 라고 했다. 지켜야 할 나라가 있어야 군인이 존재한다. 지켜야 할 나라가 없는데 군인들이 존재하겠는가! 나라를 지키는 것이 군인들의 임무라면, 지킬 나라를 구하는 것도 군인들의 임무다. 구국의 일념으로 군인들이 나서지 않으면 누가 나서겠는가? ……."

김 부장이 애써 감정을 억제하며 술잔을 비웠다. 기종이 조심스럽게 빈 잔을 채웠다. 기종의 자리에서 가져온 와인병도 바닥이 났다.

김 부장이 멈추었던 대화를 이어나갔다.

"우리는 왜―, 우리 민족은 왜 오랜 역사를 이어오면서 약소국의 핍박에서 벗어나지 못했을까? 우리는 왜 업보처럼 대물림되어 온 가난의 굴레에서 벗어날 방법을, 벗어날 길을 찾지 못했을까? ……(간절하게 기종을 보면서) 생각해 본 적이 있는가?"

"……."

기종의 시선이 흔들렸다.

김 부장이 다시 대화를 이어나갔다.

"새마을운동과 경제 살리기 5개년 계획으로 국가기반을 다져나가자, 이합(離合)을 밥 먹듯 하던 구태의연한 정치인들이 군사정권에 맞서기 위해 한 무리가 되었다. '장기집권을 노리는 군사독재' 라고 하면서 운동권 학생들을 앞세워 군사독재 정권 타도에 나섰다. 그들은 '장기집권을 노리는 군사독재로 민주화의 꿈은 멀어졌다' 고 했다. 민주란, 부의 편중을 복지정책으로 나누고, 불평등을 심화시키는 지배적인 권위와 특권층의 우월감을 상생의 존엄으로 평등화시켜 국민 모두가 나라의 주인이 되는 것을 '민주' 라 한다. 민주화란, 지도자는 국민의 마음을 읽고, 국민은 지도자를 신뢰하면서 뜻을 같이해 민주의 길로 나아가는 것이다. 민주화의 첫걸음은, 우선 나라의 기본인 경제를 살리고 안정된 터전을 만들어야 한다. 그러려면 체제를 바꾸는 개혁이 있어야 했다. 개혁을 성공시키려면 순차적인 과정의 인내가 지속되어야 한다. 우리는 진정한 개혁 없이 민주화만 열망하고 있었다. 인간은 작은 노력으로 큰 결과를, 짧은 시간의 인내로 많은 욕구의 충족을 기대한다. 그래서 '개혁은 혁명보다 어렵다' 고 한다. 한 치 앞을 예측할 수 없는 국가 존망의 기로에서 대한민국을 살리는 길은 타협이 생략된 오직 한 길 '혁명' 밖에 없었다. 적화의 야욕에서 벗어나 아무도 넘보지 못할 세계 속에 우뚝 선 자주의 대한민국을 만드는 길! 세습으로 물려받은 유산인 가난을 떨쳐 버리고 세계 열강과 어깨를 나란히 하는 길! 아침의 온전함을 잠자리까지 이어지길 기원하는 민초들의 작은 소망을 성취하는 길! 지금까지의 속박과 가난을 우리의 후손에게는 대물림하지 않고, 한민족의 우월을 증명하고 영광의 대한민국을 만드는 오직 한 길! 죽음을 각오한 '혁명' 밖에 없었다."

비장해진 김 부장이 잠시 대화의 호흡을 끊었다.

기종은 김 부장의 시선을 외면하고 있었다. '객관은 메마르고 주관만 넘쳐난다' 고 해도, 김 부장의 엄숙한 행위의 논리 앞에 딴죽을 걸 이론을 찾지 못했다. 감정을 가라앉힌 김 부장이 대화를 다시 이어나갔다.

"혁명의 길에는 일관된 통제와 구속력이 강요된다. 우리 국민은 나라의 위기와 끝없는 가난을 벗어나기 위해 구국의 혁명에 동참해서 오늘에 이르렀다. 내일을 향한 혁명의 힘찬 행진은 계속되어야 한다. 대한민국의 영광된 미래를 위해 나와 너 우리 모두는 혁명의 구호를 잊어서는 안 된다."

김 부장은 결의에 가득 찬 구호를 다짐해 나가면서, 숭고했던 혁명의 초심을 다짐하듯 자신을 향한 혁명공약의 마무리를 했다.

"나는 앞으로도 혁명의 구호 속에 일어나고 혁명의 구호 속에 잠들 것이다."

김 부장이 혁명공약의 마침표를 찍으려 하자, 기종이 대화를 연장시켰다.

"혁명공약 여섯 번째, '이와 같은 우리의 과업이 성취되면 참신하고도 양심적인 정치인들에게 정권을 이양하고 본연의 임무인 국토방위에 복귀하겠다' 는 국민과의 약속을 저버렸습니다."

기종은, 돈키호테의 순수한 저돌성으로 군사정권의 아킬레스건을 건드렸다.

"……"

김 부장이 혁명공약 '여섯 번째' 의 한계점을 정리하고 있었다.

"5.16 혁명은 아직 끝나지 않았어. 긍정의 다수는 침묵하고, 재야의 정치권은 목소리 높여 군사정권 타도의 판을 키우고……, 집권이 연장될수록 혁명의 본질은 투명성을 잃어가고……, 할 일은 많고 갈 길은 먼데……, 그것이 문제야."

김 부장이 씁쓸히 기종을 보았다. 기종의 논리가 강해졌다.

"구국의 일념으로 일으킨 군사혁명이라고 했습니다. 혁명의 순수성을 증명하는 길은, 혁명구호 '여섯 번째' 의 실행입니다. 집권 연장의 당위성을 안정된 경제성장과 혁명과업의 목표치에 둔다면 장기집권을 합리화시키는 계산된 독재정권의 본색입니다. '내가 아니면 안 된다.' '미래의 조국을 위해!' 3선 개헌을 관철시킨 현 정권의 독선입니다. 5.16 혁명의 진행은 어디까지입니까?"

기종이 김 부장의 답을 구했다.

"……그것이 문제야! 자네의 의견을 듣고 싶네."

김 부장은 의외로 담담하게 기종의 의견을 물었다.

"초심은 변심이다. 변하지 않는 마음은 없다고 했습니다. '목적은 수단을 정당화시킨다.' 사회주의 창시자 레닌의 볼셰비키 혁명론입니다. '조국의 통일과 외부세력으로부터 자유로워질 수 있는 길은 한 사람의 선진적 군주에 의해서만 수행될 수 있는 사업이다.' 전체주의인 나치즘과 파시즘을 파생시킨 '마키아벨리' 의 군주론입니다. 레닌의 혁명론과 마키아벨리의 군주론, 현 정권의 장기 집권론이 서로 통하고 있다고 생각하지 않으십니까?"

기종이 김 부장의 의견을 물었다. 김 부장이 쓴 입맛을 다셨다.

기종은 진지해졌다.

"급진주의자는 혁명이 아닌 절차에서 해답을 찾아야 하고, 보수주의자는 기득권의 유지가 아닌 개선에서 희망을 찾아야 한다. 마키아벨리는 급진과 보수의 합의점을 찾기도 했습니다."

기종의 논리가 정점을 향해갔다.

"방종된 자유는 질서를 파괴하고 강요된 질서는 자유를 속박한다. 자유와 질서가 균형을 이룰 때, 질서가 있는 곳에 자유가 있고, 자유가 있는 곳에 질서가 있다. 그것이 참된 민주주의 '법의 정신' 입니다. 혁명은 법의 질서를 파괴했습니다. 보장된 자유를 속박했습니다. 국민과 약속된 한시적인 통제의 대가로 이루어진 성장입니다. 더 이상 내일을 위한 목적으로 '법의 정신' 을 망각해서는 안 됩니다. 늦었지만, 지금이라도 5.16 혁명의 초심으로 돌아가 민주와 자유가 보장된 '법의 정신' 을 살려야 합니다."

기종이 대화를 끝냈다. 김 부장이 침묵으로 객관의 교차점을 찾고 있었다.

"……과거는 변질되고, 현실은 난해하고, 미래는 불투명한데……."

침묵 끝에 밀어낸 김 부장의 독백이었다.

5.16 혁명의 주역으로 지도자의 3선 개헌*을 반대했던 김 부장이었다.

혁명의 시작과 함께 마침표를 찾지 못한 김 부장의 고뇌는 깊어갔다.

김 부장과 기종은 결론을 낼 수 없는 많은 이야기를 주고받았다. 역사가 밝혀 줄 많은 이야기들이 오고 갔다. 김 부장과 기종이 격식 없는 격론 속에 서로의 신뢰성을 가지게 되었다.

정장의 경호원이 김 부장에게로 다가왔다. 김 부장이 시계를 보고는 알았다는 듯 수신호를 보냈다. 김 부장이 아쉽게 기종을 보았다.

"오랜만에 들어본 솔직한 쓴소리, 죽비소리로 새겨 듣겠네."

"깊이가 없는 말로 큰 뜻을 어지럽힌 것 같습니다."

" '노자' 의 도덕경 81장에 '깊이가 있는 말은 아름답지 않고, 아름다운 말에는 신의가 없다' 고 했어. 아름답지도 않고 편하지도 않은 말로 많이 아팠네. 에둘림 없는 직사포에 숨을 곳이 없었어."

"죄송합니다. 선견이 없는 하룻강아지의 나댐을 용서해 주십시오."

기종이 뒤늦게 자신의 당돌한 교만을 자책했다.

"무슨 소리! 듣기 좋은 소리만 들어온 내 귀를 많이 열리게 해 줬네."

기종이 머리를 숙였다. 김 부장이 끝냄의 자리에 남은 미련으로 일어나지 못하고 화제를 바꾸었다.

"부친께서 실망이 크시겠어."

*1969년 3선 개헌으로 박정희 정권은 1971년 4월 27일 7대 대선에서 대통령에 당선되었다. 1972년 11월 21일 국민투표로 유신체제를 편법화했고, 1972년 12월 6일 유신을 위한 국가비상사태를 선포하면서, 12월 27일 비상계엄령과 함께 국가긴급비상조치 포고령을 잇달아 발표하면서 정권을 장악해 나갔다.

"?……"

"자네에 대한 부친의 바람이 지금의 길이 아닌 것 같아서."

"저의 길은 제가 가는 길입니다."

"부친의 큰 뜻이 담긴 길이기도 하지."

"뜻과 길은 함께하면서 만들어지는 걸로 알고 있습니다."

"?……"

"유년기의 자식은 세상 속의 아버지가 아닌 가족 속의 아버지를 새기면서 성장합니다."

"……"

김 부장이 묵묵히 고개를 끄덕였다.

"당신과 함께한 길이 없었기에 당신의 큰 뜻이 담긴 길을 알지 못합니다."

"……해방, 6.25 사변, 이어지는 정국의 혼란……, 가족에 소홀할 수밖에 없는 격동기였어."

"어린 자식은 부모에게 소홀할 수 있어도 부모는 어린 자식에게 소홀할 수 없습니다. 말씀하신 격동기에는 더욱."

김 부장이 시계를 보고는—.

"다시 한 번 맞장을 뜨고 싶은데, 오늘은 이만."

"죄송합니다."

기종이 피식 웃었다. 김 부장이 기종에게 막연한 애착을 느꼈다.

"결혼은?"

"!……"

기종이 난처해졌다. '결혼?' 아직까지 현실적으로 '결혼'이란 단어에 깊은 의미를 생각해 본 적이 없었다.

"아직……."

기종이 말끝을 감추면서 김 부장의 시선을 피했다.

'결혼?……, 이문동의 여자와 아이?……, 결혼…….'

애매했다. 애매한 자신의 애매함에 당혹해 하고 있었다.

"결혼을 하고, 애를 낳고, 부모는 자식을 자신의 꿈나무로 키우지. (기종을 투시하며) 자네 지금의 성취에 만족하고 있나?"

" ?……."

기종이 김 부장의 의미를 찾았다.

"정치를 해 볼 생각은 없었나?"

"저는 그렇게 두껍지 못합니다."

"두껍다?"

"뻔뻔하질 못하다는 뜻이겠지요."

"그래서 자네 같은 사람이 필요해. 어떤가?"

"생각해 본 적이 없습니다."

"나와 함께 나라를 위해 헌신해 볼 생각은?"

"그런 일은 없을 겁니다."

"부친께서 나를 '김 동지' 라고 불렀어. 나도 자네를 '강 동지' 라고 부르고 싶네. 부친께서도 반기실 거야."

"죄송합니다. '렘브란트'*의 '돌아온 탕아' 가 되지 못해서."

"렘브란트에게 내가 부탁하겠네. '돌아온 현자' 로 그려 달라고."

김 부장이 기종의 말뜻을 해학으로 주고받으면서 격의 없이 웃었다.

"자— 그럼."

*렘브란트(Rembrandt, 1606~1669) : 바로크 거장으로 1665년 성서에 나오는 이야기를 바탕으로 그린 그림 '돌아온 탕아' — 탕아로 돌아온 자식을 용서해 주는 아버지를 그린 그림.

김 부장이 일어났다. 기종이 같이 일어났다.

김 부장이 기종에게 손을 내밀어 악수하면서—.

"한 가지 제안하겠네."

"말씀하십시오."

"우리 만나서 맞장 뜨는 거 유효기간 없는 거겠지?"

"원하신다면."

"다음의 만남을 기대하겠네."

김 부장이 돌아서 출입구를 향했다.

3선 개헌과 유신정권의 회오리 속을 헤쳐 나가야 할 김 부장의 뒷모습이 무거워 보였다. 기종이 그런 김 부장의 뒷모습을 배웅하고 있었다.

그는, 태양도 아니었고, 태양의 빛을 받아 되새김하는 달도 아니었다. 홀로이 빛이 되는 반딧불이 같은 사람이었다.

그는, 앉아있는 사람을 서게 하고, 서 있는 사람을 주저앉힐 수 있는 내공을 간직한 사람이었다.

그는, 자신을 낮춘 만큼 높게 보이는 사람이었다.

기종은 김 부장과 함께라면 어떠한 역경도 헤쳐 나갈 수 있을 것 같았다.

'믿거나 말거나!'

※ 읽는 이에 따라서 사족(蛇足)이 될 수도 있는 '김 부장과 기종' 의 대화는, 대한민국의 현대사를 관통하는 역사성과 기종(작가)의 생애에 가장 사심 없고 솔직한 토론의 장이었기에 많은 지면을 할애하였음.

12

"한숨소리에 땅 꺼지겟다—. 힘내라, 자슥아! 회사가 오데 그거 하나 뿌이가, 쌔고 쌘 게 회사다."

"내 오라꼬 문 열어 놓고 기다리는 회사가 오데 있노! 당장 지집·새끼 주딩이 매달기 생깄는데— 우짜라꼬?!"

"자슥아— 사람 나고 돈 났지. 돈 나고 사람 났나! 사나 새끼가 빌빌 싸기는."

"안 싸모 우짜낀데?! 하기사, 내가 낼로 봐도 넘사시럽다. 좇차고 나온 놈이 딸린 지 식구 하나 못 챙기고."

"자슥아, 쓰리고에 피박, 광박 팍 쓰뻬리고 피똥 싸고 나자빠졌다가도 삼팔광땡 한 방이모 다 끝내뻰다. 새 직장 구할 때까지 나도 우째 좀 해 보께."

청량리 588번지 창녀촌 골목 포장마차.

기종의 옆자리에, 실직한 자와 그의 친구가 억센 경상도 사투리를 쏟아내며 가라앉은 심사를 술로 달래고 있다. 큰길에서 야간통금(통행금지, 밤12시~4시)을 단속하는 방범대원들의 호루라기 소리가 들려온다.

기종이 빈병을 들어 보이며 술 한 병을 다시 시켰다. 단숨에 술을 비운 빈 잔에 침체된 무기력이 끈적이고 있다. 술을 채워 다시 비운다.

충무로 여관방으로 이문동에서 급한 전화가 왔다. 여자가 아프다고 해서 애를 봐주려고 와 있는 여자의 고모였다. 애 엄마의 몸 상태가 안 좋아 큰 병원에 가 봐야 될 것 같다고 했다.

출산 전부터 몸에 붓기가 있어 동네 병원에 다녔었다. 근래에는 가끔씩 숨이 차올라 힘들어 하는 걸, 애를 낳고 나면 그러려니 하고 예사로 흘려 넘겼다.

기종이 급히 이문동으로 갔다. 여자의 고모가 집 앞까지 나와 기다리고 있었다. 여자의 고모도 고질병인 천식을 앓고 있는 힘든 몸으로 애를 안고 있었다.

호흡장애로 실신한 여자를 구급차가 와서 실어갔다고 했다. 기종이 여자가 실려 간 청량리 '성 바오로' 병원으로 갔다. 여자는 응급실에서 중환자실로 옮겨져 있었다. 환자 면회시간이 끝난 뒤라 당직 의사를 만났다. 임신중독으로 오는 합병증으로 양쪽 폐에 물이 차올라 산소 호흡기에 의존하고 있다고 했다. 최선의 처방은 우선 폐 속의 수종을 가라앉히는 방법밖에 없다고 하면서, 환자를 이 지경까지 방치한 가족을 나무라는 듯 기종을 한 번 훑고는 중환자실의 문안으로 사라졌다.

얼이 빠진 기종이 통로 한쪽 의자로 가 앉았다. 중환자실 입구가 멀고도 가까이에 있었다. 그 곳에 여자가 의식을 잃은 채 누워있다. 오늘 밤을 잘 넘겨야 한다고 했다. 어디 알릴 곳도 없이 멍청히 기다리는 수밖에 없었다. 개성에서 피난 내려온 여자의 집안이었다. 아버지와 2남 3녀의 가족 중 둘째 딸이라고 했다. 피난처에서 막내를 낳고는 세상을 떠난 어머니를, 여자는 못 잊어 했다.

'그러고 보니…… 여자도 애를 낳고…….'

불길한 생각을 지우려고 기종은 머리를 세차게 흔들었다.

자정이 가까워 왔다. 아침 면회시간이 되어야 여자를 볼 수 있었다.

중환자실 문이 열릴 때마다 신경이 곤두섰다. 여자가 잘못 되어 간호사가 보호자를 찾는 것 같았다. 기종은 의자에 등을 기대어 두 눈을 감았다. 눈

대신 두 귀가 중환자실 문소리를 지키고 있었다.

'만약에, ……만약에, 여자가 이대로 깨어나지 못한다면, 애는? ……, 애는, 누가 키우나?……'

상상조차 해 본 적이 없는 일이었지만, 현실이 될 수도 있는 일이었다.

기종은 깊은 늪에 빠져들었다.

여자를 만나고 애를 낳았다. 마려우면 싸는 것과 같이 배부르면 낳아서 키우는 거라고 생각했다. 아니, 생각해 본 적도 없었다.

기종은 빌고 싶었다. 매달리고 싶었다. 여자가 건강하게 제 자리를 찾아준다면, 지금까지 소홀했던 잘못보다 몇 배 더해 여자와 아이를 보살피겠다고—. 비겁함을 무릅쓰고 두 손 모아 빌고 싶었다.

죗값을 받는 긴 밤이 될 것 같았다. 의자에서 일어나 정적이 짓누르고 있는 병원 통로를 빠져 나갔다. 병원 옆 골목으로 집촌을 이룬 홍등가가 맞닿아 있었고, 다음으로 청량리역이 있는 곳이었다. 주위를 둘러보았다. 어두운 골목길 간간이 그림자처럼 여자들이 벽에 붙어 서성이고 있었다. 통금과는 무관한 듯 골목길 한쪽으로 포장마차 불빛이 보였다. 포장마차의 흡인력에 끌린 기종이 다가갔다.

두 병째의 소주를 비운 기종이 다시 한 병을 시켰다. 소주병을 늘리는 동안 옆자리의 실직자와 친구가 푸념을 쏟아놓다가 떠났다. 건너편 자리에서 말끝마다 '씨팔' '좆까' 를 팝콘처럼 튀겨내던 588여자도 빈 소주병을 굴린 채 좌판 위에 머리를 박고 성난 해골을 식히고 있었다.

새벽거리의 소음이 어둠을 걷어내기 시작했다. 졸고 있던 포장마차 주인이 눈을 비비고는 고단했던 하룻밤의 장사를 끌낼 준비를 하느라고 꿈지럭거린다. 기종이 남은 술을 마저 비우고 일어났다.

— 좇 차고 나온 놈이 딸린 지 식구 하나 못 챙기고…….

실직자가 자책하던 한숨소리가 그가 앉았던 자리에서 맴돌고 있었다.

여자의 담당 의사를 만났다. '아직도 안심하기에는 이르지만, 위험한 고비는 넘겼다' 고 다행스러워 했다. 중환자실 면회시간에 병상의 여자를 볼 수 있었다. 산소 호흡기에 의존하고 있긴 했지만 생(生)의 화색이 돌았다. 기종을 알아보았는지 희미한 미소를 지었다. 기종은 가해자의 심정으로 여자를 지켜 볼 수밖에 없었다.

살아 있는 여자의 실체에 감사했다. 여자와 함께하지 못한 것에, 소홀했던 것에, 무책임했던 것에 미안했다. 여자에게 사랑을 주지 못하는 자신이 안타까웠다.

소여를 떠올렸다.

'소여라면……, 소여였다면 이 지경까지 내버려 두었을까?…….'

인간은 '비교함으로써 불행을 만드는 속물' 이라고 했지만, 여자에게 미안했다. 무책임의 대가를 면책 받게 해 줄 기회를 준 것에 감사했다.

여자가 살아났다. 생(生)과 사(死)의 갈림길에서 여자의 존재가치를 알게 되었다. 이문동으로 달려갔다. 여자의 고모에게 여자의 무사함을 알렸다. 외고모 할머니의 품에 안겨 있던 애를 받아 안았다. 애비의 비정을 모르는 핏줄이 기종의 품속으로 파고들었다.

뜨거움이 북받쳐 올랐다. 눈물이 돌았다. 품속의 체온이 혈육의 뜨거움으로 기종의 몸속으로 녹아들었다.

여자가 없는 단칸방은 썰렁했다. 여자가 애를 지키고 있었기에 이따금씩 들렀던 곳이었다. 주인이 없는 허전한 방을 둘러보았다.

'주인? 이 방의 주인? 그럼 나는?……. 여자와 애는 누구란 말인가?'

안고 있던 애를 보았다. 애가 기종의 품에서 해맑게 꼼지락거리고 있었다. 애의 출산일을 생각해 보니 9개월에 접어들었다. 그 때 출산 병원도 '성 바오로' 병원이었다. 출산 전 산모의 몸 상태가 안 좋아 동네 산부인과가 아닌 큰 병원으로 택했던 것 같다. 만남과 지남의 모든 것이 선명하질 못했다. 소홀했다.

애가 손가락을 빨면서 칭얼대기 시작했다. 여자의 고모가 서둘러 일어나 분유를 탔다. 분유깡통이 거의 바닥나 있었다. 여자의 고모가 분유통을 가렸다. 미안해야 할 사람은 애 아비인데 여자의 고모가 눈치를 보고 있었다. 분유를 먹이기 위해 여자의 고모가 애를 받아 안았다.

기종이 분유를 사기 위해 일어났다. 간이 부엌이 있는 출입구로 나왔다. 구석에 있는 쌀독을 열어보았다. 쌀독도 바닥이 보였다. 한쪽 문이 어긋나 있는 찬장을 열어보았다. 눈에 닿는 것들이 빈곤이었다. 관심 없이 그냥 지나쳐 왔던 것들이었다. 기종은 눈을 감고 심호흡을 쏟아냈다.

— 좆 차고 나온 놈이 딸린 지 식구 하나 못 챙기고……, 넘사시럽다.

실직자의 자책이 아닌 비웃음이 기종을 향해 너물댔다. 자신의 무책임했던 행위를 형벌하고 싶었다.

골목 밖 약방으로 가 분유를 찾았다. 약사가 애에게 먹이는 분유의 종류를 물었다. 알 바 없는 기종은 골목 끝집에서 왔다고 했다. 애 엄마와 애를 알고 있던 약사가 '서울분유'를 내놓았다. (1970년도에는 '서울우유'와 '남양유업'에서 나오는 두 종류의 분유가 약방에서 시판되고 있었다. 서울분유 380원, 남양분유 420원)

외상으로 갖다 먹인 분유값까지 지불하고 나니 여윳돈이 없었다. H 사장 사무실로 전화를 걸었다. H 사장은 지방출장 중이었다. 쌀도 사야 하고, 교통비도 있어야 했다. 충무로가 아닌 낯선 이문동에서는 융통할 곳이 없었다. 생각 끝에 전당포로 갔다. 돈이 될 만한 것은 '투가레스' 사각 손목시계뿐이었다. 시계를 저당 잡힌 돈을 여자의 고모에게 내놓고 여자가 있는 병원으로 갔다.

중환자실에서 이틀을 보낸 여자는 병세가 호전되어 일반병실로 옮기게 되었다. 입원수속을 밟기 위해 원무과로 갔다.

환자의 입원서류를 작성했다. 보호자란에 기종의 신상을 적었다. 환자와의 '관계'를 기록해야 했다. 관계?—기종은 잠시 생각했다. 여자와의 관계?— 보호자로서 여자와의 관계는? ……, 친구도 친척도 아니었다. 부부……, 여자는 '부인', 남자는 '남편' 이었다. 한 번도 사용해 본 적이 없는 '남편' 이란 생소한 단어를 채워 넣었다. 응급실과 중환자실 치료비 결산서가 나왔다. 입원 예치금도 있어야 했다.

기종은 당황했다. 수중에 가진 것이라곤 교통비 정도였다. 저축해 놓은 것도, 맡겨 놓은 것도, 받을 것도 없었다. 가벼운 주머니와 몸뚱이 하나뿐이었다. 치료비, 입원비……. 난감했다.

'집에 연락해서? 바람에게?…….'

이대로 주저앉아도 그럴 수는 없었다. 궤도이탈 된 자신의 모습을 까발리고 도움을 청할 수는 없었다.

충무로로 갔다. 어떻게 해 볼 곳은 충무로 밖에 없었다. H 사장은 아직도 출장 중이었다. 출장지로 연락해서 결재를 좀 받았다. 계약금 외 가불해 간 것이 많아서 병원비로는 미흡했다.

갑자기 닥친 일에 대처할 방법이 없었다. 소속된 곳이 없었기에 기댈 곳이 없었다. '님은 먼 곳에' 의 작품관계로, 계약금을 받은 작품도 뒤로 미루어 놓은 상태였다. 예상치 못한 돌발사고에 의논할 곳도 의지할 곳도 없는 충무로였다. 모든 관계가 서로의 필요에 따라 오고간 거래뿐이었다. 제작자와의 관계도 작품으로 맺어진 계약직에 불과했다.

궁리 끝에 대구 건달 출신인 L 감독을 만났다. 첫 작품의 흥행 부진으로 빛을 못보고 있던 중에 기종의 작품으로 재기한 감독이었다.

기종의 급한 사정을 듣고 청맥다방으로 나왔다. 영화인들에게 어음할인이나 이자 돈을 빌려주는 환전상들이 진을 치고 있는 곳이었다. L 감독이 보증을 서고 급전을 빌렸다. 병원비의 급한 불을 껐다.

기종은 충무로 작업을 미뤄둔 채 병원과 이문동에 매달렸다. 기종의 낯을 익힌 딸애는 눈을 맞추면서 품속의 자리를 넓혀 갔다. 멀리서 맴돌기만 했던 남자의 온기에 여자는 하루가 다르게 건강을 회복하고 있었다. 기종은 병원과 이문동을 오가면서 실전의 삶을 몸과 마음으로 배우고 있었다.

생활을 초월한 인간은 존재할 수 없다. 기본적인 의 · 식 · 주를 해결하지 않고서는 나아갈 수 없다. 인간완성(예술 · 종교 · 사업 등)을 위해서 모든 것에서 벗어나야 한다는 통설은 원초적인 기만이었다.

순수한 자연인도, 숭고한 종교인도 최소한의 생산적인 동력이 있어야만 의지적인 청빈의 길을 개척해 나갈 수가 있다. 영원한 자연인 '헨리 데이빗 소로우' 도 월든 호수의 오두막을 유지해야 했고, 무소유 '법정' 스님도 입에 보시하고 승용차에 기름을 넣어야 했다.

탐욕적인 삶이 아닌 주관적인 삶을 살아가기 위해서 불편하지 않을 만큼의 경제는 있어야 한다. 현실을 외면할 수 있는 진정한 자유인은 없다. 돈이 천국의 열쇠가 될 수 없다고 해도 생명의 존엄을 위해 필요했다. 공자도 '부자가 될 수 있다면 말채찍이라도 잡겠다' 고 했다. 보편적인 가치를 '진리' 라고 한다면, 기종은 '삶의 진리' 를 배우기 시작했다.

건강을 되찾은 여자가 2주 만에 퇴원하게 되었다. 담당의사에게 감사의 인사를 드렸다. 의사는 만족해 하면서 기종에게 기쁜 소식(?)을 알렸다.

"태아가 무사해서 더 더욱 다행입니다."

" ?……."

기종이 의사를 생뚱맞게 보았다.

"잘못 되었으면 환자가 큰 고생을 할 뻔 했습니다."

" ?……, 무슨?……."

기종이 알 수 없는 의사의 말뜻을 물었다. 의사가 여자를 보고 물었다.

"알리지 않으셨어요?"

"……."

여자가 민망해 의사의 시선을 외면했다. 의사가 기종을 보았다.

"임신 3개월입니다. 걱정했는데 태아도 건강합니다."

" ?! ……."

의사의 알림에 기종이 아득해졌다. 의사가 기종에게 당부했다.

"임신 중독증세가 있는 산모는 출산전후로 보호자께서 많은 신경을 써 주셔야 합니다."

기종이 두 눈을 감아 세상을 닫아 버렸다.

'오 마이 갓!'

13

여자의 두 번째 임신은 버리지 못한 한 가닥 미련에 쐐기를 박았다. 탈출할 수 없는 종신형 확정 선고였다.

운명으로 받아들이기로 했다. 부정할 수 없는 현실에 순응하기로 했다. 반성하고 뉘우쳤다. 저장된 약속을 지워 버렸다. 동행의 미래를 삭제했다. 멍에의 사슬을 조여 주어진 길을 가야만 했다. 몇 개월이 지나면 원했던 원하지 않았던 또 한 명의 생명이 보태진다. 기종이 책임져야 할 식구였다. 가족의 생계를 책임지려면 안정된 직장이 필요했다.

충무로는 아니었다. 야망의 설계도는 있어도 생활의 설계도는 없었다. 여자에게 집안을 맡기고 계획된 자신의 길을 갈 수도 없었다. 내조로 생활을 개척할 능력도 없었지만, 기종 자신도 원치 않았다. 이성의 판단은 분명했으나 욕망의 갈등은 대책 없는 꿈의 정점에서 노닐고 있었다.

지우고 삭제한 체념의 응어리가 휴지통에서 음모를 키웠을까. 기종은 혼란의 무기력에서 아이콘을 잃어버렸다. '뫼비우스의 띠'* 위에서—여자와 소여가, 소여와 여자가 한 몸에서 두 생명으로 맴돌고 맴돌고 맴돌아— 벗어날 수 없었다.

좌절하고 싶었다. 무릎 꿇고 싶었다. 소여와 함께한 시간으로 되돌아가고 싶었다. 기다림의 골짜기를 메우고 평지 위를 바람처럼 달리고 싶었다.

원고지의 여백은 황무지로 변해 갔다. '님은 먼 곳에' 서 가물거리고 있었다. 거장으로 탈바꿈할 감독데뷔의 부푼 꿈도 시들어갔다. '뫼비우스의 띠' 위에서 기종의 방황은 멈춤 없이 이어져 갔다. 멀어져 가는 꿈을 술로 달래

*아우구스트 페르디난트 뫼비우스(1790~1868) : '뫼비우스 띠' 의 원리를 창안한 독일 수학자. 직사각형의 띠를 180°로 꼬아서 연결한 후,
1) 띠의 한쪽 면을 따라 선을 그어 가면 띠의 앞면과 뒷면을 한 바퀴 돌아 출발점으로 되돌아온다. (평면 그대로 연결한 띠는 앞면이나 뒷면인 한쪽으로만 되돌아온다.)
2) 띠를 양분해 잘라 놓으면 연결된 하나의 큰 원으로 만들어진다. (평면으로 연결된 띠는 두 개의 원으로 된 띠로 분리된다.)
※ '뫼비우스 띠' 는 1) 출발점에서 나아가도 다시 원점으로 되돌아온다.
2) 두 개의 띠로 양분해도 분리되지 않는다.

고, 채울 수 없는 욕망을 술로 채웠다. 사람이 술을 먹고, 술이 술을 먹고, 술이 사람을 먹었다.

무디어진 이성이 자아를 통제하지 못하던 어느 날-.

여자가 애를 업고 기종을 찾아왔다. 술에 절어 흔들리는 기종의 모습에 여자는 실망했다. 우선 피해 보려는 기종을 놓아주지 않고 삭여왔던 원망을 쏟아냈다. 참지 못한 기종이 뒤틀린 화풀이로 여자가 들고 있던 기저귀가방을 차 버렸다. 발길질에 기저귀가방이 떨어지면서 분유깡통이 튕겨 나왔다. 분유깡통이 길바닥에 구르면서 분유를 쏟아냈다.

여자가 허겁지겁 달려가 길바닥에 쏟아진 분유를 흙이 섞이지 않게 깡통에 쓸어 담았다.

눈치 보면서 외상으로 사 왔을 분유였다. 그 아까운 분유를 여자는 부끄러움도 잊은 채 쪼그리고 앉아 소중히 깡통에 담고 있었다. 기종은 망종의 늪에서 숨을 죽인 채 망연히 보고 있었다.

'……저 여자는 누구고, 나는 누구일까?……. 여자의 뱃속에는 또 하나의 생명이 자라고 있다. 나는 누구고, 저 여자는 누구란 말인가? 등에 업은 애는? 뱃속의 생명은?……'

기종은 허공을 보았다. 사라지고 싶었다. 투명되고 싶었다. 생을 토해내고 싶었다. 존재의 무지(無知)를 쏟아버리고 싶었다. 눈을 질끈 감았다.

'아-, 나로부터 나를 구원해 주소서……'

-길바닥에 쏟아진 분유를 깡통에 담고 있는 여자와 그 모습을 지켜보고 있는 남자-.

남자는, 그런 여자의 정지된 모습을 지켜보는 미라(Mirra)의 눈이 되었다.

–길바닥에 쪼그리고 앉아 쏟아진 분유를 담고 있는 여자의 정지된 모습–.

기종의 일생을 관통할 삶의 묵시록*(默示錄)이 되었다.

14

여자가 쪼그리고 앉아 쏟아진 분유를 깡통에 담고 있다.

'아–, 나로부터 나를 구원해 주소서.'

기종을 향해 분유깡통이 굴러왔다. 몸피를 부풀린 분유깡통이 굉음을 내면서 기종을 덮쳐왔다. 몸을 뒤척이던 기종이 잠자리에서 벌떡 몸을 일으켰다.

기종이 술잔을 노려보고 있었다.

— 진정한 남자는 변명을 삶의 도구로 삼지 않는다.

'바람' 이 꾸짖고 있었다.

— 원망에 앞서 너 자신의 벽을 넘어라.

기종이 밤거리를 헤매고 있었다.

— 자식은 부모에게 소홀할 수 있어도, 부모는 자식에게 소홀할 수 없습니다.

*묵시록(默示錄) : 하느님의 말없는 가운데 성신(聖神)으로 나타내 보인 요한의 '신약전서' 끝편의 기록.

기종의 원망이 기종에게 되돌아왔다.

— 자식에게는 아버지가 하늘입니다. 어린 자식은 아버지의 품속이 하늘이랍니다.

헝클어진 기종이 공원벤치에 앉아있다.

청량리 포장마차의 실직자가 기종을 보고 비웃고 있었다. 김 부장이 기종을 염려스럽게 보고 있었다. 바람과 여우가 기종을 한심한 듯 보고 있었다.

구례역에서 헤어지던 해수가 손을 흔들고 있었다. 불일폭포 하산길 안개 속에서 소여와 함께 헤매고 있었다. 안개가 소여의 모습을 지워 버렸다. 안개가 사라지면서 소여가 애엄마로 변해 있었다.

쏟아진 분유를 담고 있던 여자가 울먹임을 멈추고 기종을 쏘아 보았다.

— 나쁜 놈!

여자의 눈이 불을 뿜었다. 불길 속에 바람과 여우, 실직자와 김 부장, 해수와 소여가 춤을 추며 맴돌았다.

속옷도 입지 않은 미친년이 치맛바람으로 그네를 탄다.
휘이- 휘이, 발을 구르며 그네를 탄다
바람에 뒤집어진 치마가 미친년의 얼굴을 덮는다
나는 속옷을 입지 않은 미친년의 밑구멍을 보았다
급히 고개를 돌리려는데
미친년이 그네에서 날아와 나를 덮친다

언덕 위에서 미친놈이 바지를 벗고
가랑이 속에 숨겨놓은
대포를 꺼내 오줌을 갈긴다

똑또 된 오줌이 장마에 불어난 황톳물 되어
쏟아져 내린다
그 속에서 돌아가신 아버지가 떠내려 온다

나는 고함치며 떠내려 오는 아버지를 외면한다
손을 뻗어 아버지를 잡지 않고 떠내려 보낸다
살아생전 원망만 남긴 아버지를 잡지 않았다
아버지 하실 말씀이 겁이 나 잡지 않았다
"아들아 너는 네 자식에게 애비짓을 잘 하고 있겠지?"
나는 그 말이 겁이 나서
아버지를 실어간 황톳물을 다 마시고
밤새도록 오줌을 싼다

그리고
악몽을 깬 새벽녘 꿈속에서
나를 겁탈한 미친년이 연지 곤지 찍고
황토물이 뚝뚝 흐르는 아버지와 혼례식을 올리고 있다
오줌을 싸던 미친놈이 주례를 서고

– 강수철 시집 《굴뚝새가 피워올린 어둠》 중에서 〈악몽〉 전문

기종이 허우적이면서 깊은 나락으로 떨어져 내렸다. 쿵! 깜깜한 바닥의 충격이 왔다. 오한의 냉기에 눈을 떴다. 공원벤치에서 악몽에 시달리다가 떨어져 내린 땅바닥이었다. 기종이 부스스 일어나 몸을 털었다. 동녘 하늘에 어둠이 열리는 새벽 거리를 걸었다.

기종이 여관방 원고지 쌓인 탁자 앞에 멍청히 앉아 있었다.

'내가 뿌린 씨앗! 내가 거두지 않으면 누가 거두어 주겠는가!'

기종이 몸의 생기를 끌어 모았다.

'작가가 되면 뭐하고, 감독이 되면 뭐하냐?! ……'

거장(巨匠)의 길이 아닌 가장(家長)의 길을 가기로 했다. 눈앞에 놓인 '님은 먼 곳에' 집필중인 원고지를 집어 들었다. 두 손에 힘을 모아 두 토막으로 찢었다. 나머지 원고도 찢고 또 찢었다. 처절히 찢고 또 찢었다.

기종이 가쁜 숨을 몰아쉬었다. 미완성으로 끝난 '님은 먼 곳에'의 원고가 절단나 있었다. 기종이 공허한 웃음을 흘리기 시작했다.

"으흐흐-. 아- 하-하-하-."

신음으로 시작된 울림이 모든 것을 쏟아낸 웃음으로 끝맺음했다. 아리도록 시원했다. 허무하게 가벼워졌다. 몸속의 앙금을 말끔히 쏟아낸 기종의 눈가에 눈물이 맺혀 있었다.

'어쩌란 말인가, 나와는 상관없는 눈물을. 마음이 매달아 놓은 눈물을 몸이 어쩌란 말이냐?!'

기종은 떫었다. 눈을 감고 호흡을 가다듬었다. 쌍계사, 탄광촌, 오징어잡이, 충무로가 기종의 숨결에서 가라앉았다. 절필의 푸닥거리와 악연의 살풀이를 끝냈다.

사랑은 파도였다. 아득한 수평선에서 밀려와 발밑에서 부서지는.

소여……. 현재를 같이 하면서 미래를 만들어 갈 사람이었다.

소여……. 추억이 될 수 없는 만남을 영원으로 간직하고 싶었다.

허공이 된 약속을 믿음으로 되살리고 싶었다.

신이 존재한다면, 기종은 신에게 묻고 싶었다.

"소여가 나를 버린 겁니까? 내가 소여를 버린 겁니까?"

'신은 존재해서 존재하는 것이 아니라, 필요해서 존재하는 것이다.'

– 도스토옙스키.

눈을 감았다.

'소여–, 미안해–.'

삶에 모질지 못해 여기까지 왔다. 추억에 무게가 없는 게 야속했다.

'추억에 무게가 있었다면 너와 나, 서로를 떠나보낼 수 없었는데…….'

꿈의 조각조각을 맞추어 염을 하고 가슴에 묻었다.

기종은 소여와의 미완성 여백을 존재의 의미로 남겨놓기로 했다. 소여는 기종의 영혼에서 함께 영생할 것이다. 기종은 홀가분히 주위를 둘러보았다.

'이제 보내야 한다. 보내줘야 한다.'

소여에게 작별을 고했다.

'소여– 안녕!'

아니, 안녕은 싫었다.

'소여……, Let it go*…….'

편하고 쿨하게 보내주고 싶었다. 기종은 무겁게 두 눈을 감았다가 다시 떠 새 세상을 열었다. 이제 떠난다. 충무로에서 떠난다.

기종은 자리를 박차고 일어났다.

그렇게 기종은 충무로를 떠났다.

※ 기종이 '님은 먼 곳에' 를 미완성으로 남겨놓고 충무로를 떠난, 30여 년이 흐른 먼 훗날–. 월남전을 소재로 한 동명의 영화 '님은 먼 곳에' 가 만들어지긴 했는데…….

*Let it go : 애니메이션 영화 '겨울왕국' 주제가 제목. (뜻대로 안 될 때) '놓아주자. 다 잊자. 쿨하게 보내주자' 라는 뜻.

4

수류운공
(水流雲空)

물은 흘렀고
구름은 사라졌다

신생 대한민국의 격동기와 함께 살아온 기종은
황혼의 석양 속에서 지나온 삶을 뒤돌아본다.
삶의 질곡에서 '삶' 에 매달리고 있었다.
달관되지 못한 '삶' 은 삶을 원망하고 있었다.
'나의 삶은?'
'내가 원했던 삶은?'
열망하고 갈망했던 삶은 신기루였을까….
지금까지의 삶은 허상의 '삶' 이었다.
원했던 '삶' 도 살아온 '삶' 도 허상 속의 삶이었다.
'삶은 꿈속에 있었고, 죽음은 옆에 있었다.'

강기종!

일제 강점기에서 태어나 해방된 신생 '대한제국' 의 격동기(해방, 6.25사변, 3.15, 4.19민주의거, 5.16군사혁명 등)를 거치면서 유아기와 성장기를 보낸다.

대한민국!

1945년 8월 15일, 일본의 패망일이 한반도의 광복일이 된다.

한반도 38선 이북은 구소련의 영향권에, 이남은 미군정의 보호를 받으면서 민주공화국인 '대한미국' 이 건국된다. 1948년 신생 대한민국의 초대 대통령으로 이승만 박사를 선출한다.

◎ 초대, 2대, 3대 이승만 대통령.

1950년 6월 25일, 적화통일의 야욕으로 전쟁을 일으킨 김일성의 공산화에 나라를 지켜온 이승만 대통령은 4대 정 · 부통령 부정선거로 독재정권의 막을 내린다. (1960년 3월 15일 마산의거를 시발점으로, 4월 19일 서울의 의

거를 정점으로, 4월 26일 하야한 후 미국 망명길에 오른다.)

—허정 외무부 장관이 '대통령 직무대행'으로 정치공백을 메우면서, 대통령책임제에서 '내각책임제'로 개헌된다.

◎ 4대 윤보선 대통령과 장면 국무총리의 내각책임제.

1960년 8월 19일, 내각책임제가 출범했으나, 정국의 혼란은 끝이 없었다.

1961년 5월 16일, 박정희 소장의 군사혁명으로 '내각책임제'는 9개월만에 끝나고 '대통령책임제'로 환원된다.

● 기종은 이념에 물든 운동권에 회의를 느끼고 자원입대한다. 야망의 젊은 꿈을 실현하기 위한 수련의 과정에서 속세의 성장통을 호되게 앓는다.

◎ 5대, 6대, 7대(3선 개헌), 8·9대(유신정권) 박정희 대통령.

군사혁명으로 장기집권을 이어가던 박정희 대통령은 1979년 10월 26일, 궁정동 중앙정보부(국가정보원) 안가에서 김재규 중앙정보부장 총격으로 18년의 군사정권은 막을 내린다.

—가장 안전한 곳이 가장 위험한 곳이다.

● 충무로 영화판을 거침없이 내달릴 것 같던 기종은 시간만큼의 배설물만 남겨놓고 충무로를 떠난다.

◎ 10대 최규하 대통령.

박정희 대통령의 유고로 1979년 12월 6일 '통일주체국민회의' 대의원들에 의해 선출된 최규하 대통령은 1980년 8월 19일 대통령직을 사임한다. 뒤

이어 신군부세력(전두환 · 노태우 등의 하나회 조직)이 정권을 잡으면서 군사정권이 재등장한다.

● 한 여자의 남편으로 딸과 아들의 아버지로, 기종의 일상은 인내의 생활로 이어진 가장의 기본적인 멍에의 길을 더듬어간다.

◎ 11대, 12대 전두환 대통령.

1980년 8월 27일 '통일주체국민회의' 대의원들의 추대로 대통령직을 연임한 후 육사 동기이자 전우인 노태우 민정당 총재에게 정권이양의 힘을 실어주고 물러난다.

◎ 13대 노태우 대통령.

국민투표로 당선되어 1988년 2월 25일 취임 후, 5년 단임제의 대통령 임기를 끝낸다.

● 비켜선 무관심이 관심이 된 기종의 딸과 아들은 인내의 결실로 성장해간다.

◎ 14대 김영삼 대통령.

1993년부터 5년 단임제 수행.

◎ 15대 김대중 대통령.

1998년부터 단임의 대통령 직무 수행 후, 2009년 8월 18일 별세.

● 가족의 구성 속에 아버지란 자리지킴을 해온 기종은 딸(2001년) · 아들(2005년)을 결혼시켜 그들의 보금자리로 분가시킨다.

◎ 16대 노무현 대통령.

2003년 대통령에 취임하여 2008년 대통령 임기를 끝내고 고향인 김해 봉하마을로 낙향했다.

임기 중에 있었던 '친인척비리 및 포괄적 뇌물죄공범혐의' 로 피의자 조사를 받던 중, 자택 뒷산 부엉이바위에서 투신자살한다. (2009년 5월 23일)

-입과 혀를 지킬 수 있는 자는 역경 속에서도 자신의 목숨을 지킬 수 있다(잠언 21:23).

● '인간의 가장 소박한 꿈은 사랑하는 사람과 함께하는 것이다!' 라고 갈망해 온 기종은 못다 이룬 토막 난 꿈을 실현할 탈출구를 찾기 시작한다.

◎ 17대 이명박 대통령.

2008년 취임 후 5년 단임제로 임기를 끝낸다.

◎ 18대 박근혜 대통령

2013년 취임해서 현재(2014년)까지 왔다.

1961년 5월 16일, 군사혁명으로 정권을 잡은 박정희 대통령의 장녀로서, -18년 동안 어린 꿈을 키우면서 성장했던, 어머니와 아버지를 잃은- 청와대를 아버지의 대를 이은 대통령이 되어 35년 만에 다시 입성했다.

1945년 해방된 대한민국의 역사는 이어지고-.

'나무를 보지 말고 숲을 보라' 고 했다.

현재를 살아가는, 내일을 살아갈 기종은, 오늘을 있게 해 준 많은 지도자들 중에서도 특히 두 분의 지도자를 새기고 있다.

—적화야욕에서 신생 대한민국을 존립시킨 이승만 건국대통령.

—세계 속의 약소국으로 가라앉은 대한민국을 경제대국으로 재건한 박정희 구국대통령.

'모르고 왔으면 배워서 가라!' 고 했다.

기종은 역사의 진실을 배우고 있다.

대한민국의 국민 됨을 자랑스럽게 생각하고, 오늘의 강기종을 있게 해 준 대한민국과 두 분의 지도자에게 감사하고 있다.

신생 대한민국의 격동기와 함께 살아온 기종은 황혼의 석양 속에서 지나온 삶을 뒤돌아본다.

삶의 질곡(桎梏)에서 '삶' 에 매달리고 있었다. 달관(達觀)되지 못한 '삶' 은 삶을 원망하고 있었다.

'나의 삶은?'

'내가 원했던 삶은?'

열망하고 갈망했던 삶은 신기루였을까?…….

지금까지의 삶은 허상의 '삶' 이었다.

원했던 '삶' 도 살아온 '삶' 도 허상 속의 삶이었다.

'삶은 꿈속에 있었고, 죽음은 옆에 있었다.'

5

색즉시공 공즉시색

(色卽是空 空卽是色)

바람은 허공이었고
구름은 허공 속의 삶이었다

⋮

기종과 해수, 기종과 소여.
속세의 인연은 잔인하고 무참했다.
피하고 싶었고, 이어가고 싶었다.
그 만남마저도 삶의 한 순간이었다.
기종은 곧 소멸될 지상의 만남에 마침표를 찍어야 했다.

"오딘과 많이 닮지 않았어요?"
정분이 조심스럽게 기종의 느낌을 물었다.
기종이 두 장의 사진을 비교해 보았다.
군복 입은 기종의 반명함판 증명사진과 귀남의 전신을 담은 스냅사진— 닮아 있었다.

시우가 기종의 시선이 멈춘 시집을 꺼냈다.
"어머니가 남긴 유품이에요. 보실래요?"
시집을 기종 앞에 밀어놓았다. 기종이 시집을 들어 조심스럽게 책장을 넘겼다.
책갈피 속 '사랑하다가'의 시편 속에서 편지지 한 장이 접혀 있었다.
접힌 모서리 둘레로 빛바랜 세월이 물들어 있었다. 두 번을 접어놓은 편지지를 폈다.
'목숨보다 소중한 사랑을 지키기 위해 나를 버린다.'
또박또박 새겨진 소여의 정갈한 글씨체였다.

인간은 인생의 마지막에 정착할 영원한 고향을 찾고 있는 이방인이다.

– 독일 '안젤름 그륀' 신부.

밤이 깊었다.

떠날 준비를 끝냈다.

관악산 남쪽 끝자락에 자리 잡은 아파트. 기종은 휑한 거실에 홀로 서서 집안을 둘러본다. 온기가 빠져 나간 문 닫힌 방, 방, 방.

딸이 시집가기 전까지 지냈던 방문을 열어 불을 밝혔다. 주인이 떠난 썰렁한 침대와 책상, 어릴 적 피아노 경연대회에서 꽃다발을 안고 웃고 있는 딸애의 모습이 벽에 걸린 액자 속에 있었다. 화장대 위에는 딸의 어머니인 '여자' 가 사용했던 화장품 몇 가지가 흔적을 남기고 있다.

딸이 시집(2001년)가고 어머니인 '여자' 가 지냈던 방이기도 했다. 한쪽 벽에는 빛바랜 달력(2007년 2월)이 걸려 있다. 7년 전 '여자' 가 가출한 년 · 월이 증표로 남겨져 있었다.

여자는 딸과 아들의 집을 오가며 살고 있었다. 현재는 뉴욕에서 변호사

생활을 하고 있는 딸의 집에서 지내고 있는 것 같았다.

남남이 되었지만, 딸과 아들의 어머니인 것만은 부정할 수 없었다. 박복한 여자였다. '불쌍한 년' 이었다. 같이 살았던 놈도 '불쌍한 놈' 이었다.

딸과 아들의 집을 오가며 늘그막을 보내는 '여자' ―.

어릴 적 피난 내려와 어머니를 잃고, 어머니의 정을 그리워하며 살았다. 처녀가 되어 만나고 만난 놈 중에서 하필이면 정을 한 곳에 쏟아버린 놈을 만나 애를 임신하고 정착하게 되었다. 여자의 시집살이는 예고된 구박덩어리였다. 절차를 무시하고 아이까지 낳아 들어온 근본을 알 수 없는 여자를 반길 시어머니는 세상 어디에도 없었다.

기종은 '시간이 지나면 해결이 되겠지' 하고 쉽게 생각했었다. 어머니에 대해서 너무도 몰랐던 기종의 오산이었다. 시어머니와 며느리의 불화는 타협점 없이 골만 깊어져 갔다. 그 와중에서 이쪽도 저쪽도 편들 수 없는 사내(기종)는 살가운 부부의 정을 베풀지 못했다.

죽어서도 화장터의 화장로까지 폭발시켜 버릴 기센 시어머니와 그 시어머니에 다소곳이 순응하지 못하고 고슴도치 같은 가시털을 세우고 맞서려는 며느리. 하루도 편할 날이 없었다. 고부(姑婦)간의 갈등은 극과 극의 정점을 내달렸다. 시어머니는 갖은 구박 끝에 며느리의 음식이 입에 맞지 않는다고 밥과 반찬을 한 지붕 아래에서 따로 해 먹었다.

며느리는 '당신 마음대로 하라' 는 식으로 신경 쓰지 않았다. 집은 전장(戰場)이었고, 생활은 전쟁(戰爭)이었다. 시어머니는 독기를 품고 있었고, 남편이란 작자는 얄팍한 생활비만 내놓고 밖으로 나돌았다.

여자는 집안 어느 한 곳에도 정 붙일 곳이 없었다. 애들이 학교에 가면 시어머니를 피해 동네를 맴돌다가 저녁 밥 때가 되어야 들어왔다.

인간은 밖으로 나돌면 깨어지는 법. 여자는 넉넉지 못한 생활비를 쪼개어 여윳돈을 만들었다. 여자의 돈에는 귀와 눈이 없었다. 십만 원을 투자해서 백만 원을 날렸다. 백만 원을 모아서 천만 원의 사고를 쳤다. 털어먹은 돈을 메우기 위해 판을 키웠다.

피해의식의 울분이 정도를 벗어나면서 가족 속의 피해자에서 가해자로 변모해 갔다. 여자는 '피라미드' 라는 사기 사업에 빠져들었다. 이름만 바뀐 '다단계' 사업에서 빠져 나오질 못했다. 본전을 찾아보려는 몸부림은 패가망신을 만들었다. 자신의 카드는 물론, 딸과 아들에게 빌린 카드의 대출금 돌려막기도 한계에 부딪혔다. 친지들에게 빌린 돈도 갚을 길이 없었다. 연채에 연채, 이자에 이자를 감당할 수 없어 터지고 말았다. 빚쟁이들이 남편의 사업장까지 쳐들어갔다. 부부지간인 사내는 '여자' 에게 '차용증' 을 받고 급한 불을 꺼주었다.

시어머니와 남편의 질책을 만회해 보려고 '여자' 는 강남에서 유행하던 '곗방' 을 차려 계주가 되었다. 곗돈이 들어오지 않으면 사채를 빌렸다. 사채가 불어나면서 사채업자인 깍두기들이 한밤중에 집을 찾아 협박했다. 계가 펑크 나면서 피해 입은 곗군들이 고소해 집달리까지 집으로 불러들였다.

여자는 합의이혼하고 가출했다. 사내는 남편으로서 져야 할 금적적인 책임을 져야 했다. 사내는 이혼으로 여자의 문제에서 벗어났지만, 앞으로 더 크게 닥칠지도 모르는 피해를 자식에게 물릴 수는 없었다. 딸은 미국에 있었기에, 아들과 의논 끝에 '여자' 를 파산시키고 '한정치산자' 로 판결 받아 후일의 피해를 막았다.

졸지에 늙은 홀아비가 된 '불쌍한 놈' 은 '불쌍한 년' 에게 소홀했던 죗값을 톡톡히 치루고 또 치러야 했다. '불쌍한 놈' 은 늘그막에 홀아비가 되었다. 힘도 돈도 떨어진 나이에 가깝게 지내온 도우미도 없었다. 거기에다 덤으로 아흔 넘은 홀어미(노환에 치매까지 걸린)까지 딸려 있었다. 홀몸이라도 봐 줄 여자가 없는데, 어떤 골빈 여자가 거들떠나 보겠는가.

'水流雲空' (수류운공, 물은 흘렀고 구름은 사라졌다.)

돌봄이 필요한 말년의 홀아비는 꼼짝 못하고 노망든 대비마마를 모셔야 하는, 웃지도 울지도 못할 재갈물린 신세가 되었다.

'불쌍한 년' 은 '한정치산자' 가 되어 자립할 수도(자립할 여력도 없었지만) 없는 몸으로 자식들 그늘에서 눈치 보며 살게 되었다.

'놈' 은 '불쌍한 놈' 이 되었고, '년' 은 '불쌍한 년' 이 되었다.

기종은 쓴 맛을 삼키고 딸의 방문을 닫았다. 아들의 방으로 가 문을 열고 불을 켰다. 일 · 이주에 한 번 정도 식구(며느리와 손자)가 함께 와 자고 가기도 하는 방이었다. 기종은 방으로 들어가 탁자 위에 편지봉투 하나를 남겼다. 먼 길을 떠나면서 뒷정리해 논 메모였다. (유언장이 되었지만, 여행을 떠나는 걸로 해 놓았다.)

불을 끄고 방문을 닫았다. 어머니의 방문 앞으로 갔다. 방주인은 하나 남은 마산의 여동생(이모)이 올라와 2 · 3일 온천여행을 떠났다. 기종은 평상시에도 어머니의 방문턱을 넘지 않고 지냈다. 평생을 생겨난 고집대로 살아가는 별종의 공간이었다.

기종은 방문 앞에서 심호흡을 하고는 마음을 가다듬었다.

'바람' 의 아내이자 기종의 어머니—.

일제 강점기에 5녀 2남의 맏이로 태어났다. 일본 아이들이 다니는 유치원을 다닐 만큼 귀하게 자랐다. 초 · 중 · 고등학교를 나와 밀양양재전문학교까지 마쳤다. 당시로서는 몇 안 되는 신여성교육을 받은 인텔리였다. 규숫감으로 흠 잡을 데가 없이 빼어났다. 꽃띠 나이에 전도유망한 청년과 결혼했다.

신랑 또한 조도전(早稲田, 와세다)대학을 나온— 학력, 집안, 인물, 체격 등— 신부보다 더하면 더했지 한 가지도 빠지지 않는 일등 신랑감이었다. 출중한 외모는 뭇시선을 잡아놓는(특히 여자들의 혼을 빼는) 쾌남아였다. 기종도 한 가지('바람' 의 외모를 반만이라도 닮았으면 하는)만은 인정하는 아버지였다.

여자의 남편은 한 가정만을 지키면서 살아갈 편안하고 가정적인 가장이 되지 못했다. 아니, 될 수 없었다. 격동기의 세상이 그를 밖으로 불러냈고, 여자들이 그를 가만히 놔두질 않았다. 거기에다, 남자는 역마살에 바람기까지 흘러 넘쳤다.

여자는 광풍을 몰고 다니는 남자와 살아가면서 3남 1녀를 낳았다. 기종이 장남으로 태어났다.

기종의 어릴 적 여성관은 모든 기준이 어머니로부터 정해졌다. 여자들의 가치는 어머니와 비교되어 등급이 분류되었다.

존재의 근본인 어머니는 자식들과 눈만 마주치면 남편인 아버지에 대한 원망으로 세월을 보냈다. 철이 들기 시작하면서부터 기종은 어머니의 반부(反父)교육으로—아버지는 어머니를 속 썩이는 사람, 자식에게 소홀한 사람, 외간여자와 놀아나는 사람 등— 나쁜 아버지의 표본이 되었다. 어머니는 아버지 때문에 고생만 하는 불행한 여자였다.

기종이 철이 들어가면서 어머니에 대한 믿음이 흔들리기 시작했다. 나쁜 아버지의 표본에는 변함이 없었는데, 어머니에 대한 의구심을 가지게 되었다. '이게 아닌데, 이게 아닌 것 같은데……' 하는 회의(懷疑)를 품게 되었다. 어머니의 실체가 엇갈린 모습으로 변모하고 있었다. 남편에 대한 원망이 깊어지면서 친정나들이가 잦아졌다. 가출의 시작이었다. 자식들이 홀로서기의 혹이 되었다. 짐이 되었다.

어머니는 한 가지 DNA－자식을 낳아서 키우고 지켜주는 모성애의 본능－가 빠져 있었다. 3남 1녀의 자식들은 믿음의 모정(母情) 없이 부대끼면서 유년기를 보냈다.

어머니는 배운 것만큼이나 유별났다. 편협하고 방어적이었다. 어린 자식들의 보살핌도 남편의 하기 나름이었다. 밖으로는 현모양처의 표상이었지만, 안으로는 타협이 없는 주관의 갑옷을 입고 있었다. 보고 싶은 것만 보고, 듣고 싶은 소리만 듣고, 하고 싶은 일만 했다. 그 외는 간섭이었고 수용할 수 없는 강요였다.

맏이인 기종에게는 항상 능력보다 많은 것을 바랐다. 부재한 남편의 멍에를 씌우려 했다. 맏이로서 동생들을 책임져야 했다. '맏형이 그것도 못하냐?!' '오라비가 그것도 못하냐?!' 라고, 제 앞가림도 하기 힘든 기종을 나무랬다. '애비가 못하면 어미라도－' 하는 책임감이나, 해 주지 못하는 모성의 아픔은 없었다.

애비가 못하면 맏이가 애비를 대신해야 했다. '탓' 과 '원망' 의 타깃은 남편에서 맏이인 기종으로 바뀌었다.

어머니는 3남 1녀의 자식들을 남편의 돌봄 없이 키운 순간만 기억했다. 그 대가를 맏이인 기종으로부터 보상받으려 했다. 자식을 책임져야 할 어머니의 의무는 없었다. 자식으로부터 보상받아야 할 권리만 있었다. 권리의 요구는 완강했고, 의무의 도리는 없었다.

어머니의 권리는 지대(至大)했고, 의무는 약소(弱小)했다.

의무는, 충족된 권리의 대가로 선심 쓰는 자선이었다. 선명한 피해의식은 객관의 중용 없이 주관의 자폐만 왕성했다. '책임의 전가' 와 '탓' 과 '원망' 을 생활의 원동력으로 삼았다. 어머니에서 할머니가 되는 긴 세월을 거치면서도 꺾임 없는 기세는 하늘을 찔렀다.

맏이인 기종과 새 식구로 합류한 마땅찮은 며느리는 자신의 삶을 보상해 줄 도우미나 해결사가 되어야 했다. 한 집에서 같이 살아가려면 '입'과 '눈'은 닫고 '귀'만 열어놔야 했다. 자신의 중심이 되지 않는 가족 간의 화목은 있을 수 없었다.

인간은 삶의 계획이 있어야 발전이 있다. 계획과 발전의 원동력은 저축이다. 어머니는 내일을 준비하지 않았다. 돈이 생기면 '죽을 돈'이라도 써야 했다. 있으면 먹고 없으면 굶었다. 충족되지 않는 모자라고 부족한 모든 것은 주위의 탓이었다. 집행만 해야 하는 자신의 역할에 남편의 외조가 미흡했다.

남편과의 불화가 생길 때마다 어린 자식들을 '나몰라'라 팽개치고 가출했다. 그때마다 기종은 올망졸망한 동생들을 돌봐야 했다. 어머니의 손길이 필요한 어린 동생들을 보호해야 할 기종의 강박증은 피해의식으로 자리 잡아 일생을 알게 모르게 괴롭히는 트라우마(정신적인 외상)가 되었다. 잠재된 강박관념은 먼 훗날까지, 딸과 아들은 물론 손녀와 손자에게까지 내놓고 살 깊은 정을 주지 못하고 벗어나 지켜주려고 했다.

어머니의 빈번한 가출로 팽개쳐진 어린 자식들은 나름대로의 지워지지 않는 아픈 상처를 안고 자랐다. 장성한 기종의 동생들은 어머니에 대한 어린 날의 앙금이 남았을까? 장성한 후에도 '기센 어머니를 감당할 수 없다'고 2~3일의 모심도 거부했다. 그러다 보니 기종과 동생들의 관계도 소원(疏遠)해졌다. 어머니가 만들어 놓은 예견된 결과였다.

원망만 남긴 남편은 육십을 넘기자마자 세상을 떠났다. 존재의 의미인 원망의 타깃은 기종과 맏며느리로 굳어졌다. 어머니의 반부 교육은 기종의 자식들에게 대물림되었다. 손자가 결혼했다. 할머니는 손자와 손자며느리에게까지 아들과 며느리(아버지이자 시아버지 · 어머니이자 시어머니)의 흉과 험담을 쏟아 '한'을 풀려고 했다. 집안의 위계질서와 화목이 유지될 수 없었다. 옛말에 '망하는 집안도 새 식구(며느리)가 잘 들어오면 일어나고, 화목한 집안도 새 식구가 잘못 들어오면 깨어진다'고 했다.

자식들에게는 '어머니'가, 손자와 손녀에게는 '할머니'가 이러니 그 집안이 온전하겠는가! 집안이 '흥'하려면 새 식구가 잘 들어오고, 집안이 '망'하려면 새 식구가 잘못 들어온다. 기종이 알기로는 3대째 새 식구가 잘못 들어온 것 같았다. 1대인, 기종의 할머니도 자식들(아버지와 삼촌들)이 벌어온 돈을 모음 없이 탕진했다. 2대째인 기종의 어머니, 3대째인 '여자'까지 내리 3대다.

그 속에서 기종은 기우는 집안을 지켜보려고 장손의 자존심을 걸고 빗나가려는 마음을 다잡아왔다. 어머니를 외면하는 동생들이 괘씸했지만, 한편으로 동생들의 심정도 이해할 수 있을 것 같기도 했다. 외아들이라고 생각하고 동생들에 대한 섭섭함을 지우려고 애써 왔다.

타인들은 '설마?' 하고 믿지 않을 어머니의 독선이었다.

기종은 어머니를 부정하고 싶었다. 거부하고 싶었다. 일생동안 터트리지 못하고 안고 가야 할 분노로 불효의 영정을 만드는 자식이 되었다. 기종의 어머니는 언행(言行)이 모질고 독했다.

세상의 어머니들은 자식의 앞에서 말과 행동을 조심한다. 어머니의 언행은 자식들이 나아갈 지표(指標)가 되기 때문이다. 어머니의 말은 자식의 '미래'가 되고, 어머니의 행동은 자식의 '근본'이 된다.

말이 그 사람의 인격이고 됨됨이다. 말이 사람을 죽일 수도 살릴 수도 있다. 말 속에 독보다 더한 독이 있고 살(殺)이 있다. 말이 '씨'가 된다. 말대로 된다. 여자의 악담이 오뉴월에 서리를 내리게 한다고도 했다.

아프리카 어느 부족의 이야기다. 힘으로 해결하기 힘든 거목을 없앨 때는, 나무 앞에서 증오와 저주의 말을 퍼부으면 거목이 병들어 말라 죽는다고 한다. 인간의 독설은 생명을 말리는 힘이 있다.

기종과 형제들은 어머니의 모질고 독한 다섯 가지 악담을 덕담으로 알며 장성했다. 어릴 때부터 다섯 놈(벼락 맞을 놈. 급살 맞을 놈. 천벌을 받을 놈. 쎄(혀)가 빠질 놈. 빌어먹을 놈)이 되어 살아왔다.

망하는 집은 세상 떠나는 순서가 바뀐다고 한다. 어머니는 7남매 중 동생 다섯을 먼저 보냈다. 남편도 오래 전에 보냈다. 혈기왕성하던 셋째와 넷째 아들도 예고 없이 육십을 턱걸이하고는 한 해 걸러 세상을 떠났다. 둘째인 딸과 첫째(기종)인 아들도 중병으로 골골하고 있다. 그 와중에서도 아흔을 넘긴 어머니는 자신의 '안녕'을 위해서는 한 치의 양보도 배려도 없었다. 어머니의 악담대로라면 셋째와 넷째는 '급살 맞을 놈'이 되어 급사했다. 둘째인 딸도 몇 년째 중병을 앓고 있고, 맏이인 기종도 '천벌을 받을 놈'이 되어 업(業)의 죗값을 치루고 있다.

기종은 생의 종막에 가까워, 끝내 화해하지 못한 '바람(아버지)'에 대한 생각이 달라졌다. 같은 남자의 입장에서 '그럴 수도 있었겠구나!' 하는 이해의 장이 만들어졌다(나쁜 아버지인 것만은 분명하지만).

애들의 어머니인 '여자'의 지난 헌신도 부분이나마 알게 되었다. 그나마 '여자'가 있을 때는 두 사람(시어머니와 며느리)이 지지고 볶든 '알아서 하라'고 밖으로 맴돌 수 있었는데, 어머니와 단둘이 한 집에 있게 되면서 꼼짝할 수 없이 매인 몸이 되었다. 잠시도 가만 있지 않고 설쳐대는 기세에 치매까지 더해 집안 단속이 필요했다. 보살핌이 필요한 맛이 간 노년의 홀아비가 유효기간이 없는 괴팍한 대비마마를 모셔야 하니……, 터질 듯한 분노를 다스릴 길이 없었다.

명을 줄이는 형벌이었다. '천벌을 받을 놈'이 아닌 '천벌을 받고 있는 놈' 이 되었다. '불쌍한 놈' 이 '천벌을 받고 있는 놈' 이 생존의 막장에서 홀어미와 맞장을 뜨고 있었다. 유아적이고 단편적이고 자폐적인 악성의 홀어미에게 적개심을 품고 있었다.

부모가, 부모가 아니더라도, 자식은 자식의 도리를 다해야 하는데……, 젯값을 또 한 번 치룰 '업' 을 만들고 있었다. 불쌍하고 불행한 놈이 천벌을 받고 또 한 번 받을 준비를 하고 있었다.

"쿠오바디스 도미네? (Quo Vadis Domine?)"
주여!
어머니의 말씀대로 천벌을 받고 있나이다.
미련한 자식 놈은 또 한 번의 천벌을 받기 위해
당신 앞에 섰습니다.
당신께서, 다 함께 자리할 수 없기에 보내주신
어머니를 거부하고 부정하고 있습니다.
부정하고 거부했습니다.
"쿠오바디스 도미네? 주여! 어디로 가시나이까?"

기종은 어머니의 방문 앞에서 잠깐 망설였다. 방문을 열어보지 않고 돌아섰다. 망막에 어머니의 잔재를 남기고 싶지 않았다. 거실 앞 베란다 쪽으로 갔다. 어둠의 코팅으로 거울이 된 유리창에 메마른 한 늙은이가 기종을 보고 서 있었다.

낯설어 생뚱맞았다. 늙은이 뒤로 텅 빈 거실이 쓰임새 없이 넓었다. 마주보고 있는 음침하고 우울한 늙은이는 누구?…….

기종은 찬찬히 낯선 늙은이를 마주보았다. 뭉크의 '절규' 는 뭉개진 표정과 광분의 색깔로 액자 속에서 인간을 흔들고 있었지만, 어둠 속의 음울한 늙은이는 기종의 자리에서 침묵의 투명체로 기종을 심란하게 하고 있었다.

어디서 본 것 같기도 아닌 것 같기도…… 서먹하고, 거북하고, 불편하고 어색했다. 내 것 같기도, 아닌 것 같기도 한, 미래의 자화상은 아니었다. 분명히 아니었다.

기종은 늙은이의 흐릿한 동공 속에 잔영을 섞으며 유영해 갔다.

— 3.15 마산의거, 시민들 속의 기종이 외치며 달려가고 있었다. 북마산 파출소가 불타오르고 있었다. 기종의 얼굴이 붉게 물들어 갔다.

— 눈보라 치는 부평역 앞, 신병 기종이 더플 백을 걸쳐 메고 눈길을 걷고 있다.

— 부평 백마장 갈대 둑길, 해수가 기종의 품속에서 흐느끼고 있다.

— 화개장터 벚나무 단풍길을 소여와 함께 걸어가고 있다.

— 충무로에서 '바람' 을 만나 부자의 연을 끊는 통고를 받고 있다.

— '오 마이 갓!' 두 번째 임신을 알고 성바오로병원 의사 앞에서 한숨 쏟고 있다.

— 분유통이 길바닥에 구르고 '여자' 가 분유가루를 깡통에 담고 있다.

— 여관방에서 마지막 원고를 찢어버리고 자리를 박차고 일어난다.

— 딸의 결혼식 날, 딸과 함께 입장하고 있다.

— 아들의 결혼식 날, 아들과 며느리의 절을 받고 있다.

…….

이것 같기도 저것 같기도 한, 애매한 만남과 이별이 삶속에 이어져 갔다.

무엇인지도 모를 무엇을 찾으면서 방황한 세월이었다. 혼자서는 감당 못할 것 같은 세상의 무게를 혼자서 감당하면서 한 발 한 발 걸어온 것 같았다. 분명 손 안에 쥐고 있었던 무엇이, 몰래 펴 보면 맨손의 허망함 밖에 없었다. 알맹이를 찾아 수없이 헤맨 몸부림은 벗기고 벗긴 껍질밖에 없었다.

아무것도 아닌, 처음부터 없었던, 헛것의 공간에서 놀아난 과거만 있을 뿐이었다.

모두는 미래를 향해 나아가고—

나는 신기루를 쫓고 있는 미련한 과거 속에 매달려 있었다.

모두는 꿈과 희망을 만들어 갈 때—

나는 애착과 그리움과 기다림의 담을 높이 쌓아가고 있었다.

모두는 먼 훗날의 자화상을 만들어 갈 때—

나는 애증의 집착으로 고독한 자리지킴을 하고 있었다.

내 것이 아니었는데…… 내 몸에 맞지 않는 남의 옷을 빌려 입은 머쓱한 꿈을 가끔씩 꾸기 시작했다.

봄의 설렘은 기다림으로 실종되었다. 여름의 열정은 그리움으로 가라앉았다. 봄 · 여름 · 가을의 계절은 성장을 멈추고 앞선 겨울의 나목(裸木)이 되어 있었다.

'메마르고, 꺼칠하고, 삭막하고, 볼품없이 늙어버린 저 인간은?…….'

기종은 창에 비친 낯선 늙은이를 거부하고 있었다.

'음울한 늙은이……. 저 사내는 내가 아니야! 분명—.'

나의 자화상은 아니었다. 미래의 세월 끝에 옮겨 놓아도 강기종의 자화상은 분명 아니었다. 될 수 없었다.

기종은 거부하고픈 늙은이를 다시 한 번 찬찬히 마주 보았다. 메마른 늙은이와 꺼칠한 기종이 생의 막장에서 서로를 마주보고 있었다.

밤늦은 창가 혼자 서 있다.

창밖은 깜깜해서

유리창은 거울이 된다.

혼자 서 있는 사람
품속에 많은 사람 있다.
미운 사람, 고운 사람, 그리운 사람, 보고픈 사람
거울 속의 사람 알고 있다.

뒤돌아본다.
아무도 없다.

거울 속의 사람 싱긋 웃는다.
외로워서

– 강수철 시집 《외로워서 웃는다》 중에서

기종이 창문 앞에 서 있었다. 메마른 늙은이가 기종을 보고 있었다.

기종이 창문의 커튼을 내렸다. 거실의 불을 끄고 침실로 갔다.

침대가 아닌 두꺼운 요가 벽쪽으로 깔려 있다. 저녁에 들어와 등을 붙였다가 아침에 나가는 홀아비 방이다. 불을 꺼 방안의 궁색함을 지웠다. 어둠 속에 벽을 마주하고 요 위에 앉았다. 어둠의 정적이 내 것이 되어 안정되어 갔다.

이제 날이 밝으면 떠날 것이다. 심호흡을 크게 한 번 했다. 눈을 감았다. 심연으로 빠져들었다. 빛이 스미지 못할 응고된 어둠 속에 '침묵' 이 기종을 지켜보고 있었다. 시간이 멈춘 오랜 정적이 흘렀다.

기종이 침묵으로 마주한 '침묵' 을 불러냈다.

— 기다리게 해서 미안해!

— …….

'침묵' 이 침묵을 지켰다.

— 이제, 다 끝냈어!

기종이 화해의 미소를 보냈다.

— …….

'침묵' 이 쉽게 마음을 풀지 않는다.

— 날이 밝으면 같이 떠나자.

— …….

어둠 속에서 '침묵' 의 흔들림이 있었다.

기종이 또 하나의 기종을 마주보고 있었다.

행동하는 '육체' 와 침묵하는 '영혼' 이 마주보고 있었다.

그리스 철학자 '플라톤' 은 '인간의 마음은 두 마리 말(馬)이 끄는 마차' 라고 했다. 기종의 내면은 돈키호테의 행동과 햄릿의 침묵이 끊임없는 갈등을 일으키며 서로를 지탱해 왔다.

돈키호테는 '육체' 였고, 햄릿은 '영혼' 이었다.

— 돈키호테의 여행길을 햄릿의 고뇌로 지켜준 당신에게 감사하고 있어!

— ……그래서……

육체와 영혼의 교감이 시작되었다.

— 당신의 번민, To be or not to be! that is the question! (죽느냐 사느냐! 그것이 문제로다!) 그 문제의 해답을 찾았어.

— 어떻게?

— Not to be! 이 세상의 모든 것에서 벗어나기로 했어.

— 어머니는 어떡하고?

— 당신도 잘 알잖아—. '육체' 는 시간을 따라가는 소멸이고, '영혼' 은 무한한 허공의 불멸이란 걸. 어머니의 소멸까지 기다릴 시간이 없어.

— 그럴 걸 왜 효자 흉내를 냈어?

— 그럼 내다버리냐?! 알잖아—. 다 나 편하려고 한 짓거리란 걸.

— 됐어! 그만 했으면 불효자식 소린 듣지 않을 테니—, 너무 자책하지 마.

— 고마워—. 당신한테 핀잔 아닌 소릴 처음 들어본다.

— 효자라는 소린 안 했어.

— 알고 있어. 가끔씩 찾아와 용돈으로 땜질하는 자식들은 효자 · 효녀들이지. 그것마저도 못하는 자식 놈들이 많으니. 세상사 인간관계는 참 묘해! 부모 · 자식 간이나, 남남 간이나 난로를 마주하듯 지내라고. 너무 가까우면 뜨거워 화상을 입고, 너무 멀면 추워서 감기 걸리고……. 부모의 여생을 모시는 자식은 부모에 대한 간절함이 없어지고, 자식의 돌봄을 받고 있는 부모는 고마움이나 미안함보다는 서운함이 더 많이 쌓이는 법. '부모가 오래 사셔서 좋겠다.' '살아계실 때 잘 해! 돌아가시면 후회만 남는다' 라고 효자처럼 떠드는 인간들은 부모를 모시지 않았거나 생전에 찾아보지도 않았던 놈들의 빈 소리라고!

— 그럴까? ……. 부모를 모셔본 자식들은 못 다한 후회와 아픔이 있을지언정, 모셔 보지 않은 자식들에게는 그것마저도 없어.

— 그럴까? ……. 부모에 대한 아련한 추억거리도 없이, 한 번씩 꺼내볼 거라고는 응어리진 갈등밖에 없으니 불행하고도 불효한 놈이지.

— 그래도 지금까지 잘 참아 왔잖아.

— 터질 듯 답답할 때는 '임금님 귀는 당나귀 귀' 라고 외치고 싶을 때가 많았어.

— 그래—, 안 됐다. 스트레스는 만병의 근원이라고 했어. 몸속에 울화가 쌓이면 화병을 만들고, 스트레스는 몸속 세포에 변이를 일으켜 우울증이나

조울증으로 생명을 말리거나 죽음의 암 덩어리를 키운다는 걸 몰랐냐?! 스트레스를 풀고 사는 법도 배워야지.

— 그래—, 암이란? 몸속의 세포가 죽지 않고 죽음의 세력을 키워 나가는 병이지. 못 된 인간을 암적인 존재라고 하는 것도 죽지 않고 세력을 키워 나간다는 뜻. 그러고 보면, 장수하는 것도 좋지만 너무 오래 사는 것도 '암' 적인 존재가 될 수 있어. 집안에 어른이 너무 오래 버티고 있으면 그것도 문제야. 고령화 시대의 사회적인 문제점도 심각하지만, 나이 먹은 자식은 그 자식들에게 언제 어른대접 받냐?! 적당한 나이에 '짐이 되지 않고 힘이 될 때 떠나라' 고 했어.

— 지당한 말씀! 제 앞가림하면서 주위 정리해 놓고 적당한 나이에 아쉬운 듯 떠나는 것도 축복받은 인생이야.

— 오늘 웬일이야—. 뜻을 같이 할 때도 있으니.

— 살다 보면 그럴 때도 있지. 지금이라도 늦지 않았어. 답답했던 걸 다 털어놓고 떠나자. 틀어 안고 떠나면 내가 힘들어져. '임금님 귀는 당나귀 귀' 라도 좋고 '임금님 좆은 당나귀 좆' 이라도 좋아! 다 내려놓고 털어버려!

— 그럴까……. 귀 막아 고막 터진다! 아버지! 어머니! 자식은 낳은 게 아니고 키우는 거랍니다! 자식은 낳는 게 아니고 키우는 겁니다!!

— 시원해?

— 별로……. 내가 왜 이러는 줄 당신은 알잖아…….

— 알고 있어. 네가 오데 넘이가! 네가 내고 내가 니 아이가!

— 고마워……. 강기종의 딸은? 할머니 같은, 어머니 같은 여자(어머니)가 되지 말고, 강기종의 아들은? 할아버지 같은, 아버지 같은 남자(아버지)가 되지 말기를, 바라는 간절한 마음이야.

— 그래야겠지…….

— 한 편으로는 그래……. 자식은 부모의 베풂을 당연한 것으로 알아 기억하지 않는다. 내가 그런 자식 같아. 아버지와 어머니에 대한 편집된 기억들만 간직하고 있는 자식은 불효자식이지. 그런 강기종도 불효자식임에 틀림없어. '받은 것이 많은 사람은 감사할 줄 모른다' 고 했어. 부모로부터 많은 것을 받고도, 분명 받은 것이 많았는데 기억하지 못하는, 아니 기억할 줄 모르는 그런 불효막심한 놈이 아닐지……, 불안해……. 겁이 나…….

— 끝내자―. 불효자식은 그런 생각조차도 하지 않는다.

— ……그럴까…….

— 너무 무겁다. 가볍게 떠나자.

— 그래야겠지……. 어디까지 왔을까? 하고 문득 멈추고 보니, 여기까지 왔더라고. 매달려 살아온 것이 잘한 것 같기도 괜한 것 같기도 해. '갈팡질팡하다가 내 이럴 줄 알았지' 라고 버나드 쇼가 묘비에 새긴 말이 실감나.

— 그 동안 많이 컸다.

— 묘비명을 꼭 남겨야 한다면―.

— 한다면?

— 〈환불하고 싶다〉라고 새길래.

— 왜?

— 부모 · 형제 · 마누라 · 자식―, 다 돈으로 환불할래.

— 그래서?

— 저 푸른 초원 위에~ 그림 같은 집을 짓고~ 사랑하는 소여랑~ 단 둘이 살고 싶어~.

— 놀고 자빠졌네! 썩어질 놈.

— 어떻게 알았어? 신문에 났어?

— 쌍판에 다 쓰여 있다.

— 살아온 것이 허무하고 삭막했어. 많이 돌아친 것 같기도 한데……. 알맹이가 없었어.

— 지금도 늦지 않았다. '살아 있을 때 사랑의 꽃을 보내라! 죽은 다음에 조화를 보낼 건가?!' 라는 말을 명심해야지.

— 곧 날이 밝아—, 날 샜어! 버스 떠났어!

— 애들한테는 알렸어?

— 아들한테 메모 남겼어. 딸한테는 아직—.

— 더 내려놓을 것은 없냐?

— 있는 것 같기도, 없는 것 같기도…….

— 있어도 없어도 다 끝난 일이다.

— 씁쓸해!

— 왜?

— 보쉬의 '쾌락의 동산'*에서 술독에 빠져 분탕질만 치다가 떠나는 기분이야. 후회스러워.

— 그래서, 인간을 후회의 동물이라고 했어. '창조론' 으로 본다면 신의 실패작. '진화론' 으로 본다면 지구별을 파멸시킬 맹독의 바이러스 60억. 그중 하나가 오늘 스스로 소멸돼. 60억분의 1의 자리도 새로 생긴 생명이 벌써 채웠을 거야. 억울하지?

— 아니! 소멸의 억울함은 없어.

— 그럼?

— 사랑 한 번 찐하게 못해 본 것이 억울해.

*쾌락의 동산 : 네덜란드 화가 '히에로니무스 보쉬' (1450~1516)의 작품.
3개의 패널(에덴동산, 쾌락동산(속세) · 지옥)로 나누어진 길이 4m, 높이 2m의 벽화. 스페인 마드리드 프라도미술관 소장.

— 있잖아—, 소여!

— 시작도 못해 본—, 너무 짧았어! 이루지 못한 사랑이었어. 만약에 소여와 삶을 같이 했다면?…….

— 만약에~ 했다면, 만약에~ 하지 않았다면, 하고 가상의 현실을 비틀어 보는 인생은 실패한 인생이지. 다 잊어버리자고.

— 소여……. 순간에서 영원으로 이어갈 사랑으로 보상받을래.

— 해수는?

— 이루지 못할 사랑이야. 첫 만남부터……, 안타까울 뿐이지…….

기종의 '영혼' 과 '육체' 가 못 다한 지상의 이야기를 이어보고 있다.

'이루지 못할 사랑' 해수.

'이루지 못한 사랑' 소여.

두 여자는 기종의 생애에서 항상 비교되어 있었다.

기종과 해수, 기종과 소여. 속세의 인연은 잔인하고 무참했다. 피하고 싶었고, 이어가고 싶었다. 그 만남마저도 삶의 한 순간이었다. 기종은 곧 소멸될 지상의 만남에 마침표를 찍어야 했다. 머무르고 싶었던, 머무르고 싶지 않았던 순간의 스침어 바람이 될 허공이었다. 발길 멈추게 했던 그리움도, 기다림도…….

기종의 내레이션 :

"세월을 건너뛴 어느 날이었습니다.

육십을 껑충 넘어 낯선 나이만 채운 어느 날이었습니다.

충만하지는 않았지만 살 맞대고 의지하면서 살아온 가족들마저도 떠나버린 어느 날이었습니다.

왕년의 추억마저도 씁쓸한 어느 날이었습니다.

시외버스 정류장이 아닌 마을버스 정류장에서도 헤어짐을 망설이고 아파하는 반편이 같은 인간의 어느 날이었습니다.

맥없이 놓아버린, 스친 사람들의 옛 모습이 되살아나 울고 싶은 어느 날이었습니다.

그날은, 흔들리는 나뭇잎이 바람을 증명해 주듯—잊히는 존재의 가벼움을 부정하는 그림자를 만들어 보려고— 30여 년의 절필 끝에 신문이나 문학지에 간간이 발표해 온 원고를 정리해 작품발표회를 하는 어설픈 날이기도 했습니다."

강남의 시가지가 내려다보이는 전망 좋은 카페식 레스토랑 '오작교' 연회장. 기종이 초청한 친우와 선·후배 앞에서 출판기념 인사말을 하고 있다.

"……저놈은 커서 한 가닥 할 놈이야! 동네 어른들이 건들대는 철부지 어린 저를 보고 하신 말씀이었습니다. 문득, '이게 아닌데—' 하고 뒤돌아보니, 허송세월에 남은 거라곤 빛바랜 추억밖에 없는 허깨비가 되어 있었습니다. 절필한 지 30여 년, 한 세대의 음지와 양지를 돌아 이 자리에 섰습니다. 한 가닥은커녕 반 가닥도 이루지 못한 채 힘 빠진 콧김만 나무라고 있습니다."

입구의 문을 밀치고 안 위원(일간지 논설위원)이 급히 들어왔다. 굵은 뿔테 안경을 코끝에서 위로 밀어 올리며, 인사말을 하고 있는 기종에게 늦은 시간만큼의 인사를 꾸벅했다. 기종의 학교 후배이자 충무로 후배였다. 오랜 세월 연을 끊지 않고 보수와 진보의 날선 토론을 안주 삼아온 술친구이기도 했다. 문학도에서 평론가로, 일간지 논설위원으로 삐딱한 국가관을 먹물로 갈겨대는 진보성향이 강했다.

기종을 '형님' 이라고 호칭하는 몇 안 되는 지기였다.

기종의 인사말이 이어졌다.

"……원고지를 모질게 덮었던 세월, 너무도 긴 세월이기도 짧은 세월이기도 했습니다. 삶의 순간을, 삶의 소중한 시간을 뒤돌아보았습니다. 후회와 아픔밖에 없었습니다. 왔다가 그냥 가기엔 너무도 허망할 것 같았습니다. 잠재웠던 내 몸속의 광기와 숨죽지 않은 한의 외침이 저를 다시 원고지 앞에 앉혔습니다. 삭이고 삭였던 여백의 울림이 저를 이 자리에 세우게 했나 봅니다. 주체하기 힘든 흥분으로 넥타이 매고 반바지 입은 꼴이 되지 않았나 걱정스럽습니다."

기종이 축하객들의 자리를 돌아가며 인사와 술잔을 나누고 있다.

"세련되지 않더라도, 많이 촌스럽더라도 본래의 나를 찾고 싶습니다. 얼마나 이어갈지 기약할 수 없는 황혼의 짧음에 마음만 급해집니다."

기종이 안 위원과 문화부 기자들이 있는 좌석으로 가 잠깐의 자리를 잡았다. 연회석을 바삐 오가며 서빙하던 '오작교' 여주인이 기종에게 다가와 박수로 축하해 준다.

기종이 일어나 여주인인 '시우' 를 포옹해 서로의 답례를 한다.

"이제, 지난 세월 동안 정들었던, 미웠던, 사랑했던, 그리고 소홀했던 만남이 무엇과도 바꿀 수 없는 이 세상의 소중한 순간임을 알게 되었습니다. 늦었지만, 남은 시간 가까이에서 마주보며 지내고 싶습니다. 못다 한 세상 이야기 주고받으며 만남의 정을 이어가고 싶습니다. 비켜서지 마시고, 돌아서지 마시고 지켜봐 주십시오.…… 잊지 않고 자리해 주셔서 감사합니다."

기종의 인사말이 끝났다. 축하객들이 다 함께 일어나 기종을 향해 박수쳐 주고 건배했다.

연회가 끝났다. 기종과 여주인 시우가 입구에 마주 서서 돌아가는 축하객들에게 인사로 전송했다.

평소의 기종은 인위적 모임이나 행사를 기피해 왔다. 앎이 서로를 지치고 힘들게 할 수도 있었기에, 만남의 인연을 표나지 않게 정리해 낯가림을 했다. 우듬지가 아닌 제도권 밖에서의 호젓함의 희열을 누리고 싶어 했다.

삶의 공식을 벗어나진 못했지만, 다운타운 · 변방 · 오지 등의 아웃사이드에서, 보헤미안 · 집시 등의 유랑이나, 방관자 · 이방인 등의 비주류로 론리 맨(Lonely man)의 고독에서 자유를 찾고 싶어 했다. 그랬기에, 호탕하게 살아오면서 '군중 속의 고독' 을 즐기고 있었다.

돈키호테나 햄릿의 양면성을 감춘 기종이었다. 그런 기종에게 출판기념회는 파격적인 행사였다. 안 위원이 우기고, 시우가 서둘러 날 잡아 자리를 만들어 뜻 깊은 행사를 품위 있게 치렀다.

행사를 끝낸 기종과 안 위원, 시우 세 사람만 남았다. 장소를 옮겨 2차로 홀가분히 뒤풀이하기로 했다. 콜택시를 불러 야경의 강남대로를 거슬러 올라 한강다리를 건넜다. 앞자리에 안 위원이, 뒷자리에 기종과 시우가 타고 있었다.

며칠 전, 기종과 만나 술타작을 하던 안 위원이 개발한 맛집 자랑을 했다. 삼겹살 양념구이가 일품이라고. 상호가 '오딘의 집' 이라고 했다. '바이킹의 오딘!' 기종은 맛집 순례보다는 '오딘의 집' 이란 상호에 홍미를 느꼈다. 대학로 소극장이 가까워 연극인들이 많이 찾는 집이라고 했다.

택시가 종로 5가에 멈췄다. 안 위원, 기종, 시우가 내렸다. 앞장서 안내하는 안 위원을 기종과 시우가 뒤따랐다. 시우가 스스럼없이 매달리듯 기종의 팔짱을 꼈다.

시우!

오작교를 개업할 때부터 안 위원과 만남의 장소로 이용하면서 알게 되었다. 30대 중반(?)으로 가슴 속 깊이 정화수를 담고 있는 것 같은 정갈한 여자였다. 줄리아드 음대에서 피아노를 전공하다가 중퇴한 재원. 내로라하는 명사들과의 어울림에도 격이 떨어지지 않는, 품위가 있는, 맑고 밝고 따뜻한, 무언가 무엇이 있는, 안개속의 안개꽃 같은 여인의 향기를 풍기고 있는 독신녀였다.

기종과의 만남이 더해지면서 스승과 제자처럼, 아버지와 딸처럼 서로의 믿음을 갖게 된 편한 상대가 되었다. 기종은 시우의 밝음 속에서 지하수처럼 고인 외로움을 보았다. 시우는 기종의 작품 속에 스며 있는 그리움을 예리하게 읽고 있었다.

기종과 안 위원의 술자리에 간간이 자리를 같이하면서, 시국적인 논쟁에는 보수 논객인 기종의 손을 들어주었다. 신문이나 문학지에 발표하는 기종의 작품을 스크랩하면서 기종의 열렬한 팬이 되어 있었다.

안 위원이 뒤따르는 두 사람을 확인하고는 피맛골(광화문에서부터 대로 이면 사잇길로 연결된 통로) 먹거리 길로 꺾어 들었다.

늦더위가 며칠째 계속되면서 열대야까지 겹친 끈끈한 골목길에 맛내음이 가득했다. 몇 집을 지나치던 안 위원이 걸음을 멈추었다. '오딘의 집' 이라고 상호가 걸린 식당 앞이었다. 환풍기에서 배출된 삼겹살구이 기름진 냄새가 술꾼을 호객하고 있었다.

안 위원이 앞장서 식당 문을 열고 들어갔다. 소문만큼이나 홀 안은 손님으로 붐볐다. 구석진 빈자리를 찾아 앉았다. 메뉴는 양념으로 숙성시킨 삼겹살 한 가지뿐이었다. 냉방과 환기시설이 잘 되어 골목길에서 절은 땀을 가시게 했다.

주방을 등지고 앉은 기종이 홀 안을 둘러보았다. 차림으로 보아 소극장 연극인, 퇴근길의 직장인, 대학로의 나들이꾼들이 드럼통의 원탁에 둘러앉아 저무는 하루를 비어가는 술병 속에 담고 있었다. 홀은 인테리어 없이 단순했다. 주인인 듯한 여자가 주방에서 기본 상차림 쟁반을 들고 다가왔다.

기종과 여자의 시선이 마주쳤다. 마주친 시선으로 여자의 걸음이 멈추었다. 기종의 움직임이 정지되었다.

"!!……, ?!……, 해수?!……, 해수가!!……."

해수가 서 있었다. 분명히 해수였다. 찰나의 순간이었다. 두 사람의 정지된 동작이 진행 중인 다음 동작으로 이어졌다.

"오셨어요!"

해수가 구면인 안 위원에게 인사하고는 식탁 위에 기본 상차림을 했다. 배추절임, 막장, 앞접시, 젓가락을 내려놓는 마디 굵어진 손가락 끝이 가늘게 떨리고 있었다.

기종이 안 위원과 시우가 눈치 못 채게 해수를 훔쳐보고 있었다. 부평 다다구미, 쌍계사, 의정부거리 로케이션……. 그리고 30여 년이 지난 오늘……, '오딘의 집' 이란 식당주인이 된 해수가 지금 기종 앞에 있었다. 몰랐던, 없었던, 지워야 할 과거였기에 서로의 만남이 현재에서부터 시작되어야 했다.

해수가 아닌 유정분의 첫 만남이었다. 웃음기 담았던 눈, 티 없었던 우윳빛 피부, 세월의 흐름에서도 정분은 옛 모습을 간직하고 있었다. 활동하기 좋은 개량한복차림으로 머리를 뒤로 틀어 묶었다. 귀밑으로 흘러내린 반백의 머리카락이 땀에 젖어 있었다. 웃음기 담은 눈가로 노년의 주름이 자리를 잡았다. 예상치 못한 만남에 숨이 멈춘 기종과 정분의 숨통을 안 위원이 서로를 인사시키면서 풀어주었다.

"유 여사님 오늘 귀한 분을 모시고 왔습니다. (기종을 보며) 친형님보다 가까운 마이 갓. (시우를 보며) 강남의 사업가 언니. (유 여사를 소개하며) 소문난 맛집의 주인 유 여사님!"

안 위원이 간단히 서로의 인사를 끝냈다.

"따님이세요?"

정분이 시우를 보고 기종에게 물었다. 기종이 시우를 보고는 어물쩍했다.

"딸 같아요?"

시우가 유 여사에게 물었다.

"두 분께서 닮으셔서……."

유 여사가 눈웃음을 흘렸다.

시우가 기종을 보면서―

"선생님하고 제가 닮았대요. 정말 영광입니다. (유 여사를 보고) 그랬으면 얼마나 좋겠어요."

"부녀지간인 줄 알았어요."

유 여사가 기종과 시우를 번갈아 보았다.

"우러러 모시는 선생님의 팬이에요."

시우가 기종을 보며 자랑했다.

유 여사가 정리된 듯 안 위원을 보았다.

"술은 형님이 변치 않고 드시는 참이슬 빨간 딱지로 주세요."

안 위원이 술을 주문했다. 유 여사가 순간의 시선을 기종에게 남긴 채 돌아섰다.

안 위원이 자리를 뜬 유 여사의 신상에 대한 편집된 이야기를 풀었다.

어린 아들을 하나 가진 여자와 딸 둘을 둔 상처한 홀아비와 재혼.

장성한 딸 둘은 출가하고, 아들은 증권회사 부장으로 근무.

몇 년 전, 의정부에서 자동차보험대리점을 하던 사업을 접고, 부부가 현재의 '오딘의 집' 개업.

얼마 전, 남편이 뇌졸중으로 쓰러져 재활치료 중―.

유 여사가 준비한 안주와 술을 들고 오면서 안 위원의 유 여사 신상소개가 멈추었다. 해수와의 과거 속에 빠져 깨어나지 못하고 있는 기종을 안 위원이 보았다.

"형님! 멜로? 액션?"

작품을 구상중일 때는 가끔씩 맥을 놓고 있는 기종이었다. 안 위원은 구상중인 작품 속에 기종이 헤매고 있는 줄 알았다.

"아니―, 으―, 뭐랬어?"

현실로 돌아온 기종이 픽― 웃었다. 유 여사가 숯불에 달구어진 철판 위에 양념삼겹살을 올렸다. 맵싸한 삼겹살 익는 내음이 소주잔을 찾게 했다. 시우가 돌아가며 술잔을 채우며 안 위원에게 물었다.

"정말 내가 선생님을 닮았어요?"

"듣고 보니 그런 것 같아."

안 위원이 기종과 시우를 번갈아 뜯어보았다.

"그래요?!"

시우가 동의를 구하는 듯 기종을 보았다. 기종이 시우를 마주보았다. 시우를 만난 이후 처음으로 새김해 보는 얼굴이었다. 처음부터 생면이 아닌 것 같은 생각이 들긴 했었다. 정분의 말을 듣고 보니 시우의 모습이 어딘가 낯이 익은 당김이 있었다.

"형님―, 어때요! 이참에 시우 씨를 수양딸로 맞아들이시죠."

주위에서는 시우를 '오작교'의 사장이라고 '오 사장'이라고 호칭했다. 시우는 기종과 안 위원에게는 통속적인 '오 사장'보다는 일인칭인 '시우'의 이름 호칭을 원했다.

안 위원이 농담 섞인 제안을 했다. 미소 짓고 있는 기종의 결정을 시우가 기대하고 있었다.

"적당한 날 잡아 술 한 잔 놓고 약조식을 합시다. 내가 증인 설게요."

삼겹살을 고루 익게 뒤집어 놓던 유 여사가 흥미롭게 기종의 모습을 살폈다. 기종이 소주잔을 들어 어색함을 피하려 하는데—,

"늦었습니다, 어머니."

입구 쪽에서 귀가 인사를 하는 소리가 들렸다. 정장의 호남이 유 여사에게 다가왔다. 기종 일행의 시선이 정장에게 쏠렸다. 유 여사의 아들이었다.

"아버지 다음 주에 퇴원해도 된답니다, 어머니. (아들이 안 위원을 알아보고) 오셨어요!"

아버지의 퇴원으로 가벼워진 아들이 안 위원에게 밝게 인사했다. 유 여사의 아들은 직장에서 퇴근해서 재활치료를 하는 아버지에게 들렀다가 집으로 와 어머니의 장사를 도와주고 있었다.

"인사드려라. 귀한 손님이시다."

유 여사가 아들에게 엄하게 예를 올리게 하고—,

"많이 모자라는 자식입니다. 잘 부탁드리겠습니다."

기종에게 머리 숙여 부탁했다.

기종이 자리에서 일어나 유 여사의 아들에게 손을 내밀었다.

"만나서 반갑습니다."

"전귀남입니다. 많은 가르침 받겠습니다."

아들이 두 손으로 기종의 손을 맞잡으며 정중히 인사를 올린다.

"전귀남! 귀남-, 귀한 남자! 이름이 좋습니다. 이름보다 더 귀한 아드님을 두셨습니다."

기종이 유 여사와 아들을 번갈아보며 덕담을 했다. 유 여사가 다시 한 번 기종에게 머리 숙인다.

"감사합니다."

아들이 기종의 덕담에 인사하고-

"옷 갈아입고 나오겠습니다."

기종 일행에게 양해를 구하고 안집으로 통하는 주방 옆문으로 사라졌다.

"유 여사님! 부군께서 퇴원하신다니 오늘 한 판 쏘셔야 되겠습니다."

"그래야겠지요. 귀한 손님도 오셨는데."

안 위원의 요청에 유 여사가 응했다.

"따블로 쏘세요! 어머니를 닮아서 아드님이 어디 하나 나무랄 데가 없는 '짱' 입니다."

시우가 엄지를 치켜세우며 귀남의 칭찬을 했다.

"감사합니다. 저보다 아버지를 닮았습니다. 그럼-."

유 여사가 기종에게 찰나의 시선을 맞추고는 다른 손님 자리를 살피려 돌아섰다.

기종, 안 위원, 시우가 몇 순배의 소주잔을 돌렸다. 기종은 겉으로는 내색하지 않았지만, 술맛과 안주맛을 모른 채 건성으로 자리에 어울리고 있었다. 기종의 시선은 유 여사와 작업복에 앞치마 차림으로 손님시중을 드는 아들의 건전한 모습을 훔치고 있었다.

의정부에서 영화촬영 중, 구경꾼들 틈에서 어린애를 안고 있는 해수의 모습이, 걸음마를 하는 어린애의 손을 잡고 거리를 걷고 있는 해수의 뒷모습이, 아이를 소중하게 품에 안고 있는 어머니 해수의 모습을 되살려 보고 있었다.

오랜 옛날……, 의정부 거리에서 마지막 스친 해수와 어린아이……. 노년의 해수와 장년이 된 해수의 아들이 기종의 눈앞에서 유정분과 정분의 아들이 되어 삶을 가꾸어가고 있었다.

紅爐一點雪(홍노일점설 : 서산대사의 임종게)

생(生)은 붉은 화로에 내리는 한 점의 눈이었던가.

안 위원의 영정이 향을 피우는 기종을 지켜보고 있었다. 시우가 영정 앞에 흰 국화 꽃송이를 올렸다. 기종과 시우가 고인의 영정 앞에서 묵념으로 애도했다.

일주일이 멀다하고 만나서 술잔을 나누었던 안 위원이었다.

'오딘의 집' 에서 만난 이후, 술을 멀리해 왔다. 어릴 적에 앓았던 폐결핵이 다시 발병해 치료중이라고 했다. 기종이 꿀물처럼 마시는 술잔을 보면서 인고(忍苦)의 지난 겨울을 보냈다. 새 봄을 맞고서 병세가 호전되어 간다고 했다.

술 개통식은 기종과 함께 코가 비틀어지게 하겠다고 벼르고 있었는데—. 그런 안 위원이 각혈 끝에 서울대학병원 중환자실에서 먼 길을 떠났다. 에이즈, 암도 정복되는 시대에, 1950년대에 돌림병이던 폐병으로 생을 마감하다니, 기종은 실소했다.

지난 밤, 꿈속에서 건강한 모습의 안 위원을 만났었다. '오딘의 집' 에서 참아왔던 술을 밤새도록 마셨다. 정분도 정분의 아들도 없는 텅 빈 홀에서 단둘이 원 없이 술병을 비웠다. 새벽녘에 헤어지면서 힘차게 손을 흔들어 보이고는 피맛골 골목길로 사라졌다.

— 형님! 건강하셔야 해요. 오래오래 술자리 같이하게…….

기종이 꿈을 깼다. 너무도 선명한 안 위원의 마지막 인사였다. 지난 저녁 '버스는 또 온다' 에세이집 출판 관계자를 만나 2차까지 술자리를 하고, 꿈속에서 안 위원과 새벽까지 마시고 또 마셨다. 지난 저녁에 마신 술보다 안 위원과 꿈속에서 마신 술이 더 찐했다.

꿈이 현실로 이어졌다. 시계를 보았다. 새벽 5시를 지나고 있었다. 그 시간이 안 위원이 떠난 시간이었다. 안 위원이 마지막 밤을 기종과 함께 보내고 떠나갔다.

대학병원 영안실을 나왔다. 음산한 바람이 불어왔다. 잔뜩 찌푸린 하늘에서 당장 뭔가가 쏟아질 것 같았다. 날이 저물어 조명등이 밝혀진 병원 길을 걸어 나왔다.

— 형님! 건강하셔야 해요.

안 위원의 울림이 왔다. 기종이 뒤돌아보았다. 안 위원이 손을 흔들어 보이고는 피맛골로 사라졌다. 기종이 눈을 감았다. 시우가 기종을 병원 산책길 벤치로 안내했다. 기종과 시우가 벤치에 앉아 가라앉은 마음을 달랬다.

"선생님—. '오딘의 집' 에 한 번 가 볼까요?"

시우가 침울한 분위기를 바꿔 보려 했다. '오딘의 집' 은 병원에서 가까운 거리에 있었다.

'지난 겨울, 가게를 내놓고 고향으로 내려간다고 했는데…….'

기종은 정분의 근황이 궁금하기도 했다. 가로등 밝혀진 마로니에 길을 걸었다. 가로수 새싹이 연둣빛 움을 틔우고 있었다. '오딘의 집' 까지 왔다.

시우가 주춤 발길을 멈추었다. '오딘의 집' 이 '만남의 광장' 으로 간판을 바꿔 달았다. 외형도 퓨전식당으로 리모델링되어 있었다.

"장사를 그만두고 귀농한다고 했는데……, 들어가 볼까."

좌우를 두리번거리는 시우에게 귀띔해 주고 기종이 앞장서 문을 밀었다. 홀은 주방과 안집까지 터놓아 광장처럼 넓어지고 인테리어가 젊어졌다. 메뉴도 젊은 사람들의 입맛에 맞추어졌다.

기종과 시우가 빈 자리를 찾아 앉았다. 마른안주와 생맥주는 피처로 소주는 참이슬로 시켰다. 기종이 자신의 맥주잔에 생맥주와 소주를 섞어 부었다. 기종이 평소에도 즐기는 소맥이었다. 시우의 잔에는 생맥주를 채워 주었다. 시우가 생맥주를 피처 통에 조금 쏟고는 말했다.

"나도 소맥으로 마실래요."

기종에게 맥주잔을 내밀었다. 기종이 피식 웃고는 소주로 술잔을 채워주었다. 기종이 술잔을 들어 잠깐 망설였다. 갈증이 났다. 안 위원의 비보를 듣는 순간부터 온몸이 허해졌다. 떠난 사람을 위해 건배를 할 수 없었다. 물 마시듯 단숨에 술잔을 비웠다.

시우가 두어 모금 마시던 술잔을 꺾고 기종을 보고 있었다. 기종의 빈 잔에 맥주와 소주를 가득 채워 주었다. 기종이 첫잔처럼 술잔을 비우고 내려놓았다. 시우가 이번에는 술잔을 채워주지 않고 마른안주를 밀어 주었다. 기종이 쓰게 웃고는 안주를 집어 들었다.

"'삶은 꿈속에 있고, 죽음은 옆에 있다.' 내가 술자리에서 안 위원에게 했던 말이야. 그 친구가 뭐랬는 줄 알아?! '두려워 마라! 태어나기 전에는 아무것도 없었다-소크라테스.' 나의 허무(虛無)와 안 위원의 무상(無常)이 만나 밤새도록 병나발을 불었는데……."

"허무와 무상, 텅 빈 것과 없는 것……. 그런데 왜 무(無)의 세상에서 만남과 떠남이 있을까요? 시간은 수없이 밀려오는 쓰나미예요. 생존을 분별없이 삼키는……. 아파요!"

시우가 다시 침통해졌다.

— 아파요! 아파요…….

어디서 들어본 소리 같았다.

'아파요…….'

기종은 시우의 말꼬리에서 맴돌았다.

— 아파요!

옛날, 쌍계사 서소문 공부방에서 소여가 했던 말이었다.

— ……살다가 떠나는 것, 모두 같이하는데, 그리워할 일 있을까, 미워할 일 있을까. ……사랑과 그리움의 체념이, 아파요!

시집 《하얀 보자기에 고이 접은 그리움》 중에서 〈사랑하다가〉를 낭송하고, 사랑과 그리움의 체념이 '아프다' 고 했다.

소여……. 기종은 시우의 모습에 소여를 오버랩 시키고 있었다.

"떠나고, 없어지고, 보이지 않고……. 어머니와 아들, 모자지간의 끈끈한 모습이 보고 싶네요."

시우가 주위의 사라짐을 아파했다. 기종이 다시 빈 잔을 채웠다.

"선생님! 유 여사 그 분, 참 곱게 나이 드셨지요?"

"그렇게 보였어?"

"험한 꼴 안 보고 살아오신 분 같았어요. 선생님은 어떻게 보셨어요?"

"같은 생각이야……."

잠깐 생각에 젖었던 기종이 시우를 보았다.

"밀레의 '만종', 어떻게 생각해?"

대화에 빗나간 기종의 물음이었다.

"밀레의 '만종' ……. 저녁노을 속에 그 날 수확한 감자바구니를 앞에 두고 감사의 기도를 올리고 있는 부부의 모습……."

시우의 설명에 기종이 끄덕였다.

"열심히 일해서 얻은 소중한 결실 앞에서 감사하는, 아름답고 소박한 부부의 모습! 그런데…… 그런데, 그림 속에 있는 바구니에 수확한 감자가 아닌 숨진 갓난아이가 담겨 있고, 부부가 슬픔을 참으면서 하늘나라로 간 아기의 명복을 빌어주는 기도하는 모습이라면……."

"안 돼요, 안 돼! 슬픈 그림으로 만들지 말아요. 선생님!"

시우가 거칠게 거부했다.

"누구나 그렇게 생각하겠지. '만종' 의 그림에는 슬픈 비밀이 있었어. 원래는 감자바구니가 아닌 아기를 담고 나들이하는 바구니였어. 며칠째 앓고 있는 아기와 함께 부부가 밭으로 나갔어. 일용할 수확을 끝내고 집으로 가야 하는데, 바구니에 잠들어 있던 아기가 숨을 거두고 말았어. 붉은 노을 속에 감사의 기도를 올리고 있는 부부가 아닌, 숨진 아기의 명복을 빌며 기도하는 부부의 모습을 그린 밀레의 '만종' 이었어."

"설마?!"

시우가 진저리를 쳤다.

"밀레가 '만종' 을 끝냈을 때 친한 친구가 화실로 찾아왔어. 밀레의 그림을 본 친구가 '아름다운 노을 아래 너무 슬픈 부부가 서 있군. 마음이 아파서 도저히 그림을 볼 수가 없네. 제발 그림을 좀 고쳐주게. 나와 이 그림을 보게 될 세상 사람들을 위해서—.' 친구의 간절한 부탁으로 감자바구니를 앞에 두고 감사의 기도를 올리는 '만종' 으로 세상에 전해지게 되었어."

"너무 슬픈 이야기는 잊고, 감사의 기도를 하는 '만종' 만 기억할래요."

시우가 슬픈 '만종' 의 이야기를 지우려 했다.

"세상살이가 다 그래. 밀레의 '만종' 처럼. 행복밖에 없는 사람 같아도 열고 들어가 보면 '아픔' 을 가지고 있어. 못 견딜 고통 속에서, '이렇게 살면 뭐하냐! 차라리 죽는 게 낫지.' 좌절하는 사람들과 '살아 있어서 겪는 아픔'이라고 극복하는 사람이 있어. 사람들은 좌절한 사람과 극복한 사람의 결과만 볼 뿐이지. 행복한 모습과 불행한 모습은 나타내 보이는 연출이야."

"다 이루고 사시는 선생님은 걱정할 일을 만들어야 되겠어요."

"그럴까? 그렇게 봐준다면……, '아픔' 도 '선택의 대가' 도 '어떻게?' 란 고민도 없는 모습으로 표정관리를 잘 해 왔군."

"한계점이 있겠지요. 저는 더 이상의 아픔과 슬픔은 감당할 수 없을 것 같아요."

"시우가 왜?"

"선생님이 말씀하셨잖아요. 열고 들어가 보면 다 아픔이 있다고."

"그럴까?"

시우가 화제를 원점으로 돌렸다.

"유 여사님, 건강을 되찾은 남편분과 아드님과 함께 행복한 전원생활을 하고 있겠지요?"

"그래야겠지……."

기종이 술잔을 만지작거리면서 정분과의 두 번째 만남을 되살리고 있었다.

지난 초가을에 안 위원의 안내로 '오딘의 집' 에서 해수를 만났다. 해수가 아닌 정분의 첫 만남이었다. 두 번째 만남을 미루어왔다. 다시 찾아봐야 할지, 지난 일로 끝내야 할지, 그것이 풀지 못할 숙제로 남아 기종을 망설이게 했다.

12월, 한해가 저물어 갔다. 해를 넘기기 전에 정분을 한 번 만나보고 싶었다. 해수가 아닌 새로운 삶을 가꾼 정분을 다시 한 번 만나고 싶었다. 꼭 만나봐야 할 일은 없어도 한 번은 만나봐야 될 것 같았다.

연말을 며칠 앞둔 이른 저녁 시간에 동행 없이 '오딘의 집'을 찾았다. 정분이 홀의 청소를 끝내고 영업을 시작할 시간이었다. 기종의 갑작스런 방문에 정분이 당황했다. 잠시 시선을 맞추던 정분이 손님과 주인 사이로 돌아왔다.

"안 위원님과 약속이 있으세요?"

"혼자 오면 안 됩니까?"

감정을 삭인 기종이 물었다. 정분이 미소 지었다. 기종이 지난번의 자리로 가서 앉았다. 정분이 상차림을 하려고 주방으로 갔다.

기종이 만남의 어색함을 정리하지 못하고 있을 때, 정분이 상차림한 것을 급하게 내왔다. 두 사람 사이의 긴 침묵이 불판 위의 삼겹살을 익히고 있었다. 기종이 머쓱함을 술잔에 담아 안주 없이 마셨다.

"한잔 하겠소?"

기종은 멋쩍은 술을 권했다. 정분이 미소로 사양했다.

"손님도 없는데 잠깐 앉으시지요."

서 있는 정분에게 자리를 권했다.

정분이 조심스럽게 기종의 앞자리에 앉았다. 정분이 익힌 고기를 가위로 가지런히 잘라 놓았다. 정분이 빈 잔을 채워주고, 기종이 술잔을 비웠다.

정분을 다시 만나야 할 일도 만나서 할 말도 없었다.

그 옛날, 해수가 한 번만 그냥 만나보고 싶어서 쌍계사로 기종을 찾아왔듯이, 기종도 한 번 만나봐야 할 것만 같았기에 정분을 찾아왔다.

"자제분은?……."

정분이 먼저 대화의 문을 열었다.

"딸 하나, 아들 하나―. 다 출가했어요. 아드님은?"

"아직, 아버지와 어머니를 편안히 모실 여자를 찾지 못했대요."

"요즘 보기 드문 효자를 두었습니다."

다시 대화가 끊어졌다. 기종이 술잔으로 침묵을 이어갔다.

잠깐 뜸을 들이던 정분이 입안에서 맴돌고 있던 마른 대화를 꺼내놓았다.

"출가한 친딸들보다 더 아버지를 섬겨요……. 저 술 한잔 주실래요."

정분이 술 한 잔을 마중물로, 묻어두었던 지난 이야기의 뚜껑을 열어놓는다.

"귀남이가 두 살 때, 의정부초등학교 앞에서 문방구를 했어요. 같이 붙어 다니는 2학년, 4학년의 자매를 알게 됐어요. 어머니 없이 아버지와 살고 있는……. 수업을 먼저 끝낸 동생은 언니의 수업이 끝나도록 문방구에서 귀남이와 놀아주며 언니를 기다렸어요. 가끔씩 아버지가 찾아와 세 식구가 같이 집으로 가기도 했어요. 어린 자식과 함께 미혼모가 살아가기가 힘든 세상이었어요. 커가는 귀남이를 사생아로 만들 수도 없었고요……. 귀남이는 두 자매를 누나처럼 따르고……, 상처한 두 딸의 아버지는 귀남이와 나를 지금까지 돌봐준 고마운 분이에요. 병원에서 퇴원해 재활치료 중이에요."

정분이 잠시 대화를 끊고 기종의 잔에 술을 채우고는 마주보았다.

"못 뵙고 가면 어떡하나 했어요."

"?……."

기종이 정분을 보았다.

"가게를 내놨어요."

정분이 그냥 두어도 될 불판 위의 고기를 뒤적이며 대화를 이어갔다.

"귀농하기로 했어요. 부모님이 나의 몫으로 물려주신 전답을 오빠가 대신 농사짓고 있었는데, 작년에 돌아가셨어요. 귀남이가 공기 좋은 곳에서 아버지 모시고 전원생활을 하겠대요. 지난달에 명퇴하고 특수작물 재배법을 배우고 있어요."

정분이 묻어두고 떠날 뻔했던 이야기를 끝냈다. 술잔만 내려다보던 기종이 정분을 보았다. 정분이 기종의 시선을 외면하지 않고 마주보았다.

"잠깐만—."

정분이 생각난 듯 급히 일어나 안집으로 향했다. 정분과의 만남은 떠남으로 이어졌다. 떠난 후에 찾아왔다면 많은 후회를 남길 뻔했다. 정분이 보자기로 싼 물건과 봉투 하나를 들고 나왔다. 보자기를 풀어서 질그릇 단지를 식탁 위에 놓았다.

"기억하세요? 꿀단지……."

정분이 단지를 소중하게 쓸어내렸다. 기종이 단지를 유심히 보았다. 까마득히 잊혔던 기억을 살려냈다. 화전 노부부가 몸보신하라고 기종에게 준 토종꿀단지였다. 해수와 쌍계사에서 헤어질 때 꿀단지를 선물로 전했었다.

"이걸 아직까지……."

기종이 아득히 정분을 보았다. 정분이 두 손으로 단지를 쓸어내리고 뚜껑을 열었다. 밀폐해 놓은 기름종이를 조심스레 개봉했다. 묵은 꿀내음이 어스름히 번져 나왔다. 굳어버린 토종꿀이 세월의 더깨를 만들어 놓았다. 정분이 아늑히 꿀내음에 녹아들었다. 기종이 꿀단지에 흐려진 시선을 담고 있었다.

'……다다구미……, 쌍계사……, 만남과 이별…….'

추억이 될 수 없는 아픔이, 기억이 될 수 없는, 지워야 할 기억이 딱지 떨어진 상처의 흉터 속에 남아 있었다.

꿀내음에 잠시 젖어있던 정분이 심호흡을 하고는 기종을 보았다.

"지금까지 나를 지켜준 '오딘' 의 향기예요."

간절한 정분의 시선을 기종은 죄인처럼 외면할 수밖에 없었다.

"또 있어요."

정분이 봉투 속에서 두 장의 사진을 끄집어내어 한 장을 기종 앞에 밀어 놓았다. 기종의 전역증명서에 사용된 증명사진이었다.

조 하사로부터 기종이 지리산 속 절에서 시험 준비를 하고 있다는 소식을 전해 들었다. 사진관에 견본으로 진열된 사진을 구해들고는 구례 화엄사를 거쳐서 쌍계사까지 찾았었다.

꿀단지와 제대사진. 40년 가까운 세월이 흘렀다. 해수에서 정분으로, 오랜 세월을 거치면서도 변함없이 기종을 가슴 속에 간직하고 있었다.

기종은 자신을 돌아보았다.

'나는 해수를……, 가끔씩?…….'

아니었다. 소여와 비교된 존재로서 가끔씩 같이 해 왔다.

정분이 남은 사진 한 장을 제대사진 옆에 나란히 놓았다.

"귀남이 군복무 때 찍은 사진이에요."

정분의 새김에, 기종이 사진을 자세히 보았다.

"오딘과 많이 닮지 않았어요?"

정분이 조심스럽게 기종의 느낌을 물었다. 기종이 두 장의 사진을 비교해 보았다. 군복 입은 기종의 반명함판 증명사진과 귀남의 전신을 담은 스냅사진—. 두 장의 사진이 시간과 공간을 건너 뛰어 기종을 보고 있었다. 두 남자의 모습이 한 사람의 모습 같았다.

"사진 속의 두 남자가 저를 지켜줬어요."

정분은 자칫 흔들릴 것 같은 감정을 다잡듯 꿀단지를 거두어 보자기에 다시 싸맸다. 기종의 엉킨 생각은 두 장의 사진 속에 있었다.

"이 사진……?"

정분이 기종의 사진에 대한 소유의 선택을 물었다.

"좋으실 대로."

기종이 정분의 의사에 맡겼다.

"감사합니다."

정분이 기종과 귀남의 사진을 봉투 속에 다시 간직했다.

입구의 문이 열렸다. 귀남이 거동이 불편한 아버지(전 사장)를 부축하고 들어섰다. 한쪽 팔과 발의 기능을 찾지 못한 아버지를 산책시키고 오는 모양이었다.

"오늘은 대학로 소공원까지 갔다 왔어요, 어머니."

귀남이 운동량을 늘린 부친을 자랑하다가 기종을 알아보았다.

"안녕하세요! 오랫동안 못 뵈었습니다."

귀남이 기종의 만남을 반가워했다. 정분이 다가가 전 사장을 부축해서 기종의 자리로 왔다. 자리에서 일어난 기종을 소개했다.

"옛날에 저를 도와주신 은인이세요."

"만… 나게… 되… 서 반갑… 습니… 다…."

전 사장이 어눌한 인사말을 하면서 불편한 오른손 대신 왼손을 내밀었다. 기종이 전 사장의 손을 맞잡았다.

"믿음직한 아드님을 두셔서 든든하시겠습니다."

"다… 집… 집사람 덕… 택입… 니…."

말끝을 맺지 못하고 정분을 보았다.

"내일은 두 바퀴 도신대요."

귀남이 불편한 전 사장의 기를 살려주고 있었다.

"여… 보, 잘 모시… 세… 요. 그럼……."

전 사장이 기종에게 힘들게 인사했다. 귀남이 전 사장을 부축했다. 정분이 나머지 한쪽을 잡아주며 안집으로 향했다. 전 사장의 몸이 불편했지만 따뜻한 가족의 모습이었다. 전 사장과 정분과 귀남, 아버지와 어머니와 아들의 행복한 어울림이었다. 전 사장과 정분, 노후를 같이할 부부였다.

부부를 비익조(比翼鳥)라 했던가, 눈과 날개가 하나씩뿐이어서 짝을 지어야 날 수 있는.

기종은 전 사장의 빠른 쾌유를 빌었다. 정분이 기종에게로 돌아왔다. 기종이 자리를 마감하고 일어났다.

"고마워요. 행복한 모습을 보여줘서……."

"언젠가는 만나볼 수 있겠지, 기도하는 마음으로 살았습니다. 이렇게 찾아주셔서 감사합니다."

기종과 정분이 지난 세월만큼의 많은 말을 삼킨 채 헤어짐의 인사를 끝냈다.

기종이 입구로 향했다. 잠깐 걸음을 멈추었다가 뒤돌아보지 않고 그대로 발길을 재촉했다. 정분이 그런 기종의 뒷모습을 눈이 시리도록 담아두고 있었다. 기종이 피맛골을 벗어나 대로변 택시정류장까지 왔다.

"선생님!"

뒤에서 부르는 소리에 기종이 돌아봤다. 골목 안에서 귀남이 달려오고 있었다. 숨 가쁘게 달려온 귀남이 기종 앞에 멈추었다. 귀남이 기종을 우러러보았다.

"어머님이 말씀하셨어요. 선생님이 '오딘' 이시라고."

빈 택시가 왔다. 귀남이 택시 뒷문을 열어주었다. 차창 밖에서 귀남이 머리 숙여 인사했다. 기종이 손을 흔들어주었다.

'안녕……'

만남의 인사가 아닌 헤어짐의 인사였다.

"선생님, 눈이 내려요!"

시우가 기종의 공간여행을 깨웠다. 창문밖에 눈이 날리고 있었다. '봄비'가 아닌 때 아닌 '봄눈' 이 내리고 있었다.

시우가 중얼거렸다.

"……우리 삼월의 눈(雪), 길을 잃고 헤매다, 눈(眼) 끝에 매달려 울어버릴, 우리 어쩌면 삼월의 눈. …… '삼월의 눈' , 선생님의 시에요."

시우가 소맥의 폭탄주를 겁 없이 비웠다. 시우의 주량은 한두 잔이 한계점이었다. 오늘은 많이 넘쳤다. 그것도, 평생 술을 주식으로 삼아온 기종과 대작을 하고 있었다. 시우가 빈 잔에 소주와 맥주를 다시 채웠다.

"괜찮겠어?"

기종이 걱정스러워 물었다.

"떠나가고, 눈은 내리고, 기다리는 사람은 없고ㅡ. 그래서 술을 찾는가 봐요."

시우가 흔들리고 있었다. 기종이 시우의 외로움을 읽고 있었다.

"독신주의자야, 시우?"

"왜요?"

"그 나이에 결혼하지 않고."

"만난 지 삼년 만에 궁금해졌어요?"

시우가 피식 웃었다.

"좀 무심했나?"

기종이 마주 웃어주었다.

"많이……."

"내가 좀 떨떨해."

"제가 좀 깝치지요?"

"아니! 내가 남의 일에 관심을 두지 않는 편이야."

"남? 제가 남이에요? 미국에 있는 따님보다 더 자주 만나는데."

"하긴 그래."

"몇 년을 만나오면서도 '남', 참 간단해요. '남' 이라는 글자에 점 하나만 빼면 '님' 이 되고, '님' 에 점 하나만 더하면 '남' 이 된다는 유행가 가사에도 있듯이—, '남' 에서 '님', 그리고 도로 '남', 선생님도 그러세요?"

"아니……, 그랬다간 시우한테 혼나게."

"그런데 왜 내가 남이예요?"

"미안해."

"궁금하세요? 저에 대해……."

"궁금하지 않다면?"

"남이 되는 거지요, 뭐."

"궁금해."

"정말요?!"

시우가 활짝 웃었다. 시우가 잠깐 생각을 정리하고는—

"저, 독신주의자 아니에요."

"그런데?"

"선생님 같은 이상형을 만나지 못했어요."

"아서! 나 같은 남자 만나면 평생 멍들어."

"문신한 줄 알고 살면 되지요."

"부모님께서 많이 기다리시겠다."

"부모님?……, 다 돌아가셨어요. 언니, 오빠, 동생도 없어요. 어머니가 돌아가실 때까지 단 둘이 살았어요."

"아버님은?"

"아버지……."

시우의 표정이 바깥 날씨만큼이나 음울해졌다. 기종은 대화의 물꼬를 잘못 튼 것 같아 술잔을 비우면서 대화의 진행을 막았다. 시우가 술잔을 들어 한 모금 마시고는 쓴 입맛을 다신다.

"아버지……. 할아버지 같은 아버지, 어머니와는 어느 한 곳도 맞지 않는 아버지……. 딴집 살림을 하다가 가끔씩 집에 들렀어요. 집안까지 끌어들인 외간 여자들과 술판을 벌리다가 돌아가곤 했어요. 그때마다, 어머니는 어린 나를 꼭 품에 안고 방구석에 숨어 있었어요. 아버지라고 한 사람은 어머니와 어린 나의 존재감만 확인하는 정도였어요."

시우가 따라놓았던 술잔을 마저 비웠다.

"초등학교 졸업반 때, 아버지의 승용차가 고속도로에서 유조차와 충돌해 폭발했어요. 아버지의 장례식 내내 어머니는 눈물 한 방울 보이지 않았어요. 장례식이 끝나고 주위를 정리한 어머니는 미련 없이 고향을 떠났어요. 서울로 간다고 하면서 도중에 한 곳을 거쳤어요. 오래 전부터 마음에 두고 있었던 듯 화개장터란 곳으로 갔어요. 어머니는 무엇에 홀린 듯이 한 발 한 발 걷고 또 걸어서 산속 큰 절이 있는 곳까지 갔어요."

"쌍계사 절?"

기종의 관심이 모아지고 있었다.

"맞아요! 쌍계사. 그 절 가 보셨어요?"

"하동 쌍계사, 십리 벚꽃길, 많이들 찾는 곳이야."

기종이 미소로 자신의 이야기를 피해 갔다.

"처음 보는 어머니의 모습이었어요. 대웅전 법당으로 들어갔어요. 부처님께 큰절을 올리고 꿇어앉았어요. 옆에 나를 앉히고 시간을 잊은 듯 눈을 감고 계셨어요. 그때 처음으로 어머니가 흘리는 눈물을 보았어요. 대웅전을 나와 산길을 오르는 계단 옆에 빈 공터가 있었어요. 어머니는 그곳에서 멈췄어요. 빈터 앞에서 어머니가 눈물을 훔치는 걸 다시 봤어요. 산길을 더 올라 작은 암자까지 갔어요. 담장 안을 기웃거리던 어머니가 아쉽게 발길을 돌렸어요."

술기가 가신 기종의 내면에서 소용돌이가 일었다.

'빈 공터?'

서소문 공부방이 있던 곳이다. 화재로 전소되어 빈터로 남아 있다가 복원되어 '금당선원' 이란 스님들의 도량으로 사용되고 있었다.

'작은 절?'

국사암이다.

"어머니의 발길이 빈터 앞에 다시 멈췄어요. 그리고 나를 보며 결심한 듯 분명하게 말했어요. '시우야! 돌아가신 분은 너의 아버지가 아니다.' 어머니의 뜻밖의 말을 처음에는 알아듣지 못했어요. 어머니가 재차 저에게 새겨줬어요. '시우의 아버지는 서울에 계신다. 언젠가는 만나 뵐 날이 올 거다.' 그때, 나는 어머니의 새김에 실감을 느끼지 못했어요."

거대한 해일이 기종을 향해 밀려오고 있었다.

"혹시……, 고향이 여수?"

기종이 조심스레 물었다.

"어떻게 아셨어요, 여수란 걸?!"

시우가 깜짝 놀라 되물었다.

"아니 그냥. 쌍계사에서 여수, 순천이 가깝거든."

기종이 얼버무렸다.

"커 가면서 몇 번 아버지에 대해 물어봤으나, '만나 뵐 그날이 올 거다' 라고만 했어요. 저……, 취해서 선생님 등에 업혀 가면 어쩌지요?"

시우가 술에 술을 마시면서 이야기를 이어갔다.

"중학교부터 서울에서 다녔어요. 어릴 때부터 배워온 피아노 경연대회에 나가 대상을 받았어요. 특기생으로 고교 진학을 하고, 대학은 줄리아드 음대로 유학 갔어요. 어머니가 서교동에서 미술학원을 해서 저의 뒷바라지를 부족함 없이 해줬어요. 줄리아드 음대에서도 피아노를 전공했어요. 졸업하면 순회연주 스케줄까지 잡혀 있었어요. 졸업을 앞둔 그해 여름, 나의 모든 것을 송두리째 앗아간 사건이 터졌어요. 어머님이 돌아가셨어요. 삼풍백화점 붕괴사고*로……. 어머니는 미국에 있는 딸에게 보낼 밑반찬이 든 장바구니를 품에 안은 채……."

기종이 눈을 질끈 감았다.

— 아파요! 사랑과 그리움의 체념이…….

— 시간은 수없이 밀려오는 쓰나미예요. 생존을 분별없이 삼키는……. 아파요!

소여와 시우가 허공에서 쏟아져 내렸다. 블랙홀에 기종이 빨려 들어갔다.

기종은 술에 지고 만 시우를 부축해 택시를 탔다. 차창 밖 네온사인이 기종을 휘감아 돌았다. 뒷좌석에 기대어 눈을 감은 시우의 역사가 이어졌다.

"어머니의 장례식을 치루고 돌아온 날이었어요. 영정이 된 어머니의 모습을 만져보려는데 제 손이 말을 듣지 않았어요. 충격으로 오른손가락의 기능이 마비됐어요. 피아니스트의 손가락 마비, 수호천사의 죽음……, 꿈과 희망의 상실로 주저앉고 말았어요. 겨우 몸과 마음의 상처를 딛고 피아노 앞에 앉았어요. 피아노의 건반에서 제 혼을 불러낼 수 없었어요. 나를 지탱

*삼풍백화점 붕괴사고 : 1995년 6월 29일 오후 5시 55분경, 지상 5층 지하 2층 건물이 붕괴되면서 1445명의 사상자(사망 502명, 부상 937명, 행방불명 6명)를 낸 참사.

해 줄 하나의 꿈마저 사라져 버렸어요. 홀로 남겨진 현실은 치열하게 살아가야 할 생존의 목적밖에 없었어요. 그렇게 지금까지……. 죄송해요. 어두운 이야기로 선생님을 심란하게 해 드렸네요.”

택시가 시우의 원룸 앞까지 왔다.

기종은 충격의 여진이 계속되면서 현실의 진행이 멈추어져 있었다.

‘번쩍!’ 번개가 마른 하늘을 찢어놓았다. 뒤따른 천둥소리와 함께 벼락이 때렸다. 오체가 조각난 기종이 아득한 어둠 속으로 떨어져 내렸다.

— 찾지 않아도 내가 찾을 거예요……. 영원히 함께 할 거예요…….

소여가— 소여가 멀어져 갔다. 하얗게 사라졌다. 소여…….

씨줄과 날줄의 살림망 속에서 몸부림도 쳐봤다. 허공을 날아보려고 발돋움도 해 봤다. 창공의 푸르름은 그리움이었다.

순간이었다! 모든 것이 부서져 바람과 함께 사라졌다.

시우가 그리움과 기다림의 끝으로 기종을 초대했다.

“제가 아껴둔 와인이 있어요. 한 잔 드시고 가실래요?”

기종은 자신의 진행을 시우에게 맡겼다. 시우의 원룸으로 안내되었다. 혼자 생활하기에는 부족함이 없는 공간이었다. 간소한 실내 꾸밈으로 공간의 여백을 살려놓았다. 공간의 여백을 아끼는 기종과의 취향이 같았다. 정돈되어 있는 안정된 실내, 깔끔한 주방과 식탁, 간편한 화장대 위에 기초 화장품 몇 개, 소파 없이 각진 구석에 침상이 있었다. 침상 벽면에 액자 한 점이 걸려 있었다.

남자의 상반신이 뒤에서 조명된 강한 빛으로 실루엣의 윤곽만 처리된 유화였다. 후광을 받은 피사체가 투시된 광선을 뿜어내고 있었다. 마주 본 사람의 망막에 흑점을 만들어 놓을 것 같은 강렬한 광도였다. 피사체 윤곽 틈틈이 새어나온 빛살로 그림 속의 주인공을 신비롭게 표현했다.

시우가 액자 앞으로 다가갔다.

"저 왔어요! 아버지. 오늘 술 좀 마셨어요."

인사를 끝낸 시우가 기종을 돌아봤다.

"어머니의 빛이고 태양이신 저의 아버지, 서양화를 전공한 어머니가 유일하게 남긴 작품이에요."

액자 속에서 뿜어 나온 빛살이 기종을 쏘고 있었다. 실루엣 속의 심장을 뚫고 나와 기종을 관통했다. 검붉은 핏물이 튀어 그림 속의 윤곽이 지워지면서 소여로 변모했다. 소여의 강렬한 투시에 기종이 눈을 감고 말았다.

시우가 다가와 조리대와 연결된 식탁에 기종을 안내했다. 포장된 채로 보관된 와인을 꺼내놓았다. 냉장고에서 견과류와 오렌지로 간단히 안주를 만들었다. 시우가 와인 잔을 들어 기종의 건배를 기다렸다. 표정을 잃은 기종이 와인 잔을 들었다.

"오래 오래 건강하셔야 해요."

시우가 기종의 잔에 부딪쳐 건배했다.

무감각의 잔을 비운 기종의 눈길이 한 곳에 머물렀다. 식탁 겸 책상으로 사용되는 한쪽으로 필기구와 몇 권의 책 속에 기종의 시선이 꽂혔다. 《하얀 보자기에 고이 접은 그리움》 쌍계사에서 소여에게 선물한 시집이었다.

시우가 기종의 시선이 멈춘 시집을 꺼냈다.

"어머니가 남긴 유품이에요. 보실래요?"

시집을 기종 앞에 밀어놓았다. 기종이 시집을 들어 조심스럽게 책장을 넘겼다. 책갈피 속 '사랑하다가' 의 시편 속에서 편지지 한 장이 접혀 있었다. 접힌 모서리 둘레로 빛바랜 세월이 물들어 있었다. 두 번을 접어놓은 편지지를 폈다.

— 목숨보다 소중한 사랑을 지키기 위해 나를 버린다.

또박또박 새겨진 소여의 정갈한 글씨체였다.

파르르르—

기종의 온몸에 전율의 떨림이 왔다.

"어머니의 목숨보다도 소중한 사랑의 주인공, 나의 아버지. 어머니의 떠남으로 찾을 수도 만날 수도 없게 됐어요."

시우가 시집 속 '사랑하다가'의 시편을 중얼거린다.

"사랑하다가 만, 먼— 어느 날, 밀려오는 그리움 하나 있다……. 이렇게 간절한데 어디에 계실까요?"

"……."

시우가 기종을 이끌고 액자 앞으로 갔다. 액자 정면에 기종을 세웠다. 기종이 눈앞의 액자 속을 더듬었다. 빛과 그림자 사이사이 시 구절이 새겨져 있었다.

사랑하다가 만
먼— 어느 날
못 견디게 스며오는 사람 하나 있다.
…….

차량의 행렬이 물결로 흐르고 있었다. 오가는 인간들의 물결이 긴 행렬로 이어지고 있었다. 별이 사라진 도심의 불빛 속에 소여가 흐르고 있었다. 기종이 섞여들어 흐느적이고 있었다.

……
살다가 떠나는 것
모두 같이 하는데

그리워할 일 있을까
미워할 일 있을까.

기종이 발길을 멈추었다. 도시의 소음이 단절된 거리에 홀로 서 있었다. 자아가 해체된 무통의 거리에 기종이 서 있었다. 어둠의 허공을 보았다. 삼월의 눈은 잠시 멎어 숨고르기를 하고 있었다.

…오르가슴은 소멸로 가는 쾌감이었습니다. 쾌락에 탐닉한 육체는 사랑의 깊이를 몰랐습니다. 그리움의 몸부림은 기다림의 약속을 져버렸습니다.

내가 소여를 버렸을 때 소여는 내 곁에 있었습니다. 내가 소여를 잊었을 때 소여는 변함없이 나와 함께 있었습니다.

'님은 먼 곳에!' 옛날 아주 오랜 옛날, 미완성으로 남겨둔 이야기입니다. 이제 '님은 먼 곳에'의 미로를 벗어나 속죄의 남은 여백을 채우려 합니다.

기종의 탄식이 회한의 먹구름을 불러 모았다. 다시 눈이 내리기 시작했다. 삼월의 눈이 함박눈으로 쏟아져 내렸다. 소여가 쏟아져 내렸다. 기종이 소여를 맞아들이고 있었다. 속죄의 몸뚱이에 눈송이가 매달려 눈물방울이 되었다. 눈물이 흘러내려 기종을 씻어 내렸다.

존재의 허무와
죽음의 실체로 뒤척인 날들
삶은 꿈속에 있었고 죽음은 옆에 있었다.
사랑했기에
보내지 못한 낮과 밤
불면의 잿빛 하늘에서

흰 눈 내린다.

기다림의 지침에 시간이 멈추고
그리움의 한숨에 세월이 흩날려
밝음이 사랑이었고 어둠이 이별이었다.

침묵은 사랑과 이별을 이야기하기 싫었던가
만남의 씨앗에 꽃도 피우지 못한
게으른 밤
내가 떠나는 함박눈 쏟아지는 밤

편지 한 장 쓰겠다.
정말 사랑했었노라고.

– 강수철 시집 《외로워서 웃는다》 중에서 〈초혼가〉 전문

기종의 내레이션–

"깨물어 먹던 사탕을 녹여먹을 수 있게 되었습니다. 기다림의 조급함을 삭일 줄 아는 여유를 가질 수 있게 되었습니다. 봄 · 여름 · 가을, 만남의 설렘으로 보낸 절정의 시간이었습니다. 주위를 정리하고 몸 가벼이 떠날 수 있게 된 선택 받은 시간이었습니다. 만남의 목적이 있었기에, 헤어짐의 '안녕' 이 아닌 만남의 '안녕' 을 준비하는 축복받은 시간이었습니다. 이제, 꿈꾸어왔던 만남의 길을 떠나야 할 시간이 되었습니다. 더 이상 지체할 수도, 멈출 수도, 우회할 수도, 망설일 수도 없는 나의 길을 가야 합니다. 용서받지 못할 지상의 시간을 끝내려고 합니다."

기종이 면벽을 한 채 생의 시간을 정리했다.

창밖에 여명의 하루가 밝아왔다. 거리를 달리는 구급차의 사이렌소리가 가까이에서 멀어져갔다.

떠남의 시간이 왔다.

'육체' 와 '영혼' 이 작별인사를 주고받았다.

— 고마워, 지금까지 지켜줘서!

육체가 영혼의 인내에 감사인사를 했다.

— 여기까지 오느라고 고생 많았어!

영혼이 육체의 노고를 고마워했다.

기종이 눈을 떴다. '육체' 와 '영혼' 에게 감사의 인사를 하고 싶었다. 여정의 동행을 치하해 주고 싶었다.

"강기종! 그동안 고생 많았다. '영혼' 을 팔지 않고 살아온 '육체' 에 감사한다. '육체' 의 자존심을 지켜준 '영혼' 에게 감사한다."

기종이 힘주어 눈을 감았다. 크게 심호흡을 했다. 눈을 열어서 면벽의 자리에서 가볍게 일어났다.

"간다!

'타이타닉' 에서 **'노아의 방주'** 로!"

에필로그

삶은 꿈속에 있고
죽음은 옆에 있다

⋮

삶은 후회와 그리움의 야적장을 만들어가는
과정이라고 했지만, 후회뿐인 삶이었다.
삶은 헐거웠고 정듦에 소홀했다.
외로움에 소심했고 그리움에 무거웠다.
운명은 뒤돌아보는 것이지, 앞서 볼 수는 없는 것이었다.
정해진 길을 걸어온 게 운명이라면, 운명은 끝났다.
생명의 진행을 끝낸 기종은 운명의 굴레에서 벗어났다.
지금부터 가는 길은 운명의 길이 아닌 나의 길이다.
만남을 향한 나의 길을 간다.

바람이 불고 있었다. 어디에선가 분명 바람은 불고 있었다. 하늘을 보았다. 구름 몇 가닥 청명한 허공을 빗질해 놓았다. 바람이 불어왔다. 숲의 결을 씻고 다듬어서 스침이 맑았다.

'나를 위한 오늘입니다. 끝내고 시작해야 할 시간입니다.'

숲은 침묵으로 시간을 잠재우고 있었다. 허공을 보았다. 공허한 허공은 무심했다.

'태양이 눈부셔서 슬펐습니다. 달이 해맑아서 그리웠습니다. 새벽별 하나에 외로웠습니다. 기다림으로 살아온 나는 어디에 있는 무엇입니까?'

물음은 기다렸고, 가르침은 없었다.

내가 나를 지우고 다시 시작하기로 했다. 삶은 후회와 그리움의 야적장을 만들어가는 과정이라고 했지만, 후회뿐인 삶이었다.

삶은 헐거웠고 정듦에 소홀했다. 외로움에 소심했고 그리움에 무거웠다. 운명은 뒤돌아보는 것이지, 앞서 볼 수는 없는 것이었다.

정해진 길을 걸어온 게 운명이라면, 운명은 끝났다. 생명의 진행을 끝낸 기종은 운명의 굴레에서 벗어났다. 지금부터 가는 길은 운명의 길이 아닌 나의 길이다. 만남을 향한 나의 길을 간다.

갈 곳이 없는 사람은 자유롭다. 갈 곳이 있는 사람은 자유롭질 못하다. 가야 할 곳을 가야 한다.

갈 곳이 정해진 기종은 자유롭질 못했다. 자신에게 6개월의 생명연장 선고를 내렸다. 떠난 뒷자리를 깔끔하게 정리하고, 혹시나 남아 있을 얼룩을 지워 흔적을 없애는 유예기간이었다. 갈 곳이 정해진 나그네는 발길이 가볍다. 기종은 마음 가벼이 떠남을 정리하고 만남의 준비를 해 나갔다.

그런데, 그런데 한 가지 문제가 생겼다. 지상에 남겨두고 가야 할 육체의 처리였다. 깔끔하게 흔적 없이 육체를 소멸시킬 방법은……?

목을 매단다! 아니었다. 어머니의 악담대로 '쎄(혀)가 빠질 놈!' 은 아니었다. 혀를 빼고 아래로 배설물을 내놓은 흉측한 모습을 남길 수는 없었다. 칼로 손목을, 헤밍웨이처럼 총구를 입에 물고, 번개탄을 피워놓고, 자동차 배기가스를 차안으로, 건물 옥상에서, 한강 다리에서, 독극물을 먹고……. 하나같이 삶의 끝냄이 지저분했다.

타의에 의한 생김이었지만 끝냄은 자신의 의사대로—삶에 구걸하지 않고, 주위에 짐이 되지 않고— 깔끔하게 정리된 모습으로 당당하게 떠나고 싶었다.

기종은 범죄의 지혜를 모아 자신을 소멸시킬 완전범죄를 모방했다. 실행을 하기 위한 예행연습으로 완성도를 높였다. 시행착오를 거친 결과는 완벽했다. 끝내고 시작해야 할 곳까지 왔다. 육체가 쉴, 선택된 지상의 좌표까지 왔다. 관악산 중턱 외진 곳, 숲속의 공간은 은밀했다. 무덤이 될 흙구덩이는 반듯이 주인을 기다리고 있었다.

기종은 어깨에 메고 온 아이스박스를 내려놓았다. 지상의 멍에에서 해방되었다. 빈터자락에 앉았다. 눈 아래 평촌 시가지가 펼쳐져 있었다. 돌아봐서는 안 될 '소돔과 고모라'*의 성(城)이었다.

쌓아놓은 무덤의 흙을 두 손 가득 퍼 올렸다. 대지의 향기, 고향의 냄새가 물씬했다. 허공에 뿌렸다. 흩날리지 않고 대지의 품으로 가라앉았다. 흙으로 돌아갈 육체의 고향이었다.

……

계절이 지나가는 하늘에는
가을로 가득 차 있습니다.
……

나는 무엇인지 그리워
이 많은 별빛이 내린 언덕 위에
내 이름자를 써 보고
흙으로 덮어 버리었습니다.

– 윤동주 시인의 〈별 헤는 밤〉 중에서

떠날 준비를 끝냈다. 최후의 만찬을 시작했다.

한 병, 두 병, 세 병째의 참이슬을 비웠다. 흙의 내림을 막고 있는 버팀 얼음덩어리를 보았다. 지열에 녹아내린 얼음물이 흙에 스며들고 있었다.

'곧 흙의 균열이 일어나겠지……'

예정대로 진행되고 있었다.

네 병째의 술병 뚜껑을 열었다. 첫잔을 반쯤 꺾었다. 얼음이 녹는 시간과 술병을 비우는 속도를 맞추어야 했다. 남은 한 병은 비상용이다. 술맛이 찰지게 달았다. 꺾은 술잔을 마저 비웠다. 물러진 종이컵을 무덤 속에 먼저 보내고 새 컵으로 바꿨다.

*소돔과 고모라 : 구약성서에 나오는 환락의 도시

마지막 통화를 해야 할 곳이 있었다. 지금이 한낮을 지난 시간이면, 뉴욕은 반나절 늦은 한밤중이다. 신호가 한참을 간 후 딸이 전화를 받았다.

"아빠! 웬일이세요, 이 시간에?"

잠자다 전화를 받는 딸이 불안해 했다. 평소에도 전화를 않던 아버지가 한밤중에 전화를 했으니.

"그렇게 됐다."

"무슨 일 있으세요?"

"무슨 일 있어야 전화를 하냐?"

"무슨 일 있지요?!"

"아니, 나 여행 떠나."

"언제?"

"지금."

"어디로?"

"먼 곳이야. 오지……. 타클……."

갑자기 꾸며댈 장소가 생각나지 않았다.

"뭐예요. 아빠! 타클라마칸! 사막 아니에요?"

"그래, 그런 것 같다."

"그곳은 왜?"

"그냥. 살다 보면 갑자기 떠나고 싶을 때가 있어. 나를 풀어주고 싶어."

"……."

딸이 전화기를 통해서 기종의 의중을 살피고 있었다.

"너희는 나처럼 피곤하게 살지 말아라. 편하게 살아! 삶에 매달려 자신을 들볶지 말아라."

"오늘 좀 이상하다. 아빠!"

"살다 보면 그런 날도 있다. ……너희 엄마…… 나하고는 남이 됐지만, 너희들 엄마임에는 틀림없는 사실이다. 잘 모셔라. 좋은 사람 있으면 재혼시키고."

"아빠 걱정이나 하세요. 지내오면서 사귄 여자 한 사람도 없어요?"

"많았지. 근데 참새떼야. 궁해서 살펴보니 다 날아가고 없어. 그래, 이만 끊자."

기종이 전화통화를 토막 냈다.

'아빠!'

마흔 살이 넘었는데도 딸은 여전히 '아빠' 란다. 기종이 시집간 딸의 방을 그대로 보존하고 있듯이, 딸도 '아빠' 의 호칭을 '아버지' 로 바꾸지 않았다. 관계는 변함이 없는데 존재의 가치만 달라졌다.

'아빠!'

오래 오래 듣고 싶은 소리였다.

술잔을 다시 비우고, 얼음 버팀을 확인해 보았다. 녹아내린 물을 먹은 흙이 균열을 일으키고 있었다. 아끼고 싶은 술 한 잔을 다시 비웠다. 갈수록 술맛은 입에 붙었고 취기는 오지 않았다.

소주 몇 병만 더 있었으면……. 평소 주량을 기준으로 삼은 게 시행착오였다. 최후의 만찬주가 된 참이슬도 주도를 알아 취기를 날려 버렸다.

이제 한 통화만 끝내면 떠난다. 마지막 한 사람과의 통화! 운명의 사슬은 모질게 삐딱했다.

시우! 인간이 맺은 인연의 결실에, 인간은 당당할 수가 없었다. 삶은 찰나의 스침이라고 하지만, 찰나의 만남에도 업보는 뒤따랐다.

시우와의 관계 앞에서 죄인이 된 기종이었다. 나설 수도 물러설 수도 없는 죄인이 되어 있었다. 기종은 망설임의 나약한 시간을 보냈다. 시우에게

학술 세미나로 외국에 나간다고 만남을 뒤로 미루어 놓았다. 이제, 미룰 수 없는 시간 앞에서 시우와의 마지막 통화를 남겨야 할 것 같았다.

시우가 반갑게 전화를 받았다.

"언제 오셨어요? 선생님!"

"며칠 되었어. 잘 지내고 있지?"

"그럼요, 언제 들르실래요?"

"미안해, 급한 일정이 또 잡혔어."

"또요?"

"미루어 왔는데, 바로 출국하게 됐어."

"언제 오실 건데요?"

"좀 걸릴 것 같아."

"어디로 가시는데?"

"여러 곳……. 내가 생각해 봤는데……."

기종이 말을 잇기가 힘들었다.

"말씀하세요, 선생님."

"시우 어머님……."

"저, 어머니?"

"밀레의 만종에 대한 이야기를 했지. 슬픈 이야기는 잊어버리고 감사의 기도를 하고 있는 충만한 부부의 모습만 기억하겠다고."

"그런데요?"

"어머니도 하늘나라에서 아버지와 함께, 날마다 딸 시우를 지켜보면서 감사의 기도를 하고 있다면?"

"그랬으면 얼마나 좋겠어요."

"그럴 거야. 아니 틀림없어! 두 분이 서로 만나기 위해서 갑자기 떠나신 거야. 믿어도 돼."

"정말 그랬으면……."

"내 말을 믿어도 돼! 두 분이 만나서 못 다한 사랑을 이어가고 있을 거라는 믿음의 확신을 가져! 믿음은 영혼을 구원한다고 했어. 시우의 믿음 속에서 어머니와 아버지는 충만하실 거야."

"선생님의 말씀대로라면 믿어야겠지요. 아니, 믿을래요!"

"그래, 고마워. 어머니와 아버지가 시우를 지켜주실 거야. 잠깐! 배터리가 다 된 것 같아. 이만 끊어야겠어. 건강해—, 시우."

기종이 시우의 다음 말이 나오기 전에 통화를 끝냈다. 치밀어 오르는 격정을 삼키고 또 삼켰다.

'……시우야……. 이 세상에서 누릴 것 다 누리고 천천히 와라. 어머니와 함께 기다리고 있을게.'

기종은 시우에게 전할 마지막 말을 바람결에 남겼다. 한참을 눈을 감고 마음을 다스렸다. 이제 모두 끝난 일이다. 세상의 일은 살아 있는 자들의 몫이다. 기종은 눈을 떠서 주위를 둘러보았다. 얼음은 부피를 줄여 카운트다운에 들어갔다. 기종은 네 병째의 마지막 잔을 비웠다. 빈병과 종이컵과 치킨봉지 등을 무덤 속에 던져 넣어 주위를 정리했다.

이제 남은 건, 마지막 술 한 병과 치킨 한 토막. 무덤 속에서 입가심으로 끝낼 비상용이다. 무덤 속에 앉아 하체를 모래찜질하듯 흙으로 덮고, 수면제를 입속에 털어 넣고 술병을 나발 불어 비운다. 남은 안주를 씹어 삼키고, 드러눕는다. 허공이 나를 받아들여 바람결에 잠든다. 쏟아진 흙으로 육체는 고향의 품에 안길 것이다.

기종은 호주머니를 뒤져 수면제 약봉지를 다시 확인했다. 품속에 간직해 왔던 납작한 깡통을 끄집어냈다.

'멘소래담' 이 들었던 약통이었다.

— 엄마 손은 약손! 엄마 손은 약손!…….

쌍계사 서소문 공부방에서 소여가 피멍이 든 기종의 가슴에 멘소래담을 바르고 마시지해 주면서 주문처럼 외우던 소리였다. 김 부장 경호원의 뒤꿈치 일격으로 당한 상처를 소여가 멘소래담으로 치료해 주었다. 소여의 핸드백에 있던, 소여가 남긴 소염 치료제 약통이었다. 기종이 멘소래담 통을 호주머니 안에 소중히 다시 간직했다. 기종이 떠나면서 유일하게 소유하고 갈 소여의 유물이었다.

기종이 휴대폰을 집어 들었다. 배터리를 빼내어 무덤 속에 던졌다. 이승과의 모든 관계와 소통을 끝냈다. 자리에서 일어났다. 무덤 속으로 들어갈 시간이 되었다. 하늘을 보았다. 허공은 푸르르고 바람결은 맑았다. 기종은 눈을 감았다. 두 손을 하늘로 뻗어 허공을 안았다.

'소여! 삶의 목적이 된 만남이었다. 나의 못다 한 삶은 너와의 만남에서 다시 시작하겠다. 소여……. 네가 나에게로 올 수 없으니 내가 너에게로 간다.'

눈을 떴다. 눈앞에 평촌 시가지가 내려다보였다. 기종이 몸담아 온 속세였다. 휴대폰을 들어 허공으로 날려 보냈다. 빈 휴대폰이 인간들이 부딪치며 살고 있는 속세로 날아갔다. '소돔과 고모라' 의 성을 향해 휠– 휠– 허공을 향해… 허공을 향해…….

무대의 조명이 꺼졌다. 무대의 막이 내려지면서 객석에 조명이 밝혀진다.

우선우 작 · 연출 '커튼 콜' 완결편 앙코르 마지막 공연이 끝났다.

1부 : '이루지 못할 사랑' '다다구미' 편, 6개월.

2부 : '이루지 못한 사랑' '천사의 방귀' 편, 6개월이 예매 매진으로 이어지면서 끝을 냈다.

앙코르 공연 요청이 빗발쳤다. 성원에 보답하기 위해 1 · 2부 : 완결편을 기획했다. 3개월의 앙코르 공연을 성황리에 끝내는 고별 공연으로 대단원의 막을 내렸다.

관객들의 커튼 콜이 데시벨을 높이면서 이어졌다.

커튼 콜을 받아, 내려진 무대의 막이 다시 올라갔다. 객석과 무대의 조명이 소등되었다. 손에 촛불을 든 출연진들이 허밍코러스(오페라 푸치니의 '나비부인' 3막 중에 나오는 수병들의 콧노래)를 합창하면서 차례로 무대에 등장했다. 기종 · 해수 · 소여 역을 맡은 배우가 무대 중앙 앞으로 나왔다. '허밍코러스'의 배음 속에 '커튼 콜'의 고별시를 낭송하기 시작했다.

스치지 못하고 마주 보았다
생(生)을 관통한 불면의 날, 날, 날……
한 몸 되어도 갈증 났다.
같이 있어도 열망했다

사랑에 무게가 있었다면
함께 가야 할 길을
너는 떠났고, 나는 남았다.
눈물이 강물이 되는 것을
모르고 지내왔던 후회가
영원한 빙점으로 남았는가
눈물 없이 울었고, 상처 없이 아팠다.

추억이 되지 못한 그리움은
진공의 허공에 세월을 묻고
어제가 오늘이고, 오늘이 내일이다.

만남과 떠남이 같이하는 날

너― 어느 별에 있고
나― 어느 별에 있을까…….

시낭송이 끝났다. 무대의 조명이 광도를 줄이면서 꺼져갔다.

출연진들이 무대에서 퇴장하기 시작했다. 무대의 막이 내려지면서, 객석의 조명이 밝혀졌다. 관객들의 커튼 콜이 다시 시작되었다.

객석에서의 커튼 콜 박수소리가 이어지고 있었다. 무대 옆 분장실 겸 대기실은 시장통 같았다. 출연진들이 의상을 바꿔 입고 분장을 지우느라 소란스러웠다. 스텝들은 그 틈을 오가며 소품을 치우느라고 바람을 일으키고 있었다.

칠순의 혈기 왕성한 우선우 연출가가 문을 열고 들어서면서 고함쳤다.

"어이, 쫑파티 장소는?"

한쪽에서 대답했다.

"'오딘 삼겹살' 집이에요."

"그 집 주인 바뀌고는 별로던데."

극중 기종 역이 불평했다.

"맛이 없으면 옛정으로 먹어! 강기종, 유해수, 은소여! 세 사람 대표로 나가 커튼 콜에 답례 인사하고 와."

"감독님도 같이 나가요."

해수 역의 여배우가 우 감독에게로 가 팔짱을 낀다.

"서둘러! 나 먼저 간다."

우 감독이 해수 역을 뿌리치고 분장실을 급히 나갔다.

"씨벌."
해수 역이 입을 삐죽했다.
"shit!!"
기종 역이 분장을 지우던 휴지를 집어 던졌다.

극장 입구 층계를 우 감독이 급히 내려서고 있다. 문화부 기자 몇 명이 우 감독을 보고 다가왔다.

"감독님! '커튼 콜' 이대로 끝내기가 아깝잖아요. 평단이나 관객들의 반응이 좋은데……."

진보성이 강한 일간지 문화부장으로 있는 '핏대'가 아쉬워했다. 성깔이 발끈해서 '핏대'라고 붙여진 별명이다. 진보파의 모임을 주도하면서 '남북 두 정상의 NLL발언'을 조작된 사건이라고 매도하는 칼럼을 쓰기도 했다. 우 감독과는 술자리에서 진보와 보수의 논쟁으로 몇 번 맞장을 뜬 사이였다.

"박수칠 때 떠나라고 했어. 참신하고 유능한 젊은 사람들이 줄 서 있는데, 나이 먹어 설쳐대는 것도 주책이지."

우 감독이 물러남을 비쳤다.

"앞으로의 계획은?"

핏대가 물었다.

"'도처에 유청산! 이 좋은 세상에 내 한 몸 부칠 데 없을까.' '노병은 죽지 않고 사라질 뿐이다.' 맥아더 장군께서 하신 말씀이야. 물러나서 지켜보는 것도 배움이지."

"커튼 콜은 우 감독님의 자전적인 이야기라고 하던데요, 맞습니까?"

젊은 기자가 끼어들었다.

"땡! 딩—동—댕! 둘 중에 하나."

" ?!"

기자들이 우 감독을 보았다.

"쉽게 좀 갑시다. 우 감독님!"

핏대가 나섰다.

"끝난 일이야! 강기종의 서거로."

"서거? 자살이겠지요."

핏대가 정면으로 마주쳤다.

"왜, 안 돼?! 피의자의 투신자살도 서거라 했어. 강기종도 좀 전에 서거했다고!"

우 감독이 돌아서 계단을 내려갔다.

"무슨 망발(妄發)입니까?! 고인을 욕되게 하지 마세요!"

핏대가 발끈했다.

계단 끝을 내려서던 기종이 핏대를 뒤돌아봤다.

"왜, 안 돼?!"

우 감독이 핏대에게 손 권총을 겨누었다.

"아니면 말고!"

방아쇠를 당겼다.

방아쇠를 당기는 스톱모션에서, 타이핑 소리와 함께—

〈자막〉

— 강기종은 **'타이타닉호'** 에서 **'노아의 방주'** 로 옮겨 탔다.

소여가 마중 나와 있었다.

—끝—

'커튼 콜'을 끝내고

지금까지 살아오면서—
나의 군번(軍番)과
나의 생년 · 월 · 일과
나의 이름을 빼놓고는
모두가 허상 같았다.
아니, 그것마저도 모호(模糊)하다.
살아서 없었던 것 같았다.
있어서 지워진 것 같았다.

단절되고 싶었다.
책임지기 싫은 타성 속에서 살고 싶었다.
벗어나고 싶었다.
벗어나지 못하는 무기력한 삶을 이어왔다.

버리고 싶었던 게 무엇이었을까?
가지고 싶었던 게 무엇이었을까?
무한의 미래를 퇴적시켜 온
소멸의 시간에

유(有)는 무엇이고, 무(無)는 무엇이었을까…….
또 한 번의 가을은 도둑으로 와서
마음만 훔치고 떠났다.
나들목의 찰나에 만난 너와 나는
왜 아픔만 보탰을까?…….

태어남은 주어진 것이고
죽음은 맞는 것이다.
여백에 미련을 가지는, 나의 공허에 무심하려 했는데…….

나의 믿음과 자존심이 되어줄지도 모를
딸과 아들에게, 아비의 허무를 남긴다.

'커튼 콜' 을 끝낸 2014년 가을에 — 강 수 철

추신 : 생(生)의 갈림길에서 이 책 《커튼 콜》을 마무리할 수 있게 해 주신 두 분, —의사의 사명감으로 오늘도 진료와 수술로 밤낮없이 '히포크라테스의 선서' 를 실행하고 계시는— 한림대 성심병원(평촌) 비뇨기과 조진선 교수님과 척추센터 김석우 교수님께 감사를 드립니다.

'커튼 콜' 읽기

'커튼 콜' 의 화두는 '바람' 이다.

'바람' 은 허(虛)와 무(無)와 공(空)이다.

무한한 우주, 우주의 공간에 무리진 은하계, 은하계에 뿌려진 셀 수 없는 행성들, 그중의 하나인 지구별, 지구별에서 생성되고 소멸되는 수많은 생명체들, 그 생명체에서 동물로 분류된 인간들, 6·70억의 인간들 중— 한 인간이 순간의 삶을 스쳐가면서 바람이 된 이야기를 따라가 본다.

강기종!

신생 대한민국을 관통하는 암흑의 터널과 열망을 향한 역사 속에 유아기와 성장기를 거친다.

그는 아버지를 '바람' 이라고 했다. 바람의 아들 기종, 부정을 갈망하면서도 가정(가족)에 소홀한 바람(아버지)을 거부한다.

'바람' 이 되지 않겠다는 바람의 아들…….

'바람' 은 바람이 되고, 바람 속에 사라지는 바람이 된다. 바람은 구름이었다. 바람은 비와 눈보라와 태풍이었다. 바람은 허공이었다. 바람은 허공 속의 몸부림이었다.

바람의 이야기는—.

한 인간의 역사를 원경으로, 가족과의 관계를 철저히 배경으로 간직하면서 '바람'의 길을 간다.

바람의 길에는 발길을 멈추게 하는 후회와 아픔이 있다. 그리움과 기다림이 있다.

바람의 길에는 '이루지 못할 사랑'과 '이루지 못한 사랑'이 있다.

'이루지 못할 사랑' 해수!

오염되고 질곡된 지상의 사랑이다. 두 사람의 사랑에는 연민과 애증이, 기종의 관습으로 설정한 한계점이 있었다.

만남의 순간부터 사랑을 승화시킬 순애가 생략되었다.

'이루지 못한 사랑' 소여!

과거가 현재로, 현재가 미래로 진행될 무한의 사랑이다. 만남의 순간부터 이별이 예비된 시련의 사랑이다. 기종은 그리움과 기다림을 거치면서, 지상에서 채우지 못한 사랑의 여백을 채우기 위해 영원의 여행을 떠난다.

－'님은 먼 곳에' 있는 여행의 시작으로－.

'자식은 아버지의 품 속이 하늘입니다.'

아들(기종)은 아버지(바람)의 품 속이 그리웠다! 아버지(바람)를 거부하면서, 바람(아버지)의 품 속을 그리워했던 기종!

'자식은 부모에게 소홀할 수 있어도, 부모는 자식에게 소홀할 수 없습니

다.'

기다림의 꿈을 접고, 가장의 길을 택할 수 밖에 없었던 기종!

굴절은 침묵 속에 대가를 요구했다. 가족의 올무(덫)에서 벗어날 수 없는, 벗어나야 할 허공은 밝고 맑았다. 기종은 허공을 꿈꿨다.

'삭제' 해서 '휴지통' 에 버렸던 '아이콘' !

믿음으로 되살리고 싶었던 사랑의 약속! 기종은 보상받지 못한 세월을 박차고 도약할 음모를 키운다.

지상의 모든 것이 한 줄기 스치는 바람이었다. 기종(저자)은 바람 속에 바람으로 사라지면서, 찰나의 스침에 미련을 남긴다.

'세상은 무대고 인생은 연극이다!'

연극(커튼 콜)의 연출자인 아바타(우선우)를 지상의 흔적으로 남기면서……. 바람 속에 바람으로 바람이 된다.

살아서 외로움은 그리움이었다. 그리움은 고독과 친구했다.

'커튼 콜' 의 박수소리 멀리, 기다림의 '고도' 로 간다.

꿈과 사랑을 잃은 지구별의 생존들에게 햇살을—.

2015년 새해에 —강수철